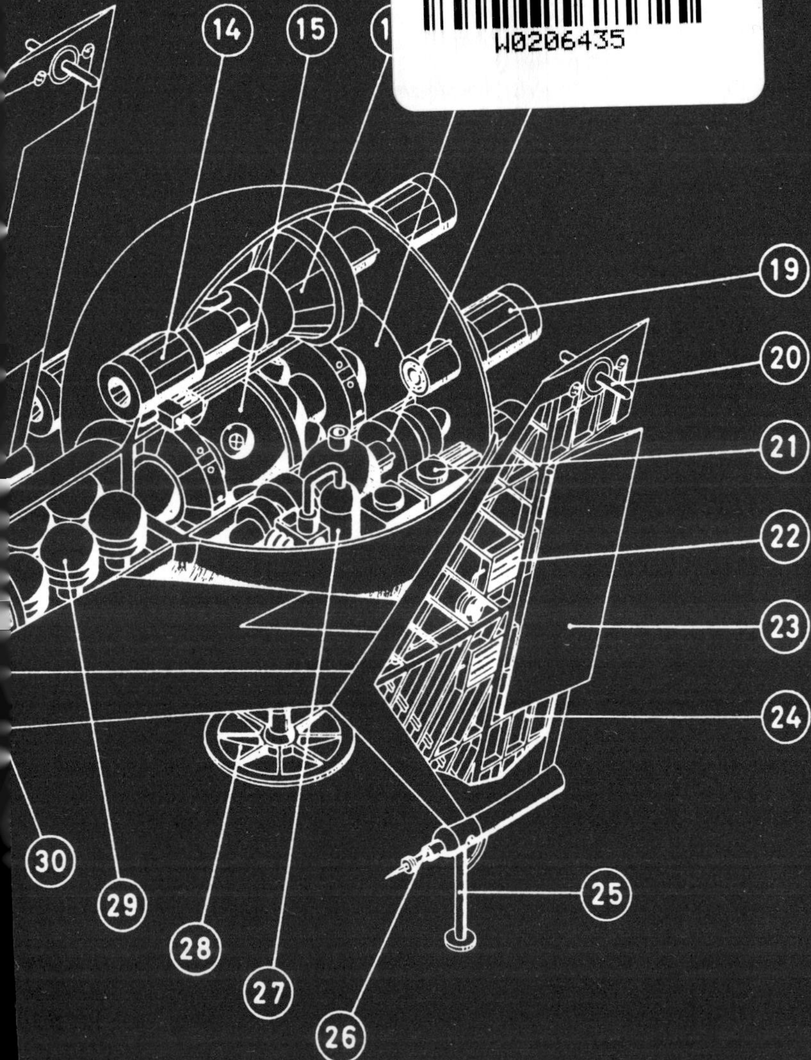

Zeichnung: Bernard Stoessel

Perry Rhodan

Spur des Molkex

Perry Rhodan

Spur des Molkex

Pabel-Moewig Verlag KG, Rastatt

www.moewig.de
Redaktion: Horst Hoffmann
Titelillustration: Johnny Bruck
Druck und Bindung: GGP Media, Pößneck
Printed in Germany 2002
www.perry-rhodan.net
ISBN 3-8118-4057-6

Vorwort

Zahlreiche Leser und Kritiker haben sich über die Jahre immer wieder gefragt, was das Erfolgsgeheimnis von PERRY RHODAN ist. Ist es der Fortsetzungscharakter der Serie, das uralte »wissen wollen, wie es weitergeht«, das bereits die Zuhörer der ältesten Geschichtenerzähler in seinen Bann schlug? Oder der überschaubare Beginn mit dem ersten Mondflug, der Perry Rhodan und seine Gefährten auf eine für die Leser nachvollziehbare Weise in ein neues Zeitalter katapultierte? Oder sind es vielleicht die gewaltigen Dimensionen, sowohl räumlich wie zeitlich, mit denen die Serie spielt?

Ich glaube, alle diese Gründe tragen einen Teil zum Erfolg von PERRY RHODAN bei. Und einen weiteren illustriert der Band, den Sie gerade in den Händen halten: Es ist die Sorgfalt, mit der die Autoren ihre Vision der Zukunft entwerfen. In den vielen Jahrzehnten, in denen die Serie bereits erscheint, erschufen sie eine Vielzahl von fremden Völkern, exotischen Planeten und atemberaubenden Technologien.

Doch trotz ihres ungebrochenen Erfindungsreichtums vernachlässigten die Autoren nie, sich auf Vergangenes zu besinnen, es erneut aufzugreifen und in die Handlung einzubauen. So auch in diesem Band, in dem die Terraner auf ein Relikt der Vergangenheit treffen, das sie für immer verschollen hielten …

Die zugrunde liegenden Originalromane sind: *Die Irrfahrt des Mutanten* (689) und *Die Flucht des Körperlosen* (690) von Kurt Mahr; *Sargasso des Alls* (691) von Clark Darlton; *Die Insektenkönigin* (692) und *In den Höhlen der Ploohns* (693) von H. G. Ewers und *Die Anti-Molkex-Bomben* (694) von Hans Kneifel.

Mein herzlicher Dank gilt wieder unseren treuen Lesern, die nicht müde werden, mir in zahlreichen Briefen ihre Anregungen zukommen zu lassen.

Horst Hoffmann

Zeittafel

1971/84 Perry Rhodan erreicht mit der STARDUST den Mond und trifft auf die Arkoniden Thora und Crest. Mit Hilfe der arkonidischen Technik gelingen die Einigung der Menschheit und der Aufbruch in die Galaxis. Geistwesen ES gewährt Rhodan und seinen engsten Wegbegleitern die relative Unsterblichkeit. (HC 1–7)

2040 Das Solare Imperium entsteht und stellt einen galaktischen Wirtschafts- und Machtfaktor ersten Ranges dar. In den folgenden Jahrhunderten folgen Bedrohungen durch die Posbis sowie galaktische Großmächte wie Akonen und Blues. (HC 7–20)

2400/06 Entdeckung der Transmitterstraße nach Andromeda; Abwehr von Invasionsversuchen von dort und Befreiung der Völker vom Terrorregime der Meister der Insel. (HC 21–32)

2435/37 Der Riesenroboter OLD MAN und die Zweitkonditionierten bedrohen die Galaxis. Nach Rhodans Odyssee durch M 87 gelingt der Sieg über die Erste Schwingungsmacht. (HC 33–44)

2909 Während der Second-Genesis-Krise kommen fast alle Mutanten ums Leben. (HC 45)

3430/38 Das Solare Imperium droht in einem Bruderkrieg vernichtet zu werden. Bei Zeitreisen lernt Perry Rhodan die Cappins kennen. Expedition zur Galaxis Gruelfin, um eine Pedo-Invasion der Milchstraße zu verhindern. (HC 45–54)

3441/43 Die MARCO POLO kehrt in die Milchstraße zurück und findet die Intelligenzen der Galaxis verdummt vor. Der Schwarm dringt in die Galaxis ein. Gleichzeitig wird das heimliche Imperium der Cynos aktiv, die am Ende den Schwarm wieder übernehmen und mit ihm die Milchstraße verlassen. (HC 55–63)

3444 Die bei der Second-Genesis-Krise gestorbenen Mutanten kehren als Bewusstseinsinhalte zurück. Im Planetoiden Wabe 1000 finden sie schließlich ein dauerhaftes Asyl. (HC 64–67)

3456 Perry Rhodan gelangt im Zuge eines gescheiterten Experiments in ein paralleles Universum und muss gegen sein negatives Spiegelbild kämpfen. Nach seiner Rückkehr bricht in der Galaxis die PAD-Seuche aus. (HC 68–69)

3457/58 Perry Rhodans Gehirn wird in die Galaxis Naupaum verschlagen. Auf der Suche nach der heimatlichen Galaxis gewinnt er neue Freunde. Schließlich gelingt ihm mit Hilfe der PTG-Anlagen auf dem Planeten Payntec die Rückkehr. (HC 70–73)

3458/60 Die technisch überlegenen Laren treten auf den Plan und ernennen Perry Rhodan gegen seinen Willen zum Ersten Hetran der Milchstraße. Rhodan organisiert den Widerstand und versetzt das Solsystem schließlich in die Zukunft, um es dem Zugriff der Laren zu entziehen. Als diese das Versteck in der Zeit bedrängen, schickt er Erde und Mond durch einen Sonnentransmitter. Doch sie rematerialisieren nicht am vorgesehenen Ort, sondern weit entfernt von der Milchstraße im »Mahlstrom der Sterne«. (HC 74–78)

Prolog

Mai 3460

Die Lage wird für die Menschheit zusehends hoffnungsloser – sowohl in der Heimatgalaxis als auch im unendlich weit entfernten »Mahlstrom der Sterne«, in dem Erde und Mond auf der Flucht vor den Invasoren strandeten.

In der Milchstraße steigert sich der Druck der Laren und ihrer Helfer, der Überschweren, immer mehr. Es scheint nur eine Frage der Zeit, bis es ihnen gelingt, Gäa, die letzte Zuflucht der Menschen in der Heimatgalaxis, aufzuspüren und zu vernichten.

Doch auch wenn die Bewohner der Erde den Invasoren fürs Erste entkommen scheinen, sehen auch sie sich einer übermächtigen Bedrohung gegenüber: Die Herrscher des Mahlstroms, die insektoiden Ploohns, holen zum Schlag gegen die Eindringlinge aus …

1.

Milchstraße
Mai 3460

Ich war ein Einsamer.

Ich existierte in einem Stück galaktischen Felsens, das in seinem Innern dünne, vielfach verschlungene Adern eines fremdartigen Metalls enthielt. Diese Metalladern waren mein Aufenthaltsbereich.

Ich war körperlos. Nur mein Bewusstsein war noch vorhanden. Ich war einsam, obwohl ich nicht allein war. Neben mir gab es sieben weitere Bewusstseine, die ebenfalls in diesem Klotz galaktischen Gesteins lebten. Aber wir begegneten einander nur selten, und selbst wenn eine Begegnung stattfand, dauerte sie nur einen Bruchteil der Zeit, die ein Bewusstsein brauchte, um selbst den einfachsten, kürzesten Gedanken zu formulieren.

Manchmal wollte mich die Verzweiflung packen. Ich wusste, dass ich hier war, weil ich an einem anderen Ort nicht überleben konnte. Für die, die mich hierher gebracht hatten, war die Alternative gewesen: einsperren oder sterben lassen. Sie hatten sich dafür entschieden, mich einzusperren. Ich war ihnen dankbar dafür. Aber ich hätte gewollt, sie wüssten, wie schwer dieses Dasein war.

Was mich am Leben erhielt, war die Hoffnung. Meine Freunde waren erfinderisch. Sie würden Mittel und Wege ersinnen, mich und die sieben anderen aus diesem Gefängnis zu befreien. Eines Tages würden sie uns herausholen …

»Die Zeit ist gekommen«, sagte Leticron.

Er war ein gewaltiger, ein hünenhafter Mann, an die zwei Meter groß. Er überragte jeden anderen Mann seines Volkes um wenigstens einen Kopf, und seine Schultern waren riesige, weit ausladende Gebilde. Das breitflächige Gesicht wirkte brutal. Das dichte, tiefschwarze Haar war am Hinterkopf zu einem mächtigen Strang gebündelt. Nach der Sitte seines Volkes trug Leticron sein Haar unter einem dünnen Netz. Die Fäden des Netzes waren unsichtbar. Nur die winzigen, aber unendlich kostbaren Stäbchen aus Howalgonium, die in das Netz eingeflochten waren, glitzerten und funkelten bei jeder leisen Bewegung des Hauptes.

Der Mann, an den Leticrons Worte gerichtet waren, ragte ebenso hoch auf wie der Führer der Überschweren. Aber er war ausgemergelt. Unter der bleichen Gesichtshaut traten die Wangenknochen scharf hervor. Die Augen lagen tief in den Höhlen. Man sah es Thomas Kantenberg an, dass er in den vergangenen Wochen körperlich gelitten hatte.

Der dritte Teilnehmer der merkwürdigen Unterredung, die sich in einem geheimen Raum tief unter der Oberfläche von Leticrons Stützpunktwelt Zabrijna abwickelte, war wiederum ein Überschwerer. Er besaß die durchschnittliche Statur seines Volkes, wenig über anderthalb Meter hoch und ebenso breit. Die Fäden seines Haarnetzes bestanden aus silbrig schimmerndem Metall, und auch die Qualität der darin verflochtenen Schmuckstücke wies darauf hin, dass dieser Mann weder die Macht noch den Reichtum besaß, über den Leticron, der Corun of Paricza und Erster Hetran der Milchstraße, verfügte.

»Ich bin bereit«, antwortete Kantenberg düster.

Der Raum war klein, und seine Einrichtung bestand nur aus dem Allernotwendigsten, drei Sesseln und einem kleinen Tisch. Unter der Decke verbreitete eine Fluoreszenzplatte ihren grellen, unnatürlichen Schein, und eine der Wände bestand aus einem Bildschirm. Es gab zwei Eingänge zu diesem Raum. Durch den einen waren Leticron und sein Begleiter gekommen, durch den anderen Thomas Kantenberg.

»Man weiß, dass du über eine latente telepathische Begabung verfügst«, setzte Leticron die Unterhaltung fort. »Es kann daher bei denen, die dich kennen, nicht überraschen, dass es dir gelungen ist, das gesamte Wachschema des Lagers zu durchschauen, indem du die Gedanken der Wachen gelesen hast.«

»Nein«, bestätigte Kantenberg, »das wird nicht überraschen. Falls es jemals zu Ohren der Leute kommt, für die es bestimmt ist.«

Ein spöttisches Lächeln huschte über das breite, dunkle Gesicht des Überschweren. »Die Geschichte ist voll gefallener Strategen, die daran scheiterten, dass sie ihren Gegner unterschätzen«, sagte er. »Ich meinerseits habe nicht vor, diesen Fehler zu begehen. Die Menschheit ist so gut wie vernichtet oder umerzogen. Aber selbst die Überreste, die uns entgangen sind, sind noch gefährlich. Außerdem ist da die so genannte United Stars Organisation, die nach wie vor existiert. Ich bin sicher, dass es der USO gelungen ist, wenigstens einen Agenten nach Zabrijna einzuschleusen. Ich glaube fest daran, dass sich auf Zabrijna wenig Wichtiges abspielt, was nicht postwendend zur Kenntnis der USO gelangt. Ebenso wird es mit deinem Unternehmen sein, mein Freund. Man wird bald wissen, wie es dir gelungen ist, dich aus der Gewalt des unmenschlichen Ersten Hetrans der Milchstraße zu befreien.« Der Ausdruck selbstgefälliger Heiterkeit erschien auf Leticrons Gesicht und hielt sich dort eine Zeit lang.

»Ich hoffe, du hast Recht«, antwortete Kantenberg. »Wie erfahre ich die Einzelheiten deines Plans?«

Leticron winkte. Der zweite Überschwere trat herbei und reichte Kantenberg eine kleine Schachtel.

»Darin sind zwei Medikamentenkapseln«, sagte der Corun of Paricza. »Meine Biophysiker haben in ihren Molekülen alle nötigen Informationen gespeichert. Das Medikament wirkt auf dein Bewusstsein ein und lagert dort die in der Molekülstruktur enthaltene Information ab. Eine Stunde nach Einnahme der Kapseln wirst du meinen Plan so genau kennen, als seist du es, der ihn ersonnen hat.«

Leticron stand auf. Auch Kantenberg versuchte, sich zu erheben, sank jedoch mit einem leisen Ächzen wieder zurück. Der Überschwere lächelte spöttisch. »Du findest den Weg allein, nicht wahr? Ich wünsche dir viel Erfolg!«

Die Tür zur rechten Hand öffnete sich. Leticron schritt hinaus, gefolgt von seinem Begleiter. Thomas Kantenberg blieb allein zurück. Er ließ ein paar Augenblicke verstreichen, dann rutschte er aus dem Sessel und glitt zu Boden. Ächzend wandte er sich so, dass er das Gewicht des Körpers auf Knie und Handflächen stützen konnte. Dann setzte er sich in Bewegung. Er verließ den Raum auf allen vieren und gelangte in einen schmalen, matt beleuchteten Gang.

Zabrijna war eine typische Überschweren-Welt mit einer Gravitation von annähernd zwei Gravos. Nach den Strapazen, die Kantenberg im Lauf der vergangenen Wochen hatte durchmachen müssen, war er nicht mehr in der Lage, sich unter dem Einfluss solch mörderischer Schwerkraft aufrecht zu bewegen.

Am Ende des Gangs, den Leticron und sein Begleiter betraten, als sie die unterirdische Zelle verließen, befand sich das leuchtende Torbogenfeld eines Transmitters. Die beiden Überschweren kehrten ohne Zeitverlust in Leticrons einige hundert Kilometer entferntes Hauptquartier zurück und rematerialisierten in einem kleinen Raum, der unmittelbar neben dem Arbeitsraum des Ersten Hetrans der Milchstraße lag.

Den kleineren Überschweren schien eine besondere Art von Verhältnis mit dem absoluten Herrscher über alle Pariczaner zu verbinden. Er war gewöhnlich unterwürfig, redete nicht, solange er nicht gefragt wurde, und sprach den Corun of Paricza mit respektvollen Titeln wie »hoher Corun«, »mächtiger Hetran« und ähnlichen an. Von Zeit zu Zeit jedoch entwickelte er Ansichten, die er vortrug, auch ohne dazu aufgefordert worden zu sein. Leticron hatte auf solche eigenmächtigen Vorstöße zu Anfang verärgert reagiert. Er betrachtete sie als einen Ausdruck von Mangel an Respekt, und nur langsam war es seinem Untergebenen gelungen, ihn davon zu überzeugen, dass auch die Gedanken eines Subalternen mitunter von Nutzen seien. Seitdem war er Leticrons engster Vertrauter.

Auch jetzt hatte Yandikor aus dem einstmals mächtigen Adelsgeschlecht der Scaftilari ein Anliegen, das er für wichtig genug hielt, um es Leticron unverzüglich vorzutragen.

Sie hatten den Arbeitsraum des Herrschers soeben betreten, da sagte Yandikor: »Ich wollte, ich wäre ebenso sicher wie du, dass dieses Unternehmen gelingen wird. Es fällt mir schwer, dem Terraner zu vertrauen.«

Leticron sank in einen mächtigen, thronähnlichen Sessel, der im Brennpunkt des Hufeisens stand, das der mammuthafte Arbeitstisch bildete. Ein spöttisches Lächeln spielte um seine Lippen. »Wenn ich auf Vertrauen angewiesen wäre, Yandikor«, antwortete er, »dann wäre ich nicht hier. Vertrauen heißt, auf andere Wesen angewiesen zu sein. Vertrauen heißt, mit anderen zusammenzuarbeiten und eine Interessengemeinschaft zu bilden, die nur so stark ist wie ihr schwächstes Mitglied. So habe ich noch nie gearbeitet, Yandikor, und so arbeite ich auch jetzt nicht.«

»Der Terraner ist dir nur zu Diensten, weil er für sich einen Vorteil darin sieht«, bemerkte Yandikor.

»Und welch besseres Motiv könnte es geben?«

»Er wird sofort umschwenken, sobald er anderswo einen größeren Vorteil sieht.«

»Auch damit muss gerechnet werden«, bekannte Leticron. »Aber erstens ist schwer zu sehen, woher ihm dieser größere Vorteil winken sollte, und zweitens ist dafür gesorgt, dass er, wenn er schon abspringt, uns keinen Schaden zufügen kann.«

Yandikor machte ein überraschtes Gesicht.

»Die beiden Kapseln«, erinnerte ihn Leticron. »Sie vermitteln ihm die Kenntnis meines Plans. Und außerdem noch etwas anderes. Eine geballte Ladung psychischer Energie, die nach Ablauf von zwölf Paricza-Tagen explodieren und sein Gehirn vernichten wird.«

»Zwölf Tage sind eine lange Zeit«, warnte Yandikor.

»Es gibt zwei verschiedene Mechanismen, die die Explosion auslösen«, erklärte Leticron. »Einmal der Ablauf der Zeit und zum Zweiten die Preisgabe der Informationen, die der Terraner mit Hilfe des Medikaments in sich aufgenommen hat.« Lächelnd musterte er seinen Vertrauten. »Gesetzt den Fall, der Terraner verrät uns. Zum Beispiel an seine früheren Freunde von der USO. Was wird er ihnen zuerst erzählen?«

»Wie er von Zabrijna entkommen ist«, antwortete Yandikor.

»Ganz richtig. Dabei gibt er Informationen preis, die er aus dem Medikament bezogen hat. Auf diesen Vorgang spricht der Auslöser an. Das erste verräterische Wort, das dem Terraner über die Lippen kommt, wird gleichzeitig sein letztes sein.«

Yandikor lachte auf. Wie alle Überschweren, mit Ausnahme des Corun of Paricza, liebte er es, seiner Heiterkeit nachhaltig Ausdruck zu verleihen. Leticrons Plan war genial. Er konnte nicht fehlschlagen.

Der Weg zurück war lang und mühselig. Der Gang zog sich über einen Kilometer unter der Oberfläche hin. An seinem Ende begann der Schacht, der nach oben führte. Das war der mühsamste Teil. Leticron hatte dem Gefangenen, selbst als er zum Verräter geworden war, keinerlei Erleichterungen zugestehen wollen. Der Schacht lag unter dem ungemilderten Einfluss von nahezu zwei Gravos, und fast ging es über Thomas Kantenbergs Kräfte, sich an den Sprossen der metallenen Leiter emporzuziehen, die in die Schachtwand eingearbeitet war.

Es war die gleiche Härte, die ihn bislang befähigt hatte, die unmenschliche Tortur des Lagerdaseins lebend zu überstehen, die ihn auch jetzt in die Lage versetzte, sich bis zum oberen Ende der Leiter hinaufzuziehen und die Klappe aufzustoßen, die ins Innere seiner erbärmlichen Behausung führte. Mit letzter Kraft zog er sich durch die Öffnung und blieb auf dem Boden liegen. Fast eine halbe Stunde lag er so, um die gepeinigten Muskeln zu schonen und neue Kraft zu schöpfen.

Schließlich raffte er sich auf und schleppte sich zu dem erbärmlichen, ebenerdigen Lager, das er sein Bett nannte. Draußen war es dunkel geworden. Durch das kleine Fenster fiel kein Licht mehr. Stattdessen hatte sich die trübe Lampe eingeschaltet, die sich in der Mitte der Decke befand, und beleuchtete das Elend, das Thomas Kantenberg mit Millionen von Leidensgenossen teilte. Seine Unterkunft wurde von den Pariczanern, die diese Welt beherrschten, »eine Gefangeneneinheit« genannt.

Eine Gefangeneneinheit war eine annähernd würfelförmige Konstruktion von drei mal drei Metern Bodenfläche und zweieinhalb Metern Höhe. Auf diesen drei mal drei Metern standen ein aus billigstem Material hergerichtetes Schlaflager, ein kleiner Tisch mit einer erbärmlichen Servoautomatik, zwei Stühle und nicht mehr als die unumgänglichen Vorrichtungen für die körperliche Hygiene. In jeder dieser Einheiten lebte ein Gefangener, denn die Pariczaner legten Wert darauf, dass die Gefangenen keinerlei Kontakt miteinander hatten. Sie arbeiteten zusammen; aber selbst während der Arbeit wurde scharf darüber gewacht, dass sie außer dem für die Verrichtung ihrer Arbeit Notwendigen nichts miteinander sprachen. Während der Ruheperiode, die vier Stunden nach Sonnenuntergang begann und bei Sonnenaufgang endete, hatten sie völlig alleine zu sein.

Das Lager, in dem Thomas Kantenberg seit etwa vier Standardmonaten lebte, befand sich in einem Hochtal dreihundert Kilometer östlich des stadtartigen Gebäudekomplexes, den Leticron sein Hauptquartier nannte. Das Lager hatte eine Grundfläche von mehr als zehntausend Quadratkilometern. Auf dieser Fläche vegetierten rund fünf Millionen Terraner und Solarier dahin, starben und wurden durch neue Gefangene ersetzt. Die Pariczaner benützten ihre Gefangenen, um Zabrijna zu einem militärischen Stützpunkt ersten Ranges auszubauen. Sie hätten anstelle der Gefangenen ebenso gut Roboter verwenden können, was sie vielerorts auch taten. Aber es kam ihnen darauf an, an ihren hilflosen Opfern das Wort Leticrons wahr zu machen, es werde der Tag kommen, an dem jeder Terraner bereute, überhaupt geboren zu sein.

Das riesige Lager wurde von einem kastenförmigen, durchsichtigen Prallfeld umgeben, das dafür sorgte, dass kein Gefangener fliehen konnte. War ein neuer Arbeitseinsatz befohlen, so wurde ein Teil des Lagers mitsamt den darin befindlichen Gefangeneneinheiten einfach herausgehoben und an den Ort des Arbeitseinsatzes versetzt. Den herausgenommenen Teil des Lagers umgab dieselbe Art von Prallfeld, die das gesamte Lager schützte, und der Transport geschah mit Hilfe eines Traktorstrahls, der den in das Prallfeld gehüllten Lagerteil dorthin versetzte, wo er gebraucht wurde.

In den ersten zwei Monaten hatte Thomas Kantenberg sich redlich Mühe gegeben, unter den Gefangenen ein gemeinsames Interesse an einem Ausbruchsversuch zu wecken. Zum Teil hatte er auch Erfolg gehabt. Die Leute, mit denen er unter Lebensgefahr sprach, hatten sich für seine Idee begeistert. Aber die Pariczaner hatten auch diese Gefahr in ihre Berechnungen mit einbezogen und ein System entwickelt, wonach die Gefangenen bei Arbeitseinsätzen rotiert wurden, so dass ein Gefangener mit immer anderen Gruppen zusammenarbeitete. Kantenbergs Unternehmen wurde dadurch zu einer Sisyphusarbeit: Kaum hatte er bei einer Gruppe die ersten Kontakte gefunden, da musste er wieder von neuem anfangen.

Nach zwei Monaten unaufhörlicher Frustration hatte er aufgegeben und sein Ziel auf anderem Weg zu erreichen versucht. Es entsprach seiner Mentalität, dass er sich loyal verhielt, solange auch nur die geringste Hoffnung bestand, dass er auf diese Weise sein Schicksal verbessern könne. Schwand auch dieser letzte Rest an Hoffnung, dann war Thomas Kantenberg ohne Bedenken bereit, die Loyalität über Bord zu werfen und nach eigenem Gutdünken zu verfahren. So hatte er es auch diesmal gehalten. Er besaß eine Information, die für die Gegner des Solaren Imperiums von größter Wichtigkeit war.

Er hatte sein Wissen angeboten. Zuerst den Gefangenenwärtern, denen er während des Morgenappells begegnete. Sie hatten ihn ausgelacht und das, was er ihnen vortrug, trotzdem ihren Vorgesetzten gemeldet. Dann dem Lagerkommandanten, der ihn während eines Appells auf die Seite zog und den sofortigen Tod für den Fall versprach, dass er nicht unverzüglich auspacke. Die Drohung war nicht verwirklicht worden. Eines Nachts aber öffnete sich unversehens der Boden in Kantenbergs Gefangeneneinheit, und aus dem Loch stieg ein Überschwerer, der ein Abgesandter Leticrons zu sein behauptete. Von da an war die Sache ins Rollen gekommen. Und jetzt, glaubte Thomas Kantenberg, stand er kurz vor einem Leben in Freiheit, im Dienste des Ersten Hetrans der Milchstraße, der der erbittertste Gegner der terranischen Menschheit war.

Die Zeit, zu der die primitive Automatik das aus geschmacklosem Brei bestehende Gefangenenessen auftischte, war längst vorbei. Thomas Kantenberg scherte das nicht. Er war aufgeregt und verspürte keinen Hunger. Er trank lauwarmes Wasser aus der Hygieneanlage, obwohl jedermann wusste, dass dieses Wasser zum Trinken nicht geeignet war, und spülte damit die zwei Kapseln hinunter, die Yandikor ihm gegeben hatte. Dann legte er sich nieder. Er war sich sicher, dass er wie alle Gefangenen – insgesamt fünf Millionen – überwacht wurde. Die Positronik hätte wahrnehmen müssen, dass der Gefangene Thomas Kantenberg sich zur vorgeschriebenen Zeit nicht im Innern seiner Gefangeneneinheit befand. Den Umstand, dass diese Wahrnehmung entweder gar nicht erfolgt war oder zumindest ohne Reaktion blieb, erklärte sich Kantenberg damit, dass Leticron wahrscheinlich beizeiten dafür gesorgt hatte, dass bei der Beobachtung dieser Einheit andere Maßstäbe angelegt wurden als sonst üblich.

Kantenberg war viel zu aufgeregt, als dass er hätte einschlafen können. Er wartete auf die Wirkung der beiden Kapseln. Als sie schließlich einsetzte, war es ihm, als hätte er die ganze Zeit über angestrengt nach einer Erinnerung gesucht, die jetzt, endlich, zunächst zögernd, dann immer rascher und zielstrebiger zurückkehrte. Die Einzelheiten von Leticrons Plan enthüllten sich ihm. Je mehr er erfuhr, desto sicherer wurde er, dass es ein sorgfältig durchdachter Plan war, der große Aussicht auf Erfolg hatte. Niemand würde ihm nachweisen können, dass er dem Todeslager Zabrijna nicht aufgrund der eigenen Schlauheit und Tatkraft entkommen war. Im Gegenteil: Bei dem Gedanken an das Blutbad, das er anrichten musste, um seinen Ausbruch glaubwürdig zu gestalten, empfand sogar der eiskalte Kantenberg ein unangenehmes Würgen im Hals. Aber es gab keinen anderen Weg. Also musste er diesen gehen. Schließlich war der Gewinn, der am Ende des grausamen Spiels winkte, nahezu jeden Einsatz wert. Um Leticron überhaupt interessieren zu können, hatte Kantenberg dem Ersten Hetran der Milchstraße ein unwiderstehliches Angebot machen müssen: Er hatte sich erboten, für den Pariczaner den Fang der acht Altmutanten vorzubereiten, deren Bewusstseine sich in den PEW-Adern des galaktischen Gesteinsbrockens Wabe 1000 befanden.

Wie er aus den beiden Kapseln erfahren hatte, war ein Teil des Lagers mit etwa achthunderttausend Insassen über Nacht an einen neuen Arbeitsort versetzt worden. Der Transport ging erschütterungsfrei vonstatten, so dass die von der Marter des Tages todmüden Gefangenen in ihrem tiefen Schlaf nichts davon merkten. Mit den Gefangen hatte ein Teil ihrer Bewacher und der Überwachungsmaschinerie den Standort gewechselt. Auch ein Mast hatte den nächtlichen Transport mitgemacht. Er trug an seiner Spitze eine Reihe von Projektoren, und jedermann im Lager war der Ansicht, dass er dazu diente, die Projektionen zu erzeugen, die den Gefangenen während des Morgenappells vorgeführt wurden. Nur Thomas Kantenberg wusste, seitdem er die beiden Kapseln verschluckt hatte, dass er darüber hinaus eine maßgebliche

Rolle bei der Stabilisierung des Prallfelds spielte, das das Lager umschloss.

Kantenberg nahm zur vorgeschriebenen Zeit sein Frühstück ein, das aus demselben unappetitlichen Brei bestand, den er gestern Abend einzunehmen versäumt hatte, und verließ, wiederum um die vorgeschriebene Zeit, seine Gefangeneneinheit, um an dem Appell teilzunehmen. Die Rolle des niedergeschlagenen Gefangenen zu spielen fiel ihm nicht schwer, obwohl er im Innern eine Spannung empfand, wie er sie seit langem nicht mehr gefühlt hatte. Gleich nach ihm verließen auch die anderen Gefangenen ihre erbärmlichen Unterkünfte und strebten dem Kontrollgebäude zu, das sich am Rand des Lagers erhob.

Unbemerkt hielt Kantenberg Ausschau. Das Gelände entsprach dem Bild, das ihm die beiden Kapseln vermittelt hatten. Das Lager war in einer weiten Ebene gelandet. Nur entgegen der Richtung der aufgehenden Sonne waren draußen am Horizont die Konturen weit entfernter Berge zu sehen. In unmittelbarer Nähe des Lagers befand sich eine Sammlung von kleineren und mittelgroßen Raumschiffen. Sie waren ohne Ausnahme Beutestücke aus Leticrons Kampf gegen das Solare Imperium. Kantenberg erkannte darunter mehrere Typen, mit denen er bis ins Einzelne vertraut war, weil er sie selbst geflogen hatte, und sein Blick blieb schließlich auf einer diskusförmigen Space-Jet haften, die in lumineszenten, orangefarbenen Lettern die Aufschrift SX-9082 trug. Sie stand auf drei Landebeinen, von denen eines leicht geknickt war. Auf den ersten Blick wirkte sie alles andere als raumtüchtig. Aber Kantenberg wusste, dass Leticron die Jet hatte instand setzen lassen.

Die Entfernung bis zum Rand des Areals, auf dem die Raumfahrzeuge abgestellt waren, betrug vom Kontrollgebäude aus etwa achthundert Meter. Die Space-Jet lag nicht unmittelbar am Rand, sondern war weitere dreihundert Meter davon entfernt. Keine Entfernung in Anbetracht des Tumults, den er zu entfesseln gedachte.

Auf dem Platz vor dem Kontrollgebäude fand sich die mürrische, schweigende Menge der Gefangenen zusammen. Die Leute, zu achtzig Prozent Männer, hielten den Blick zu Boden gerichtet und zeigten keinerlei Interesse daran, sich mit dem Nachbarn zu unterhalten. Unter den Gefangenen spazierten schwer bewaffnete Pariczaner auf und ab, denen es Vergnügen bereitete, die Ohnmacht der Gefangenen aus nächster Nähe zu schmecken. Jeder Gefangene war verpflichtet, sich das makabre Schauspiel anzusehen. Die Überschweren machten sich einen Spaß daraus, denjenigen, den sie während der Vorführung mit zu

Boden gerichtetem Blick erwischten, an diese Verpflichtung zu erinnern.

Thomas Kantenberg fand einen Platz unweit des Mastes, der die Projektoren trug. Plötzlich wurde es ringsum dunkel. Aus den Projektoren drang ein kuppelförmiges Feld, das das Sonnenlicht abschirmte und gleichzeitig ein riesiges Holo über den Köpfen der Männer aufbaute. Die Gestalt eines riesigen Mannes erschien. Aus dem Zenit der Energiekuppel blickte er auf die Menge der Gefangenen herab: Leticron, Corun of Paricza, Erster Hetran der Milchstraße. Er lächelte höhnisch. Das raffiniert ausgeklügelte Lautsprechersystem übertrug seine Stimme mit einer Wucht, die den Boden zittern ließ.

»Ihr seht heute ein neues Kapitel aus der Geschichte des elenden Untergangs des Solaren Imperiums. Nachdem euer famoser Anführer, dem ihr den hochtrabenden Titel Großadministrator gabt, feige geflohen war, blieb meinen Flotten nur noch übrig, die verbleibenden Widerstandsnester auszuheben. Unseren sieggewohnten Kriegern hielten die verweichlichten Soldaten der Solaren Flotte nicht stand. Seht hier, wie es auf Gadoon zuging, einstmals eine der wichtigsten Stützpunktwelten eures nichtswürdigen Reiches.«

Leticrons Bild verschwand. Stattdessen wurde ein Stück Weltall sichtbar: schwarzer Hintergrund, mit unzähligen Sternen übersät. Dazu im Vordergrund der lohende Glutball einer Sonne und, schnell ins Bild rückend, die grünblaue Kugel eines offensichtlich erdähnlichen Planeten.

Das Bild wechselte. Eine riesige Flotte walzenförmiger Raumschiffe erschien. Sie hielt auf den Planeten zu. Eine kleine Gruppe kugelförmiger Raumer kam ihr entgegen, in leuchtende Schutzschirme gehüllt. Schwere Geschütze entluden sich mit grellem Blitzen. Eines des Kugelschiffe explodierte, dann das zweite …

Das Bild wechselte von neuem. Die Oberfläche des Planeten war aus nächster Nähe zu sehen: weiße Wolkenflächen, blaue Meere, grünbraunes Land. Das war der Augenblick, auf den Thomas Kantenberg gewartet hatte. Jetzt war er an der Reihe. Er sah sich um. Einer der Überschweren stand kaum fünf Meter von ihm entfernt. Er schenkte der Bildszene, die über ihm abrollte, keinerlei Aufmerksamkeit. Sein Blick war auf die Gefangenen gerichtet, die stumm zu der Kuppel hinaufsahen.

Kantenberg starrte ihn an. Der Überschwere wurde aufmerksam: Da war ein Gefangener, der nicht vorschriftsgemäß das Holo verfolgte. Kantenberg spannte die Muskeln. Der Augenblick der Entscheidung war gekommen.

»Das saugt ihr euch aus euren fetten Fingern!«, sagte er laut. »Das ist überhaupt nicht Gadoon!«

Einen Augenblick waren die Gefangen starr vor Schreck, dann brandete Gemurmel auf. Der Überschwere bewegte sich auf Kantenberg zu und schrie wütend: »Halt den Mund und sieh nach oben!«

»Das Maul würdest du mir gerne verbieten!«, tobte Kantenberg. »Damit ich den Leuten nicht erzähle, welchen Schwindel ihr uns hier vormacht! Du hast dich getäuscht, mein Freund. Ich bin auf Gadoon aufgewachsen und weiß, wie der Planet aussieht. Das dort«, sein Arm fuhr in die Höhe, die Hand zeigte zur Kuppel hinauf, »ist er ganz sicher nicht!« Er wandte sich seitwärts, den Gefangenen zu, und tat so, als risse der aufgestaute Zorn ihn dazu hin, den gefährlichen Widersacher aus den Augen zu lassen.

»Lasst euch nichts vormachen, Brüder!«, schrie er mit schriller Stimme. »Sie wollen uns unter der Knute halten, indem sie uns weismachen, sie hätten das ganze Imperium zerschlagen! In Wirklichkeit führen sie uns gefälschte Bilder vor! Das Imperium lebt, und wenn wir die Kraft haben zu überleben, dann wird uns Rhodan eines Tages hier heraushauen!«

Die Wirkung seiner Worte war unglaublich. Schreie brandeten auf. Die Männer und Frauen, die bis vor wenigen Sekunden noch mit stumpfem Blick zur Kuppel hinaufgeschaut hatten, drängten sich von allen Seiten auf Thomas Kantenberg zu und jubelten ihm entgegen. Von neuem empfand er das Würgen im Hals. Sie waren alle dem Untergang geweiht. Aber es war schon zu spät. Er konnte nicht mehr zurück.

»Zeigen wir ihnen, was wir von ihren Lügen halten!«, feuerte er die Menge an. »Dort, seht ihr diesen Kerl, der sich an unseren Qualen weiden will? Machen wir ihn fertig!«

Der Umschwung war so rasch gekommen, dass der Pariczaner sich der Gefahr nicht rechtzeitig hatte bewusst werden können. Die Menge reagierte auf Kantenbergs Anweisung mit der Schnelligkeit des Gedankens. Mittlerweile war auch in der weiteren Umgebung bemerkt worden, dass an dieser Stelle Ungewöhnliches geschah. Die ganze Riesenmasse der achthunderttausend Gefangenen kam allmählich in Bewegung.

Der Pariczaner sah sich so rasch von wutentbrannten Solariern umringt, dass er keine Gelegenheit mehr bekam, nach seinen Waffen zu greifen. Kantenberg selbst hatte in den Überfall mit eingegriffen. Er stand unmittelbar vor dem Überschweren. Er war der Erste, der die Hand nach ihm ausstreckte. Der Rest war eine Angelegenheit von wenigen Sekunden. Der Pariczaner verschwand unter einer Menge wutentbrannter Gefangener und war trotz seiner kräftigen Statur ein paar Augenblicke später schon zu Tode getrampelt.

Thomas Kantenberg hatte ihn noch im Fallen erwischt und ihm den schweren Strahler aus dem Gürtel gerissen. Sein erstes Ziel war erreicht. Er besaß eine Waffe, und die Gefangenen waren in Aufruhr. Zielstrebig machte er sich an die Verwirklichung der zweiten Phase seines Plans, der in Wirklichkeit Leticrons Plan war.

Die Pariczaner waren in den ersten Minuten des Aufruhrs völlig hilflos. Sie waren so davon überzeugt, die Moral der Gefangenen längst gebrochen zu haben, dass diese Revolte sie gänzlich überraschte. Dutzende von Überschweren, die unter den Gefangenen einherstolziert waren, wurden niedergerissen und in den Boden gestampft. Nur wenige kamen überhaupt dazu, sich zu wehren.

Wie spontan der Ausbruch des Zorns war, erkannte man daran, dass nur in den seltensten Fällen die Terraner daran dachten, sich der Waffen zu bemächtigen, die die Pariczaner bei sich trugen. Es genügte ihnen, ihre aufgestaute Wut zu entladen.

Nur wenige der Gefangenen wussten, was die Revolte eigentlich ausgelöst hatte. Sie fragten nicht danach. Sie brauchten keinen logischen Grund, um mit todesverachtender Wut auf alles loszugehen, was pariczanisch aussah. In seiner unmittelbaren Umgebung aber bildete Thomas Kantenberg nach wie vor das Zentrum der Aufmerksamkeit. Er schwang den erbeuteten Strahler und schrie: »Wir werden dafür sorgen, dass sie uns ihre Lügen nicht mehr vorspielen können! Weicht zurück, Leute! Es geht dem Mast an den Kragen!«

Begeistert bildeten die Gefangenen eine Gasse. In deren Mitte stand der Mast. Kantenberg legte an. Fauchend entlud sich der Strahler. Eine gleißend helle Energiebahn huschte zu dem schlanken Gebilde hinüber und erfasste es. Wildes Geschrei brandete auf, als der hohe Mast wankte. Noch immer leckte die glühend heiße Energiezunge des Strahlers gegen ihn an. Dabei musste sie schließlich eine der Zuleitungen erfasst haben, die die Projektoren oben an der Spitze des Mastes mit Leistung versorgten. Es gab eine donnernde Explosion. Die Nächststehenden wurden zu Boden geschleudert. Der untere Teil des Mastes wurde förmlich atomisiert. Der Rest stürzte in Richtung des Kontrollgebäudes und rammte donnernd in den weichen Boden.

Rasender Beifall brandete auf – und verstummte einen Atemzug später abrupt. An den Rändern des Lagers flackerte es plötzlich. Grelle, bläulich weiße Blitze tobten an der Grenze des Lagers entlang. Ein lautes Knattern war zu hören, und der durchdringende Geruch von Ozon erfüllte die Luft. Ratlos verfolgten die Gefangenen das ungewöhnliche Schauspiel. Das war Kantenbergs Augenblick. Er durfte sie nicht im Unklaren lassen. Er brauchte ihren Beistand.

»Freunde!«, schrie er aus voller Lunge. »Das ist das Prallfeld! Es bricht zusammen! Wir sind frei ...!«

Tatsächlich erloschen die Blitze wenige Sekunden später. Das Knattern verstummte. Kantenberg drängte sich durch den Wall der Umstehenden und rief: »Ich bin sicher, dass es kein Feld mehr gibt! Wir wollen es ausprobieren!«

Die Menge folgte ihm begeistert. Das Gerücht, dass das Prallfeld aufgehört habe zu existieren, verbreitete sich in Windeseile. Eine jubelnde Masse von Menschen wälzte sich, so rasch es die mörderische Schwerkraft gestattete, in die Richtung, die Thomas Kantenberg gewiesen hatte.

Kantenbergs Gefühle waren in diesen Augenblicken durchaus zwiespältig. Dies war sein Plan. Bislang war alles genauso verlaufen, wie er es gewollt hatte. Aber es war längst nicht mehr die reine Logik, die ihn inspirierte. Auch er hatte lange Wochen unmenschlicher Qualen an den Pariczanern gutzumachen. Auch ihn riss die überquellende Begeisterung der Gefangenen mit. In diesen Augenblicken – und leider nur in diesen Augenblicken – war er ein Rebell, der seine Anhänger zum Kampf führte. Zum Kampf gegen die unmenschlichen Unterdrücker, deren Ziel es war, die Menschheit auszulöschen.

Sie erreichten die Linie, die früher die Grenze des Lagers gebildet hatte. Thomas Kantenberg war einer der Ersten. Er streckte die Arme nach vorne. Dabei ging er kein Risiko ein. Das Prallfeld verletzte oder tötete nicht, es wirkte einfach wie eine unsichtbare Wand. Aber die Wand war verschwunden! Kantenberg raffte seine Kräfte zusammen und eilte den anderen so weit voraus, dass sie klar erkennen konnten, dass er die Grenze des Lagers überschritten hatte. Er warf die Arme in die Luft und schrie: »Wir sind frei! Die Schranke ist gefallen!«

Der Jubel der Gefangenen klang wie Donner. Achthunderttausend Solarier standen hinter Thomas Kantenberg, mehr als eine Armee. Er hatte sich umgedreht und ihnen zugerufen. Seine Stimme war von einem zum anderen weitergegeben worden. Jetzt warf er sich von neuem herum und hastete dorthin, wo die erbeuteten Raumschiffe der Solaren Flotte abgestellt waren.

Für die, die ihm folgten, war das das Signal, weiter vorwärts zu stürmen. Thomas Kantenberg aber handelte aus anderem Antrieb. Er hatte die ersten Roboterkolonnen aus den Ausgängen des Kontrollgebäudes quellen sehen. Die Überschweren hatten sich von ihrem Schock erholt.

Der Angriff der Roboter erfolgte ohne jeden Zeitverlust. Noch befand sich der weitaus größte Teil der Menschenmasse auf dem Gelände des Lagers, da begannen die schweren Waffen der Kampfmaschinen zu arbeiten. Entsetzte Schreie gellten auf. Die Roboter mähten gnadenlos nieder, was ihnen vor die Läufe kam. Sie waren für die hohe Gravitation von Zabrijna konstruiert und den Fliehenden an Geschwindigkeit weit überlegen. Die Gefangenen in der Nachhut der riesigen Menschentraube sahen die Aussichtslosigkeit ihrer Flucht ein. Entsetzt hielten sie an, wandten sich um und warteten mit erhobenen Armen auf die Roboter. Den meisten nützte die Geste der Unterwerfung nichts: Die Kampfmaschinen hatten Befehl, auf alles zu schießen, was wie ein Solarier aussah.

Thomas Kantenberg aktivierte, als die ersten Salven in die Menschenmenge fauchten, seine letzten Kraftreserven. Das Herz schlug ihm bis zum Hals hinauf. Es gab Augenblicke, da wurde ihm schwarz vor den Augen, und er begann zu taumeln. Nur der Gedanke an den Tod riss ihn weiter: Die Roboter hinter ihm hatten keine Ahnung, dass das Ganze nur ein von Leticron inszeniertes Schauspiel war. Sie würden ihn ebenso gnadenlos erschießen, wenn er ihnen vor den Lauf kam, wie die anderen Gefangenen.

Die körperlichen Qualen der vergangenen Monate, die zerrende Schwerkraft des Planeten – beides zusammen ließ ihn fast daran zweifeln, ob er sein Ziel jemals erreichen würde. Er stolperte und taumelte dahin. Schweiß troff ihm in die Augen und verwischte das Bild der terranischen Raumschiffe, auf die die Menge der Gefangenen zustrebte. Schattenhaft sah er andere Menschen neben und vor sich. Er sprach nicht mehr. Er bekam fast keine Luft mehr. Die fauchenden Salven aus den schweren Waffen der Roboter kamen immer näher.

Da plötzlich – hoch aufragende, undeutliche Silhouetten! Das erste Raumschiff! Kantenberg taumelte unter der Rundung des Rumpfs entlang und war plötzlich ganz allein. Die anderen bewegten sich in gerader Richtung weiter. Panik erfasste ihn. Würde er die Space-Jet wiederfinden, auf die er es abgesehen hatte? Es bereitete ihm Mühe, sich an ihre Bezeichnung zu erinnern. Kantenberg war nur noch ein Automat, der sich bewegte, weil ihn irgendjemand, irgendetwas irgendwann einmal in Bewegung gesetzt hatte. Er versuchte, sich auf einer geraden Linie zu halten; aber er wusste nicht, wie gut ihm das gelang.

Eines jedoch bemerkte er bald: Das fauchende, dröhnende Geräusch der Salven hatte sich zur Seite hin entfernt. Er hatte sich von der Menge der Gefangenen gelöst und war wenigstens im Augenblick vor den pariczanischen Robotern einigermaßen sicher. Das gab ihm neuen Mut. Unter dem kugelförmigen Leib einer notgelandeten Korvette gönnte er sich ein paar Sekunden Ruhe. Schließlich kroch er aus seinem Versteck hervor und hielt Ausschau. Das Glück meinte es gut mit ihm; die Space-Jet SX-9082 stand kaum einhundert Meter entfernt, und kein einziger Roboter war in Sicht.

Kantenberg brachte mit letzter Kraft einen kurzen Spurt zuwege. Dann stand er im Schatten des Raumers. Die Bodenschleuse war geöffnet. Eine flexible Leiter hing daraus hervor. Kantenberg schwang sich hinauf. Sprosse um Sprosse kletterte er die schwankende Leiter empor.

Dann erreichte er die Schleuse. Er schwang die Leiter, bis sie an den Rand des Schleusenluks stieß, und ließ sich einfach fallen. Der schwere Aufprall machte ihn für kurze Zeit bewusstlos; wenigstens diese paar Minuten wurden dem geschundenen Körper gegönnt, sich zu erholen. Als er nach geraumer Zeit wieder zu sich kam, war der Lärm draußen gänzlich verstummt. Er stemmte sich in die Höhe. Das Innere des Fahrzeugs war völlig still. Das Kraftwerk war ausgeschaltet. Finster strebte vor ihm der Schacht in die Höhe, der normalerweise ein Antigravfeld enthielt. In die Wand des Schachts war eine Leiter eingearbeitet, und Thomas Kantenberg blieb nichts anderes übrig, als sich an ihr mühsam in die Höhe zu ziehen. Von neuem mühte er sich bis zum Zustand akuter Erschöpfung. Er brauchte eine Stunde, um die drei niedrigen Decks bis hinauf zum Kommandostand zu überwinden. Das Schott zur Zentrale des kleinen Raumfahrzeugs musste manuell geöffnet werden. Kantenberg wankte in den stockfinsteren, kreisrunden Raum.

Mit letzter Kraft erreichte er den Sessel des Piloten. Er ließ sich hineinfallen und schnallte sich mit zitternden Händen fest. Noch immer war es ringsum totenstill. Er musste einen Blitzstart durchführen, überlegte er. Er musste den kleinen Notmeiler in Betrieb setzen, der für kurze Zeit einen gewaltigen Leistungsausstoß erreichte, und mit seiner Energie die Feldtriebwerke speisen, die die Space-Jet in den Raum trugen. In der Zwischenzeit hatte das reguläre Kraftwerk Zeit, anzulaufen, und es konnte nach etwa zwanzig bis dreißig Minuten den Notmeiler ablösen. Das war wichtig. Denn Kantenberg hatte vorläufig noch keine Ahnung, wie viel Treibstoff sich an Bord befand.

Er gönnte sich zehn Minuten der Entspannung, in denen sich seine Kraftreserven teilweise erneuerten. Dann tastete er im Dunkeln nach dem Schalter für das Notaggregat und ließ ihn knackend einrasten. Fast augenblicklich wurde es hell in dem kleinen Kommandostand. Die Schirme leuchteten auf, und die Beleuchtung erwachte zum Leben. Tief im Innern des Fahrzeugs war ein summendes Geräusch zu hören: das Pumpensystem, das den Meiler mit Brennstoff versorgte.

Zielstrebig nahm Thomas Kantenberg weitere Schaltungen vor. Dabei warf er ab und zu einen Blick auf die Anzeige der Außenkameras. Er überblickte den Rand des Lagers. Er war übersät mit den reglosen Körpern von Gefangenen, die die Waffen der Roboter niedergestreckt hatten. Bitterkeit überkam den harten Mann, der soeben im Begriff stand, der Gefangenenwelt zu entkommen. Er sah Gruppen von Kampfrobotern dicht innerhalb der Grenzen des Lagers entlangmarschieren. Das Prallfeld war anscheinend noch nicht wiederhergestellt. Kantenberg fragte sich, was aus den überlebenden Gefangenen geworden sei; keiner von ihnen ließ sich blicken. Wahrscheinlich waren sie in ihre Einheiten zurückgeschickt worden, und ein paar befanden sich vermutlich noch in Freiheit – vorläufig. *Es kann aber auch sein,* dachte Kantenberg bitter, *dass es überhaupt keine Überlebenden gibt.*

Entschlossen leitete er den Startvorgang ein. In diesem Augenblick begannen die Triebwerke zu arbeiten und verbreiteten ein Geräusch, das bis ins Lager hinüber zu hören sein musste. Der Erfolg war sofort zu sehen: Mehrere Robotabteilungen schwenkten noch in derselben Sekunde zur Seite ab und nahmen Kurs auf das Gelände, auf dem die terranischen Beutefahrzeuge abgestellt waren.

Aber sie kamen zu spät. Die Space-Jet schoss in die Höhe, richtete sich auf, um der dichten Atmosphäre nur den geringsten Querschnitt darzubieten, und strebte steil in den milchig blassen Himmel hinauf. Der Antigrav schaltete automatisch auf terranische Verhältnisse um. Von einem Augenblick zum andern fühlte sich Kantenberg von der mörderischen Schwerkraft Zabrijnas befreit.

Kantenberg atmete auf. Sein Vorhaben war geglückt. Er sah an den Anzeigen der Instrumente, dass das Kraftwerk langsam in Gang kam. Die Treibstofftanks waren zu mehr als achtzig Prozent voll. Er würde keine Mühe haben, sein Ziel zu erreichen. Das Notaggregat schaltete sich automatisch aus, als das Kraftwerk an dem Punkt angelangt war, an dem es die Energieversorgung des kleinen Raumschiffs übernehmen konnte. Kantenberg widmete sich der Bordpositronik. Der Stern, den er aufzusuchen gedachte, war planetenlos und hatte nur eine Katalognummer. Leticron selbst hatte dieses Ziel bestimmt; er wusste, dass in unmittelbarer Nähe der namenlosen Sonne stets zwei oder drei Einheiten der USO kreuzten. Der Stern war trotz seiner Namenlosigkeit ein wichtiger Fixpunkt im Netz des galaktischen Koordinatensystems. Die Positronik der SX-9082 kannte ihn. Kantenberg überließ ihr die Steuerung.

Und dann, als er schon auf dem besten Weg war, der Höllenwelt Zabrijna zu entrinnen, als die kleine Space-Jet zielstrebig auf den Punkt zu beschleunigte, an dem sie in den Linearraum eintreten würde, kam die Überraschung. Es verwirklichte sich jener Teil von Leticrons Plan, über den er den Terraner im Unklaren gelassen hatte.

Plötzlich schlug der Orter Alarm. Kantenberg blickte erstaunt auf und sah auf dem kleinen Bildschirm den lang gezogenen Reflex eines Walzenschiffs der Überschweren. Es war unverkennbar, dass es auf ihn zukam. Kantenberg war zu Tode erschrocken. Wer war der Kommandant des Fahrzeugs? Hatte Leticron ihn informiert? Oder war er ahnungslos? Hatte er Meldung von der Flucht einer Space-Jet bekommen und sich vorgenommen, den Fluchtversuch zu unterbinden?

Nur ein paar Sekunden lang blieb Thomas Kantenberg im Unklaren. Dann eröffnete das pariczanische Raumschiff das Feuer. Die Bordpositronik schlug Alarm. Die Zusatzaggregate heulten auf, als die Space-Jet sich blitzschnell in einen dichten Mantel von Schutzschirmen hüllte. Auch Kantenberg handelte ohne Zögern. Die Schaltung zum Eintritt in den Linearraum war vorbereitet. Noch war der günstigste Sprungpunkt nicht erreicht; aber der Terraner hatte nicht die Absicht, bis dahin zu warten und zu hoffen, dass die Pariczaner ihn verfehlten.

Als er das Signal zum verfrühten Übergang zum Linearflug auslöste, erhielt die SX-9082 einen Treffer. Plötzlich hob sich der Sitz unter Thomas Kantenberg und wollte die hagere Gestalt des Terraners zusammenstauchen. Er hörte den Knall einer vehementen Explosion. Beißender Qualm stieg auf. Die Schirme flackerten, aber Kantenberg konnte sehen, dass die Space-Jet in wilde, unkontrollierte Rotation versetzt worden war.

Der Sessel unter ihm wurde aus der Halterung gerissen. Der Antigrav musste versagt haben. Mit der Wucht eines Geschosses flog Thomas Kantenberg, noch immer von den Gurten gehalten, mitsamt dem Sitz quer durch den kleinen Kommandostand und prallte gegen die Wand.

Dann setzte die Bewusstlosigkeit seinen Qualen ein vorläufiges Ende.

2.

Als er zu sich kam, fand er sich unter einem Haufen von Trümmern, aus dem er sich erst mühsam hervorarbeiten musste, nachdem er die Gurte durch einen Knopfdruck gelöst hatte. Er verspürte Kopfschmerzen, aber ein sorgfältiges Abtasten des Schädels förderte nur eine Schramme zutage, die bereits verharscht war.

Um ihn summte und brummte es in beruhigender Gleichmäßigkeit. Ein Blick auf die Schirme zeigte ihm, dass die SX-9082 sich im Linearraum befand. Das eintönige, konturlose Grau dieses Kontinuums wies keinerlei Spuren von Verfolgern auf. Er musste dem pariczanischen Walzenraumer zu guter Letzt also doch noch entkommen sein.

Der Antigrav hatte anscheinend die Arbeit wieder aufgenommen. An Bord der Space-Jet herrschte normale irdische Schwerkraft. Terranische Raumschiffe waren so gebaut, dass sie sich unter dem Kommando der Bordpositronik bis zu einem gewissen Grad selbst reparieren konnten. Diese Reparatur hatte offensichtlich in der Zwischenzeit stattgefunden. Kantenberg überzeugte sich davon, dass er knapp drei Stunden bewusstlos gewesen war. Die erzwungene Ruhe hatte ihn gekräftigt. Er bezog den Sessel des Kopiloten, da der des Piloten mit zu dem Trümmerhaufen gehörte, unter dem er sich hatte hervorarbeiten müssen, und ging die Liste der Schadensmeldungen durch.

Seine Erleichterung verflog schlagartig. Der Treffer des pariczanischen Geschützes war alles andere als wirkungslos gewesen. Er hatte zwar den Antigrav nur zeitweise außer Betrieb gesetzt, dafür aber war die Triebwerkssektion permanent beschädigt, und zwar über jenen Grad hinaus, bei dem die Positronik noch aus eigener Kraft eine Reparatur vornehmen konnte. Kantenberg kroch in die Triebwerkssektion hinab, um sich an Ort und Stelle ein Bild von seinen Überlebenschancen zu machen.

Das Ergebnis war niederschmetternd. Der Waring-Konverter war dermaßen angeschlagen, dass er beim nächsten Ausschaltvorgang, also sobald die SX-9082 aus dem Linearraum auftauchte, endgültig den Geist aufgeben würde. Danach war die Space-Jet nicht mehr linearflugtauglich. Mit dieser Erkenntnis versehen, kehrte Kantenberg unverzüglich in den Kommandostand zurück. Er wollte wissen, unter welchen Bedingungen die SX-9082 in den Linearraum eingetreten war. Zwar waren alle Sprungdaten vor dem Absprung von der Positronik genau errechnet worden; aber kurz vor dem kritischen Zeitpunkt hatte das Fahrzeug einen Treffer erhalten, der die Positronik kurzzeitig durcheinander gebracht haben mochte.

Kantenberg überprüfte die Koordinaten und stellte erleichtert fest, dass der Übergang in den Linearraum ordnungsgemäß verlaufen war. Das hieß, wenn er nicht manuell in den Ablauf des Linearflugs eingriff, würde er planmäßig in unmittelbarer Nähe jener namenlosen Sonne materialisieren, um die nach Leticrons Kenntnis ständig mindestens zwei Einheiten der USO kreisten.

Je länger Thomas Kantenberg sich mit der Sache befasste, desto deutlicher wurde ihm, dass es sich bei dem Angriff des pariczanischen Kriegsschiffs auf die Space-Jet um einen Teil von Leticrons Plan handelte. Die beiden Kapseln hatten nicht die ganze Wahrheit enthalten. Leticron hatte das Vorhaben nicht vom Stapel gelassen, ohne noch einen kleinen Trumpf im Ärmel zu haben. Der Einsatz des pariczanischen Schiffs war minuziös geplant worden. Gefahr für die Space-Jet hatte es nur während weniger Sekunden gegeben, und der Treffer, den sie schließlich erhalten hatte, hatte nichts anderes bewirkt, als dass Kantenberg sich nun genau an Leticrons Vorschrift halten musste: die namenlose Sonne anfliegen und von den USO-Schiffen aufgenommen werden oder untergehen.

Zweierlei hatte der Corun of Paricza mit diesem Vorgehen erreicht. Erstens hatte er sich der Treue seines Agenten versichert, und zweitens machte er diesem die Arbeit leichter, indem er ihn an Bord eines schwer beschädigten Fahrzeugs im Zielgebiet erscheinen ließ.

Man hatte es also, schloss Thomas Kantenberg, nicht auf sein Leben abgesehen gehabt. Irgendwie beruhigte ihn dieser Gedanke, obwohl er nicht sonderlich logisch war. Leticron war nicht der Mann, der hilflose Gefangene aus purem Sadismus glauben machte, er wolle sie als Geheimagenten einsetzen, nur um sie dann gleich zu Beginn des Einsatzes abschießen zu lassen. Leticron war ein Mann ohne Emotionen, eine Denkmaschine. Leticron hatte erkannt, dass es keine glaubhaftere Möglichkeit gab, einem Gefangenen die Flucht zu ermöglichen, als indem man ihn während des Appells durchdrehen, eine Waffe erbeuten und den Mast umlegen ließ. Scheinbar tat er das, um die Pariczaner an weiteren Vorführungen zu hindern. In Wirklichkeit erreichte er jedoch, dass durch den Ausfall der beiden Innenfeldprojektoren das Prallfeld zusammenbrach. Niemand würde jemals auf den Verdacht kommen, Kantenberg habe, als er den Strahler auf den Mast anlegte, schon gewusst, dass er mit seiner Salve das Prallfeld zum Zusammenbruch bringen würde.

Und um seinem Agenten noch das letzte Quantum Glaubwürdigkeit mit auf den Weg zu geben, hatte er sein Fahrzeug verfolgen und von einem seiner Kriegsschiffe schwer beschädigen lassen. Natürlich hätte die schwere Salve die Space-Jet zerreißen und Kantenberg den Tod bringen können. Für Leticron hätte das lediglich bedeutet, dass er sich einen Ersatzagenten suchen musste, mit dem er das tückische Spiel von neuem beginnen konnte.

Es gab kein Vertrauensverhältnis zu dem neuen Ersten Hetran der Milchstraße. Ein Mann, der für ihn arbeitete, hatte für ihn nur so lange Wert, wie er sich an die Richtlinien hielt. Er würde bedingungslos jeden auslöschen, der seinem Sinn zuwiderhandelte. Das war die Lektion, die Thomas Kantenberg in diesen Stunden gelernt hatte.

»Sir, wir empfangen einen Notruf!«, sagte der junge Funker ernst. »Vor wenigen Minuten ist ein kleines Objekt aus dem Linearraum materialisiert und hält seitdem auf den Zentralkörper zu. Von ihm kommen die Hilferufe.«

»Sie haben auf automatische Beobachtung geschaltet?«, fragte Major Zanoor, der Kommandant der kleinen Kometenstation, den Offizier.

»Selbstverständlich, Sir.«

»Gut, ich komme.«

Zanoor war ein stämmiger Terraner europäischer Herkunft, der sich sonst in seiner Nachtruhe nur ungern stören ließ. Aber ein »kleines Objekt« – das konnte nach dem Sprachgebrauch der Station nicht mehr als ein Fahrzeug etwa von den Maßen einer Korvette bedeuten –, das unversehens ausgerechnet in diesem Raumsektor auftauchte, das war mehr, als Zanoors Neugierde ungestört verkraften konnte.

Kaum zwei Minuten später stand er im Kontrollraum, der im tiefsten Innern des Eisen- und Nickelkerns lag, aus dem dieser ungewöhnliche Komet zur Hauptsache bestand. Ein Offizier und acht Mannschaftsgrade taten im Kontrollraum Dienst. Die meisten starrten hinauf zur großen Bildfläche des Orterschirms, auf dem sich das unbekannte Objekt als kleiner Reflex zeigte.

»Keine weiteren Informationen, Sir«, sagte der Offizier, noch bevor Zanoor seine Frage aussprechen konnte. »Das Objekt hält weiterhin Kurs auf den Zentralkörper. Auf diesem Kurs wird es sich der Station bis auf weniger als acht Lichtsekunden nähern.«

»Irgendwelche Anzeichen, dass der Kerl verfolgt wird?«, wollte Zanoor wissen.

»Keine, Sir.«

Zanoor war mit sich selbst im Unklaren. Die Station im Innern des Kometen, der auf hochexzentrischer Bahn eine namen- und planetenlose Sonne umkreiste, war eine der wichtigsten und geheimsten im galaxienweiten Netz der USO-Stützpunkte. Sie hieß QUENCHEN-459 und lag im unmittelbaren Vorfeld des USO-Zentrums Quinto-Center. Allein die Information, dass sie überhaupt existierte, unterlag der zweithöchsten Geheimhaltungsstufe. QUENCHEN-459 war auch der Aufmerksamkeit der Laren bislang entgangen. Wer konnte der Fremde sein, der sich ausgerechnet diesen Raumsektor als Ziel ausgesucht hatte? Hatte ihn der Zufall hierher verschlagen, oder wusste er von der Existenz des Stützpunktes? Konnte es sein, dass die Laren durch einen Trick erfahren wollten, ob dieser Raumsektor wirklich so leer und harmlos war, wie es den Anschein hatte?

»Neue Auswertung, Sir«, rief der junge Offizier. »Das Fahrzeug bewegt sich mit Hilfe konventioneller Triebwerke. Die Analyse der Triebwerksstreuimpulse deutet darauf hin, dass es sich um ein System handelt, wie es an Bord von Space-Jets verwendet wird.«

»Stimmt die Größe des Objekts damit überein?«

»Sir – aus einer halben Lichtminute Entfernung können wir die Ausmaße des Objekts auf nicht besser als plus/minus zweihundert Meter bestimmen. Es könnte eine Nussschale sein, die da draußen fliegt, oder auch ein Kreuzer der Flotte.«

Noch immer zögerte Zanoor. Er bedauerte, dass die beiden Wacheinheiten, die normalerweise in der Nähe des Zentralkörpers kreuzten, vor kurzem abgezogen worden waren. Er hätte es gerne ihnen überlassen, sich um den geheimnisvollen Unbekannten zu kümmern, dann hätte er die Kenntnis von der Existenz der Station nicht preiszugeben brauchen. Andererseits konnte er den Fremden nicht einfach sich selbst überlassen. Wenn er wirklich von der Station wusste, musste es sich um eine wichtige Persönlichkeit handeln, der sie ihre Hilfe nicht verweigern durften.

Schweren Herzens traf Zanoor seine Entscheidung.

»Rufen Sie den Unbekannten an!«, befahl er dem jungen Offizier. »Funken Sie ohne Bildübertragung. Warten Sie, bis er etwa auf zwanzig Lichtsekunden heran ist, dann sagen Sie: Zanoor an unbekanntes Objekt. Wer sind Sie und welche Art Hilfe brauchen Sie?«

Eine Viertelstunde verging, dann setzte der Offizier weisungsgemäß Zanoors Spruch ab. Etwa eine Minute verstrich, bis der Fremde sich meldete. Er musste sich mit der Antwort beeilt haben, denn die lichtschnellen Funkwellen brauchten allein für den Hin- und Rückweg zwischen den beiden Antennen rund vierzig Sekunden. Der Fremde sendete mit Bildübertragung. Ein hageres Gesicht mit eingefallenen Wangen und erschreckend tief sitzenden Augen erschien auf der Bildfläche. Zanoor starrte es ungläubig an.

»Mein Gott, das kann doch nicht sein ...!«, stieß er hervor. »Das Gesicht ... Das ist Kantenberg ...!«

Die Erkenntnis, dass er nicht in unmittelbarer Nähe der fremden Sonne, sondern in einem Abstand von mehr als sechs Lichtstunden aus dem Linearraum aufgetaucht war, war ein verhältnismäßig milder Schock im Vergleich zu der Panik, die Thomas Kantenberg empfand, als er nach sorgfältigem Tasten feststellen musste, dass es keine Spur von den zwei USO-Wachschiffen gab, die nach Leticrons Information ständig in diesem Raumsektor Dienst taten.

Er überprüfte den Waring-Konverter und stellte fest, dass seine Prognose sich bewahrheitet hatte; das Aggregat war funktionsunfähig. Die SX-9082 würde niemals mehr durch den Linearraum fliegen – wenigstens nicht mit diesem Konverter. Kantenberg blieb nur noch die äußerst vage Hoffnung, dass die USO-Einheiten sich bei seinem unerwarteten Auftauchen in den Ortungsschatten der namenlosen Sonne verkrochen hatten. Er brachte also die Space-Jet auf Kurs und flog die Sonne an. Wegen der Schäden im Triebwerkssektor wagte er nicht, bis mehr als auf zehn Prozent der Lichtgeschwindigkeit relativ zu seinem Ziel zu beschleunigen. Das heißt, er würde fast drei Tage brauchen, um in unmittelbare Nähe des fremden Gestirns zu gelangen.

Gleichzeitig fing er an zu funken. Die Wahrscheinlichkeit, dass sich im Schutz der Sonne tatsächlich zwei Wacheinheiten der USO aufhielten, war äußerst gering. Sie hätten die Space-Jet längst als harmloses Fahrzeug identifizieren und aus ihrem Versteck hervorkommen müssen. Thomas Kantenberg sandte seinen Hilferuf mit höchster Leistung. Er befand sich hier im Einzugsgebiet der USO-Zentrale Quinto-Center, weniger als eintausend Lichtjahre von ihr entfernt, und es war durchaus nicht unwahrscheinlich, dass sein Ruf von einem in der Nähe kreuzenden Raumschiff der USO aufgefangen wurde.

Inzwischen hatte die Positronik die Feinortung abgeschlossen. Es befand sich kein anderes Raumfahrzeug im Umkreis von mehreren Lichtstunden – so weit die Ortergeräte der SX-9082 reichten. Es gab außer der namenlosen Sonne überhaupt nur eine einzige Materieballung in diesem Raumsektor: einen Himmelskörper, der sich auf höchstexzentrischer Bahn um die Sonne bewegte und wahrscheinlich in die Klasse der Kometen eingestuft werden musste, obwohl er nicht wie die meisten Kometen aus Eistrümmern, sondern aus massivem Fels und einem darunter liegenden Kern aus nahezu reinem Metall bestand. Thomas Kantenberg nahm diese Information gleichmütig zur Kenntnis. Der Komet interessierte ihn nicht.

Und dann, zum Schluss, kam es anders, als Kantenberg es sich vorgestellt hatte. Der Hypersender blieb tot. Der Normalfunk war es, der schließlich ansprach. Aus einem Lautsprecher drang plötzlich die Stimme eines Mannes. Sie sprach Terranisch, und ihre Worte waren: »Zanoor an unbekanntes Objekt. Wer sind Sie und welche Art Hilfe brauchen Sie?«

Thomas Kantenberg saß starr und staunte ungläubig den Empfänger an. Normalfunk – das bedeutete, dass der Sender nicht allzu weit entfernt sein konnte. Und die Richtdaten der Antenne wiesen auf den unscheinbaren Kometen, der da fast eine halbe Lichtminute entfernt der Space-Jet voraus auf die fremde Sonne zueilte. Mehr als alles andere aber elektrisierte ihn der Name, den er soeben gehört hatte: Zanoor. Er kannte einen Zanoor, Major im Inneren Stab der USO.

Kantenberg zögerte nicht lange mit der Antwort. Da es sich um eine Distanz von nur wenigen Lichtsekunden handelte, konnte er es sich leisten, die Bildübertragung einzuschalten. Falls dort auf dem Kometen wirklich der Zanoor saß, den er kannte, dann wollte er sich ihm so rasch wie möglich zu erkennen geben.

Der Mann auf dem großen Bildschirm begann zu sprechen, noch bevor Zanoor seinen erstaunten Aufschrei beendet hatte. Augenblicklich wurde es still im Kontrollraum.

»Ich bin Thomas Kantenberg«, sagte eine tiefe Stimme, die die Worte nur zögernd hervorbrachte, als bereite ihr das Sprechen Mühe. »Mein Fahrzeug ist schwer beschädigt und nicht mehr linearflugtauglich. Ich brauche jemand, der mir zur nächsten zivilisierten Welt weiterhilft. Und wenn der Zanoor, der sich bei Ihnen meldete, der Mann ist, den ich meine, dann ist mein Problem schon so gut wie gelöst.«

Mitten in seiner kurzen Rede sah er plötzlich auf, und ein leises Lächeln huschte über sein eingefallenes Gesicht. Das musste gewesen sein, als Zanoors erstaunter Ausruf in seinem Empfänger eintraf. Denn gleich im Anschluss an seine vorangegangenen Worte sagte er: »Ich sehe, dass ich mich nicht getäuscht habe. Zanoor, werden Sie mir helfen?«

Dem Major ging in diesen Sekunden Verschiedenes durch den Kopf. Thomas Kantenberg gehörte nicht zu dem Kreis der Personen, die von der Existenz der Station QUENCHEN-459 wussten. Das besagte nicht, dass er nicht zur Elite der USO-Spezialisten gehörte. Er hatte nur niemals eine Aufgabe übernommen, für deren Durchführung es wichtig gewesen wäre, von QUENCHEN-459 zu wissen. Im Gegenteil: Kantenberg war, soweit Zanoor wusste, einer der profiliertesten USO-Leute, ganz besonders deswegen, weil er latente Mutantenfähigkeiten besaß, die die Biophysiker der USO eines Tages zu aktivem Leben zu erwecken hofften.

Was aber hatte Kantenberg in diesem Sektor zu suchen? Es war jedermann bekannt, dass Kantenberg unmittelbar nach dem Verschwinden der Erde einen Einsatz auf einer obskuren Siedlerwelt mitgemacht hatte, die, kaum dass er dort gelandet war, von Leticrons Horden überfallen wurde. Seitdem galt Kantenberg als vermisst, das heißt: im schlimmsten Falle tot, im günstigsten Falle unverletzt dem Gegner in die Hände gefallen. Es musste ihm auf irgendeine Weise gelungen sein, sich zu befreien. Aber warum war er gerade hierher gekommen?

Zanoor fasste einen raschen Entschluss. »Ich werde Ihnen helfen, Kantenberg«, sagte er mit fester Stimme. »Sehen Sie den Kometen?«

Die Space-Jet war inzwischen näher herangekommen. Es vergingen nur noch vierzig Sekunden bis zum Eintreffen der Antwort: »Ich habe ihn vor einiger Zeit ausgemacht. Stecken Sie da drinnen?«

Zanoor ging nicht auf die Frage ein. »Führen Sie eine Kursänderung durch«, empfahl er Kantenberg. »Richten Sie Ihr Fahrzeug so, dass es in einer Entfernung von einem halben Mondbahnradius an dem Kometen vorbeizieht. Besitzen Sie einen raumflugtüchtigen Schutzanzug?«

»Ja«, antwortete Kantenberg nach 35 Sekunden.

»Im Augenblick des geringsten Abstands gehen Sie von Bord. Halten Sie auf den Kometen zu. Ich werde dafür sorgen, dass Sie ihn erreichen. Falls Sie irgendwelche Unterlagen besitzen, bringen Sie sie mit. Denn die Space-Jet wird es nicht mehr lange geben.«

Kantenberg verstand sofort. Nein, er hatte keine Unterlagen. Er hatte, wie er sagte, nur das blanke Leben gerettet. Er änderte den Kurs und folgte Zanoors Anweisungen bis ins letzte Detail. Als der Augenblick gekommen war, öffnete er das äußere Schott der Backbordschleuse und aktivierte die Antriebsaggregate seines Schutzanzugs.

Er sah, wie der Diskus der Jet seitwärts verschwand. Er schrumpfte einfach zusammen und wurde von der Schwärze des Alls verschluckt. Eine halbe Minute später leuchtete es im Dunkel vor ihm – dort, wo er den Kometen vermutete – für den Bruchteil einer Sekunde auf. Zanoor hatte eines seiner Geschütze abgefeuert. Schräg hinter Kantenberg entstand mitten im Raum plötzlich eine kleine, blauweiß strahlende Sonne, in der die SX-9082 verging.

Bevor Kantenberg den Schutzanzug überstreifte, hatte er das Normalfunkgerät ausgeschaltet. Im Kontrollraum von QUENCHEN-459 schwieg der Empfänger, und der große Bildschirm war dunkel geworden.

»Ich brauche eine Richtstrahlverbindung zum Hauptquartier«, sagte Zanoor plötzlich.

Der junge Offizier nahm die nötigen Schaltungen vor. »Richtstrahl steht in achtzig Sekunden zur Verfügung, Sir«, meldete er.

»Legen Sie den Kanal in mein Quartier!«, befahl Zanoor und verließ den Kontrollraum. Als er sein Quartier erreichte, war die – mehrfach verschlüsselte – Verbindung bereits hergestellt. Sein Gesprächspartner war ein Computer irgendwo in den unergründlichen Tiefen von Quinto-Center.

»Sprechen Sie, Major Zanoor!«, forderte ihn die Positronik auf.

»Objekt der Anfrage: Thomas Kantenberg, Spezialist der USO. Das Objekt wurde im Raumsektor Quenchen an Bord einer Space-Jet mit der Markierung SX-9082 aufgefunden. Das Fahrzeug war havariert und für den Linearflug nicht mehr tauglich.«

Daran schloss sich eine Wiederholung der Angaben an, die Kantenberg über Funk bis zu dem Zeitpunkt gemacht hatte, da er sein Fahrzeug verließ. Er schloss mit den Worten: »Das Objekt wird in spätestens einer Stunde an Bord der Station genommen. Die havarierte Space-Jet wird durch Direktbeschuss zerstört. Subjekt der Anfrage erbittet detaillierte Anweisungen für weiteres Verhalten.«

Danach kehrte Zanoor in den Kontrollraum zurück. »Ist Kantenberg ausgestiegen?«, wollte er wissen.

»Vor wenigen Augenblicken, Sir«, lautete die Antwort.

»Geben Sie ihm ein paar Sekunden Zeit, dann legen Sie dem Fahrzeug ein kleines Transform-Ei an Bord und zünden sofort.«

Der junge Offizier gehorchte. Die Zielautomatik richtete eines der kleinsten Transformgeschütze auf die davoneilende Space-Jet aus. Der

Feuerbefehl wurde gegeben. Knapp eine Sekunde später erschien auf dem optischen Bildschirm ein greller Lichtblitz. Die SX-9082 hatte aufgehört zu existieren.

Zanoor traf Anstalten, ein kleines Kommando zusammenzustellen, das Kantenberg entgegenfliegen und ihn sicher einbringen sollte. Da wurde er durch die Stimme eines Funkers unterbrochen: »Eine Nachricht vom Hauptquartier, Sir!«

Zanoor wirbelte herum, fand einen unbesetzten Schirm und deutete darauf. »Legen Sie sie hierher!«, befahl er.

Auf der Bildfläche erschien eine Meldung in Klartext. Der Rechner hatte sie bereits entschlüsselt. Zanoor las: »Objekt der Anweisung: Thomas Kantenberg, USO-Spezialist. Das Objekt ist einer vorläufigen Prüfung zu unterziehen und bei positivem Resultat auf dem schnellsten Weg ins Hauptquartier zu transportieren. Bei negativem Ergebnis ist das Objekt gefangen zu setzen und unschädlich zu halten.«

Zanoor atmete unwillkürlich auf. Dadurch, dass das Hauptquartier die Verantwortung für Kantenberg übernahm, war ihm eine drückende Last von den Schultern genommen. Die vorläufige Prüfung war leicht genug durchzuführen und war in der Tat eine Standardprozedur für jeden Fall, in dem jemand, der nicht zur Besatzung der Station gehörte, den Stützpunkt betrat. Sie umschloss die unauffällige Durchsuchung nach Waffen ebenso wie einen sorgfältigen Hirnwellentest, aus dem hervorging, ob der Untersuchte hypnotisch beeinflusst war oder nicht.

Zanoor blieb nur noch übrig, das Einbringkommando zusammenzustellen. Dann konnte er sich ein paar Minuten Ruhe gönnen und brauchte nur noch auf Kantenbergs Eintreffen und das Ergebnis der Prüfung zu warten.

Aus dem Nichts, so schien es, materialisierte ein kleines, scheibenförmiges Raumfahrzeug. In seinem Helmempfänger hörte Thomas Kantenberg die Aufforderung, durch die geöffnete Schleuse an Bord zu gehen. Das Boot hatte sich seiner Geschwindigkeit und seinem Kurs angepasst. Es schien stillzustehen. Kaum mehr als zehn Meter entfernt sah Kantenberg die hell erleuchtete Öffnung einer Mannschleuse. Er trieb darauf zu und stieg ein.

Zanoors Kommando bestand aus vier Mann, die ohne Ausnahme nicht besonders gesprächig waren. Kantenberg hatte nichts dagegen einzuwenden. Die vergangenen Stunden waren strapaziös gewesen.

Nahm man die Torturen der vergangenen Wochen und Monate hinzu, so musste man sich fragen, wie er es überhaupt noch fertig brachte, auf den Beinen zu sein. Er entledigte sich des unförmigen Raumfluganzugs und machte es sich in einem Sessel bequem. Als das Boot in den Hangarstollen einflog, der durch die äußeren Kernschichten des Kometen bis hinab zur großen Hangarhalle führte, war er fast schon eingeschlafen.

Durch einen Antigravschacht führte man ihn zu Zanoors Privatquartier. Kantenberg konnte sich ausmalen, dass er in diesen Sekunden, in denen er durch unbelebte, kahle Gänge schritt, von Hunderten von Sensoren angepeilt, ausgeleuchtet und bis auf den Grund seiner Seele hinab untersucht wurde. Er machte sich nichts daraus. Mechanische und positronische Spitzel konnten ihm nicht gefährlich werden. Er war Mutant und hatte den Inhalt seines Bewusstseins fest unter Kontrolle. Selbst einem Telepathen hätte er mühelos ein harmloses Pseudobewusstsein vortäuschen können.

Als er Zanoors Quartier betrat, lagen dem Major die ersten Auswertungen schon vor. Sie bezeugten Kantenbergs völlige Unverdächtigkeit. Zanoor war erleichtert, und ein Teil der Erleichterung schlug sich in seinem Verhalten gegenüber dem USO-Spezialisten nieder: Er begrüßte ihn wie einen lange vermissten Freund.

»Nur rein mit Ihnen!«, rief er ihm entgegen, fasste ihn beim Arm und zog ihn in eine kleine, behaglich eingerichtete Kammer. »Kann mir vorstellen, dass Sie einiges durchgemacht haben. Woran liegt Ihnen zuerst: essen, trinken, schlafen?«

Kantenberg ließ sich in einen behaglichen Sessel gleiten. »Nichts!«, stöhnte er. »Nur einfach ausruhen und an nichts denken müssen.«

»Das sei Ihnen gegönnt«, sagte Zanoor freundlich. »Aber nur für kurze Zeit. Das Hauptquartier verlangt dringend nach Ihnen.«

Kantenberg nickte. Er hätte sich denken können, dass Zanoor ihn anmelden musste. Die Kenntnis von der Existenz dieser Station gehörte sicherlich einer der höchsten Geheimhaltungsstufen an – was dadurch bekräftigt wurde, dass er nichts von ihr gewusst hatte. Zanoor konnte keinen Unbefugten an Bord nehmen, ohne sich dazu nicht die Erlaubnis des Hauptquartiers zu holen. Es war ihm recht, dass er sogleich weiterverschifft werden sollte. Je eher er nach Quinto-Center kam, desto früher bot sich ihm die Möglichkeit, im Sinne seines Auftraggebers tätig zu werden.

»Erzählen Sie«, bat Zanoor. »Warum suchten Sie sich ausgerechnet diese Gegend als Ziel aus?«

»Ich hatte keine große Wahl«, antwortete Kantenberg. »Ich wusste, dass sich in diesem Sektor ständig wenigstens zwei USO-Einheiten aufhalten. Die Sonne ist ein wichtiges Positionsfeuer. Selbst wenn die Einheiten der USO inzwischen abgezogen worden wären, hätte ich gute Aussichten gehabt, irgendwann auf irgendein anderes befreundetes Raumschiff zu stoßen. Sie müssen bedenken, dass ich mir mein Fahrzeug nicht aussuchen konnte. Ich musste das erstbeste nehmen. Zabrijna ist rund zwölfhundert Lichtjahre von hier entfernt. Für so viel, dachte ich, reicht der Treibstoff noch. Ob ich die restlichen neunhundert bis nach Quinto-Center geschafft hätte, dessen war ich nicht so sicher. Aber das ist jetzt auch egal, nachdem ich den Treffer erhalten hatte, war die Space-Jet nicht mehr linearflugtauglich. Der Waring war völlig im Eimer.«

Das hört sich plausibel an, dachte Zanoor. Er stand auf und ging auf und ab. Auf einem für Kantenberg unsichtbaren Schirm erschienen die Buchstaben ALLES OKAY. Die verschiedenen Prüfungen waren negativ verlaufen. Eine Waffe allerdings war an Kantenberg gefunden worden; doch dieser Fund hatte keine Bedeutung. Er selbst hatte berichtet, dass es ihm gelungen war, einen Strahler zu erbeuten, und die Waffe war in der Tat pariczanischer Bauart.

Plötzlich stand Kantenberg auf. »Wenn es Ihnen recht ist, Major, dann reise ich sofort zum Hauptquartier weiter.«

Obwohl Zanoor noch vor einer Stunde nichts näher am Herzen gelegen hatte, als seinen unerwarteten Gast so rasch wie möglich in die Obhut des Hauptquartiers zu übergeben, war er nun doch ein wenig überrascht. Fast fühlte er sich durch Kantenbergs Eile pikiert, wie ein Gastgeber, dem der Gast auf unverhüllte Weise zu verstehen gibt, dass es mit seiner Gastfreundschaft nicht allzu weit her sei.

»So bald?«, fragte er erstaunt. »Wollen Sie denn nicht etwas zu sich nehmen? Sich ein bisschen ausruhen?«

Kantenberg lächelte bitter und schüttelte den Kopf. »Nach der Gefangenenkost würde ich Ihre üppigen Speisen wahrscheinlich gar nicht vertragen«, antwortete er. »Und ausruhen? Ich glaube, man wird mir im Hauptquartier genügend Ruhe gönnen. Stellen Sie sich vor: Da sind die tausendundeins Prüfungen, denen ich unterzogen werden muss, damit man ganz sicher ist, dass ich nicht ein feindlicher Agent bin. Das Zeremoniell der Untersuchungen lässt sich am besten aushalten, wenn ich dabei im Tiefschlaf liege.«

»Sie sollten nicht so zynisch daherreden«, tadelte der Major. »Selbstverständlich wird man Sie prüfen. Aber wem wollen Sie das übel nehmen? In der Zeit, in der wir leben, kann selbst der Zuverlässigste zu einer feindlichen Bombe werden.«

Kantenberg winkte ab. »Ich bin nicht zynisch, Major. Ich bin nur müde, unsagbar müde.«

»Gut«, reagierte Zanoor ein wenig frostig. »Der Transmitter ist sendebereit. In ein paar Minuten sind Sie in Quinto-Center.«

3.

Die selbstverständliche Art und Weise, wie er auf Quinto-Center empfangen wurde, beruhigte Thomas Kantenberg. Kein hoher Würdenträger der USO war erschienen, um ihm die Hand zu schütteln, als er unter dem leuchtenden Torbogen des Transmitters hervortrat. Stattdessen waren da ein paar Mann Lazarettpersonal und eine Reihe von Dienstrobotern. Er wurde auf eine selbstgleitende Trage gebettet und in die Aufnahmeabteilung des Lazaretts verfrachtet. Das war die Standardprozedur; jeder, der zum Hauptquartier zurückkehrte, nachdem er sich längere Zeit außerhalb des Einflussbereichs der Organisation hatte aufhalten müssen, wurde zuerst einmal ins Lazarett gesteckt. Das diente dem körperlichen und auch seelischen Wohlergehen des Patienten ebenso wie der Sicherheit der Organisation. Denn, wie Zanoor richtig bemerkt hatte: In diesen Tagen konnte selbst der Zuverlässigste unversehens zu einer feindlichen Bombe geworden sein.

Auf dem Weg zum Lazarett exerzierte Kantenberg eine Reihe von Gedankenübungen. Es war eine Methode, die er selbst entwickelt hatte und von der niemand etwas wusste. Sie versetzte sein Bewusstsein in einen abwehrbereiten Zustand. In dem Augenblick, in dem gegen Kantenbergs Willen ein Eingriff in sein Bewusstsein erfolgte – in der Sekunde also, in der zum Beispiel ein Telepath versuchte, in seine Gedankenwelt einzudringen –, baute sich automatisch eine Pseudoerinnerung auf, die den wahren Bewusstseinsinhalt überlagerte.

Den Gehalt der Pseudoerinnerung bestimmte er durch die konsequente Abwicklung der Gedankenfolge, mit der er soeben beschäftigt war. Der Vorgang konnte mit dem Prozess des autogenen Trainings verglichen werden. Thomas Kantenbergs Gedanken durchstreiften eine imaginäre Landschaft: Zabrijna, wie er unter mörderischem seelischem Druck plötzlich explodierte, wie es zum Aufstand der Gefangenen kam, wie durch das Umlegen des Mastes gänzlich unerwartet das Prallfeld zum Zusammenbruch gebracht wurde, wie er mit der Masse der Gefangenen das Lagergelände verließ, den Robotern entkam und schließlich die Space-Jet fand, deren Treibstofftanks noch nicht ganz leer waren …

Als die Liege ihn im Lazarett absetzte und die ersten Sanitäter erschienen, um die Diagnose-Elektroden an verschiedenen Stellen seines Körpers zu befestigen, hatte er die Übung bereits abgeschlossen und war seiner Sache ganz sicher; nichts und niemand konnte ihm jetzt mehr auf die Schliche kommen. Die letzte Spannung fiel von ihm ab. Er war ganz ruhig, und mit der Ruhe kam auch die Müdigkeit. Fast schon im Schlaf sah er das Gesicht eines Arztes über sich auftauchen.

»Lassen Sie sich nicht stören«, redete dieser ihm gütig zu. »Was wir zu untersuchen haben, können wir auch untersuchen, während Sie schlafen. Sie brauchen die Ruhe. Ihr Körper ist so abgewirtschaftet, Sie müssten eigentlich längst tot sein!«

»Nicht … nicht Thomas Kantenberg«, murmelte der hagere Mann. »Den … den kriegen sie so schnell … nicht unter …«

»Damit ist die Einsatzgruppe vollständig«, sagte der Arkonide. »Wir brauchen acht Mann. Kantenberg ist der achte.«

Die Unterredung fand im hundertfach gesicherten Kontrollzentrum von Quinto-Center statt. Teilnehmer waren außer Atlan vier hohe Offiziere der USO.

»Sind Sie Ihrer Sache sicher, Lordadmiral?«, erkundigte sich einer der Generäle misstrauisch. »Es geht mehr oder weniger um den wichtigsten Besitz der Menschheit, und Kantenberg ist unter so mysteriösen Umständen unter uns aufgetaucht, dass man eigentlich …«

Er schwieg und ließ den letzten Teil seines Satzes viel sagend in der Luft hängen.

»Adrii-San«, sagte der Arkonide ruhig.

Adrii-San war der Einzige in der Runde, der dem Volk der Aras angehörte. Seit Jahrzehnten war er der Chef des Gesundheitswesens innerhalb der USO und bekleidete den Rang eines Generals. Trotz seiner Zugehörigkeit zu einem Volk, das mit dem Solaren Imperium nicht immer auf freundlichem Fuß gestanden hatte, stand seine Loyalität außer Zweifel. Zudem war er eine medizinische Kapazität ersten Ranges.

»Die Untersuchungsergebnisse bezüglich Thomas Kantenberg liegen vollzählig vor«, begann er mit seiner eigentümlich hohen Stimme, »und keines lässt gegenüber Kantenberg auch nur den geringsten Verdacht aufkommen. Erstens: Kantenberg zeigt deutliche Symptome einer entbehrungsreichen Gefangenschaft. Er hat mehr als 13 Kilogramm Untergewicht. Der Eiweißmangel ist katastrophal. Hätte der Mann nur noch ein paar Tage unter diesen Bedingungen weiterexistieren müssen, wäre er an Auszehrung gestorben. Zweitens: Kantenbergs Muskelstruktur und Gelenke zeigen die typischen Verformungen, die bei längerem Aufenthalt unter abnormal hohen Schwerkraftbedingungen auftreten. Wir alle haben von Zabrijna gehört. Es ist eine typische Überschweren-Welt mit etwa zwei Gravos. Auf einer solchen Welt hat Kantenberg zweifellos die vergangenen Monate zugebracht. Drittens: Der Inhalt seines Bewusstseins ist auf telepathischem Weg untersucht worden. Es gibt in Kantenbergs Gedankeninhalt keinen einzigen Hinweis auf die Möglichkeit eines geplanten Verrats. Seine Erinnerung deckt sich mit dem, was er Major Zanoor über seinen Aufenthalt auf und seine Flucht von Zabrijna berichtet hat.«

Adrii-San endete abrupt und machte das Gesicht eines Mannes, der genau wusste, dass er mit seiner Darstellung auch die letzten Bedenken ausgeräumt hatte.

»Zweierlei muss noch hinzugefügt werden«, ergänzte Atlan die Worte des Arztes: »Erstens werden die Vorgänge auf Zabrijna von anderer Seite bestätigt. Es hat dort in einem Zweiglager tatsächlich einen Aufstand der Gefangenen gegeben. Er kam offenbar spontan zustande und endete mit einem Blutbad, in dem mehr als achtzigtausend hilflose Gefangene ihr Leben ließen. Unser Kontaktmann glaubte zu wissen, dass Leticron und seine Berater über die gelungene Flucht eines einzigen Gefangenen äußerst beunruhigt sind. Damit wird Kantenbergs Bericht von unabhängiger Stelle bestätigt. Und zweitens, meine Herren, enthält Kantenbergs Bewusstsein eine Information von ungeheurer Wichtigkeit. Es ist Leticron gelungen, Kenntnis nicht nur von der Bedeutung des Asteroiden Wabe 1000, sondern auch von seiner galaktischen Position zu gewinnen. Auch Kantenberg weiß nicht, woher Leticron diese Kenntnis hat. Aber er zweifelt nicht daran, dass Leticron plant, in nächster Zukunft in Richtung Wabe 1000 vorzustoßen und sich, wenn möglich, in den Besitz der Bewusstseine unserer acht Mutanten zu setzen.«

Die Runde schwieg entsetzt. Man war sich vor einiger Zeit darüber klar geworden, dass die acht Mutanten, deren Bewusstseinsinhalte durch die PEW-Adern von Wabe 1000 eilten, so bald wie möglich in Sicherheit gebracht werden mussten, um sie dem Zugriff der Laren zu entziehen. Dem Unternehmen stellten sich jedoch beträchtliche

Schwierigkeiten in den Weg. Gastkörper für die acht Mutanten mussten gefunden werden. Im Körper eines normalen Menschen konnten sie nicht lange existieren. Sie brauchten entweder den Kontakt mit einer PEW-Quelle oder die Nähe eines ebenfalls mutierten Bewusstseins. Zu den Fundorten des PEW-Metalls hatte die USO seit der Invasion durch das Hetos der Sieben keinen freien Zugriff mehr. Die Adern im Innern von Wabe 1000 abzubauen wäre zu langwierig gewesen und hätte die mit dieser Aufgabe beauftragten Einheiten in Gefahr gebracht, von larischen Kriegsschiffen geortet und gestellt zu werden. Wer auf Wabe 1000 zu tun hatte, der wickelte sein Geschäft am besten so rasch wie möglich ab; denn besonders im innersten Kern der Galaxis war die Wachsamkeit der Laren und ihrer Hilfsvölker unangenehm groß.

Auch der Einsatz von Mutanten als Gastkörper für die acht Bewusstseinsinhalte war kein ohne weiteres zu verwirklichendes Vorhaben. Denn das Mutantenkorps war zusammen mit dem größten Teil der terranischen Menschheit seit jenem Tage verschwunden, da die Erde durch den Twin-Sol-Transmitter ging. Es gab allerdings unter den Angehörigen der USO eine Reihe von Männern und Frauen mit latenten paraphysischen Fähigkeiten. Unter diesen hatte man fünf Männer und zwei Frauen, deren Begabung relativ weit entwickelt war, herausgesucht und begonnen, sie für den Einsatz auf Wabe 1000 zu trainieren. Unterdessen ging die Suche nach einem achten Kandidaten weiter. Die mutierten Fähigkeiten eines Menschen, der an dem Einsatz teilnehmen wollte, mussten gewisse Mindestbedingungen erfüllen, ohne die die Übernahme eines der acht Bewusstseinsinhalte nicht auf längere Dauer möglich war. Die Suche war mit Eifer betrieben worden, aber von Panikstimmung war noch keine Spur: Man glaubte Wabe 1000 vorläufig in Sicherheit und konnte sich Zeit lassen, um den am besten geeigneten Kandidaten zu finden.

Jetzt erst wurde offenbar, dass das Versteck der acht Altmutanten längst nicht mehr so sicher war, wie man angenommen hatte – dass im Gegenteil ein Angriff auf die acht Bewusstseine unmittelbar bevorstand. Aber der Mann, der diese Botschaft überbrachte, war gleichzeitig auch derjenige, der das Problem der Mutantensuche löste. Thomas Kantenberg war ein latenter Mutant, dessen Fähigkeiten die genannten Mindestbedingungen spielend erfüllten.

Es gab keinen Widerspruch gegen das Vorhaben des Lordadmirals mehr.

»Man wird nicht vergessen, was Sie getan haben!«

Furcht wallte in Thomas Kantenberg auf, als Atlan ihm die Hand reichte. Es wäre ihm lieber gewesen, wenn man ihn möglichst wenig beachtet hätte. Der Verräter liebt es nicht, von dem Verratenen gelobt zu werden.

»Oh, es war nichts, Sir«, wehrte er ab und erwiderte den Händedruck. »Vor allen Dingen war es nicht das Ergebnis eines konkreten Plans, sondern das unerwartete Resultat einer Kurzschlussreaktion.«

»Aus deren Folgen Sie das beinahe Menschenunmögliche gemacht haben«, fügte der Arkonide hinzu. »Sie sind der erste USO-Spezialist, der es fertig gebracht hat, ohne fremde Hilfe aus einem der pariczanischen Gefangenenlager zu entkommen.« Als bemerke er, dass das Thema für Kantenberg peinlich war, wechselte er abrupt das Thema. »Wie fühlen Sie sich?«

»Fit für den Einsatz, Sir«, antwortete Kantenberg.

»Sie haben das Memo-Band bereits abgehört?«

»Sobald mir die Ärzte die Erlaubnis dazu gaben, Sir.«

»Sie haben keine Einwände?«

»Nein, Sir. Die Sache ist ungeheuer wichtig und verträgt keinen Aufschub. Ich weiß, dass Leticron vorhat, Wabe 1000 bei nächster Gelegenheit in seinen Besitz zu bringen.«

»Das entnahmen wir Ihrem Bericht. Sie sind Leticron persönlich begegnet, nicht wahr?«

»Ja, Sir. Diese Ehre …«, dabei verzog Kantenberg schmerzlich das Gesicht, »… wird nicht jedem Gefangenen zuteil. Aber Leticron hatte in Erfahrung gebracht, dass ich für die USO arbeitete. Also wurde ich ihm vorgeführt.«

»Man versuchte, von Ihnen Informationen zu erhalten?«

»Ganz gewiss. Ich wurde nach diesem und jenem gefragt, auch nach Wabe 1000. Aber ich konnte glaubhaft machen, dass ich in der USO nur eine untergeordnete Rolle spiele und keinerlei wichtige Kenntnisse besitze.«

»Man stellte Sie nicht auf die Probe?«

Kantenberg schüttelte den Kopf. »Nein, Sir, das tat man nicht. Sie wissen, dass Leticron ein Mutant ist?«

»Ja, aber er ist kein Telepath, der Ihre Gedanken lesen kann. Ich bin mir darüber im Klaren, dass Sie Ihre Gedanken verschleiern können. Aber gegen Leticron ließ sich diese Waffe nicht einsetzen, weil der Überschwere keine Gedanken lesen kann.«

»Das ist richtig, Sir: Leticron ist kein Telepath. Aber er hat eine phantastische, fast hypnotische Gabe der Suggestion. Er bringt seinen Gesprächspartner dazu, die Welt durch seine, Leticrons, Augen zu sehen und für einen Vorteil zu halten, was in Wirklichkeit nur Leticrons Vorteil ist. Wenn ich ein normaler Mensch wäre, hätte ich ihm keine Mühe bereitet, mich davon zu überzeugen, dass es in meinem eigenen Interesse sei, alles zu verraten, was ich über die USO weiß. Diese Kraft brachte er sicherlich zum Einsatz. Dass ich ihm trotzdem nichts verriet, muss für ihn der Beweis gewesen sein, dass ich tatsächlich nichts weiß. Schließlich hat er ja keine Ahnung davon, dass ich gegen seine Tricks gefeit bin!«

Atlan nickte nachdenklich. »Das ist die richtige Erklärung«, meinte er. »Unsere Experten haben Leticrons Verhalten ebenso gedeutet.« Er hing ein paar Sekunden seinen Gedanken nach, dann blickte er auf. »Sie fühlen sich den Mutanten gewachsen? Es wird Ihnen keine Schwierigkeiten bereiten, ein paar Tage lang zwei Bewusstseine in Ihrem Körper zu beherbergen?«

»Ich selbst kann das Risiko kaum beurteilen, Sir«, antwortete Kantenberg. »Ich nehme an, dass Ihre Fachleute alles sorgfältig errechnet haben und dass dieses Einsatzkommando kein Selbstmordunternehmen ist.«

Der Arkonide lächelte. »Da haben Sie Ihr Vertrauen in die richtigen Leute gesetzt. Sie haben Recht: Wir erwarten keine Schwierigkeiten. Die acht Mutanten werden wissen, worum es geht, und haben keinen Grund, ihre Gastkörper anders als mit Zuvorkommenheit zu behandeln.« Er schien an Kantenbergs Blick zu bemerken, dass er noch eine Frage hatte. »Noch Unklarheiten?«

»Zwei, Sir. Wird es vom Zufall abhängen, wer von uns welchen Mutanten übernimmt, oder gibt es da einen Plan?«

»Es gibt einen Plan«, antwortete Atlan ohne Umschweife. »Wie Sie wissen, haben wir die Möglichkeit, uns mit den Altmutanten innerhalb der PEW-Adern zu verständigen. Wir haben versucht, die Bewusstseine der acht Altmutanten mit denen der Mitglieder des Einsatzkommandos zu vergleichen und dabei gewisse Ähnlichkeiten zu ermitteln. Das ist uns gelungen. Jedes Mitglied des Kommandos wird den Mutanten zugewiesen bekommen, der ihm in seiner Art am ähnlichsten ist. Wir werden dieses Vorhaben den acht Mutanten mitteilen. Ob sie dann wirklich auch in der gewünschten Reihenfolge an der Auffangstelle erscheinen, ist natürlich eine andere Frage. Darauf haben wir keinen Einfluss.« Er sah, dass die Wissbegierde, die sich in Kantenbergs Blick ausdrückte, nicht nachgelassen hatte. »Sie wollen wissen, wer für Sie bestimmt ist?«, lachte er. »Tako Kakuta, der Teleporter.«

»Danke, Sir«, antwortete Kantenberg. »Das gibt mir Gelegenheit, mich ein wenig besser vorzubereiten. Und wohin geht es von Wabe 1000 aus?«

»Die Mutanten-Bewusstseine müssen umgehend an den sichersten Ort gebracht werden, der uns zur Verfügung steht.« Die Stimme des Arkoniden war plötzlich ernst und besaß Härte. »An diesem Ort sind bereits umfangreiche Vorbereitungen getroffen worden, die Mutanten aufzunehmen. Zu Ihrer Information: Sie werden von Wabe 1000 auf direktem Weg in die Provcon-Faust gebracht. Auf dem Planeten Gäa wird das Gast-Bewusstsein Sie wieder verlassen.«

Die Nachricht wirkte so elektrisierend auf Thomas Kantenberg, dass er um ein Haar seine Selbstbeherrschung verloren hätte.

Atlan bemerkte seinen Gesichtsausdruck und erkundigte sich: »Haben Sie Bedenken gegen dieses Vorhaben?«

Kantenberg schüttelte energisch den Kopf. »Nein, Sir. Keine Bedenken.« In diesem Augenblick änderte er seinen Plan. Er war von Leticron ausgesandt worden, in Erfahrung zu bringen, wie weit die erwartete Rettungsaktion der USO zugunsten der acht Altmutanten in Wabe 1000 gediehen war, so dass der Pariczaner seine Pläne danach einrichten konnte. Aber er würde ihm mehr bringen! Er würde ihn darüber informieren, wo sich das geheime Versteck befand, in dem sich die Überreste der terranischen Menschheit in Sicherheit gebracht hatten!

Das Einsatzkommando schiffte sich an Bord eines schnellen Leichten Kreuzers ein. Das Fahrzeug verfügte über starke Defensivwaffen und ein Beschleunigungsvermögen, dem selbst die Einheiten der Laren nichts Gleichwertiges entgegenzusetzen hatten. Die Offensivausstattung war demgegenüber vernachlässigt worden; die TALLAHASSEE war nicht für den Angriff gedacht. Wurde sie angegriffen, so verstand sie es, mit ungeahnter Schnelligkeit auszureißen.

Das Einsatzkommando stand unter dem Befehl von Oberst Ebenezer Krohl, der selbst ein Mitglied des Kommandos war. Er besaß latente Psi-Fähigkeiten telepathischer Art. Das musste wohl wahr sein, weil die Experten es anhand seiner Gehirnwellenemission festgestellt hatten. Was Thomas Kantenberg anging, so wäre er weit eher bereit gewesen, zu glauben, dass Oberst Krohl den Ruf als latenter Mutant nur seiner durchdringenden Schlauheit verdankte, die alles und jedes ein paar Minuten früher bemerkte als ein normal begabter Mensch

Ebenezer Krohl war in mehr als einer Hinsicht ein Unikum. Man munkelte, dass er nicht älter als fünfzig Jahre sei, und doch sah er aus, als sähe er die Hundert schon deutlich auf sich zukommen. Von der modernen Kosmetologie hielt er offenbar überhaupt nichts: Er trug einen Bierwanst vor sich her, der einem alten chinesischen Götzenbild alle Ehre gemacht hätte. Gewöhnlich gab er sich, wie es sein Aussehen von ihm verlangte. Er schien nach der Devise zu leben: Dicke sind gemütlich. Demgegenüber stand selbst für den, der Ebenezer Krohl nicht aus eigener Erfahrung kannte, die Einsicht, dass niemand bei der USO Oberst wird, der als einzige Eigenschaft einen ausgeprägten Hang zur Gemütlichkeit aufzuweisen hat. Leute, die mit Krohl zusammen im Einsatz gewesen waren, wussten davon zu berichten, dass er im Ernstfall zum eiskalten Rechner wurde.

Über den Rest des Kommandos wusste Thomas Kantenberg kaum etwas zu sagen. Es waren aber vier Männer und zwei Frauen – nicht etwa des Alltagstyps, sonst hätten sie an diesem Unternehmen nicht teilgenommen, aber doch Leute, die es im Lauf ihrer Karriere gelernt hatten, einen unscheinbaren Eindruck zu machen, und diese Kunst mit Überzeugung praktizierten. Eine der beiden Frauen war eine hochgewachsene, stämmig gebaute Matrone mittleren Alters, die sich herrisch und abweisend verhielt. Die andere dagegen war jung und zierlich, eine Terrageborene aus der Kaukasusgegend mit dem seltenen Namen Zabel. Sie hatte große, dunkle, träumerische Augen, und Kantenberg erfuhr, dass sie latente psisemantische Fähigkeiten besaß. Das bedeutete, dass sie in den Augenblicken, in denen ihre Begabung aktiv wurde, zwischen den Worten eines Menschen ebenso deutlich lesen konnte wie in den Worten selbst. Sie erkannte die Lüge aus der Art, wie sie in Worte gekleidet war. Und es handelte sich um ein echtes Erkennen, nicht nur um ein Ahnen.

Kantenberg beschloss, sich vor Zabel in Acht zu nehmen, obwohl wenig Aussicht bestand, dass ihre latente Begabung während der wenigen Tage ihres Beisammenseins jemals lange genug aktiv werden würde, um ihn in Gefahr zu bringen. Gleichzeitig aber fühlte er sich zu Zabel hingezogen, und er hatte Mühe, die Wirkung nicht erkennen zu lassen, die sie auf ihn ausübte.

Die TALLAHASSEE stieß mit höchster Beschleunigung auf das Zentrum der Galaxis zu. Oberst Krohl bestand darauf, dass während des sich über Tausende von Lichtjahren hinziehenden Flugs nur ein einziges Mal aus dem Linearraum aufgetaucht würde. Der Auftauchvorgang war auf die Tausendstelsekunde genau berechnet, und der Schnelle Kreuzer blieb nicht länger als 21 Sekunden im Einstein-Kontinuum, bevor er wieder in den Linearraum zurücktauchte. In dieser kurzen Zeitspanne wurde über Hyperfunk-Relais ein Rafferspruch von Quinto-Center empfangen, der Krohl wissen ließ, dass es in der Zwischenzeit keine nennenswerten Ereignisse gegeben habe und dass das Unternehmen zur Rettung der acht Altmutanten wie geplant fortzusetzen sei.

Je näher der Zeitpunkt rückte, in dem der Felsklotz mit dem seltsamen Namen Wabe 1000 vor der TALLAHASSEE materialisieren würde, desto nervöser wurde Thomas Kantenberg. Das ging so weit, dass Krohl, in seiner Rolle als Ausbund der Gemütlichkeit, ihm auf die Schultern klopfte und sagte: »Immer mit der Ruhe, mein Junge. Denken Sie daran: Die Suppe wird niemals so heiß gegessen, wie sie gekocht wird!«

4.

Die Fähigkeiten eines vom Körper befreiten Bewusstseins waren noch wenig erforscht. Ich wusste nicht, ob das voraussehende Ahnen eine jener Begabungen war, die sich dem Bewusstsein von selbst mitteilten, sobald es sich aus der Hülle des Körpers gelöst hatte.

Aber ich wusste, dass ich eine Ahnung empfand, die so stark war, als müsste sie in den nächsten Augenblicken unweigerlich in Erfüllung gehen. Es war eine freundliche Ahnung. Ich ahnte, dass unser einsames Dasein in den glitzernden Adersträngen des PEW-Metalls seinem Ende zuging. Jemand war unterwegs, um uns zu befreien. Ich wusste nicht, wer es war. Ich konnte nur hoffen, dass es nicht Fremde oder gar Feinde waren, die sich uns holen wollten.

Auch die anderen schienen zu wissen, dass etwas Wichtiges unmittelbar bevorstand. Manchmal, wenn ich an einem anderen Bewusstsein vorbeikam, empfand ich die starken, erregten Gedankenströme, die von ihm ausgingen. Wahrhaftig, ich glaubte wirklich, dass unsere Gefangenschaft im Innern dieses elenden Felsbrockens die allerlängste Zeit gedauert hatte.

Träumte ich? War das eine Erschütterung gewesen, die ich eben gespürt hatte? Unsere Freunde hatten ihre eigene Weise, sich mit uns in Verbindung zu setzen. Es geschah, indem sie das Metall, aus dem unser Gefängnis bestand, auf mechanische Weise in einen Schwingungszustand versetzten. Wir hatten uns auf einen Kode geeinigt. Denn auch wir, obwohl wir nur aus Bewusstsein bestanden, verfügten über Kräfte, mit denen das Metall zum Schwingen gebracht werden konnte.

Ich träumte nicht! Da war es eben wieder, ganz deutlich … das Erkennungszeichen! Man kam, um uns zu befreien …!

Das endgültige Auftauchen aus dem Linearraum stand unmittelbar bevor. Thomas Kantenberg saß an einem der kleinen Tische in der Messe der TALLAHASSEE und nahm einen Imbiss zu sich. Er hatte weder Hunger noch Appetit; aber er sagte sich, dass er Nahrung zu sich nehmen müsse, wenn er bei Kräften bleiben wollte. Außerdem betäubte die mechanische Tätigkeit des Essens ein wenig die nervenzehrende Spannung, die ihn erfüllte.

»Sie sind ohne Zweifel der einsamste Mensch, den ich je gesehen habe«, sagte eine weiche, dunkle Stimme dicht hinter ihm.

Er wandte sich um und erblickte Zabel, die es fertig gebracht hatte, sich völlig geräuschlos zu nähern. Er blickte rasch in die Runde. Die Messe war so gut wie leer. An einem anderen Tisch saßen zwei junge Schiffsoffiziere. Sie und Thomas Kantenberg bildeten im Augenblick die einzige Kundschaft der automatisierten Kantine. Zabel hatte sich ihn also gezielt ausgesucht.

»Sie schauen so entsetzt!«, bemerkte sie verwundert. »Bin ich Ihnen unangenehm? Dann gehe ich wieder.«

Er schüttelte hastig den Kopf. *Nur nichts sagen!,* schoss es ihm durch den Sinn. Natürlich konnte er sie vergraulen und sich so einer Unterhaltung entziehen. Aber das wäre aufgefallen. Kein normaler Mann hätte Zabel die kalte Schulter gezeigt, wenn sie so offensichtlich zu verstehen gab, dass sie sich mit ihm unterhalten wollte. Schließlich legte sich seine Panik. Zabel war nichts weiter als eine latente Mutantin. Es geschah nur selten, dass ihre Fähigkeit zu aktivem Leben erwachte. Er brauchte sie nicht zu fürchten.

»Nein, ganz gewiss nicht«, antwortete er schließlich. »Bitte, setzen Sie sich!«

Zabel ließ sich nieder. »Fürchten Sie sich vor dem Einsatz?«, fragte sie offen.

Am besten, überlegte Kantenberg, *lenkst du die Unterhaltung auf ein unverfängliches Thema. Auf einen Zusammenhang, bei dem du nicht zu lügen brauchst.*

»Der Gedanke daran ist ein wenig unangenehm«, gab er zu.

»Mir auch«, bekannte sie.

Er musterte sie aufmerksam, und sie schien sich daran nicht zu stören. Sie lächelte. Er fand sie äußerst anziehend. Ihre großen, dunklen Augen waren ein wenig schräg geschnitten. Die Lippen waren voll, und trotzdem wirkte der Mund klein. Sie war eine faszinierende Frau. Wenn er nicht …

Was heißt »wenn er nicht«?, unterbrach er sich in Gedanken. Das war gerade das, wonach er gesucht hatte: ein unverfängliches Thema.

»Zu zweit lässt sich das alles viel leichter ertragen«, sagte er plötzlich.

Ihr Lächeln verschwand. Die Augen nahmen einen fragenden Ausdruck an. »Wie meinen Sie das?«

»Nun … wie wir hier so sitzen und uns darüber unterhalten … das macht die ganze Sache schon viel einfacher.«

»Ach so«, nickte sie.

»Sind Sie nicht auch einsam?«, erkundigte er sich.

»Nicht einsamer als jeder andere in unserer Gruppe«, antwortete sie unbefangen. »Sie natürlich ausgenommen. Sie sind ein ausgesprochener Eigenbrötler.«

Er lachte ein wenig. »Das könnte sich ändern«, meinte er.

»Unter welchen Bedingungen?«

»Kümmern Sie sich ein wenig um mich!«

Plötzlich hatte sie Falten auf der Stirn. »Meine Güte, Sie waren aber leicht aus der Reserve hervorzulocken!«, sagte sie überrascht.

»Ich bin schüchtern«, versuchte er die Unterhaltung ein wenig ins Lächerliche zu ziehen. »Ich suche die Gelegenheit nicht. Ich warte, bis sie auf mich zukommt.«

»Aha!« Ihre steil geschwungenen Brauen ruckten in die Höhe. »Und die Gelegenheit bin ich?«

»Wer weiß?«, orakelte Kantenberg.

Plötzlich stand sie auf. »Sie sind eine Enttäuschung, Thomas Kantenberg«, sagte sie kühl. »Ich wollte Sie ein wenig aufmuntern, damit Sie nicht immer abseits stehen, und Sie betrachten mich als Gelegenheit.«

Kantenberg wollte ihr etwas nachrufen, aber sie hatte den Ausgang schon erreicht. Er wandte sich wieder seinem Imbiss zu und grinste vor sich hin. Eine Eroberung hatte er nicht gemacht, aber gelogen hatte er auch nicht. Denn es war nicht schwer gewesen, sich zu suggerieren, dass er Zabel wirklich haben wolle.

»Wir haben eine Stunde, um Kontakt aufzunehmen und den Transfer durchzuführen«, klang es aus den Helmempfängern. »Sie wissen alle, was das bedeutet. Wir haben keine Sekunde zu verlieren.«

Das war Krohls Stimme, die auf einmal gar nicht mehr gemütlich klang. Die TALLAHASSEE war vor knapp dreißig Minuten in einer Felsspalte, die tief in die Oberfläche des Felsklotzes einschnitt, gelandet. Das Einsatzkommando hatte sich ausgeschleust, ebenso eine Gruppe von Robotern und Soldaten, die das nötige Gerät zu schleppen und zu installieren hatten. Durch eine Schleuse waren sie in einen der wenigen belüfteten Stollen eingedrungen, die das Innere des Asteroiden durchzogen. Krohl hatte trotzdem darauf bestanden, dass die Schutzanzüge unter Weltraumbedingungen getragen würden.

Der Gang erweiterte sich ein wenig. In die rechte Seitenwand eingegossen fand sich ein gewölbtes, kreisförmiges PEW-Auge, das zutage tretende Ende einer PEW-Ader, durch die die acht Altmutanten ihr Gefängnis verlassen konnten, wenn sich ihnen ein geeigneter Gastkörper zur Verfügung stellte.

Das Gerät wurde aufgebaut. Die terranische Wissenschaft hatte vielerlei Methoden untersucht, mit denen man den Kontakt mit den Eingeschlossenen pflegen konnte. Als die wirksamste hatte sich nach langem Herumprobieren schließlich jene erwiesen, die gleichzeitig auch die primitivste war. Das PEW-Metall wurde in mechanische Schwingungen versetzt. Die Mutantenbewusstseine waren in der Lage, die Schwingungen wahrzunehmen und auch selbst zu erzeugen. Dabei hatte man sich auf einen Kode geeinigt, dessen einzelne Zeichen sich durch verschiedene Schwingungsfrequenzen voneinander unterschieden. Da alle Frequenzen im akustischen Bereich lagen, hörte sich ein Versuch, mit den Mutanten in Verbindung zu treten, wie das Quietschen einer elektronischen Orgel an.

»Beim Installieren der Geräte bitte beeilen!«, dröhnte Oberst Krohls Stimme. »Setzen Sie drei Überträger auf das PEW-Auge, damit wir guten Kontakt bekommen!«

Die Männer der TALLAHASSEE gaben sich alle Mühe, den Ungeduldigen zufrieden zu stellen. Der Aufbau der teilweise recht komplizierten Geräte war innerhalb von 15 Minuten abgeschlossen. Hauptbestandteil der Installation bildete ein Übersetzer, auch Demodulator genannt, der aus den empfangenen Frequenzen unmittelbar lesbare Zeichen erzeugte und sie auf einem kleinen, tragbaren Bildgerät abbildete.

»Fertig!«, knurrte Krohl entschlossen. »Ich fange an zu senden.«

Er trat zu einer Konsole mit übergroßen Tasten, die auch mit den

Handschuhfingern des Schutzanzugs einwandfrei bedient werden konnten. Krohl tippte eine Serie von Zeichen, die den mit den Mutanten vereinbarten Rufkode darstellten, und sogleich trat der mechanische Oszillator in Tätigkeit und erzeugte eine Reihe schriller Pfeiftöne, die auf dem Weg über die schalenförmigen Überträger in das PEW-Metall injiziert wurden. Der Koderuf wurde zweimal wiederholt, dann galt es zu warten.

Thomas Kantenbergs Spannung war bis an die Grenze des Unerträglichen gewachsen. Wenn alles gut ging, würde er in wenigen Minuten das Bewusstsein eines Mutanten in sich tragen, das Bewusstsein des Teleporters Tako Kakuta, eines Mannes, der zu Lebzeiten schon zur Legende geworden war. Alleine damit schon hatte er mehr erreicht, als Leticron vernünftigerweise von ihm erhoffen konnte. Er brauchte sich nur von Krohls Gruppe abzusetzen und nach Zabrijna zurückzukehren, um dem Überschweren die reichste Beute, die dessen Kriegszug gegen das ehemalige Imperium der Terraner bis jetzt eingebracht hatte, zu überbringen.

Aber seine Pläne gingen weiter. Leticron hatte der irdischen Menschheit Feindschaft bis zum letzten Blutstropfen geschworen. Sein Hass gegen die Solarier war keine Psychose, die er um jeden Preis befriedigen musste. Wie bei allem, was Leticron dachte und tat, gab es auch hier einen logischen Beweggrund: Der Pariczaner fühlte sich seiner Herrschaft nicht sicher, solange nicht auch der letzte Überrest des Solaren Imperiums zerschlagen war. Aus diesem Grund war für Leticron nichts wichtiger, als zu erfahren, wo sich die Überreste der Menschheit versteckt hielten. Dass es ein solches zentrales Versteck gab, war dem Corun of Paricza und seiner Umgebung schon seit einiger Zeit klar. Nur wussten sie bislang nicht einmal ansatzweise, wo sie es zu suchen hatten.

Thomas Kantenberg würde dieser Ungewissheit ein Ende bereiten. Er würde die Provcon-Faust kennen lernen, die geheime Zufluchtstätte der Solarier. Er würde sich ihre Koordinaten beschaffen und dann zu Leticron zurückkehren, im Besitz nicht nur eines der fähigsten Mitglieder des Alten Mutantenkorps, sondern auch der Daten, die der Überschwere benötigte, um den letzten, entscheidenden Schlag gegen die sterbende Menschheit zu führen. Er hoffte mit Inbrunst, dass nicht im letzten Augenblick noch etwas schief ging, was ihn um den Erfolg brachte. Warum antworteten die Mutanten nicht? Waren sie überhaupt noch hier? Draußen, nicht weit von Wabe 1000 entfernt, standen zwei pariczanische Walzenschiffe, Leticrons Spione, die diese Gegend bewachten. Würden sie sich ruhig verhalten, wenn die TALLAHASSEE wieder auf Fahrt ging? Oder würde die Verlockung eines billigen Siegs über das kleine Raumschiff sie zur Unvorsichtigkeit verleiten? Es gab Hunderte von Möglichkeiten, Thomas Kantenbergs Vorhaben zu vereiteln, und für ihn gab es nur die Hoffnung, dass keine von ihnen Wirklichkeit wurde.

Er fuhr auf, als er in seinem Helmempfänger einen halblauten, überraschten Ausruf hörte.

»Wir haben Antwort!«, sagte Krohl.

Krohl selbst war als Erster an der Reihe. Ihn hatten die Experten als Gastgeber des Hypnos André Noir bestimmt. Inzwischen hatte man mit den acht Mutanten vereinbart, in welcher Reihenfolge sie in Abständen von jeweils vier Minuten an der Abschlussfläche der PEW-Ader erscheinen sollten.

Krohl platzierte sich unmittelbar vor das schimmernde Paratransauge. Physischer Kontakt mit dem Metall war nicht erforderlich. Jedes lebende Wesen umgab eine Sphäre hyperenergetischer Aktivität, Aura genannt, die über die Grenzen des Körpers hinausreichte. Nur diese Sphäre brauchte mit dem metallenen Lebensmedium der Altmutanten in Berührung zu stehen, dann war die Übergangsmöglichkeit geschaffen.

Kantenberg musterte den Oberst scharf. Er selbst kam als Zweiter dran. Er wollte wissen, wie sich Krohl in dem Augenblick verhielt, in dem das Bewusstsein des Mutanten auf ihn überging. Der kritische Augenblick war nur noch wenige Sekunden entfernt. Die Männer von der TALLAHASSEE hatten sich längst zurückgezogen. Unnatürliche Stille herrschte in dem hell erleuchteten Felsengang.

Da war es …! Plötzlich schloss Krohl die Augen, als blende ihn etwas. Eine Sekunde lang schien er um sein Gleichgewicht zu kämpfen, trat einen unkontrollierten Schritt nach vorne und wankte ein wenig. Sofort aber war er wieder der Alte. Er sah sich um. Die spannungsgeladenen Mienen seiner Leute schienen ihn zu erheitern.

»Was stehen Sie da und starren?«, herrschte er sie lachend an. »Los, es geht weiter! Wer ist als Nächster an der Reihe?«

Kantenberg horchte aufmerksam. War das Krohl, der da sprach, oder war es André Noir, der sich der Sprechwerkzeuge seines Gastkörpers bediente?

»Wie fühlen Sie sich?«, platzte er heraus. Es war keine besonders kluge Frage; aber die innere Spannung hätte ihn zerrissen, hätte er sie nicht ausgesprochen. Hastig fügte er hinzu: »Wie war es im Augenblick des Übergangs?«

Krohl hob die Schultern. »Das lässt sich schwer beschreiben«, antwortete er. »Plötzlich war da etwas. Mir wurde schwindlig. Aber es dauerte nur eine Sekunde, dann war alles wieder in Ordnung.«

»Und jetzt? Spüren Sie etwas?«

»Nichts«, behauptete Krohl. »Und jetzt, wenn Sie die Erfahrung vielleicht lieber am eigenen Leibe machen als mich danach ausfragen wollten ... Sie sind doch als Nächster dran, nicht wahr?«

»Ja«, antwortete Kantenberg bedrückt und trat auf das Paratransauge zu.

Er war so erregt, dass es ihn Mühe kostete, sich auf die vordringlichste Aufgabe zu konzentrieren. Es blieben ihm noch etwa zwei Minuten, das Pseudobewusstsein aufzubauen, das seine wahren Gedanken vor jedem unerwünschten Zugriff abschirmte. Tako Kakuta war Teleporter, nicht Telepath. Er würde seine Gedanken wahrscheinlich ohnehin nicht erkennen können. Aber Thomas Kantenberg wollte auch nicht das geringste Risiko eingehen. Er fuhr dieselbe Reihe von Gedanken entlang, an denen er das Pseudobewusstsein schon einmal orientiert hatte: Zabrijna, Lager, Leticron, Misshandlung, Revolte, Flucht ... Es ging diesmal leichter, weil er mehr Übung hatte. Er sah auf die Uhr: noch vierzig Sekunden bis zum vereinbarten Zeitpunkt.

Er blickte gerade vor sich hin. Zwei Schritte entfernt stand Zabel, zierlich und schlank, die großen Augen auf ihn gerichtet, so, wie er zuvor auf Krohl gestarrt hatte. Sie sollte Betty Toufry übernehmen. Noch dreißig Sekunden. Kantenberg spürte, wie sich trotz der Klimatisierung des Anzugs Schweiß auf seiner Stirn bildete. Er blinzelte, als ihm ein salziger Tropfen ins Auge rann.

Und da kam der Mutant ...!

Kantenberg war viel zu erregt, um zu merken, was im Einzelnen mit ihm geschah. Wie Krohl fühlte er sich einen Atemzug lang schwindlig und hatte die Augen unwillkürlich geschlossen, weil die Welt sich um ihn zu drehen begann. Aber im Nu hatte er den Halt wiedergefunden, und wenn ihm jetzt, nur wenige Sekunden nach der Übernahme des Mutanten, das Gleichgewicht ein zweites Mal abhanden kam, so dass er wankte und ziellos den Körper auf das Eindringen eines fremden Bewusstseins vorbereitete, dann nicht durch den Vorgang, sondern in dem Schock der Erkenntnis, die Thomas Kantenberg soeben gewonnen hatte.

Es ging ihm nicht wie Krohl. Er spürte die Anwesenheit seines Mutanten durchaus, selbst jetzt noch, fast eine Minute nach dem Transfer. Er spürte sie deutlich und schmerzhaft. Fast glaubte er, den Punkt innerhalb des Gehirns bezeichnen zu können, an dem Tako Kakutas Bewusstsein sich niedergelassen hatte. Und mit schonungsloser Klarheit wurde ihm das Entsetzliche bewusst: Seine Abwehrmaßnahmen hatten versagt. Mühelos hatte der Geist des Mutanten die schützende Hülle des Pseudobewusstseins durchdrungen. Kantenberg wusste nicht, woher ihm diese Gewissheit kam; er war sicher, dass Tako Kakuta jede geheimste Regung seines echten Bewusstseins kannte.

Ich war einem Verräter anheim gefallen! Welch fürchterlicher Plan, den Rest der Menschheit an Leticron zu verraten! Ich durfte es nicht zulassen. Ich musste dafür sorgen, dass die Absicht des Verräters bekannt wurde. Aber im Augenblick war ich hilflos. Ich war weiter nichts als ein Gast in seinem Körper. Die Befehlszentren seines Gehirns waren mir versperrt. Ich konnte diesen Körper nicht unter meine Kontrolle bekommen.

Er wusste, dass ich alles wusste. Die Angst schüttelte ihn. Vielleicht würde er sich durch sein Benehmen selbst verraten. Er war ein latenter Psi-Träger. Er hatte versucht, eine falsche Erinnerung aufzubauen, um mich zu täuschen. Vor mir, dem Teleporter, glaubte er, keine Furcht haben zu müssen. Er wusste nicht, dass sich mein Bewusstsein dicht neben dem seinen ansiedeln würde. Ich konnte es sehen, so als wenn sich eine Landschaft vor mir ausgebreitet hätte, als hätte ich wieder Augen. Ich brauchte keine telepathische Begabung, um seine Gedanken zu erkennen: Ich sah sie vor mir. Und über allem lag wie ein halb durchsichtiger Dunstschleier das Pseudobewusstsein, mit dem er mich hatte irreführen wollen.

Jetzt riss er sich zusammen. Ich konnte durch seine Augen nicht sehen, durch seine Ohren nicht hören; aber ich erkannte an den Veränderungen seines Bewusstseins, dass die anderen Verdacht geschöpft hatten. Er wurde ausgefragt. Er erfand Entschuldigungen, Erklärungen für sein merkwürdiges Verhalten. Er war ein Mann von großer Disziplin. Er brachte es fertig, die Angst zu bannen und sich auf das zu konzentrieren, was getan werden musste, wenn er sein Vorhaben weiterführen wollte. Es würde nicht leicht sein, ihn dazu zu bringen, dass er sich verriet. Aber ich durfte nicht aufgeben. Der Menschheit drohte die völlige Vernichtung.

Ich musste ihn unter meine Gewalt bringen ...!

Stöhnend lehnte Kantenberg an der unregelmäßig gezackten Felswand. Wie durch einen dichten Nebel hindurch hörte er Krohls Stimme: »Was ist los mit Ihnen, Mann? Reißen Sie sich zusammen!«

Kantenberg öffnete die Augen. Der Oberst hatte Recht. Er musste sich zusammenreißen, die Angst überwinden, sonst war alles verloren. Mit tastender Hand stieß er sich von der Felswand ab, stand einen Augenblick auf wankenden Beinen und gewann dann schließlich seinen Halt wieder.

Krohl nickte ihm anerkennend zu. »Wie fühlen Sie sich?«

»Besser«, ächzte Kantenberg. »In den ersten Sekunden war es fast nicht zu ertragen, aber jetzt wird es allmählich besser.«

»Es ist nur ein psychologischer Effekt«, tröstete ihn der Oberst. »Ihre Phantasie stört sich an der Vorstellung, dass Sie jetzt mit zwei Bewusstseinen ausgestattet sind. Unsere Psi-Leute haben sich ausgerechnet, dass bei dem Transfer weder für Geist noch für Körper Gefahr besteht. Wenigstens nicht für Sie. Wenn überhaupt, dann nur für den Mutanten, der in Ihnen sitzt.«

Kantenberg atmete einmal tief durch. Das klärte das Gehirn und beseitigte die letzten Reste der Angst, die ihn eben noch fest in den Krallen gehabt hatte. »Sie haben natürlich Recht«, bestätigte er Krohl. »Ich merke es jetzt selbst. Es geht mir wieder gut. Machen Sie sich um mich keine Sorgen, Sir.«

Krohl wandte seine Aufmerksamkeit der kleinen Armenierin zu, die jetzt vor dem Paratransauge Aufstellung genommen hatte. Bei ihr ging der Transfer ohne Schwierigkeit vonstatten. Sie übernahm Betty Toufrys Bewusstsein, ohne mehr als jenen kurzen Schwindelanfall zu erleiden, den auch Krohl erfahren hatte. Die Übernahme der Mutanten verlief weiterhin planmäßig und war nach einer halben Stunde abgeschlossen. Als Letzte übernahm die Matrone den Bewusstseinsinhalt des Spähers Son Okura.

Über Funk rief Krohl die Leute von der TALLAHASSEE wieder herbei und trug ihnen auf, das technische Gerät abzubauen und zu verstauen. Er selbst mit seinen sieben Begleitern begab sich auf dem schnellsten Weg wieder an Bord des Raumers zurück. Dort unterzogen sich die Mitglieder des Einsatzkommandos zunächst einer medizinischen Untersuchung, in der die Auswirkungen des Mutanten-Transfers auf ihre seelische und körperliche Konstitution ermittelt werden sollten. Für die Diagnose selbst wurden ausschließlich positronische Sensoren eingesetzt.

Der Schiffsarzt, ein kleines, quecksilbriges Männchen undefinierbaren Alters und mit dem eigenartigen Namen Paratü Hoplong, beschränkte sich darauf, die von den Sensoren ermittelten Werte im Auge zu behalten. Im Großen und Ganzen zeigte er sich mit dem Ergebnis der Untersuchung überaus zufrieden. Er versammelte die acht Bewusstseinsträger im Vorraum des Bordlazaretts und verkündete ihnen mit leuchtenden Augen: »Sie haben sich alle hervorragend gehalten! Bei keinem von Ihnen ist ein ernst zu nehmender Schaden aufgetreten. Wir werden uns von nun an öfter sehen, da ich gehalten bin, wie ein Luchs über Ihren Gesundheitszustand zu wachen. Wenn ich aber eine private Meinung äußern darf, so möchte ich sagen, dass wir meiner Ansicht nach diese Reise ohne Zwischenfälle hinter uns und die für uns wertvollen Mutanten-Bewusstseine wohlbehalten an ihren Bestimmungsort bringen werden.«

Thomas Kantenberg fiel vorläufig ein Stein vom Herzen.

Er zog sich sofort in sein Quartier zurück. Er musste mit sich allein sein, mit sich zu Rate gehen. Unten, im Felsengang, hatte er die Angst einfach beiseite geschoben, weil ihm keine andere Wahl blieb. Jetzt war es erforderlich, dass er sich über seine Lage klar wurde: Bedeutete die Anwesenheit des Mutanten-Bewusstseins eine Gefahr für ihn oder nicht?

Er bedauerte zutiefst, dass er von Psionik nichts verstand – und das, obwohl er selbst latente Psi-Gaben besaß. Wenn er tief in sich hineinhorchte, so vermochte er kaum noch eine Spur der Anwesenheit des fremden Bewusstseins zu finden. Und dennoch spürte er ganz deutlich, dass es da war, dass es wachte und dass es all seine Geheimnisse im Nu durchschaut hatte. In welcher Form existierte der Mutant in ihm? War er ein aktives Bewusstsein, das auf neue Erkenntnisse reflektierte, Pläne entwickelte, zu handeln versuchte? Oder war es nur ein passiver Geist, der zwar Thomas Kantenbergs Vorhaben kannte, sich davon aber nicht beeindrucken ließ? Ging von Tako Kakuta wirklich Gefahr aus … oder hatte er sich das alles nur eingebildet?

Er empfand es als merkwürdig, dass Kakuta zwar seinen Bewusstseinsinhalt, er aber nicht das Bewusstsein des Mutanten einsehen konnte. Er kannte das Prinzip nicht, wonach bei zwei im selben Medium residierenden Bewusstseinen jeweils dasjenige, das die Kontrollfunktionen ausübte, mit dieser Tätigkeit so beschäftigt war, dass ihm das andere Bewusstsein als undurchsichtig erschien. Das andere Bewusstsein dagegen hatte so viel Kapazität frei, dass es mit seinem »inneren Auge« den Nachbarn verhältnismäßig mühelos durchdringen konnte. Das alles wusste Thomas Kantenberg nicht. Es war ihm lediglich klar, dass seine Absichten vor Tako Kakuta ausgebreitet lagen wie ein aufgeschlagenes Buch, während er von Kakutas Gedanken nicht die geringste Ahnung hatte.

Etwas vorschnell schloss er daraus, dass das Bewusstsein des Mutanten nicht besonders aktiv sein könne. Vermutlich befand es sich in einer Art Schlafzustand. Der Aufenthalt in dem Körper des latenten Mutanten brachte für Kakuta eine gewisse Unannehmlichkeit mit sich. Es lebte sich dort nicht so gut wie in den PEW-Adern von Wabe 1000. Dieser Unannehmlichkeit, glaubte Kantenberg, entzog sich Kakuta dadurch, dass er einfach in tiefen Schlaf versank. Aus dieser Inaktivität des Mutantengeistes schließlich resultierte, dass Kantenberg ihn nicht zu durchschauen vermochte.

So beruhigte er sich selbst und redete sich ein, dass ihm keinerlei Gefahr drohe. Er blickte auf das Chronometer und stellte überrascht fest, dass er sich schon seit fast einer Stunde in seinem Quartier befand. Die TALLAHASSEE hatte sich noch nicht gerührt. Sie lag noch immer in der Felsspalte an der Oberfläche des Felsklotzes, und auf dem kleinen Schirm in Kantenbergs Kabine zeigte sich über der rechten Schluchtkante die gewölbte Oberfläche der Riesensonne Wild Man, die soeben über diesem Teil des Asteroiden aufging.

Warum war das Schiff noch nicht gestartet? Ebenezer Krohl hatte es so eilig gehabt! Was war geschehen? Kantenberg sprang auf und überlegte, ob er sich nach dem Grund der Verzögerung erkundigen solle.

Und da geschah das Unglaubliche!

Er hörte eine leise, aber eindringliche Stimme. Verwirrt sah er sich um, aber außer ihm befand sich niemand in dem kleinen Kabinenraum, und der Interkom war abgeschaltet. Er horchte. Die Stimme kam wieder, und er bemerkte mit Entsetzen, dass es sich nicht wirklich um eine Stimme handelte, sondern um einen Strom von Gedankenimpulsen, der sich in seinem Bewusstsein manifestierte.

Thomas Kantenberg, du bist ein Verräter!

Das war der Mutant! Sein Bewusstsein sprach zu ihm. Thomas Kantenberg war so verwirrt, dass er keinen klaren Gedanken fassen konnte.

Diese Angst wird dich nicht mehr verlassen!, drohte Kakutas Bewusstsein. *Von jetzt an wirst du deines Lebens keine Sekunde lang sicher sein. Aber tröste dich. Die Qual wird nicht lange dauern.*

»Warum?«, fragte Kantenberg entsetzt. »Wie meinst du das …?«

In seiner Hilflosigkeit sprach er die Fragen laut aus. Aber das störte die Verständigung nicht. Um die Fragen aussprechen zu können, musste er sie zuerst in Gedanken formulieren, und dabei verstand ihn der Mutant.

Ich werde die Kontrolle über deinen Körper übernehmen, antwortete Kakuta. *Dein Plan darf nicht in die Wirklichkeit umgesetzt werden.*

Trotz regte sich in Thomas Kantenberg. »Du kannst mich nicht übernehmen! Du bist ein schwaches Sekundärbewusstsein, das froh sein muss, wenn es in irgendeinem Winkel meines Gehirns nisten darf. Ich gebe hier die Befehle.«

Noch, klang Kakutas Gedanke. *Aber es wird eine Zeit kommen, da du nicht mehr die Oberhand behalten kannst. Und auf diesen Augenblick warte ich!*

»Warte nur!«, spottete Kantenberg. »Der Moment wird nie kommen!«

Doch, erwiderte der Mutant. *Er wird kommen, denn jeder Mensch muss schlafen …!*

»Verstehen Sie mich recht, Oberst«, sagte Paratü Hoplong, »ich verdächtige den Mann nicht. Er kommt mir nur merkwürdig vor. Besonders jetzt, da Sie mir erklären, wie er sich bei der Aufnahme des Mutanten verhalten hat.«

Ebenezer Krohl starrte nachdenklich vor sich hin. Nebenan, im Kommandoraum, liefen die Vorbereitungen zum Start der TALLAHASSEE. In spätestens einer Viertelstunde würde das Raumschiff Wabe 1000 den Rücken kehren. Vor wenigen Augenblicken war in Krohls Privatquartier der Summer ertönt, und der Bordarzt hatte um eine Aussprache gebeten.

»Was genau fiel Ihnen an ihm auf?«, erkundigte sich der Oberst.

»Der Unterschied zwischen seiner augenblicklichen Gemütsverfassung und seiner normalen seelischen Konstitution«, antwortete Paratü Hoplong, ohne zu zögern. »Ich habe Kantenberg vor der Abreise in meiner Funktion als Arzt zu sehen bekommen. Ich musste ihn untersuchen und das Untersuchungsergebnis des Kollegen von Quinto-Center bestätigen. Damals fiel mir auf, dass ich noch selten einem Mann von so stabiler Mentalität begegnet war wie Thomas Kantenberg. Und jetzt? Er ist so nervös, so unruhig, dass er am liebsten aus der Haut fahren möchte. Warum?, frage ich Sie.«

Krohl hob die Schultern. »Ich weiß es nicht. Glauben Sie, dass er eine Gefahr für den Mutanten bedeutet, den er aufgenommen hat?«

»Kakuta wird es in Kantenbergs Bewusstsein ein bisschen weniger bequem haben als die anderen Mutanten in ihren Gastkörpern. Aber das ist auch alles. Es gibt wirklich keine ernsthafte Gefahr. Gerade deswegen wundere ich mich so über Kantenbergs Aufregung.«

Krohl wollte darauf etwas erwidern, wurde jedoch unterbrochen. Ein Schirm leuchtete auf. Eine Ordonnanz meldete: »Eine dringende Nachricht vom Hauptquartier, Sir!«

Der Oberst zog erstaunt die Brauen in die Höhe. Wenn man ihn auf Wabe 1000 von Quinto-Center aus anrief, dann musste etwas Wichtiges geschehen sein. Der Asteroid wurde normalerweise nicht angefunkt.

»Ich komme«, antwortete Krohl und stand auf. »Haben Sie eine Minute Zeit?«, wandte er sich an den Arzt. »Ich bin sofort wieder zurück.«

Hoplong versprach zu warten. Krohl ging hinüber zum Kommandostand. Als er wenige Minuten später zurückkehrte, war sein Gesicht düster.

»Wie lange halten es die Mutanten in unseren Körpern aus, Hoplong?«, wollte er wissen.

»Als latente Psi-Träger sind Sie besser als ein normaler Mensch für den Transport dieser Mutantenbewusstseine geeignet«, antwortete der Arzt. »Ich würde meinen, dass die Mutanten sich nach etwa fünf Tagen in ihren Körpern unwohl zu fühlen anfangen. Länger als eine Woche würde ich den Aufenthalt ohne Not auf keinen Fall ausdehnen, und nach Ablauf von zehn Tagen rechne ich mit dem Auftreten der ersten kritischen Situationen.«

Krohl seufzte tief. »Dann halten Sie uns die Daumen, Doktor!«, preßte er hervor. »Das Hauptquartier meldet starke feindliche Aufklärertätigkeit in diesem Raumsektor. Die TALLAHASSEE hat vorläufig sechzig Stunden Startverbot, und es ist möglich, dass das Verbot verlängert wird.«

Als Thomas Kantenberg von der Startverzögerung und ihrem Grund erfuhr, griff die Angst von neuem nach ihm. Tako Kakuta hatte sich seit jener ersten Kontaktaufnahme nicht mehr gemeldet. Kantenberg wusste, dass er auf der Lauer lag. Sechzig Stunden Verzögerung, das waren zweieinhalb Tage. Dann, wenn alles gut ging, der Flug in die Provcon-Faust. Die TALLAHASSEE als der schnellste Fahrzeugtyp der Flotte entwickelte einen Überlichtfaktor von rund fünf Millionen. Es gab keinen Zweifel, dass Krohl die Triebwerke bis zum Anschlag belasten würde. Das bedeutete, dass sie die Provcon-Faust, 15.000 Lichtjahre von Wabe 1000 entfernt, in knapp dreißig Stunden erreichen konnten.

Dann der Flug durch die Dunkelwolke, für den nach Kantenbergs Schätzung zwanzig Stunden angesetzt werden mussten. Insgesamt also einhundertundzehn Stunden oder viereinhalb Tage, bis er den Mutanten loswerden konnte! Viereinhalb Tage, die er ohne Schlaf zubringen musste!

Den Plan, Tako Kakuta mit nach Zabrijna zu nehmen, hatte er längst aufgegeben. Er war sicher, dass der Mutant ihn nicht überwältigen konnte, solange er, Kantenberg, wachte. Im Schlaf jedoch versank das Bewusstsein in einen Zustand suspendierter Aktivität, und dann, davon war Kantenberg fest überzeugt, würde es Kakuta ein Leichtes sein, ihm die Kontrolle über seinen Körper zu entreißen.

Die ersten zwanzig Stunden verbrachte Thomas Kantenberg im Zustand nervöser Erregung, die jeden Gedanken an Schlaf von selbst verbot. Dann jedoch spürte er, wie seine Kräfte nachließen. Wenn er so weitermachte, würde er bald einfach bewusstlos umfallen, und dann hatte er verspielt. Er musste sich auf alle Fälle wachhalten, notfalls mit brutaler Gewalt. Er ging zum Bordlazarett und verlangte von einem der Ärzte ein Aufputschmittel. Der junge Arzt verwies ihn an Paratü Hoplong.

Hoplong musterte Kantenberg misstrauisch und fragte: »Warum wollen Sie unbedingt wach bleiben? Warum legen Sie sich nicht hin und schlafen sich aus?«

»Ich will nicht schlafen, Doktor«, antwortete Kantenberg gereizt. »Bitte geben Sie mir das Mittel.«

Hoplong erklärte sich schließlich dazu bereit. »Aber nur dieses eine Mal!«, warnte er, als er Kantenberg zwei kleine Gelatinekapseln in die Hand drückte. »Kommen Sie mir nicht wieder unter die Augen, ohne sich vorher tüchtig ausgeschlafen zu haben. Ist das klar?«

Kantenberg verzichtete auf eine Antwort, schluckte die zwei Kapseln und war die nächsten 15 Stunden über so wach wie einer, der sich eine ganze Woche lang jede Nacht tüchtig ausgeschlafen hat. Dann begann die Tortur von neuem. Er dachte an Paratü Hoplongs Warnung und wusste, dass er von dem kleinen Arzt keine Hilfe mehr zu erwarten hatte. Er musste sich selbst helfen. Es blieb ihm nichts anderes übrig, als in das Medikamentenlager einzubrechen und sich zu besorgen, was er brauchte. Das Lager befand sich auf einem der tiefer gelegenen Decks. Er würde für seinen Einbruch die elektronische Verriegelung außer Betrieb setzen müssen. Das war nicht schwierig, hinterließ jedoch deutliche Spuren, die bei der nächsten Inspektion des Lagerraums sicherlich entdeckt werden würden. So, wie die Verhältnisse lagen, würde der Verdacht unweigerlich auf Thomas Kantenberg fallen – besonders, wenn man feststellte, welches Medikament entwendet worden war. Aber es blieb ihm keine andere Wahl. Er konnte nur hoffen, dass die Inspektion erst nach der Ankunft der TALLAHASSEE auf Gäa stattfinden würde.

Es gelang ihm, unbemerkt bis hinab auf das Lagerhallendeck zu kommen. Er fand das Schott des Medikamentenraums und machte sich mit Hilfe eines positronischen Kodeknackers an der Verriegelung zu schaffen. Die Arbeit war mühselig, und während die Minuten verstrichen, merkte er, wie die Müdigkeit ihn zu übermannen drohte. Doch schließlich war es geschafft. Das Schott glitt beiseite.

Er trat in einen nicht besonders großen, hell erleuchteten Raum. Die Medikamente ruhten in schubladenartigen Behältern, die von einer separaten Minipositronik gesteuert wurden. Thomas Kantenberg brauchte nur einzugeben, wonach er suchte. Er versah sich mit einem Vorrat, der einen weiteren Einbruch in den Lagerraum unnötig machte. Als er dabei war, einem der Behälter zwei Kapseln zu entnehmen, kam ihm in den Sinn, dass es besser sei, wenn er nicht so eindeutige Spuren hinterließ. Die Entwendung des Aufputschmittels wies direkt auf ihn. Wenn er außerdem noch ein paar andere Medikamente mitgehen ließ, dann würde es schwieriger sein, den Einbrecher zu identifizieren.

Wahllos öffnete er einige der Schubladen und nahm heraus, was ihm gerade ins Auge stach. Er warf einen letzten Blick ringsum, überzeugte sich, dass er alle Schubladen wieder ordnungsgemäß geschlossen hatte, und wandte sich dem Schott zu.

Er stockte mitten in der Bewegung und hatte ein Gefühl, als gefröre ihm das Blut in den Adern. Unter dem offenen Schott standen zwei Männer: Ebenezer Krohl und Paratü Hoplong.

Sie musterten ihn unfreundlich, und Krohl sagte schließlich: »Ich glaube, es ist an der Zeit, dass Sie uns eine Erklärung für Ihr merkwürdiges Verhalten geben, Kantenberg!«

Ich hatte ihn getäuscht.

Er wusste nicht, dass ich ihm eine Lüge aufgetischt hatte, und weil er es nicht wusste, verhielt er sich genau so, wie ich es haben wollte. Ich konnte ihm die Kontrolle über seinen Körper nicht streitig machen, während er schlief. Das menschliche Gehirn war kein Kommandostand, den man stürmen konnte, wenn die Wache gerade nicht aufpasste. Es musste eine Übergabe stattfinden. Sein Bewusstsein musste die

Kontrolle an mich übergeben. Das konnte es im Zustand des Schlafes nicht tun, da es dann inaktiv war.

Freiwillig allerdings würde es auch im Wachzustand dies nicht tun. Man musste es zwingen, musste es überrumpeln. Deswegen hatte ich ihm das Märchen von der Gefahr erzählt, die im Schlaf auf ihn lauerte. Seit anderthalb Tagen fast hielt er sich mit Hilfe von Medikamenten wach. Bald würde er eine neue Dosis Aufputschmittel brauchen, um die nächsten Stunden zu überstehen. Sein Bewusstsein funktionierte nicht mehr richtig. Schon jetzt in diesem Augenblick war es zwar wach, aber so träge, dass ich es wahrscheinlich nur ein wenig anzustoßen brauchte, um die Kontrolle von ihm zu erhalten. Aber ich fasste mich noch ein wenig in Geduld. Kurz bevor er das Medikament zum nächsten Mal einnahm, würde ich vorstoßen. Es lag mir nichts daran, lange Zeit das dominierende Bewusstsein zu sein. Wenn ich es nur so lange schaffte, dass ich ihn dazu zwingen konnte, seinen Plan zu verraten.

Mein Vorhaben war nicht ungefährlich. Ich hatte sein Unterbewusstsein durchforscht, und dabei war mir etwas aufgefallen, wovon er selbst nichts wusste. Es gab in seinem Unterbewusstsein eine Art Sicherung. Ich konnte mir denken, wer sie dort installiert hatte, wenn ich auch nicht wusste, wie es ihm gelungen war. Sobald mein Wirt die Wahrheit über sein Vorhaben sagte, würde eine Mentalschaltung ausgelöst, die eine beachtliche Menge psionischer Energie freisetzte, die in seinem Unterbewusstsein gespeichert war. Die Auslösung erfolgte auf explosive Art. Das Gehirn meines Wirts würde dadurch zerstört werden. Er starb, und wenn ich mich bis dahin noch in ihm befand, starb ich ebenfalls. So sicherte sich Leticron gegen Verrat.

Sobald ich ihm also den Impuls zum Sprechen gegeben hatte, würde ich seinen Körper verlassen müssen – noch bevor er das erste Wort aussprach. Der Aufenthalt im Körper eines Nichtmutanten würde mir nicht sonderlich zusagen. Aber wer kümmerte sich um Bequemlichkeit, wenn es um das Schicksal der verbleibenden Menschheit ging?

Thomas Kantenberg zitterte. Furcht und Schwäche waren in gleicher Weise dafür verantwortlich. »Ich … ich fühle mich beunruhigt«, stieß er hervor. »Ich komme mit dem Mutanten in mir einfach nicht zurecht. Ich meine, dass er mich … nun, übernehmen will, sobald ich einschlafe. Deswegen …«

»Ihr Benehmen ist das eines unreifen Kindes«, fiel ihm Ebenezer Krohl scharf ins Wort. »Sie sind völlig ungefährdet. Der Mutant, den Sie in sich tragen, ist froh, dass er aus seinem Gefängnis gerettet worden ist, und hat alles andere im Sinn, als Sie zu übernehmen.«

Kantenberg senkte den Kopf und blickte zu Boden – ein scheinbar schuldbewusster, niedergeschlagener Mann. In Wirklichkeit zauberte die Schwäche bunte Ringe vor seine Augen. Von Zeit zu Zeit musste er die Augen halb zusammenkneifen und sie dann rasch wieder öffnen, weil die Welt um ihn Karussell zu fahren drohte.

»Ist es das wirklich, was Sie bedrückt?«, fragte Paratü Hoplong. Seine Stimme war gefährlich ruhig, fand Kantenberg.

»Ich sage die Wahrheit«, antwortete er unwirsch.

»Sie sind ein intelligenter Mann«, fuhr Hoplong fort. »Die Zusammenhänge sind Ihnen klar. Und trotzdem fürchten Sie sich?«

»Ich fürchte mich«, bestätigte Kantenberg, ohne den Arzt anzusehen.

»Ich glaube Ihnen nicht!«

Das gab Kantenberg trotz seiner Müdigkeit einen Ruck. Er blickte auf. »Wie meinen Sie das?«, fragte er zornig.

»Ich glaube, Sie haben zu dem Mutanten in Ihnen ein ernsthaft gestörtes Verhältnis.«

Kantenberg schwieg trotzig.

»Ich habe keinen der acht Altmutanten jemals persönlich kennen gelernt«, setzte Hoplong von neuem an. »Sie existierten als Menschen lange vor meiner Zeit. Aber ich habe viel über sie gelesen und weiß, dass sie Geschöpfe sind, die die Natur vor anderen ausgezeichnet hat, indem sie ihnen besondere Gaben verlieh, und dass sie diese Gaben niemals missbraucht haben. Ich muss die Altmutanten also für ehrenwerte Menschen halten. Sollte es wirklich der Fall sein, dass Sie im Widerstreit mit Tako Kakuta stehen, Kantenberg, dann muss ich annehmen, dass die Schuld bei Ihnen liegt.«

Seine Stimme war zum Schluss ziemlich scharf geworden. Kantenberg witterte die Gefahr, die auf ihn zukam. Hatte der kleine Arzt ihn durchschaut? Er wollte sich zur Wehr setzen. Er wollte den Entrüsteten spielen und einen Wutausbruch vom Stapel lassen, der jedermann überzeugen musste. Aber er hatte nicht mehr die Kraft dazu. Er fühlte sich wie ausgelaugt. Er brachte nur noch ein mattes Kopfschütteln zuwege, und dazu krächzte er: »Sie sind ganz und gar falsch beraten, Doktor. Ich fühle, dass ich wach bleiben muss. Im Schlaf droht mir Gefahr. Deswegen besorgte ich mir von Ihnen Medikamente. Sie gaben sie mir, aber gleichzeitig drohten Sie, dass ich …«

Weiter kam er nicht. Die Mühe, die richtigen Worte zu finden, hielt ihn so beschäftigt, dass er keine Gelegenheit mehr hatte, an irgendetwas anderes zu denken. Auf diesen Augenblick hatte Tako Kakuta gewartet. Er stieß blitzschnell zu. Kantenbergs Bewusstsein leistete ihm kaum Widerstand. Der Mutant übernahm die Kontrolle. Sein Plan stand fest. Er wollte ins Lazarett der TALLAHASSEE teleportieren. Kantenbergs Körper musste so rasch wie möglich in einen Zustand gebracht werden, in dem er sich erstens erholen konnte und zweitens seinem eigentlichen Eigentümer keine Gelegenheit bot, die Kontrolle zurückzugewinnen. Kakuta wusste, dass es vorerst keinen Zweck hatte, zu den beiden Männern zu sprechen, die er vor sich hatte. Selbst wenn er die Wahrheit sagte, dass er, der Mutant, die Kontrolle über Kantenbergs Körper übernommen habe, würden sie doch nur glauben, dass Kantenberg sich einen neuen Trick ausgedacht habe, um sie zu täuschen. Er versprach sich mehr Erfolg davon, dass er plötzlich im Lazarett erschien und sich dort wie ein Tollwütiger gebärdete. Die Medo-Roboter würden ihn sofort einfangen und ihm eine Beruhigungsspritze verabreichen. Darauf wollte er hinaus. Solange Kantenberg bewusstlos war, konnte er die Kontrolle nicht zurückerobern.

Der Mutant handelte. Jetzt, da er die Oberhand über Kantenberg gewonnen hatte, konnte er seine paraphysische Fähigkeit endlich zum Einsatz bringen. Er teleportierte.

Es war nicht sein Verschulden, dass Kantenbergs Bewusstsein gerade in diesem Augenblick, in dem er sich auf den Vorgang der Teleportation konzentrieren musste, mit letzter Kraft aufbegehrte. Das Aufbegehren nützte ihm nichts. Vorläufig noch hatte Tako Kakuta die Kontrolle über den Körper des Verräters fest in der Hand. Aber der Mutant konnte es nicht verhindern, dass Kantenberg einen gefährlichen Gedanken in den mentalen Befehl der Teleportation injizierte. Dadurch wurden die Zieldaten des Sprungs drastisch verändert.

Für Krohl und Hoplong vollzog sich der Prozess viel zu schnell, als dass sie anders als mit starrem Erstaunen darauf hätten reagieren können. Rings um Kantenberg hatte die Luft plötzlich geflimmert. Die Umrisse des hoch aufgeschossenen, hageren Körpers verschwammen, und im nächsten Augenblick war Kantenberg verschwunden. Die beiden Männer starrten sprachlos auf die Stelle, an der er sich eben noch befunden hatte. Dann stieß Paratü Hoplong mit meckernder Stimme hervor: »Einfach weg! Ich begreife das nicht …«

Der Klang seiner Worte schreckte Oberst Krohl aus der Starre auf.

»Der Mutant hat die Kontrolle übernommen!«, stieß er hervor. »Kakuta ist Teleporter!« Er hob das Armbandvisiphon an den Mund und berührte einen Kontakt. »Alarmstufe eins!«, brüllte er. »Hier spricht Krohl! Alarmstufe eins!«

Die Alarmsirenen heulten auf. Krohl hastete den schmalen Decksgang entlang, Paratü Hoplong im Schlepptau, und erreichte in einem wilden Endspurt den Hauptantigravschacht, der die zentrale Achse des Raumschiffs bildete. Wenige Augenblicke später stand er auf dem Mitteldeck. Die Alarmsirenen schwiegen. Dafür befand sich die Mannschaft in heller Aufregung, denn noch wusste niemand, warum Krohl auf so dramatische Art verlangt hatte, Alarm schlagen zu lassen.

Im Kommandostand trat ihm der Erste Offizier entgegen. »Sir, wir sind startbereit«, sagte er. »Ich nehme an, das ist …«

»Hat jemand Kantenberg gesehen?«, fiel Krohl ihm ins Wort.

»Nein, Sir«, antwortete der Offizier verwundert.

»Er ist verschwunden«, knirschte Krohl, »vor meinen Augen! Es muss da eine Komplikation zwischen ihm und dem Bewusstsein des Mutanten gegeben haben.« Er gönnte sich ein paar Sekunden zum Nachdenken. Dann stand sein Entschluss fest.

»Zwei Dinge«, erklärte er. »Lassen Sie das Schiff nach Kantenberg durchsuchen. Wir müssen wissen, ob er sich noch an Bord befindet. Und schleusen Sie Ortersonden aus. Ich muss wissen, wo sich die pariczanischen Einheiten befinden, vor denen uns das Hauptquartier gewarnt hat. Sie sind startbereit, sagten Sie?«

»Jederzeit, Sir!« Das Gesicht nahm einen zweifelnden Ausdruck an. »Wollen Sie etwa trotz der Anweisung des Hauptquartiers …?«

»Auf Quinto-Center hat man keine Ahnung, was hier vorgeht«, unterbrach ihn Krohl. »Ich muss meine Entschlüsse auf eigene Faust treffen. Kantenberg steht im Verdacht, ein Agent im Dienste des Gegners zu sein. Wenn es ihm gelingt, sich die Fähigkeiten des Teleporters anzueignen, dann bedeutet er für uns eine ungeheure Gefahr.«

Der Erste Offizier wurde um eine Nuance blasser. Plötzlich erinnerte er sich an etwas. »Sie wurden übrigens dringend gesucht, Sir. Von einem Mitglied Ihrer Gruppe, einer Frau.«

»Zabel«, überlegte Krohl. »Das muss warten. Ich habe jetzt keine Zeit mehr …«

»Es klang äußerst dringend, Sir.«

»Gut, ich kümmere mich darum. Sorgen Sie dafür, dass das Schiff abgesucht und die Ortersonden ausgeschleust werden.«

Der Erste Offizier erteilte seine Befehle. Einige Männer machten sich daran, unterstützt von der Positronik, das Schiff mit Hilfe der überall installierten Überwachungskameras zu durchsuchen. Ein wenig unschlüssig stand Krohl an der Peripherie des Kommandoraums, neben ihm Paratü Hoplong, und ließ die hektische Aktivität der Besatzung an sich vorbeirauschen. Da hörte er plötzlich seinen Namen rufen. Zabel hatte den Kommandoraum von der anderen Seite her betreten und kam direkt auf ihn zu.

»Oberst!«, rief sie schon von weitem. »Etwas Entsetzliches ist passiert!«

Er ahnte, was sie auf dem Herzen hatte. Plötzlich wusste er, warum sie so dringend mit ihm hatte sprechen wollen.

»Was gibt es denn?«, fragte er.

»Kantenberg!«, stieß sie hervor. »Er ist ein Verräter!«

Krohls trauriges Lächeln brachte sie völlig aus dem Gleichgewicht.

»Wir wissen es«, sagte er ernst. »Aber wie sind Sie dahinter gekommen, Zabel?«

»Ich habe vor ein paar Tagen mit ihm gesprochen, in der Messe. Ich wollte ihn aus seiner Abgeschlossenheit herauslocken. Es war keine besonders ermutigende Unterhaltung. Er wurde anzüglich ...«

»Kantenberg ...?«, machte Hoplong überrascht.

»Eben«, beteuerte Zabel. »Ich war maßlos enttäuscht – von ihm selbst ebenso wie von meiner Menschenkenntnis, die mich anscheinend völlig im Stich gelassen hatte. Aber ... Sie kennen meinen Fall, Oberst? Ich meine, die latente Psi-Fähigkeit ...« Krohl nickte gelassen. »Ich glaube nicht, dass sie in dem Augenblick, in dem ich mit Kantenberg sprach, aktiv war. Aber später einmal muss sie für kurze Zeit erwacht sein. Ich rekapitulierte unsere Unterhaltung, und mir fiel auf, dass Kantenberg wahrscheinlich gar nicht hatte anzüglich werden wollen. Viel weiter kam ich nicht. Das psionische Licht ging wieder aus. Erst vor ein paar Minuten kam mir dann die eigentliche Erleuchtung. Kantenberg wusste von meinen Fähigkeiten. Er hatte Angst, sich in ein Gespräch einzulassen, aus dessen Wortzusammenhängen ich auf sein Geheimnis schließen konnte. Deshalb versuchte er mich loszuwerden. Es ist völlig plausibel, dass ein Mann sich für eine Frau interessiert. Kantenberg glaubte, dass die Gefahr, sich zu verraten, am geringsten sei, wenn er sich so plump wie möglich anstellte. Deswegen wählte er diesen Ausweg.«

»Sie kommen zu spät«, sagte Krohl. »Kantenberg ist uns entwischt ...«

»Entwischt ...?«

»Ja, vor unseren Augen verschwunden. Ich fürchte, er hat sich den

Mutanten untertan gemacht. Denn hätte Kakuta Kantenberg bezwungen, dann sähe die Lage jetzt wohl anders aus.«

Der Erste Offizier trat heran. »Sir, die Sonden sind ausgeschleust«, meldete er. »Jeweils acht und elf Lichtstunden von uns entfernt befinden sich zwei unbekannte Fahrzeuge, nach der Intensität der Streustrahlung zu urteilen, ziemlich dicke Brummer. Die Struktur der Strahlung wird gegenwärtig analysiert. Ich tippe auf pariczanische Walzenschiffe.«

»Sonst nichts?«

»Etwa drei Lichttage entfernt steht ein Verband von wenigstens 18 Einheiten, Sir. Zunächst noch unidentifiziert. Aber ich glaube nicht, dass es eine freundliche Macht in diesen Tagen wagen würde, mit einer derartigen Massierung von Fahrzeugen im Zentrum der Milchstraße aufzukreuzen.«

»Da haben Sie Recht. Die beiden Walzen ... kommen wir zwischen ihnen hindurch?«

»Wenn wir die Triebwerke bis an die Belastungsgrenzen ausreizen, ja, Sir.«

»Holen Sie sich die entsprechende Erlaubnis vom Kommandanten«, trug Krohl ihm auf. »Wir müssen so schnell wie möglich von hier weg!«

Der Erste Offizier entfernte sich und kehrte wenige Minuten später wieder zurück.

»Alles vorbereitet, Sir. Der Kommandant hat keine Bedenken. Wir können jede Sekunde starten. Übrigens: Die Durchsuchung des Schiffs verlief negativ. Kantenberg befindet sich nicht an Bord.«

»Ich dachte es mir«, brummte Krohl. »Wahrscheinlich hat er sich bei seinen Freunden an Bord eines der Walzenschiffe in Sicherheit gebracht. Signalisieren Sie Startbereitschaft! In zehn Minuten möchte ich von hier weg sein!«

Krohls Einsatzgruppe suchte ihre Quartiere auf. Bittere Niedergeschlagenheit herrschte unter den Männern und Frauen des Kommandos. Sie hatten ihr Leben eingesetzt, um die acht Altmutanten zu retten. Aber für einen war all ihre Mühe umsonst gewesen.

Lediglich Krohl selbst war im Kommandostand zurückgeblieben. Die Lage war ungewiss, sogar gefährlich. Er selbst war für die Sicherheit der befreiten Mutanten verantwortlich. In einem Fall, so sagte er sich bitter, hatte er bereits versagt. Er wollte an Ort und Stelle, in unmittelbarer Nähe des Geschehens sein, wenn es darum ging, die übrigen sieben in Sicherheit zu bringen.

Von T-200, zweihundert Sekunden vor dem Zeitpunkt des Starts an, liefen alle weiteren Vorbereitungen automatisch. Der Blitzstart eines derart komplizierten Fahrzeugs, das aus dem Stand heraus mit nahezu achtzigtausend Gravos beschleunigte, war ein so komplexes Unterfangen, dass es von Menschen mit ihrem notorisch langsamen Reaktionsvermögen unmöglich kontrolliert werden konnte. Die Positronik hatte die Kontrolle über die TALLAHASSEE übernommen. Gegen T-50 liefen die Triebwerksaggregate an. Von diesem Zeitpunkt an gab die Triebwerkszelle einen hohen Betrag hyperenergetischer Streustrahlung ab, die von den Ortergeräten des Gegners ohne Zweifel wahrgenommen werden würde. Fünfzig Sekunden vor dem Start also wussten die Pariczaner bereits, dass sich auf Wabe 1000 etwas tat. Die brennende Frage war, wie sie darauf reagieren würden.

»Beide Feindeinheiten wechseln den Kurs!«, rief der Erste Offizier gegen T-20. »Sie kommen auf uns zu!«

Um T-5 erwachten die Feldtriebwerke, die die erste Phase der Beschleunigungsperiode bewältigen würden, zum Leben. Von diesem Augenblick an wusste der Gegner, dass auf dem Asteroiden der Start eines Raumschiffs unmittelbar bevorstand. Und dann kam der Augenblick, in dem die TALLAHASSEE wie von einem Katapult gefeuert in die Schwärze des Alls hineinsprang und mit einer irrsinnigen Beschleunigung auf den Punkt zuraste, an dem sie in den Linearraum eintreten würde.

Im Kommandoraum war dumpf das Dröhnen des Triebwerksystems zu hören. Der Optikschirm hatte Wabe 1000 aus der Sicht verloren. Er war in der Finsternis des Weltraums verschwunden. Und selbst Wild Man, die mächtige Sonne, die wie ein rotes Auge vor dem riesigen Heer der Sterne des Milchstraßenkerns leuchtete, schrumpfte zusehends zusammen, wurde zu einem unansehnlichen Ball und schließlich zu einem kleinen, bedeutungslosen Lichtfleck.

Minuten waren vergangen. Die TALLAHASSEE hatte seit ihrem Blitzstart bereits mehr als fünfzig Millionen Kilometer zurückgelegt. Aber der Punkt, an dem sie zum Linearflug übergehen würde, war noch immer entmutigend weit entfernt.

»Der Gegner hat sein Ziel erkannt«, meldete der Erste Offizier.

Vor Krohl hing ein Schirm, der die Ergebnisse der automatischen Ortung übertrug. Jeweils am rechten und linken Rand war ein schwacher Reflex zu erkennen, der eines der beiden pariczanischen Walzenschiffe darstellte. Die Reflexe hatten vor kurzem ihre Bewegungsrichtung geändert. Statt in Richtung Wabe 1000 strebten sie nun auf einen Punkt zu, der leicht oberhalb der Schirmmitte lag. Offenbar beabsichtigten die Überschweren, die TALLAHASSEE von zwei Seiten zu packen.

»Werden sie es schaffen?«, fragte Krohl.

»Die Rechenergebnisse liegen noch nicht vor«, antwortete der Erste. »Auf jeden Fall wird es ein knappes Rennen werden.«

Die Minuten strichen dahin. Die TALLAHASSEE erreichte den Bereich relativistischer Geschwindigkeiten, und das Weltall begann sich zu verfärben. Auch die gegnerischen Walzenschiffe bewegten sich nun mit einer Geschwindigkeit, die sich von der des Lichts nicht mehr stark unterschied. Man war in Geschwindigkeitszonen vorgestoßen, in denen wegen der relativistischen Verzerrungen selbst Unterschiede von wenigen hundert Metern pro Sekunde eine wichtige Rolle spielten. Und da war die TALLAHASSEE aufgrund ihres ungeheuren Beschleunigungsvermögens dem Gegner um einiges überlegen.

»Wir kommen durch«, meldete der Erste Offizier, als die Bordpositronik die Rechenergebnisse lieferte. In seiner Stimme schwang ein Unterton von Erleichterung mit.

Es kam, wie er gesagt hatte. Einer der beiden Pariczaner kam der TALLAHASSEE bis auf knapp zwei Mondbahnradien nahe. Er setzte eine schwere Desintegratorsalve ab, die jedoch kaum ausreichte, um die Schutzschirme des Leichten Kreuzers ein paar Sekunden zum Flackern zu bringen. Dann war der Spuk vorbei. Mit ungeheuren Geschwindigkeiten waren die Raumschiffe aneinander vorbeigeschossen, und die Verfolger verloren sich im All.

Kaum eine Minute später ging die TALLAHASSEE in den Linearraum. Oberst Ebenezer Krohl atmete erleichtert auf. Das Schlimmste war verhindert. Sieben der acht Altmutanten befanden sich vorläufig in Sicherheit. Schweren Herzens fragte er sich, was aus dem achten geworden sein mochte.

5.

Ein Fehlschlag!

Im entscheidenden Augenblick aktivierte er seine letzten Kraftreserven. Es gelang ihm zwar nicht, mich zu verdrängen. Aber er injizierte ein Bild, das Bild eines Raums an Bord eines pariczanischen Kriegsschiffs – und verdrängte dadurch mein Zielbild.

Der Sprung war ausgeführt. Ich wusste nicht genau, was geschehen war. Aber Bruchteile von Sekunden nach dem Sprung war Kantenberg meiner Kontrolle entglitten. Er musste von den Kapseln eingenommen haben, die die Müdigkeit vertrieben. Im Zustand des klaren Wachseins war ich ihm hoffnungslos unterlegen. Ich hatte nicht damit gerechnet, dass es ihm so schnell gelingen würde, das Medikament zu sich zu nehmen. Die Unachtsamkeit wurde mir zum Verderben. Ich wurde wieder zur Seite gedrängt, und Kantenberg hatte die Kontrolle über seinen Körper.

Den Bildern in seinem Bewusstsein entnahm ich, dass wir uns tatsächlich an Bord eines pariczanischen Raumschiffs befanden. Es schien in unmittelbarer Nähe von Wabe 1000 zu stehen. Mit Kantenbergs Vorhaben stand es nicht im Zusammenhang. Es befand sich schon seit langer Zeit hier und hatte, wie Kantenberg wusste, die Aufgabe, die Umgebung unseres Asteroiden zu kontrollieren.

Es war merkwürdig ... Kantenberg hätte sich darüber freuen sollen, in Sicherheit zu sein. Er tat es nicht. Er war besorgt. Er fürchtete sich. Wovor? Ich sah neue Bilder in seinem Bewusstsein auftauchen. Die Gestalt eines Überschweren erschien. Das Bild war emotional gefärbt. Kantenberg war erschrocken; er fürchtete dieses Wesen.

Jetzt verstand ich, warum. Gefahr – für Kantenberg und für mich! Der Überschwere hielt Kantenberg für einen terranischen Spion. Er war bewaffnet! Er hob den Strahler ...

Thomas Kantenberg wusste nicht, wie ihm geschah. Für den Bruchteil einer Sekunde war er über finstere, unergründliche Abgründe gewirbelt, dann wurde es plötzlich wieder Licht ringsum. Und etwas Merkwürdiges geschah: Obwohl der Körper unter Tako Kakutas Kontrolle stand, hatte Kantenberg sich, bevor Kakuta ihn verdrängte, so darauf konditioniert, bei der ersten Gelegenheit eine oder zwei der Medikamentenkapseln zu sich zu nehmen, dass er die entsprechenden Bewegungen jetzt instinktiv ausführte, ohne darüber nachdenken zu müssen und ohne dass der Mutant ihn an der Ausführung der Reflexreaktion behindern konnte.

Die Wirkung des Aufputschmittels setzte fast augenblicklich ein. Kantenbergs Bewusstsein erwachte zu neuem Leben. Er war sich der Tatsache, dass ein anderer Geist von ihm Besitz ergriffen hatte, kaum bewusst geworden, da wechselte die Kontrolle schon wieder zu ihm über. Das Bewusstsein des Mutanten war verdrängt. Kantenberg gewann taumelnd das Gleichgewicht zurück, bemerkte den Druck einer ungewöhnlich hohen Schwerkraft, die auf ihm lastete, und sah sich um.

Er befand sich an Bord eines fremden Raumschiffs. Die niedrige Decke bewies ihm, dass es ein Fahrzeug der Überschweren sein musste. Noch vor wenigen Sekunden hatte er an Leticrons Einheiten gedacht, die in diesem Raumsektor patrouillierten, und sie verflucht wegen der gefährlichen Aktivität, die sie ausgerechnet in diesem kritischen Augenblick entwickelten, so dass die TALLAHASSEE nicht starten konnte. Wie kam er hierher?

Kakuta!, schoss es ihm durch den Sinn. Der Mutant hatte ihn hierher teleportiert. Erleichterung stieg in ihm auf, aber nur für wenige Augenblicke. Niemand außer Leticron und Yandikor wusste von ihrer gemeinsamen Abmachung, auch die Besatzung dieses Raumschiffs nicht. Wie sollte er scin unerwartetes Auftauchen an Bord dieses Fahrzeugs erklären? Würde er überhaupt zum Erklären kommen? Oder würden sie ihn einfach über den Haufen schießen?

Er musterte seine Umgebung von neuem. Dieser Raum war Teil eines pariczanischen Mannschaftsquartiers. Es war der gemeinsame Aufenthaltsraum, von dessen rückwärtiger Wand Schotten zu den einzelnen Privatquartieren führten. Es gab hier bequeme Sitzmöbel und verschiedenste positronische Unterhaltungsgeräte. Niemand befand sich hier. Die Pariczaner, die hier ihre Unterkunft hatten, waren auf Wache.

Thomas Kantenberg horchte. Aus den Tiefen des mächtigen Schiffskörpers drangen Geräusche, die auf eine hektische Aktivität schließen ließen. Waren die Überschweren auf die TALLAHASSEE aufmerksam geworden? Bereiteten sie sich zum Angriff vor? Er hatte keine Zeit, über diese Fragen nachzudenken. Das vordere Schott glitt zischend zur Seite. Unter der Öffnung erschien ein breitschultriger Pariczaner.

Verblüfft starrte er das fremde Wesen an. Dann glitt seine Hand hinab zum Gürtel und zog einen schweren Strahler hervor, jenen Waffentyp, den die Hand eines Menschen nur mit Mühe halten konnte. Die aufgewölbte Mündung des Laufes kippte nach oben und zeigte genau auf Thomas Kantenberg.

»Nicht schießen!«, schrie der Terraner entsetzt.

Der Pariczaner grinste. »Warum nicht, Terraner? Warum soll ich einen Spion am Leben lassen?«

»Ich bin kein Spion!«, beteuerte Kantenberg. »Ich arbeite für Leticron.«

»Ja, ja ... das sagen sie alle«, knurrte der Überschwere. »Sie verfluchen ihn mit den hässlichsten Worten, die ihre Sprache besitzt. Aber wenn sie gefasst werden, behaupten sie alle hoch und heilig, für ihn zu arbeiten.«

Die Mündung der Waffe zielte starr auf Kantenbergs Leib. Und plötzlich war da wieder die Stimme, die Kantenberg schon einmal zuvor gehört hatte – die Stimme des Mutanten, die in Wirklichkeit gar keine Stimme war, sondern ein Strom von Gedanken, die mitten in seinem Bewusstsein plötzlich Gestalt annahmen.

Du wirst ihn nicht überzeugen, mahnten die Gedanken. *Überlass mir die Kontrolle! Ich bringe uns in Sicherheit.*

»Wenn du mich tötest«, erklärte Kantenberg mit fester Stimme, der das Zittern der Angst kaum noch anzumerken war, »wirst du dir den Zorn des Corun of Paricza zuziehen. Du kannst dich überzeugen. Setze dich mit ihm in Verbindung und erkundige dich über mich!«

Und zu Kakuta gewandt, murmelte er auf Terranisch: »Ich sterbe lieber, als dass ich mich von dir zur TALLAHASSEE zurückbringen lasse!«

Ich verspreche dir, raunte der Mutant, *dir die Kontrolle sofort zurückzugeben, sobald ich uns in Sicherheit gebracht habe. Und ich werde dieses Schiff nicht verlassen!*

»Warum wolltest du das tun?«

Weil es um mein Leben ebenso geht wie um das deine, antwortete Kakuta in Gedankenschnelle. *Stirbst du, sterbe ich. Der Pariczaner steht zu weit entfernt. Seine Aura reicht nicht bis zu uns. Ich kann nicht auf ihn übergehen.*

»Die sicherste Methode, mir Leticrons Zorn zuzuziehen«, sagte der Überschwere mit dröhnender Stimme, »ist, ihn wegen einer derart lächerlichen Angelegenheit zu belästigen. Solche Sachen werden bei uns immer gleich an Ort und Stelle erledigt – getreu nach Leticrons Motto: Ein guter Terraner ist ein toter Terraner!«

Kantenberg sah, wie sich der kräftige Finger über dem Auslöser straffte.

Du Narr!, hörte er den Mutanten in sich. *Du wirfst dein Leben einfach fort …!*

In diesem Augenblick gab Kantenberg nach. Die Kontrolle seines Gehirns ging an Tako Kakuta über. Der Mutant handelte sofort. Vor den verblüfften Augen des Überschweren begannen die Umrisse der Gestalt des Terraners zu verschwimmen, und einen halben Atemzug später war der Fremde einfach verschwunden.

Du siehst, dass ich Wort halte, lauteten die Gedanken des Mutanten. *Wir befinden uns noch immer an Bord des pariczanischen Schiffs, und du hast die Kontrolle über deinen Körper zurück. Ich möchte, dass du dich daran erinnerst, wenn du wieder einmal in Lebensgefahr gerätst.*

Kantenberg war verwirrt. Er tastete sein Bewusstsein vorsichtig ab, bewegte den Arm, spannte die Muskeln. Tatsächlich, der Mutant hatte ihm die Kontrolle zurückgegeben. Er befand sich in einem großen Raum, vielleicht einer Lagerhalle. An den Wänden entlang standen mit Schubladen versehene Gestelle. Weit und breit war kein Überschwerer zu sehen.

»Warum bist du nicht zur TALLAHASSEE zurückgesprungen?«, wollte Kantenberg wissen. Er sprach seine Gedanken aus Gewohnheit laut aus.

Weil ich keinen Bezugspunkt habe, lautete die Antwort. *Ich vermute, dass die TALLAHASSEE inzwischen gestartet ist.*

»Du hattest beim Sprung in dieses Schiff auch keinen Bezugspunkt …«

Aber du hattest ihn, unterbrach der Mutant seinen Gedankenstrom.

»Ich …?«

Glaubtest du wirklich, ich wollte hierher?, fragte Kakuta. *Mein Ziel war der Kommandostand der TALLAHASSEE. Ich wollte dich zwingen, dein Geheimnis auszuplaudern. Aber ausgerechnet in diesem Augenblick hast du eine letzte Anstrengung unternommen, meinen Willen von dir abzuschütteln. Du hast mir ein Bild vorgegaukelt, ein deutliches Bild vom Innern eines Raumschiffs, von dem du genau gewusst hast, wo es sich befand.*

»An der Grenze des Ortungsschattens der Sonne Wild Man, Wabe 1000 immer unmittelbar gegenüber«, murmelte Kantenberg.

Wie…?

»Ach, nichts. Die Begriffe haben sich mir nur so eingeprägt.«

Das hättest du sein lassen können, antwortete der Mutant ärgerlich. *Nur deinetwegen befinde ich mich hier.*

Kantenberg war noch immer verwirrt. »Und was geschieht jetzt?«, fragte er.

Du hast die Kontrolle!, spottete Kakuta. *Tu, was du willst!*

»Sie werden mich umbringen, sobald sie mich vor Augen bekommen«, beklagte sich Kantenberg.

Und mich mit, bestätigte der Mutant trocken.

»Du musst mir helfen!«

Den Teufel werde ich tun! Ich helfe nur mir, nicht dir!

»Also musst du mir helfen! Denn wenn ich sterbe, stirbst auch du. Das hast du selbst gesagt!«

Das ist richtig. Aber bei der ersten Gelegenheit werde ich deinen ungastlichen Körper verlassen und mich an einen Ort begeben, wo mir weniger Gefahr droht.

»Ich werde mich hüten, einem Pariczaner so nahe zu kommen, dass du auf ihn überspringen kannst!«

Es wird sich nicht immer vermeiden lassen, antwortete der Mutant mit großer Gelassenheit. *Wohin willst du übrigens?*

»Nach Zabrijna. Ich muss Leticron Bericht erstatten.«

Ein paar Sekunden lang schwieg der Mutant. Dann sagte er: *Also gut, ich helfe dir.*

Sofort war Kantenbergs Misstrauen wieder da. »Warum?«

Das geht dich nichts an. Ich habe meine eigenen Gründe.

»Wenn du meinst, dass ich mich auf so etwas einlasse, dann täuschst du dich. Ich brauche kein Ersatzbewusstsein, das mich zielsicher in den Tod steuert.«

In den Tod steuerst du dich selbst, mein Junge, spottete der Mutant, *nämlich durch deinen Verrat an der Menschheit. Selbst wenn Leticron dir nichts antut, nachdem du deinen Auftrag ausgeführt hast, wird dein Gewissen dich nicht mehr in Ruhe lassen. Aber du täuschst dich in mir. Ich bin bereit, auf derselben Basis wie eben weiter mit dir zusammenzuarbeiten. In kritischen Augenblicken übernehme ich die Kontrolle, und sobald die Gefahr beseitigt ist, gebe ich sie an dich zurück.*

Kantenberg dachte eine Zeit lang nach. »Und wer gibt mir die Garantie, dass du es ehrlich meinst?«

Mein Wort.

Kantenberg lachte höhnisch. »Was nützt mir ein Wort?«

Du bist ein junger Mensch, antwortete der Mutant sanft. *Du verstehst von solchen Dingen nichts. Sieh mich dagegen an … wenn du mich sehen kannst. Ich bin ein alter Mann, ein wenig über fünfzehnhundert Jahre alt. Da wirst du mir die Weisheit, die mit solchem Alter kommt, nicht absprechen wollen. Ich habe mir Gedanken gemacht und bin darauf gekommen, dass es mit der Menschheit in dem Augenblick bergab zu gehen begann, als auf das Wort eines Mannes kein Verlass mehr war. Für mich selbst habe ich die Konsequenzen daraus gezogen. Wenn ich ein Versprechen gebe, kann man sich darauf verlassen. Was dich angeht, so weiß ich, dass das Schicksal eines Tages für deinen Verrat mit dir abrechnen wird. Ich brauche gar nicht einzugreifen. Aber solange du noch da bist und ich in deinem Körper gefangen stecke, bin ich bereit, mit dir zusammenzuarbeiten, unter den er-*

wähnten Bedingungen. Überleg dir's, mein Junge. Und dann lass mich wissen, wie du dich entschieden hast. Das heißt: Spar dir die Mühe. Ich sehe ohnehin jeden einzelnen Gedanken, der durch dein Gehirn zieht!

Das pariczanische Raumschiff war eine der beiden Einheiten, die die TALLAHASSEE verfolgten. Von diesem Fahrzeug wurde die Desintegratorsalve abgefeuert, die wirkungslos in den Feldschirmen des USO-Kreuzers verpuffte. Der pariczanische Kommandant war über den Misserfolg verbittert. Als feststand, dass ihm das terranische Raumschiff in den Linearraum entkommen war, zog er sich in sein Privatquartier zurück, das unmittelbar an den Kommandoraum angrenzte. Dort saß er und versuchte, den Eintrag in das Logbuch so zu formulieren, dass sein Teil der Schuld an dem Fehlschlag so geringfügig wie möglich erschien. So beschäftigt war er, die eigene Leistung mit möglichst schonenden Worten zu beschreiben, dass er einen höchst merkwürdigen Vorfall, über den ihm vor kurzem berichtet worden war, fast schon vergessen hatte: Einer seiner Männer wollte im Gemeinschaftsraum seines Mannschaftsquartiers einen Terraner gesehen haben, einen hochgewachsenen, dürren Mann, den er unverzüglich über den Haufen hatte schießen wollen, woran er jedoch dadurch gehindert wurde, dass sich der Terraner von einem Augenblick zum anderen in nichts auflöste. Der Kommandant hatte den Vorfall von Anfang an in die Kategorie der bei getrübtem Bewusstsein gemachten Beobachtungen einreihen wollen. Jetzt hatte er ihn im Eifer der Aufregung fast schon vergessen.

Da hörte er hinter sich ein leises Knistern. Er fuhr hoch, wandte sich zur Seite und sah hinter dem Tisch, an dem er gewöhnlich seine Mahlzeiten einnahm, einen hoch aufgeschossenen, unglaublich dürren Mann stehen. Sofort fiel ihm die ungewöhnliche Meldung wieder ein. Der Mann hatte also doch Recht gehabt! Vor sich auf dem Tisch hatte der Terraner eine Waffe liegen, einen pariczanischen Strahler. Er machte sich nicht die Mühe, das schwere Gerät in den Händen zu halten. Er hatte es einfach auf die Seite gelegt, so dass er den Auslöser bequem erreichen konnte, und die Mündung auf den Überschweren gerichtet.

»Keine Bewegung!«, sagte er auf Interkosmo. »Man hat dir, nehme ich an, von mir berichtet. Einer deiner Leute wollte mich erschießen, weil er mich für einen Spion hielt. Ich bin kein Spion. Ich stehe in Leticrons Diensten, und ich kann erklären, wie ich an Bord dieses Raumschiffs gekommen bin.«

»Ja … ja …«, stotterte der Pariczaner entsetzt. »Und was …?«

»Du setzt dich unverzüglich mit Zabrijna in Verbindung. Ich bin nahezu sicher, dass Leticron sich noch dort aufhält. Ich will mit Leticron sprechen.«

Man sah dem Pariczaner an, wie es in seinem Verstand arbeitete. »Dazu muss ich die Funkzentrale aufsuchen!«, sagte er.

»Du wirst mich nicht zum Narren halten«, drohte der Terraner, »oder dein Leben ist kein Stück Brotrinde mehr wert. Du bist der Kommandant des Schiffs. Ich habe es eilig. Du hast fünf Standardminuten, um die Verbindung mit Zabrijna zustande zu bringen. Gelingt es dir nicht, dann muss ich mich nach einem willfährigeren Helfer umsehen.«

Der Pariczaner wurde bleich. Unverzüglich begann er zu schalten und zu wählen. Er sprach mit einem der Offiziere in der Funkzentrale und verlangte einen Breitbandkanal zum nächsten Relais in Richtung Zabrijna. Von den fünf Minuten waren erst drei vergangen, da stand die Verbindung. Der Kommandant warf das Gewicht seines Rangs in die Waagschale und brachte es fertig, mit Yandikor, Leticrons unmittelbarem Vertrauten, verbunden zu werden.

»Du musst einen mehr als triftigen Grund haben, aus einem derart kritischen Raumsektor einen Funkspruch hierher abzusetzen«, sagte Yandikor.

Der Kommandant beabsichtigte nicht, sich lange mit der Verteidigung seiner Handlungsweise aufzuhalten. »Ich bin gezwungen worden, Herr«, antwortete er unterwürfig, »von diesem Mann.«

Die Sendung lief über Breitband-Relais, mit Bildübertragung. Als Thomas Kantenberg im Bild erschien, konnte Yandikor seine Überraschung nicht verbergen.

»Du …?«, fragte er erstaunt.

»Die Entwicklung der Dinge«, erklärte Kantenberg, »machte es nötig, den Plan zu ändern. Das Versteck der Mutanten wurde von den Terranern ausgeräumt. Ich selbst trage eines der Mutantenbewusstseine in mir. Ich halte es für sinnvoll, auf dem schnellsten Weg nach Zabrijna zurückzukehren.«

Yandikors Überraschung wich nur zögernd. »Du … im Besitz eines der Mutanten?« Gleich dann jedoch erinnerte er sich an den praktischen Aspekt der Sache. »Hast du ihn fest unter Kontrolle, oder bereitet er dir Schwierigkeiten?«

»Ich habe ihn fest unter Kontrolle«, behauptete Kantenberg.

Yandikor wandte sich an den Kommandanten des Raumschiffs. »Du erhältst hiermit den Befehl, diesen Mann auf dem schnellsten Weg nach

Zabrijna zu bringen. Du bist mir für seine Sicherheit verantwortlich. Wenn ihm etwas zustößt, wird der Corun of Paricza dafür sorgen, dass du den Tag verfluchst, an dem du geboren bist.«

Wie Kantenberg schon sagte: Die Entwicklung der Dinge machte es nötig, den Plan zu ändern. Ich hätte mich eigentlich auf dem Weg in die Provcon-Faust, nach Gäa, befinden sollen. Statt dessen steckte ich im Körper eines Verräters. Es hätte mir nicht schwer fallen sollen, in einen anderen Körper überzuwechseln. Mitunter kam Kantenberg einem Pariczaner so nahe, dass die beiden Persönlichkeitsfelder, die Aurae, einander überlappten. Aber weit und breit gab es nur Überschwere, und in ihrem Körper würde ich es nicht lange aushalten. Ich musste warten, bis wir Zabrijna erreichten.

Kantenberg wollte das Geheimnis der Dunkelwolke ergründen. Vielleicht konnte ich den Spieß umdrehen und stattdessen die Geheimnisse des neuen Hetrans der Milchstraße erforschen. Leticron würde Wert darauf legen, einen solchen Schatz, wie ihn das Bewusstsein eines Teleporters darstellte, ständig in unmittelbarer Nähe zu haben. Womöglich gab es da etwas zu erfahren. Leticron war selbst Mutant. Er wäre sicherlich ein idealer Gastgeber gewesen, wenn ich auch befürchtete, dass sein starker Wille mich bedingungslos in seinen Bann zwingen würde und ich zu völliger Bewegungslosigkeit verurteilt wäre. Aber vielleicht gab es andere Möglichkeiten. Was ich brauchte, war ein schwach mutierter Geist, den ich ohne große Mühe kontrollieren konnte. Fand ich ihn, dann konnte niemand mehr mich halten, auch Leticron nicht.

Die Zusammenarbeit mit Kantenberg funktionierte zufrieden stellend. Ich hatte den Verräter davon überzeugt, dass ich nicht an Verrat dachte. Im Augenblick der Gefahr überließ er mir die Kontrolle. Ich brachte uns in Sicherheit und gab die Kontrolle an ihn zurück. Was ich Kantenberg darüber mitgeteilt hatte, für wie gewichtig ich mein Wort hielt, war mir ernst. Überdies empfand ich Mitleid mit dem Verräter. Kantenberg war ein Mann, der sich irgendwann in der Vergangenheit einmal eine Reihe von Werten zurechtgelegt hatte. Er hatte dabei bewusst auf Konformität mit geltenden moralischen Regeln und Vorschriften verzichtet. Er glaubte, ein Recht darauf zu haben, sein Leben nach seinen eigenen Vorstellungen zu gestalten.

Dieses Recht steht sicherlich jedermann zu, solange die eigenen Vorstellungen nicht bewusst darauf abzielen, die Rechte anderer einzuschränken. Kantenbergs Fehler war, dass er die Reihe seiner Werte seit ihrer Konzeption unverändert beibehielt, sie niemals überprüfte, keinen von ihnen jemals in Zweifel zog. Jetzt war er ein Mann in reifen Jahren, der den Idealen seiner frühen Jugend hinterherrannte.

Er würde in dieser Welt nicht lange bestehen. Er würde schließlich daran zugrunde gehen, dass es sein Geist nicht verstanden hatte, mit dem Körper zu wachsen.

Das pariczanische Walzenschiff brauchte drei Standardtage, um Zabrijna zu erreichen. Der Kommandant hatte befehlsgetreu gehandelt und hatte Kantenberg sogar eine Kabine zugewiesen, in der man die künstliche Schwerkraft auf ein Gravo eingeregelt hatte.

Der Mutant versuchte des Öfteren, sich mit Kantenberg zu unterhalten; aber der Verräter ließ sich nicht darauf ein. Kakuta hatte ihm freiwillig mitgeteilt, dass es ihm unmöglich sei, während Kantenbergs Schlaf die Bewusstseinskontrollen zu übernehmen. Seitdem getraute sich Kantenberg wieder zu schlafen und hatte die Medikamente, die er seit dem Einbruch in den medizinischen Lagerraum der TALLAHASSEE bei sich trug, wutentbrannt in die Müllverwertungsanlage befördert.

Über seine Begegnung mit Leticron machte er sich keine Gedanken. Er brachte ihm das Bewusstsein eines Teleporters. Die Experten des Überschweren würden es eines Tages zuwege bringen, dass das Bewusstsein in einen Gastkörper eingebettet wurde, in dem es Leticrons Befehlen gehorchen, also auch seine paraphysische Begabung zur Verfügung stellen musste. Das war nicht mehr seine Sorge. Er war nur derjenige, der den Mutanten »erbeutet« hatte. Für diese Leistung allein, glaubte er, war ihm die Dankbarkeit des Corun of Paricza sicher.

Zwar versuchte der Mutant, sein Misstrauen gegenüber Leticron zu schüren. Er versuchte, ihm einzureden, dass der Überschwere ihn nun nicht mehr brauche, dass er überflüssig sei. Aber das waren eben jene Unterhaltungen, auf die Kantenberg sich von vornherein nicht einließ.

Das Walzenschiff landete auf dem gewaltigen Raumhafen, den Leticron sich unweit seiner Residenz eingerichtet hatte. Zabrijna war zu einem Stützpunkt ersten Ranges geworden. Vor wenigen Jahren noch eine unterentwickelte Siedlerwelt der Überschweren, mit einer Bevölkerung von wenigen hunderttausend Seelen, die es mit Mühe und Not verstanden, sich aus eigener Kraft am Leben zu halten, hatte Zabrijna sich mit einem immensen Einsatz an Material, Menschen und Geld zu einem der wichtigsten Kriegshäfen der pariczanischen Flotte entwickelt. Ihre Position hatte die Welt zu einer solchen Rolle geradezu prädestiniert: Zabrijna lag an der äußersten Peripherie des galaktischen Zentrums in Richtung der ehemaligen Machtballungen des Solaren Imperiums. Von hier aus hatte Leticron eine Reihe jener vernichtenden Schläge geführt, die nach dem Verschwinden der Erde dem Sternenreich der Solarier endgültig den Garaus machten.

Nach der Landung des Schiffs durfte zunächst niemand von Bord gehen. Kantenberg genoss die letzten Minuten unter verminderter Schwerkraft, denn er war sicher, dass Leticron, auch wenn er ihm zu Dank verpflichtet war, niemals so weit gehen würde, ihm den Luxus dieser Bequemlichkeit zu bieten. Eine knappe halbe Stunde nach der Landung wurde er in eine der Hangarschleusen gerufen.

Es geht los, sagte der Mutant zu ihm. *Ich wollte, du würdest dir meine Vorschläge noch einmal durch den Kopf gehen lassen. Noch ist es Zeit, den Kurs zu ändern. Du kennst das alte Wort: Über einen zurückgekehrten Verlorenen gibt es mehr Freude als über neunundneunzig Gerechte …*

»Sei ruhig!«, wies ihn Kantenberg zurecht. »Du machst mir nichts vor. Ich weiß, welchen Weg ich zu gehen habe.«

Ja, nur hast du dir niemals die Mühe gemacht, darüber nachzudenken, ob es vielleicht noch einen anderen gibt, antwortete der Mutant, dann schwieg er.

In der Schleuse wurde Kantenberg von fünf Uniformierten erwartet, die mit einem Gleiter gekommen waren, um ihn abzuholen. »Der Corun of Paricza erwartet dich«, wurde Kantenberg begrüßt. »Er lässt dich bitten, dieses Fahrzeug zu besteigen und zu ihm zu kommen.«

Kantenberg stand wie vom Donner gerührt. War das Hohn, oder meinten sie es ernst? Er entschied sich für die letztere Auslegung; denn das Bewusstsein, Einmaliges geleistet zu haben, war so stark, dass es ihm nicht schwer fiel, sich die Änderung im Verhalten der Überschweren zu seinen Gunsten zu erklären. Lediglich der Mutant gab ein paar spöttische Gedanken von sich. Aber Kantenberg störte sich nicht daran.

Im Innern des Gleiters herrschte wie in der Kabine, die Kantenberg während der vergangenen drei Tage bewohnt hatte, eine künstlich verringerte Schwerkraft von etwa einem Gravo. Kantenberg nahm das als Zeichen dafür, dass Leticrons Einschätzung seiner Person sich doch weitaus mehr zu seinen Gunsten verändert hatte, als er zu hoffen gewagt hatte. Neues Selbstbewusstsein durchflutete ihn. Er lehnte sich behäbig in den bequemen Sessel zurück und genoss während des kurzen Flugs die Aussicht über den von hektischer Aktivität belebten Raumhafen.

Er bemerkte, dass das Fahrzeug nicht den Kurs auf Leticrons Residenz einschlug, und erkundigte sich bei dem Piloten. »Wohin bringt ihr mich?«

»An einen geheimen Ort«, lautete die ehrerbietige Antwort. »Der Erste Hetran der Milchstraße hält diese Begegnung für so wichtig, dass er auf absolute Sicherheit vor unberufenen Augen und Ohren Wert legt.«

Kantenberg gab sich damit zufrieden. Was störte es ihn, wenn Leticron so misstrauisch war? Er hatte nichts zu befürchten. Der Gleiter landete neben einem kleinen, unscheinbaren Gebäude, das sich aus unbebautem, unkrautüberwuchertem Land etwa achtzig Kilometer südlich des Raumhafens erhob. Das kleine Bauwerk war ebenerdig und erweckte den Eindruck, es stamme noch aus der Zeit, in der die Siedler von Zabrijna um ihre Existenz zu kämpfen hatten. Der Eingang stand offen. Drinnen war es dunkel.

»Geh nur hinein«, ermunterte ihn einer der Pariczaner, der seinen misstrauischen Blick erkannt haben musste. »Drinnen befindet sich eine kleine Transmitterstation, die dich ans Ziel bringen wird.«

Kantenberg stieg aus. Die mörderische Schwerkraft zerrte jetzt an seinen Muskeln. Er trat ins Innere des Gebäudes, das aus einem einzigen Raum bestand, und sah im Hintergrund das irisierende Torbogenfeld eines Transmitters. Ohne zu zögern, immer noch unter dem Eindruck des jüngst gewonnenen Selbstbewusstseins, trat er darauf zu. Das Transporterfeld erfasste ihn und wirbelte ihn über unbekannte Weiten seinem Ziel entgegen.

Er sah sich um. Er fand sich in einer riesigen, fensterlosen Halle, deren Decke eine Kuppel von atemberaubender Höhe bildete. Im Zenit der Kuppel schwebte eine künstliche Sonne, ein grellweißer Glutball, der den ungeheuren Raum mit Wärme und Licht zugleich versorgte. Kantenbergs erstes Befremden wurde dadurch zerstreut, dass auch hier wieder die verringerte Schwerkraft von einem Gravo herrschte. Er sah sich um und stellte fest, dass das Torbogenfeld, durch das er gekommen sein musste, inzwischen verschwunden war. Die Transmitterstrecke war geschlossen.

Da bemerkte er die Gestalt, die sich trotz ihrer Mächtigkeit in der riesigen Halle winzig ausnahm. Sie stand unter dem Mittelpunkt der Kuppel. Und wenn er noch Zweifel gehabt hätte, wer es war, der dort auf ihn wartete, so wurde er sogleich durch dröhnende Worte, die hundertfach verstärkt von der Wölbung der Kuppel widerhallten, über den Sachverhalt belehrt.

»Sei willkommen, Terraner!«, donnerten die Worte. »Du hast mir einen großen Dienst erwiesen.«

Unwillkürlich setzte Kantenberg sich in Bewegung. Er sah, dass Leticron eine mit winzigen Gravoprojektoren ausgestattete Montur trug, die es ihm ermöglichte, um sich herum ein seinen persönlichen Bedürfnissen angepasstes Schwerefeld zu erzeugen. Die leere Halle war so riesig, dass Kantenberg fast drei Minuten zu gehen hatte, bis er vor dem Überschweren stand.

»Tritt ruhig näher«, forderte Leticron ihn auf. Er hatte die Verstärker abgeschaltet, aber trotzdem noch hatte seine Stimme einen dröhnenden, mächtigen Klang. »Yandikor hat mir von deiner Eroberung berichtet. Welcher Mutant ist es, den du in dir trägst?«

»Tako Kakuta, der Teleporter«, antwortete Kantenberg und trat, wie ihm aufgetragen war, noch ein paar Schritte näher.

Leticrons Augen hatten einen unnatürlichen Glanz. »Kakuta, der Unbesiegbare!«, stieß er hervor. »Welch eine Errungenschaft! Du trägst ihn in dir?«

»Ja.«

»Und du hast ihn unter Kontrolle?«

»Ja.«

»Er kann nichts tun, ohne dass du ihm die Erlaubnis dazu gibst?«

»Nun …«

»Nun?«

»Er kann zu mir sprechen«, bekannte Kantenberg. »Ich habe keine Kontrolle darüber, wann er zu mir in Gedankenaustausch tritt. Aber das ist alles.«

»Verfügst du über seine paraphysische Begabung?«

»Nein«, antwortete Kantenberg, und im nächsten Augenblick hätte er sich am liebsten die Zunge abgebissen. Er hatte behauptet, der Mutant stehe ganz unter seiner Kontrolle. Er hatte ebenso zugegeben, dass er keine Verfügung über die paraphysische Begabung des Mutanten hatte. Wie konnte er dann sein unerwartetes Auftauchen an Bord des pariczanischen Walzenschiffs erklären?

Glücklicherweise schien Leticron den Widerspruch vorläufig noch nicht zu bemerken. »Ich bin dir dankbar«, versicherte er mit ungewöhnlicher Freundlichkeit, »und ich werde Gelegenheit finden, dir meine Dankbarkeit zu beweisen. Jetzt aber berichte mir, wie dein Einsatz vonstatten ging. Fang ganz am Anfang an! Bei dem Augenblick, an dem wir einander zum ersten Mal begegneten, in jenem unterirdischen Raum, den ich mitsamt seinen Zugängen nur zu dem Zweck habe anlegen lassen, um ungestört mit dir sprechen zu können.«

Kantenberg war über die Aufforderung ein wenig verwundert. Warum sollte er von Dingen berichten, die der Überschwere ebenso genau wusste wie er? Aber er zerbrach sich nicht lange den Kopf. Er schickte sich an, den Wunsch des Ersten Hetrans der Milchstraße zu erfüllen.

Da schoss ihm wie ein schmerzender Stich der warnende Gedankenimpuls des Mutanten durchs Gehirn.

Mein Gott ... ich war in diese erbärmliche Falle gegangen wie ein ahnungsloses, dummes Kind! Ich hatte Kantenberg ein kurzes Dasein vorausgesagt, aber dass es so kurz sein würde, das konnte ich nicht ahnen!

Leticron würde ihn dazu bringen, die Einzelheiten ihrer Abmachung auszuplaudern. Gerade auf diese Worte aber sprach die mentale Sicherung an, die der Überschwere mit Hilfe der Medikamente in Kantenbergs Unterbewusstsein eingebaut hatte!

Ich versuchte, den Unglücklichen zu erreichen. Ich wollte ihn warnen. Aber er hörte nicht auf mich. Er schickte sich an, zu sprechen. *Hör auf mit deiner Unkerei,* sagte er zu mir. Ich machte ihm klar, was ich über sein Unterbewusstsein wusste. Ich erinnerte ihn an die beiden Kapseln, die er einnehmen musste, um Leticrons Plan zu erfahren. Er wusste davon, aber er glaubte nicht, dass die Kapseln mehr enthielten als nur die Information, die er brauchte, um sein Vorhaben auszuführen.

Narr! Tausendfacher Narr!

Selber Narr, antwortete er mir.

Deswegen also die riesige, leere Halle. Der Pariczaner verstand etwas von der Bewegung mutierter Bewusstseine. Er wusste, dass ich den Tod auf mich zukommen sah. Er wusste, dass mir nichts anderes übrig blieb, als auf ihn überzugehen. Das hatte er von Anfang an gewollt. Er wollte mich unter seiner Kontrolle haben, und stark wie er war, würde ihm das gelingen.

Aber mir blieb keine andere Wahl. Kantenberg begann zu sprechen.

Der arme Narr ...!

Thomas Kantenberg hatte die ersten Worte kaum über die Lippen gebracht, da packte ihn ein seltsames Schwindelgefühl. Es schien, als habe die riesige Halle plötzlich rings um ihn zu rotieren begonnen. Er legte den Kopf in den Nacken und starrte hinauf zu der künstlichen Sonne, die sich in ein verwirrendes Gebilde von bunten, zitternden Leuchtfäden verwandelt hatte.

Das Ende war gnädig mit ihm. Der mentale Steuerimpuls, den er mit seinen eigenen Worten ausgelöst hatte, drang in die Tiefen seines Unterbewusstseins hinab. Dort setzte er die gespeicherten Energien frei, die Leticrons Drogen dort deponiert hatten. Das Letzte, was Thomas Kantenberg wahrnahm, war ein greller, lautloser Blitz von ungeheuerlicher Intensität. Die Entladung zerriss sein Bewusstsein. Leblos sank der Verräter auf den glatten, kalten Boden der gewaltigen Halle.

Leticron stand eine Zeit lang reglos, den Blick auf Kantenbergs Leiche gerichtet. Plötzlich hob er den Blick und fragte laut: »Mutant? Ich spüre dich! Du bist da!«

Tako Kakuta zog es vor, zu schweigen.

»Aha, du willst nicht zu mir sprechen!«, spottete der Überschwere. »Was ist das? Kakuta, der Unbesiegbare, hat Angst vor mir?«

Noch immer ließ der Mutant sich nicht aus der Reserve locken. Er hatte eine überraschende Entdeckung gemacht. In seinem neuen Gastkörper fühlte er sich wohler als zuvor bei Thomas Kantenberg. Das lag daran, dass Leticrons Psi-Fähigkeiten wesentlich stärker ausgebildet waren als die des Verräters. Gleichzeitig aber wusste Tako Kakuta, dass er bei Leticron weitaus weniger Möglichkeiten haben würde, sich zu entfalten, als zuvor bei Kantenberg.

»Du und ich, wir werden gut miteinander auskommen«, versprach der Corun of Paricza. »Du wirst mir deine Fähigkeiten zur Verfügung stellen, und ich werde zu dem mächtigsten Wesen werden, das diese Galaxis jemals gekannt hat. Hörst du, Mutant? Du und ich … wir sind von nun an auf Gedeih und Verderb miteinander verbunden!«

Da rührte Tako Kakuta sich zum ersten Mal.

Auf Verderb, Leticron!, sendete er ernst. *Nur auf Verderb …!*

Inzwischen hatte die TALLAHASSEE ihr Ziel unangefochten erreicht. Auf der Lotsenstation unmittelbar außerhalb der kompakten Dunkelwolke nahm sie eine Gruppe von Vincranern an Bord, jenen Lemurerabkömmlingen und Energiespürern, die als Einzige den ständig wechselnden Pfaden durch die energiegeladenen Staubmassen der Wolke zu folgen vermochten. Knapp einen Tag später landete sie auf Gäa, dem Zufluchtsort der Reste der Menschheit.

Oberst Krohls Kommando ging sofort von Bord. Unweit des Raumhafens war ein Gebäude errichtet worden, das nur einen einzigen Einrichtungsgegenstand enthielt: einen riesigen Klotz aus mit PEW-Metall angereicherten Erzen. Die sieben Altmutanten nahmen ihr neues Domizil widerspruchslos an. Aus den Körpern der Mitglieder des Einsatzkommandos schlüpften sie in den Erzblock.

Ebenezer Krohl zog sich zurück und verfasste einen detaillierten Bericht über den Verlauf seines Einsatzes, über den er das Hauptquartier bislang nur in kurzen Hyperfunk-Sprüchen in Kenntnis gesetzt hatte.

Er war, wenn er den Fall logisch überdachte, sich keiner Schuld bewusst. Und doch nagte an seinem Gewissen die Erkenntnis, dass auf einem von ihm geleiteten Einsatz ein wichtiger Mutant verloren gegangen war. Ebenezer Krohl war sich darüber im Klaren, dass er seines Lebens nicht mehr froh sein würde, wenn es ihm nicht nachzuweisen gelang, dass Tako Kakuta noch am Leben war und sich außer Gefahr befand.

6.

Ich war gefangen, und ringsum herrschte abgrundtiefe Finsternis, die nur dann für die Dauer eines raschen Gedankens notdürftig erhellt wurde, wenn der Corun of Paricza entweder nicht aufpasste oder sich dazu herabließ, mich einen seiner Denkvorgänge erkennen zu lassen. Sein mit starken psionischen Gaben versehener Geist hatte mich völlig in der Gewalt. Ich konnte nichts aus eigenem Antrieb unternehmen – höchstens so vor mich hin denken, wie ich es im Augenblick tat! –, dagegen war ich gezwungen, mich jeder Laune des Überschweren zu fügen. Aus manchen seiner Gedanken, an denen er mich teilnehmen ließ, erkannte ich, dass der neue Erste Hetran der Milchstraße – von Hotrenor-Taaks und des Konzils der Sieben Gnaden – beabsichtigte, mit meiner Hilfe seine Machtstellung zu festigen. Die psionischen Gaben, die er von Natur aus besaß, waren parapsychischer Art: Er verfügte über eine Überzeugungskraft, deren Intensität der eines Suggestors gleichkam.

Mit mir hatte sich jetzt auch eine paraphysische Fähigkeit in ihm angesiedelt. Wenigstens war er fest davon überzeugt, dass er von Natur aus das Recht habe, sich meiner Gabe der Teleportation zu bedienen, wann immer es ihm beliebte – ich konnte ihn nicht daran hindern. Jedes Mal, wenn er ein paar Minuten Zeit hatte, übte er. Er zwang mich dazu, ganz kleine Sprünge auszuführen, von einem Raum seines stattlichen Hauptquartiers in den nächsten. Nur die Schwierigkeiten, die bei der Koordination zwischen meinem und seinem Bewusstsein auftraten, hinderten ihn daran, über Nacht ein voll ausgebildeter Teleporter zu werden.

Seine Übungen hielt er sorgfältig geheim. Nur eine Person wusste von mir: Yandikor, sein engster Vertrauter. Manchmal war Yandikor anwesend, wenn Leticron seine Übungssprünge unternahm. In diesen Augenblicken konzentrierte er sich ganz und gar auf die Teleportation, und wenn er das tat, konnte ich die Vorgänge in seinem Bewusstsein beobachten. Auf diese Weise hatte ich Yandikor überhaupt erst kennen gelernt. Leticron amüsierte sich königlich über das Entsetzen, das Yandikor jedes Mal packte, wenn der Corun of Paricza wie aus dem Nichts vor ihm auftauchte.

Physisch erging es mir als Leticrons Gefangenem wohl – wenn man bei einem vom Körper losgelösten Bewusstsein überhaupt von einem physischen Befinden sprechen konnte. Leticron war kein normaler Mensch. Er besaß psionische Fähigkeiten, und die Psi-Strahlung, die von seinem Bewusstsein ausging, hatte eine ähnliche Wirkung wie die des PEW-Metalls, das unser Dasein im Innern des galaktischen Asteroiden Wabe 1000 ermöglicht hatte. Ich würde es ohne Zweifel jahrelang bei meinem derzeitigen Wirt aushalten können, ohne zwischendurch eine PEW-Dusche zu brauchen. Natürlich lag mir an dieser Aussicht nichts. Ich war fest entschlossen, bei der ersten Gelegenheit, die sich mir bot, auf einen anderen Wirt überzugehen. Mein Problem war, dass Leticron um diese Gefahr wusste und mir die ersehnte Gelegenheit nicht bot.

Trotzdem würde sie eines Tages kommen, dessen war ich sicher. Kein Wesen hat sich dermaßen in der Gewalt, dass es jede Lage, der es ausgesetzt wird, bestehen kann, ohne dass es zum Beispiel in den Augenblicken der größten Überraschung oder unter dem Eindruck körperlichen Schmerzes vorübergehend die Kontrolle über sein Bewusstsein verliert. Auf einen solchen Augenblick wartete ich. Es blieb mir nichts anderes übrig, als mich in der Tugend zu üben, die meinem Volk in grauer Vergangenheit als die wahrlich höchste aller Weisheiten erschienen war: Geduld.

In diesen Tagen lachte Leticron manchmal. Früher war er, wenn er Heiterkeit zum Ausdruck bringen wollte, über ein kurzes Grinsen nicht hinausgegangen. Jetzt jedoch fühlte er eine neue Kraft, eine neue Zuversicht in sich, und es gab Augenblicke, in denen er sich von der Heiterkeit dermaßen überwältigt fühlte, dass ihm das Gelächter einfach über die Lippen brach, ohne dass er es zurückhalten konnte.

Leticrons Hauptquartier erhob sich in der Nähe des größten der sechs Raumhäfen, die in den vergangenen Monaten auf Zabrijna entstanden waren. Es war ein bombastischer Komplex von Gebäuden, die sich um einen mehr als einen Kilometer weiten Hof gruppierten, aus dessen Mitte sich Leticrons eigentliches Kommandozentrum erhob, ein monolithisch wirkender Klotz, über zweihundert Meter hoch, im Stil der alten pariczanischen Burgen erbaut.

In einem der Tausende von Räumen dieses Kolosses saß Yandikor an einem Terminal und ließ sich zum dutzendsten Male die zahlenmäßige und waffentechnische Stärke der einzelnen pariczanischen Flottenverbände vorspielen. Er tat dies mit einer gewissen Genugtuung – denn wie sein Herr Leticron war auch Yandikor besessen von dem Gedanken an die Galaxien beherrschende Macht des Volkes der Überschweren –, aber auch aus einem triftigen Grund: Leticron hatte ihn beauftragt, die Flottenverbände nach einem gewissen Schema innerhalb der Galaxis zu verteilen. Leticron hatte seinem Vertrauten nicht zu verstehen gegeben, welchen Zweck er mit diesem Manöver verfolgte. Aber Yandikor war schlau genug, die Absicht des Herrschers aus dessen Anweisungen zu erraten. Es galt, den letzten Schlag gegen das Volk der Solarier zu führen. Das letzte Versteck der Menschheit, nach zuverlässigen Informationen irgendwo im Kerngebiet der Milchstraße gelegen, sollte gefunden und vernichtet werden.

Plötzlich hörte Yandikor ein leises, scharrendes Geräusch. Entsetzt sah er von seiner Arbeit auf und bemerkte in der Mitte des weiten Raums eine Zone, in der die Luft wie unter massiver Hitzeeinwirkung waberte. Inmitten des Waberns entstanden blitzschnell die Umrisse einer mächtigen Gestalt. Ein halb erstickter Ausruf des Schreckens drängte sich Yandikor auf die Lippen, aber da stand Leticron auch schon vor ihm. Er bemerkte Yandikors entsetzten Gesichtsausdruck und lachte röhrend los.

»So, Yandikor«, dröhnte seine mächtige Stimme, »wird die ganze Welt erschrecken, wenn Leticron plötzlich auftaucht, wo man ihn am wenigsten erwartet. Weißt du, dass ich soeben eine Entfernung von drei Etagen überwunden habe? Es geht aufwärts, sage ich dir! Nicht mehr lange, und ich werde die erstaunlichen Fähigkeiten des terranischen Mutanten ganz und gar beherrschen!«

Yandikor nickte ergeben. Er hatte sich noch nicht ganz von seinem Schrecken erholt. »Ja, Herr«, antwortete er demütig, »das wirst du gewiss. Und mich darüber zu Grabe tragen müssen, denn eines schönen Augenblicks wird mir das Herz stehen bleiben, wenn du so unversehens vor mir auftauchst.«

Der Herrscher der Überschweren grinste. »Nicht so, Yandikor! Ich konditioniere dich. In ein paar Wochen wirst du daran gewöhnt sein, dass ich materialisiere, und nicht mehr erschrecken.« Unvermittelt wechselte er das Thema. »Wie steht es mit dem Flottenmanöver?«

»Die optimale Aufstellung ist ermittelt, Herr«, gab Yandikor bekannt. »Die ersten Marschbefehle sind erteilt. Zwei Flottenverbände haben sich bereits in Bewegung gesetzt. Ich rechne damit, dass alle betroffenen Verbände sich in spätestens zwei Wochen an ihren neuen Positionen befinden werden.«

Wie Wetterleuchten ging es über Leticrons breitflächiges, grob geschnittenes Gesicht. Er hieb sich mit der Faust in die offene Fläche der linken Hand, dass es krachte.

»Ich werde dieses Ungeziefer ausrotten! In wenigen Wochen werden meine Kriegsschiffe das gesamte Kerngebiet der Galaxis durchkämmen und das Loch finden, in dem sich die letzten Terraner verkrochen haben. Und dann …« Er unterbrach sich mitten im Satz und hing seinen Gedanken nach.

»Und dann, Herr?«, wagte Yandikor zu fragen.

»Und dann ist der Erste Hetran der Milchstraße wirklich der Herrscher über alle Sternenvölker der Galaxis. Dann steht er den Laren und dem Konzil der Sieben gegenüber nicht mehr wie ein hohler Popanz da, den sie zusammengebaut haben, um ihre Anwesenheit in unserer Milchstraße zu demonstrieren. Dann ist der Erste Hetran ihnen ebenbürtig, und sie werden ihn entsprechend behandeln müssen!«

Yandikors Unterwürfigkeit war keineswegs eine völlig unreflektierte. Er unterwarf sich nicht aus sklavischer Gewohnheit oder weil Leticron ihm mit seinen parapsychischen Gaben in diese Haltung gezwungen hatte, sondern weil er sich unterwerfen wollte. Er hatte in Leticron den Mächtigeren erkannt, dessen Ziele dieselben waren wie die seinen. Deswegen erlaubte er es sich von Zeit zu Zeit, eigene Meinungen zu äußern, ohne danach gefragt worden zu sein. Und Leticron hatte gelernt, diese Angewohnheit seines Vertrauten zu schätzen.

»Glaubst du denn, hoher Corun, dass die Laren diese Notwendigkeit einsehen werden?«, erkundigte er sich vorsichtig, denn bei aller Leutseligkeit Leticrons wusste man doch von einem Mal zum andern nicht, wie er auf eine nicht auf seinen Befehl ausgesprochene Frage reagieren würde.

»Und ob sie sie einsehen werden!«, dröhnte Leticrons mächtige Stimme. »Wenn nötig, werde ich sie dazu zwingen.«

Plötzlich, schneller, als das Auge dem Vorgang folgen konnte, verschwammen seine Umrisse. Die Luft waberte zuerst hier, dann dort, und im Bruchteil einer Sekunde kam der Überschwere wieder zum Vorschein – an einer Stelle, die über fünf Meter von dem Ort entfernt war, an dem er sich eben noch befunden hatte.

»So will ich sie zwingen!«, grollte er. »Ich werde mitten in ihren Versammlungen und Konferenzen auftauchen. Ich werde ihre Flotte durcheinander bringen, indem ich unversehens in ihren Raumschiffen erscheine und ihren Offizieren Befehle gebe. Ich werde so mit ihnen umspringen, dass sie nicht mehr wissen, wo ihnen der Kopf steht!«

Er hatte sich in einen Zustand kriegerischer Begeisterung hineingeredet, angesichts dessen es Yandikor für klug hielt, keine weiteren Fragen zu stellen. Er kannte seinen Herrn als einen kühlen Rechner, der nichts unüberlegt tat, sich die Erfolgsaussichten jedes Vorhabens gründlich errechnete und über seine Pläne eher zu wenig als zu viel redete. In letzter Zeit hatte sich sein Gehabe geändert. Es war, als sei mit dem Bewusstsein des terranischen Mutanten ein gerütteltes Maß an Emotionalität in ihn eingedrungen. Er sprach mit großen Worten von sich selbst und seinen galaxisumspannenden Plänen und hatte deren Verwirklichungsmöglichkeiten noch gar nicht analysiert. So zweifelte der Vertraute zum Beispiel ernsthaft daran, dass die Laren sich von einem von hier nach dort springenden Teleporter so ins Bockshorn jagen lassen würden, dass sie sich dadurch veranlasst fühlten, Leticron als Gleichberechtigten anzuerkennen.

Das jedoch, fand Yandikor, war eine Sorge, die man vorläufig der Zukunft überlassen musste. Er gab die Hoffnung nicht auf, dass Leticron zu seinem nüchternen Selbst zurückfinden würde, wenn die Ausführung seiner Pläne erst einmal unmittelbar bevorstand.

Er wurde in seiner Nachdenklichkeit gestört. Ein Summer ertönte.

Die Diagramme und Zahlenreihen auf dem Schirm verschwanden, und das besorgte Gesicht eines jungen Überschweren, der eine Uniform und die Rangabzeichen eines Offiziers trug, erschien.

»Ich habe eine Meldung für dich, Hoheit!«, sagte er ehrfurchtsvoll. »Sie kommt von dem vorgeschobenen Fort STOLZ VON PARICZA und besagt, dass soeben 32 larische Raumschiffe aus dem Hyperraum materialisiert sind.«

Yandikor zerbiss einen Fluch zwischen den Zähnen. »Ihr Kurs?«, fragte er knapp.

»Zabrijna, Hoheit«, erhielt er zur Antwort. »Sie werden in wenigen Minuten zur Landung ansetzen.«

»Ich danke«, sagte Yandikor und schaltete das Gerät ab.

Leticron hatte das Gespräch verfolgt. »Sie kommen zur unrechten Zeit!«, knurrte er wütend. »Ich kann sie nicht brauchen! Ich benötige meine ganze Aufmerksamkeit, um den Mutanten zu bewachen, der in mir wohnt. Ich würde ihnen zerfahren und unaufmerksam vorkommen, und sie würden Verdacht schöpfen.«

»Das mag so sein, Herr«, gab Yandikor zu. »Was aber willst du tun?«

Leticron fasste einen raschen Entschluss. »Ich bin nicht anwesend«, erklärte er. »Du wirst die Laren empfangen und ihnen klar machen, dass ich Zabrijna vor kurzer Zeit verlassen habe. Auf unbestimmte Zeit, hörst du?«

Yandikor hätte gerne widersprochen. Aber er sah den Zug fester Entschlossenheit in der Miene des Gebieters und wusste, dass jeder Widerspruch nutzlos war.

»Ich werde es tun, Herr!«, versprach er unterwürfig.

Von schier unendlicher, erdrückender Weite war die ebene Fläche des Landefelds. In kaum achthundert Metern Höhe schwebten die flimmernden, grell leuchtenden Kugeln der larischen Raumschiffe. Was das Auge sah, war nicht die aus erstarrter Energie gebildete Schiffshülle, sondern das Schirmfeld, mit dem sich die Fahrzeuge zu ihrem Schutz umgaben und dessen energiereiche Außenzonen mit den Molekülen der Luft in Wechselwirkung traten, wodurch irisierende, nordlichtartige Leuchterscheinungen entstanden.

Die 32 Kugelraumschiffe waren zur Ruhe gekommen. Larische Fahrzeuge landeten niemals, wie die Schiffe anderer Völker es taten, auf der eigentlichen Fläche des Raumhafens. Sie blieben hoch darüber stehen, von unbekannten Kräften gehalten, die geheimnisvollen Maschinen an Bord der Fahrzeuge entströmten.

Yandikor hatte in aller Eile eine Gruppe von hohen Würdenträgern zusammengetrommelt und sie mit einer Kolonne von Gleitern zum Landefeld verfrachtet. Er selbst empfand keinerlei Hoffnung, dass er sich seines Auftrages werde entledigen können. Dazu waren die Laren zu schlau. Fremd in dieser Galaxis, beherrschten sie die Kunst der Physiognomie, unterstützt durch winzige, geheimnisvolle Geräte, so gut, dass sie den Gesichtsausdruck jedes Angehörigen eines beliebigen galaktischen Sternenvolks mühelos deuten und damit erkennen konnten, ob man ihnen Lügen vorsetzte oder die Wahrheit sagte. Yandikor war sicher, dass er seine Miene ausreichend unter Kontrolle hatte, um die Laren und ihre Geräte zu täuschen. Aber in seiner Begleitung befanden sich 18 hohe Offiziere der pariczanischen Flotte, von denen jeder Einzelne wusste, dass Leticron gar nicht daran gedacht hatte, Zabrijna zu verlassen. Auf der Fahrt hierher hatte er ihnen klar gemacht, dass der Corun of Paricza als abwesend zu gelten wünsche. Aber würden sie sich genügend in der Gewalt haben, wenn er die Lüge vorbrachte?

Yandikor stand neben seinem Fahrzeug und hatte den Kopf leicht in den Nacken gelegt, um die Formation der larischen Raumschiffe zu beobachten. Da materialisierte keine fünfzig Meter von ihm entfernt eine flache, kreisrunde Scheibe. Ohne jegliches Geräusch oder sonstige wahrnehmbare Phänomene erschien sie einfach aus dem Nichts. Nur ein kleiner Luftzug tat sich auf, als die so plötzlich verdrängte Luft zur Seite abströmte. Yandikor erschrak entsetzlich, aber er nahm sich zusammen. Das eigenartige Fahrzeug ruhte auf dem Boden. Ein Luk tat sich auf. Ein Lare erschien. Yandikor erschrak von neuem. Wenn er bislang noch gehofft hatte, er habe es mit einem Routinebesuch einer untergeordneten Delegation zu tun, so sah er jetzt auch diese letzte Hoffnung enttäuscht: Das dunkelhäutige Wesen mit dem kunstvoll aufgetürmten Haar und den vollen gelben Lippen, das dort durch die Luke trat, kannte er nur zu gut. Hotrenor-Taak, der Verkünder der Hetosonen selbst, ließ sich herab, der Welt Zabrijna einen Besuch abzustatten.

Das Schlimmste war eingetreten. Yandikor erkannte sein Vorhaben als ganz und gar hoffnungslos. Nach dem Verkünder traten jetzt auch andere Laren aus dem scheibenförmigen Fahrzeug. Sie waren allesamt stämmige, muskulöse Gestalten, in gewisser Art den Überschweren verwandt, denn auch sie stammten von einer Welt, die eine überdurchschnittlich hohe Schwerkraft besaß. Yandikor ergab sich in sein Schicksal. Als der Verkünder der Hetosonen auf ihn zutrat, neigte er respektvoll den Kopf und sagte: »Als Vertreter des Ersten Hetrans der Milchstraße heiße ich dich auf Zabrijna willkommen, oh Verkünder der Hetosonen!«

Hotrenor-Taaks Gesicht zeigte keine Regung. Aber seine Stimme enthielt einen spöttischen Unterton, als er in einwandfreiem Interkosmo fragte: »Und wo, möchte ich wissen, befinden sich der Erste Hetran?«

Yandikor richtete sich wieder auf. Von jetzt an musste er die Augen überall haben, um jeden, der sich durch einen unsicheren Gesichtsausdruck verriet, mit Blicken sofort zur Ordnung zu rufen.

»Er hat Zabrijna vor kurzer Zeit verlassen, oh Verkünder, und befindet sich auf einer Inspektionsreise durch die verschiedenen Aufmarschgebiete der Flotte.«

Yandikor brachte es mit monotoner Stimme hervor. Er zeigte keinerlei Erregung. Der Blick des Laren flog über die Versammlung pariczanischer Offiziere. Dann kehrte er zu Yandikor zurück.

»Du lügst!«, herrschte er ihn an. »Dir selbst will ich die Lüge nicht übel nehmen, denn du handelst auf Befehl. Aber dem Ersten Hetran kannst du ausrichten, dass ich genau dreißig Minuten eurer Zeit hier auf ihn warten werde. Hat er sich dann noch nicht blicken lassen, so werde ich sein Hauptquartier in einen glühenden Trümmerhaufen verwandeln.«

Yandikor verneigte sich abermals. »Ich werde versuchen, oh Verkünder, ob man es ihm ausrichten kann!«, versicherte er zweideutig, dann machte er sich eilends auf den Rückzug.

Durch einen in Yandikors Kleidung integrierten Minisender hatte Leticron in seinem Quartier die Begegnung zwischen dem Scaftilar und Hotrenor-Taak verfolgen können. Er stieß einen Fluch aus. Der Lare hatte ihn durchschaut. Der Teufel mochte wissen, welcher Mittel er sich dazu bediente und ob er seiner Sache überhaupt so sicher war, wie er wirkte. Aber wollte er das Risiko eingehen, sich Gewissheit zu verschaffen – auf die Gefahr hin, dass das Hauptquartier dabei vernichtet wurde?

Yandikor befand sich schon auf der Rückfahrt. Leticron setzte sich mit ihm in Verbindung. »Warte unten auf dem Hof!«, befahl er. »Ich fahre mit dir hinaus. Die anderen Laffen brauchen wir nicht mehr.«

Von den dreißig Minuten waren erst 15 vergangen, da glitt ein einziges Fahrzeug auf die Stelle zu, an der die Laren warteten. Luken flogen auf. Yandikor kletterte hervor, und ihm folgte auf dem Fuß Leticron. Er hatte sich inzwischen die einzige Taktik zurechtgelegt, mit der er die Blamage, von Hotrenor-Taak aus seinem Versteck gelockt worden zu sein, einigermaßen würdevoll zu überstehen glaubte.

Forschen Schrittes trat er auf den Laren zu, den er um Haupteslänge überragte, und erklärte mit Nachdruck: »Der Erste Hetran der Milchstraße beugt sich nur unter Protest der larischen Drohung. Ich bin nicht dein Sklave, dem du nur zu winken brauchst, damit er vor dir erscheint. Ich habe einen Anspruch darauf, dass du mir deinen Besuch rechtzeitig ankündigst, und ein Recht, mich verleugnen zu lassen, wenn du diese grundlegende Höflichkeit außer Acht lässt.«

Der Lare hörte ihn ruhig an, ohne ihn zu unterbrechen. Dann sagte er: »Ich hörte von acht geheimnisvollen Mutanten, einem Erbe des Solaren Imperiums, und wollte erfahren, was du darüber weißt.«

Ein Ruck ging durch Leticrons mächtigen Körper. Diese Eröffnung hatte er nicht erwartet. Er war so sicher gewesen, dass der Lare zuerst auf seinen Protest eingehen würde, dass er sich nicht die Mühe gemacht hatte, darüber nachzudenken, was wohl der Grund für diesen unerwarteten Besuch sein könne. Die direkte Frage nach den acht Altmutanten, von denen nach seiner Ansicht im larisch-pariczanischen Lager außer ihm niemand etwas wusste, brachte ihn aus dem Gleichgewicht.

Er sah nach oben und musterte die schimmernde, funkelnde Reihe der larischen Kriegsschiffe, um Zeit zu gewinnen. Da aber spürte er, wie in seinem Innern sich eine seltsame Änderung vollzog. Es war, als hätte jemand einen Saugmechanismus an seinem Bewusstsein befestigt. Ein Teil seines Verstands, seiner Erinnerung, floss durch unsichtbare Kanäle davon. Der Komplex seiner Gedanken hatte sich in eine dünnflüssige Masse verwandelt, von der ein Teil durch eine plötzlich entstandene Öffnung einfach fortströmte.

Im Bruchteil einer Sekunde erkannte er die Bedeutung des eigenartigen Vorgangs: Der Mutant floh. In panischer Angst versuchte Leticron, ihn zu packen und festzuhalten. Aber er kam zu spät. Da, wo sich vor wenigen Sekunden noch das Bewusstsein des Terraners befunden hatte, gähnte jetzt eine finstere Höhle. Der fremde Geist, mit dem er die Welt zu erobern gehofft hatte, war verschwunden.

Ein warnender Ausruf ließ ihn auffahren. Die Laren waren plötzlich in Bewegung geraten. Sie eilten auf ihr Fahrzeug zu. Einer hatte den Arm in die Höhe gereckt und zeigte zum Himmel hinauf. Leticrons Blick folgte dem Wink. Eines der 32 larischen Raumschiffe hatte sich aufgebläht. Sein Schirmfeld glühte in grellen Farben. Schmetterndes Krachen drang aus der Höhe herab und dröhnte dem Überschweren in den Ohren. Er wusste nicht, was dort vorging; aber er hatte die Ahnung einer unmittelbaren, tödlichen Gefahr.

»Weg von hier!«, schrie er.

Kopfüber schoss er durch das offene Luk ins Innere des Gleiters.

Yandikor saß am Steuer. Er nahm mit hoher Beschleunigung Kurs auf den Gebäudekomplex des Hauptquartiers. Mit einem raschen Blick erkannte er, dass das Scheibenfahrzeug der Laren bereits wieder verschwunden war.

Dann brach die Hölle los.

Das war der Augenblick. Ich hatte nicht erwartet, dass er so rasch kommen würde. Leticron war abgelenkt. Der Lare hatte ihn aus dem Gleichgewicht gebracht, und in diesen Sekunden hatte er keine Zeit, auf mich aufzupassen. Aber das war nicht alles. Ich bekam Hilfe von einer gänzlich unerwarteten Seite.

Über uns, das konnte ich in Leticrons unbewachtem Bewusstsein sehen, hingen die Raumschiffe der Laren, in ihre Schirmfelder gehüllt. Von den Feldschirmen ging eine ungeheure Anziehungskraft aus. Ihre Strahlung war der Strahlung des PEW-Metalls verwandt. Dort, im Innern der Schirmfelder, würde ich mich weitaus geborgener fühlen als in Leticrons Körper. Außerdem hatte die Strahlung eine Wirkung, die mir das Entkommen aus meinem bisherigen Gefängnis erleichtern würde. Ich brauchte mich kaum mehr anzustrengen … und schon war ich Leticrons Zugriff entwichen.

Das Einzige, was mich zögern ließ, war der Gedanke daran, was ich tun würde, wenn ich mich im Innern eines der Feldschirme befand. Würde es eine Existenz wie in den PEW-Adern von Wabe 1000 sein? Und was geschah, wenn die Laren das Schirmfeld ausschalteten?

Ich hielt mich jedoch nicht lange mit solchen Überlegungen auf. Seit Tagen war mein einziges Ziel, Leticron zu entkommen. Hier bot sich mir die Möglichkeit. Ich musste sie nutzen, auch wenn ich nicht wusste, wie es nach meiner Flucht weitergehen würde. Der Überschwere war noch immer abgelenkt. Er rang um eine passende Antwort für den Laren und achtete nicht auf mich.

Ich machte mich so klein wie möglich, dann schlüpfte ich einfach durch die weiter gewordenen Maschen seines Bewusstseins. Im Nu war ich auf dem Weg zu einem der Schirmfelder, die, wie ich durch Leticrons Augen gesehen hatte, hoch am Himmel über uns flammten. Der Transportvorgang war unvorstellbar kurz. Das Feld nahm mich auf. Einen Augenblick lang spürte ich die Wärme einer neuen, angenehmen Umgebung. Dann kam der Schock.

Das Schirmfeld und die positronischen Aggregate, die es kontrollierten, empfanden mich als gefährlichen Fremdkörper. Die Feldenergien begannen, sich auf mich zu konzentrieren. Durch die positronischen Sensoren wussten sie genau, wo ich mich befand. Zerstörerische Energieflüsse strömten auf mich ein. Zuerst war mir anheimelnd warm gewesen, jetzt wurde mir heiß. Ich musste ausweichen. Ein körperloses Bewusstsein, aufgelöst in einem Feld fünfdimensionaler Energie, ist ungeheuer beweglich. Aber auch die Ströme, die das Feld erhalten, besitzen diese Beweglichkeit. Die Sensoren reagierten schnell. Der Energiefluss begann mir zu folgen. Da ich, der Fremdkörper, beim ersten Ansatz nicht hatte eliminiert werden können, wurde die Energiezufuhr verstärkt. Der Feldschirm heizte sich auf.

Es machte mir keine Mühe, dem Zugriff der Feldströme zu entkommen, denn ich bewegte mich ebenso schnell wie sie; aber ich hatte meinen eigenen Willen, mit dem ich die nächste Änderung des Kurses festlegen konnte, während sie auf die Reaktion der positronischen Messgeräte warten mussten. Es war, als ob zwei gleich starke Läufer in einer Halle einander nachjagten. Dem Verfolgten stand es frei, Haken zu schlagen, und der Verfolger war gezwungen, seine Kursänderungen mitzumachen, wobei es sich für ihn als Nachteil erwies, dass er ein langsamer Denker war. Die einzige Gefahr für den Verfolgten bestand in der Möglichkeit, dass er beim Hakenschlagen unversehens mit dem Verfolger zusammenprallte.

Von dieser Seite her also war ich ziemlich sicher. Es war etwas anderes, was mich immer mehr beunruhigte. Die Positronik an Bord des larischen Raumers schien zu dem Schluss gekommen zu sein, dass sie den Fremdkörper nur deshalb noch nicht eliminieren konnte, weil die Feldschirmenergie zu niedrig war. Sie setzte neue Energie zu. Ich fühlte, wie der Schirm sich aufblähte. Die Energiezufuhr machte sich mir als zusätzliche Helligkeit bemerkbar. Am Anfang war der Feldschirm ein mildes, sanftes Dämmerlicht gewesen. Seitdem war er stetig heller geworden. Und jetzt empfand ich ihn wie eine riesige Wand aus grellem, sonnengleichem Licht, das mich blendete, obwohl ich keine Augen besaß. Ich raste durch ein Meer von schmerzender Helligkeit, und in jeder Sekunde nahm die Intensität des Lichts zu.

Es war meine Kenntnis von der Wirkungsweise der Schirmfelder, die mich schließlich zum Absprung bewegte. Unter mir, irgendwo im Innern des larischen Raumschiffs, war der Schirmfeldgenerator auf höchste Leistung gefahren. Er hatte keine Reserven mehr und versuchte trotzdem, den Ausstoß weiter zu steigern. Das konnte nur mit einer Katastrophe enden. Für die Zeitbegriffe körpergebundener Wesen waren seit meinem Eintritt in den Feldschirm wahrscheinlich erst ein paar Sekunden vergangen. Die Laren hatten noch keine Zeit gefunden, auf die außergewöhnliche Entwicklung zu reagieren. Ich konnte nicht darauf hoffen, dass sie den Generator rechtzeitig abschalten würden.

Ich sprang ins Ungewisse. Die Anziehungskraft des nächsten Schirmfelds zog mich in ihren Bann. Hinter mir, das fühlte ich, brach die Hölle los. Die Katastrophe, die ich befürchtet hatte, war eingetreten. Ich aber tauchte in die wohlige Wärme und das milde Dämmerlicht des nächsten Feldschirms – wohl wissend, dass die gnadenlose Jagd auch hier sofort beginnen würde.

7.

Hotrenor-Taak hatte die Gefahr sofort erkannt. Er wusste nicht, woher sie rührte, aber mit der Erfahrung des Mannes, der Tausende von üblen Überraschungen hinter sich hatte, wusste er, dass er sofort handeln musste, wenn er größeres Unheil verhüten wollte. Er eilte auf den Scheibentransporter zu. Seine Begleiter folgten ihm auf den Fersen. Das Luk schloss sich hinter ihnen. Hotrenor-Taak selbst betätigte den Schalter, der den Einpol-Transmitter an Bord seines Flaggschiffs aktivierte. Das Gerät brauchte wenige Sekunden zum Anlaufen. In diesen Sekunden sah der Lare auf dem Bildschirm, wie das Schirmfeld eines seiner Raumschiffe auseinander riss und in seinem Innern ein Glutball entstand, der Schiff und Mannschaft verschlang.

Einen Atemzug später materialisierte die Flugscheibe im Transmitterraum an Bord des larischen Flaggschiffs. Das gellende Pfeifen der Alarmsirenen war allgegenwärtig. Hotrenor-Taak eilte zum Kommandostand. Die Glutwolke, in der der larische Kugelraumer vergangen war, schwebte noch auf der Bildfläche des riesigen Optikschirms. Der Verkünder der Hetosonen erkannte mit Entsetzen, dass inzwischen das Schirmfeld eines zweiten Fahrzeugs flackerte.

Hotrenor-Taak rief nach seinem Stellvertreter. Laafnetor-Breck, ein stämmiger Lare von etwas hellerer Hautfarbe als der Verkünder, eilte auf ihn zu. Hotrenor-Taaks Frage war knapp: »Was wissen Sie über diese Vorgänge?«

»Nichts«, antwortete Laafnetor-Breck ebenso lapidar. »Im selben Augenblick, in dem es begann, registrierten einige Parapsi-Spürer einen energiereichen Impuls. Aber wir wissen nicht, ob er mit den Vorgängen dort draußen im Zusammenhang steht.«

Auf dem Bildschirm hatte sich die Feldschirmhülle auch des zweiten larischen Raumschiffs zu riesigen Ausmaßen aufgebläht.

»Besteht Verbindung zu dem Fahrzeug?«, wollte Hotrenor-Taak wissen.

»Die Funkverbindung reißt ab, sobald die Feldhülle zu reagieren beginnt«, kam die Antwort.

Ein greller Blitz zuckte über die große Bildfläche. Das zweite Raumschiff war explodiert. Zum ersten Mal in seinem Leben stand Hotrenor-Taak einem Phänomen fassungslos gegenüber. Er wollte nicht glauben, was seine Augen sahen. Wie gebannt blickte er auf den Schirm. Ein Gefühl atavistischer Angst beschlich ihn. Er fürchtete sich vor dem Unbegreiflichen. Um ein Haar wäre es geschehen, dass der mächtige Verkünder der Hetosonen die Kontrolle über die Lage verloren hätte.

Im letzten Augenblick riss er sich zusammen. »Befehl an alle Einheiten!«, dröhnte seine Stimme. »Sofort die Feldschirme desaktivieren!«

Das Kommando wurde sofort weitergeleitet. Gespannt beobachtete Hotrenor-Taak die lange Reihe der Raumschiffe und sah mit Genugtuung, wie die funkelnden Hüllen der Schirmfelder eine nach der anderen in sich zusammensanken und verschwanden. Übrig blieben die eigentlichen Schiffskörper, luftig wirkende Gebilde, die aus reiner Energie bestanden und zum Teil lichtdurchlässig waren. Wie Seifenblasen schwebten sie unter dem wolkenlosen Blau des zabrijnischen Himmels. Nur die beiden Glutwolken, hässliche dunkelrot leuchtende Gebilde, in denen vor wenigen Augenblicken zwei Raumschiffe explodiert waren, störten die Friedlichkeit des Bilds.

Da meldete sich Laafnetor-Breck von neuem. »Die Parapsi-Spürer haben erneut angesprochen«, berichtete er. »Damit besteht kaum mehr ein Zweifel daran, dass zwischen den seltsamen Vorgängen dort draußen und den Parapsi-Impulsen ein Zusammenhang besteht.«

Hotrenor-Taak erinnerte sich an Leticrons merkwürdiges Verhalten und die Hilflosigkeit, mit der er auf die Frage nach den acht Altmutanten reagiert hatte. Ein vager Verdacht entstand.

Das war die Hölle! Die Energieströme des Schirmfelds jagten mich mit ungeheurer Geschwindigkeit Hunderttausende von Malen immer rings um die Kugel, die das Schirmfeld einschloss. Zu Anfang war mir das Spiel mühelos, fast erheiternd vorgekommen; aber allmählich ermüdete ich. Ich zehrte an den letzten Kraftreserven meines Bewusstseins. Ich war zu einem Maschinengeist geworden, der nur noch an eines dachte: ausweichen – beschleunigen – ausweichen – beschleunigen …

Ich konnte dem Schirmfeld nicht entkommen. Es hielt mich gefangen. Erst in dem Augenblick, in dem es in einer alles vernichtenden Explosion zusammenbrach, gab es mich frei und schleuderte mich in das nächste Feld hinein. Im Innern des Feldes stand es mir frei, mich zu bewegen, wohin ich wollte. Nur verlassen konnte ich es nicht.

Inzwischen hatte sich auch das zweite Feld in dem Bestreben, den Fremdkörper zu beseitigen, derart aufgeheizt, dass die Explosion unmittelbar bevorstand. Ich war am Ende meiner Kräfte. Wenn ich im Augenblick der Katastrophe abermals davongeschleudert wurde und wiederum in einem Feldschirm landete, dann, sagte ich mir, wollte ich mich nicht mehr wehren. Ich hatte keine Kraft mehr dazu. Ich wollte einfach an Ort und Stelle verharren und mich von den Feldströmen auslöschen lassen.

Ich erinnere mich heute, diesen Entschluss damals ohne Bedauern gefasst zu haben. Ich war einfach am Ende. Es war keine Substanz mehr da, mit der ich hätte Bedauern empfinden können. Aber es kam ganz anders. Rings um mich herum entstand die Hölle. Das zweite Schirmfeld brach zusammen und vernichtete in einem glühenden Inferno das Raumschiff, das es eigentlich hatte beschützen sollen. Die Energien der Explosion katapultierten mich davon. Schneller, als meine Gedanken zu reagieren vermochten, fand ich mich in einem neuen Feldschirm, dem dritten, seit diese Qual begonnen hatte. Meinem Vorsatz gemäß verhielt ich mich ruhig. Ich wartete auf die glühenden Zungen der Feldströme, die kamen, um mich zu verschlingen. Ich wartete … aber sie kamen nicht! Und dann bemerkte ich plötzlich, wie meine Umgebung sich zu verändern begann. Es wurde dunkler, kälter … und das Schirmfeld erlosch!

Noch einmal durchlebte ich Augenblicke der höchsten Gefahr. Wenn ich mich nicht aus dem Feld befreite, bevor es völlig erstarb, dann ging ich mit ihm zugrunde. Und selbst wenn es mir gelang, mich zu befreien, war da doch nirgendwo in der Nähe ein Körper, in den ich mich retten konnte – es sei denn die Laren an Bord des Raumschiffs unter mir, an die ich mich nicht zu wenden wagte, weil ich nicht wusste, wie sie mich aufnehmen würden.

Also musste ich aufs Geratewohl springen. Ich wartete den entscheidenden Augenblick ab. Jetzt existierten nur noch Spuren des einst so mächtigen Schirmfelds. Es war finster ringsum, und der Abzug der

Schirmfeldenergien ließ ein Gefühl von beißender Kälte entstehen. Da aktivierte ich den allerletzten Funken Kraft, der noch in mir war. Ich spürte, wie die Fesseln rissen, die mich an den Feldschirm gebunden hatten. Ich war frei, ein körperloser Geist, der sich durch einen unbekannten Raum bewegte.

Wie lange und in welcher Richtung ich mich bewegte, weiß ich heute nicht mehr zu sagen. Das Empfinden der Kälte wurde immer eindringlicher. Ich begann zu erstarren. Das Bewusstsein, das Tako Kakuta war, drohte zu erfrieren. Ich war vor einem Tod gerettet worden, nur um dem andern gleich anheim zu fallen. Und dann, in letzter Sekunde, sah ich die Lichter. Es waren schwache, rötliche Fünkchen, die auf dem Grund der Finsternis leuchteten. Ich änderte meinen Kurs und trieb auf sie zu. Ich kam ihnen näher, aber mit jeder verstreichenden Zeiteinheit wurde meine Bewegung langsamer. Meine Gedanken zirkulierten nicht mehr frei. Teile des Bewusstseins waren der Kälte schon anheim gefallen. Das Volumen, in dem ich Herr meiner selbst war, schrumpfte zusammen.

Eines der Lichter kam auf mich zu. Es war kein helles Licht, die Ausstrahlung eines mittelmäßigen Geists, eines Überschweren, wie ich mit dem letzten Rest meines Beobachtungsvermögens erkannte. Ich glitt darauf zu, fühlte die Wärme, die es ausstrahlte.

Droggnar kontrollierte die Funktionen der Werkroboter, die er auf eine Reparatur des Triebwerksystems im Heck des großen Walzenraumschiffs angesetzt hatte. Es verlief alles programmgemäß. Droggnar sah auf das Chronometer. In spätestens fünfzig Minuten würde er dem Monitor die Instandsetzung einer weiteren Einheit der pariczanischen Flotte melden können. Das bedeutete wieder einen Pluspunkt in seiner Personalakte, denn ihm war viel mehr Zeit für die Durchführung der Reparatur zur Verfügung gestellt worden. Aber Droggnar hatte es verstanden, die Programmierung der Werkroboter unauffällig zu optimieren, und hatte mit dieser Methode bereits sechs Pluspunkte erzielt. Wenn er zehn erreichte, würde er zum Submonitor befördert werden und außerdem den Orden »Arbeitsheld der Flotte« erhalten. *Eigentlich*, dachte Droggnar ausgerechnet in dem Augenblick, in dem sein eigenständiges Dasein abrupt beendet wurde, *ist das Leben auf Zabrijna gar nicht schlecht.*

Zuerst empfand er nur einen leisen Schauer, als sei es plötzlich kalt geworden. Es war ein Gefühl, das aus dem tiefsten Innern seiner Seele kam. Er horchte erstaunt in sich hinein. Eine Zeit lang hörte er nichts. Schon wollte er sich, halbwegs beruhigt, wieder seiner Arbeit zuwenden, da wuchs es plötzlich auf ihn zu: etwas Fremdes, etwas Unheimliches, aus ihm selbst geboren und doch nicht zu ihm gehörig. Es hatte keine Form, keine Gestalt. Es war ein finsterer Schatten.

Mit der Panik des zu Tode Geängstigten kämpfte Droggnar gegen das Unbekannte an. Er schlug wild um sich – mit den Gedanken seines Bewusstseins ebenso wie mit Armen und Beinen. Aber sein Widerstand war fruchtlos. Das Fremde war mächtiger als er.

Es war in diesem Augenblick, dass der Monitor den Kontrollraum betrat, in dem Droggnar arbeitete. Erstaunt sah er Droggnar, der mitten im Raum stand, um sich schlug und unartikulierte Schreie ausstieß. Droggnar schien ihn nicht wahrzunehmen. Er kämpfte gegen einen Unsichtbaren, einen Dämon. Der Monitor erholte sich rasch von seinem Schreck und erinnerte sich an eine Befürchtung, die er gestern erst empfunden hatte: Droggnar war zu ehrgeizig, er arbeitete zu hart. Anscheinend hatte er sich zu viel zugemutet. Sein Geist war aus dem Gleichgewicht geraten.

Da erstarb das wüste Geschrei plötzlich. Droggnar hörte auf, um sich zu schlagen. Er sah auf und erblickte den Monitor. Im ersten Augenblick schien er zu erschrecken; aber dann hatte er sich wieder in der Gewalt und lächelte den Vorgesetzten an.

»Du hast mich überrascht«, bekannte er. »Ich gebe mir Mühe, dieses Training nur dann zu betreiben, wenn niemand mich beobachten kann.«

»Training …?«, fragte der Monitor misstrauisch.

»Schattenkampf«, antwortete Droggnar ernsthaft. »Eine Übung für Körper und Geist. Ihm verdanke ich meine Arbeitskraft.«

Als Leticron gemeldet wurde, dass die larische Transportscheibe auf dem Innenhof seines Hauptquartiers materialisiert sei, wusste er, was die Stunde geschlagen hatte. Noch vor kurzer Zeit hatte er – von dem Gleiter aus, den Yandikor steuerte – mit atemloser Spannung das ungeheure Schauspiel verfolgt, das sich am Himmel über Zabrijna abspielte. Zwei larische Raumschiffe waren kurz nacheinander vernichtet worden, von einer unheimlichen, fremden Kraft, die ihre Schutzschirme aufblähte und die Generatoren zu so hohem Leistungsausstoß veranlasste, dass sie schließlich explodierten. So wenigstens hatte Leticron sich die Dinge zusammengereimt und war damit der Wahrheit ziemlich nahe gekommen.

Obwohl der Untergang der beiden Raumschiffe mit Energieausbrüchen von unvorstellbarer Wucht verbunden war, hatte die Stützpunktwelt Zabrijna nur geringfügigen Schaden davongetragen. Auch dafür hatte Leticron eine Erklärung: Die Energien, um die es hier ging, waren übergeordneter Natur. Sie existierten in einem höheren Kontinuum, und nur Randerscheinungen war es zu verdanken, dass man sie überhaupt wahrnehmen konnte. Der eigentliche Energiesturm, den die Explosionen verursachten, hatte sich im Hyperraum ausgetobt. Nur unerhebliche Energiemengen aus der Randzone waren auf Zabrijna selbst freigesetzt worden.

So hatte Leticron sich die Dinge zurechtgelegt und sich schließlich gefragt, ob das Verschwinden des Mutantenbewusstseins, das er bis wenige Sekunden vor Beginn der Katastrophe in sich beherbergt hatte, etwas mit den merkwürdigen Vorgängen zu tun haben könne. Einen Anhaltspunkt für diesen Verdacht hatte er eigentlich nicht. Aber das zeitliche Zusammentreffen der beiden Ereignisse gab auf jeden Fall zu denken.

Leticron war schließlich in seine Burg zurückgekehrt und hatte der Dinge geharrt, die unweigerlich auf ihn zukamen. Hotrenor-Taak würde sich durch den Verlust zweier Raumschiffe nur vorübergehend von seinem eigentlichen Anliegen abhalten lassen. Leticron wurde sich darüber klar, dass er, obwohl er bei Thomas Kantenbergs Einsatz mit äußerster Behutsamkeit vorgegangen war, viel zu viele Mitwisser hatte – vor allen Dingen solche, auf deren Treue kein Verlass war. Es war anzunehmen, dass die Laren Späher in seiner Umgebung unterhielten, so, wie sie Perry Rhodan, den früheren Ersten Hetran der Milchstraße, ebenfalls unablässig bespitzelt hatten. Einem dieser Späher musste es gelungen sein, sich in den Kreis der Vertrauten des Corun of Paricza einzuschleichen. Er hatte von Kantenbergs Unternehmen erfahren und seinem Auftraggeber darüber berichtet. Nur so ließ sich die gezielte Frage erklären, die Hotrenor-Taak gestellt hatte.

Am liebsten hätte Leticron Zabrijna weit hinter sich gelassen und sich eine Zeit lang in den Außenbezirken seines Reichs verkrochen. Aber über ihm, am Himmel seiner neuen Kriegswelt, hingen noch immer dreißig larische Raumschiffe, unheimliche Gebilde aus schimmernder Energie, und würden jeden Versuch des Ersten Hetrans der Milchstraße, sich heimlich abzusetzen, vereiteln. Es blieb ihm nichts anderes übrig: Er musste den Dingen ins Auge sehen. Nicht nur den Dingen, sondern auch Hotrenor-Taak, dem Verkünder der Hetosonen, den so leicht niemand hinters Licht führte.

Er empfing den Laren und sein Gefolge allein. Er sah die beschämende Niederlage auf sich zukommen und wollte dazu aus den Reihen seiner Leute keinen Zeugen haben ... nicht einmal Yandikor.

»Du bist mir die Antwort auf meine Frage schuldig geblieben«, ermahnte ihn Hotrenor-Taak, nachdem sie weniger als die sonst üblichen Förmlichkeiten miteinander ausgetauscht hatten. »Um dein Gedächtnis aufzufrischen: Was weißt du von den acht Altmutanten, deren Bewusstseine das Solare Imperium uns hinterlassen hat?«

»Ich habe von ihnen gehört«, antwortete Leticron. »Ebenso wie du.«

Er hatte die parapsychologischen Gaben seines Verstands aktiviert. Ohne dass Hotrenor-Taak es ahnte, versuchten suggestionsstarke Ströme sein Misstrauen einzuschläfern, ihn davon zu überzeugen, dass Leticron aufrichtig war.

»Welcher Art«, fuhr der Lare fort, »sind die Dinge, die du gehört hast?«

»Ich hörte von einem Felsbrocken, der irgendwo im Zentrum der Galaxis eine riesige Sonne umkreist«, antwortete Leticron. »Das Innere des Felsbrockens, heißt es, sei von Adern eines fremdartigen Metalls durchzogen, in dem sich Bewusstseine besonders gut konservieren lassen. Unsere Sage berichtet von acht Übermenschen, Terranern, die vor vielen Jahrhunderten in einer Schlacht unvorstellbaren Ausmaßes getötet wurden und seitdem als Geister diese Galaxis durcheilen. Eben diese acht Geister haben die Terraner anscheinend wieder eingefangen und sie in die Metalladern jenes Felsbrockens gesperrt.«

Die parapsychischen Ströme wirkten unablässig. Verzweifelt wartete Leticron auf ein Zeichen dafür, dass sie erfolgreich waren. Jedes normale Wesen hätte er schon längst auf seine Seite gezogen. Jeden normalen Gegner hätte er längst davon überzeugt, dass es sich nicht lohnte, sein Feind zu sein. Hotrenor-Taak aber widerstand seinen Bemühungen.

»An Sagen bin ich nicht interessiert«, reagierte der Lare eisig. »Hast du mir nichts Direktes zu sagen? Dinge, die du selbst erlebt hast? Befindet sich nicht einer der acht Geister, wie du sie nennst, auf dieser Welt?«

Leticron unternahm eine letzte Anstrengung. Der parapsychisch begabte Teil seines Bewusstseins bäumte sich ein letztes Mal auf und überregnete Hotrenor-Taak mit einlullender, Vertrauen schaffender Strahlung. Aber der Lare zuckte nur mit den Schultern, als wolle er etwas Unbequemes von sich abschütteln.

Dann wandte er sich an seinen Nebenmann: »Was zeigt der Spürer, Laafnetor? Etwas kitzelt an meinen Nackenmuskeln.«

»Der Spürer ist äußerst aktiv«, antwortete Laafnetor-Breck ungerührt. »Es steht außer Frage, dass dieser Mann dort dich auf parapsychische Art zu bearbeiten versucht!«

Es war Leticron, als hätte er soeben sein Todesurteil gehört. Er sank in sich zusammen.

»Das Kitzeln hat aufgehört!«, sagte Hotrenor-Taak.

»Der Spürer gibt keine Anzeige mehr«, fügte Laafnetor-Breck hinzu.

»Ich glaube, unser Freund hat die Hoffnung aufgegeben.«

Leticron nahm die Demütigung wortlos hin. Den Zorn, der in ihm brodelte, verbarg er.

»Ich nehme an«, sagte Hotrenor-Taak zu ihm, »du hast keinen Einwand dagegen, dass wir beide den Hyptons einen Besuch abstatten!«

Leticron fuhr auf. Er kannte die Wahrheitsfinder. In Tagen, in denen der Lare seiner Ergebenheit noch sicher sein konnte, hatte er ihm jene fremdartigen Wesen gezeigt, die sich im Zentralraum jedes größeren larischen Raumschiffs aufhielten: Kreaturen, die wie Fledermäuse von der Decke hingen und sich von fünfdimensionaler Energie ernährten, die sie zum Teil aus den Bewusstseinen der Opfer sogen, die ihnen vorgeworfen wurden.

»O nein!«, schrie er auf. »Nicht die Hyptons!«

Doch er sah die Läufe der larischen Waffen auf sich gerichtet und wusste, dass es keine Hoffnung mehr gab. Er kannte Hotrenor-Taak und dessen alleine von der Logik bestimmte Denkweise. Er konnte keinen Ersten Hetran dulden, der nicht jedem seiner Befehle folgte. Kein Wesen dieser Galaxis war ihm wichtig genug, als dass er es nicht bedenkenlos eliminiert hätte, wenn es wagte, seine Pläne zu durchkreuzen.

Leticron wollte nicht sterben. Niedergeschlagen ergab er sich in sein Schicksal.

Ich war nicht sicher, ob es mir gelungen war, den Monitor zu täuschen. Er war gekommen, um sich vom Stand der Arbeiten zu überzeugen, mit denen Droggnar beschäftigt gewesen war, bevor ich in seinem Körper landete. Ich suchte in dem unterjochten Bewusstsein nach Informationen, die ich brauchte, um die Fragen des Monitors zu beantworten. Anscheinend machte ich meine Sache ziemlich gut; denn er lobte mich und gab mir zu verstehen, dass mir der sechste Punkt schon so gut wie sicher sei. Ich musste ihn ziemlich dämlich angeschaut haben, denn bis zu diesem Zeitpunkt hatte ich noch nicht genug durchforschen können, um zu wissen, was für ein Pluspunkt das war. Ich war erleichtert, als der

Monitor sich schließlich verabschiedete, nachdem er mir in bewegten Worten versichert hatte, ich solle nur so weitermachen, dann werde ich es weit bringen.

Was nun? Das war die wichtigste Frage. Ich hatte einen Gastkörper gefunden. Besonders bequem fühlte ich mich darin nicht. Droggnar besaß keine Spur jener Ausstrahlung, die einem fremden Bewusstsein den Aufenthalt in der Nähe seines Verstands annehmbar machte. Trotzdem war ich ihm dankbar. Hätte Droggnar sich nicht in der Nähe befunden, als die Kälte des leeren Raums mich einzufrieren drohte, ich wäre schon längst nicht mehr am Leben.

Aus den Bewusstseinen der Körper, in denen ich mich seit meinem Aufbruch von Wabe 1000 aufgehalten hatte, hatte ich mir ein Bild von der Lage in der Galaxis machen können.

Die Laren, eines der Konzilsvölker aus dem Hetos der Sieben, waren eine ernst zu nehmende Macht. Ihrem Einfluss war es zu verdanken – so wenigstens verstand ich es –, dass das Solare Imperium nicht mehr existierte. Die Erde war verschwunden, so erfuhr ich. An ihrer Stelle bewegte sich ein winziger Himmelskörper von ungeheurer Dichte um die Sonne, die die Tage meiner Kindheit beschienen hatte. Von den Zusammenhängen verstand ich vorerst nichts. Die Bilder, die ich in mir aufgenommen hatte, waren zu verworren, als dass ich irgendeinen Sinn in ihnen hätte erkennen können. Die Erde war auf jeden Fall verschwunden – und mit ihr die Menschheit ...? Es schienen nur die zum Zeitpunkt der Katastrophe außerhalb des Planeten Erde wohnenden Terraner und Solarier zu sein, die das geheimnisvolle Versteck bevölkerten, nach dem Leticron so fieberhaft suchte. Was war aus Perry Rhodan geworden? Sein Name tauchte in den Gedanken meiner Wirtsbewusstseine kaum mehr auf. Er schien abgeschrieben. Und doch wusste niemand mit Sicherheit, ob er noch lebte.

Ich machte mich daran, ein wenig Licht in das Dunkel zu bringen. Ich war frei. Ich war im Besitz eines Körpers, in dem ich es einige Tage lang aushalten konnte. Beizeiten würde ich einen geeigneten Wirtskörper finden, auf den ich übergehen konnte. Zuerst musste ich Zabrijna verlassen. Die Nähe der Laren erschien mir gefährlich. Ich befand mich an Bord eines Walzenschiffs, dessen Triebwerkssystem einige Roboter unter Droggnars Leitung im Begriff gewesen waren zu reparieren, als ich eintraf. Das Schiff selbst war bis zum Abschluss der Reparatur fluguntauglich. Aber es gab Beiboote an Bord, von denen einige mit Überlichttriebwerken ausgestattet waren. Was hinderte mich daran, eines der Boote zu besteigen und Zabrijna einfach den Rücken zuzukehren?

Die Laren schienen mir in diesem Augenblick keine ernsthafte Bedrohung darzustellen, obwohl sie noch immer mit dreißig Einheiten in dem blauen Himmel dieser Welt hingen. Ich hatte zwei ihrer Raumschiffe zerstört – allerdings ohne es zu wollen. Damit würden sie auf geraume Zeit beschäftigt sein.

Droggnars Bewusstsein war mir völlig untertan. Ich konnte mich seiner Erinnerung bedienen, wie es mir beliebte. Als Spezialist der Bodentruppe kannte er sich an Bord des Raumschiffs, dessen Wartung ihm oblag, vorzüglich aus. Ich erfuhr die genaue Lage des Hangars, in dem sich die überlichtschnellen Beiboote befanden. Ich konzentrierte mich auf das Bild, das Droggnars Erinnerung mir zur Verfügung stellte, und gab den Sprungimpuls. Noch im selben Augenblick befand ich mich in der Hangarschleuse. Die Beiboote hatten die Form eines Eis und waren an dem spitz zulaufenden Ende mit Steuerflächen ausgestattet, die es ihnen ermöglichten, die tragenden Kräfte einer planetarischen Atmosphäre für die Fortbewegung auszunützen.

Ich ging an Bord. Das Boot war voll getankt. Droggnars Bewusstsein entnahm ich, dass es eine Reichweite von mehreren tausend Lichtjahren besaß. Das war mehr, als ich brauchte. Über mein eigentliches Ziel war ich mir nur nebelhaft im Klaren. Ich wollte das Geheimnis um Perry Rhodan lüften, das war der einzige Gedanke, der mich in diesem Augenblick beseelte. Irgendwo unterwegs würde ich eine Welt finden, auf der es sicher war zu landen – weit entfernt vom Zugriff der Laren und ihrer Helfershelfer, der Überschweren. Irgendwo würde sich ein Wirtskörper finden lassen, in dem es für mich bequemer zu leben war als in Droggnars sterblicher Hülle.

Als ich das Triebwerk in Gang setzte und das Luk der Hangarschleuse öffnete, wusste ich noch nicht, dass die Laren nur ein paar Minuten brauchen würden, um meine hochfliegenden Pläne zu zerstören.

Lautlos öffnete sich das rote Schott. Leticron versuchte zurückzuweichen, aber die Laren gaben ihm keinen Spielraum.

»Wenn er nicht weiter will«, erklang Hotrenor-Taaks harte Stimme, »betäubt ihn!«

Leticron gab seinen Widerstand auf. Durch das offene Schott schlug ihm aus dem halbdunklen Raum Eiseskälte entgegen. Er schauderte – nicht nur wegen der Kälte, sondern mehr noch bei dem Gedanken an das Bild, das sich ihm bieten würde, wenn er den Blick hob, zur Decke des Raums hin, den das rot leuchtende Schott verschloss.

Er wurde vorwärts geschoben. Verbissen hielt er den Blick zu Boden gerichtet. Die Helligkeit des Gangs blieb hinter ihm zurück. Nie zuvor hatte er so deutlich gefühlt, wie groß die Überlegenheit der Laren war. Sie taten mit ihm, dem Ersten Hetran der Milchstraße, was sie wollten. Ihm blieb nur die Wahl, entweder zu gehorchen oder zu sterben. Kälte umfing ihn. Er befand sich in der Höhle der Hyptons.

»Sieh empor!«, herrschte eine unfreundliche Stimme ihn an.

Er gehorchte zögernd. Mit letzter Kraft versuchte er, das Bewusstsein gegen den Aufprall des widerwärtigen Anblicks zu stählen, dem er in wenigen Sekunden hilflos ausgesetzt sein würde. Er hob den Kopf, aber die Augen hielt er geschlossen.

»Mach die Augen auf!«, gellte die Stimme.

Er öffnete die Augen ... und sah! Hunderte, Tausende von bleichen Körpern, die von der Decke herabhingen, mit den Köpfen nach unten. Es waren rundliche Köpfe mit bulligen Schnauzen, über denen sich die bleiche Haut spannte, so dass man das feine Gewirr der Adern deutlich erkennen konnte. Aber nicht die farblose Haut, nicht die bullige Schnauze, nicht der Anblick des Geäders war es, was Leticron in seinen Bann zog. Es waren die Augen, kugelige, reglose dunkle Gebilde, viel zu groß für die kleinen, bleichen Schädel, die ihn anstarrten, als sähen sie schon jetzt alle Geheimnisse, die er in seinem Bewusstsein verborgen hielt.

Das waren sie, die Wahrheitsfinder, die Hyptons, eines der Völker des Hetos der Sieben. Die Denker, die Planer, ohne deren Mithilfe kein einziger Beschluss des Hetos gefasst wurde. Sie stammten von einer Eiswelt, so sagte man, und lebten in großen Scharen beieinander, so wie hier, in der großen, kalten Halle mit dem rot beleuchteten Schott. Der einzelne Hypton war ungefährlich, fast hilflos. Erst in der Menge entwickelten sie ihre unfasslichen Fähigkeiten.

Leticron starrte wie hypnotisiert zur Decke hinauf. Er hörte die bleichen Körper rascheln, als sie in Bewegung gerieten. Die dunklen Kugelaugen schienen noch größer zu werden, noch tiefer in sein innerstes Bewusstsein vorzudringen. Der Überschwere fühlte sich entblößt, den unheimlichen Bleichhäutigen wie auf einem Tablett serviert. Er hielt den Anblick nicht mehr aus. Er riss die Arme empor, bedeckte die Augen mit den Händen und brach würgend zusammen.

»Ich kann nicht ...!«, jammerte er. »Ich kann sie nicht ansehen! Verschont mich! Ich will die Wahrheit sagen ... die ganze Wahrheit!«

Sie ließen ihn zappeln. Er kniete auf dem kalten Boden, und der widerliche Geruch der Bleichhäutigen war allgegenwärtig. Er fing aufs

Neue an zu betteln. Er flehte, er beschwor sie, ihn aus diesem Raum zu nehmen. »Ich habe keine Geheimnisse vor euch!«, schrie er. »Ich will euch alles sagen! Nur bringt mich von hier fort!«

Plötzlich war es still. Die Bleichen über ihm hatten aufgehört zu rascheln. In die Stille hinein fielen Hotrenor-Taaks Worte: »Ich glaube, er meint es ehrlich. Bringt ihn von hier weg!«

Als zwei larische Roboter ihm unter die Arme griffen und ihn auf die Beine stellten, weinte der mächtige Leticron vor Erleichterung.

Planmäßig löste sich das Boot aus den Halterungen, als ich den Startbefehl gab. Auf einem Prallfeld glitt es bis zur Öffnung der Hangarschleuse und hinaus in den gleißenden Sonnenschein. Ringsum lag das endlos weite Feld des Raumhafens. In einer Richtung, die ich für Süden hielt, standen hoch am Himmel die 30 verbliebenen larischen Raumschiffe. Der Teil des Hafens, in dem ich mich befand, war anscheinend der Instandsetzung beschädigter Fahrzeuge vorbehalten – ein Eindruck, der sich anhand von Droggnars Bewusstseinsinhalt unschwer bestätigen ließ. Überall lagen pariczanische Walzenraumschiffe der verschiedensten Größen und in allen denkbaren Stadien der Mitgenommenheit. Offenbar handelte es sich um Einheiten, die Leticron im Kampf gegen die Überreste des Solaren Imperiums eingesetzt hatte. Dass die Solarier auch jetzt noch, da sie jeden Rückhalt verloren hatten, so kräftig zuzuschlagen verstanden, erfüllte mich mit Stolz.

Etwa fünfzig Meter jenseits der Schleusenöffnung zündete das Triebwerk. Ich spürte einen kurzen Ruck, dann setzte der Antigrav ein und fing die Beschleunigung mühelos ab. Der Bug des Boots richtete sich hinauf in den blauen Himmel. Auf den Schirmen suchte ich nach Anzeichen dafür, dass man meine Flucht bemerkt hatte. Aber es gab vorläufig keine. Auf dem Raumhafen, der mit atemberaubender Geschwindigkeit hinter und unter mir zurückblieb, ging alles weiter seinen Gang.

Ich atmete auf. Ich hatte es geschafft. Ich war auf dem Weg in die Freiheit. Ich blickte hinüber zu den larischen Energieraumern, die wie Perlen an einer Kette hingen. Auch dort rührte sich nichts.

Sobald ich Zabrijna hinter mir hatte, würde ich mich mit Hilfe der Bordpositronik orientieren. Aus Leticrons Bewusstseinsinhalt hatte ich eine vage Vorstellung davon, wo sich Zabrijna in Relation zu den früher vom Solaren Imperium beherrschten Regionen der Milchstraße befand. Zabrijna war eine Eigenbenennung der Überschweren. Wenn diese Welt der terranischen Galaktonautik überhaupt bekannt war, dann führte sie in unseren Katalogen einen anderen Namen. Ich hatte eine unbestimmte Idee, dass ich mich am besten nach Olymp wenden solle. Dort regierten jetzt, wie ich ebenfalls von Leticron wusste, die Laren. Die ehemalige Versorgungswelt der Erde war dem Feind zu wichtig gewesen, als dass er sie Leticron und seinen Überschweren allein überlassen hätte.

Auf Olymp würde es mir nicht schwer fallen, einen Wirtskörper zu finden, in dem ich es bequemer hatte als bei Droggnar. Überhaupt hatte ich noch eine Menge zu lernen und würde auf Olymp vielleicht Gelegenheit dazu finden, bevor ich mich endgültig dafür entschied, wem ich mein weiteres Wohl und Wehe endgültig anvertrauen wollte. Dieses Hin- und Herspringen zwischen verschiedenen Wirtskörpern war für mich eine gänzlich neue Erfahrung. Ich wusste inzwischen, dass die Schwierigkeiten, die ich beim Verlassen eines Wirtskörpers zu überwinden hatte, unmittelbar der geistigen Kapazität des Eigentümers proportional waren.

Leticron zum Beispiel hatte mich derart fesseln können, dass ich völlig unbeweglich war. Aber auch das Erreichen eines neuen Wirtskörpers war bestimmten Regeln unterworfen, die ich noch nicht zur Genüge kannte. Bei vorgegebener Entfernung schien der Körper am leichtesten erreichbar, dessen Besitzer über einen gut ausgebildeten, besser noch mit psionischen Begabungen ausgestatteten Verstand besaß. Die Entfernung spielte fast überhaupt keine Rolle. Bislang wusste ich noch nicht, wo die Grenze lag, jenseits deren meine Beweglichkeit endete. Die Transferierung meines Bewusstseins von einem Wirtskörper zum andern war ja keineswegs gleichbedeutend mit meiner Fähigkeit der Teleportation. Es handelte sich um ein gänzlich anderes Phänomen, und solange ich nicht genau wusste, welchen Gesetzmäßigkeiten es unterlag, war ich in Gefahr.

Zuvor, als Leticron der larischen Delegation gegenüberstand, hatte ich eine starke Affinität zwischen meinem Bewusstsein und dem der Laren entdeckt. Es wäre, sobald Leticrons Aufmerksamkeit wich, leicht gewesen, auf einen der Laren überzuwechseln. Aber ich fürchtete mich vor einem solchen Schritt. Der Eigentümer des Wirtskörpers war mir ohnehin von Natur aus überlegen. Ich konnte nur solche Gehirne beherrschen, deren geistige Kapazität unter der meinigen lag. Bei gleicher Stärke hatte ich nicht die geringsten Chancen.

Während das Boot in das immer dunkler werdende Firmament raste, dachte ich mir eine Serie von Experimenten aus, die mich die Gesetzmäßigkeiten des Psychotransfers, wie ich das Phänomen nannte, eindeutig erkennen lassen würden. Da erschütterte ein Schlag das Boot. Ich hörte das hässliche Geräusch von kreischendem Metall und fühlte mich aus meinem Sessel in die Höhe gerissen, dass die Gurte knackten. Ein rascher Blick auf die Bildschirme zeigte statt des violetten Himmels, der bis vor wenigen Augenblicken noch zu sehen gewesen war, ein waberndes, giftgrünes Leuchten, das das Fahrzeug von allen Seiten einhüllte. Die Instrumente spielten verrückt. Die zerrenden Kräfte rissen ein Verteileraggregat aus der Halterung; es zischte dicht an meinem Schädel vorbei und rammte in die Wand.

Ich bearbeitete die Pilotenkonsole mit beiden Händen. Die Steuerung reagierte nicht. Ich hatte einen Treffer bekommen! Und ich trug einen Raumanzug. Kam es zu einem weiteren Treffer, konnte die Hülle des Bootes aufreißen und die interne Atmosphäre in das Vakuum hinaus verpuffen. Meine vordringlichste Aufgabe war, das bockige Fahrzeug wieder hinab in dichtere Atmosphäreschichten zu bekommen.

Vorläufig konnte ich nicht sehen, ob ich Erfolg hatte. Die Instrumente hatten ausgesetzt. Das grüne Feuer loderte überall. Ich kannte keine Waffe, die eine solche Wirkung erzeugte. Es musste sich um ein larisches Schiffsgeschütz handeln. Ausgerechnet die Laren, von denen ich als sicher angenommen hatte, dass sie über den Verlust zweier Einheiten ausreichend schockiert sein würden, um meine Flucht nicht zur Kenntnis zu nehmen.

Es gab keinen weiteren Treffer mehr. Meine Manöver schienen erfolgreich zu sein, denn von irgendwoher hörte ich das wilde Pfeifen der Luftmassen, die ich durchschnitt. Wo aber Luft pfeift, da ist Luft ... und das war im Augenblick für mich das Wichtigste. Sogar die Messinstrumente wurden allmählich wieder vernünftig. Das Altimeter zeigte eine rasch fallende Flughöhe von umgerechnet etwa sechstausend terranischen Metern. Es war höchste Zeit, dass ich in die Horizontale überging!

Die Steuerung funktionierte noch, wie ich aufatmend feststellte. Der Antigrav schien angeschlagen, denn ich spürte die Beharrungskräfte, als das Boot die Kursänderung vollzog. Und plötzlich waren die Schirme wieder klar. Verschwunden war das hässliche, giftgrüne Flackern. Unter mir sah ich eine hügelige, bewaldete Landschaft. Ich brachte das Boot nach unten. Die dicht bewaldeten Hügel machten einen jungfräulichen Eindruck, als habe noch nie ein vernunftbegabtes Wesen seinen Fuß in diese Gegend gesetzt. Ich machte einen Flusslauf aus, der in einem weit ausholenden Knie eine breite, flache Sandbank gebildet hatte. Dort setzte ich auf. Das Boot gehorchte dem Steuer bis zum letzten Augenblick. Ich baute eine sanfte Landung.

8.

Leticron hatte ein nahezu volles Geständnis abgelegt; nur darüber, dass er die Begabung des Mutanten dazu hatte benutzen wollen, die Laren zur Anerkennung seiner Person als der eines Gleichberechtigten zu zwingen, darüber hatte er sich nicht ausgelassen.

Er hatte nur zwei Zuhörer: Hotrenor-Taak, den Verkünder der Hetosonen, und seinen Stellvertreter, Laafnetor-Breck. Der Raum, in dem er sein Geständnis ablegte, befand sich unmittelbar neben dem zentralen Kuppelraum, in dem die bleichen Körper der Hyptons von der Decke hingen. Die unmittelbare Nähe der Drohung hatte den Überschweren besonders gefügig gemacht. Jetzt saß er mit gesenktem Blick und erwartete aus Hotrenor-Taaks Mund den Urteilsspruch.

»Verräter«, sagte Hotrenor-Taak mit schwerer Stimme, doch ohne jede Theatralik, »leben nicht lange. Wenn ich nicht rechtzeitig auf Zabrijna eingetroffen wäre, wärst du an unserer Sache zum Verräter geworden. Bedanke dich bei deinem Schicksal, dass ich dazwischenkam, bevor du den Verrat vollziehen konntest. Es gäbe sonst keinen Leticron mehr, und das Amt des Ersten Hetrans der Milchstraße bekäme bald einen neuen Besitzer.«

Er schwieg.

Leticron wartete ergeben – sicher, dass da noch mehr kommen würde. Als ihm aber das Schweigen zu lange dauerte, hob er erstaunt den Kopf. »Ist … ist das alles?«

»Fast«, antwortete der Lare kalt. »Der Vorfall wird der Vergessenheit angehören, sobald du den terranischen Mutanten wieder herbeigeschafft hast!«

Leticron sprang auf. »Das ist eine unmögliche Bedingung!«, brach es aus ihm hervor. »Wie kann ich den Mutanten herbeischaffen? Wohin ist er verschwunden …?«

»Zuletzt befand er sich«, fiel ihm Hotrenor-Taak ruhig ins Wort, »in den Feldschirmen zweier meiner Raumschiffe. Wenigstens deuten alle Hinweise darauf hin, dass er es war, der die beiden Fahrzeuge vernichtete. Im Übrigen ist sein gegenwärtiger Aufenthalt nicht meine Sorge. Du hast ihn verloren – du bringst ihn zurück!«

Leticron wollte weiter protestieren; aber er wurde unterbrochen. Ein helles Summen ertönte. Mitten in der Luft, in der Nähe des Eingangs, entstand das täuschend lebensechte Hologramm eines Laren.

Er trug die Uniform der unteren Offiziersränge. Er musste noch jung sein, denn sein kunstvoll gebautes Haarnest leuchtete in grellem Rot. Auf Interkosmo meldete er: »Ein pariczanisches Raumfahrzeug hat Zabrijna soeben zu verlassen versucht. Wir haben den Versuch unterbunden.«

Hotrenor-Taak wandte sich um und musterte Leticron mit drohendem Blick. »Ein weiterer Trick?«, fragte er.

»Ich habe nichts damit zu tun!«, beteuerte der Überschwere eifrig. »Ich weiß von nichts. Ich befasse mich nicht mit jedem Fahrzeug, das auf Zabrijna landet oder startet!«

Das Argument leuchtete ein. Hotrenor-Taak erkundigte sich bei dem jungen Laren: »Hat man beobachtet, von wo aus das Fahrzeug startete?«

»Alle Details sind beobachtet und festgehalten worden«, erhielt er zur Antwort. »Bei dem Fahrzeug handelt es sich um ein Beiboot, das von Bord eines größeren Raumschiffs gestartet wurde. Das fragliche Schiff befindet sich in der Werftzone des Raumhafens.«

Auf Leticrons breitem Gesicht erschien ein Ausdruck der Nachdenklichkeit. »Von diesem Sektor des Hafens aus darf kein Fahrzeug starten.« Er blickte Hotrenor-Taak auffordernd an. »Darf ich mich deiner Kommunikationsmittel bedienen?«

»Sofort«, antwortete der Lare. Zu der Bildfläche hingewandt, erkundigte er sich: »Was wurde aus dem Fahrzeug?«

»Wir haben es nicht zerstört, aber es musste niedergehen. Es landete rund dreihundert Längeneinheiten westlich des Raumhafens. Man darf annehmen, dass der Besatzung kein ernsthafter Schaden zugestoßen ist.«

Mehr wollte Hotrenor-Taak nicht wissen. Leticron kontaktierte den Kommandanten des Raumhafens, der seinerseits sofort dafür sorgte, dass die Monitoren gerufen wurden, denen die Werftzone unterstand. Leticron befragte sie, einen nach dem anderen, bis er an Monitor 11 kam, in dessen Arbeitsbereich das Fahrzeug lag, aus dem das Beiboot gestartet war. Monitor 11 hatte inzwischen schon einige Recherchen angestellt. Ein Robotmonteur namens Droggnar wurde vermisst. Monitor 11 hatte wenige Minuten vor dem eigentümlichen Zwischenfall noch mit ihm gesprochen. Er berichtete von Droggnars seltsamem Benehmen.

Leticron wusste genug. Er wandte sich an Hotrenor-Taak.

»Das Schicksal scheint dir weiterhin gnädig zu sein«, kam der Lare seinen Worten zuvor. »So, wie ich die Sache sehe, hat der terranische

Mutant den Körper dieses Mannes namens Droggnar übernommen und zu flüchten versucht.«

»Ja, so sehe ich die Sache auch!«, stieß Leticron hervor. »Und diesmal soll er mir nicht mehr entkommen!«

Nichts hatte ich nötiger, als zuerst einmal mit meinen Gedanken ins Reine zu kommen. Die Flucht von Zabrijna gestaltete sich schwieriger, als ich erwartet hatte. Die Laren lagen auf der Lauer. Offenbar war es zwischen Hotrenor-Taak und den Überschweren zum Zerwürfnis gekommen. Der Lare duldete nicht, dass sich ein einziges pariczanisches Fahrzeug von dem Planeten entfernte. Denn dass ausgerechnet ich an Bord des Beiboots gewesen war, konnte niemand gewusst haben. Ich musste mich also gedulden – entweder bis die Laren abzogen oder bis der Streit zwischen Leticron und Hotrenor-Taak beigelegt war. Das konnte mir nicht allzu schwer fallen. Ich war Herr meiner selbst und gedachte es auch zu bleiben. Allerdings musste ich Droggnars plumpes Gehirn ein wenig trainieren. Ich beherrschte zwar seinen Geist, aber es mangelte ihm an der Präzision Kantenbergs, was sich nachteilig auf meine Teleportationsgabe auswirkte.

Ich nahm mir vor, mich langsam in Richtung des Raumhafens zurückzuarbeiten. Er musste in östlicher Richtung liegen.

Ich fragte mich, ob die Laren bereits Verdacht geschöpft hatten. Droggnars Verschwinden musste bereits bemerkt worden sein. Nahm man dazu sein seltsames Verhalten, das der Monitor beobachtet hatte, würde es nicht schwer fallen, zwei und zwei zusammenzuzählen …

Ich kletterte aus dem Wrack. Am Ende der Sandbank stieg dichter Wald auf. Ich wusste nicht, welche Gefahren in der Tierwelt des Planetens lauerten. Droggnar war unbewaffnet, und auch das Boot verfügte nur über einen starr eingebauten schweren Strahler. Es blieb mir nichts anderes übrig, als mich der Wildnis auf Gedeih und Verderb anzuvertrauen.

Ich nahm mir ein paar Minuten Zeit, um mich zu konzentrieren. Droggnars unterjochter Geist floh hinab in die unerforschlichen Tiefen des Unterbewusstseins. Der erste Sprung sollte nur ein paar hundert Meter weit gehen. Ich hatte mir als Ziel einen Baum ausgesucht, dessen Krone hoch über das ansonsten geschlossene Laubdach des Walds hinausragte.

Der Sprung gelang wider Erwarten gut. Ich verfehlte das Ziel nur um ein paar Schritte. Beim zweiten Mal ging es noch besser. Droggnars

Bewusstsein kroch wieder aus seinem Versteck hervor und verfolgte staunend die ungewohnten Vorgänge. Ich machte ein paar weitere Sprünge, über mehrere Kilometer hinweg. Dabei stellte ich allerdings fest, dass es noch einiger Übung bedurfte. Es kam zu Fehlern von bis zu einhundert Metern – und ein solcher Fehler konnte ernsthafte Folgen haben. Bei dem letzten Sprung landete ich mitten in einem Dorngestrüpp, das mindestens noch achtzig Meter von meinem Ziel, einer kleinen Felsgruppe, die mitten aus dem Dschungel aufragte, entfernt war.

Ich befreite mich aus dem Dickicht und kletterte die Felsen empor. Von oben wollte ich die Gegend überblicken, vielleicht sogar den Raumhafen ausfindig machen. In dieser Hinsicht erwies sich meine Klettertour als völliger Fehlschlag: Auch vom Gipfel der Felsengruppe aus war weiter nichts zu sehen als ewig grüner Dschungel, der sich von einem Horizont bis zum andern dehnte. Aber etwas anderes entdeckte ich.

Zuerst war es nur ein mattes, rostrotes Leuchten, das ich wahrnahm. Es drang durch das Laubdickicht zu meinen Füßen und schien darauf hinzuweisen, dass sich dort ein Fremdkörper mitten im Wald befand. Ich kletterte hinab und erkannte zu meinem Erstaunen, dass das rostrote Ding ein Fahrzeug war, womöglich sogar ein Raumfahrzeug. Es hatte die Form eines Diskus von etwa zwanzig Metern Durchmesser. Auf der Oberfläche gab es keinerlei Unebenheiten bis auf ein einziges, annähernd mannshohes Luk, das offen stand. Der Fahrzeugtyp war mir unbekannt. Womöglich handelte es sich um ein Erzeugnis der larischen Technologie. Ich war neugierig – und misstrauisch zugleich. Die Scheibe lag inmitten des Walds. Das Laubdach über ihr war intakt. Wie war es hierher gekommen? Befand sich jemand im Innern? Ich stand vor dem offenen Luk und horchte. Kein Laut war zu hören bis auf das leise Rauschen der Baumwipfel.

Ein Argument war es schließlich, das mein Misstrauen überwand: Im Innern des Fahrzeugs würde ich womöglich Waffen finden. Auf Waffen war ich angewiesen. Und was konnte mir schon zustoßen? Wenn ich unerwartet auf jemand traf, sprang ich eben einfach davon. Nur vor einem musste ich mich hüten: Ich durfte nicht in eine Falle laufen. Ich musste den Angreifer, wenn es einen gab, rechtzeitig erkennen. Ich brauchte wenigstens drei Sekunden, um das fremde Gehirn so zu justieren, dass ich den Sprungimpuls geben konnte.

Ich zwängte mich durch das Schott, das nicht für die breiten Schultern eines Überschweren gedacht war.

Auf Hotrenor-Taaks Wink materialisierte das Hologramm wie von Zauberhand. Das Gesicht des jungen Laren-Offiziers war zu sehen. Aufmerksam blickte er seinen höchsten Vorgesetzten an.

»Wie steht es mit der Absetzung der Scheibenboote?«, fragte der Verkünder.

»Wir haben dreißig Scheibenfahrzeuge rings über den Dschungel verteilt«, lautete die Antwort.

»Schwerpunkt?«

»Die Linie vom Absturzort zum Raumhafen. Wir nehmen an, dass sich der Terraner entlang dieser Linie bewegt. Er muss den Raumhafen erreichen, wenn er ein Fahrzeug finden will, mit dem er einen weiteren Fluchtversuch unternehmen kann.«

»Hoffentlich haben wir uns dabei nicht verrechnet«, sagte Hotrenor-Taak mehr zu sich selbst und winkte erneut. Das Hologramm verschwand.

Leticron hatte von den Anweisungen, die der Verkünder in den vergangenen Minuten erteilt hatte, kaum etwas verstanden, da sie in der Sprache der Laren gegeben waren – einer Sprache, an deren Erlernung durch die Bewohner der Milchstraße den Laren offenbar nichts lag, denn sie hatten sich seit ihrer Invasion nicht um deren Verbreitung bemüht. Die Unterhaltung mit dem jungen Offizier war jedoch auf Interkosmo geführt worden. Leticron verstand, dass irgendetwas in Vorbereitung war – eine Falle, in der sich der terranische Mutant fangen sollte. Er erkundigte sich danach.

»Ja, wir haben eine Falle gestellt«, bekannte Hotrenor-Taak. »Die Frage ist nur, ob sie wirksam ist.«

Leticron wollte sich mit dieser knappen Auskunft nicht zufrieden geben. Sein Selbstbewusstsein nahm zu. Ursprünglich war ihm die Aufgabe gestellt worden, den Mutanten wiederzubringen. Davon schien jetzt keine Rede mehr zu sein. Hotrenor-Taak selbst hatte es übernommen, den Terraner wieder einzufangen.

»Ich kenne seinen Verstand«, sagte der Überschwere. »Ich weiß, in welchen Bahnen sich seine Gedanken bewegen. Wenn du mir sagst …«

»Wir haben eine Menge Scheibentransporter entlang seines vermutlichen Fluchtwegs postiert«, fiel ihm der Lare ins Wort. »Die Transporter sind mit Sensoren ausgerüstet, die anzeigen, wenn jemand das Fahrzeug betritt. Sie sind außerdem an den Einpol-Transmitter an Bord dieses Schiffs gekoppelt. Sobald eine Sensoranzeige erfolgt, wird der Transmitter aktiviert. Der Transporter wird im Transmitterraum materialisieren. Die Besatzung ist so verteilt, dass sich der Mutant zunächst frei und ungehindert bewegen kann. Im richtigen Augenblick greifen wir ein.«

Leticron war auch damit noch nicht zufrieden. »Welches ist der richtige Augenblick? Und wie werdet ihr eingreifen?«

Der Lare hielt ihn nicht einmal eines Lächelns für würdig. Mit unbewegtem Gesicht antwortete er: »Das geht dich nichts an.«

Laafnetor-Breck hatte das Gespräch zwischen Leticron und seinem Vorgesetzten aufmerksam verfolgt. Es zuckte um seine Mundwinkel. Manchmal, glaubte er, ging Hotrenor-Taak mit den Eingeborenen dieser Galaxis viel zu sanft um. Er verlieh ihnen den Eindruck, sie seien nahezu gleichberechtigt. Laafnetor-Breck war sicher, dass der Sache des Hetos der Sieben aus dieser laxen Behandlung der Eingeborenen noch ernsthafte Schwierigkeiten erwachsen würden. Denn selbstverständlich waren sie nicht einmal annähernd gleichberechtigt. Sie waren Sklaven, die die Ehre hatten, für die Belange des Hetos gebraucht und eingesetzt zu werden – mehr nicht. Nach Laafnetor-Brecks Ansicht war Hotrenor-Taak ein denkbar schlechter Taktiker. Und bei Gelegenheit würde er diese Erkenntnis an geeignetem Ort zur Sprache bringen.

Für den Augenblick jedoch wurden seine Überlegungen gestört. Das Hologramm entstand erneut – diesmal, ohne dass der Verkünder nach ihm gewinkt hatte. Derselbe junge Offizier war zu sehen.

»Wir haben Kontakt!«, sagte er merkbar erregt. »Der Transmitter hat den Transport bereits durchgeführt.«

Hotrenor-Taak wandte sich um. Sein Blick begegnete dem seines Stellvertreters.

»Alles wie vereinbart«, sagte er auf Interkosmo. »Dieser Mann ist vorerst in Gewahrsam zu nehmen.«

Laafnetor-Breck trat auf Leticron zu. Ein höhnisches Grinsen lag auf seinem braunen Gesicht. »Du hast es gehört«, fuhr er den Corun of Paricza an. »Du wirst vorläufig eingesperrt!«

Bis in die Grundfesten seiner Selbstachtung hinein erschüttert, ließ Leticron sich abführen.

Manchmal dauert es lange, bis man merkt, dass man in eine Falle gegangen ist. Ich drang vorsichtig in das Fahrzeug ein. Ich fand einen Kontrollraum mit unbekannten, fremdartigen Instrumenten, einen zweiten Raum mit Sesseln, der wahrscheinlich für die Passagiere gedacht war, und ein paar enge, kleine Gänge, die vermutlich zu den Ersatzteil- und Triebwerksräumen führten. Nirgendwo gab es eine Waffe, oder wenn es eine gab, dann war sie nicht als solche zu erkennen. Ich war mittlerweile sicher, dass sich niemand außer mir im Innern des Fahrzeugs befand, und sah mich ausgiebig um. Als ich fertig war, wollte ich wieder hinausklettern. Dabei stellte ich als Erstes fest, dass das Schott jetzt geschlossen war. Glücklicherweise war der Öffnungsmechanismus nicht schwer zu entdecken: Er bestand aus einer kleinen Schalttafel mit drei Knöpfen, die unmittelbar neben dem Einstieg in der Wand des Gangs angebracht war. Durch Probieren fand ich den richtigen Knopf. Das Schott schwang auf. Und dann kam der Schock!

Ich hatte den grünen Dschungel zu sehen erwartet, die heiße, feuchte Luft fast schon auf dem Gesicht gespürt. Was ich stattdessen sah, war die graue, monotone Wand eines fensterlosen, hell erleuchteten Raums. Die Luft war kühl und trocken und hatte einen sterilen Geruch.

Ich blieb stehen und rührte mich nicht. Droggnars Ohren empfingen bis auf ein stetiges, helles Summen keinerlei Geräusch. Ich war nahezu sicher, dass ich mich an Bord eines larischen Raumschiffs befand. Das scheibenförmige Fahrzeug war durch eine Art von Fiktivtransmitter befördert worden – ein System, bei dem nur an einem Ende der Strecke ein Transmittergerät zu stehen braucht. Einpol-Transmitter nannte man es auch. Die larische Transmittertechnik musste der unseren um Jahrhunderte überlegen sein, denn ich hatte nicht die leiseste Spur eines Transportschocks bemerkt, als ich mich im Innern des Scheibenboots befand. Ein terranischer Transmitter dagegen konnte mich, selbst wenn man mir die Augen verband, nicht einmal einen Meter weit befördern, ohne dass ich es merkte.

Ich schloss die Augen und lauschte in mich hinein. Ja – da war jenes eigenartige Gefühl, das ich schon empfunden hatte, als ich noch in Leticrons Körper gefangen war und wir zum ersten Mal den Laren gegenübertraten. Es waren Laren in der Nähe … nicht unmittelbar in diesem Raum, auch nicht gleich jenseits des Ausgangs, aber doch in einem Umkreis von ein- bis zweihundert Metern. Wussten sie nichts davon, dass ich an Bord ihres Scheibenboots hier eingedrungen war? Warum hielten sie sich abseits? War es nicht ihre Falle, in die ich gegangen war?

Und dann war da noch etwas. Ein Fluidum voll lockender, beruhigender Süße. Mir fehlten die Worte, die meine Empfindung beschrieben. Es war ohne Zweifel die Aura eines intelligenten Bewusstseins – eines Bewusstseins, dem ich noch nie begegnet, in dessen Nähe ich noch nie gekommen war. Ich prüfte und sondierte. Ich fürchtete zuerst, man hätte mir eine zweite Falle gestellt. Ich spürte ganz deutlich, dass ich dem Sitz der fremden Intelligenz nur um wenige Meter näher zu kommen brauchte, um gefahrlos aus Droggnars Körper dorthin überzuwechseln. Vielleicht war es das, was die Laren wollten! Vielleicht war dieses eigenartige Fluidum künstlich erzeugt, und wenn ich mich ihm hingab, landete ich in einem Energiekäfig, aus dem ich nie mehr entkommen würde!

Das waren die Gedanken, die mir in der Eile durch den Kopf gingen. Dann horchte ich nochmals. Ich glaubte ein Gefühl dafür zu haben, wie eine künstlich und mit heimtückischen Absichten erzeugte Aura sich von der echten Aura einer naturgewachsenen Intelligenz unterschied. Und ich war ziemlich sicher, dass das angenehme, beruhigende Fluidum echt war, nicht gekünstelt. Dass sich also in den Tiefen dieses Raumschiffs in der Tat eine fremde Intelligenz aufhielt, bei der ich Unterschlupf finden und mich geborgen fühlen könnte.

Plötzlich war ich neugierig. Ich wollte wissen, wer dieser Fremde war, der über eine derart anziehende Ausstrahlung verfügte. Es musste sich um den Angehörigen eines fremden Volkes handeln, wahrscheinlich ein Wesen aus dem Hetos der Sieben. Ich musste einfach mehr darüber erfahren!

Ich kroch durch die Schottöffnung. Einer der Ausgänge dieses Raums, der wie das rostrote Scheibenboot einen kreisförmigen Querschnitt besaß, lag mir gerade gegenüber. Der Öffnungsmechanismus glich dem, mit dessen Hilfe ich das Schott geöffnet hatte. Ich gelangte hinaus auf einen hell erleuchteten, geraden Gang, der in beiden Richtungen völlig leer war. Ich wandte mich nach links, weil von dort das fremde Fluidum kam. Ich überlegte, ob ich Droggnars trägen Körper zu einem kurzen Sprung veranlassen sollte, und entschied mich dagegen. Seitdem ich das Scheibenboot verlassen hatte, stand ich unter dem Einfluss einer weit geringeren Schwerkraft als bisher. An Bord des Boots hatte, selbst nach dem Transmittersprung, die natürliche Gravitation von Zabrijna geherrscht, jene beinahe zwei Gravos also, die die Überschweren bevorzugten. Hier jedoch fühlte ich mich leichter. Die Laren waren an eine Schwerkraft von 1,3 Gravos gewöhnt, und diesen Wert behielten sie in ihren Raumschiffen bei.

Die Stille ringsum begann, gespenstisch zu wirken. War das Schiff verlassen? Befand ich mich überhaupt in einer der dreißig larischen Einheiten, die knapp einen Kilometer über der Oberfläche von Zabrijna standen, oder hatte mich der Einpol-Transmitter über Hunderte, vielleicht Tausende von Lichtjahren hinweg an ein völlig unbekanntes Ziel geholt?

Ich kam dem Ausgangspunkt des geheimnisvollen Fluidums immer näher. Ich war sicher, dass ich mich jetzt schon mühelos in seinen Einflussbereich begeben könnte. Der Gedanke war verlockend: Droggnars stupiden Körper verlassen und mit einem Wesen verschmelzen, das voller Güte war! So schien es wenigstens. Ich unterdrückte das Verlangen. Der Gang war plötzlich zu Ende. Vor mir lag ein kleiner, halbrunder Platz. In der gegenüberliegenden Wand war ein einziger Zugang zu sehen, ein gelb markiertes Schott. Ich wusste, dass die Farbe Gelb für die Laren eine besondere Bedeutung hatte. Sie signalisierte Dinge wie »heimatlich«, »edel«, »echt« und so weiter. Der Raum, der hinter dem Schott lag, musste von großer Bedeutung sein. Das fremde Fluidum war jetzt ganz nahe. Womöglich kam es aus jenem Raum dort.

Ich sicherte nach allen Seiten. Dann trat ich aus der Deckung meines Gangs hervor und näherte mich dem gelben Schott. Das war der Augenblick, in dem der Gegner eindringlich unter Beweis stellte, dass das ganze Theater doch nichts weiter als eine Falle gewesen war. Ich war noch drei Schritte von dem Schott entfernt, da hörte ich ein helles, singendes Fauchen. Ein greller Blitz zuckte durch die Luft. Etwas fraß sich vor mir in die Metallwand über dem gelben Schott und versprühte weiß glühende Funken nach allen Richtungen.

Ich blickte mich um. Von hier aus konnte ich sehen, dass auf den halbrunden Platz noch mehr Gänge mündeten – nicht nur der, aus dem ich gekommen war. Und in den Mündungen dieser Gänge standen, lagen und schwebten fremdartige Gebilde unterschiedlicher Form und Größe. Nur eines war ihnen gemeinsam: die Löcher in der Oberfläche ihrer metallenen Hüllen, aus denen irrlichternde Strahlen schossen und zu mir herüberzüngelten.

Roboter!, schoss es mir durch den Kopf. *Larische Roboter!* Sie hatten auf mich gewartet. Sie hatten mich nicht gejagt, sondern mich so lange in Sicherheit gewiegt, bis ich aus der Deckung hervorkam. Und jetzt wollten sie mich fertig machen. Ich hatte verspielt. Mir blieb keine Zeit mehr für einen Teleportersprung. Die nächste Salve schon würde mich unweigerlich treffen. Mehr aus Verzweiflung als in einer bestimmten Absicht wirbelte ich von neuem herum ... und da erblickte ich das Wunder!

Unter der Wand, von der geschmolzenes, glutflüssiges Metall herabtropfte, stand das gelbe Schott weit offen. Ohne zu überlegen, warf ich mich vorwärts. Einer der Strahlen schoss eine Handbreit an mir vorbei und versengte mir das Gesicht. Mit einem Hechtsprung setzte ich durch die gähnende Öffnung. Drinnen stürzte ich schwer zu Boden und rollte mich blitzschnell zur Seite, so dass die Energiesalven der Roboter mir vorerst nichts mehr anhaben konnten. Ich hatte Mühe, wieder auf die Beine zu kommen. Die Welt schwamm und tanzte mir vor den Augen. Undeutlich hörte ich ein Geräusch wie von einem sich schließenden Schott. Taumelnd kam ich wieder in die Höhe. Da fiel mir auf, dass das helle, fauchende Geräusch der Roboterwaffen plötzlich verstummt war. Das machte mich stutzig. Ich sah mich um.

Da entdeckte ich ihn – den Mann, der um jeden Preis das Bewusstsein eines terranischen Mutanten in seine Gewalt bringen wollte. Hotrenor-Taak! Er stand in der Mitte des kleinen Raums und hatte den Lauf einer fremdartigen Waffe auf Droggnars Körper gerichtet. Es war klar, was er beabsichtigte. Er hatte erfahren, wie Leticron mich eingefangen hatte, als ich noch in Kantenbergs Körper steckte. Jetzt wollte er die Prozedur wiederholen: Er wollte Droggnar töten, um mein Bewusstsein zu zwingen, in seinen, Hotrenor-Taaks, Körper zu fliehen.

Aber in einem hatte er sich verrechnet. Damals, als Kantenberg getötet wurde, war ich nur ein machtloser Gast gewesen. Ich konnte nicht teleportieren. Droggnars Verstand war voll in meiner Gewalt. Ich bereitete mich geistig auf den Sprung vor. Das war in dem Augenblick, in dem Hotrenor-Taak sagte: »Ich weiß, wer sich in diesem barbarischen Körper verbirgt! Dein Spiel ist aus, Terraner. In wenigen Augenblicken wirst du mir gehören!«

Ich antwortete nicht. Ich konzentrierte mich auf die Richtung, aus der das fremde Fluidum kam. Dorthin wollte ich fliehen und, wenn sich keine andere Möglichkeit bot, mich mit dem Fremden vereinen.

»Du kannst freiwillig zu mir kommen, Terraner!«, fuhr Hotrenor-Taak fort. »Dann spare ich mir die Mühe, den Pariczaner zu töten. Aber du musst dich rasch entscheiden. Ich gebe dir fünf Sekunden Zeit – nach eurer Zeitrechnung ...«

Das letzte Wort hörte ich kaum mehr. Ich war abgesprungen. Die Teleportation trug mich nur wenige Meter weit in den Raum hinein, der auf der anderen Seite der Rückwand jener Kammer liegen musste, in der ich mich noch eben befunden hatte. Ich empfand einen eigenartigen Geruch und hörte über mir trockenes Rascheln. Außerdem spürte ich das fremde Fluidum jetzt mit einer Wucht, die besagte, dass der Unbekannte sich jetzt in allernächster Nähe befand.

Der Raum war groß und nur dürftig erleuchtet. Ich blickte auf. Über mir wölbte sich die Decke zu einer Art Kuppel, und von der Kuppel herab hingen die Körper Hunderter fremdartiger Geschöpfe, wie Fledermäuse anzusehen, nur größer und mit Schädeln, die vorn nicht spitz zuliefen. Ihre großen, intelligenten Augen starrten auf mich herab. Ihr regloser Blick ließ nicht erkennen, ob sie mich überhaupt wahrgenommen hatten. Hätte ich, dank der Verflechtung meines Bewusstseins mit dem des Wirtskörpers, ihre mentale Ausstrahlung nicht schon aus beachtlicher Entfernung als wohltuend und gütig empfunden – hätte ich nicht auf dem Weg hierher Zeit gehabt, mir den geheimnisvollen Unbekannten als ein Wesen von überragender Intelligenz und Weisheit auszumalen, ich wäre beim Anblick der unheimlichen Fledermäuse zurückgeschreckt. So jedoch empfand ich nur Überraschung. Die Stärke des geheimnisvollen Fluidums war kein Rätsel mehr. Nicht ein Bewusstsein war es, das die Aura ausstrahlte – es waren Hunderte!

Da öffnete sich hinter mir ein Schott. Hotrenor-Taak hatte erraten, wohin ich geflohen war. Er kam hinter mir her, und diesmal, das wusste ich, würde er mir keine halbe Sekunde Zeit geben. Ich hatte die Wahl zwischen ihm und den Fledermäusen als Gastkörper. Sie fiel mir nicht schwer. Als der Lare auf den Auslöser drückte, ließ ich Droggnars unförmigen Körper hinter mir zurück. Mein Bewusstsein eilte den bleichhäutigen Fremden entgegen, den Fledermäusen mit den großen, intelligenten Augen …

9.

Der Rückschlag war bitter, aber Hotrenor-Taak hatte daraus gelernt. Mit ungebrochenem Eifer machte er sich daran, sein Ziel doch noch zu erreichen. Nur war die Lage jetzt ungleich schwieriger als zuvor. Die Gruppe der Hyptons im Zentralraum des Schiffs bildete eine Gemeinschaftsintelligenz. Die Einzelbewusstseine waren dem Gesamtbewusstsein der Gruppe untergeordnet. Niemand konnte in diesem Augenblick sagen, was aus dem Geist des Mutanten geworden war, der sich einer solch komplexen Umgebung anvertraut hatte.

Es gab verschiedene Möglichkeiten, mit den Hyptons zu kommunizieren. Die gebräuchlichste war, das gesprochene Wort in einen Mentalimpuls umzuwandeln, der von dem Gesamtbewusstsein der Hyptongruppe empfangen und verstanden werden konnte. Der Pulswandler bestand aus einem äußerlich simplen Kristall, der auf akustische Schwingungen reagierte und sie in mentale Impulsketten umsetzte. Die Rückverbindung von den Hyptons zu ihrem Gesprächspartner bediente sich jedoch eines anderen Kanals: Die Hyptons bestimmten einen der Ihren – gewöhnlich das Wesen, das zuunterst an der Traube hing – zum Sprecher. Sie beherrschten das larische Idiom einwandfrei, wenn auch ihre hohen, spitzen Stimmen der Sprache einen fremdartigen Klang verliehen.

Als Hotrenor-Taak den Befehl gab, den Kommunikationsstand in der Zentralkuppel aufzubauen, hatte Leticron das larische Flaggschiff bereits wieder verlassen. Er hatte nie erfahren, was die Laren eigentlich mit dem Mutanten vorhatten. Aber als man die Kammer öffnete, in die man ihn während der kritischen Phase des Unternehmens gesperrt hatte, glaubte er am Benehmen der Dunkelhäutigen zu spüren, dass Hotrenor-Taaks Vorhaben gescheitert war. Er gab sich keine Mühe, seine Schadenfreude zu verbergen.

Der Verkünder der Hetosonen sah keine Gefahr darin, den ehrgeizigen Corun of Paricza wieder in sein Hauptquartier zurückkehren zu lassen. Solange die larischen Schiffe über Zabrijna standen, war nichts zu befürchten. Inzwischen war der Kommunikationsstand aufgebaut worden. Auf einem Podest aus rötlich schimmerndem Material ruhte der glitzernde Würfel. An der Unterhaltung mit den Hyptons war außer dem Verkünder nur Laafnetor-Breck, sein Stellvertreter, beteiligt.

»Hier spricht Hotrenor-Taak, der Verkünder der Hetosonen«, sagte er in der Sprache seines Volkes. »Ich bedarf eures Rates.«

Er schwieg, und sein Blick richtete sich erwartungsvoll nach oben. Die Menge der Hyptons war raschelnd in Bewegung geraten. Am unteren Ende der blassen Traube hing jetzt ein besonders großes Wesen. Der starre Ausdruck seiner Augen war gewichen. Es fixierte den Laren.

»Rat wird dir gegeben, Verkünder«, antwortete es mit schriller Stimme. »Die Gemeinschaft der Denker wird deine Frage überprüfen und nach sorgfältiger Analyse eine Antwort erteilen.«

»Ich bin auf der Suche nach einem fremden Bewusstsein. Es flieht vor mir. Im Interesse unserer Sache muss ich es jedoch in meine Gewalt bringen. Das fremde Bewusstsein ist bis zu einem gewissen Grade selbst beweglich. Es kann von einem Wirtskörper zum anderen wechseln. Ich habe Grund zu der Annahme, dass es vor kurzer Zeit in die Gemeinschaft der Denker übergewechselt ist.«

Es raschelte über ihm. Die Haut der Hyptons nahm zunächst eine glänzende Erscheinung an, als hätten »die Denker« zu schwitzen begonnen, dann wurde sie allmählich durchsichtig und ließ den Blick bis ins Innere der fremdartigen Körper dringen. Das war das Anzeichen dafür, dass die Hyptons sich im Zustand höchster Erregung befanden. Hotrenor-Taak war auf der richtigen Spur!

Wenn er jedoch erwartet hatte, sofort eine Antwort zu bekommen, dann sah er sich getäuscht. Nicht umsonst nannten die Hyptons sich die Denker. Ihre bewussten Denkvorgänge wurden von den strengen Regeln einer von ihnen selbst entwickelten Paralogik beherrscht. Hyptons begingen nie Denkfehler. Auf der anderen Seite weigerten sie sich zu spekulieren. Ihnen, die fast ausschließlich in der Welt des paralogischen Geistes lebten, war der Prozess der Spekulation ebenso zuwider wie einem mehr körperlich orientierten Wesen die Selbstverstümmelung. Aufgrund ihrer paralogischen Denkfähigkeit durchschauten die Hyptons Zusammenhänge, die konventionellen Denkern verborgen blieben. Auf der anderen Seite jedoch waren ihre Denkprozesse für den, der konventionell dachte, ungeheuer fremdartig und eigenartig verschlungen und schienen sich mitunter auf belanglose Nebensächlichkeiten zu beziehen. Davon bekam Hotrenor-Taak ein wenig zu spüren, als der Sprecher der Hyptons ihn fragte: »Was nennst du eine kurze Zeit?«

Hotrenor-Taak zügelte seine Ungeduld. Er wusste, es hatte keinen Zweck, aufzubrausen. Man musste den Hyptons ihren Willen lassen, oder sie hörten einfach auf zu denken.

»Nicht mehr als eine Stunde«, antwortete er. Er benützte den larischen Zeitbegriff, der etwa einer irdischen Standardstunde entsprach.

»Ein solches Bewusstsein ist in der Tat von der Gemeinschaft der Denker aufgenommen worden«, bekam er wenige Augenblicke später zu hören.

»Ich brauche es!«, sagte Hotrenor-Taak. »Ich bitte euch, es mir auszuliefern.«

»Wozu brauchst du es?«

»Es besitzt Kenntnisse, die für das Hetos der Sieben von großer Bedeutung sind.«

»Ist das feststehend?«

»So gut wie.«

»Du spekulierst also?«

»Ich bin meiner Sache sicher. Aber ich habe vorläufig noch keine Beweise.«

»Das ist Spekulation. Damit will die Gemeinschaft der Denker nichts zu tun haben. Wir werden dir das Objekt der Spekulation, nämlich das fremde Bewusstsein, überlassen. Allerdings wirst du einige Schwierigkeiten haben, es aufzusammeln.«

»Aufzusammeln?«, fragte der Lare verwirrt.

»Es ist nicht mehr ganz«, antwortete der Sprecher. »Es entspricht der Natur der Gemeinschaft der Denker, dass ein fremdes Bewusstsein sich nicht in einem individuellen Körper ansiedeln kann. Der Eindringling muss sich der gesamten Gemeinschaft mitteilen.«

Hotrenor-Taak fühlte, wie sich seine schlimmsten Befürchtungen bewahrheiteten. »Bedeutet das, dass das Bewusstsein des Fremden nur noch in Stücken existiert?«, fragte er mit bebender Stimme.

»Was ist ein Stück?«

»Ein Stück ist der Teil eines Ganzen. Alle Stücke zusammen ergeben das Ganze.«

»Die Gemeinschaft der Denker akzeptiert und versteht den Begriff. Er bedarf der Qualifizierung. Es gibt Systeme, in denen die Summe der Energiegehalte der Stücke höher ist als der Energiegehalt des Ganzen, und auch solche, in denen sie geringer ist. Je nachdem muss von endo- oder exoenergetischen Stücken gesprochen werden. Bezieht sich deine Frage auf die ersteren oder die letzteren?«

Hotrenor-Taak wahrte mit Mühe seine Selbstbeherrschung. Um Laafnetor-Brecks gelbe Lippen spielte ein spöttisches Lächeln, als er die Nöte seines Vorgesetzten erkannte.

»Diese Frage kann ich nicht beantworten«, musste der Verkünder bekennen. »Ich verstehe nicht genug von der Physik der Bewusstseine.«

Ganz überraschend kam die Reaktion des Hypton-Sprechers: »Es handelt sich um endoenergetische Stücke«, erklärte er.

»Wenn ihr das wisst, warum habt ihr mich dann gefragt?«, konnte sich Hotrenor-Taak nicht enthalten zu fragen.

»Um die Einzelheiten der Modell-Landschaft des Frage-und-Antwort-Systems zu bestimmen.«

Der Verkünder der Hetosonen zerbiss eine unflätige Bemerkung zwischen den Zähnen.

»Deine Frage«, begann der Sprecher von neuem, »kann nach dieser Klarstellung in primitiver Weise so beantwortet werden: Es ist richtig, festzustellen, dass das fremde Bewusstsein nur noch in Stücken existiert …«

Ein gänzlich fremdartiges Empfinden … hell und dunkel, warm oder kalt, wohltuend oder schmerzhaft? Ich konnte mir die Frage nicht beantworten. Ich war gefangen – auf eine Art und Weise, wie ich noch nie zuvor gefangen gewesen war. Irgendwo lastete ein dumpfer Druck, aber ich empfand keinen Schmerz. Irgendwo brannte das Feuer der Hölle, aber ich empfand keine Hitze.

Meine Gedanken gehorchten mir nicht mehr. Ich schickte sie auf den Weg, aber sie kehrten rasch zurück, ohne den Weg gegangen zu sein, als wären sie nach wenigen Schritten gegen eine Wand gelaufen. Ich konnte nur noch kleine Gedanken denken, ganz winzige Gedanken, die fast keine Substanz hatten und sich wie Schatten durch das Helldunkel ringsum bewegten.

Und wer war ich überhaupt? Es gab Hunderte von Punkten in diesem Nichts, von denen jeder behauptete, er wäre ich. Was war mit mir geschehen? Ich hatte keine Erinnerung mehr. Oder doch – es gab eine Erinnerung, aber ich konnte nicht an sie heran. Sie existierte, aber sie war mir verschlossen.

War ich gestorben? Das musste es sein! Was ich empfand, war die Existenz nach dem Tode. Ich hatte die Identität verloren. Nicht einmal die primitivste aller Erinnerungen war mehr vorhanden: die Erinnerung an meinen Namen. Ich war ein Niemand, der nirgendwoher kam und nirgendwohin ging.

Ich war ein Nichts, und was es auch immer gewesen sein mochte, das ich gewesen war, bevor ich ein Nichts wurde, war der Vergangenheit anheim gefallen.

In der jüngsten Vergangenheit hatte Laafnetor-Breck immer öfter Anlass empfunden, über das Verhalten seines Vorgesetzten nachzudenken. Daran konnte niemand etwas auszusetzen haben: Es war seine Aufgabe, über das Verhalten des Verkünders nachzudenken.

Kein Zug, kein Gedanke, keine Überlegung war in der larischen Politik tiefer verwurzelt als die Furcht vor dem Einzelgänger, der es infolge der Unachtsamkeit der andern fertig brachte, alle Macht an sich zu reißen. Dieser Furcht entstammte die Regelung, dass jeder auch nur halbwegs wichtige Posten doppelt besetzt sein müsse: von dem, der den Posten verwaltete, und von seinem Stellvertreter. Dabei war die Funktion des Stellvertreters keineswegs darauf beschränkt, den eigentlichen Inhaber des Postens zu vertreten, wenn dieser abwesend, krank oder sonst irgendwie verhindert war. Er hatte darüber hinaus auch an der Entscheidungsfindung des Vorgesetzten teilzunehmen. Der Inhaber des Postens traf keine einzige Entscheidung, ohne dass er sich nicht zuvor mit seinem Stellvertreter darüber abgesprochen hatte. Das Prinzip war ähnlich dem, das das klassische Rom verwendet hatte: Man besetze jeden Posten doppelt, auf dass der eine dem andern auf die Finger sieht. Hotrenor-Taak und Laafnetor-Breck spielten die Rolle zweier römischer Konsuln, von denen der eine aber unmaßgeblich mehr Autorität besaß als der andere.

Auch nach Herkunft und Laufbahn hatten die Laren die Personen, die die Expedition in eine unterentwickelte Fremdgalaxis anführten, geschickt gewählt. Hotrenor-Taak war der Emporkömmling, der Macher, der sich auf Grund seiner Energie, seiner Härte und seiner Intelligenz zu den höchsten Ämtern emporgeschwungen hatte. Unter der larischen Beamtenaristokratie war er nicht beliebt, aber andererseits konnte man ihm die Anerkennung für seine erstaunlichen Leistungen nicht versagen.

Ganz anders Laafnetor-Breck. Er stammte aus einer der angesehensten Familien der larischen Staatsbeamten, die die larische Geschichte kannte. Er war vom Ruf seiner Sippe in die Höhe katapultiert worden. Hotrenor-Taak also, der Energiegeladene, der Mann, der den Stein ins Rollen brachte und ihm den richtigen Kurs zuwies, war der Leiter der Expedition, der Verkünder der Hetosonen. Laafnetor-Breck, der Mann, dessen Fähigkeiten nicht angezweifelt wurden, obwohl sie noch niemand auf die Probe gestellt hatte, der Angesehene, zum Herrschen Geborene, fungierte als sein Stellvertreter. Hotrenor-Taak hatte die Ideen, die zur Bezwingung der fremden Galaxis gebraucht wurden, und Laafnetor-Breck setzte sie im Hetos der Sieben durch. So hatten die Laren sich das Arrangement vorgestellt. Sie hatten wohl gewusst, dass es zwischen den beiden Anführern Spannungen gab: Laafnetor-Breck hielt Hotrenor-Taak für einen instinktlosen Plebejer, und dieser hielt seinen Stellvertreter für einen aufgeblasenen Schmarotzer, der sein Leben lang noch keinen Finger gekrümmt hatte, um sich die Anerkennung zu verdienen, die er genoss. Die Initiatoren des Unternehmens hatten jedoch keinen Zweifel daran gehabt, dass die beiden Rivalen ihre persönlichen Streitigkeiten um der Sache willen in den Hintergrund stellen würden.

Dieser Hoffnung waren der Verkünder der Hetosonen und sein Stellvertreter bislang gerecht geworden. Erst jetzt fühlte Laafnetor-Breck sich genötigt, seine Loyalität noch einmal zu überdenken und zu prüfen, ob hier nicht ein Fall vorlag, in dem er dem Konzil Bericht erstatten musste – einen Bericht darüber nämlich, dass Hotrenor-Taak in letzter Zeit mit stetig wachsender Eigenmächtigkeit handelte. Er traf Entscheidungen, ohne sich mit seinem Stellvertreter zu beraten. Entscheidungen, fand Laafnetor-Breck, die zu wichtig waren, als dass sein

Vorgesetzter sich auf das Prinzip der Nichtigkeit hätte herausreden können.

Laafnetor-Breck hatte seinen Vorgesetzten im Verdacht, dass er im Zusammenhang mit dem Bewusstsein des terranischen Mutanten nur deswegen so eigenmächtig handelte, weil es ihm darum ging, sich einen persönlichen Vorteil zu verschaffen. Der Verkünder der Hetosonen wollte das Mutantenbewusstsein einheimsen, um sich selbst mit psionischen Gaben auszustatten. Man sprach davon, dass der Terraner es verstand, seinen Körper nach Belieben zu versetzen. Teleportation nannten die Terraner das.

Hotrenor-Taak hatte die Absicht – dessen war Laafnetor-Breck fast völlig sicher –, sich durch die Einverleibung des Mutantenbewusstseins zusätzliche Macht zu verschaffen. Das war sicherlich ein Bestreben, von dem man nicht behaupten konnte, es diene »der Sache«. Ein Eingreifen von Seiten des Stellvertreters war also notwendig. Für Laafnetor-Breck drehte es sich im Augenblick nur um die Entscheidung, ob er das Hetos in Kenntnis setzen oder auf eigene Faust handeln solle.

Er tendierte zur letzteren Möglichkeit.

Hotrenor-Taaks Vorbereitungen waren in vollem Gang. Sein Flaggschiff war auf Zabrijna gelandet, am westlichen Rand des Raumhafens, nur wenige Meter vom Saum des Dschungels entfernt, der sich von dort über Berge und durch Täler bis zum Westmeer erstreckte. Die übrigen 29 Einheiten seiner Flottille hatten sich rings über die Oberfläche des Planeten verteilt. Sie dienten Leticron als Erinnerung daran, dass nicht er, sondern der Verkünder der Hetosonen der wahre Herrscher war.

Mit den Hyptons war Hotrenor-Taak unschwer zu einer Einigung gekommen. Sie würden die Bruchstücke des fremden Bewusstseins von sich abstoßen, sobald er ihnen ein Zeichen dazu gab. Im richtigen Augenblick musste dafür gesorgt werden, dass eine ausreichende Anzahl von Wirtskörpern zur Verfügung stand, in die die verdrängten Bewusstseinsstücke fliehen konnten.

Ein kreisförmiges Gebiet, das mehr als zehn Kilometer Durchmesser hatte und in dessen Mittelpunkt sich das larische Flaggschiff befand, wurde zur Aktionszone erklärt und mit larischen Robotern bevölkert. Das Gebiet umfasste einen Teil des Landefelds ebenso wie ein ausgedehntes Stück Dschungel. An den Grenzen des Gebiets standen Robotwachen und sorgten dafür, dass sich niemand unerlaubt entfernte. Die Roboter waren mit Psi-Spürern ausgestattet. Die Spürer übertrugen ihre Daten an das Flaggschiff, das auch die Bewegung der Roboter ständig kontrollierte.

Nachdem alle Vorbereitungen getroffen waren, bestellte Hotrenor-Taak den Ersten Hetran der Milchstraße zu sich. Leticron leistete der Aufforderung sofort Folge. Die Unterredung fand in Hotrenor-Taaks Privatquartier statt.

»Ich brauche eintausend deiner Leute«, eröffnete der Verkünder der Hetosonen die Unterhaltung.

»Wozu?«, fragte Leticron.

»Um den Mutanten einzufangen.«

»Wie willst du das machen?«

»Ich habe dich nicht hierher bestellt, um deine Fragen zu beantworten. Ich brauche eintausend Leute. Gibst du sie mir?«

Leticron war sich nicht im Unklaren darüber, dass Hotrenor-Taak sich die Leute einfach nehmen würde, wenn er sie ihm nicht gäbe. »Was für Leute brauchst du?«, erkundigte er sich mürrisch.

»Einfache Leute, die du entbehren kannst. Du wirst viele davon nicht wieder sehen«, antwortete Hotrenor-Taak gelassen.

Leticron wusste noch immer nicht, was der Lare vorhatte; aber er begann zu verstehen, dass seine Pariczaner als Material verheizt wurden, als etwas, das man verwendete oder vernichtete, wenn man seiner nicht mehr bedurfte. Der Corun of Paricza selbst war ein Geschöpf, dem niemand Zimperlichkeit im Umgang mit seinen Mitgeschöpfen nachsagen konnte. Und dennoch wallte der Zorn in ihm auf, als der Lare eintausend seiner Leute forderte – einfach so, als ginge es um eintausend Tonnen Plasmatreibstoff, den er in seinen Triebwerken zu verheizen gedachte.

»Die Leute werden dir zur Verfügung stehen«, knirschte der Pariczaner in ohnmächtiger Wut. »Wann brauchst du sie?«

»So rasch wie möglich.«

Es geschahen seltsame Dinge. Ich war noch immer ein Nichts, aber ich grübelte über diesen Zustand nach, und wenn ich wirklich tot war, dann müsste doch wenigstens die Wissbegierde mit mir gestorben sein. Das war aber nicht der Fall. Hieß das, dass ich doch noch lebte?

Die Schmerzen, die ich bislang nur ahnte, begann ich allmählich zu empfinden. Es sah so aus, als wäre ich vollkommener geworden. Aber wahrscheinlich war das nur eine Täuschung. Ringsum herrschte noch dasselbe unbeschreibliche Helldunkel, ein undefinierbarer Zustand, und der Schmerz, den ich zu empfinden glaubte, war auch weiter nichts als ein dumpfes Gefühl von etwas Unangenehmem. Wenn ich noch Herr meiner Gedanken gewesen wäre, würde ich geglaubt haben, dass jemand mich verdrängen wollte. Verdrängen – aber woraus? Wohin? Ich war ein Nichts, und ich befand mich nirgends! Wer hätte mich da verdrängen wollen können?

Aber das Empfinden wurde stärker, deutlicher. Ich musste fort von hier! Ich musste mich bewegen und hatte doch nichts, womit ich mich bewegen konnte! Ich war ... unerwünscht, ja, das war der richtige Ausdruck! Ich sollte abgeschoben werden. Ich hätte mich ja nur allzu gerne abschieben lassen, wenn ich nur gewusst hätte, wie man das machte! Und wohin es ging! Wohin sollte ich abgeschoben werden?

Eine fremdartige Kraft griff nach mir und setzte mich in Bewegung. Ich befand mich auf einem Hang, über den ich mich immer rascher abwärts bewegte. Ich raste dahin – ich, das Nichts! Ich war jetzt hellwach, meine Gedanken pochten unaufhörlich gegen die enge Hülle meines Daseins. Noch immer sah ich Hunderte von Punkten rings um mich herum, die allesamt behaupteten, ebenfalls ich zu sein. Aber sie kamen einander näher. Wir strebten einem gemeinsamen Ziel zu, so schien es zu sein.

Und dann plötzlich ... ein greller Blitz! Der dumpfe Schmerz hatte aufgehört. Welche Kraft es auch immer gewesen sein mochte, die mich zu verdrängen versucht hatte, sie war erfolgreich gewesen. Ich war an einem anderen Ort. Ich wusste weder, wo ich mich zuvor aufgehalten hatte, noch, wo ich jetzt war.

Aber die Punkte, die ebenfalls behaupteten, ich zu sein, waren vorläufig verschwunden. Das mit dem gemeinsamen Ziel musste doch wohl nur Einbildung gewesen sein.

Zu Dutzenden auf einmal schleusten sie sie durch das larische Flaggschiff: Pariczaner, Überschwere mit klobig gebauten Körpern, Wesen einfachen Geistes, die weniger Privilegierten in Leticrons riesigem Gefolge. Leute, die er entbehren konnte.

In dem Gang, durch den sie das Flaggschiff betraten, rieselte aus haarfeinen Düsen ein Medikament auf sie herab, das sie mit der Luft einatmeten. Es erzeugte eine nachhaltige Instinktwandlung. In Fällen der Gefahr würden sie von nun an die Nähe ihrer Genossen suchen – aber nur so lange, bis eine Gruppe von höchstens sieben Mann beisammen war. Die Sieben bot das Höchstmaß an Sicherheit. Auch die Sechs war gut, und notfalls tat es auch die Fünf. Aber die Acht war tödlich. Wenn sich im Falle der Gefahr ein achter Mann an die Gruppe der sieben anschließen wollte, würden sie ihn mit Waffengewalt zurückweisen. Nicht, dass es diese Möglichkeit überhaupt gab: denn der achte Mann war mit demselben Medikament behandelt wie die sieben Mitglieder der Gruppe und würde von sich aus darauf verzichten, sich der Gruppe anzuschließen.

Am Ende des Gangs waren Sensoren installiert, die die Mentalemissionen der Pariczaner maßen und anhand einer sorgfältigen Analyse ermittelten, ob das Medikament wirksam geworden war. Der Erfolg war hundertprozentig.

Die Überschweren schritten durch das Torbogenfeld eines Transmitters, der sie im Kuppelraum im Zentrum des Raumschiffs absetzte. Dort standen larische Roboter bereit, die ihnen den Weg wiesen. Sie wurden unter der hängenden Traube bleicher Hypton-Körper hindurchdirigiert und traten auf der anderen Seite des Raums wiederum durch die Öffnung eines Transmitterfelds, das sie ins Freie beförderte.

Sie materialisierten unmittelbar jenseits des Dschungelrands. Keiner von ihnen hatte bemerkt, was inzwischen vorgefallen war. Das Medikament, das sie eingeatmet hatten, entfaltete inzwischen seine volle Wirksamkeit. In dem Beisammensein so vieler Gleichartiger witterten die Überschweren Gefahr. Sie strebten auseinander, so rasch sie konnten. Der Dschungel bot ihnen Unterschlupf. Im ersten Eifer versuchte jeder, so rasch und so weit wie möglich von allen anderen fortzukommen. Erst wenn ihm das gelungen war, kam ihm zum Bewusstsein, dass er alleine auf sich selbst gestellt der Gefahr in ebenso hohem Maße ausgesetzt war wie in der Gesellschaft zu vieler anderer. Rufe gellten durch den Dschungel. Die Pariczaner verständigten sich miteinander. Erste kleine Gruppen bildeten sich. Die Überschweren wussten genau, was sie wollten: Irgendwo in den Tiefen des Walds lauerte eine unbeschreibliche Gefahr.

Welch eine Gefahr das war, vor der sie sich fürchteten, woher sie kam und woher sie davon wussten, darüber legten sie sich gegenseitig keine Rechenschaft ab. Es dauerte dann auch nicht lange, bis das, wovor sie Angst hatten, zur Wirklichkeit wurde. Seltsame Gebilde tauchten aus dem Unterholz auf: gleitende, huschende, unmenschliche Gestalten. Und wo immer sie einer Gruppe von Pariczanern ansichtig wurden, eröffneten sie unverzüglich das Feuer. Sie gingen nach einem grausamen, erbarmungslosen Schema vor: Von jeder Gruppe töteten sie alle Mitglieder bis auf eines.

Laafnetor-Breck lauschte aufmerksam, als Hotrenor-Taak ihm seine Taktik auseinander setzte.

»Es gibt insgesamt mehrere hundert Bewusstseinsbruchstücke. Sie sind über die eintausend Pariczaner verteilt, und zwar muss mit hoher Wahrscheinlichkeit damit gerechnet werden, dass jeweils ein Bruchstück sich einen Wirtskörper ausgesucht hat. Die Hyptons behaupten, dass die Stücke zu klein seien, um Initiative zu entwickeln und gezielt zu handeln. Es ist ein Instinkt, der ihnen innewohnt, der sie dazu veranlasst, sich im Augenblick der Gefahr einen neuen Wirtskörper zu suchen.«

Laafnetor-Breck machte das Zeichen des Verständnisses. »Daher also die Formierung zu Gruppen von fünf, sechs oder sieben Mann!«, rief er aus.

»Nehmen wir als Beispiel eine Gruppe von sieben«, schlug Hotrenor-Taak vor. »Die Roboter eröffnen das Feuer. Aus den Körpern der Getroffenen schlüpfen die Bewusstseinsbruchstücke in die Körper anderer, die verschont bleiben. Die Roboter sind angewiesen, von jeder Gruppe nur einen einzigen Mann übrig zu lassen.«

»Da es mehr Überschwere als Bruchstücke gibt, müssen da draußen eine ganze Menge Pariczaner herumlaufen, die keinen Funken eines fremden Bewusstseins in sich tragen, nicht wahr?«

»Das ist richtig. Deswegen sind die Roboter mit Psi-Spürern ausgerüstet. Treffen sie auf eine Gruppe, in deren Mitgliedern sie kein einziges Bewusstseinsbruchstück finden, lassen sie sie in Ruhe. Aus einer Gruppe, in der nur einer ein Bruchstück mit sich trägt, wird eben dieser Mann abgesondert und an einen bestimmten Ort gebracht. Gibt es zwei oder mehr Bruchstückträger, so wird die Standardprozedur angewandt.«

»Die Standardprozedur?«, fragte Laafnetor-Breck.

»Höchstmögliche Konzentration der Bewusstseinsbruchstücke«, erläuterte der Verkünder der Hetosonen.

»Es wird also so lange geschossen, bis nur noch ein Mann übrig ist, in dem sich alle in der Gruppe vorhandenen Bewusstseinsbruchstücke vereinen?«

»Genau das!«, bestätigte Hotrenor-Taak.

Sein Stellvertreter musterte ihn eine Weile. Dann sagte er nachdenklich: »Für einen, der nach meinen Begriffen viel zu oft viel zu sanft mit den Primitiven dieser Galaxis umgeht, entwickelst du manchmal Züge, die ausgesprochen barbarisch anmuten.«

Hotrenor-Taak zeigte nicht die geringste Regung. »Verhaltensweise bedeutet nichts«, antwortete er. »Es geht um den Fortbestand und die Weiterentwicklung des Hetos der Sieben. Mit den Eingeborenen dieser Galaxis muss man so verfahren, wie es dem Hetos am besten nützt.«

Laafnetor-Breck überlegte, ob er seinen Vorgesetzten rundheraus fragen solle, ob dieses Unternehmen, nämlich die Jagd nach dem Bewusstsein des Mutanten, wirklich nur den Interessen des Hetos diene. Er wurde der Notwendigkeit, eine Entscheidung zu treffen, durch das Entstehen eines Hologramms enthoben. Ein Offizier meldete: »Die Aktion schreitet zügig voran. Es besteht kein Zweifel mehr, dass die Bewusstseinsbruchstücke in der Tat auf die Pariczaner übergegangen sind. Im Mittel finden wir pro Gruppe knapp drei Bruchstücke. Die Konzentration geht rasch vonstatten.«

»Die Psi-Spürer arbeiten einwandfrei?«, erkundigte sich Hotrenor-Taak.

»Ja. Wir können genau feststellen, ob ein Pariczaner ein, zwei oder mehr Bruchstücke in sich trägt. Auf diese Weise wird der Fortschritt der Konzentration laufend überwacht.«

»Gut!«, lobte der Verkünder. »Melde dich wieder, wenn die Aktion abgeschlossen ist!«

Als das Hologramm verschwand, fragte Laafnetor-Breck: »Woher stammt denn eigentlich die magische Zahl Sieben?«

»Von den Hyptons«, lautete die Antwort. »Ich weiß aus eigener Erfahrung, dass das Bewusstsein des Mutanten den Wirtskörper eines Wesens, das ihm geistig nicht wenigstens einigermaßen ebenbürtig ist, voll kontrolliert. Er kann in diesem Zustand sogar seine paraphysische Begabung einsetzen und Teleportationssprünge durchführen. Ich muss daher darauf achten, dass bei der Konzentration der Bewusstseinsbruchstücke in keinem Fall so viel Bewusstsein zusammenkommt, dass es aus eigener Kraft den Wirtskörper beherrschen kann. Die Hyptons haben die ungefähre Größe eines Bruchstückes ermittelt und aus dieser Rechnung geschlossen, dass man nicht mehr als sieben Stücke sich miteinander vereinigen lassen sollte, um unvorhergesehene Entwicklungen zu vermeiden.«

»In Kürze«, resümierte Laafnetor-Breck, »hast du dort draußen also etwa einhundert überlebende Pariczaner herumlaufen, von denen jeder ein, keiner aber mehr als sieben Bruchstücke mit sich herumträgt?«

»Das ist richtig.«

»Und was geschieht dann?«

»Du wirst es erfahren!«

Es ging aufwärts. Ich spürte es deutlich. Plötzlich konnte ich wieder Gedanken denken, die nicht sofort wieder zurückkehrten, nachdem ich sie auf den Weg geschickt hatte. Sie liefen den vorgeschriebenen Pfad entlang und kehrten zurück, mit Informationen beladen, die sie aus den Tiefen meines Bewusstseins besorgt hatten und die mir dazu dienten, weitere Gedanken zu entwickeln.

Auch die Sensoren funktionierten wieder. Ich erinnerte mich dunkel, dass ich vor einiger Zeit noch fest davon überzeugt gewesen war, ich sei tot. Davon konnte jetzt keine Rede mehr sein. Ich lebte, und ich gewann von Augenblick zu Augenblick an Kraft. Ich wusste, was mit mir geschehen war, und so viel konnte ich erkennen: Das Schlimmste war überstanden.

Bruchstücke der Erinnerung an Ereignissen vor jenem Augenblick, in dem ich mich für tot gehalten hatte, kehrten allmählich zurück. Hotrenor-Taak ... die larischen Roboter ... das gelbe Schott ... das fremde Fluidum ... der große Kuppelraum mit den bleichen Körpern der Unbekannten, die wie Fledermäuse von der Decke hingen. Plötzlich war alles wieder da! Der Lare hatte auf Droggnars Körper geschossen. Ich glaubte noch jetzt, den Funken zu sehen, der sich durch die Mündung seiner Waffe drängte. Droggnar musste tot sein. Ich aber hatte mich in einen der Fledermauskörper zu retten versucht. Und dabei musste das Unheil geschehen sein ... was für ein Unheil es auch immer gewesen sein mochte.

Ich tastete meine Umgebung ab. Ein vertrautes Gefühl der Beklemmung teilte sich mir mit. Ich steckte im Körper eines Überschweren. Das war eine Überraschung. Wie war ich hierher gekommen? Ich erinnerte mich nicht, den Gastkörper gewechselt zu haben. Lag das daran, dass ich in jenen Augenblicken des Beinahe-Todes keine Erinnerungen gespeichert hatte – oder war der Transfer unbewusst geschehen?

Meine Lage war noch immer alles andere als rosig. Ich spürte deutlich, dass der Überschwere, in dessen sterblicher Hülle ich Zuflucht gefunden hatte, über keine besondere geistige Kapazität verfügte. Aber es war eben nur ein Spüren, kein Sehen. Ich konnte nicht in sein Bewusstsein blicken, und noch viel weniger hatte ich die Hoffnung, seinen Verstand überwältigen zu können. Es fehlte noch immer etwas. Ich war nicht mein altes Selbst.

Aber es ging aufwärts. Ich würde bald wissen, woran ich mit mir war!

Nur Laafnetor-Breck wusste, dass der Verkünder der Hetosonen das Flaggschiff verlassen hatte. Er war gegangen, um sich die Beute zu holen, um die er so hart hatte kämpfen müssen. Er hatte seinem Stellvertreter nicht mitgeteilt, wie er die Jagd nach dem Bewusstsein des terranischen Mutanten zu Ende führen würde. Aber Laafnetor-Breck wusste genug von der Taktik, die er bisher angewandt hatte, um daraus folgern zu können, wie der Rest sich abwickeln würde.

Hotrenor-Taak materialisierte mit dem Scheibenboot auf einer Dschungellichtung. Ein unhörbares Signal rief einen Roboter herbei. Er hatte die Form eines ein Meter langen Eies und war mit diversen Greifwerkzeugen ausgerüstet. Er schwebte auf einem künstlichen Schwerefeld.

»Führe mich!«, befahl Hotrenor-Taak.

Der Roboter schwebte davon. Er bewegte sich gerade so schnell, dass der Lare ihm bequem folgen konnte. Den Befehl hatte er aufgrund seiner Programmierung verstanden: Hotrenor-Taak verlangte, die Überlebenden des Massakers zu sehen.

Der Weg führte durch das Unterholz des Dschungels. Hier und dort hatten die Energiewaffen der larischen Roboter schwarze Gassen in das Gestrüpp gerissen. Manchmal musste Hotrenor-Taak über die Leiche eines ermordeten Überschweren steigen.

»Hier!«, sagte der Roboter und sandte einen grellen Lichtstrahl voraus in eine kleine, trichterförmige Senke. Sie war am oberen Rand mit Gebüsch, auf dem sanft geneigten Hang jedoch nur mit Gras bewachsen. Auf dem Grund lag ein Pariczaner und starrte den Laren aus schreckgeweiteten Augen an. Er war nicht bewusstlos, nur gelähmt. Ein Paralyseschuss, den die Roboter ihm verpasst hatten, nachdem er aus seiner Gruppe ausgesondert worden war, hatte seine Muskeln erstarren lassen. Er konnte sich nicht rühren. Nur seine Stimmwerkzeuge waren noch halbwegs intakt. Vor Furcht stieß er ein röchelndes Stöhnen aus.

Hotrenor-Taak sprach nicht zu ihm. Er zog die Waffe und drückte ab. Der Körper des Pariczaners verging in einem Glutball. Der Lare stand stumm, die Augen halb geschlossen, und horchte in sich hinein. Nach wenigen Augenblicken erschien der Ausdruck der Befriedigung auf seinem Gesicht. Er spürte die Anwesenheit eines fremden Bewusstseins in seinem Innern. Es war ein schwaches Bewusstsein, das er mühelos in Ketten zu legen verstand, so dass es kein Eigenleben zu entwickeln vermochte. Das war im Augenblick noch nicht notwendig. Aber die Ketten waren so gearbeitet, dass sie auch andere Bruchstücke des fremden Bewusstseins umfangen würden, sobald er sie in sich aufnahm. Und der

Mutantengeist in seiner Gesamtheit, das wusste der Lare aus eigener Erfahrung, war ein nicht zu unterschätzender Gegner.

Die Nacht war längst hereingebrochen, als Hotrenor-Taak zu seinem Flaggschiff zurückkehrte. Laafnetor-Breck hatte auf ihn gewartet.

»Ich erkenne an der Heiterkeit deiner Miene«, sagte er, »dass du Erfolg gehabt hast.«

»Ja, mein Freund, ich bin erfolgreich gewesen!«, bestätigte Hotrenor-Taak mit einem Überschwang, den er noch nie zuvor an den Tag gelegt hatte.

»Du besitzt den Terraner?«

»Ich besitze ihn.«

»Was wirst du nun mit ihm anfangen?«

»Ich werde ihn verhören. Aber das hat noch Zeit. Er muss sich erst daran gewöhnen, dass er mein Gefangener ist.«

»Und wenn er nichts weiß?«

Diese Frage hatte Hotrenor-Taak nicht erwartet. »Warum sollte er nichts wissen? Er war eine der wichtigsten Persönlichkeiten des Solaren Imperiums, wie wir erfahren haben.«

»Das war vor langer Zeit. Jahrhundertelang irrte er als Geist durch das Nichts, und als er endlich wieder zum Vorschein kam, sperrten ihn seine Freunde in einen Felsklotz, der von Adern eines seltenen Metalls durchzogen wurde. Denselben Klotz, den unsere Schiffe auf deinen Befehl hin vernichtet haben.«

Hotrenor-Taak war froh, auf ein anderes Thema überwechseln zu können. »Wir haben Meldung erhalten?«

»Ja, die Meldung kam, als du dort draußen warst. Der Felsklotz, den die Terraner Wabe 1000 nannten, existiert nicht mehr. Was wir damit ausgerichtet haben, bleibt fraglich. Wahrscheinlich befanden sich die Mutantengeister längst nicht mehr dort, als unsere Einheiten angriffen.«

Hotrenor-Taak machte ein nachdenkliches Gesicht. Aber sein Stellvertreter erwies sich als hartnäckig.

»Was wird«, wiederholte er, »wenn sich herausstellt, dass der Mutant nichts Wichtiges weiß?«

»Ich weiß es nicht«, antwortete der Verkünder der Hetosonen gedankenabwesend. »Ich glaube nicht an diese Möglichkeit, und wenn sie doch zur Wirklichkeit wird, dann muss man sehen …«

Er beendete den Satz nicht, sondern ließ die Worte einfach in der Luft hängen. In diesem Augenblick fasste Laafnetor-Breck seinen Entschluss.

10.

Ich war wieder ich!

Ich existierte in dem Körper eines Laren, in Hotrenor-Taaks Körper, und war sicher, dass ich es hier bis an mein Lebensende aushalten konnte. Mein Bewusstsein besaß zu dem parastrukturellen Gefüge des Larenkörpers eine Affinität, die der Affinität zum PEW-Metall glich, wenn es sie nicht überstieg. Ich war hier gut aufgehoben.

So weit zu meinem »körperlichen« Befinden. In jeder anderen Hinsicht ging es mir ausgesprochen schlecht. Ich war zum Sklaven degradiert. Der Lare erlaubte mir nicht die geringste Bewegungsfreiheit, und mit seinem dominierenden Geist verursachte es ihm keinerlei Mühe, die Schranken rings um mich herum so eng zu setzen, dass ich mich nicht zu rühren vermochte. Ich hatte keinerlei Einblick in sein Bewusstsein. Ich hatte keine Ahnung, was draußen in der Welt vor sich ging, wo der Lare – und damit ich – sich befand. Wenn ich überhaupt etwas erfuhr, dann erfuhr ich es durch einen Gnadenakt: Er, der Verkünder der Hetosonen, war so gnädig, mir eine Hand voll Informationen zukommen zu lassen.

Es war im Grunde dieselbe Lage wie damals, als ich in Leticrons Körper gefangen war. Nur war Hotrenor-Taak ein noch mächtigerer Gefangenenwärter, und meine Hoffnungen, ihm bald wieder zu entkommen, waren entsprechend gering.

Immerhin hatte ich inzwischen die wichtigsten Einzelheiten jener Ereignisse erfahren, die sich abgespielt hatten, während ich – nun, nicht ich selbst war. Der Begriff »Hyptons« war mir nahe gebracht worden. Ich verstand, dass die Hyptons eine Gemeinschaftsintelligenz waren und dass mein Bewusstsein, als es sich mit der Menge der bleichen, von der Decke hängenden Körper vereinigte, in Hunderte von kleinen Bruchstücken aufgespalten worden war. Rückwärts blickend schauderte ich vor der Größe der Gefahr, in die ich mich da ahnungslos begeben hatte. Aber eines konnte ich nicht vergessen: die Wärme, die Güte des Fluidums, das von den Hyptons ausging. Es verbarg sich hinter ihnen etwas, wovon weder ich noch Hotrenor-Taak eine Ahnung hatten. Sie mussten ein uraltes Volk sein, älter vielleicht noch als die Welt selbst, von der sie kamen. In ihnen ruhte die Weisheit der Jahrmilliarden, und ich zweifelte daran, dass ihre Funktion sich darauf beschränkte, Mitglieder des Hetos der Sieben und Ratgeber der Laren zu sein.

Hotrenor-Taak hatte auch keinen Hehl daraus gemacht, wie er

schließlich in den Besitz meines Gesamtbewusstseins gelangt war. Ich schauderte abermals. Er hatte bedenkenlos fast eintausend Pariczaner massakrieren lassen, nur um das Bewusstsein eines terranischen Mutanten gefangen zu setzen! Und dennoch, spürte ich, empfand er sein Vorgehen nicht als verwerflich. Es war für ihn einfach etwas, das er hatte tun müssen.

Diese Informationen kamen zu mir nicht etwa im Ganzen. Hotrenor-Taak öffnete sein Visier jeweils nur für wenige Sekunden. Die Kenntnisse dessen, was sich rings um mich abgespielt hatte, wurden mir Stück für Stück vermittelt, bis sich das Bild zu runden begann und ich verstand, was wirklich geschehen war. Ich bemerkte, dass der Lare sich mir von Mal zu Mal länger offenbarte – beim ersten, zaghaften Versuch nur für die Dauer von zwei oder drei Sekunden, dann zehn oder 15 und schließlich fast eine Minute. Ich hatte den Eindruck, er wolle mir Zeit lassen, mich an den Zustand des Gefangenseins zu gewöhnen. Er hatte einen Plan, den er vorläufig noch sorgfältig geheim hielt. Er hatte diese Treibjagd nicht nur veranstaltet, um sich anderen gegenüber brüsten zu können, er trage das Bewusstsein eines terranischen Mutanten in sich, er war auch auf meine Gabe der Teleportation nicht angewiesen.

Er wollte etwas. Und beizeiten würde er mich wissen lassen, was es war.

Es kam völlig überraschend. Plötzlich konnte ich die Vorgänge in seinem Bewusstsein deutlich erkennen. Ich sah die Umwelt durch seine Augen: den großen, fremdartig eingerichteten Raum, der trotz seiner Fremdheit persönlichen Geschmack erkennen ließ und bei dem es sich wohl um sein Privatquartier handelte. Ich sah auch seinen Plan. Er verlangte Informationen von mir. Er forderte Loyalität. Als Gegenleistung bot er größere Bewegungsfreiheit, als ich sie bisher gehabt hatte, und einen sicheren Unterschlupf in seinem Körper. Er musste empfunden haben, dass es mir bei ihm behagte, dass seine und meine paraexistentielle Struktur einander überraschend ähnlich waren.

»Du siehst alles«, sagte er zu mir, nachdem er mich eine Zeit lang nach Belieben hatte umherblicken lassen. »Du kennst meine Ideen, und ich will hören, was du zu ihnen zu sagen hast.«

Du verlangst Informationen, antwortete ich. *Ein Teil davon ist präzis auf ein bestimmtes Objekt ausgerichtet. Der andere Teil ist verwaschen. Ich versuche, deinen Wunsch zu deuten, und komme zu dem Schluss, dass du von mir etwas über die Mentalität der Terraner lernen möchtest.*

»Nicht etwas«, verbesserte er mich. »Alles!«

Nun gut. Zu der ersten Art von Information: Du willst wissen, wo sich das geheime Versteck der letzten Terraner befindet. Ich weiß es nicht.

Einen Augenblick schwieg er. Ich spürte die Enttäuschung in seinem Bewusstsein.

»Sie holten dich aus Wabe 1000, um dich in ihr Versteck zu bringen!«, hielt er mir vor.

Das ist richtig. Aber die Leute, die uns abholten, wussten selbst nicht, wo das Versteck sich befindet. Du kennst die Terraner gut genug. Würdest du ihnen die Dummheit zutrauen, dass sie den Mitgliedern eines von allen Seiten gefährdeten Einsatzkommandos eine derart wertvolle Information mitgeben?

»Wie sonst hätten sie das Versteck finden können?«

Mach dich nicht lächerlich! Sie reisten mit einem überschnellen Raumschiff. Es wäre ein Leichtes gewesen, dem Schiff erst während dem Flug die verschlüsselten Zielkoordinaten zu übermitteln. Es mag so gewesen sein oder anders … es gibt Tausende von Möglichkeiten, wie man wichtige Informationen geheim halten kann.

Er sah das ein, aber es kostete ihn Mühe, die Überraschung zu verdauen. »Und wie steht es mit der zweiten Forderung?«, fragte er schließlich.

Lass uns nicht über deine Forderung reden, schlug ich vor, *sondern lieber über dein Angebot. Du bietest mir größere Bewegungsfreiheit – aber so, wie du die Sache siehst, bedeutet das nur, dass du die Stangen meines Käfigs ein wenig weiter auseinander rücken willst. Eingesperrt bleibe ich trotzdem. Und wie ist das mit der Sicherheit in diesem Wirtskörper? Ich wollte nicht hierher kommen. Du hast mich gezwungen. Du bietest mir also etwas an, was ich aufgrund deines Zwangs bereits besitze! Was soll das? Wenn die Zurverfügungstellung deines Körpers als Wirt für mein Bewusstsein wirklich eine Leistung von dir erfordert, dann lass mich dir diese Bürde abnehmen! Gib mich frei, damit ich gehen kann, wohin ich will!*

»Das ist Unsinn«, antwortete er. »Ich kann dich nicht freigeben. Ich brauche dich und deine Kenntnisse. Und wenn du nicht freiwillig mein Lehrer sein willst, werde ich dich dazu zwingen!«

Niemals!, antwortete ich. *Du kannst und weißt viel, Lare, aber mich zwingen, etwas preiszugeben, was ich für mich behalten will, das kannst du nicht!*

Er dachte darüber nach. Ich sah die Gedanken in den Gängen seines Bewusstseins spielen und kannte seine nächste Frage, noch bevor er sie formuliert hatte.

»Warum sträubst du dich? Was kümmert es dich, ob ich die Mentalität der Terraner kenne oder nicht?«

Lass mich dich zuvor etwas anderes fragen, zögerte ich die Antwort hinaus. *Hast du Droggnar getötet?*

Den Namen verstand er wohl nicht; aber ich vermittelte ihm ein geistiges Bild des Pariczaners, in dessen Körper ich geflohen war, als mich der Schutzschirm eines larischen Raumschiffs von sich spie.

»Ja, er ist tot«, antwortete er knapp.

Ihn hast du getötet und fast eintausend weitere Pariczaner. Da hast du deinen Grund, Lare! Ich paktiere nicht mit einem Monstrum!

»Monstrum?«

Ein Wesen, das das Lebensrecht anderer Wesen nicht anerkennt.

»Ich erkenne es an. Aber die Pflicht sagt ...«

Hör auf mit der Pflicht! Es mag Situationen geben, in denen es dem intelligenten Wesen zur Pflicht wird, entweder zu töten oder zu sterben. Aber diese Augenblicke sind selten. Wer die Pflicht zum Vorwand nimmt, so viele Leben auszulöschen, der denkt an den eigenen Vorteil und benutzt die so genannte Pflicht als Ausrede. Du bist ein Monstrum, und mit einem Monstrum gehe ich kein Bündnis ein. Außerdem bin ich ein Terraner und werde nichts tun, was es dir ermöglicht, der Terraner Herr zu werden.

Er schwieg, aber ich sah, wie sich in seinem Bewusstsein Gedanken zu formen begannen, mit denen er mir widersprechen wollte. Irgendein äußerer Einfluss unterbrach ihn jedoch. Ich merkte bald, was es war: Begleitet von einem leichten Summen, war das Hologramm eines auffallend hellhäutigen Laren erschienen.

Ich spürte, wie Hotrenor-Taak mich in mein Gefängnis zurückschieben wollte.

Lass mich zusehen!, bat ich ihn. *Du vergibst dir nichts dabei, und ich kann dir womöglich helfen.*

Ich versprach mir von dieser Bitte nicht allzu viel Erfolg. Aber seltsamerweise ging er darauf ein. Ich durfte bleiben und zuschauen. Der hellhäutige Lare – Hotrenor-Taaks Stellvertreter Laafnetor-Breck, wie ich bald erfuhr – hatte sich nur per Holo angemeldet. Nach Hotrenor-Taaks Zustimmung betrat er in eigener Person das Privatquartier des Verkünders der Hetosonen.

»Ich bin gekommen, um zu erfahren, ob das Bewusstsein des terranischen Mutanten deine Fragen beantwortet hat«, sagte er.

Hotrenor-Taak war ärgerlich – erstens über die Unterbrechung und zweitens über die Anmaßung, die sich hinter der Frage verbarg.

»Ich bin noch nicht fertig, mein Freund«, antwortete er, und wenn dieser Laafnetor-Breck in diesem Augenblick in seine Gedanken hätte blicken können, dann hätte er sich wahrscheinlich so rasch wie möglich aus dem Staub gemacht.

»Warum stellst du ihm die entscheidende Frage nicht jetzt gleich?«, schlug Laafnetor-Breck vor. »Es kann nicht schwierig sein zu erfahren, ob er weiß, wohin sich die Reste der Terraner verkrochen haben!«

Hotrenor-Taak kämpfte um Beherrschung. »Ich bin der Verkünder der Hetosonen«, herrschte er sein Gegenüber an, »nicht du! Ich entscheide, wann die Frage gestellt wird. Von dir erwarte ich weder Rat noch Neugierde. Wenn ich die Information besitze, werde ich es dich wissen lassen!«

Laafnetor-Breck verstand, was die Stunde geschlagen hatte. Er wandte sich um und schritt hinaus.

Das ist ein gefährlicher Mann!, warnte ich Hotrenor-Taak.

»Ich weiß es«, antwortete er unwirsch. »Aber ich fürchte ihn nicht. Er ist ein Schwächling, ein Nichtstuer, ein Abkömmling einer der vornehmsten Familien, der überall für klug und weise gehalten wird, nur weil es unter seinen Vorfahren ein paar kluge und weise Leute gegeben hat.«

Trotzdem schlage ich dir vor, die Gefahr ernst zu nehmen, wiederholte ich meine Warnung. *Laafnetor-Breck ist zu allem entschlossen. Ich bin an dich gekettet. Deine Sicherheit ist meine Sicherheit. Wenn es zum Schlimmsten kommt, übergib mir das Kommando. Ich alleine kann uns retten!*

»Damit du dann dein Spielchen mit mir treibst wie damals mit Leticron, wie?«, fragte er. »Nein, Terraner, so dumm bin ich nicht.«

Du bist viel dümmer, als du ahnst!, versetzte ich. *Und in dem Augenblick, in dem die Gefahr wirklich vor dir steht, wirst du anders denken!*

Es war wieder wie zuvor – damals, als Leticron mich gefangen hielt. Merkwürdigerweise empfand ich diesmal jedoch eine größere Zuversicht, obwohl Hotrenor-Taak ein ungleich mächtigerer Fronherr war als der Überschwere. Aber vielleicht rührte meine Zuversicht gerade aus dieser enormen Stärke des Wirtsbewusstseins. Eines wusste ich mit Sicherheit: Die Konstellation, wie sie jetzt bestand, konnte nicht von Dauer sein. Sie trieb zur Explosion. Hotrenor-Taak war ein Mann, dessen Bewusstsein sich ständig voll im Einsatz befand. Seiner überragenden Intelligenz verdankte er die Erfolge, die ihn in der larischen Gesellschaft so hoch hatten aufsteigen lassen. Er konnte es sich nicht leisten, einen Teil seiner Geisteskraft ständig zu meiner Bewachung abzukommandieren. Die Erkenntnis, dass ich ständig auf der Lauer lag, auf die kleinste Unachtsamkeit wartete, die es mir ermöglichte, die Fesseln zu sprengen, musste ihn mit Unruhe erfüllen, die zusätzlich an seinen mentalen Kräften zehrte.

Nein – ich war ganz sicher, dass die Freiheit nicht lange auf sich warten lassen würde. Die Lage strebte zur Entladung. Hinzu kam der Streit zwischen Hotrenor-Taak und seinem Stellvertreter, Laafnetor-Breck. Auch dieser wirkte zu meinem Vorteil.

Inzwischen hatte ich Zeit, mich auszuruhen. Ja, ausruhen: Das war das Wort, mit dem sich meine gegenwärtige Tätigkeit am besten beschreiben ließ! Der Aufenthalt im Innern der paraenergetischen Struktur, die die Person Hotrenor-Taak darstellte, war ungemein beruhigend und entspannend. Ich fühlte, dass ich hier das Problem der Unterbringung körperloser Mutantenbewusstseine sozusagen durch Zufall gelöst hatte. Wir brauchten keine Erzklötze mit PEW-Adern und Paratransaugen mehr. Wir brauchten larische Wirtskörper. Sie leisteten denselben, wenn nicht sogar besseren Dienst als die PEW-Kanäle, und vor allen Dingen waren sie leichter zu beschaffen.

Und noch etwas hatte ich erfahren: Das Hetos der Sieben suchte aktiv nach dem Versteck der Reste der Menschheit. Es genügte dem Feind nicht, dass das Solare Imperium nicht mehr existierte. Er fühlte sich auch von dem armseligen Häuflein übrig gebliebener Terraner und Solarier noch bedroht, das an einem unbekannten Punkt in den ungeheuren Weiten der Milchstraße eine letzte Zuflucht gefunden hatte. Diese Erkenntnis erfüllte mich mit Stolz, gleichzeitig aber signalisierte sie Gefahr. Wenn es mir je gelang, das Versteck der letzten Menschen zu erreichen, musste ich sie vor der Drohung warnen, die von der Verbissenheit des Gegners ausging.

In diesem Augenblick ahnte ich noch nicht, wie rasch diese Mission auf mich zukam.

Trotz Hotrenor-Taaks eiserner Kontrolle bemerkte ich, dass er sich im Zustand höchster Erregung befand. Irgendetwas hatte seinen Zorn hervorgerufen. Ich versuchte, mich bemerkbar zu machen. Ich wollte erfahren, worum es ging. Aber entweder hörte er mich nicht, oder er wollte auf meine Rufe nicht reagieren. Als er die Fesseln endlich lockerte, da geschah es aus eigenem Antrieb und nicht auf mein Drängen hin.

»Die Gefahr, von der du gesprochen hast, ist da«, sagte er laut.

Ich sah mich um. Im Spiegel seines Bewusstseins erblickte ich denselben Raum, den ich schon einmal gesehen hatte. Die Szene schien sich zu wiederholen. Auch diesmal war Laafnetor-Breck anwesend.

»Wie kommt es, dass eine Einheit der Flottille sich ohne mein Wissen von Zabrijna entfernt?«, dröhnte Hotrenor-Taaks zornige Stimme.

Laafnetor-Breck machte einen äußerst selbstbewussten Eindruck. Er hatte die Arme auf dem Rücken verschränkt und blickte dem Verkünder der Hetosonen in die Augen. »Das Fahrzeug ist auf meinen Befehl hin unterwegs«, antwortete er ruhig.

»Mit welchem Ziel?«

»Hauptquartier des Hetos!«

»Und wie kommt mein Stellvertreter dazu, eigenmächtig eines meiner Raumschiffe zum Hauptquartier zu schicken?«

Laafnetor-Breck verzog abfällig das Gesicht. »Eines deiner Schiffe«, stieß er verächtlich hervor, »als ob du in deinem ganzen Leben jemals auch nur ein einziges Schiff hättest dein Eigentum nennen können! Das Fahrzeug ist als Kurier unterwegs. Das Hetos muss erfahren, dass der Verkünder der Hetosonen sich in letzter Zeit Eigenmächtigkeiten hat zuschulden kommen lassen, die nicht mehr schweigend hingenommen werden dürfen.«

Hotrenor-Taak wahrte mühsam die Ruhe. »Laafnetor-Breck, ich erkläre dich hiermit in den Zustand des Arrests versetzt!«

»Unter welchem Vorwand?«, fragte der Stellvertreter.

»Kein Vorwand, sondern ein echter Anklagepunkt: Insubordination im Angesicht des Feindes.«

Laafnetor-Breck machte eine spöttische Geste der Zustimmung. »Damit könntest du vielleicht etwas ausrichten«, meinte er, »wenn du lange genug da wärst, um die Anklage selber vorzubringen!«

Ein greller, schmerzhafter Impuls zuckte durch Hotrenor-Taaks Bewusstsein. Er hatte erkannt, dass die Lage noch gefährlicher war, als er angenommen hatte. Laafnetor-Breck begnügte sich nicht damit, einen Kurier ins Hauptquartier zu schicken. Er beabsichtigte, vollendete Tatsachen zu schaffen. Die rechte Hand kam hinter seinem Rücken hervor. Eine seltsam geformte Waffe mit einem trichterförmig aufgestülpten Lauf zeigte auf Hotrenor-Taak. Ich spürte den Schreck, der den Verkünder der Hetosonen durchzuckte.

Das ist der Augenblick!, raunte ich ihm zu. *Lass mich frei, sonst bist du verloren!*

Er selbst war unbewaffnet. Ich spürte sein Zögern. Die Gefahr, in der er sich befand, ließ ihm keine andere Wahl, als auf meinen Vorschlag einzugehen. Aber die Vorsicht sagte ihm, dass es unklug sei, mir volle Freiheit zu geben.

»Damit entlarvst du dich selbst als Verräter!«, schleuderte er Laafnetor-Breck entgegen.

Der Lauf der Waffe ruckte in die Höhe. Im Augenblick der höchsten Not tat Hotrenor-Taak das Einzige, was ihm noch übrig blieb: Er gab mich frei. Ich hatte nur ein paar Sekunden Zeit gehabt, meine Taktik festzulegen. Hotrenor-Taak rechnete ohne Zweifel damit, dass ich eine Teleportation durchführen und ihn auf diese Weise in Sicherheit bringen würde. Mir aber lag nicht im Geringsten daran, gerade das zu tun, was der Lare erwartete.

Ich peilte die paraenergetische Aura seines Stellvertreters an. Ich war frei und spürte ihre verlockende Anziehungskraft. Laafnetor-Breck war ein Lare, er würde einen ebenso angenehmen Wirtskörper abgeben wie der Verkünder der Hetosonen. Mein Bewusstsein löste sich aus Hotrenor-Taaks Körper. Auf paraenergetischen Bahnen glitt es hinüber, auf Laafnetor-Breck zu. Der Aufprall war gewaltig und erschütterte die paraenergetische Struktur des Laren bis hinab in ihre Grundfesten.

Ein paar Sekunden lang herrschte das Chaos. Zwei Geister rangen darum, die Oberhand zu gewinnen. Noch war Laafnetor-Breck mir überlegen, aber der Schmerz, den ich ihm zufügte, machte ihn allmählich matt. Der Effekt der Überraschung wirkte zu meinen Gunsten. Ich hatte schon halb gewonnen, bevor der Lare überhaupt bemerkte, was mit ihm geschah.

Schließlich gab er sich geschlagen. Ich vertrieb sein Bewusstsein bis in den hintersten Winkel der paraenergetischen Struktur und machte mich an die Aufgabe, mich zu orientieren. Im Lauf der Auseinandersetzung hatte Laafnetor-Brecks Körper das Gleichgewicht verloren und war gestürzt. Die gefährliche Waffe war ihm dabei aus der Hand geglitten. Hotrenor-Taak hatte die Gelegenheit nicht ungenutzt verstreichen lassen. Er hatte die Waffe an sich gebracht. Als ich mich jetzt erhob, zielte der aufgestülpte Lauf mir genau auf den Schädel.

»Wer bist du?«, herrschte der Verkünder mich an. »Laafnetor-Breck oder der Terraner?«

Meine Gedanken hatten noch nie zuvor solche Geschwindigkeit entwickelt wie in diesem Augenblick. Ich musste ihn ein paar Sekunden hinhalten. Ganz gleich, wen er in mir erkannte, Laafnetor-Breck oder Tako Kakuta, er würde diesen Körper über den Haufen schießen. Ich musste fort von hier!

Ich beherrschte den Körper des Laren. Was hinderte mich daran, zu teleportieren? Laafnetor-Brecks Verstand war nicht der ungeschulte Gehirnklotz, mit dem ich in Droggnars Körper zu kämpfen gehabt hatte.

»Das wird dir nichts nützen!«, ächzte ich, die Rolle des Stellvertreters spielend. »Ich stehe nicht allein. Das Flaggschiff steht unter meiner Befehlsgewalt.«

Ich hatte eine verrückte Idee. In Laafnetor-Brecks Erinnerung suchte ich nach den Informationen, die ich brauchte. Das Kurierschiff war erst vor wenigen Minuten gestartet. Es hatte soeben die obersten Schichten der Atmosphäre hinter sich gelassen und beschleunigte in Richtung der Zabrijna-Sonne.

»Mag sein!«, sagte Hotrenor-Taak. »Aber gleich bist du tot.«

Ich sah, wie sich die Fingerkuppe auf dem Auslöser grau verfärbte. Das bedeutete, dass der Lare im nächsten Augenblick feuern würde. Gleichgültig, was geschah: Ich musste springen!

Als ich den Sprungimpuls auslöste, erfasste mich ein wirres Schwindelgefühl. Ich kam mir vor, als wäre ich in einen mächtigen Wasserfall geraten, der mich aus schwindelnder Höhe herab in einen zischenden, donnernden, brodelnden Kessel riss. Hoch schlugen die Wassermassen über mir zusammen. Ich wurde herumgewirbelt, emporgeschleudert und wieder in die Tiefe gezogen. Ich rotierte mit irrsinniger Geschwindigkeit um die eigene Achse und schoss schließlich kopfüber davon.

Dann war ich frei. Der Mahlstrom hatte mich ausgespien. Es war ruhig. Ich öffnete die Augen. Ich war in einem kleinen, behaglich ausgestatteten Raum gelandet. Die Geräte auf dem Tisch und an den Wänden, das Fehlen von Fenstern, das gleichmäßige Summen von Aggregaten – das alles bewies mir, dass ich mich an Bord eines Raumschiffs befand.

Das Unglaubliche war geschehen: Mein Verzweiflungssprung hatte mich ans Ziel gebracht. Dieses Raumschiff befand sich in Fahrt, das spürte ich deutlich. In der Nähe befanden sich mehrere Laren: Ich empfand das Fluidum, das von ihren paraenergetischen Strukturen ausging.

Ich war frei; endlich und endgültig frei!

Als ich den kleinen Kommandostand betrat, erregte mein Anblick allgemeine Bestürzung. Nur der Respekt vor Laafnetor-Brecks hohem Rang verbot dem Kommandanten des Schiffs, mich rundheraus zu fragen, wo, zum Teufel, ich hergekommen sei.

»Wir hatten dich nicht hier erwartet«, bemerkte er stattdessen. »Du siehst uns überrascht. Aber dennoch wissen wir die Ehre zu schätzen, dich an Bord zu haben.«

Ich musste rasch handeln. Es ging darum, meine Position zu festigen. Denn in wenigen Augenblicken würde der Befehl zur Umkehr von Zabrijna her eintreffen. Unabhängig davon, ob Hotrenor-Taak vermutete, dass ich hierher geflohen war oder nicht, würde er das Kurierschiff auf jeden Fall zurückbeordern. Es lag ihm nichts daran, dass Laafnetor-Brecks Bericht zum Hauptquartier gelangte.

»Ich war gezwungen, meine Abreise geheim zu halten«, erklärte ich dem Kommandanten mit lauter Stimme. »Auf Zabrijna konnte ich nicht bleiben, dort war ich meines Lebens nicht mehr sicher. Ich fliege mit zum Hauptquartier!«

Die Disziplin an Bord des larischen Schiffs war bewundernswert. Nur der Kommandant beschäftigte sich mit mir, die übrigen Offiziere gingen weiterhin ihren Aufgaben nach und taten, nachdem die erste Überraschung verflogen war, so, als gebe es mich überhaupt nicht.

»Dir droht Gefahr?«, fragte der Kommandant ungläubig.

»Das ist richtig. Hotrenor-Taak benützt diese Expedition, um seinen eigenen Interessen Vorschub zu leisten. Ich habe eindeutige Beweise dafür, dass er diese Galaxis nicht in das Hetos eingliedern, sondern sich zu ihrem Alleinherrscher aufschwingen möchte.«

Ich musste so dick wie möglich auftragen, wenn ich Eindruck schinden wollte.

Der Kommandant wurde fahlgrau im Gesicht. »Alleinherrscher!«

»Er weiß, dass ich ihm auf die Schliche gekommen bin«, fuhr ich unbeirrt fort. »Du weißt, dass er über alle Macht verfügt. Ich bin nur der Stellvertreter. Seine Häscher sind bereits unterwegs, um mich zu fassen.«

Ein unangenehmer Gedanke schien den Kommandanten zu beschäftigen. Er warf einen Blick auf den Schirm, auf dem Zabrijnas grünblaue Scheibe mit zunehmender Geschwindigkeit kleiner wurde.

»Weiß der Verkünder, dass du dich an Bord dieses Fahrzeugs befindest?«, fragte er besorgt.

»Er weiß es nicht, aber in Kürze wird er anfangen, es zu vermuten. Das Schiff ist nämlich ohne sein Wissen gestartet. Der Startbefehl kam von mir!«

Er sah mich ratlos an. Ich wusste, in welchem Dilemma er sich befand. Selbst wenn er mir glaubte, unterstand er doch noch immer dem Befehl des Verkünders der Hetosonen. Wenn Hotrenor-Taak auf den Gedanken kam, das Raumschiff zurückzurufen, musste er gehorchen.

Ich befreite ihn aus dem Zustand der Unsicherheit. Er trug eine Waffe mit Trichterlauf – denselben Typ, dessen Laafnetor-Breck sich hatte bedienen wollen – im Gürtel. Ich beugte mich nach vorne und griff zu, das alles mit zwei blitzschnellen Bewegungen, die ihn völlig überraschten. Ich hielt die Waffe schussbereit, jedoch mit der Mündung nach unten. Mein Lächeln war so freundlich, wie es auf der Miene des hochmütigen Laafnetor-Breck wahrscheinlich selten gesehen worden war.

»Ich kenne deine Gedanken«, redete ich ihm zu. »Die Sache, um derentwillen ich unterwegs bin, ist von allerhöchster Wichtigkeit und erfordert unorthodoxes Vorgehen. Das Hetos muss meinen Bericht erhalten. Es muss Gelegenheit bekommen, mich anzuhören. Um dieses Ziel zu erreichen, werden wir einige Regeln brechen müssen. Ich will dir die Sache erleichtern. Wenn Hotrenor-Taak das Schiff zurückbeordert, dann …«

Es war, als hätte ich damit ein Stichwort gegeben. Ein heller, klingender Ton stand plötzlich im Raum. Der Kopf des Kommandanten ruckte herum.

»Meldung von Zabrijna!«, rief der Kommunikationsoffizier. »Sichtverbindung mit dem Verkünder der Hetosonen!«

Der Kommandant warf mir einen ängstlichen, fragenden Blick zu.

»Geh und antworte ihm!«, befahl ich. »Dich wird keine Schuld treffen!«

Ein zweiter Schirm war inzwischen aufgeleuchtet. Übergroß war Hotrenor-Taaks Gesicht zu sehen. Es bedurfte nur eines einzigen Blicks, um zu erkennen, dass der sonst so kühle, berechnende Mann sich in einem Zustand höchster Erregung befand.

Er zuckte zusammen, als er mich erkannte. Ich stand seitwärts hinter dem Kommandanten und hatte den Lauf der Waffe auf seinen Rücken gerichtet. Hotrenor-Taak wandte sich mir zu.

»Du?«, drang es ihm voller Staunen über die Lippen. »Also bist du es doch, der verdammte Terraner!«

»Ich weiß nicht, wovon du sprichst«, erwiderte ich so hochmütig, wie man es von Laafnetor-Breck gewohnt war. »Ich bin unterwegs zum Hauptquartier des Hetos, um den Verantwortlichen über deinen Verrat zu berichten.«

»Du hättest nicht an Bord dieses Schiffs gelangen können, wenn du nicht der verfluchte Mutant wärst …«

»Du lässt die notwendige Würde vermissen«, tadelte ich ihn. »Es fehlt nur noch, dass du anfängst zu geifern.«

Er schluckte und riss sich zusammen. Er sah ein, dass er sich der Mannschaft des Schiffs gegenüber bloßstellte, wenn er sich weiter so verhielt. Sein Blick suchte den Kommandanten.

»Ich befehle dir, sofort zu wenden und Zabrijna anzufliegen. Der Mann, den du an Bord hast, ist entweder ein Verräter oder ein feindlicher Spion. In beiden Fällen ist es von höchster Wichtigkeit, dass er festgenommen und verhört wird.«

»Ich stehe bereit, deinem Befehl zu folgen«, antwortete der Kommandant erstaunlich gelassen, »aber ich kann nicht.«

»Du kannst nicht?«, tobte Hotrenor-Taak. »Was heißt das: Du kannst nicht?«

»Laafnetor-Breck hält die Waffe auf mich gerichtet!«

Er trat einen Schritt vorwärts, was ich ihm nicht verwehrte; denn er war nach wie vor in meinem Schussfeld, aber für den Verkünder war die Waffe jetzt zu sehen.

»Das ist kein Grund!«, röhrte Hotrenor-Taak, außer sich vor Wut. »Du bist Soldat. Du hast dein Leben für die Sache des Hetos zu opfern, wenn dir das befohlen wird!«

»Ich würde mein Leben bedenkenlos opfern«, antwortete der Kommandant ruhig, »wenn es sich erstens dabei nur um mein Leben handelte und nicht auch um das meiner Untergebenen und wenn ich zweitens die Hoffnung hätte, durch dieses Opfer etwas zu erreichen.«

Die Offiziere im Kommandostand waren aufmerksam geworden. Ich hatte sie nicht zu fürchten. Sie saßen in einem Halbrund vor mir. Den Rücken hatte ich mir sorgfältig freigehalten.

»Ich werde dich für diese Weigerung zur Rechenschaft ziehen!«, tobte Hotrenor-Taak.

»Dieses Recht bleibt dir unbenommen«, erwiderte der Kommandant. »Ich selbst werde, sobald wir das Hauptquartier erreichen, einen Bericht über diesen Zwischenfall abgeben und ein Verfahren gegen mich beantragen.«

Auf dem Gesicht des Verkünders erschien ein herablassendes Grinsen. »Falls du das Hauptquartier erreichst!«, rief er.

»Ich habe die feste Absicht«, antwortete der Kommandant unerschrocken.

»Das sag noch mal«, fauchte Hotrenor-Taak, »wenn dein Fahrzeug von meiner Flotte aufgebracht wird!«

Damit brach die Verbindung ab. Ich trat ein paar Schritte zurück. Aller Augen waren jetzt auf mich gerichtet.

»Ich habe euch in diese Lage gebracht«, sagte ich laut, »und ich bin nicht sicher, ob ich euch werde helfen können, wenn es zu einem Verfahren kommt. Ich werde mein Möglichstes tun. Was auch immer geschieht: Seid überzeugt, dass ihr im Dienst des Guten handelt, wenn ihr meinen Befehlen gehorcht. Ihr habt Hotrenor-Taaks Drohung gehört. Er will seine Flotte auf uns hetzen. Es ist wichtig, dass wir dieser ungastlichen Gegend so schnell wie möglich den Rücken kehren!«

11.

Natürlich konnte ich der Ergebenheit der Schiffsbesatzung nicht sicher sein. Es gab keine Garantie dafür, dass man mich nicht in einem unaufmerksamen Augenblick überwältigen, das Fahrzeug wenden und nach Zabrijna zurückkehren würde. Ich hielt mich ständig im Kommandoraum auf. Das war die Nervenzentrale des Schiffs, und solange ich hier die Dinge unter Kontrolle hatte, konnte nichts geschehen, was meinen Zielen abträglich war.

Ich verstand nichts von der galaktonautischen Technologie der Laren und musste mich hüten, mich in Diskussionen über Aspekte des Raumflugs verwickeln zu lassen. Das war schwierig, denn ich wollte ständig über die Geschwindigkeit und den derzeitigen Standort des Fahrzeugs auf dem Laufenden gehalten sein. Wir bewegten uns zunächst in Richtung galaktisches Zentrum. Das Energiehüllen-Raumschiff war längst in den Hyperraum eingetreten und bewegte sich mit einer phantastischen Fahrt, einem Überlichtfaktor von mehr als zehn Millionen, wenn ich den Angaben des Kommandanten trauen durfte.

Es war nicht so, dass mir die Informationen über die Einzelheiten der larischen Raumfahrttechnologie nicht zur Verfügung standen. Ich beherrschte Laafnetor-Brecks Erinnerung. Aber da der Stellvertreter des Verkünders niemals primär mit Raumfahrtproblemen befasst war, existierten diese Informationen in abgelegenen Bereichen seines Gedächtnisses, und vor allen Dingen waren sie nicht untereinander verknüpft. Ich konnte mich einzelner Wisseneinheiten bedienen und damit den Eindruck erwecken, ich verstünde etwas von der Materie. Aber sobald es darum ging, Brücken zu schlagen von einem Phänomenkreis zum andern, geriet ich in Gefahr, mich zu verraten.

Ich erfuhr bald, dass die Laren die Kunst beherrschten, auch im Hyperraum zu tasten und zu orten. Sie hielten unablässig nach der Flotte Ausschau, deren Auftauchen Hotrenor-Taak uns angedroht hatte. Bislang fehlte von ihr jegliche Spur. Aber das Bild konnte sich in jeder Sekunde ändern. Der Verkünder wusste, auf welchem Kurs wir uns befanden. Er war nicht auf die paar Einheiten angewiesen, die ihn nach Zabrijna begleitet hatten. Die Expeditionsflotte war über die ganze Milchstraße verteilt. Er konnte eine Streitmacht von irgendwoher zusammenziehen und sie uns in den Weg werfen.

Und noch etwas erfuhr ich: Die Laren kannten das Prinzip des Linearflugs genau. Sie wendeten es nicht an, weil der Hyperraumflug weit höhere Fluggeschwindigkeiten zuließ. Aber sie wussten, dass sich die Raumschiffe der technologisch hoch entwickelten Zivilisationen der Milchstraße durch den Linearraum bewegten, und sie hatten einen Spürer entwickelt, der aus dem Hyperraum in den Linearraum hinabtauchte und dort nach den Fahrzeugen der Milchstraßenbewohner Ausschau hielt. Der Kommandant hatte keinen Anlass gesehen, den Spürer einzusetzen. Er befand sich nicht auf Kriegs-, sondern auf Kurierfahrt, und ihm war es gleichgültig, was sich durch den Linearraum bewegte. Ich brachte ihn dennoch dazu, die Sonde abzuschicken. Ich redete ihm ein, dass man niemals genug Informationen besitzen könne. Es gebe im Zentrum der Milchstraße ein geheimes Versteck der überlebenden Terraner und vielleicht könne man rein zufällig an den Bewegungen der Eingeborenen-Fahrzeuge – ein typischer Ausdruck aus Laafnetor-Brecks Vokabular! – erkennen, in welcher Richtung dieses Versteck zu suchen sei. Ich verlangte, mich über jede Erfassung eines Fahrzeugs im Linearraum in Kenntnis zu setzen.

Wir waren etwa vier Stunden unterwegs, da erfolgte die erste Meldung. »Ein Fahrzeug von mittlerer Größe, jedoch beachtlicher Geschwindigkeit«, erläuterte der Kommandant.

»Kann man erkennen, wem es gehört?«, erkundigte ich mich.

»Nicht eindeutig«, antwortete er. »Höchstens aus der Erfahrung. Ich würde sagen, es handelt sich um einen Terraner. Nur die Terraner bauen Schiffe dieser geringen Größe, die derartige Geschwindigkeiten entwickeln.«

Ich überlegte kurz. Sollte ich dieses Risiko eingehen? Die Entscheidung fiel mir nicht schwer. Selbst wenn es sich nicht um einen

Terraner handelte, meine Lage würde sich auf keinen Fall verschlimmern.

»Tauchen Sie in den Linearraum ab«, sagte ich zu dem Kommandanten.

Er sah mich verblüfft an. »Aber warum? Das bedeutet einen Zeitverlust!«

»Den nehme ich auf mich. Wenn es sich wirklich um einen Terraner handelt, will ich ihn aufbringen. In dieser Gegend haben Terraner nichts verloren. Wahrscheinlich befindet sich dieses Raumschiff auf dem Weg zum geheimen Versteck des Feindes.«

Ich konnte nicht erfahren, ob meine Darstellung ihn überzeugte. Aber da ich der Höherstehende war und ihn obendrein noch mit seiner eigenen Waffe bedrohte, blieb ihm nichts anderes übrig, als zu gehorchen.

Das larische Schiff tauchte in den Linearraum hinab. Die Halbraumspürer des unbekannten Fahrzeugs sprachen an. Wahrscheinlich erkannte der Terraner, dass es sich bei dem plötzlich aufgetauchten Raumschiff um ein larisches Fahrzeug handelte. Dem war er im Linearraum hilflos ausgeliefert, weil seine Waffen in diesem Zwischenkontinuum nicht funktionierten. Er zog die einzig mögliche Konsequenz. Er verließ den Linearraum und materialisierte im Einstein-Kontinuum.

»Folgen wir ihm?«, erkundigte sich der Kommandant.

»Selbstverständlich!«

Auf den Bildschirmen erschien das Sternenmeer der inneren Galaxis. Das fremde Raumschiff war ein greller Lichtfleck auf der Bildfläche eines der Ortergeräte.

»Fliegt ihn an!«, befahl ich.

»Wenn es wirklich ein Terraner ist«, warnte der Kommandant, »sollten wir ihm nicht allzu nahe kommen. Die Terraner haben Waffen entwickelt, mit denen sie uns gefährlich werden können.«

»Ein so kleines Fahrzeug?«, spottete ich verächtlich.

Er fügte sich. Der Unbekannte versuchte nicht zu entkommen. Er schien zu wissen, dass ihm der larische SVE-Raumer an Geschwindigkeit weit überlegen war und dass jedes Fluchtmanöver von vornherein den Keim des Misslingens in sich trug. Die Lage war kritisch. Handelte es sich wirklich um einen Terraner, womöglich sogar um ein Kriegsschiff der Solaren Flotte, dann bestand die Gefahr, dass das larische Fahrzeug vernichtet wurde. Aber das Risiko musste ich auf mich nehmen.

Die Distanz zwischen den beiden Fahrzeugen schrumpfte. Die fremde Einheit hatte ihren Kurs seit dem Auftauchen aus dem Linearraum nicht geändert. Sie gebärdete sich, als hätte sie keine Ahnung davon, dass sie verfolgt wurde.

»Wir sind feuerbereit!«, verkündete der Kommandant.

»Lasst die Waffen ruhen!«, befahl ich. »Wir wollen den Fremden aufbringen, nicht vernichten!«

Eine ungeheure Erregung hatte sich meiner bemächtigt. Wenn ich Glück hatte, würde ich mich in wenigen Augenblicken zum ersten Mal seit langer Zeit wieder an Bord eines terranischen Raumschiffs befinden. Aber damit waren meine Probleme noch nicht gelöst. Innerhalb weniger Sekunden nach meiner Materialisierung an Bord des Schiffs musste ich zwei Dinge erreichen: verhindern, dass man mich, den Laren, einfach über den Haufen schoss, und dafür sorgen, dass das Fahrzeug auf Ausweichkurs ging, damit der Lare seine vernichtenden Waffen nicht einsetzen konnte.

Das fremde Fahrzeug wurde als matt schimmernder Lichtpunkt auf dem Optikschirm sichtbar. Es war nur noch ein paar Lichtsekunden entfernt.

Ich schloss die Augen. Das war die Sekunde, auf die es ankam. Ich konzentrierte mich auf das Bild vom Innern eines terranischen Raumschiffs, wie ich es in Erinnerung hatte, dann löste ich den Sprungimpuls aus.

Stimmen gellten ringsum. Ich sondierte eine davon aus und hörte sie schreien.

»Will der verdammte Lare uns rammen?«, rief eine Stimme auf Interkosmo.

Ich öffnete die Augen und sah, dass ich mitten im Kommandostand eines terranischen Fahrzeugs gelandet war. Die Anlage war nicht militärisch. Es musste sich um einen Frachter handeln, der keine Waffen besaß, mit denen er dem larischen SVE-Raumer hätte gefährlich werden können. Ich war in einer Einbuchtung der Wand der Zentrale materialisiert. In der allgemeinen Aufregung hatte mich bislang noch niemand wahrgenommen.

»R-punkt nimmt ab!«, schrie jemand.

R-punkt war der Geschwindigkeitsvektor – in dem Fall wahrscheinlich der des larischen Raumschiffs. Der Lare war über den Terraner hinweggeschossen. Wenn seine Geschwindigkeit jetzt abnahm, beabsichtigte er, ein Wendemanöver zu fliegen. Wenn er sich dem Terraner zum zweiten Mal näherte, dann würde die Begegnung nicht mehr so glimpflich ablaufen wie die erste. Für mich wurde es höchste Zeit. Ich musste mich zeigen. Ich musste den Leuten klar machen, was sie zu tun hatten.

Die larische Waffe hatte ich fest in der Hand. Notfalls würde ich mich verteidigen. Ich trat aus der Nische zwischen den beiden Kästen hervor. Der Blick eines der Offiziere erfasste mich sofort.

Ein wütender Schrei gellte auf: »Wie kommt der Lare an Bord?«

Sie wirbelten herum. Flüche wurden laut. Einer, der der Kommandant zu sein schien, brüllte: »Starrt nicht alle die Schwarzhaut an! Behaltet den SVE-Raumer im Auge!«

Sie wollten sich auf mich stürzen. Aber ich hielt ihnen die Mündung meiner Waffe entgegen. Ich begann zu sprechen – wie mühselig es war, Laafnetor-Brecks Sprechwerkzeuge dazu zu bewegen, die Laute der terranischen Sprache einigermaßen verständlich hervorzubringen!

»Ich bin kein Lare!«, behauptete ich. »Ich bin das Bewusstsein eines Terraners, in einem larischen Körper verborgen.« Ich sprach, so eindringlich ich konnte. Ich musste verhindern, dass sie mich einfach auslachten.

»Das larische Raumschiff hat gewendet«, rief ich und deutete auf den Leuchtfleck auf dem Orterschirm. »Wenn es uns das nächste Mal nahe kommt, wird es das Feuer eröffnen. Sind Sie dagegen gewappnet?«

Ein vierschrötiger Kerl, den ich für den Kommandanten hielt, trat ungeachtet der drohenden Waffe auf mich zu. »Wie kommen Sie überhaupt hierher?«, wollte er wissen.

»Ich bin Teleporter. Ansonsten gibt es im Augenblick wichtigere Fragen. Können Sie dem Laren standhalten?«

Er warf einen zweifelnden Blick auf den Orterschirm. »Ich fürchte, nein«, antwortete er betreten. »Wir sind so gut wie unbewaffnet.«

»Dann fliegen Sie ein Ausweichmanöver!«, schrie ich ihn an. »Oder wollen Sie sich einfach abschießen lassen?«

Das wirkte. Der Kommandostand geriet in Bewegung. Befehle gellten. Der Frachter nahm Fahrt auf. Im geeigneten Augenblick lenkte er scharf zur Seite ab – so dass der Antigrav die Fliehkräfte gerade noch zu absorbieren vermochte. Die Energieorter zeigten an, dass der Lare eine Salve auf uns abgefeuert hatte. Sie war dicht an uns vorübergegangen. Der Frachter beschleunigte weiter. Auf mich achtete in diesen Augenblicken niemand mehr. Ich stand bereit, beim nächsten Angriff des Laren an Bord seines Schiffs zu springen und im Kommandostand Verwirrung zu stiften, damit der Terraner entkommen konnte.

Ein paar bange Minuten vergingen. Der Lare stieß zum dritten Mal auf das terranische Raumschiff zu. Der Frachter verfügte über ein schwaches Schirmfeld, das inzwischen voll angefahren war. Gegen einen Volltreffer bot es keinerlei Schutz.

»Fertig zum Linearsprung!«, gellte die Stimme des Kommandanten.

»Sprungmanöver eingeleitet!«, antwortete eine zweite Stimme.

Mir kamen fast die Tränen. Ein uraltes Raumschiff, in dem Kommandant und Kopilot sich noch Informationen zuschreien mussten. Eine verbeulte Sardinenbüchse, in der die kritischen Manöver noch manuell eingeleitet wurden! Und dieses Museumsstück im Kampf gegen ein Kriegsschiff, das aus den Werkstätten der höchstentwickelten Technologie stammte.

Der Lare war heran. »Sprung in drei Seku…«

Der Rest erstarb im Tosen des Treffers. Ich hatte gesehen, wie sich der kleine, aber grelle Lichtpunkt des larischen Raumschiffs in eine lodernde Fackel verwandelte. Ich blickte direkt in das Mündungsfeuer des larischen Schwergeschützes. Unter mir hob sich der Boden. Ich hörte das Geräusch von reißendem Metall. Qualm erfüllte die Luft. Der Frachter schlingerte, und ich stürzte zu Boden. Alle Gedanken an einen Sprung zu dem Laren hinüber waren vorerst vergessen. Zunächst musste ich mich darum bemühen, nicht von den Aggregaten erschlagen zu werden, die überall aus ihren Halterungen rissen und auf mich zu stürzen drohten.

Ich erinnere mich nicht, wie lange ich so gegen das Chaos ankämpfte. Ich weiß nur, dass es plötzlich totenstill war. Ich richtete mich auf. An Bord herrschte wieder die gewohnte, irdische Schwerkraft. Um mich herum häuften sich die Trümmer von schweren Aggregaten. Die Luft war von Qualm erfüllt. Ich konnte kaum zwei Schritte weit sehen.

Da kam aus dem Dunst eine müde Stimme: »Wer noch lebt, soll sich melden …«

Da wusste ich, dass wir das Schlimmste hinter uns hatten. Der Linearraum hatte uns gerettet.

Ein Teil der Besatzung beschäftigte sich damit, die Trümmer aus dem Weg zu räumen und Reparaturen durchzuführen. Der Rest bemannte die Linearraumspürer und hielt nach dem Laren Ausschau. Es war durchaus möglich, dass er uns in das Zwischenkontinuum hinein verfolgte und dort zu Ende führte, was er im Einstein-Raum begonnen hatte. Wahrscheinlich war dem Kommandanten des larischen Schiffs inzwischen längst aufgegangen, dass Hotrenor-Taak mit seiner Beschuldigung, ich sei ein terranischer Mutant, doch Recht gehabt hatte. Er musste mich an Bord des terranischen Fahrzeugs vermuten. Wahrscheinlich war es die Wut des Betrogenen, die die beiden Angriffe gegen den Frachter ausgelöst hatte. Es sah fast so aus, als sei der Lare inzwischen wieder zur Besinnung gekommen. Er verfolgte uns nicht in den Linearraum. Ich weiß nicht, was aus ihm geworden ist – ob er die Fahrt zum Hauptquartier des Hetos fortsetzte oder sofort nach Zabrijna zurückkehrte. Die Chronik meldet nichts von dem larischen Raumschiff, das unter so geheimnisvollen Umständen die Kriegswelt des Ersten Hetrans der Milchstraße verließ und Laafnetor-Breck mit sich nahm, auf dass er hinfort im Dienste der verhassten Terraner arbeite.

Nach einer knappen Stunde stand fest, dass der altersschwache Frachter zwar ziemlich schwer beschädigt, aber vorläufig noch uneingeschränkt raumflugtauglich war. Man würde ihn nach dem Auftauchen aus dem Linearraum in die nächste Werft bringen müssen; aber das scherte mich nicht. Ich war sicher, dass ich nicht allzu lange an Bord bleiben würde. Als sich die Lage einigermaßen normalisiert hatte, beschäftigte sich der Kommandant des Fahrzeugs von neuem mit mir.

Ich hatte den Kommandostand nicht verlassen. Es gab noch Leute, die mich misstrauisch betrachteten. Aber im Allgemeinen hatte man sich an den Gedanken gewöhnt, dass ich – ob Lare oder nicht – wahrscheinlich keine Gefahr bedeutete.

Der Kommandant fing die Sache recht geschickt an. »Ich bin Neyman Rugocsak«, sagte er, weiter nichts, und hatte damit das Recht erworben, nun auch meinen Namen zu erfahren.

»Ich heiße Tako Kakuta«, antwortete ich.

Er sah mich an, als hätte er eine ähnliche Antwort erwartet. Auf seiner Stirn bildete sich eine Falte. »Sie sehen aber nicht so aus!«, hielt er mir vor.

»Da muss ich Ihnen Recht geben. Kennen Sie die Geschichte der acht Altmutanten?«

»In etwa«, antwortete er.

»Wir haben unsere Körper verloren«, belehrte ich ihn. »Wir existieren nur noch als Bewusstseine. Wir lebten in einem Felsklotz, einem Asteroiden im Zentrum der Galaxis. Die USO holte uns von dort ab. Dabei gab es einen unvorhergesehenen Zwischenfall. Ich fiel einem Verräter in die Hände. Die vergangenen Wochen habe ich als Gefangener Leticrons verbracht.«

Auch das schien ihn nicht zu überraschen. Er nickte nur, und dann fragte er plötzlich: »Wo?«

»Zabrijna«, antwortete ich ruhig. »Warum?«

»Man muss sichergehen«, meinte er ausweichend. »Wo wollen Sie hin?«

»Ich suche jemand, der weiß, wo sich die überlebenden Solarier versteckt haben.«

Er musterte mich. »Sind Sie sicher, dass es ein solches Versteck gibt?«

»So sicher wie Leticron und Hotrenor-Taak«, antwortete ich trocken. »Die sind nämlich mit allen Mitteln auf der Suche danach.«

Das brachte ihn ein wenig aus dem Gleichgewicht. Er riss die Augen auf und zog die Brauen in die Höhe. »Sicher?«

»So sicher wie die Hexenjagd, die Hotrenor-Taak veranstaltete, um mich einzufangen, weil er glaubte, ich wüsste die Koordinaten des Verstecks.«

Er sah eine Zeit lang vor sich hin. Plötzlich griff er in die Tasche und brachte eine ovale Plakette zum Vorschein. Auf den ersten Blick wirkte sie ziemlich schäbig, aber als er sie in der Hand hin und her drehte, begann sie, auf merkwürdige Art zu funkeln. Das waren Howalgonium-Kristalle! Ich erkannte nicht nur das charakteristische Leuchten, ich spürte auch die eigenartige, dem PEW-Metall verwandte Strahlung, die von den winzigen Kristallen ausging.

»Ich heiße wirklich Rugocsak«, sagte er. »Aber ich bin kein Frachterkapitän. Die Lage hat uns dazu gezwungen, immer neue Tarnungen zu entwickeln. Erlauben Sie ...«, er stand auf, »... Captain Neyman Rugocsak, United Stars Organisation.«

Der Rest war ein Kinderspiel. Der Frachter vollzog eine Kursänderung und hielt auf den Randsektor des galaktischen Kernzonenraums zu. Rugocsak gab mir zu verstehen, dass er von der Position des geheimen Verstecks keine Ahnung hatte. Er arbeitete von einem USO-Stützpunkt aus, den der Gegner bislang noch nicht entdeckt hatte, und empfing seine Anweisungen direkt von Quinto-Center. Dorthin hatte er inzwischen über Relaisfunk gemeldet, dass er auf höchst merkwürdige Art und Weise einen Laren aufgegabelt habe, der vorgab, der verschwundene Mutant Tako Kakuta zu sein.

Die Antwort von Quinto-Center – Rugocsak hatte genug Vertrauen zu mir, um sie mich sehen zu lassen – klang alles andere als emphatisch:

»Höchste Vorsicht ist geboten. Anfliegen Naublus II und Analyse veranlassen.«

Infolge dieser Anweisung war die Kursänderung durchgeführt worden. Ich kannte Naublus II. Dort hatte die USO eine Station, in der auf dem Gebiet der Paraphysik geforscht und experimentiert wurde. Man wollte mich dort testen. Man wollte genau wissen, ob ich wirklich der Mann war, der ich zu sein vorgab.

Ich machte mir darüber keine Sorgen. Wir brauchten drei Tage, um Naublus zu erreichen. Rugocsaks Tarnung war in der Tat vollkommen; der Frachter war wirklich so alt, wie er aussah. Naublus II war eine marsähnliche Wüstenwelt. Die Atmosphäre an der Oberfläche, ständig von Stürmen ungeheurer Intensität durcheinander gewühlt, war zu dünn, als dass menschliche Lungen mit ihr hätten auskommen können. Der Stützpunkt lag tief unter der Oberfläche des kleinen Planeten. Man brachte mich in ein Lazarett und begann die Untersuchung.

Sie brachten zwei Standardtage mit mir zu, dann wussten sie genau, dass ich nicht gelogen hatte. Ich hatte sie gewarnt, dass Laafnetor-Brecks Bewusstsein womöglich aufsässig werden würde, wenn sie das meinige zu stark drosselten. Sie hatten sich die Warnung zu Herzen genommen und den Körper des Laren so voller Drogen gepumpt, dass während der Dauer der Untersuchung weder Laafnetor-Breck noch ich uns rühren konnten.

Und dann war alles überstanden. Sie wussten, wer ich war. Sie schüttelten mir die braune Hand und lächelten mir freundlich ins dunkle Gesicht. Ich sah deutlich, dass mein Äußeres sie abstieß. Ich konnte es ihnen nicht verübeln. Ein Volk, das von einem fremden Gegner, der so aussah wie ich, so viel hatte hinnehmen müssen, tut sich schwer, einem Wesen gegenüber freundlich zu sein, das eben diesen Gegner repräsentiert. Hinzu kam die Ungewissheit über die eigene Zukunft, der Gedanke daran, dass die Laren oder die Überschweren morgen schon Naublus II entdecken könnten. Der Stützpunkt war viel zu schwach ausgerüstet, um sich gegen einen entschlossenen Angreifer mit Aussicht auf Erfolg zu verteidigen. Der Besatzung blieb als einziger Ausweg nur die Flucht – und der Himmel mochte wissen, wie vielen diese nicht gelingen würde.

Es war eine eigenartige, gespannte Atmosphäre. Während meines dreitägigen Aufenthalts auf Naublus II gab es nur einen einzigen Lichtblick. Das war, als Atlan per Hyperfunk Kontakt mit mir aufnahm. Neugierig besah ich die Züge des Arkoniden. Die jüngsten Ereignisse waren nicht spurlos an ihm vorübergegangen. Scharfe Linien hatten sich in seine Züge gegraben. Der Mund war dünnlippiger geworden. Er musterte mich, und dann endlich brach das gewohnte Lächeln durch.

»Tako«, sagte er, »Sie sehen entsetzlich aus!«

»Ich hoffe, dass sich daran bald etwas ändern lassen wird, Sir«, antwortete ich.

»Man hat mich über die Ereignisse der Analyse unterrichtet«, fuhr er fort. »Sie werden es uns nicht übel nehmen, dass wir so mit Ihnen umgesprungen sind. Die Lage ist kritisch ...«

»... und man kann nicht jedem dahergelaufenen Laren abnehmen, dass er wirklich Tako Kakuta ist«, fiel ich ihm ins Wort. »Das ist klar. Wichtiger ist, Sir, dass ich so bald wie möglich an einen Ort gebracht werde, an dem man die Informationen auswerten kann, die Laafnetor-Brecks Bewusstsein mit sich herumträgt. Immerhin war er der Stellvertreter des Verkünders. Was er weiß, wird uns sicherlich zustatten kommen.«

Der Arkonide nickte. »Für Ihren Weitertransport ist gesorgt, Tako«, beruhigte er mich. »Das Fahrzeug steht schon bereit. Sie kommen nach Gäa.«

»Gäa?«

»Die neue Erde. Die Heimat der Vertriebenen.«

Zwei Stunden später lag Naublus II hinter mir. Ich, noch immer im Körper des Laren Laafnetor-Breck, befand mich auf dem Weg nach Gäa. Wie seltsam hatte der Ausdruck doch geklungen, den der Arkonide verwendet hatte:

Die Heimat der Vertriebenen ...

12.
Mahlstrom der Sterne

Die Gewitterwolken, die am 22. Mai des Jahres 3460 drohend über Terrania hingen, schienen vielen Terranern ein Sinnbild für die gefährliche Lage, in der sich die Heimat der Menschen und sein Trabant befanden.

Der inzwischen zum Admiral beförderte Ertruser Toronar Kasom war an diesem Vormittag nicht besonders erfreut, als er die Aufforderung erhielt, sich unverzüglich im Hauptquartier der Flotte zu melden. Missmutig kämmte er seine Sichellocke zurück, legte seine Uniform an und nahm den Gleiter, der vor seinem Haus stand. Die Wachen vor dem

Hauptquartier ließen ihn ungehindert passieren, was er ihnen auch geraten hätte, wäre er von ihnen angehalten worden. Er schob seinen massigen Körper in einen Antigravlift und glitt unter die Oberfläche.

»Bin gespannt, was die wieder von mir wollen«, knurrte er zu sich selbst. »Werden doch nicht wieder diese Ploohns sein, die sich um alles kümmern, was sie nichts angeht ...«

Die Ploohns waren ins Riesenhafte vergrößerte Ameisen und wurden bis zu zwei Meter groß. Sie hatten die Raumfahrt entwickelt und schienen diesen Sektor des Universums zu beherrschen. Die hierher verschlagenen Terraner waren bereits mehrmals mit ihnen zusammengestoßen.

Als Kasom den kleinen Sitzungsraum tief unter der Erde betrat, kam ihm Perry Rhodan entgegen. »Guten Morgen, Toronar.« Der Terraner reichte ihm die Hand. »Freut mich, dass Sie gekommen sind.«

»Werde satt und dick!«, erwiderte Toronar Kasom unwillkürlich den Gruß in der Art seines Volkes, aber dann fiel ihm schnell genug ein, dass er bei Rhodan wenig zutreffend war. »Ähem – guten Morgen, Sir. Was gibt es denn schon wieder?«

»Setzen Sie sich, Toronar, dann reden wir weiter. Die anderen Offiziere kennen Sie ja, wir können uns die Vorstellung ersparen. Kommen wir gleich zur Sache. Die Situation ist uns allen bekannt. Um die Position der Erde festzustellen, müssen wir zuerst einmal wissen, um welche Galaxien es sich handelt, in deren Nabelschnur wir festsitzen. Aus diesem Grund wurden bisher 14 unserer modernsten Expeditionsschiffe ausgeschickt – keines dieser Schiffe ist zurückgekehrt.«

»Die Ploohns?«, vermutete Toronar Kasom. »Sie haben unsere Schiffe abgefangen. Das sieht ihnen ähnlich.«

»Die Ursache der Verluste ist unbekannt«, sagte Rhodan. »Sie können naturbedingte Gründe haben. Das Gebiet um uns herum ist voller Geheimnisse und energetischer Erscheinungen, deren Natur wir kaum kennen. Aber es ist nicht ausgeschlossen, dass Ihre Vermutung stimmt, Toronar. Mit den Ploohns ist nicht zu spaßen, und sie sind uns nicht gerade wohl gesinnt. Aus diesem Grund habe ich mich nach Rücksprache mit dem Führungsstab der Flotte entschlossen, einen größeren Verband zur Erkundung auszusenden. Es handelt sich um die elfte Offensivflotte, deren Kommando Sie übernehmen.«

»Die elfte Offensivflotte?«, wunderte sich Toronar Kasom. »Das ist aber ein happiger Brocken für eine bloße Erkundung. Aber mir soll es recht sein. Mit den Ploohns habe ich noch ein Hühnchen zu rupfen.«

»Es geht weniger um die Ploohns als vielmehr um die Tatsache, dass die mehr als zehntausend Schiffseinheiten die ungestörte Arbeit unserer Wissenschaftler garantieren, die selbstverständlich mitfliegen werden.«

»Wie viele Einheiten genau?«

»11.696!«

»Eine stolze Zahl«, gab Kasom zu und nickte. »Da kann uns nicht viel passieren. Wann?«

Rhodan unterdrückte ein Lächeln. Er kannte die Impulsivität des Ertrusers, aber auch seine Vorsicht in gefährlichen Situationen. Das machte ihn so geeignet für dieses Unternehmen. »Morgen, Toronar. Der Befehl geht noch heute an die Kommandanten der einzelnen Einheiten. Viele der Schiffe befinden sich bereits im Raum. Der Rest wird noch in dieser Nacht die Erde verlassen. Die Koordinaten des Treffpunkts werden rechtzeitig bekannt gegeben.«

Kasom faltete die Hände auf dem Bauch. »Ist das alles?«, fragte er Rhodan.

»Ja. Weitere Einzelheiten werden noch von den Wissenschaftlern ausgearbeitet. Sie sind dafür verantwortlich, dass sie ungestört arbeiten können und vor Angriffen geschützt werden. In der Hinsicht haben Sie alle Vollmachten. Berücksichtigen Sie die Positionswünsche der Astronomen, soweit das möglich ist.«

»Ich bin ein sehr umgänglicher Typ, Sir, das wissen Sie doch.«

»Eben deshalb habe ich Ihnen ja auch das Oberkommando gegeben.«

Es gab noch einige Einzelheiten zu besprechen, dann kehrte Toronar Kasom zu seinem Haus zurück, um noch einige Stunden zu schlafen. Sein Flaggschiff, die KERON, wartete startbereit auf dem Raumhafen von Terrania. Metron Kaschart, Erster Offizier der Navigation, traf dort die letzten Vorbereitungen.

Rhodan hatte seine guten Gründe, an der geplanten Expedition nicht teilzunehmen. Die Kritik an dem misslungenen Transmitterexperiment, das die Fehlversetzung der Erde zur Folge hatte, mehrte sich. In einer solchen Situation war es besser, wenn er zurückblieb, um die politische Situation kontrollieren zu können.

Die Erde selbst war zur Sicherheit von einem dichten Sperrgürtel terranischer Schiffe umgeben. Weiter vorgeschoben lauerten die Erkundungseinheiten mit ihren weit reichenden Instrumenten. Sie würden das Auftauchen fremder Objekte rechtzeitig bemerken und die Flotte alarmieren.

Bei einem dieser Erkundungsschiffe handelte es sich um den 200-Meter-Kugelraumer SAN ANTONIO, an dessen Bord sich außer der Mannschaft noch Wissenschaftler und der Mausbiber Gucky befanden. Dass Gucky in dem Schiff war, hatte seinen besonderen Grund.

Das mysteriöse Wesen »Zeus« hatte sich in letzter Zeit rar gemacht und war nicht mehr wieder aufgetaucht. Die einzige Möglichkeit, wieder Kontakt mit ihm zu erhalten, war ein Telepath. Also hatte sich Rhodan entschlossen, Gucky auf der SAN ANTONIO zu stationieren, da eventuelle Impulse des Insekts im Raum besser aufzufangen waren als auf der Erde.

Gucky war von diesem Auftrag nicht gerade erbaut. Die meiste Zeit hockte er in seiner Kabine und lauschte telepathisch in das Nichts hinaus. Seine Fähigkeit kannte keine größere Reichweite. Telepathische Impulse waren an fast keine Entfernungen gebunden, aber es gab genügend andere Faktoren, die sie abschwächten oder gar völlig verschluckten. Die energetischen Turbulenzen in der Nabelschnur zwischen den beiden Galaxien gehörten dazu.

Der Mausbiber erfuhr aus dem Bordnetz vom Start der Offensivflotte. An seinem Auftrag änderte das nichts. Zwar hätte er die Aufregungen einer so interessanten Expedition liebend gern mit seinem augenblicklichen Auftrag vertauscht, aber das war leider nicht möglich. Also blieb er auch weiterhin in seiner Kabine, konzentrierte sich auf die bis zu seinem Gehirn vordringenden Gedankenimpulse, sortierte sie aus und gab die Hoffnung nicht auf, dass auch die von Zeus einmal darunter waren.

Es fiel ihm nicht schwer, die Impulse der SAN ANTONIO-Besatzung schon gleich zu Beginn auszuschalten. Das war unbedingt notwendig, denn sie waren ungeschwächt. Sie überlagerten alle anderen Impulse und wirkten wie gezielte Störsender.

Dann erreichten Gedankenimpulse von der Erde den Mausbiber. Sie war nicht weit entfernt, höchstens einige Lichtstunden. Aber Gedankenimpulse benötigten keine Zeit beim Zurücklegen von Entfernungen.

»Bei meinem Heimatplaneten Tramp!«, murmelte Gucky gelangweilt. »Da versucht doch dieser Funkheini schon wieder, mit dem Mädchen von der Navigation anzubändeln.« Er konnte es nicht lassen, ein wenig an Bord der SAN ANTONIO herumzuspionieren und sich so die Zeit zu vertreiben. »Wenn ich ihm verraten würde, was sie von seinem Süßholzraspeln hält, würde er sich freiwillig aus der Luftschleuse stürzen. Dabei liebt sie den Verpflegungsoffizier – ausgerechnet den! Wenn ich hier der Boss wäre, würde man ihn jeden Tag in seiner Konzentratbrühe baden lassen. Hat den ganzen Kühlraum voller Frischgemüse und rückt nichts davon raus, der Gauner! Bald greife ich zur Selbsthilfe …«

Die KERON startete von Terrania aus und erreichte nur eine halbe Stunde später den Pulk der Expeditionsflotte, die weit draußen im Raum die Ankunft des Flaggschiffs abwartete. Jetzt erst konnte Kasom Verbindung zu den einzelnen Kommandanten über die Ringfunkleitung aufnehmen und eine kurze Besprechung abhalten. Die Wissenschaftler hatten die bestmögliche Ausgangsposition für ihre Beobachtungen berechnet. Sie lag im Zentrum des energetischen Mahlstroms, mitten in der Nabelschnur zwischen den beiden Galaxien, genau an der gefährlichsten Stelle.

»Wieso ausgerechnet dorthin?«, fragte Kasom skeptisch.

»Das Zentrum ist der Ausgangspunkt«, wurde ihm geantwortet. »Dort begann das Auseinanderziehen der beiden Welteninseln. Dort entstand die Nabelschnur!«

»Na gut, das glaube ich ja auch, aber wie sollte es möglich sein, von dort aus die Identität der beiden Galaxien festzustellen? Ich bin kein Wissenschaftler, deshalb stelle ich diese Frage.«

»Schwierig zu erklären, Admiral«, erwiderte einer der Chefastronomen vorsichtig. »Aber nehmen Sie einmal an, Sie sehen auf einem Teich Kreise und möchten gern feststellen, woher sie stammen und wie schwer der Gegenstand war, der sie verursachte. Was tun Sie? Sie tauchen genau im Zentrum der Kreise. Und was finden Sie? Den Stein, der ins Wasser geworfen wurde. So ähnlich vorhält es sich auch in unserem Fall.«

»Aha, ich verstehe«, sagte Toronar Kasom, obwohl er nicht allzu viel mit dem Beispiel anfangen konnte. »Nehmen wir also Kurs auf das Zentrum der Nabelschnur und machen wir uns auf das Schlimmste gefasst. Die Linear-Koordinaten werden noch berechnet. Ich gebe sie dann bekannt. Sonst noch Fragen?«

Es gab keine. Bald darauf lehnte sich Kasom ein wenig erschöpft in den Kontursessel zurück. Neben ihm hatte Major Metron Kaschart Platz genommen. Er kannte ihn von früheren Einsätzen her gut und war mit ihm befreundet.

»Nun, Major? Was ist Ihre Meinung?«

»Was wollen Sie hören, Admiral?«

»Die Wahrheit, was sonst?«

Kaschart kaute auf seiner Unterlippe herum. »Die Wahrheit? Die kenne ich selbst nicht, aber ich habe das ziemlich unangenehme Gefühl, dass zumindest einige von uns nicht mehr zur Erde zurückkehren. Dort draußen lauern unbekannte Gefahren, die eine Nummer zu groß für uns sind.«

»Spielen Sie etwa auf die Ploohns an?«

»Eigentlich weniger, Admiral. Sie sind Lebewesen aus Fleisch und Blut, mit denen können wir fertig werden. Nein, ich meine mehr die physikalischen Gegebenheiten in der Energiehölle, die wir Mahlstrom nennen. Immer wieder gibt es neue Überraschungen, und ehe wir ihre Natur nicht erkannt haben, können wir ihnen nichts entgegensetzen. Wir stoßen in unbekanntes Gebiet vor. Auch wenn wir mehr als elftausend Schiffe haben, so bedeutet das für mich keine Garantie zur Rückkehr. Es kann Dinge geben, die unsere gesamte Flotte mit einem Schlag vernichten.«

Kasom warf ihm einen kurzen Blick zu. »Sehr optimistisch klingt das gerade nicht, Major.«

»Sollte es auch nicht«, gab Kaschart trocken zurück.

Kasom betrachtete ihn etwas aufmerksamer, ehe er sagte: »Wenn ich Sie richtig verstehe, sind Sie der Meinung, dass unser ganzer Einsatz viel zu risikoreich ist und dass man ihn lieber rechtzeitig abblasen sollte. Grundsätzlich stimme ich Ihnen zu, nur mit dem Abblasen gehe ich nicht mit Ihnen konform. Wir müssen herausfinden, was dort auf uns lauert und warum unsere Expeditionen niemals zurückkehrten! Tun wir das nicht, bleiben wir für alle Zeiten isoliert und treten auf der Stelle. Und wir werden niemals herausfinden, wo, zum Teufel, wir uns befinden!«

Kaschart lächelte bitter. »Ich bin durchaus nicht dafür, das Unternehmen aufzugeben. Ich wollte nur warnen, zur äußersten Vorsicht mahnen, Admiral, mehr nicht. Die Flotte muss zusammenbleiben, jedes einzelne Schiff muss ständig Kontakt mit den anderen halten. Niemand darf überrascht werden. Von einem Gegner nicht, aber auch nicht von unbekannten Naturgewalten. Und von denen gibt es ja hier eine ganze Menge.«

»Wir fliegen hinaus, um sie kennen zu lernen, Major.« Kasom wandte sich an einen der Navigationsoffiziere. »Wie lange dauert es noch?«

»Exakt elf Minuten, Admiral. Wir berechnen die Koordinaten für die gesamte Flotte, damit die erste Linearetappe konform läuft. Die Schiffe müssen in der jetzt formierten Aufstellung wieder in das Einstein-Universum zurücktauchen.«

»Klar, wir bleiben zusammen«, knurrte Kasom und warf Kaschart einen bezeichnenden Blick zu. »Wird schon schief gehen …«

Um keine unnötigen Risiken einzugehen, war beschlossen worden, so wenig Flugmanöver wie möglich durchzuführen. Mit einer einzigen Etappe sollte die Strecke bis zum Zentrum des Mahlstroms, dem so genannten Schlund, zurückgelegt werden. Die Position war exakt berechnet worden. Im Linearraum konnte man sich absolut sicher fühlen. Dort lauerten keine Gefahren – soweit das bekannt war.

Major Metron Kaschart erhob sich. »Ich kümmere mich um die Berechnungen«, sagte er und nickte Kasom zu. Toronar Kasom nickte zurück und widmete sich dann den Schirmen. Die Erde und ihr Mond standen als Doppelgestirn allein im Raum, wenn man von den weiter entfernten Sternen absah. Die künstlichen Sonnen strahlten die Erde so stark an, dass sie selbst wie ein Stern wirkte und auch der Mond noch genügend Licht erhielt.

Wo war Sol, die Sonne der Erde, wo die Planeten? Wo war die Milchstraße, die Heimatgalaxis? Kasoms Blick suchte die verschwommenen Lichtpünktchen in den Weiten des Universums, die hier draußen mit bloßem Auge zu erkennen waren. Jedes von ihnen stellte eine ganze Galaxis dar, aber welche? Da der eigene Standort unbekannt war, konnte keine von ihnen identifiziert werden. Aber von der alten Position der Erde aus hatten schon frühere Astronomen den Zusammenstoß zweier Galaxien beobachtet, und das nicht nur einmal. Ein seltenes Ereignis, doch eben nicht zu selten.

Das dürfte das Problem unserer Wissenschaftler sein, dachte Kasom. *Mein Problem ist die Sicherheit der Expedition, und daran sollte es nicht fehlen.*

Kaschart kam zu ihm zurück. »Alles klar. In drei Minuten haben wir Lineargeschwindigkeit erreicht. Dann tauchen wir ein.«

Kasom kannte den Linearraum zur Genüge, aber wenn sich ihm die Gelegenheit bot, verfolgte er zumindest die beiden Übergangsstadien. Das Eintauchen und das Herausgleiten. Er fand es immer wieder reizvoll und aufregend. So auch diesmal. Die Sterne verschwanden. Grund genug für Kasom, sich mit erstaunlicher Gewandtheit aus dem Sessel zu schwingen und zu Kaschart zu sagen: »Ich verziehe mich in meine Kabine, Major. Für ein paar Stunden haben wir Ruhe. Sollte dennoch etwas Unvorhergesehenes eintreten, sorgen Sie dafür, dass ich sofort benachrichtigt werde. Ansonsten bin ich vor dem Rücktauchmanöver wieder hier.«

Ohne eine Antwort abzuwarten, verließ er die große Kommandozentrale des Flaggschiffs und steuerte seine in der Nähe liegende Kabine an. Ohne sich auszuziehen, legte er sich auf das Spezialbett und schloss die Augen. Er war müde, obwohl er in der Nacht gut geschlafen hatte.

Guckys Konzentration wurde jäh unterbrochen, als der Interkom in seiner Kabine aufdringlich summte. Er blieb auf dem Bett liegen und aktivierte das Gerät telekinetisch.

Perry Rhodan erschien auf dem Schirm. »Na, Kleiner, schon was herausbekommen? Hat sich Zeus gemeldet?«

»Ach wo, keine Spur. Ich lausche mir die Seele aus dem Leib, aber der Kerl rührt sich nicht. Entweder denkt er überhaupt nicht oder er versteht es, die Impulse abzuschirmen. Ich bleibe weiter auf Empfang.«

»Sehr schön. Aber da ist noch etwas: Kasom ist mit der elften Offensivflotte gestartet. Es wäre mir lieb, wenn du Kontakt mit ihm hieltest. Wenigstens dann, wenn die Schiffe im Normalraum sind. Kannst du dich darum kümmern?«

»Klar mache ich das. Aber ich kann dir nicht versprechen, dass es immer klappt. Ich habe genug damit zu tun, diesen Zeus aufzustöbern. Möchte wissen, als was er das nächste Mal wieder aufkreuzt.«

Kasom schien Rhodan mehr zu interessieren. »Vergiss die Flotte dabei nicht, Gucky. Es ist wichtig, dass wir ständig über ihren Standort unterrichtet sind, und die Funkverbindung ist schlecht, das weißt du ja. Wahrscheinlich werden wir den Kontakt völlig verlieren, sobald die Entfernung zu groß ist. Die energetischen Stürme blockieren alles.«

»Vielleicht auch Gedankenimpulse«, meinte Gucky.

»Mag sein. Pass jedenfalls auf, bitte! Ich möchte nicht, dass wir noch mehr Schiffe verlieren, von Kasom und seinen Leuten ganz zu schweigen.«

»Im Augenblick habe ich keinen Kontakt mit ihm, Perry.«

»Kein Wunder, denn die Flotte ist vor wenigen Minuten in den Linearraum eingetaucht. Versuch es in etwa drei Stunden wieder. Ich halte Kontakt mit den Erkundungsschiffen.«

»Gut. Bis dann!«

Als der Schirm erlosch, rutschte Gucky auf das Bett zurück und konzentrierte sich erneut auf Zeus.

Toronar Kasom schreckte aus seinem leichten Schlummer hoch, als die nicht gesicherte Tür zu seiner Kabine krachend aufgestoßen wurde. Major Metron Kaschart kam schreckensbleich hereingestürzt.

»Admiral … draußen! Das müssen Sie sehen!«

Kasom stützte sich auf die Ellbogen und sah Kaschart verwundert an. »Draußen? Was meinen Sie damit, Major?«

»Im Linearraum, Admiral! Lauter goldene Fäden …!«

Kasom blickte nun sehr dienstlich drein. »Ich habe nichts gegen Scherze, Major, aber das geht zu weit. Vergessen Sie nicht, dass wir einen schwierigen Auftrag vor uns haben und dass jeder von uns … Was sagten Sie? Goldene Fäden? Im Linearraum?«

»Richtig, Sir, goldene Fäden. Billionen von ihnen und alle nur zwei bis drei Zentimeter lang. Sie haben den Flug der KERON bereits merklich verlangsamt.«

Kasom war mit einem Satz beim Interkom und schaltete ihn auf Außenbeobachtung um. Sekunden später sah er, dass Kaschart keinen Scherz gemacht hatte. Das gewohnte Bild des Linearraums wurde durch eine andere und bislang unbekannte Lichterscheinung überlagert und teilweise völlig verdeckt. Es handelte sich in der Tat um goldene Fäden, nicht stärker als ein Menschenhaar und höchstens dreißig Millimeter lang. Aber es mussten Myriaden von ihnen sein. Sie schienen die KERON zu verfolgen, denn sie blieben kaum zurück, obwohl das Schiff noch immer mit millionenfacher Lichtgeschwindigkeit flog.

»Was ist das?«, stieß Kasom ziemlich ratlos hervor. »Hier kann nichts existieren …«

»Wir existieren auch im Linearraum«, erinnerte ihn Kaschart.

Kasom warf ihm einen wütenden Blick zu. »Ja, stimmt schon, aber nur deshalb, weil wir eine entsprechende Technik besitzen. Sie wollen mir doch nicht weismachen, dass diese goldenen Würmer da draußen eine Technik haben? Was sagen die Wissenschaftler?«

»Nichts, Admiral. Sie sind noch dabei, das Phänomen zu untersuchen. Mit dem Ergebnis ist nicht vor zwei oder drei Stunden zu rechnen. Es ist leider unmöglich, diese Goldfäden einzufangen, da wir uns im Linearraum aufhalten.«

Kasom holte tief Luft. »Dann tauchen wir eben jetzt schon in den Normalraum zurück!«

»Davon würde ich abraten, Sir, abgesehen von der Tatsache, dass die Programmierung das Rücktauchmanöver planmäßig in fünf Minuten einleitet. Wir würden die anderen Schiffe der Flotte nicht mehr wieder finden, handelten wir unabhängig von ihnen.«

Kasom sah das ein. Die Flotte blieb nur dann zusammen, wenn das Rücktauchmanöver gleichzeitig erfolgte. Sonst konnte es geschehen, dass die Schiffe Lichtjahre voneinander entfernt im Normalraum rematerialisierten. Eine Funkverbindung im Linearraum und während der Flugetappe gab es nicht. »Gut, danke! Gehen wir in die Zentrale, Major.«

Vor dem Panoramaschirm drängten sich die Dienst habenden Offiziere und Mannschaften. Als Kasom erschien, machten sie ihm bereitwillig Platz, so dass er und Kaschart ihre Sessel erreichen und sich setzen konnten. Der Ertruser sagte nichts. Stumm starrte er auf den Schirm und versuchte, eine Erklärung für das zu finden, was er sah. Aber er fand weder eine Erklärung noch eine Parallele. Er konnte sich nicht erinnern, dass jemals in der Geschichte Terras ein solches Phänomen überhaupt Erwähnung gefunden hatte.

»Rücktauchmanöver in sechzig Sekunden«, flüsterte Kaschart ihm zu. »Vielleicht verschwindet der Spuk dann.«

Es war in der Tat wie ein Spuk, aber ein sehr handfester. Es konnte kein Zweifel daran bestehen, dass sich die Lineargeschwindigkeit der KERON merklich verlangsamt hatte. Die Halbraumspürer zeigten an, dass es den übrigen Schiffen der Flotte ebenso erging. Das hatte zumindest den Vorteil, dass sie die ursprüngliche Formation beibehielten.

Dann – der Normalraum! Das Bild des Linearraums erlosch, aber das goldene Flimmern blieb. Durch es hindurch waren wieder die anderen Schiffe zu sehen, wenn auch nur undeutlich und verschwommen. Es war ein phantastischer Anblick, so als schwämmen sie alle unter der Oberfläche eines Meeres aus flüssigem Gold. In dichten Schwaden zogen die Fäden durch das Nichts und begannen damit, die Schiffe einzuhüllen. Aber die Funkverbindung war nun wieder möglich.

Kasoms Anordnungen waren kurz und präzise: »Vorläufig erfolgt kein weiteres Linearmanöver. Ich bitte die Wissenschaftler, sich mit dem Phänomen zu befassen. Feststellen, ob die Fäden mit Energie geladen sind. Vielleicht ist es möglich, einige zwecks Untersuchung ins Schiff zu holen. Aber vorsichtig! Isolierstation! Wir bleiben in Kontakt.«

Die Geschwindigkeit der KERON hatte sich weiter verlangsamt. Die goldenen Fäden setzten den Schiffen einen starken Widerstand entgegen, der den Flug merklich bremste.

»Das erinnert mich an irgendeine Sache aus unserer Vergangenheit,

Admiral«, sagte Kaschart unsicher. »Es muss aber schon sehr lange her sein. Da blieben die Schiffe auch hängen und kamen nicht mehr weiter.«

»Ich weiß, was Sie meinen, Major. Das Sargassomeer im Atlantik. Rhodan hat mir einmal davon erzählt, daher weiß ich Bescheid. Gewisse Meeresströmungen trieben an bestimmten Gebieten unübersehbare Tangmassen zusammen, die so dicht wurden, dass sie die damals gebräuchlichen Segelschiffe fest einkeilten und nicht mehr losließen. Für die Besatzungen gab es keine Rettung mehr, denn wenn sie das Schiff verließen, ertranken sie in dem Tangschlamm, und blieben sie an Bord, dann hatten sie nur die Wahl zwischen Verdursten und dem Hungertod.« Er nickte und sah wieder auf den Schirm. »Sie haben Recht – dies hier ist so ähnlich, bis auf den kleinen Unterschied, dass hier wahrscheinlich energetische Strömungen die Ansammlung der Partikel verursachten.«

»Und die Partikel sind kein Tang, Admiral!«

»Sicherlich nicht. Wir werden hoffentlich bald von den Wissenschaftlern hören. Möchte wissen, was sie von diesem Sargassoeffekt halten.«

Inzwischen teilte einer der Funkoffiziere mit: »Keine Verbindung zu den Stützpunkten, Sir. Kontakt von Schiff zu Schiff innerhalb des Verbands geschwächt, aber noch einwandfrei.«

»Also doch!« Kasom betrachtete prüfend seine Hände, als überlege er ernsthaft, ob er damit die goldenen Fäden nicht vertreiben könnte. »Sie sind energetisch aufgeladen. Aber dass sie auch im Linearraum existent bleiben, verstehe ich nicht. Das ist doch eine physikalische Unmöglichkeit! Sie können nicht hier und dort sein.«

»Sind wir auch«, erinnerte ihn Kaschart.

Eine der zahlreichen wissenschaftlichen Abteilungen meldete sich. Der Sprecher, Spezialist für energetische Erscheinungsformen, fasste zusammen: »Es handelt sich um eine energieüberladene Daseinsform ohne Intelligenz, die jedoch materiell stabiler Natur sein dürfte. Sie ist mit einem instinktiven Kollektivbewusstsein ausgestattet und damit zu gemeinsamen Handlungen fähig. Jeder einzelne Faden ist ein Lebewesen für sich, wenn man so will. Durch die Energieladung entstehen wahrscheinlich Gegenpole, die das seltsame Schweben verursachen, wir haben die Erscheinung daher ›Rauschtänzer‹ genannt. Eine weitläufige Verwandtschaft mit den Energiealgen, denen wir bereits begegneten, kann nicht geleugnet werden, aber sie sind auf keinen Fall mit ihnen identisch. Das wäre im Augenblick alles, Sir.«

Kasom lehnte sich zurück. Minutenlang beobachtete er die goldenen Wolken, die sich immer mehr auf die Schiffe konzentrierten und sie einhüllten. Inzwischen war die Flotte praktisch zum Stillstand gekommen.

Leutnant Habakar hatte sich freiwillig gemeldet. Niemand wusste, was ihn draußen erwartete. Wenn er trotzdem bereit war, sein Leben zu riskieren, so lag das an seiner sprichwörtlichen Neugier und an seinem Ehrgeiz.

Kasom hatte lange überlegt, ob er die Erlaubnis geben sollte, dass einer seiner Männer das Schiff verließ, um eine Probe der Rauschtänzer hereinzuholen. Die Wissenschaftler waren dafür gewesen, und sie schlugen als »Fangbehälter« einen Kasten aus Terkonitstahl vor, dem gleichen Material also, aus dem auch die Hüllen der Schiffe bestanden. Zuvor war ein anderer Versuch unternommen worden. Ein kleineres Schiff hatte Fahrt aufgenommen und versucht, Lineargeschwindigkeit zu erreichen. Was die Männer vor den Schirmen zu sehen bekamen, ließ das Ausmaß der Katastrophe zum ersten Mal richtig deutlich werden. Das Schiff beschleunigte unendlich langsam, erreichte aber nicht die gewünschte Geschwindigkeit, und als sein Kommandant trotzdem versuchte, das Linearmanöver durchzuführen, gelang es nicht. Das Schiff verging in einem Energieblitz.

Damit wurde auch Kasom bewusst, dass es aus dem kosmischen Sargassomeer vorerst keine Fluchtmöglichkeit gab. Das war der Grund für seine Genehmigung, dass Leutnant Habakar versuchen sollte, einige Rauschtänzer einzufangen.

»Offensivflotte!«, murmelte Kasom verbittert, während er über die Schleusenkameras das Ausschleusmanöver des Freiwilligen verfolgte. »Wir sind eine Defensivflotte geworden, und das wegen dieser verdammten Goldfäden, die besser auf den Kopf einer schönen Frau passten.«

»Dann wäre die aber ganz schön geladen«, meinte Major Kaschart trocken. »Ich jedenfalls möchte sie nicht haben ...« Inzwischen stand Habakar allein in der Luftschleuse. Die Luft war nicht völlig abgesaugt worden, um das Eindringen der goldenen Fäden beim Öffnen der Außenluke zu verhindern. Der Leutnant sollte mit dem Rest der Atmosphäre das Schiff verlassen.

Er war kein Feigling, sonst hätte er sich kaum gemeldet, aber besonders wohl war ihm auch nicht zumute. Da draußen hinter der Luke lauerte eine unbekannte Gefahr, und er würde sich mitten in sie hineinstürzen. Aber das war die einzige Möglichkeit, eine eventuelle Reaktion zu testen und die gewünschte Probe zu erhalten.

Das rote Licht leuchtete auf, dann öffnete sich die kleine Luke. Der Sog riss Habakar mit sich. Er drehte sich langsam um seine eigene Achse und trieb vom Schiff fort, bis er den Sturz ins Nichts bremste und seinen Flug regulierte.

Was er sah, war mehr als phantastisch. Er schwebte inmitten der goldenen Wolken, nicht weit vom Schiff entfernt, dessen Hülle nun ebenfalls golden schimmerte, so als hätten sich viele Milliarden der Fäden darauf niedergelassen. Sie bildeten regelrechte Muster. Habakar öffnete die Klappe des Behälters und hoffte, dass einige der Rauschtänzer auf die Idee verfielen, sich freiwillig hineinzubegeben.

Um das Schiff nicht aus den Augen zu verlieren, ließ er sich wieder zu ihm hintreiben. Zu seiner Befriedigung bemerkte er, dass schon einige tausend Fäden im Behälter eingeschlossen waren. Seiner Meinung nach genügte das, und er verschloss ihn. Dann befestigte er ihn an seinem Gürtel, um die Hände frei zu haben. Im Kopfhörer vernahm er die Stimme des Admirals: »Leutnant, hören Sie mich?«

»Sehr gut, Sir.«

»Wie ist es? Können Sie etwas Außergewöhnliches feststellen?«

»Verzeihung, Sir, aber das Ganze ist außergewöhnlich. Meinen Sie etwas Bestimmtes?«

Unter normalen Umständen wäre Kasom jetzt sicherlich wütend geworden, aber er blieb ungewöhnlich ruhig. »Fällt Ihnen etwas Besonderes auf? Glauben Sie, dass diese Fäden überlegt handeln? Tun sie etwas, das gewöhnlicher Staub in einem Zimmer nicht auch tun würde, wenn kein Luftzug vorhanden ist?«

»Sie meinen, ob er sich irgendwo absetzt? Ja, die goldenen Fäden scheinen von den Schiffshüllen wie magisch angezogen zu werden. Sie lassen sich in dicken Wolken darauf nieder und bilden eigenartige und wunderschöne Muster. Fast sehen sie wie Spinnennetze aus.«

»Spinnennetze, Leutnant?«

»Genau so, Sir. Tausende von ihnen, eins neben dem anderen. Hat das etwas zu bedeuten?«

»Fragen Sie die Wissenschaftler, Leutnant. Und nun kommen Sie ins Schiff zurück. Sie müssen gegen den erzeugten Luftstrom ankämpfen, aber es darf keiner der Fäden ins Schiff – außer denen in Ihrem Behälter.«

Habakar trieb näher zum Schiff, und da sah er noch etwas, das er vorher nicht bemerkt hatte. Die Netze, wenigstens einige von ihnen, verdichteten sich. Es sah aus, als ob die einzelnen Fäden näher zusammenrückten und im Zentrum des Netzes einen Kokon bildeten. Da die Fäden wie feine Risse wirkten, erschrak der Leutnant fast zu Tode, aber dann kam ihm zum Bewusstsein, dass es nur eine optische Täuschung sein konnte. Nichts konnte Terkonitstahl angreifen. Oder doch ...?

Noch ehe er die Luftschleuse erreichte, hörte er Kasom sagen: »Leutnant, könnten Sie noch ein wenig mit dem Einstieg warten? Die Luke wird sich öffnen und den Behälter einsaugen. Dann schließt sie sich wieder. Ich möchte, dass Sie den Vorgang auf der Hülle beobachten und uns jede Veränderung sofort mitteilen.«

»Geht in Ordnung, Sir.« Habakar trieb bis dicht vor die Luke. Dann löste er den Behälter und meldete über Funk seine Bereitschaft. Die Luke öffnete sich nur einen winzigen Spalt. Die in der Schleuse eingepumpte Luft entwich mit nur geringem Druck, aber Habakar musste sich anstrengen, um den Behälter ins Schiff zu bugsieren.

Als er an der Hülle entlangschwebte, fiel ihm auf, dass kein einziger goldener Faden versuchte, sich an seinem Raumanzug festzusetzen. Sie wichen ihm aus, als empfänden sie Furcht vor ihm, nur an einzelnen Metallteilen ließen sie sich nieder. Er meldete seine Beobachtungen dem Admiral, der sie an die Wissenschaftler weitergab, obwohl alle mithören konnten.

»Die Netze haben sich weiter verdichtet, mehr kann ich nicht feststellen. Diese Goldrost-Spinner haben etwas vor, Sir, denn das kann kein Zufall mehr sein. Es ist wie Rost.«

»Kristalle bilden auch gewisse und regelmäßige Formen, ohne intelligent zu sein, Leutnant«, sagte einer der mithörenden Wissenschaftler. »Schildern Sie laufend, was Sie beobachten. Es ist wichtig.«

»Wie kommen Sie auf Rost?«, wollte Kasom wissen.

»Nur ein Vergleich, Sir. Die Gebilde sehen so aus, als fräße Rost an der Hülle des Schiffs.«

»Das wäre doch wohl das Letzte!«, entfuhr es Kasom.

Habakar fand das auch, aber er hielt den Vergleich für treffend. Vorsichtig ließ er sich noch näher ans Schiff treiben, um besser sehen zu können. Seit er wusste, dass die goldenen Fäden die Berührung mit seinem Anzug mieden, verlor er seine Scheu vor ihnen. Sie konnten ihm nichts anhaben, und im Notfall hatte er noch immer den energetischen Schutzschirm seines Kampfanzugs.

Nun schwebte er unmittelbar vor einem der »Spinnennetze«. Der Zentrumskokon wirkte fest und solide, so als hätten sich einige tausend

Fäden zu ihm zusammengeschlossen. Aber dann sah Habakar etwas, das ihn plötzlich frieren ließ, obwohl im Innern seines Anzuges eine angenehme Temperatur herrschte.

»Sir …!«

»Was ist, Leutnant?«

»Sir – diese Netze, Sie erinnern sich? Die Kokons, sie werden kleiner.«

»Ist ja gut, wenn sie kleiner werden. Sonst noch was?«

Habakar starrte wie gebannt auf die anderen goldenen Kokons, die ebenfalls zusehends kleiner wurden, wenn der Vorgang auch relativ langsam ablief. Umso deutlicher war der eigentliche Grund zu erkennen.

»Sie werden kleiner, weil sie in die Hülle eindringen, Sir!«

Das plötzliche Schweigen in den Kopfhörern wurde von Habakar fast schmerzhaft empfunden. Plötzlich hatte er das Gefühl, ganz allein zu sein. Allein zwischen den treibenden Goldwolken und den Kokons, die sich in die Terkonitstahlwandung des Schiffs fraßen.

»Wiederholen Sie das, Leutnant!«, sagte Kasom endlich.

Habakar nahm sich zusammen und schilderte das, was er beobachten konnte. »Sie kommen ins Schiff!«, schrie er zum Schluss seines kurzen Berichtes.

»Und Sie auch, Leutnant, sofort!«

Habakar beeilte sich, der Forderung nachzukommen. Er atmete erleichtert auf, als sich endlich die Außenluke hinter ihm schloss und er den Helm abnehmen konnte. Soweit er feststellen konnte, war keiner der Rostspinner mit ihm eingedrungen.

Inzwischen erhielt Kasom einen ersten Untersuchungsbericht aus der Wissenschaftlichen Abteilung der KERON, die mit ähnlichen Sektionen der übrigen Schiffe in Verbindung stand. Hier aber wurden die einzelnen Resultate koordiniert.

»Leutnant Habakar kann mit seiner Beobachtung Recht haben. Wir haben festgestellt, dass die Goldfäden im Innern des Behälters ebenfalls spinnennetzartige Gebilde an der Wandung erzeugen. Wahrscheinlich sind jedoch nicht genügend vorhanden, denn es entsteht nur ein einziger Kokon. Er versucht, die Wandung zu durchdringen.«

Kasom war klar, dass er eine Entscheidung treffen musste. Aber welche? Es gab keine wirksame Beschleunigung mehr, denn die Rauschtänzer hielten auch bei Lichtgeschwindigkeit und im Linearraum mit. Sie waren nicht mehr abzuschütteln. Man konnte ihnen nicht mehr entkommen. Und noch einen zweiten Gesichtspunkt musste Kasom berücksichtigten: Selbst wenn die Flucht gelang, so würde es unverantwortlich sein, diese Energiepest mit zur Erde zu bringen.

Energiepest! Ja, das war die richtige Bezeichnung dafür.

Er entsann sich Habakars Bemerkung, dass die Rostspinner das Material des Raumanzugs mieden. Also gab es doch etwas, das sie fürchteten oder zumindest nicht angreifen konnten. Vielleicht war das ein brauchbarer Hinweis.

Über Funk kam der erste Notruf einer kleineren Einheit, die ein Leck in der Hülle aufwies. Es handelte sich um ein Erkundungsschiff mit einer kleinen Besatzung. Die Beschreibung des Schadens bestätigte das, was Habakar gemeldet hatte. Der goldene Kokon drang durch die Hülle ins Schiff, ein kleines Leck entstand und ließ die Luft entweichen. Später strömten dann die Goldspinner wie eine Wolke in das Innere und setzten sich auf den Wänden ab, wo sie erneut mit dem Bau eines Netzes begannen.

Kasom befahl der Besatzung, sich von einem größeren Schiff aufnehmen zu lassen. Dann rief er wieder die Wissenschaftliche Abteilung: »Haben Sie etwas Neues herausgefunden? Wenn nicht, versuchen Sie auf jeden Fall, den Weiterfraß der Rostspinner zu stoppen. Wir müssen ein Mittel finden, hören Sie? Wir sind sonst verloren. Wir haben keine Funkverbindung zur Erde.«

»Schalten Sie die Energieschirme ein!«, riet einer der Wissenschaftler.

Kasom hatte eine solche Idee schon längst gehabt, aber noch nicht in die Tat umgesetzt. Dafür gab es eine Menge von Beweggründen. Der ausschlaggebende war: Was sollte ein Energieschirm gegen Energiewesen nützen?

Aber nun kamen auch die Wissenschaftler mit diesem Rat. Kaschart wandte sich an Kasom: »Ein Versuch kann nicht schaden, meine ich. Vielleicht sind unsere Schirme stark genug, sie abzuhalten.«

Die Schirme wurden eingeschaltet, vorsichtshalber nur auf einigen Schiffen, darunter auch kleinere mit schwächerer Leistung. Zuerst geschah nichts, doch dann meldeten die Kommandanten eine deutliche Überladung der Schirme, die bis zur Grenze ihrer Belastung ging. Wenn sie nicht wieder ausgeschaltet wurden, schlugen sie auf die Schiffe zurück, die sie schützen sollten. Das konnte die totale Vernichtung der betreffenden Einheiten bedeuten.

Die Schutzschirme wurden abgeschaltet. Nun schien es wirklich keinen Ausweg mehr zu geben, und viel Zeit zum Überlegen blieb Kasom auch nicht mehr, weil sich die Meldungen zu überschlagen drohten. Fast alle Schiffe meldeten Lecks, die vorerst noch durch die Schottenwände isoliert werden konnten. Aber lange würde es nicht dauern, bis die Rostspinner auch diese durchgefressen hatten.

Zum ersten Mal in seinem Leben verspürte Kasom so etwas wie Hilflosigkeit, und das wegen einer nichtintelligenten Lebensform, die nicht dicker als ein Haar und nicht länger als drei Zentimeter war. Er wandte sich an den Major: »Was schlagen Sie vor?«

Wenn Kaschart überrascht war, zeigte er es nicht. Unwillkürlich erinnerte er sich an die Geschichte des Sargassomeers, von der Kasom berichtet hatte. Dort bekamen die Schiffe wenigstens keine Lecks, aber sie saßen ebenfalls auf der Stelle fest. Der einzige Unterschied zur jetzigen Situation war der, dass die Besatzungen damals ihre Schiffe nicht verlassen konnten.

»Leutnant Habakar hat festgestellt, dass das Material der Kampf- und Raumanzüge nicht angegriffen wird«, sagte er langsam. »Sollte man daraus nicht einige Schlüsse ziehen?«

Kasom nickte. »Daran habe ich auch schon gedacht, Major. Aber ich kann es nicht verantworten, allen den Befehl zu geben, ihre Schiffe zu verlassen. Wir sind einige Lichtjahre von der Erde entfernt, und wir haben keine Orientierungsmöglichkeit, da die Instrumente ausfallen. Wir würden hilflos durch den Raum treiben.«

»Aber die Lebensmittelvorräte reichen für lange Zeit, die Luftvorräte sind durch die Erneuerungsanlagen unerschöpflich. Wir könnten warten, bis Hilfe eintrifft.«

Kasom warf ihm einen Blick zu. »Welche Hilfe?«, fragte er.

»Man wird uns vermissen, und elftausend Schiffe können nicht einfach verschwinden, auch hier nicht. Rhodan wird Sucheinheiten entsenden, die uns früher oder später finden müssten. Admiral, wir haben keine andere Wahl. Die Schiffe sind verloren, damit müssen wir uns abfinden.«

»Warten wir die nächsten Berichte der Wissenschaftler ab«, entschied Kasom.

13.

Es war Gucky schließlich doch gelungen, sich einige seiner Lieblingsspeisen zu organisieren, ohne dass sein Mundraub aufgefallen wäre. Er war durchaus kein Vielfraß, aber ihm ging es um das Prinzip. Er sah nicht ein, dass er ständig auf der telepathischen Lauer lag und sich mit der üblichen Verpflegung der Terraner begnügen sollte. Außerdem bekam er von den Konzentraten Bauchschmerzen.

Satt und zufrieden lag er auf seinem Bett und versuchte erneut, Gedankenimpulse von Zeus aufzufangen, denn bis jetzt hatte er noch keinen Piepser vernommen. Allmählich begann er, das seltsame und geheimnisvolle Wesen zu verwünschen. Auf der anderen Seite versuchte er sich einzureden, dass er keine bequemere Aufgabe haben konnte. Nach einem Nickerchen weckte ihn abermals das Summen des Interkoms. Und wieder war es Rhodan.

»Kasoms Flotte müsste längst Funkkontakt mit uns aufgenommen haben, Gucky. Die Schiffe haben den Linearraum schon lange wieder verlassen. Hast du Kontakt?«

»Nicht die Bohne«, sagte Gucky und dachte für einen Augenblick an die Dose, die er unter dem Bett versteckt hatte. »Ich empfange keine Impulse aus der angegebenen Richtung. Das Schweigen zwischen den Sternen, würde ich sagen, wäre ich poetisch veranlagt.«

»Ich mache mir Sorgen, hörst du?«

»Und was ist mit Zeus? Der hat sich nicht gerührt.«

»Zeus ist jetzt nicht wichtig. Versuche unbedingt, Kontakt mit Kasom und der Flotte zu erhalten, und wenn es dir gelingt, nimm sofort Verbindung zu mir auf. Du bekommst zehn Kilogramm feinster Gobi-Mohrrüben, wenn ich in den nächsten zwei Stunden etwas von dir höre.«

»Drei Stunden!«, feilschte Gucky. »Und 15 Kilo!«

»Du bist schlimmer als die Galaktischen Händler«, tadelte Rhodan ihn. »Also, enttäusch mich nicht! Wir müssen wissen, was passiert ist, ehe wir Schiffe entsenden, um sie zu suchen.«

Gucky atmete auf, als der Schirm erlosch. Erneut konzentrierte er sich, und diesmal schaltete er alle anderen Gedankenimpulse aus, die auf ihn einströmten. Aber was dann noch übrig blieb, war absolute telepathische Impulsstille …

Inzwischen hatte der Behälter, in dem Habakar die Rostspinner ins Schiff gebracht hatte, zwei beachtliche Löcher. Die feinen Fäden hatten sich nach erfolgreicher Arbeit wieder voneinander gelöst und waren in alle Richtungen davongeschwebt. Es war nicht gelungen, sie wieder einzufangen, bis auf ein paar Exemplare, die nun untersucht wurden. An der Wand des Labors entstanden neue Netze und neue Kokons.

Die Goldfäden wurden in energetische Gitter gesetzt, die sich jedoch sofort überluden und zusammenbrachen. Andere kamen in Behälter mit Giftgasen, und auch hier entsprach das Resultat nicht den Erwartungen der Spezialisten. Die Rostspinner fraßen sich durch die Wandung.

Die Wissenschaftler waren ratlos. Was sie erlebten, war einfach unmöglich. Es gab keine Erklärung, und vor allen Dingen gab es kein Mittel, die Rostspinner zu vernichten. Selbst Säuren halfen nichts. Säuren, die auch Terkonitstahl durchlöchert hätten.

Schließlich gaben sie auf und meldeten dem Admiral den Misserfolg ihrer Bemühungen. Sie bestätigten, dass es nur einen einzigen Stoff gab, der von den Rostspinnern oder Rauschtänzern nicht angegriffen wurde: Es war der Kunststoff der Raumanzüge. Und noch eine weitere Erkenntnis hatten sie gewonnen: Die Goldfäden nahmen alles Material wie Nahrung in sich auf, ohne an Volumen zuzunehmen oder sich nach Art von Zellen zu teilen. Sie leuchteten nach der Nahrungsaufnahme lediglich intensiver. Das war alles.

Fast gleichzeitig erhielt Kasom mehrere Notrufe von Schiffen, aus denen die letzte Atemluft entwich. Das erleichterte seine Entscheidung. Er befahl das Anlegen der Kampfanzüge und das Verlassen der Schiffe, falls das notwendig wurde. Die Wahl überließ er dem Urteilsvermögen der jeweiligen Kommandanten. Auf keinen Fall sollten sich die Leute zu weit von ihren Schiffen entfernen, um ein späteres Auffinden zu erleichtern.

Er selbst erhob sich. »Kommen Sie, Major, wir haben die Aufgabe, Rhodan zu informieren. Wir nehmen einen der Drei-Mann-Jäger und versuchen, bis an den Rand des Goldfadenmeers vorzudringen. Dort müssten wir über das tragbare Hyperfunkgerät Verbindung mit der Erde bekommen. Die Kampfanzüge legen wir vorsichtshalber an, denn es wird nicht lange dauern, bis der Jäger auseinander fällt.«

Er übergab das Kommando einem höheren Offizier und ging mit Kaschart zum Hangar, nachdem sie sich umgezogen hatten. Im Hangar war bereits keine Luft mehr. In der Wand klafften große Löcher.

Männer in Druckanzügen bereiteten den kleinen Jäger auf einen Blitzstart vor. Kasom nahm in der engen Kabine den Platz von zwei Piloten ein. Hinter ihm duckte sich Kaschart, der sich in seiner Haut alles andere als wohl fühlte. Zwischen seinen Beinen klemmte das Funkgerät, das sie für den Fall mitgenommen hatten, dass sie den Jäger verlassen mussten.

Das Hangartor glitt auf, und der Jäger schoss hinein in die goldene Wolke. Der Widerstand war noch nicht so groß, aber kaum erhöhte Kasom die Geschwindigkeit, da machte sich der Gegendruck auch schon bemerkbar. An den kurzen Schwingen entstand die gelbgoldene Schicht des Verderbens.

Es war Kasom klar, dass ihm nicht viel Zeit blieb. Allerdings hatte er auch nicht die geringste Ahnung, welche Ausdehnung das betroffene Gebiet besaß. Wenn es Lichtjahre waren, konnte er die Hoffnung schon jetzt aufgeben. Immerhin kannte er die Richtung noch, aus der sie gekommen waren, wenn auch nur selten ein Stern durch die goldenen Fadenwolken sichtbar wurde.

Noch blieb der Funkverkehr mit der Flotte intakt. Die beiden verzweifelten Männer erfuhren, dass auch die letzten Wissenschaftler ihre Bemühungen aufgegeben und die Raumanzüge angelegt hatten, um notfalls ihre Schiffe zu verlassen.

»Zweihunderttausend Männer und Frauen!«, stöhnte Kasom, und erst jetzt kam ihm so richtig zum Bewusstsein, was das bedeutete. »Sie sind alle verloren, wenn nicht rechtzeitig Hilfe kommt. Auch wenn sie Tage oder gar Wochen aushalten können, so wird der größte Teil von ihnen irrsinnig werden. Sie schweben allein im All, neben ihren unbrauchbaren Wracks. Oder sie bleiben in ihnen, was dasselbe ist. Major, wir müssen durch! Wir haben keine andere Wahl!«

Die Geschwindigkeit war gering, ein paar hundert Kilometer in der Sekunde. Mehr gab der Antrieb nicht mehr her. Immerhin flogen die Goldfäden genauso schnell, und im Vakuum gab es außer ihnen kein Hindernis. In aller Ruhe konnten sie auf der Hülle des Jägers ihre todbringenden Netze spinnen und die Kokons formen.

Nicht mehr lange, und das erste Leck würde die Atemluft aus der Kabine entweichen lassen. Längst hatten die beiden Männer die Helme geschlossen. Die Funksprüche, die innerhalb der lahm gelegten Flotte gewechselt wurden, waren noch schwach zu hören. Sie wurden mit jeder Minute leiser und undeutlicher. Auch das würde bald zu Ende sein, und dann würde es fast unmöglich werden, die Schiffe wieder zu finden.

Kasom war, als seien die goldenen Wolken nicht mehr so dicht wie vorher. Ihre Intensität ließ nach, was aber keineswegs bedeutete, dass die einzelnen Fäden ihr Vorhaben aufgegeben hätten. Im Gegenteil. Je mehr der Jäger sich dem wahrscheinlichen Rand des energieverseuchten Gebiets näherte, desto mehr Goldrostnetze entstanden auf seiner Hülle. Kaschart aktivierte den Sender, denn durch die Wandung des Jägers hindurch waren die ersten Kokons in das Bordgerät eingedrungen und machten es unbrauchbar.

»Wir verlassen den Jäger«, schlug Kasom vor. »Es hat keinen Sinn mehr. Die Hülle wird bald auseinander fallen und könnte uns nur gefährden.«

Kaschart war an dem Punkt angelangt, von dem an ihm alles egal war. Er nahm das Funkgerät und kletterte aus der Luke. Er hielt sich an einer halb zerbrochenen Strebe fest, bis auch Kasom erschien. Der war nicht so vorsichtig, und als er seinen massigen Körper durch die Luke zwängte, brach diese auseinander. Die Goldrostspinner hatten das Metall der Hülle schon halb zerfressen.

Aber am Himmel waren schon mehr Sterne als vorher zu sehen. Langsam trieben sie in der einmal eingeschlagenen Richtung weiter, immer weiter weg von den Schiffen der Flotte, deren Funkverkehr noch immer schwach zu hören war.

»Die Dummköpfe!«, schimpfte Kasom, als er erfahren musste, dass einigen der Kommandanten die Nerven durchgegangen waren. Sie waren mit Höchstbeschleunigung gestartet – und ihre Schiffe waren explodiert. »Sie hätten wissen müssen, wie sinnlos das ist! Die Flotte ist verloren, wir können nur noch dafür sorgen, dass wir die Besatzungen retten.«

Mit einer Halteleine stellten sie eine Verbindung miteinander her, um sich nicht zu verlieren. Kaschart richtete die Antenne dorthin, wo er die Erde vermutete, und ging auf Empfangs-Höchstleistung. Wenn er erst einmal ein Signal erhielt, bekam auch das Senden wieder einen Sinn.

Es gab nur noch vereinzelte Goldfäden. Sie alle strebten in das Zentrum des verseuchten Gebiets zurück und kümmerten sich nicht um die beiden Männer. Ihr Gemeinschaftsinstinkt schien ihnen mitgeteilt zu haben, wo die bessere Beute zu finden war.

Plötzlich kam Kasom ein furchtbarer Gedanke. Im ersten Augenblick war er so erschrocken, dass er stumm blieb. Er sagte auch noch immer nichts, als er wie zufällig ein wenig abseits trieb, dann zurückkehrte und in den Rücken von Kaschart gelangte, der mit dem Funkgerät vollauf beschäftigt war. Aufmerksam betrachtete der Ertruser den flachen

Rückentornister mit den Lebenssystemen. Er konnte keine Beschädigung feststellen, obwohl sich das Material von jenem elastischeren der Anzüge unterschied.

Erleichtert sagte er: »Wir haben Glück, Major. Es sieht so aus, als hätten die Konstrukteure genau gewusst, was wir jetzt brauchen.« Er erklärte Kaschart, was er meinte, und fuhr fort: »Ich werde einige astronomische Messungen vornehmen. Notfalls, wenn keine Hilfe eintrifft, müssen wir versuchen, das nächste System zu erreichen. Bei richtiger Berechnung müsste es uns gelingen, über eine Kreisbahn hinweg wohlbehalten auf einem Planeten zu landen.«

»Ich habe noch immer keinen Kontakt«, teilte Kaschart mit.

»Dann versuchen Sie es weiter. Irgendjemand muss uns ja schließlich hören. Senden Sie unaufhörlich, bis der Kasten auseinander fällt. Kriegen Sie die Flotte noch herein?«

»Nur einige starke Sender, das ist alles.«

»Und was sagen die?«

»Die Wolken der Goldspinner werden immer dichter. Es scheint sich in der Tat unter ihnen herumgesprochen zu haben, dass es eine ganze Flotte aufzufressen gilt. Die Männer und Frauen selbst sind außer Gefahr. Ich meine, das ist relativ, Admiral ...«

»Sicher, Major, verdammt relativ!«

Leutnant Habakar war vorerst in der KERON geblieben, obwohl mehr als die Hälfte der Besatzung das Schiff bereits verlassen hatte. Sie trieben wie riesige Trauben durch den Raum, mitten zwischen den goldenen Wolken hindurch, die sich nicht um sie kümmerten. Dafür entstanden in der Terkonitstahlhülle immer mehr Lecks.

Im Innern des Schiffs sah Habakar voller Entsetzen zu, wie die Einrichtung regelrecht zerfiel. Kabinenwände teilten sich und schwebten einfach davon. Nur das Notlicht brannte noch, sonst waren sämtliche Energieanlagen ausgefallen. Atemluft gab es längst keine mehr.

Er traf noch andere Angehörige der Besatzung, die geblieben waren. Sie fühlten sich in dem Wrack sicherer als draußen bei den goldenen Wolken, die in wenigen Stunden eine Flotte von mehr als elftausend Schiffen vernichtet hatten. Niemand konnte sich erinnern, dass Terra jemals eine solche Katastrophe erlitten hatte.

Habakar geriet mehr durch Zufall in den Proviantsektor der KERON. Mit sichtlichem Bedauern sah er, wie auch hier die Energiepest gewütet hatte. Die Fäden hatten die Wände der Kühlräume durchgefressen und waren nun dabei, Konzentrate und wertvolle Konserven zu verzehren. Es schien nichts zu geben, was vor ihnen sicher war – außer dem Material der Kampfanzüge.

Im ganzen Universum konnte es keine größere Bedrohung als die unscheinbaren Fäden geben, die einzeln sicherlich keinen Schaden anrichteten, in ihrer Gemeinschaft hingegen eine tödliche Gefahr für jede Zivilisation bedeuteten. Die Rauschtänzer, Goldrostspinner, die Eisenfresser oder die Energiepest – wie immer man sie nun nennen mochte – waren ein Entwicklungsprodukt der besonderen Verhältnisse in diesem Abschnitt des Universums. In der Nabelschnur herrschte das Energiechaos. Kein Wunder also, wenn sich hier Energiewesen entwickeln konnten, die sämtliche Naturgesetze auf den Kopf stellten. Mit einer solchen Gefahr hatte niemand rechnen können. Nun war es nicht mehr so verwunderlich, dass in diesem Sektor 14 Schiffe der Explorerflotte spurlos verschwunden waren. Schließlich würde in wenigen Tagen auch eine Flotte von mehr als elftausend Schiffen ihr Schicksal teilen.

Ein Mann, den er nicht erkannte, kam ihm entgegengeschwebt. »Raus aus dem Schiff!«, rief er ihm über Funk entgegen. »Es bricht jeden Augenblick auseinander. Willst du erschlagen werden?«

»Erschlagen? Alles ist schwerelos, da kann nicht viel passieren! Ich bleibe hier. Viel Glück!«

Der Mann segelte vorbei. Habakar begegnete noch mehr Besatzungsmitgliedern, die sich aber kaum um ihn kümmerten. Erst wenn unmittelbare Lebensgefahr einsetzte, würde die Gemeinschaft wieder funktionieren. Jetzt war sich noch jeder selbst der Nächste.

Überall waren die goldenen Energiefäden, lautlos und unheimlich und voller Drohung. Aber sie taten ihm nichts, dessen war er nun sicher. Schließlich war er auch der Erste gewesen, der ihnen richtig begegnet war. Aber er hasste sie, wie er noch niemals etwas gehasst hatte.

Die Kommandozentrale bot ein Bild der Verwüstung. Alles war mit einem feinen goldenen Schimmer überzogen. Selbst vor den Plastikelementen machten die Räuber nicht Halt. Sie fraßen, wurden intensiver in ihrem Leuchten und speicherten Energie. Nichts mehr würde sie aufhalten können, und wenn sie eines Tages die Erde fanden …

Habakar erschauerte. Ja, was dann? Es gab sicherlich in viel geringerer Entfernung Planeten, die sie leicht erreichen konnten. Warum fielen sie nicht über sie her? Oder hatten sie es bereits getan?

Er schwebte in den Sitz des Kommandanten und hielt sich fest. Das Material war unversehrt. Es bestand aus dem gleichen Stoff wie die Raumanzüge. Jedenfalls würden später, wenn die Schiffe verschwunden waren, nur noch die Sessel der Kommandozentrale durch das All geistern, ein gespenstisches Überbleibsel einer Zivilisation, die sich anmaßte, Welten zu versetzen.

Habakar verließ die Zentrale mit einem bitteren Nachgeschmack. Einst hatte er sich vorgestellt, in einer solchen Zentrale kommandieren zu dürfen. Nun war er als Totengräber gekommen. Vielleicht zwei Wochen, dann waren seine Konzentratvorräte im Anzug erschöpft. Konserven konnte er keine mitnehmen, sie würden die Pest nur anlocken. Vielleicht war es jetzt besser, das Schiff zu verlassen. Noch hielten die inneren Streben, aber sie waren aus Metall. Nicht mehr lange, und auch sie wurden ein Opfer der Unersättlichkeit.

Geschickt fand er einen Durchschlupf und erreichte ein riesiges Leck in der Außenhülle. Vorsichtig nur stieß er sich ab und trieb auf eine Menschentraube zu, die in ständiger Bewegung war, sich aber trotzdem nicht weiter von dem Wrack entfernte. Sie fingen ihn ab und befestigten eine Halteleine an seinem Gürtel.

»Wir müssen zusammenbleiben«, sagte eine Stimme in seinen Kopfhörern.

Er nickte unwillkürlich. »Natürlich müssen wir das«, sagte er. »Bis Hilfe eintrifft.«

Jemand lachte bitter.

Kaschart bekam noch immer schwache Funkverbindung zu den Besatzungen der Schiffe. Wahrscheinlich waren es jene, die ebenfalls aus dem Gefahrengebiet heraustrieben und deren Geräte weniger stark von den Rauschtänzern beeinflusst wurden. Der Major ermutigte sie, die einmal eingeschlagene Richtung beizubehalten. Man sollte ihnen folgen.

Das war Kasoms Idee gewesen, dem in erster Linie daran lag, die Menschen zu retten. Wenn sie sich alle am Rand der Sargasso-Zone sammelten, war es vielleicht möglich, einen Kontakt zur Erde oder einem der Wachschiffe herzustellen. Rhodan musste unterrichtet werden.

»Immer den Notruf senden!«, riet er dem Major. »Irgendwann muss uns doch jemand hören!«

Aber die Sendestärke des Geräts war zu schwach. Als sich die beiden Männer immer weiter von der Sargasso-Zone entfernten, schrumpften auch die goldenen Wolken zusammen. Sie schienen kleiner geworden zu sein, was natürlich nur eine Täuschung war. Das gesamte Gebiet war nun zu übersehen. Überall trieben die Reste der einst so stolzen Flotte. Die Menschen in ihren Anzügen waren noch zu klein, als dass man sie mit dem bloßen Auge hätte erkennen können.

»Wir sind schneller als sie«, bemerkte Kaschart. »Sie können uns nicht mehr einholen.«

»Dafür werden wir die Ersten sein, mit denen die Erde Kontakt aufnehmen kann – falls uns jemand hört.«

Kaschart gab keine Antwort. Angestrengt sah er zurück in das gelbe Meer der Goldfäden. Er glaubte, eine Bewegung erkannt zu haben, so als schwebe ein Raumschiff mitten durch die tödliche Gefahr. Aber es gab kein Schiff der Flotte mehr, das sich fortbewegen konnte. Vielleicht hatte er sich auch getäuscht.

»Haben Sie es auch gesehen?«, fragte Kasom plötzlich.

Verwirrt bestätigte der Major: »Ja, ich habe es auch gesehen. Was war das?«

»Ein Schiff – vielleicht. Aber keines von unseren Schiffen. Es muss ein fremdes sein.«

»Warum? Kann es sich nicht um das erste Suchschiff handeln, das ausgeschickt wurde? Wenn ja, müssen wir es warnen!«

Kasom wartete eine Minute, ehe er antwortete: »Warnen? Es ist kein Schiff unserer Flotte! Sie können jetzt deutlich erkennen, dass es eine andere Form hat. Es wirkt bizarr. So als wäre es mit einer dicken Haut bedeckt, die beweglich ist. Unheimlich, Major, wenn Sie mich fragen. Verstehen Sie das?«

Kaschart sagte nichts. Das, was er nun beobachtete, verschlug ihm die Sprache. Aus den goldenen Wolken heraus glitt mit mäßiger Geschwindigkeit ein großer Flugkörper, allem Anschein nach von den Fäden völlig unbelästigt. Es konnte kein Zweifel daran bestehen, dass er nicht von der Erde stammte. Seine Form war nicht zu bestimmen, denn er war von einem wallenden, netzähnlichen Gebilde umgeben, das zwar an die Wolkenschleier der Rauschtänzer erinnerte, aber auf keinen Fall mit ihnen identisch sein konnte. Die Farbe war dunkelblau bis schwarz, mit braunen Flecken durchsetzt.

»Der Fliegende Holländer!«, entfuhr es Kasom, der die alten Geschichten der Terraner kannte. »Hoffentlich haben wir ihn nicht durch unsere Funksprüche angelockt. Ich glaube kaum, dass er Hilfe bringt.«

»Was ist ein Fliegender Holländer?«, wollte der Major wissen.

Kasom erklärte es ihm in kurzen Worten und schloss: »Funkstille jetzt! Vielleicht hat er uns noch nicht entdeckt.«

Das war im Grunde genommen eine überflüssige Vorsichtsmaßnahme, denn das andere Schiff besaß mit Sicherheit Instrumente, die nicht nur die beiden Männer, sondern auch die anderen Überlebenden geortet hatten. Aber die fremde Besatzung machte keine Anstalten, eine Rettungsaktion einzuleiten. Das Gespensterschiff glitt nahe an Kasom und Kaschart vorbei und verlor sich dann irgendwo zwischen den Sternen.

»Ich werde mir die Richtung merken«, versprach Kasom voller Zorn. »Wenn ich sie jemals finde, können sie was erleben!«

Kaschart meinte unsicher: »Ich verstehe das nicht. Sie kamen aus den goldenen Wolken heraus. Vielleicht bewirkt dieses wallende Netz, dass sie nicht von den Rauschtänzern angegriffen werden. Sie müssen immun sein dagegen. Aber warum kamen sie uns dann nicht zu Hilfe? Warum haben sie nicht einmal nachgesehen, wer wir überhaupt sind? Dann hätten sie sich noch immer entscheiden können.«

Kasom schwieg niedergeschlagen.

Inzwischen war Kaschart wieder dabei, den Notruf auszusenden. Dann ging er abermals auf Empfang, wobei er die Lautstärke intensivierte.

»Immer noch nichts. Auch unsere Leute kann ich kaum noch hören. Die Entfernung wird schnell größer.«

»Es wird besser werden, sobald sie das Gefahrengebiet verlassen und den Rand der Goldwolke erreichen. Im Übrigen kann ich Ihren Funkverkehr sehr gut mithören, Major. Es ist also überflüssig, wenn Sie alles wiederholen.«

Kasom wurde immer gereizter. Das Erlebnis mit dem fremden Schiff hatte ihm den Rest gegeben. Es war ihm klar geworden, dass es in der Nähe einen bewohnten Planeten geben musste, dessen Bevölkerung intelligent war und die Raumfahrt entwickelt hatte. Anfänglich mochten die Unbekannten einige Schwierigkeiten gehabt haben, weil die goldene Pest über ihre ersten Schiffe herfiel und sie zerstörte, aber dann fanden sie das Gegenmittel. Das dunkle und wallende Netz, mit dem sie ihr Schiff überzogen hatten.

Die Kommandanten einiger Einheiten waren nun wieder deutlicher zu hören. Kasom ließ sich Bericht erstatten und erfuhr, dass man den Rand der Wolke erreicht habe. Nur noch einige dünne Schleier folgten den Menschentrauben, griffen sie aber nicht an.

»Richtung beibehalten!«, rief Kasom erleichtert und sah zurück. Ihm und auch Kaschart bot sich ein phantastischer Anblick. In einer Breite von schätzungsweise zehn Kilometern schwebten die Besatzungsmitglieder der elften Flotte aus dem Fadenmeer heraus, winzige

Lichtpunkte, manchmal zu riesigen Trauben zusammengeballt, aber auch oft einzeln und in Gruppen. Die Höhe der Menschenwelle betrug vielleicht drei Kilometer, darüber und dahinter schimmerten die zurückbleibenden goldenen Wolken.

Zwischendurch blitzte es immer wieder auf. Kasom konnte sich diese Lichterscheinungen zuerst nicht erklären, und als er eine entsprechende Frage an die Kommandanten stellte, erhielt er zur Antwort: »Die Lebenserhaltungssysteme und die Tornister bestehen leider nicht alle aus dem gleichen Material wie die Anzüge. Einige werden von den Rauschtänzern angegriffen und zerstört. Wir haben Verluste, Sir.«

»Beeilen Sie sich, damit Sie die Wolke möglichst schnell hinter sich haben. Im freien Raum droht keine Gefahr mehr.«

»Haben Sie schon Kontakt mit der Erde?«

»Leider nicht. Aber im Augenblick sind wir in Sicherheit.« Das klang ziemlich optimistisch. In Sicherheit …! Sie trieben durch den unbekannten Sektor zwischen zwei fremden Galaxien, mitten im energetischen Mahlstrom, wussten nicht, wo sie sich befanden, hatten ihre Schiffe verloren – und sprachen dann noch von Sicherheit. Dazu gehörten mehr als nur Nerven.

Je schwächer das goldene Glimmen der Fadenwolken wurde, desto besser war wieder das Eigenleuchten des eigentlichen Mahlstroms zu bemerken. Es war so hell, dass Kasom und Kaschart sich deutlich sehen konnten, ohne die Lampen einzuschalten. Auch die gigantische Flutwelle der Überlebenden, die ihnen folgten, erinnerte an die Gischt einer Brandung, die sich durch das Universum wälzte. Es war ein grandioser und unheimlicher Anblick zugleich.

Stunden vergingen – Stunden, in denen sie Zeit hatten, über sich und ihre Lage nachzudenken und vielleicht auch über das, was noch vor ihnen gelegen hätte, wenn nicht …

Kasom fuhr aus seinem Halbschlummer hoch, in den er schließlich hineingeglitten war. In seinen Kopfhörern war noch immer das Stimmengewirr der Überlebenden, die ihre Funkgeräte nicht abgeschaltet hatten. Dieses gleichmäßige Geräusch war es wohl gewesen, das ihn mit der Zeit eingeschläfert hatte.

Aber nun hatte er etwas anderes gehört. Eine andere Stimme hatte das ständige Gemurmel für einige Sekunden überlagert und etwas gesagt, was Kasom nicht mitbekommen hatte. Neben ihm trieb Kaschart, mit dem Kopf nach »unten«. Er schlief. Aber sein Empfänger war eingeschaltet, und so hatte Kasom hören können, dass eine Sendung aufgefangen wurde.

Er zog kräftig an der Halteleine. Der Major begann sich sofort zu drehen und schwebte wie ein Kreisel auf Kasom zu, der ihn geschickt abfing und die eigene Bewegung wieder regulierte.

»Aufwachen, Major! Da war etwas im Hyperfunk! Stellen Sie lauter!«

»Lauter? Geht nicht mehr. Haben Sie was gehört, das nicht von unseren Leuten stammen kann?«

»Muss ja wohl, denn Ihr Gerät hat eine andere Frequenz als unsere Funkgeräte. Mann, Sie schlafen wohl immer noch?«

»Hat aber gut getan, Admiral.«

»Mir auch. Aber seien Sie jetzt still! Wenn sie mit uns Kontakt aufnehmen wollen, muss sich das Signal gleich wiederholen, und zwar so lange, bis wir antworten. Bin gespannt, ob Terra direkt mit uns Kontakt aufnimmt oder ob es sich um ein Schiff handelt, das unser Notsignal zufällig auffing. Aber das ist ja völlig egal, die Hauptsache ist ...«

Er wurde durch die leise Stimme unterbrochen, die aus weiter Ferne zu kommen schien. Kasom hatte den Helmfunk heruntergeschaltet, um nicht von den Stimmen der Überlebenden abgelenkt zu werden.

Jemand sagte: »Hier Erkundungskreuzer SAN ANTONIO, Kommandant Major Bender! Geben Sie Ihre Koordinaten durch, damit wir Sie finden. Wir wissen, was geschehen ist. Der Telepath Gucky befindet sich bei uns an Bord, er hat Kontakt mit Ihnen. Sie brauchen nur zu sprechen oder zu denken. Die Funkverbindung von Ihnen zu uns scheint noch nicht zu klappen. Ende.«

Kasom benötigte einige Sekunden, sich von seiner freudigen Überraschung zu erholen. Also war es Gucky gewesen, der seine Gedanken empfangen hatte! Was tat Gucky auf der SAN ANTONIO? Er schob die Fragen beiseite und sagte laut in das Mikrofon: »Koordinaten unbekannt, aber von Ihnen aus muss die Richtung stimmen, wenn Sie genau auf das Zentrum des Mahlstroms zuhalten. Entfernung etwa zwanzig Lichtjahre. Linearetappe wurde gestoppt, daher keine genauen Daten. Immer noch kein Funkkontakt?«

Es dauerte eine Weile, dann kam es zurück: »Immer noch nicht, aber Gucky hat Sie gut empfangen. Wir haben Terra unterrichtet und Starterlaubnis erhalten. Sobald wir Sie gefunden haben, wird Rhodan die Rettungsaktion einleiten. Harren Sie aus, Admiral! Wir sind in ein paar Stunden dort!«

»Vielen Dank!«, rief Kasom noch schnell. »Besonders an Gucky!«

»Gott sei Dank!«, rief Kaschart. Seiner Stimme war die Erleichterung anzumerken. »Ohne den Mausbiber hätte es vielleicht Wochen gedauert, bis sie uns gehört hätten.«

»Dass er uns überhaupt gefunden hat, ist ein Wunder. Es kann sein, dass die angstvollen Gedanken der Überlebenden wie eine Schockwelle wirkten, weil es konform gehende Gedankenimpulse sind. Dadurch wirkten sie besonders intensiv und drangen selbst durch die Energiefelder des Mahlstroms. Dann erst konnte Gucky sich auf die meinen konzentrieren und Einzelheiten erfahren. Ich werde ihn kräftig an mein Herz drücken, sobald wir gerettet sind.«

»Das würde ich nicht tun«, riet Kaschart, dessen Lebensgeister wieder erwachten. »Der arme Kerl würde ja zerquetscht.«

Kasom lachte dröhnend, bis von einem der hinter ihnen treibenden Kommandanten die vorsichtige Anfrage kam, ob bei ihnen alles in Ordnung sei. Das erinnerte Kasom an seine Aufgabe, die Leute zu informieren.

14.

Für Gucky war die ruhige Zeit der telepathischen Suche vorbei. Als er Kasoms Gedankenmuster endlich erkannte, erfuhr er, was geschehen war. Der Schock war so gewaltig, dass er reglos auf seinem Bett lag und lauschte, ohne sofort daran zu denken, den Kommandanten zu unterrichten.

Fast 12.000 Schiffe verloren! 200.000 Menschen in Lebensgefahr! Gelbe Fäden, die Terkonitstahl fraßen! Und dazu noch: Koordinaten unbekannt!

Aber das war das geringste Problem. Wenn Gucky auch die Entfernung zur Quelle der Gedankenimpulse nicht bestimmen konnte, so doch immerhin die genaue Richtung. Und das würde in diesem Fall genügen, denn die mächtige Flutwelle, die aus Menschen bestand, war nicht zu übersehen, wenn man in ihre Nähe gelangte.

Er teleportierte in die Kommandozentrale. Major Bender erschrak, als der Mausbiber neben ihm materialisierte. Dann fragte er: »Nanu? Pause?«

»Notfall!«, gab der Mausbiber zurück. »Ich brauche eine Direktverbindung mit Perry Rhodan, aber schnell!«

Bender gab den entsprechenden Befehl. Wenig später erschien Rhodans Gesicht auf dem Schirm.

»Du hast endlich Kontakt mit Zeus?«, fragte er, als er Gucky erkannte.

»Nein, nicht mit Zeus, aber mit Kasom und seiner Flotte. Ich muss dir eine schlechte Nachricht übermitteln, Perry. Sitzt du gut?«

»Nun mach schon!«

Und so erfuhr Rhodan, was draußen im Mahlstrom geschehen war. Seine erste Sorge galt den Überlebenden, die hilflos durch den Raum trieben und auf ihre Rettung hofften. Gucky konnte ihn beruhigen und bestätigen, dass es relativ wenig Verluste gegeben hatte. Von den Schiffen allerdings war keines übrig geblieben. Da die Männer und Frauen in ihren Anzügen die goldene Fadenwolke bereits verlassen hatten, bestand für sie nun keine unmittelbare Gefahr mehr. Wenn sie einmal wussten, dass Rettung unterwegs war, versicherte der Mausbiber, der schließlich die Gedanken der Unglücklichen kannte, fassten sie neuen Mut und würden es noch ein paar Tage aushalten.

Nach kurzer Überlegung entschied Rhodan: »Versucht eine Funkverbindung mit Kasom zu bekommen und unterrichtet ihn. Gleichzeitig soll Major Bender mit der SAN ANTONIO Kurs auf die Unglücksstelle nehmen und versuchen, sie vor der Bergungsflotte zu erreichen, um die am meisten Gefährdeten an Bord zu nehmen. Das Schiff bleibt dort, bis die Flotte eintrifft. Informiere mich bitte ständig über den weiteren Verlauf der Aktion. Vielen Dank, Gucky.«

»Es war reiner Zufall«, behauptete der Mausbiber bescheiden, obwohl er natürlich unheimlich darauf stolz war, Rhodan und der Menschheit einen Dienst erwiesen zu haben. Irgendwie empfand er das als eine Art Bezahlung für die gestohlenen Nahrungsmittel.

Die SAN ANTONIO nahm Fahrt auf und folgte der von Gucky angegebenen Richtung. Sie unternahm kürzeste Linearmanöver, um nicht mitten im Gefahrengebiet in den Normalraum zurückzutauchen. Oft flog das Schiff nur mit einfacher Lichtgeschwindigkeit, während Gucky ständig Kontakt mit den Überlebenden hielt und den Kurs bestimmte.

Und dann, als die SAN ANTONIO in das Einstein-Universum zurückfiel, sah Major Bender auf dem Bildschirm vor sich die menschliche Flutwelle auf das Schiff zukommen.

Während der Pausen zwischen den einzelnen Linearetappen nahm Major Bender Funkkontakt mit Kasom auf. Die Verbindung funktionierte nun ohne Guckys telepathische Hilfe. Sie funktionierte umso besser, je näher das Schiff der Unglücksstelle kam.

Inzwischen wussten nun auch die Überlebenden, dass sie so gut wie gerettet waren. Aber noch immer erfolgte hier und da eine Explosion, wenn ein Tornister mit dem Lebenserhaltungssystem der Beanspruchung nicht standhielt, weil die Goldrostspinner ihn vorher beschädigt hatten. Ihre Besitzer starben schnell und schmerzlos, wenn die Systeme plötzlich ausfielen, und oft bemerkten es ihre Nachbarn nicht einmal.

Trotzdem breitete sich eine optimistische Stimmung aus, denn nun wussten die Besatzungen, dass man sie nicht im Stich gelassen hatte. Die gelben Wolken waren weit zurückgeblieben. Dafür gab es wieder Sterne, und das Leuchten des energetischen Mahlstroms erschien allen wie ein strahlendes Licht der Hoffnung.

»Mir geht das verschleierte Schiff nicht aus dem Sinn«, meinte Kasom erneut. »Es ist unbeschädigt durch die Goldfäden geflogen. Das Netz ist des Rätsels Lösung. Wenn Rhodan weitere Expeditionen ins Zentrum des Mahlstroms plant, und das muss er, wenn er die Position der Erde bestimmen will, benötigen wir solche Netze – oder zumindest müssen wir herausfinden, woraus sie bestehen. Ohne einen solchen Schutz jedenfalls wage ich mich nicht noch einmal in dieses Gebiet.«

»Ich auch nicht. Aber woher sollen wir wissen, was diese Netze sind, die von den Unbekannten benutzt werden?«

»Wir müssen diese Unbekannten finden. Das hatte ich ohnehin vor, nachdem sie so stolz an uns vorbeigesegelt sind. Das kriegen sie noch von mir zu hören. Wir kennen ja die ungefähre Richtung, in die sie abdrehten.«

»Eine Sonne steht ziemlich nahe – vielleicht ist sie es.«

Kasom sah in die angegebene Richtung und betrachtete den schwach leuchtenden Stern, dessen Entfernung ohne Instrumente nicht zu bestimmen war. Erfahrungsgemäß war er jedoch nicht mehr als drei Lichtmonate entfernt.

»Sie könnten Recht behalten, Major. Sobald sich mir die Gelegenheit bietet, sehe ich ihn mir an.«

Bender meldete sich wieder und unterbrach die Unterhaltung. »Admiral, wir haben Sie soeben gesichtet, wenigstens den Pulk der Überlebenden – ein phantastischer Anblick. Wo stecken Sie?«

»Wir müssten etwa eine Lichtsekunde vor dem Pulk sein.«

»Wir finden Sie bald.«

»Kümmern Sie sich zuerst um die anderen, Major. Kaschart und mir geht es gut, wir halten es noch eine Weile aus.«

»Wir können nicht mehr als ein paar tausend Leute an Bord nehmen.«

»Das genügt. Wann kommt die Bergungsflotte?«

»Ich gebe gerade eine Meldung an Terra durch, dass wir Sie gefunden haben. Rhodan hat nun die Koordinaten und wird entsprechende Maßnahmen einleiten. Sie brauchen sich nun keine Sorgen mehr zu machen, Admiral.«

Kasom zögerte, dann fragte er: »Haben Sie ein einsatzbereites Beiboot im Hangar Ihres Kreuzers, Major?«

»Natürlich«, kam es erstaunt zurück. »Mehrere sogar.«

»Ich brauche nur eins. Können Sie es mir zur Verfügung stellen?«

»Sicher, Admiral. Welche Besatzung?«

»Nur den Piloten, und wenn es sich einrichten lässt, sollte er ein Experte auf dem Gebiet energetisch-biologischer Entwicklungsformen sein. Haben Sie so einen?«

»Höchstens Doktor Iwan Dixon, aber ich habe keine Ahnung, ob er ein Beiboot fliegen kann. Ich sage es Ihnen in fünf Minuten.«

Kasom nickte befriedigt. Kaschart fragte vorsichtig: »Was haben Sie vor, Admiral? Sie wollen doch etwa nicht allein mit einem kleinen Beiboot den rostbraunen Stern erforschen? Das wäre glatter Selbstmord in dieser vertrackten Zone.«

»Erstens bietet das Beiboot genügend Platz – selbst für mich. Zweitens kann es überlichtschnell fliegen, und drittens fliege ich nicht allein. Dieser Doktor Dixon und Sie, Major, werden mich begleiten.«

»O ja, natürlich, das hatte ich fast vergessen.« Kascharts Stimme klang nicht gerade erfreut. »Hoffentlich gibt es bei der fremden Sonne keine goldenen Fäden. Das wäre mir unangenehm.«

»Da gibt es keine, Major, und wenn es welche gibt, kann nicht viel passieren. Man wird unsere Position haben und uns herausholen, wenn es nötig sein sollte.«

In diesem Augenblick materialisierte neben ihnen eine kleine Gestalt in einem Raumanzug. Die Ausbuchtung am Hinterteil verriet sofort, um wen es sich handelte.

»Hallo, Toronar!«, sagte Gucky über Helmfunk. »Hat ja lange gedauert, bis ich dich gefunden hatte. Und was hast du nun schon wieder vor? Kaum bist du aus der einen Klemme raus, willst du schon wieder in die nächste. Wirst du überhaupt nicht gescheit?«

»Das musst ausgerechnet du sagen!«, grinste Kasom. »Wie ich dich kenne, wirst du sofort fragen, ob du mitkommen kannst.«

»Richtig erraten, Toronar. Und du wirst natürlich ›ja‹ sagen, stimmt's?«

»Stimmt! Schon aus Dankbarkeit, weil du uns gefunden hast.«

»Na schön, dann werde ich dich und den Major jetzt in die SAN ANTONIO bringen, damit ihr dort in aller Ruhe an Bord des Beiboots gehen könnt. Der arme Doktor Dixon bekommt gerade die letzten Instruktionen, wie man so ein Ding fliegt. Er scheint alles vergessen zu haben, was man ihm auf dem Lehrgang beigebracht hatte.«

»Er muss den Piloten nur im Notfall spielen. Major Kaschart kann auch mit so einem Ding umgehen.«

»Gut. Dann lasst euch mal bei den Händen fassen, damit ich mit euch teleportieren kann. Fertig? Na, dann wollen wir mal ...«

Major Bender begrüßte sie an Bord des Kreuzers, der sich in langsamer Fahrt den Überlebenden näherte und über Funk ständig Kontakt zu den Kommandanten hielt, die ihrerseits die am meisten gefährdeten Leute aussuchten, damit die SAN ANTONIO sie an Bord nehmen konnte.

»Das Beiboot ist startbereit, Admiral. Dixon ist sehr glücklich darüber, dass Sie ihn mitnehmen wollen. Er behauptet, energetisch-biologische Lebensformen wären sein Spezialgebiet. Was er von den goldenen Fäden und ihren Fähigkeiten bisher hörte, faszinierte ihn gewaltig. Sie werden also genügend Gesprächsstoff haben.«

»Bevor wir starten, Major, möchte ich mit der Navigation reden. Wir brauchen einige Koordinaten – und Sie werden sie vielleicht auch nötig haben. Es handelt sich um den rostbraunen Stern links von Ihrer jetzigen Flugrichtung. Wir brauchen alle verfügbaren Daten, ehe wir losfliegen.«

»Sie haben freie Hand, Admiral. Mein Schiff steht Ihnen zur Verfügung.«

»Danke, Major.«

Während Kasom sich um die astronomischen Daten der Sonne kümmerte, hatte Major Bender genug damit zu tun, die Schiffbrüchigen an Bord zu nehmen. Gucky und Major Kaschart begaben sich inzwischen zum Hangar, wo Dr. Iwan Dixon bereits wartete. Dixon war ein hagerer und nervös erscheinender Mann, aber wenn er sprach, konnte man meinen, die Ruhe in Person vor sich zu haben. Und dieser zweite Eindruck erwies sich später auch als der richtige.

»Es ist mir eine Ehre, Sie zu begleiten«, sagte er nach der Vorstellung. »Sehen wir uns diese gelben Fäden an? Ich bin gespannt ...«

»Wir müssen Sie enttäuschen«, unterbrach ihn Major Kaschart höflich. »Aber wir haben da ein anderes Problem, das fast noch wichtiger sein dürfte. Admiral Kasom wird Ihnen alles erklären, haben Sie also noch ein wenig Geduld. Das Boot ist flugklar?«

»Es wartet nur noch auf Sie«, bestätigte Dr. Dixon.

Gucky verschwand für einige Sekunden, und als er dann wiederauftauchte, stand er in der kleinen Luke des Beiboots. »Ich war nur noch in meiner Kabine und habe etwas geholt. Man soll aufräumen, wenn man einen Raum für längere Zeit verlässt.«

»Für längere Zeit?«, wunderte sich Dr. Iwan Dixon besorgt. Kaschart wehrte ab. »Nun ja, so lange nun auch wieder nicht – hoffe ich.«

Die Daten bestätigten Kasoms Vermutung. Die unbekannte Sonne war etwa zwei Lichtmonate entfernt und wurde von zwei Planeten begleitet, von denen jedoch keine Einzelheiten festgestellt werden konnten, da die Energiefelder des Mahlstroms zu starke Störungen hervorriefen.

Major Bender begegnete Kasom auf dem Korridor, der zum Hangar führte. »Nun, wie sieht es aus, Major?«, fragte Kasom.

»Wir haben schon mehr als fünfhundert Besatzungsmitglieder Ihrer Flotte an Bord genommen und notdürftig untergebracht. Jeder noch so kleine Raum wird ausgenutzt. Selbst in den Hangars und Beibooten finden sie Platz. Aber ich hoffe trotzdem, dass die Bergungsflotte bald eintrifft. Und was ist mit Ihnen? Haben Sie die gewünschten Daten?«

»Die Koordinaten haben wir, und die Sonne hat zwei Planeten. Wir werden sie uns ansehen und mit Ihnen, wenn möglich, in Funkkontakt bleiben. Sollten wir länger als eine Woche nichts von uns hören lassen, kümmern Sie sich um uns. Ich glaube, so viel Zeit benötigen wir, wenn wir vorsichtig sein wollen.«

»Sie können sich auf uns verlassen, Admiral.«

»Das weiß ich. Sagen Sie Rhodan noch meinen besten Dank für sein schnelles Eingreifen. Erklären Sie ihm, dass ich keine Zeit verlieren durfte. Ich halte das Auffinden der Fremden mit dem Schutznetz für äußerst wichtig, weil durchaus die Möglichkeit besteht, dass diese gelben Fadenwolken zu wandern beginnen und sich der Erde nähern. Und wenn nicht, würden sie unsere gesamte Raumfahrt gefährden, selbst bei Linearflug. Dagegen müssen wir etwas unternehmen. Und zwar sofort. Leben Sie wohl, Major.«

»Viel Glück für Sie alle, Admiral.«

»Danke.«

Kasom eilte weiter und erreichte den Hangar, wo er bereits ungeduldig erwartet wurde. Er begrüßte Dr. Iwan Dixon, der sich mühsam zurückhielt, um nicht schon Fragen zu stellen. Kaschart hatte ihn gewarnt.

Der Admiral würde schon von selbst sprechen, wenn es so weit war. Und er tat es, allerdings sehr knapp. Als sich Dixon hinter die Steuerung des Beiboots setzen wollte, schob er ihn sanft zur Seite und sagte: »Das übernehme ich schon, Doktor. Sie sind später dran.«

Kaschart bot ihm den freien Nebenplatz an, den der Wissenschaftler verwirrt annahm. Gucky hockte hinter ihnen. Kasom schloss die Luke und gab das Freizeichen für die Bedienungsmannschaft des Hangars. Sekunden später glitt das zehn Meter lange Beiboot aus der großen Luke, passierte die wartenden Menschentrauben und nahm dann Kurs auf die fremde Sonne.

Rechts, weit im Hintergrund, schimmerte die goldene Wolke der Rauschtänzer.

Es war Kasom vom ersten Augenblick an klar, dass er bei dieser Gelegenheit gleich mit feststellen musste, wie groß die Ausdehnung des Gefahrengebiets ungefähr war. Das war auch der Grund, warum er kurz nach dem Start den Kurs geringfügig änderte und entlang des Fadenmeers flog, ohne ihm jedoch zu nahe zu kommen. Dr. Dixon ließ die Schirme keine Sekunde aus den Augen, auf denen sich das Phänomen nur zu deutlich abzeichnete. Die Reste der Flotte waren nicht zu entdecken, weil sie fast im Zentrum der Wolken steckten.

Auf die relativ große Entfernung hin gab es auch für den Spezialisten keine neuen Erkenntnisse. Er musste sich in erster Linie auf das verlassen, was Major Kaschart ihm berichtete. Der bloße Anblick der wallenden Wolken half ihm nicht weiter. Aber Kasom hatte ihn ja auch aus einem ganz anderen Grund mitgenommen. Dixon sollte das Netz untersuchen, falls es ihnen überhaupt gelang, nahe genug an eines heranzukommen.

Gucky kam sich zu dieser Zeit ziemlich überflüssig vor. Aber das störte ihn nicht. Die Gewissheit, dass ohne ihn diese Expedition gar nicht hätte stattfinden können, beruhigte ihn.

Allmählich wurde die rostbraune Sonne auf dem Schirm größer, aber auch das konnte nicht darüber hinwegtäuschen, dass es sich um einen relativ kleinen Stern handelte, und seine Farbe deutete darauf hin, dass er auch nicht sehr heiß sein konnte. Kasom unternahm ein kurzes Linearflugmanöver, das sie näher an die Sonne heranbrachte. Auf den Fernortern zeigte sich nach der Rückkehr in den Normalraum kein Objekt in unmittelbarer Umgebung.

Dafür stand die fremde Sonne nun deutlicher vor ihnen. Kaschart half Kasom bei der Bestimmung der notwendigen Daten und stellte nach kurzer Untersuchung fest: »Zwei Planeten, Admiral. Der zweite weist eine Sauerstoffatmosphäre auf, kühles Klima dank der geringen Sonneneinstrahlung. Für unsere Verhältnisse dürfte er bewohnbar sein. Ob es sich um die Heimatwelt der Fremden mit dem Netzschiff handelt?«

»Möglich«, knurrte Kasom und korrigierte den Kurs. »Wir werden es bald wissen. Ich wundere mich nur, dass wir noch keines ihrer Schiffe orten können. Wir fliegen mit Unterlichtgeschwindigkeit weiter. In drei Stunden erreichen wir die Bahn des zweiten Planeten.«

Die Messungen gingen weiter. Der Planet war etwa marsgroß. Seine rostbraune Sonne stand nicht weit von der schmalsten Stelle des energetischen Mahlstroms, und das erklärte auch die Schwächung ihres Lichts durch Verunreinigungen des Vakuums um sie herum. Gleichzeitig gelangte so auch weniger Wärme auf den zweiten Planeten, der kaum Vegetation und Wasser besaß, dafür umso mehr vertrocknete Wüsten und Felsengebirge.

»Klarer Fall«, behauptete Kasom. »Die Sonne wurde beim Zusammenstoß der Galaxien aus dem Randgebiet der einen herausgerissen und mitgeschleift. Es kann Tausende von ihnen geben, die Planeten hatten. Die Bewohner müssen sich damals sehr gewundert haben, als sich ihr Himmel veränderte, aber das muss sehr lange gedauert haben. Viele hundert Generationen, und vielleicht hielten sie es für völlig normal.«

Als der Schirm das Bild des Planeten vergrößerte, wurden weitere Einzelheiten sichtbar. Er sah aus wie ein runder Stein, von rötlichen Wüstenstreifen durchzogen, die eine merkwürdig regelmäßige Form besaßen. Von einer Vegetation war nichts zu bemerken. Es gab keine Wälder und Flüsse, keine Meere und Seen.

»Ein trostloser Felsbrocken«, kommentierte Gucky zusammenfassend. »Der Brocken sieht aus der Ferne aus wie ein Onyx.«

Kasom drehte sich halb um. »Na fein, dann nennen wir ihn doch auch einfach so: Onyx!«

»Klar, und die Sonne nennen wir Iron, weil sie wie ein verrostetes Stück Eisen aussieht. Damit wäre das Problem gelöst.«

»Es war mit Sicherheit nicht das schwierigste. Ich fürchte, wir werden bald vor anderen stehen. Was machen die Fernorter, Major?«

»Hm – ich bin mir nicht sicher. Aber wenn mich nicht alles täuscht, sind da zwei Objekte zwischen dem ersten und dem zweiten Planeten. Das können nur Schiffe sein.«

Kaschart betätigte die Feinjustierung. Ein länglicher Gegenstand schälte sich heraus, von einem dunklen, wallenden Netz umgeben.

»Also doch!«, entfuhr es Kasom zufrieden. »Da haben wir ja die Brüder gefunden! Aber warum leben sie auf so einem wüsten Felsplaneten, wenn sie die Raumfahrt beherrschen? Sie könnten sich doch schon längst eine bessere Welt ausgesucht haben!«

»Entfernung zum Objekt drei Lichtminuten, Admiral«, sagte Dr. Dixon. Kasom fragte: »Kannst du Gedankenimpulse auffangen, Gucky?«

»Ziemlich deutlich sogar. Eins steht fest: Sie haben uns längst geortet und warten ab, was wir unternehmen. Ihre Gedanken sind nicht unbedingt feindselig, aber auch nicht gerade freundlich.«

»Wir werden uns auf jeden Fall ihre Welt ansehen.«

»Ein Ertruser, zwei Terraner und ein Ilt – das ist eine feine Mischung«, meinte Gucky skeptisch. Kasom korrigierte abermals den Kurs, der das Beiboot in eine Umlaufbahn bringen würde. Kaschart ließ die beiden Raumschiffe nicht aus den Augen, und Gucky versuchte auch weiterhin, in telepathischem Kontakt mit ihnen zu bleiben. Eine Weile geschah nichts. Das Beiboot näherte sich Onyx, und die beiden fremden Schiffe blieben auf ihrem Kurs. Sie taten noch immer so, als hätten sie den Eindringling nicht bemerkt.

»Werden wir einfach landen?«, fragte Kaschart. »Es gibt Städte auf Onyx, das belegt die Ortung eindeutig.«

»Ich habe bisher nur zwei gesehen, Major. Bei den anderen handelt es sich einwandfrei um Ruinen. Das waren einmal Städte. Vielleicht sterben die Bewohner von Onyx langsam aus. Ihr Planet macht mir ganz diesen Eindruck.«

»Wir werden also nicht landen?«

»Nein, ich habe da eine andere Idee. Gucky wird mit mir zur Oberfläche hinabteleportieren, während Sie mit Doktor Dixon in der Umlaufbahn bleiben. So haben wir Rückendeckung, falls wir in Schwierigkeiten geraten, was ich jedoch kaum annehme. Im Notfall können wir immer noch hierher zurückteleportieren.«

»Werden die Leute sich nicht wundem, wenn Sie so ohne Schiff bei ihnen ankommen?«

»Sollen sie sich wundern! Ich habe mich auch gewundert, als sie an uns vorbeiflogen.«

Gucky meinte nebenbei: »Toronar, du wiegst mehr als achthundert Kilogramm, bist also ein schwerer Brocken. Es fällt mir nicht leicht, dich unnötig herumzuteleportieren, also müssen wir eine solche Tätigkeit möglichst einschränken. Nur im Notfall, würde ich vorschlagen.

Lass Kaschart also irgendwo in der Nähe einer Stadt landen und dann wieder verschwinden. Außerdem brauchen die Fremden nicht gleich zu wissen, dass ich Teleporter bin.«

Kasom überlegte kurz, dann nickte er. »Gut, einverstanden. Aber nur das letzte Argument zählt.«

Der Mausbiber grinste und gab keinen Kommentar mehr. Kasom umrundete Onyx dreimal. Insgesamt schien es nur noch vier bewohnte Städte zu geben. In der Nähe der einen entdeckten die Beobachter einen kleinen Raumhafen, auf dem einige Schiffe des bisher festgestellten Typs standen. Die Netze lagen nun fest an, wie eine zweite Hülle.

Als der Terminator, die Grenze zwischen Tag und Nacht, über die Stadt hinwegkroch und es dort dunkel wurde, setzte Kasom zur Landung an. Immer wieder bat Dr. Dixon, man solle ihn mit auf die Expedition nehmen, aber der Ertruser lehnte das mit dem Hinweis ab, im Notfall könne Gucky nur mit ihm allein teleportieren und dabei keinen zweiten mehr mitnehmen. Schließlich gab sich der Wissenschaftler mit dem Versprechen zufrieden, er bekäme ein Stück des geheimnisvollen Netzes zur Untersuchung – falls es gelänge, eines mitzubringen.

Das Beiboot glitt immer tiefer, und längst hatte Kaschart die beiden fremden Schiffe aus der Ortung verloren. In einer wüstenartigen Landschaft unweit der Stadt landeten sie, nachdem sie das Gebiet mehrmals in geringer Höhe überflogen und nichts Verdächtiges festgestellt hatten. Verteidigungsanlagen schien es nicht zu geben.

Major Kaschart übernahm die Steuerung des Beiboots. Kasom und Gucky trugen ihre Kampfanzüge mit ihrer wertvollen Ausrüstung. Waffen hatten sie auch dabei.

Die beiden ungleichen Gestalten – die eine höher als zwei Meter und fast anderthalb breit, die andere kaum einen Meter groß – standen in der beginnenden Dunkelheit und sahen das Beiboot im Himmel verschwinden. Die Luft war kühl, aber rein und sauerstoffreich, obwohl es kaum Vegetation gab.

»Ein blöder Planet!«, murmelte Gucky missmutig. »Ein Wüstenplanet! Und die Bewohner sind verrückt. Sie wissen genau, dass wir mit einem Schiff hier sind, aber sie kümmern sich nicht darum. Meinst du, ich könnte herausfinden, warum das so ist?«

»Ja, das meine ich«, erwiderte Kasom hoffnungsvoll.

»Eben nicht!«, enttäuschte ihn der Mausbiber. »Sie denken nicht einmal im Traum daran, ausgerechnet daran zu denken!«

»Wie verhalten wir uns, wenn wir ihnen begegnen?«

»Wir sagen einfach guten Tag und gehen weiter. Ich bin auf die Reaktion gespannt.«

Kasom schüttelte den Kopf. »Sie müssen wirklich etwas seltsam sein, aber wir wollen nicht den Fehler begehen, sie nach unserem eigenen Verhalten beurteilen zu wollen. Vielleicht haben sie eine andere Lebenseinstellung und andere Erfahrungen als wir.«

Sie wanderten in Richtung der Stadt und erreichten bald eine schmale Straße, die in Richtung ihres Ziels führte. Der festgestellte Raumhafen lag etwas mehr rechts. Er war noch nicht an der Reihe, denn Kasom hatte nicht die Absicht, die Fremden zu bestehlen. Er wollte um die Genehmigung bitten, ein Stück des Netzes mitzunehmen, um es auf Terra untersuchen zu lassen.

»Ziemlich anstrengend«, meinte Gucky nach einer Weile.

»Der Spaziergang tut uns gut. Außerdem hast du selbst beantragt, dass deine Fähigkeiten geheim bleiben sollen. Also beschwer dich nicht.«

»War nur eine Feststellung …«

Schweigend gingen sie weiter, bis sie sich den ersten Lichtern des Stadtrands näherten. Soweit sich das beurteilen ließ, bestand die Stadt aus flachen, höchstens einstöckigen Häusern, die von kleinen Gärten umgeben waren, in denen tatsächlich etwas wuchs.

»Es sind Eingeborene in der Nähe«, flüsterte Gucky plötzlich und hielt an. »Sie wissen, dass wir kommen.«

Kasom legte seine Hand unwillkürlich auf den Griff seiner Waffe. »Wo sind sie?«

»Sie warten bei den Häusern auf uns. Vielleicht haben sie so etwas wie einen sechsten Sinn, aber sie sind keine Telepathen. Sie sind überhaupt keine Mutanten.«

»Dann haben sie ein ausgezeichnetes Nachrichtensystem. Was wollen sie von uns?«

»Daran denken sie nicht. Sie warten, das ist alles.«

»Na schön«, entschied Kasom. »Dann wollen wir sie nicht länger warten lassen.«

Sie setzten sich wieder in Bewegung, bis sie die Häuser erreichten. Auf diese erste Begegnung kam es besonders an, von ihr mochte der Erfolg der Mission abhängen. Kasom war fest entschlossen, das Vertrauen der Fremden zu gewinnen.

Plötzlich flammte Licht auf. Kasom und Gucky blieben stehen, ohne eine verdächtige Bewegung zu machen. Sie standen mitten in einem

Scheinwerferkegel, der sie für einen Moment blendete. Erst als sich ihre Augen an die Helligkeit gewöhnt hatten, konnten sie sehen, wer sie da mit einer Festbeleuchtung zu begrüßen gedachte. Beide vergaßen ihre Waffen und starrten die Fremden sprachlos an.

Sie ähnelten irdischen Kängurus, nur waren die Köpfe größer und breiter. Aber das war auch beinahe der einzige Unterschied, soweit sich das im ersten Augenblick feststellen ließ. Sie saßen auf ihren kräftigen Sprungbeinen, und in den kürzeren Vorderhänden hielten sie Gegenstände auf Kasom und Gucky gerichtet, die energetischen Waffen nicht unähnlich sahen.

Sie trugen eine Art von Bekleidung, wahrscheinlich als Schutz gegen die Kälte. Und als einer der Fremden vortrat und den Mund öffnete, während er die Besucher mit seinen großen und klugen Augen musterte, waren wohlklingende Worte in einer unbekannten Sprache zu hören.

Nur Gucky konnte telepathisch erfassen, was gesprochen wurde, und Kasom wagte es zu diesem Zeitpunkt nicht, den kleinen Translator aus seinem Gepäck zu holen. Er wollte kein Misstrauen wecken. Als der Eingeborene schloss, übersetzte Gucky: »Er fragt, was wir auf ihrer Welt wollen. Wir sollen dorthin zurückkehren, woher wir kamen. Wir brauchen das Übersetzergerät, um ihnen antworten zu können.«

»Dann mach ihnen das mal klar«, riet Kasom.

»Und wie?«

»Benimm dich wie ein Zirkuspferd – oder so etwas Ähnliches. Dann halten sie dich für harmlos. Vielleicht glauben sie, dass du eine Art Haustier bist, das ich zur Belustigung mitgebracht habe.«

»Ich teleportiere gleich ins Beiboot und lass dich bei denen hier zurück. Dann kannst du mal sehen, wie du fertig wirst. Aber eigentlich ist die Idee nicht übel. Doch wehe, wenn du lachst!«

»Ich habe mich längst an deinen Anblick gewöhnt«, versicherte Kasom zweideutig.

Die Känguru-Fremden hatten dem kurzen Wortwechsel gelauscht und natürlich kein Wort verstanden. Aber sie taten auch nichts, ihn zu unterbinden. Sie traten sogar ein wenig zurück, als Gucky – indem er sich heimlich telekinetisch abstützte – einen perfekten Handstand machte und mit den Beinen in der Luft herumstrampelte. Dabei sang er mit seiner piepsigen Stimme und tat zum Schluss auch noch so, als verlöre er das Gleichgewicht. Gekonnt fiel er auf die Nase. Er blieb gleich auf dem Steinpflaster sitzen. Aber keiner der Fremden verzog auch nur eine Miene.

»Die haben keinen Humor«, beschwerte sich der Mausbiber bei Kasom. »Die Schau zieht nicht. Was soll ich sonst noch tun?«

Kasom, der sich das Grinsen nur mühsam verbiss, schlug vor: »Wink ihnen beruhigend zu und schleich dich dann auf allen vieren von hinten an mich heran. Tu so, als wolltest du mir etwas stehlen – und nimm mir den Translator ab. Schalt ihn ein, während du ihn wie ein Geschenk vor ihre Füße stellst. Mach wieder ein kleines Theaterstück daraus. Vielleicht hast du Glück, und sie klatschen dir Beifall. Jedenfalls werden sie dann schon merken, was wir damit bezwecken wollten.«

Gucky seufzte und begann mit der Vorstellung. Er machte alle möglichen Gesten und esperte gleichzeitig in den Gehirnen der Fremden, wobei er feststellte, dass sie ihn in der Tat für ein äußerst gelehriges Tierchen hielten, das seinem Herrn und ihnen eine kleine Freude bereiten wollte. Also ließen sie ihn gewähren, wenn ihr Sinn für solche Dinge auch ziemlich beschränkt war.

Der Mausbiber rollte sich seitwärts über den Boden, bis er hinter Kasom lag. Abermals gab er den Zuschauern durch Gesten zu verstehen, dass sie ihn nicht verraten sollten, richtete sich ein wenig auf und zog dem scheinbar ahnungslosen Kasom den Translator aus der Gepäcktasche. Eingeschaltet stellte er ihn vor die Fremden hin, die ihn neugierig betrachteten.

Gucky richtete sich auf. Er wartete, bis das Gerät genügend Wortfetzen der Eingeborenen aufgefangen hatte, um ihre Sprache zu analysieren. Dann sagte er: »So, meine Herrschaften, ich hoffe, nun haben Sie endlich begriffen, was ich wollte. Jetzt können wir uns unterhalten. Das Ding da ist ein Translator, falls Sie es noch nicht wissen sollten. Wir finden, dass Ihre Begrüßung den Umständen nicht ganz angemessen ist, wir kommen nämlich in friedlicher Absicht.«

Die Fremden wirkten jetzt verblüfft. Ihre Blicke wanderten von Gucky zu Kasom und wieder zurück. Sie schienen sich nicht einig zu sein, wie sie reagieren sollten. Dann bückte sich einer von ihnen, nahm den Translator auf, betrachtete ihn eingehend – und gab ihn dann Gucky zurück.

»Ihr könnt verstehen, was wir sagen?«

»Natürlich können wir das«, sagte nun Kasom. »Und wir haben einige Fragen an Sie. Sie müssen doch eine Art Präsidenten haben, einen Kommandanten oder Bürgermeister – oder was auch immer.«

»Woher kommen Sie?«

Kasom zeigte hinauf zu den Sternen. »Von dort«, erklärte er feierlich.

»Ja, das denken wir uns, Fremder. Und was wollen Sie? Unsere Welt hat kaum Platz für uns, sie kann keine weiteren Siedler mehr ernähren.«

Kasom atmete auf. Das also war ihre Befürchtung! Sie hatten Angst, dass Flüchtlinge aus dem Mahlstrom hier um Asyl ansuchten. Da konnte er sie beruhigen, und das tat er dann auch mit vielen Worten. Ohne ihn zu unterbrechen, hörte man ihm zu, und als er schließlich fertig war, sagte der Sprecher von vorhin: »Wir können nicht entscheiden, das kann nur der Oberste Psalta.« Das Wort wurde vom Translator nicht übersetzt, war also ein Eigenname. »Bis dahin bitten wir Sie, uns zu folgen. Sie werden sicher untergebracht.«

»Was verstehen Sie unter sicher?«

»Im Gefängnis«, lautete die sinngemäße Übersetzung.

Gucky schaltete den Translator ab und sagte zu Kasom: »Warum nicht mal in einem Gefängnis übernachten? Ist doch mal eine Abwechslung, findest du nicht? Was hältst du sonst von der Sache?«

»Nicht viel. Sie sind misstrauisch und nicht gerade freundlich. Aber wir werden ja sehen, was dieser Oberste ... Wie hieß er noch?«

»Psalta. Sie sind alle Psaltas, und der eine ist eben der Oberste Psalta. Ich habe inzwischen mehr über sie erfahren können. Erzähle ich dir dann später, wenn wir im Kittchen hocken.«

Die Psaltas nahmen sie in ihre Mitte, ließen ihnen aber die Waffen und durchsuchten sie auch nicht. Sie benahmen sich überhaupt seltsam leichtsinnig und nicht wie jemand, der einen fremden Besucher von den Sternen in sicheren Gewahrsam bringen will. Einige Fenster öffneten sich, als das Geräusch der Hüpfschritte auf dem Pflaster ertönte. Neugierige Gesichter sahen auf die Straße und verschwanden schnell wieder.

Das Gefängnis war ein zweistöckiger Bau mit vergitterten Fenstern. Durch ein breites Portal wurden sie in den Hof geführt und einer Gruppe anderer Psaltas übergeben, die eine Art Uniform trugen. Vielleicht stellten sie die Polizeitruppe der Stadt dar.

»Langsam beginnt es mir unter der Haut zu kribbeln«, flüsterte Gucky seinem Schicksalsgenossen zu. »Im Zoo von Terrania gibt es noch ein paar nachgezüchtete Kängurus. Die besuche ich demnächst und erzähle ihnen, was für reizende Vettern sie auf Onyx haben. Die wollen uns doch hier glatt in eine Zelle sperren!«

»Klar, war doch abgemacht«, beruhigte ihn Kasom, der froh war, wenn er ein paar Stunden schlafen konnte. »Morgen ist ein neuer Tag, und dann sieht alles ganz anders aus.«

»So, also müde bist du!« Gucky gähnte. »Also gut, ich bin auch müde. Legen wir uns auf die Pritsche.«

Sie wurden durch einen Korridor geführt, dann öffnete sich vor ihnen eine Tür, die sich hinter ihnen wieder schloss. Überrascht sahen sie sich in dem Raum um. Wenn sie eine kahle und enge Zelle erwartet hatten, wurden sie angenehm enttäuscht. Im ersten Augenblick glaubten sie, in einem Hotelzimmer zu stehen, abgesehen von der Tatsache, dass keine Fenster zu entdecken waren. Aber es gab eine Waschgelegenheit und eine etwas merkwürdig aussehende Toilette, die aber sicherlich ihren Zweck erfüllte.

Als Gucky die Betten sah, schlug er die Hände vors Gesicht. »Bei Morpheus, dem Gott der Penner!«, rief er verblüfft aus. »Wer soll denn in so einem Gestell schlafen können?«

»Die Psaltas, nehme ich an.«

Es gab extra Mulden für die Hinterbeine, und wahrscheinlich hätte sich ein Psalta keine bequemere Ruhestätte vorstellen können. Aber für einen Menschen war sie kaum geeignet, geschweige denn für Kasom, unter dessen Last das Ding sofort zusammengebrochen wäre.

»Ich werde mich auf den Boden legen, Gucky. Nimm dir auch ein paar Decken. Außerdem sind die Teppiche dick und weich. Hast du Hunger?«

»Mir ist der Appetit vergangen.«

Kasom machte sich sein Bett auf dem Boden und kramte ein Paket mit Konzentraten aus der Tasche. Wasser gab es auch, also aß er sich erst einmal satt, ehe er sich hinlegte und zudeckte. »Heute unternehmen wir nichts mehr. Nun erzähl mal, was du von diesen Kängurus erfahren hast. Wer sind sie, was machen sie, was wollen sie?«

Nachdem auch der Mausbiber endlich bequem lag und das Licht telekinetisch gelöscht hatte, weil er keinen Schalter fand, berichtete er: »Eigentlich sind sie zu bedauern, denn sie sind ein Volk, das sich selbst aufgegeben hat. Sie besitzen nur noch ein paar Raumschiffe, mit denen sie kleinere Expeditionen unternehmen, das ist alles. Früher müssen sie eine großartige Zivilisation gehabt haben, aber das ist schon so lange her, dass keiner mehr Genaues weiß. Sie leben auf einer sterbenden Welt und haben nicht mehr die Kraft, sie zu verlassen. Lieber gehen sie hier langsam unter.«

»Warum sollten sie aussterben?«

»Wovon sollen sie denn hier leben? Sicher, sie tun es schon seit undenkbaren Zeiten, aber sie werden immer weniger, und ihre Städte verfallen. Sie bauen keine neuen, so, wie sie auch keine neuen Schiffe mehr bauen. An die Netze haben sie noch nicht gedacht, also konnte ich auch nichts darüber herausfinden.«

»Und von ihnen selbst? Weißt du da etwas?«

»Sie sind bessere Hörer als Seher. Du hast ja bemerkt, dass ihre Ohren ungewöhnlich groß sind, fast einen halben Meter lang, und sehr beweglich. Damit können sie sogar Ultraschall wahrnehmen. Ihr schwarzblaues Fell färbt sich im Alter ockergelb. Na ja, das ist eigentlich alles.«

»Du musst mehr über ihre Vergangenheit erfahren, das ist wichtig; was die Netze sind und woher sie sie haben.«

»Jetzt überschlag dich nicht gleich, wir sind ja gerade erst angekommen. Dafür wissen wir schon eine ganze Menge. Jedenfalls leben sie in der ständigen Furcht, die Todeswolken könnten bis in ihr System gelangen und ihren Planeten endgültig vernichten. Das ist auch der Grund für ihre Expeditionen, die nichts als eine Überwachung darstellen. Sie vermeiden jeden Kontakt mit anderen Intelligenzen, darum haben sie dich auch damals ignoriert. Es war keine böse Absicht damit verbunden.«

»Na, ich danke! Da bin ich anderer Ansicht.«

Gucky seufzte. »Und ich dachte, du wärst müde. Wie wäre es, wenn wir jetzt zu schlafen versuchen? Wir haben einen schweren Tag vor uns. Morgen besuchen wir den Obersten Psalta, wer immer das auch ist.«

»Gute Nacht«, grunzte Kasom und rollte sich zur Seite.

15.

Am anderen Tag wurden sie von einer Eskorte zum Obersten Psalta gebracht. Sie kamen sich in der Mitte der im Gleichschritt hüpfenden Eingeborenen ziemlich lächerlich vor und spielten das Theater nur deshalb mit, weil sie sich von der Unterredung mit dem Oberkänguru wertvolle Informationen erhofften.

»Himmel, das darf Bully nie erfahren, sonst zieht er mich für den Rest meines Lebens damit auf«, murmelte Gucky, als sie durch die Straßen der Stadt geleitet wurden.

Überall waren die Psaltas zu sehen. Sie hüpften durch die Parkanlagen und machten den Eindruck recht zufriedener Müßiggänger, aber Gucky esperte die tiefe Mutlosigkeit, von der sie befallen waren. Die Hoffnung auf eine Zukunft hatten sie aufgegeben.

Der Oberste Psalta residierte in einem villenartigen Haus, das von einem wild wuchernden Garten umgeben war. Sogar einen kleinen Teich gab es – ein Luxus, den sich wohl kaum jemand anders auf dieser trockenen Welt leisten konnte.

Die Eskorte machte vor dem Gartentor Halt. Zwei Psaltas bedeuteten den Gefangenen, ihnen zu folgen. Kasom trug den Translator nun offen in der Hand. Er hatte ihn bereits eingeschaltet. Aber die beiden Wachen sprachen kein Wort. Sie wurden durch den Garten geführt und erreichten die breiten Stufen des Portals, das sich wie von selbst öffnete.

»Der Oberste Psalta erwartet Sie«, sagte eine der Wachen. »Gehen Sie! Wir bleiben hier.«

Kasom und Gucky stiegen die Stufen empor und wurden von einem anderen Psalta in Empfang genommen, der sie in das Innere des Hauses brachte. Nach mehreren Sälen und Gängen blieb er endlich vor einer reichlich verzierten Tür stehen. »Der Oberste Psalta«, flüsterte er voller Ehrfurcht.

Allmählich hatten Kasom und Gucky das Gefühl, dem Herrscher eines Sternenreichs einen Besuch abzustatten, nicht dem Bürgermeister einer halb verfallenen Stadt. Die Tür öffnete sich, und dann sahen sie den Obersten Psalta. Er hockte auf einem entsprechend geformten Stuhl und sah ihnen mit seinen klugen Augen entgegen. Viel Kleidung trug er nicht, denn in dem Raum war es warm. Die Einrichtung war spärlich und entsprach nicht den Erwartungen, die man nach dem bisherigen Zeremoniell vielleicht gehegt hätte. Ein Tisch, ein Ruhelager, ein paar Stühle. Das war alles.

Kasom schien die Tragikomödie nun endlich satt zu haben. Er trat einen Schritt vor und stellte den Translator auf den Tisch.

»Sie sind also der Oberste Psalta?«, erkundigte er sich, wagte es aber mit Rücksicht auf das Mobiliar nicht, sich zu setzen. »Wir haben einige Fragen an Sie.« Gucky blieb neben der Tür stehen und esperte. Im Haus gab es nur drei weitere Psaltas.

»Die Fragen stelle ich«, erwiderte der Oberste Psalta energisch. »Wo ist das kleine Schiff, mit dem ihr gekommen seid, und was wollt ihr wirklich von uns? Ich sehe, ihr habt ein Übersetzergerät. Das erleichtert die Verständigung. Also, ich höre.«

Kasom überwand seine Überraschung und schaltete sofort auf die Methode um, die er selbst als »sanfte Tour« bezeichnete. Gucky vertrat die Ansicht, dass »sanfte Gewaltkur« der bessere und zutreffendere Ausdruck dafür gewesen wäre.

»Na schön, dann hören Sie mal gut zu, mein Freund. Wir gehören einem Volk an, das ähnlich wie das Ihre in diesen unmöglichen Teil des Universums geraten ist. Wir besitzen unsere Welt noch, und sie ist grün, voller Wasser, sehr fruchtbar und unangreifbar. Unsere Raumflotte ist so stark, dass wir diesen Felsklumpen innerhalb einer einzigen Sekunde vernichten könnten. Aber wir sind mit einem kleinen Schiff gekommen, um unsere friedliche Absicht zu bekunden. Wir wünschen nur ein paar Auskünfte, das ist alles. Sind Sie nun bereit, vernünftig mit uns zu reden und uns nicht mehr als Gefangene zu behandeln?«

Kasom war überzeugt, dass seine Worte ihre Wirkung nicht verfehlten. Umso größer war seine Enttäuschung, als er zur Antwort erhielt: »Jeder kann große Worte machen, und ich glaube keines davon. Sie sind meine Gefangenen, und Sie bleiben es auch. Wir werden Sie verhören, wenn Sie nicht freiwillig sprechen wollen. Vielleicht gehören Sie wirklich jenem Volk an, von dem Sie sprachen, auch wenn Sie beide sehr verschieden aussehen, und vielleicht sind Sie eine Vorhut, die unsere Welt erkunden will, um sie später zu erobern.«

»So ein Unsinn! Was sollen wir denn mit der Steinwüste?«

»Wenn Ihre Welt noch öder ist, kann diese ein Paradies im Vergleich dazu sein.«

Gucky, der die Gedanken des Obersten Psaltas las, wusste besser als Kasom, dass die Reaktion nur ein Produkt nackter Angst war. Der Psalta hatte Schwierigkeiten mit seinen Artgenossen, die sich in zwei Lager gespalten hatten. Die einen wollten ihre Heimat für immer in den vorhandenen Schiffen verlassen, notfalls neue hinzubauen, die anderen wollten um jeden Preis bleiben – auch wenn damit das Todesurteil für ihr Volk besiegelt war. Es gab keinen Kompromiss. Der Oberste Psalta befürchtete einen Aufruhr, wenn bekannt wurde, dass es im Mahlstrom noch andere bewohnte Welten gab, auf denen man besser als auf Onyx leben konnte. Hier war er Herrscher. Was würde er dort sein?

»Lass mich mit ihm reden, Toronar«, bat der Mausbiber.

Kasom nickte.

Gucky sagte: »Oberster Psalta, ich kenne Ihre Besorgnisse. Soweit sie uns angehen, versichere ich Ihnen, sind sie überflüssig. Ich will Ihnen die Wahrheit berichten.« Er wiederholte einiges von dem, was Kasom bereits erwähnt hatte, dann schilderte er das Zusammentreffen mit den Wolken der goldenen Rauschtänzer, ohne die Verluste zu erwähnen. Und er schloss: »Wir begegneten einem eurer Schiffe in der Wolke, und wir sahen, dass es nicht von der Energiepest angegriffen wurde. Ihr kennt also ein Mittel, der Gefahr zu begegnen, wir jedoch nicht. Somit kommen wir als Bittsteller zu euch. Verratet uns das Geheimnis der Netze, und wir werden euch dafür in vielen anderen Dingen helfen können. Unsere Welt ist reich, wir leben in manchem im Überfluss. Wir geben euch gern davon ab.«

Der Oberste Psalta dachte nach, eine gute Gelegenheit für Gucky, seine wahre Meinung kennen zu lernen. Der Gedanke, »Entwicklungshilfe« zu bekommen, war für ihn auf der einen Seite verlockend, aber auf der anderen behielt er sein darbendes Volk nur dann unter Kontrolle, wenn es ihm weiter schlecht ging. Es musste in Angst leben, so wie er selbst. Die Angst vor dem drohenden Untergang oder dem Hungertod oder auch die Angst vor der Energiepest machte es seinen Wünschen gefügig. Wenn es in Freiheit und ohne Furcht lebte, würde es sich einen anderen Herrscher suchen.

Gleichzeitig erfuhr Gucky eine noch weniger erfreuliche Tatsache. Die Anzahl der Netze war beschränkt, und es gab keine neuen mehr. Darum auch die Furcht vor der Energiepest.

Der Oberste Psalta sagte: »Ich muss mir das überlegen. Man wird euch ins Gefängnis zurückbringen, während ich mit meinen Ratgebern spreche. Macht keinen Fluchtversuch. Die Wachen haben Befehl, euch dann zu töten.«

Kasom hielt es nun nicht mehr länger aus. Er polterte: »Hirnverbrannter Gedanke, uns töten zu wollen! Versucht doch nur, uns unsere Waffen abzunehmen.« Er zog den Strahler und richtete ihn auf den Obersten Psalta. »Ich kann vielmehr Sie töten, wenn ich will.«

Gucky erschrak, als er die Gedanken des Herrschers las. Er hatte keine Furcht, er war sogar erheitert. Er wusste, dass die Energiewaffen seiner Gefangenen nicht mehr funktionierten. Die energetische Sperrzone am Eingang der Stadt hatte sie unschädlich gemacht. Die Ladungen waren leer, auch jene der Ersatzmagazine.

»Versuchen Sie es doch!«, sagte der Oberste Psalta ironisch.

Gucky sagte schnell: »Natürlich war es nur ein Scherz, glauben Sie mir. Um unseren guten Willen zu beweisen, werden wir Ihnen unsere Waffen freiwillig zur Verfügung stellen. Wir legen sie hier auf den Tisch. Na, mach schon, Kasom! Ich weiß schon, warum wir das tun …«

Kasom zögerte, dann sah er den Blick des Mausbibers und das Funkeln in seinen Augen. Er legte den Strahler zu dem Guckys. Hinter ihnen öffnete sich die Tür. Man kam, sie ins Gefängnis zurückzubringen.

»Wann erhalten wir Bescheid?«, fragte Kasom noch schnell.

»Bald«, erwiderte der Oberste Psalta.

Kasom schaltete den Translator ab und schob ihn in seine Tasche. »Was soll der Quatsch mit den Waffen? Erklär mir das«, verlangte er. Gucky tat es. Kasom blieb skeptisch.

»Und das glaubst du? Das war doch sicher nur ein Bluff.«

»Einen Bluff kann man nicht denken, mein lieber Freund, schon gar nicht, wenn man keine Ahnung hat, dass der andere ein Telepath ist. Glaube mir, wir haben richtig gehandelt.«

Kasom nickte widerstrebend.

Wieder in ihrem Gefängniszimmer, meinte Kasom: »Eigentlich ist das alles eine dumme Situation. Da sitzen wir freiwillig in einem Gefängnis, obwohl wir jederzeit die Möglichkeit zur Flucht haben. Und das alles nur aus Rücksichtnahme auf diesen übergeschnappten Kängurufürsten. Warum teleportieren wir nicht einfach zum Raumhafen, organisieren ein Stück Netz von einem ihrer Schiffe, springen in das Beiboot und verschwinden? Dann ist der Fall ausgestanden.«

Gucky hockte auf einem der verformten Stühle und sah aus, als hätte er Bauchschmerzen. Er wusste nicht so recht, wohin mit den Beinen. »Es gibt mehrere Gründe, Toronar. Selbst wenn wir das Zeug klauen, wissen wir noch immer nicht, woher sie es haben. Und dann tun sie mir ehrlich Leid, diese Psaltas. Ich möchte ihnen helfen. Und wenn sie schlechte Erfahrungen mit uns machen, werden sie sich niemals aufraffen, ein neues Leben zu beginnen. Ihre Lethargie fängt an, sich tödlich auszuwirken. Noch zwei oder drei Generationen, und es gibt keine Psaltas mehr. Wäre doch schade, wo sie so hübsche Möbel herstellen.«

Kasom rekelte sich auf seinem Lager am Boden. »Also gut, nehmen wir Rücksicht. Das heißt aber nicht, dass wir darauf verzichten, ein Stück Netz zu bekommen.«

Gucky sah auf seine Uhr, die noch auf Terra-Normal eingestellt war. »So was Dummes, jetzt wissen wir nicht einmal, welche Tageszeit draußen ist. Mittag, schätze ich. Wir haben also noch eine Menge Zeit, ehe wir uns auf die Socken machen und dem Raumhafen einen Besuch abstatten. Du kannst schlafen, ist ohnehin deine Lieblingsbeschäftigung, wenn du nicht gerade isst, während ich ein wenig telepathisch spioniere. Mal sehen, was der Oberscheich mit uns vorhat. An sich wollte er ja heute Nachmittag mit seinen Ratgebern reden.«

»An die Geschichte glaube ich sowieso nicht. Aber vielleicht erfährst du andere Neuigkeiten, die interessant für uns sind. Mach dich an die

Arbeit, mein Bester. Wie geht es übrigens unserem Iwan und dem Major?«

»Besorge ich dann gleich mit. Im Augenblick habe ich zu viele Gedankenimpulse von Psaltas im Kopf. Sobald ich sortiert habe, wecke ich dich.«

»Untersteh dich!«, warnte Kasom und zog die Decke über den Kopf.

Gucky grinste, stand auf und legte sich ebenfalls auf sein provisorisches Lager, um telepathisch tätig zu werden. Jeder heimliche Beobachter – und die Psaltas verfügten bestimmt über entsprechende Geräte – musste glauben, zwei harmlose und friedfertige Gefangene vor sich zu haben, die an nichts Böses dachten.

Die letzten Gedanken, die der Mausbiber nach seiner mentalen Exkursion auffing, verrieten ihm, dass es draußen auf Onyx zu dämmern begann, wenigstens auf dem Längengrad, auf dem die Stadt lag. Kasom schnarchte mit einer sturen Beharrlichkeit, die Guckys Selbstbeherrschung auf eine harte Probe stellte. Ohne nennenswerten Appetit verzehrte der Ilt einen halben Konzentratbeutel, mit Wasser vermischt, und fühlte sich sofort in die SAN ANTONIO zurückversetzt. Mit Wehmut dachte er an seine entwendeten Vorräte, die gut verborgen unter den Sitzen des Beiboots lagen.

Dann hielt er es nicht mehr aus und weckte Kasom, der mit einem letzten empörten Schnarcher in die raue Wirklichkeit zurückkehrte. »Ähem – ist was?«

»Eine ganze Menge, aber nichts von Bedeutung.«

»Und deshalb weckst du mich?«

»Du schläfst dich sonst noch tot. Außerdem wird es allmählich dunkel draußen. Die braven Psaltas gehen schon zu Bett. Und ich habe eine Menge erfahren können. Eines kann ich dir schon jetzt verraten: Der Berater des Obersten Psaltas heißt Oberster Psalta. Mit anderen Worten: Er hat nur mit sich selbst beraten.«

»So ein Gauner! Habe ich es mir doch gedacht, dass er uns beschwindelt. Noch was?«

»Er ist nicht sicher, was er mit uns machen soll. Auf der einen Seite fürchtet er jene seiner Artgenossen, die den Planeten für immer verlassen wollen. Sie könnten mit uns sympathisieren, glaubt er. Darum kann er uns nicht offiziell unter Anklage stellen oder gar einfach verschwinden lassen. Auf der anderen Seite, und das ist die ausschlaggebende, befürchtet er, dass wir mit unserer Schilderung die noch Passiven anstecken könnten. Was also soll er tun? Er weiß es noch nicht. Auf jeden Fall ist er auch neugierig. Vorerst also, so viel entnehme ich seinen Gedanken, will er uns hier festhalten.«

»Fein. Notfalls hat er da aber Pech gehabt.«

»Richtig, aber es ist besser, vorerst erfährt er nicht, dass wir jederzeit von hier verschwinden können. Denn an das Geheimnis der Netze hat er leider nicht gedacht. Vielleicht kennt er es überhaupt nicht. Dann müssen wir jemanden finden, der Bescheid weiß.«

»So eine Art Wissenschaftler, wenn es hier so etwas gibt?«

»Vielleicht. Jedenfalls können wir uns auf einen Ausflug vorbereiten. Genügt es denn, wenn wir ein Stück von dem Netz haben?«

»Notfalls – ja. Aber es wäre besser, wir bekämen ein paar Informationen dazu geliefert. Wann startet der Ausflug?«

»Nicht vor Mitternacht, würde ich sagen. Dann schlafen auch die Wachtposten. Ja, und unseren beiden Freunden im Beiboot geht es glänzend. Dixon fragte Kaschart die Seele aus dem Leib. Er will alles über die Energiepest wissen, über die Rauschtänzer. Er hat ihnen inzwischen noch einen weiteren Namen gegeben und nennt sie Energieparasiten. Klingt doch recht hübsch, nicht wahr?«

»So viele Namen für eine einzige Sache? Das geht mir langsam auf die Nerven.«

»Dixon jedenfalls nicht. Er hat beschlossen, dich zu bitten, ihn mitten in die goldenen Wolken zu bringen, damit er ihr Verhalten studieren kann.«

Kasom fuhr aus seinen Decken hoch. »In das verseuchte Gebiet? Ist der verrückt geworden? Weißt du, was der mich kann?«

»Ja, ich weiß«, sagte Gucky würdevoll. »Aber ich weiß auch, dass er es nicht tun wird.«

Gegen Mitternacht Ortszeit weckte der Ertruser den Mausbiber.

»Es ist so weit, mein Freund. Ich glaube, ich habe mich nicht verschätzt. In der Zwischenzeit war ein Psalta da und hat nach uns gesehen. Gesagt hat er nichts, und auf den Gedanken, uns zu verpflegen, scheint auch niemand gekommen zu sein. Stumm, wie er kam, ist er auch wieder verschwunden. Hast du gut geschlafen?«

»Ohne deine Nebengeräusche – ja.« Gucky wickelte sich aus der Decke. »Was nehmen wir mit?«

»Alles. Wer weiß, ob wir hierher zurückkommen.«

Es war ihnen klar, dass die Psaltas sich ihre Gedanken machen würden, wenn ihre beiden Gefangenen spurlos aus dem Gefängnis verschwanden. Sie waren intelligent genug, daraus die richtigen Schlüsse zu ziehen. Aber heute sah auch alles ganz anders aus als gestern. Die Lage hatte sich grundlegend verändert.

»Es sind zwei Wachtposten bei den Schiffen«, stellte Gucky fest. »Der eine schläft im Stehen oder Hocken, der andere spaziert gelangweilt durch die Gegend. Er hat an Sperren gedacht, die ihn gut ersetzen könnten. Er kommt sich überflüssig vor und sehnt sich nach seinem Bett. Also gibt es Sperren!«

»Welcher Art?«

»Keine Ahnung, daran denkt er nicht.«

»Hoffentlich keine Parafallen.«

»Das glaube ich nicht. Mit Mutanten scheinen sie hier noch keine Erfahrungen gemacht zu haben.«

Gucky nahm den Ertruser bei der Hand, nachdem sie fertig waren. Die Decken ließen sie auf dem Boden liegen, so als könnten sie jeden Augenblick wieder zurückkehren. Unter gewissen Umständen war das sogar möglich.

Der erste Sprung brachte sie bis kurz vor das eigentliche Raumhafengelände. Es lag unweit der Stadt in der Wüste. Eine schmale Straße führte durch ein Tor hinein und verlor sich im Dunkeln zwischen den Schiffen, die wie Schatten in den Himmel ragten. Das Glühen des Mahlstroms war zwar auch auf Onyx zu sehen, aber feine Sandwolken in großer Höhe schwächten das Licht ab. Um das ganze Gelände zog sich ein hoher Zaun aus Drahtgeflecht.

»Wenn das die Sperre ist, brauchen wir uns keine Sorgen mehr zu machen«, flüsterte Kasom, eingedenk Guckys Warnung, dass die Psaltas besonders gut hören konnten.

Der zweite Teleportersprung brachte sie direkt in das Raumhafengelände. Den Zaun hatten sie nun hinter sich, und die Schatten der Schiffe waren näher gerückt. Gucky esperte außer den beiden Wachtposten noch andere Psaltas, die in einem Raum sitzen mussten, wie er ihren Gedanken entnahm. Einige von ihnen waren wach und beschäftigten sich mit einem unbekannten Spiel. Jedenfalls machten sie sich keine Gedanken über ihre eigentlichen Aufgaben und verließen sich auf die beiden Posten.

Das nächste der Schiffe, ein etwas kleineres, war hundert Meter entfernt. Gucky ließ Kasoms Hand los und deutete damit an, dass sie jetzt keine weitere Teleportation mehr vornehmen würden. Der Ertruser wollte etwas fragen, aber Gucky legte den Finger auf die Lippen.

Der noch nicht eingeschlafene Posten lehnte gegen die Stützen des Nachbarschiffs und dachte an seine Gesinnungsfreunde, mit denen er eines Tages ein solches Schiff stehlen und Onyx verlassen wollte. Sie hatten das Dahinvegetieren satt und wollten lieber in Freiheit sterben, wenn es ihnen schon nicht gelang, eine andere und bewohnbare Welt zu erreichen.

Als Kasom mit dem Fuß einen Stein zur Seite trat, blieb Gucky sofort stehen. Der Wachtposten hatte das Geräusch gehört. Er entsicherte sein Energiegewehr und suchte im Gürtel seiner Uniform nach der Lampe. Im Dunkeln war er nur undeutlich zu erkennen, aber Gucky wusste nun, dass ihre Entdeckung nur noch eine Frage von Sekunden war.

»Warte!«, hauchte er Kasom zu und teleportierte.

Unmittelbar neben dem Posten rematerialisierte er und schlug ihm das Gewehr aus der Hand. Es rutschte unter das Heck des Schiffs, wo es so schnell niemand finden konnte. Dann packte er den überraschten Psalta und teleportierte mit ihm zu Kasom zurück. Ehe der Gefangene einen Alarmruf ausstoßen konnte, machte der Ertruser aus ihm ein gut verschnürtes Paket, indem er den Psalta entkleidete und den Stoff in Streifen zerriss. Der arme Kerl glaubte, dass der Oberste Psalta hinter die Absichten seiner Gruppe gekommen sei und zum Gegenschlag ausgeholt habe, bis Gucky den Translator einschaltete und leise fragte: »Wann kommt die Ablösung? Bald?«

Bald, dachte der Posten, sagte aber nichts.

»Dann müssen wir uns beeilen«, riet Gucky.

Sie ließen den Psalta liegen und begannen mit der Untersuchung des Netzes, das fest auf der Hülle des Schiffs lag. In diesem Augenblick machte der Mausbiber eine verblüffende Entdeckung. Er hatte sich nicht mehr so sehr auf die Gedanken der Psaltas konzentriert und ihre Impulse praktisch ausgeschaltet. Danach wurde sein Empfang besser und konzentrierter.

Und er empfing neue mentale Impulse! Im ersten Moment war er sich nicht darüber im Klaren, woher sie stammen konnten, ob sie aus großer Entfernung kamen und daher so schwach und undeutlich waren oder ob ihre Quelle auf Onyx lag, durch künstliche oder natürliche Sperren stark isoliert. Es waren tastende, suchende Impulse, die keinen Sinn ergaben. Sie stammten zweifellos von einem organischen Lebewesen, das jedoch keine große Intelligenz besitzen konnte. Immerhin dachte es, oder es entwickelte zumindest eine gewisse mentale Tätigkeit. Als Kasom versuchte, mit seinem Messer ein Stück des Netzes herauszuschneiden, zuckte Gucky unter dem Schwall neuer Impulse zusammen. Er spürte das Angstgefühl, das ihm diese Impulse vermitteln wollten – und begriff sofort.

»Nicht!«, warnte er Kasom. »Warte noch! Das Netz strahlt Mentalimpulse aus.«

Kasom zögerte. »Bist du sicher? Wir können doch jetzt nicht aufgeben!«

»Wir müssen noch warten, bis wir genau wissen, was mit dem Zeug los ist. Etwas, das Angst empfinden kann, lebt auch. Komm, wir nehmen den Wächter und verschwinden. Ihn fragen wir aus. Ich glaube, er weiß etwas. Er gehört einer der Gruppen an, die Onyx verlassen wollen.«

Kasom schob das Messer unschlüssig in den Gürtel zurück, folgte aber dann dem Mausbiber, der den vor Angst schlotternden Wachtposten auf die Beine stellte.

»Ich teleportiere mit ihm in die Berge vor der Stadt und hole dich dann. Rühr dich nicht, es dauert nur ein paar Sekunden. Übrigens ist der andere Posten eben aufgewacht. Er ist auf dem Weg hierher.«

Ohne eine Antwort abzuwarten, verschwand der Mausbiber. Kasom rührte sich nicht vom Fleck, um kein Geräusch zu verursachen und den Wachtposten auf sich aufmerksam zu machen. Er konnte seinen Schatten jetzt undeutlich erkennen. Trotzdem musste er wieder an das Netz denken. Die Spitze seines Messers war darin eingedrungen. Es ließ sich also zerschneiden. Aber es dachte! Konnte das Netz ein Lebewesen sein? Und wennschon! Es diente den Psaltas als Schutz, warum also nicht auch den Terranern?

Er kam nicht mehr dazu, weiter darüber nachzudenken, denn der Wachtposten war bis auf wenige Schritte herangekommen. Leise rief er nach seinem Kameraden, erhielt aber natürlich keine Antwort. In diesem Augenblick kehrte Gucky zurück, ergriff Kasoms Hand und entmaterialisierte mit ihm.

Sie lösten ihrem Gefangenen die Fesseln und nahmen ihm den Knebel ab. Der Translator war eingeschaltet. Gucky hatte ein kleines Felsplateau hoch in den Bergen gefunden. Von hier aus konnte man nur fliehen, wenn man fliegen oder teleportieren konnte. Der Psalta kannte nun ihr Geheimnis. Er würde auf dem Plateau bleiben müssen, bis sie Onyx wieder verließen. In der Ferne waren einige Lichter der Stadt zu sehen, rechts daneben der Raumhafen. Im Osten begann es bereits zu dämmern.

Nun erkannte der Psalta endgültig seine Überwältiger. Er hatte von der Ankunft der beiden Fremden gehört und wie seine Freunde neue Hoffnung geschöpft. Es war genauso, wie der Oberste Psalta befürchtete.

»Du brauchst keine Angst vor uns zu haben«, sagte Gucky, der in seinen Gedanken las. »Wir wissen, dass du und deine Freunde diese Welt für immer verlassen wollt, und vielleicht können wir euch helfen. Der Oberste Psalta ist nicht unser Freund, so wenig wie er der eure ist. Aber zuerst musst du uns helfen.«

Endlich fand der arme Kerl seine Sprache wieder. Er schien begriffen zu haben, was ein Translator war. »Ihr seid die Fremden ... Aber woher wisst ihr, dass ich meine Welt verlassen will? Und wie bin ich hierher gekommen?«

»Später, erst beantworte ein paar Fragen. Wir wollen wissen, was die Netze sind, die eure Schiffe vor der goldenen Energiepest schützen.«

»Netze? Was ist das?«

»Wir nennen sie Netze, ihr werdet einen anderen Namen dafür haben. Wir meinen den dunklen Stoff, mit dem eure Schiffe bezogen sind. Was ist es? Woraus besteht er?«

»Ihr meint das Schanath?«

»Ja, das Schanath! Was weißt du darüber?«

»Also?«, fragte der Ertruser ungeduldig, als der Psalta nicht auf der Stelle antwortete.

Der Psalta machte eine unbestimmte Geste. »Es ist einfach da, und es schützt unsere Schiffe. Das ist alles, was ich weiß.«

»Es ist aber zu wenig, mein Freund. Ihr müsst doch wissen, woher ihr das Schanath habt und wie es hergestellt wird.«

»Niemand kann das Schanath herstellen. Wir besitzen nur das, was wir jetzt haben, und es ist schon uralt. Unsere Väter und Großväter benutzten es schon, und sie erhielten es von ihren Vorfahren. Das ist wirklich alles, was ich darüber weiß.«

Gucky bestätigte, dass der Gefangene die Wahrheit sprach. Sie waren keinen Schritt weitergekommen. Kasom hatte sich ebenfalls gesetzt und lehnte sich mit dem Rücken gegen den Felsen. Vor ihnen fiel der Abgrund mehr als zweihundert Meter senkrecht in die Tiefe. Rechts und links waren steile Wände. Es war heller geworden. In den Augen des Psaltas waren Angst und ein winziger Schimmer von Hoffnung zu lesen. Gucky verspürte Mitleid mit ihm.

»Gehen wir ins Gefängnis zurück?«, fragte Kasom.

Gucky schüttelte den Kopf und schaltete den Translator ab, damit ihr Gefangener sie nicht verstehen konnte. »Nein, wozu? Man hat inzwischen längst das Verschwinden des Postens bemerkt, unseres übrigens auch. Man zieht entsprechende Schlüsse, wenn auch niemand eine Erklärung dafür finden kann, wie wir aus dem sicheren Gefängnis entweichen konnten. Die Polizei jedenfalls beteuert ihre Unschuld, aber sie fürchtet sich davor, dem Obersten Psalta die Hiobsbotschaft überbringen zu müssen.« Er holte Luft. »Das ist die Lage, Toronar. Nach ihr müssen wir uns richten. Es wird Tag, und es hat wenig Sinn, noch etwas zu unternehmen. Unser Gefangener kann uns nicht weiterhelfen. Wir müssen uns etwas Neues für die kommende Nacht einfallen lassen.«

Kasom hatte erstaunt zugehört. Er war es nicht gewohnt, dass Gucky so lange Vorträge hielt. Immerhin aber wusste er nun, woran sie waren. »Du kannst mich nicht davon abhalten, dass ich mir ein Stück von dem Netz herausschneide, ob es nun denkt oder nicht. Wahrscheinlich wird es dadurch nicht einmal ernstlich beschädigt. Wir müssen wissen, woraus es besteht! Jetzt ist endgültig Schluss mit Sentimentalitäten!«

»Ja, du hast ja Recht, Toronar. Aber du musst auch meine Einstellung verstehen. Das Leben hat oft seltsame und unbegreifliche Formen angenommen, besonders in diesem Teil des Universums. Wir dürfen nicht aus Unkenntnis etwas zerstören, was vielleicht unersetzbar ist. Erst wenn es keine andere Möglichkeit mehr gibt, dürfen wir handeln, um unser eigenes Leben zu erhalten.«

Sie schalteten den Translator wieder ein. »Du wirst Hunger haben?«, fragte Kasom den Gefangenen. Sie bereiteten aus den Konzentraten und einer Wassertablette den Brei, der auf einmal selbst Gucky recht gut schmeckte. Auch der Psalta aß, er schien hungrig. Er machte sich Gedanken wegen seiner Vorgesetzten, die sein Verschwinden falsch auslegen würden. Die Bestrafung konnte nicht ausbleiben.

Gucky beruhigte ihn: »Wenn wir deine Welt wieder verlassen, wird jeder erfahren, dass du unser Gefangener warst, und niemand kann dir dann einen Vorwurf machen. Deine Freunde werden dich als Helden feiern.«

Das war ein schwacher Trost, aber er half. Der Psalta hoppelte ein wenig auf dem Plateau hin und her, bis er in einer Felsspalte ein Grasbüschel entdeckte, das er mit seinen geschickten Händen pflückte und voller Genuss verzehrte. Sie waren also auch Vegetarier, trotz der spärlichen Vegetation, was Guckys Sympathie für sie nur noch verstärkte. Aber vielleicht besaßen sie hydroponische Gärten. Immerhin überwachte der Ilt seine Gedanken, besonders etwas später, als Kasom sich auf den Rücken legte und schlief, während der Gefangene am Abgrund saß und sinnend in die Tiefe blickte.

Der Psalta dachte etwa Folgendes: *Fliegen müsste man können, dann wäre ich sie los … Aber warum eigentlich? Sie sind gut zu mir, und sie sind Fremde. Das Schanath … es interessiert sie. Es ist unser wertvollstes Gut, denn ohne das Schanath könnten wir unsere Welt niemals verlassen, ohne von der Energiepest gefressen zu werden. Sie wollen wissen, woher wir es haben. Wenn ich etwas wüsste, würde ich es ihnen sagen … Warum denn nicht …? Aber eigentlich sollte Thaloth es wissen … Er weiß doch sonst immer alles … Ja, Thaloth weiß es, da bin ich sicher … Er ist ein kluger Mann …*

Gucky blieb ruhig sitzen und überlegte. Wer war Thaloth? Immer wieder dachte der Psalta an ihn, der sein Lehrer gewesen war. Dann wechselten seine Gedanken das Thema und glitten in private Bereiche ab. Gucky wartete noch und esperte in die Stadt. Dort hatte die Polizei gerade dem Obersten Psalta Bericht erstattet und war aus der Villa gejagt worden. Eine groß angelegte Suchaktion wurde eingeleitet, und endlich entdeckte man das Verschwinden des Wachtpostens auf dem Raumhafen. Man reimte sich einiges zusammen, kam aber natürlich nicht auf die richtige Idee. Jedenfalls gab es einige Psaltas, die ihre Lethargie plötzlich verloren und neue Hoffnung schöpften. Der Rest allerdings vegetierte weiter dahin, wie er es gewohnt war.

Der Wachtposten drehte sich um und sah Gucky forschend an. »Es könnte sein, dass ich euch jemand nennen kann, der mehr als ich über den Ursprung des Schanath weiß.«

»Ja?«, machte Gucky und beschloss, ihn erst einmal reden zu lassen.

»Und ihr werdet mich dann freilassen?«

»Sobald unsere Aufgabe erledigt ist, das versprechen wir dir.«

Noch zögerte der Gefangene, dann fuhr er fort: »Ich hatte einen Lehrer. Er heißt Thaloth und wohnt in der Stadt. Gleichzeitig ist er der Verwalter des Geschichtlichen Museums für Raumfahrt. Ich entsinne mich an eine Unterrichtsstunde, der ein Rundgang durch das Museum folgte, das heute kaum noch besucht wird. Niemand hat noch Interesse an dem, was einst gewesen ist, und viele der Unterlagen gingen auch verloren. Es sind nur noch Bruchstücke vorhanden.« Er schwieg. Gucky wartete geduldig. Endlich fuhr der Psalta fort: »Thaloth sprach vom Schanath wie von einem Heiligtum, aber er deutete an, dass er mehr über seinen Ursprung wisse. Fragen in dieser Richtung beantwortete er mit dem Hinweis, dass dieses Wissen uns nicht gut bekommen würde.« Er sah Gucky hoffnungsvoll an. »Kann euch das weiterhelfen?«

»Ich denke schon. Aber wir müssen die Nacht abwarten. Du musst mir nun genau erklären, wo ich Thaloth finde. Wir werden ihn aufsuchen und Fragen stellen. Wenn er sie uns beantworten kann, bist du morgen schon wieder frei.«

»Wir bleiben den ganzen Tag hier?«

»Ja, wir haben keine andere Wahl. Warum schläfst du nicht?«

Der Psalta machte eine bejahende Geste. »Ich will es versuchen, denn ich bin müde.« Er deutete in Richtung Kasoms. »Dein großer Freund hat jedenfalls einen guten Schlaf.«

16.

Der Ertruser zeigte sich, als er geweckt wurde, über die Neuigkeit höchst erfreut und sparte nicht mit Anerkennung. Der Psalta hatte dem Mausbiber, bevor er sich zum Schlaf niederkauerte, den Ort beschrieben, an dem Thaloth wohnte. Es war nicht zu verfehlen, denn das Museum war ein ziemlich hohes Gebäude, das mitten auf dem Platz stand und von einem Park umgeben war. Der Lehrer wohnte gleich daneben in einem kleinen Haus.

Inzwischen sank die Dunkelheit herab. In der Stadt flammten die ersten Lichter auf, und im Gegensatz zu gestern war der ganze Raumhafen von grellen Scheinwerferkegeln gesäumt. Beim Zaun würde es nun keine dunkle Stelle mehr geben – ein Beweis dafür, dass die Psaltas noch immer nicht auf den Gedanken gekommen waren, es mit Teleportern zu tun zu haben.

Es gab einen kurzen Funkkontakt mit dem Beiboot. Kaschart meldete, dass ein Schiff der Psaltas sich bis auf wenige Kilometer genähert habe und wahrscheinlich Beobachtungen durchgeführt hatte. Dann sei es wieder verschwunden. Eine Belästigung habe es nicht gegeben. Sie verzichteten auf längere Berichterstattung, um den Eingeborenen keine Gelegenheit zu geben, das Versteck auf dem Plateau zu orten.

Als es völlig dunkel geworden war, sagte Kasom zu ihrem Gefangenen: »Wir werden dich jetzt verlassen und Thaloth aufsuchen. Unsere Transportmethode kennst du ja inzwischen, erschrick also nicht. Wir kommen zurück, sobald wir den Zweck unseres Besuchs erreichen. Bleib, wo du bist, und versuch nicht, die Felsen hinabzuklettern. Du würdest dir nur das Genick brechen.«

»Ich bleibe«, versprach der Psalta.

Der erste Sprung brachte sie in die Nähe des Gefängnisses, weil Gucky diesen Ort aus dem Gedächtnis anpeilen konnte. Die Straßen waren leer, was wegen der Suchaktion erstaunlich schien. Aber wahrscheinlich erstreckte sich die Tätigkeit der Polizei mehr auf das Gebiet rund um den Raumhafen.

»Um den nächsten Block«, flüsterte Gucky und ließ Kasoms Hand nicht los, um jederzeit teleportieren zu können, wenn die Lage es erforderte. »Da müsste der Platz sein.«

Sie fanden ihn, wie ihr Gefangener es beschrieben hatte. In der Mitte stand das Museum, an den stilisierten Raketen deutlich zu erkennen. Daneben, am Rand des Parks, war das kleine Haus, von dem der Psalta gesprochen hatte. Aus zwei der Fenster drang noch Licht. Thaloth arbeitete also noch.

Kasom und Gucky gingen weiter, bis sie durch die Fenster in das Innere des Zimmers sehen konnten. Ein älterer Psalta mit fast hellgelbem Fell saß an einem Tisch und blätterte in Schriftstücken, die einen altertümlichen Eindruck machten. Er war allein in dem Haus.

Gucky öffnete telekinetisch die Tür. Kasom folgte. Sie fanden sofort das Zimmer, in dem Thaloth saß, und betraten es, ohne anzuklopfen. Der Lehrer hörte sie nicht einmal, so vertieft war er in seine Bücher. Er schrak erst hoch, als Gucky neben ihn trat und den Translator auf den Tisch stellte. Mit weit aufgerissenen Augen starrte er zuerst den Mausbiber, dann den mehr als doppelt so großen Ertruser an.

»Die Fremden!«, stieß er hervor, blieb aber wie angenagelt sitzen.

»Und Ihre Freunde«, stellte Gucky besänftigend fest. »Einer Ihrer ehemaligen Schüler schickt uns. Er ist Wächter auf dem Raumhafen.«

»Parthesa?«, fragte Thaloth. »Ja, es kann nur er sein. Was wollen Sie von mir? Sie wissen, dass die Polizei Sie sucht. Der Oberste Psalta hat eine hohe Belohnung ausgesetzt. Sie sind tot mehr wert als lebendig.«

Kasom war zu den beiden Fenstern gegangen und hatte die Vorhänge vorgezogen. Er kehrte zum Tisch zurück. »Der Gauner wäre froh, wenn wir tot wären, und er hat auch seine Gründe dafür. Doch Ihre politischen Probleme gehen uns nichts an. Wir interessieren uns für die Netze – für das Schanath, wie Sie es nennen. Was können Sie uns darüber mitteilen?«

Gucky hatte etwas gegen Kasoms direkte Art, aber nun war es nicht mehr zu ändern. Früher oder später hätten sie diese Frage ja doch stellen müssen.

»Das Schanath? Warum interessiert Sie das?«

»Aus dem gleichen Grund, warum es Sie interessiert. Wir benötigen es als Schutz für unsere Schiffe. Die Energiepest ist eine tödliche Gefahr, das wissen Sie so gut wie wir.«

»Hat mein Schüler behauptet, ich wisse mehr vom Schanath als andere?«

»Zumindest deutete er es an. Wir bitten Sie, uns alles zu sagen, was Sie wissen. Wir brauchen die Netze! Und wir müssen erfahren, wie man das Material herstellen kann. Besorgen Sie uns eine Probe, oder verraten Sie uns wenigstens, woraus dieses Schanath besteht.«

Der Lehrer war ruhiger geworden. Gucky las in seinen Gedanken und konnte feststellen, dass Thaloth im Prinzip bereit war, ihnen behilflich zu sein. »Man kann das Schanath nicht herstellen«, sagte er schließlich. »Unsere Vorfahren haben es lange Zeit vergeblich versucht, aber es gelang ihnen nicht. Sie verstanden es, jedes Element künstlich in ein anderes umzuwandeln, aber bei dem Schanath versagte ihr ganzes Wissen. Das vorhandene Material reicht gerade aus, 17 von unseren Schiffen zu schützen, das ist auch der Grund, warum wir keine größere Flotte besitzen. Die restlichen Schiffe dürfen das System niemals verlassen.«

Kasom schüttelte verzweifelt den Kopf. »Aber dieses Schanath – es muss doch irgendwoher sein! Es kann doch nicht auf einmal da gewesen sein, und niemand weiß, wie es geschah!«

»Heute weiß es wirklich niemand mehr, und auch ich wusste es nicht, bis ich einen Hinweis fand. Sie möchten ihn sehen?«

»Natürlich, deshalb sind wir ja hier.«

»Dann begleiten Sie mich bitte ins Museum.«

Gucky versuchte, mehr in seinen Gedanken zu lesen, aber es gelang ihm nicht. Der Lehrer dachte an ganz andere Dinge – an die Polizei zum Beispiel und daran, was geschehen würde, wenn man ihn zusammen mit den gesuchten Fremden entdeckte. Er beschloss, ihn zu beruhigen.

»Keine Sorge, niemand wird uns sehen. Kommt es öfter vor, dass Sie nachts noch im Museum arbeiten?«

»Sehr oft. Warum?«

»Dann fällt es auch diesmal nicht auf. Wir werden teleportieren.«

Sie standen in einem Gewölbe, das sich unter der Oberfläche befand. In gläsernen Kästen, die an den Wänden verankert waren, lagen alle möglichen Gegenstände, mit denen Kasom und Gucky nichts anzufangen wussten – Überreste einer längst vergessenen Vergangenheit. Thaloth führte sie in ein kleineres Zimmer, in dem in Regalen verstaubte

Schriftrollen und Bücher lagen. Niemand schien sich um sie zu kümmern oder sie zu pflegen. Es sah alles sehr verwahrlost aus.

»Das alles sollte auf Befehl des Obersten Psaltas schon längst vernichtet werden, aber ich kann mich nicht von diesem Erbe der Vorfahren trennen. Vieles zerfiel schon zu Staub, darunter auch jene Dinge, die noch aus der Zeit vor der großen Katastrophe stammten. Diese Bücher und Rollen sind meist Duplikate. Aber sie geben Aufschluss über jene längst vergessene Zeit.«

»Das Schanath!«, erinnerte ihn Kasom.

Der Lehrer nickte. »Ach ja, das Schanath.« Er griff in eines der Regale und holte vier Bücher daraus hervor, die er auf den Tisch legte. »Es gibt mehrere Hinweise in verschiedenen Berichten, aber sie stimmen überein. Sie kennen unsere Schrift nicht, aber ich werde Ihnen daraus vorlesen. Dieses Buch scheint mir das beste Beispiel zu sein, weil es die klarsten Hinweise vermittelt. Es behandelt eine der früheren Raumexpeditionen nach der großen Katastrophe. Drei unserer Schiffe stießen in das unerforschte Gebiet jenseits des Energieschlauchs vor, der nachts unsere Welt erleuchtet und in dem sich unser System befindet.«

Der Psalta beugte sich ehrfürchtig über den Band. Laut las er: »... und nach vielen Jahren des Hoffens kehrten die tapferen Helden zurück und landeten wohlbehalten auf dem Heimatplaneten, der sie mit großer Freude empfing. Sie hatten viele Welten gefunden und besucht, aber sie berichteten auch, dass ihnen das Universum fremd geworden sei. Unbekannte Gefahren und schreckliche Erscheinungen näherten sich unaufhaltsam unserem System. Unter den unbeschreiblichen Dingen, die sie mitbrachten, war auch ein geheimnisvolles Material, dessen Bedeutung erst viel später erkannt wurde. Die Helden hatten es auf einer Welt gefunden, die sie Gragh-Schanath nannten. Es ist jenes Material, mit dem später 17 unserer Schiffe ausgerüstet werden konnten, damit sie der Energiepest begegnen konnten, ohne von ihr vernichtet zu werden. Spätere Expeditionen versuchten immer wieder, den Planeten Gragh-Schanath abermals zu entdecken, damit wir die gesamte Flotte schützen konnten, aber alle Versuche scheiterten. Gragh-Schanath war und blieb verschollen. Und das Schanath ließ sich nicht künstlich herstellen, denn es ist ein lebender, halborganischer Stoff unbekannten Ursprungs ... So weit diese Stelle. Die anderen lauten ähnlich, und mehr Hinweise gibt es nicht.«

Thaloth legte das Buch auf den Tisch zurück.

Kasom fragte: »Das ist alles?«

»Leider – ja. Ich kann Ihnen nicht mehr helfen.«

Gucky beruhigte ihn: »Danke, Sie haben uns sehr geholfen, Thaloth. Seit wann wissen Sie, dass es sich bei Schanath um einen Halborganismus handelt?«

»Seit jenen Experimenten ist es bekannt. Es schützt unsere Schiffe vor der Energiepest, weil es mit den goldenen Fäden eine Art von Symbiose eingeht – wenigstens haben unsere Wissenschaftler das festgestellt.«

»Eine Symbiose – das würde vieles erklären«, murmelte Kasom.

Gucky brachte sie nacheinander in das Haus des Lehrers zurück. Er wusste, dass sie nun alles erfahren hatten, was es auf Onyx zu erfahren gab. Er spürte aber auch die unbewusste Scheu, die Thaloth vor dem rettenden Schanath empfand. Er brachte ihm eine Art von Verehrung entgegen.

»Sie würden uns einen großen Dienst erweisen, wenn Sie der Polizei unseren Besuch verschwiegen, wenigstens vorerst«, sagte Gucky. »Wir werden Ihnen noch in dieser Nacht Parthesa, Ihren Schüler, bringen.«

»Er ist Ihr Gefangener?«

»Jedenfalls befindet er sich in Sicherheit«, wich Kasom aus.

Thaloth machte wieder das Zeichen des Einverständnisses. »Ich werde auf ihn warten. Eine Erklärung für die Polizei wird uns dann schon einfallen. Ich wünsche Ihnen eine gute Heimkehr zu Ihrer Welt.«

»Und Ihrem Volk wünschen wir, dass es eines Tages die richtige Entscheidung trifft«, hoffte Gucky aufrichtig. Sie teleportierten zurück aufs Plateau, um kurzen Kriegsrat zu halten. Ihr Gefangener empfing sie mit sichtlicher Erleichterung.

Kurz bevor sie zum Raumhafen teleportierten, um einen zweiten Versuch zu unternehmen, ein Stück Netz zu bergen, nahmen sie Kontakt mit Major Kaschart auf. Sie unterrichteten ihn ausführlich über ihr Vorhaben und vereinbarten ein Peilsignal, mit dessen Hilfe er jederzeit ihren Standort bestimmen konnte. Auf ein Stichwort hin sollte das Beiboot sofort zu diesem Standort hinabstoßen und das Netz aufnehmen.

Dann brachte Gucky den etwas ratlosen Parthesa in die Wohnung des Lehrers. Er konnte morgen der Polizei eine phantastische Geschichte erzählen, und nach dem, was wahrscheinlich in der nächsten Stunde auf dem Raumhafen passierte, würde man sie ihm wohl glauben müssen.

Gucky kehrte auf das Plateau zurück, um Kasom zu holen. »Die beiden werden eine unruhige Nacht verbringen, aber ich bin sicher, dass sie der Polizei den Vorfall nicht vor morgen melden werden. Ich habe ihnen geraten, die Wahrheit zu sagen.«

»Major Kaschart ist bereit. Er wartet in zweihundert Kilometern Höhe. Die beiden Patrouillenschiffe der Psaltas haben sich wieder entfernt und stehen in der Nähe des ersten Planeten. Ehe sie eingreifen können, haben wir es hinter uns. Was ist auf dem Raumhafen los? Polizei?«

»Jede Menge, aber nur beim Zaun. Alle zehn Meter steht ein Posten. Die Schiffe selbst sind so gut wie unbewacht. Ich denke, wir haben Zeit genug.«

Sie hatten alles vorbereitet, um so wenig Zeit wie möglich bei der eigentlichen Aktion zu verlieren. Guckys moralische Bedenken waren endgültig verschwunden, denn freiwillig würden sie von den Psaltas nicht einen einzigen Quadratzentimeter Netz erhalten. Eine Probe davon war jedoch unerlässlich, wenn die Zusammensetzung analysiert werden sollte.

Während sie die letzten Vorbereitungen trafen, kramte Gucky in seiner umfangreichen Erinnerung. Seit er zum ersten Mal gedanklichen Kontakt mit dem Netz auf dem Raumhafen gehabt hatte, ließ ihn die Gewissheit nicht los, ähnlichen Mentalmustern schon einmal in seinem Leben begegnet zu sein. Aber wo und wann? Es musste schon viele Jahre her sein – vielleicht Jahrhunderte. Irgendwo in der heimatlichen Milchstraße, wenn ihn seine mehr als vage Erinnerung nicht täuschte. Er kannte das halborganische Material des Netzes, zumindest die Muster seiner Impulse.

Kasom störte seine Konzentration. »Du machst ein Gesicht, als hättest du mitten in der Wüste ein Schwammerl gefunden.«

Gucky schrak aus seinem Sinnen hoch. »Ein … was?«

»Redensart. Soll heißen: Du siehst aus wie ein Philosoph, der gerade dabei ist, ein Problem zu lösen.«

»Ich wollte, es wäre mir gelungen, aber vielleicht fällt es mir später noch ein. Sind wir fertig?«

»Von mir aus können wir. Kaschart wartet schon.«

»Na schön, dann her mit deiner Hand …«

Gucky hatte eine sehr gute Ortsbestimmung vorgenommen, und so materialisierten sie zwischen den Landestützen des kleinen Raumschiffs, das ihnen schon gestern aufgefallen war. Der nächste Wachtposten war zweihundert Meter entfernt und interessierte sich mehr für die am Zaun entlangpatrouillierenden Polizeieinheiten als für die Schiffe. Er war ärgerlich über die Unterbrechung der bisherigen Routine, die ihm ein angenehmes Leben beschert hatte.

Kasom wartete nicht erst ab, was Gucky esperte. Er hatte sein Messer gezogen und richtete sich auf. Das Netz reichte bis zu den Stützen und schützte auch sie. Er strich mit der Hand darüber hinweg und spürte die glatte Oberfläche des geheimnisvollen Materials. Gleichzeitig empfing Gucky wieder die undeutlichen Gedankenimpulse, und diesmal erschrak er nicht. Er war darauf vorbereitet und versuchte nun seinerseits, einen mentalen Kontakt mit dem Netz herzustellen. Es gelang in unzulänglichem Maß, aber in gewissem Sinn entstand zwischen ihm und dem Netz eine gedankliche Verbindung, allerdings ohne regulären Kommunikationsaustausch.

Kasom machte sich daran, ein Stück aus dem Verband herauszuschneiden. Gucky erlebte abermals den plötzlichen Ansturm der Instinktivimpulse, die ihm das Gefühl von Angst und Panik übermittelten. Der Mausbiber versuchte, beruhigende Gedanken suggestiv abzustrahlen und sie mit dem Eindruck »Wir brauchen deine Hilfe« zu vermischen. Eine Reaktion zeigte sich immerhin insofern, als die Angstimpulse des Netzes schwächer wurden.

Kasom flüsterte: »Das Zeug ist nicht mehr so zäh und lässt sich leichter schneiden. Wie viel nehmen wir mit?«

»Nur ein Stück, vielleicht einen Quadratmeter. Wie weit bist du?«

»Immer mit der Ruhe.«

»Eben nicht! Ich fürchte, man hat etwas bemerkt. Der Wachtposten denkt gerade daran, dass ein Trupp Polizisten durch das Tor marschiert, um das Gelände innerhalb des Hafens zu kontrollieren. Er ist wütend, weil man den regulären Posten nicht traut.« Kasom gab keine Antwort. Gucky esperte weiter, dann sagte er, ohne seine Stimme merklich zu dämpfen: »Der Posten hat uns gehört. Er kommt. Schneid weiter, ich rufe Kaschart herbei. Es wird höchste Zeit.«

»Ich habe erst einen halben Meter von dem Zeug.«

»Schneid weiter, bis das Beiboot kommt. Ich kümmere mich schon um diese hüpfende Polizei. Die werden noch viel mehr hüpfen, wenn sie erst einmal mit Telekinese Bekanntschaft machen.«

Kaschart bestätigte den kurzen Funkspruch und bat um Einschaltung des Peilsignals. Das kleine Schiff begann bereits mit dem Abstieg. Inzwischen hüpfte die Polizistenkolonne im Gleichschritt die Straße entlang und näherte sich ahnungslos den Schiffen. Der Posten war vorsichtiger, er dachte wohl an seinen Kameraden, der in der vergangenen Nacht so spurlos verschwunden war. In seinen Händen hielt er das Energiegewehr, entsichert und schussbereit.

Gucky sah ihn endlich gegen den Schein der weiter entfernten Lichtkegel. Telekinetisch griff er zu und nahm ihm das Gewehr ab. Es machte sich selbständig und hing einige Sekunden schwerelos über dem Kopf des fassungslosen Psaltas, der das Wunder nicht begreifen konnte. Als seine Hände jedoch nach der Waffe greifen wollten, stieg sie immer höher, bis sie seinen Blicken entschwand. Irgendwo weit außerhalb des Hafengeländes ließ Gucky sie fallen.

Der Posten wollte den Mund aufreißen, um einen Schrei auszustoßen, aber schon der erste Laut wurde im Keim erstickt. Es war, als hielte ihm eine unsichtbare Hand den Mund zu. Dann verlor er den Boden unter den Füßen und schwebte langsam in die Höhe, bis er den Bug des kleinsten Schiffs erreichte und dann seitwärts abtrieb. Jenseits des Zaunes, am Rand der Wüste, sank er wieder nach unten und landete ein wenig unsanft in dem harten Sand.

Er blieb sitzen und überlegte, ob er geträumt hatte oder nicht. Doch dann hörte er den Lärm bei den Raumschiffen, sprang auf und rannte in Richtung des Tors. Allerdings überlegte er sich bei jedem Sprung, der ihn um viele Meter voranbrachte, ob man ihm seine Geschichte glauben oder ihn für verrückt erklären würde.

Nachdem Gucky den Posten abgesetzt hatte, wurde es höchste Zeit, sich um die Polizei zu kümmern. Kaschart war noch immer fünfzig Kilometer hoch und musste bald mit dem Abbremsmanöver beginnen, wenn er keine Bruchlandung bauen wollte. Zwanzig Psaltas waren es, die mit ihren ungemein lautempfindlichen Ohren die verdächtigen Geräusche wahrgenommen hatten. Scheinwerfer blendeten auf, und in ihren Kegeln entdeckten die Psaltas die beiden Fremden, die auf so geheimnisvolle Art und Weise aus dem Gefängnis geflohen waren. Sie hatten sich an den heiligen Netzen zu schaffen gemacht, die das wertvollste Eigentum dieser Welt darstellten.

Der Kommandant schrie etwas in seiner Sprache, was Gucky als einen Angriffsbefehl identifizierte. Sekunden später flammten die ersten schlecht gezielten Energieschüsse auf.

»Kaschart ist gleich da, Kasom. Ich halte sie auf!«

Es war schon lange her, dass der Mausbiber eine ähnliche Aktion durchgeführt hatte. Weder er noch Kasom besaßen eine Waffe, also musste er seine Fähigkeiten als Telekinet einsetzen.

Im Licht der Scheinwerfer bot sich den am Zaun patrouillierenden Polizisten und Wachtposten Sekunden später ein unglaubliches Bild, als zwanzig Psaltas, mit den langen Hinterfüßen noch immer im Gleichschritt herumstrampelnd, zu einer fliegenden Einheit wurden. Für Gucky ließ sich das Problem am einfachsten lösen, wenn er sie »en bloc«

nahm. Lange allerdings würde er die Anstrengung der Konzentration nicht durchhalten können.

Die schwebende Polizeitruppe stieg fünfzig Meter hoch, ehe sie Kurs auf die Wüste nahm, den Zaun überquerte und dann in die Einöde hinaussegelte, wo sie wohlbehalten am Fuß des Gebirges landete.

Inzwischen war es Kasom gelungen, einen Quadratmeter des dunkelbraunen Materials vom übrigen Netz zu lösen. Zu seiner Verblüffung besaß es kaum Gewicht. Es war so gut wie schwerelos und schmiegte sich an seine Haut, als wolle es auch sie vor einem Angriff der Rauschtänzer schützen.

Das Beiboot landete mit eingeschalteten Scheinwerfern nur wenige Meter von dem kleinen Raumschiff entfernt. Kasom rannte sofort hin. Die Luke öffnete sich, und der Ertruser zwängte sich hinein – aber er wurde aufgehalten. Das Stück Netz machte sich plötzlich selbständig, löste sich von ihm und schwebte dann seitwärts, wo es sich auf die Hülle neben der Einstiegsluke legte. Damit bekundete das halborganische Material seine Bereitschaft, das Beiboot künftig vor der Energiepest zu schützen.

»Rein mit dir!«, rief Gucky. »Und Start! Ich komme nach!«

»Warum …?«

»Start!«, brüllte Gucky schrill. »Ich lege noch schnell die Abwehr lahm und komme dann nach!«

Kasom zögerte nicht mehr länger. Die Luke schloss sich, als er in der Luftschleuse verschwunden war, und keine Sekunde später erhob sich das Beiboot und raste in den von Scheinwerfern erhellten Himmel empor. Im Osten dämmerte es bereits.

Gucky verlor keine Zeit mehr. Mit einem Teleportersprung war er bei den flachen Randgebäuden des Raumhafens – dort hatte er die Mannschaften der Abwehrbatterien geespert. Telekinetisch schloss Gucky die Zünder kurz und unterbrach zudem noch die Startimpulsleitungen. Nun konnten die Psaltas so oft und so lange auf die Knöpfe drücken, wie sie wollten – es würde nichts geschehen.

Es fiel ihm nicht schwer, hinter dem Beiboot herzuteleportieren. Er schaffte es in einem Sprung ohne Unterbrechung, denn er hatte Kasom angepeilt, dessen Gedankenmuster er am besten kannte, und materialisierte einen Meter hinter dessen breitem Rücken.

Dr. Dixon rief sofort: »Das Netz …! Es wird verloren gehen, und dann war alles umsonst! Ich wollte es doch untersuchen …«

Gucky drückte ihn in den Kontursessel zurück. »Immer mit der Ruhe, Doktorchen. Das Netz klebt auf der Hülle und kommt freiwillig mit. Sie werden auf der Erde genügend Gelegenheit haben, sich mit den anderen Wissenschaftlern über seine Zusammensetzung herumzustreiten. Und nun seien Sie froh, dass Kaschart den Kahn hier steuert und nicht Sie.«

»Verfolger?«, wollte Kasom wissen, der es sich auf zwei Sitzen bequem machte.

»Wenigstens keine Raketen, die habe ich unschädlich gemacht. Kann aber sein, dass sie ihre Schiffe alarmieren. Haben wir denn wenigstens Kontakt mit der SAN ANTONIO? Ich empfange zwar Impulse, weiß aber nicht, von wem.«

Die SAN ANTONIO meldete sich noch nicht, aber auf den Orterschirmen erschienen die beiden Schiffe der Psaltas und näherten sich mit hoher Geschwindigkeit.

Major Kaschart sagte: »Keine Sorge, in einer Minute gehen wir in den Linearraum. Vielleicht folgen sie uns, vielleicht aber auch nicht. Jedenfalls werden sie es dann mit der SAN ANTONIO zu tun kriegen, die hoffentlich noch auf uns wartet.«

Sie sahen ein wenig später, dass die Schiffe der Psaltas das Feuer auf sie eröffneten. Das Beiboot verschwand jedoch rechtzeitig im Linearraum und entzog sich damit weiteren Angriffen.

Der kurze Flug durch den Halbraum verlief ohne Zwischenfall, und als das normale Universum wieder sichtbar wurde, konnten sie erleichtert aufatmen. Mindestens vierzig große Transportschiffe standen weit vor den goldenen Wolken der Rauschtänzer und waren damit beschäftigt, die Schiffbrüchigen aufzunehmen. Überall waren die kleinen und wendigen Rettungsboote und suchten nach Abgetriebenen, deren Sender ausgefallen waren oder deren Minitriebwerke nicht mehr arbeiteten. Die SAN ANTONIO nahm nun endlich Funkkontakt auf. Major Bender wollte das Beiboot sofort einschleusen lassen, aber Gucky hatte Bedenken. Er behauptete, das Netz müsse außerhalb des Schiffs bleiben, sei aber bereit, sich auf die Hülle der SAN ANTONIO zu legen und so mit zur Erde zu kommen. Es zeige sich, so fuhr der Mausbiber überzeugt fort, äußerst kooperativ und habe die Absicht, den Terranern zu helfen. Er wiederholte, dass er keinen direkten Kontakt mit dem halborganischen Material habe, aber sehr wohl die Emotionsimpulse und ihre Bedeutung erfassen könne. Mehr könne er dazu nicht sagen.

Das Beiboot näherte sich nur langsam der geöffneten Schleuse des Kreuzers. Major Bender sagte über Funk: »Es scheint zu stimmen, was Gucky behauptet, Admiral. Der dunkle Fleck auf der Hülle Ihres Boots – das ist ja wohl das Netz – löst sich auf. Jetzt ist es frei, und es schwebt mit seltsamen Bewegungen, die wie das Schwingenschlagen eines großen Vogels aussehen, auf uns zu. Eigentlich müssten Sie es jetzt selbst beobachten können.«

Und so war es auch. Das Netzmaterial entfernte sich allmählich vom Beiboot und schwebte langsam auf die SAN ANTONIO zu. Nicht weit von der Luke entfernt legte es sich gegen die Hülle, breitete sich ein wenig aus und schien dann fest mit ihr zu verwachsen.

Gucky atmete auf. »Na also, sagte ich doch! Wir kommen jetzt an Bord.«

Kasom ließ sich sofort eine Hyperfunkverbindung nach Terrania geben und erstattete Rhodan Bericht. Gleichzeitig bestätigte er den baldigen Abschluss der Bergungsaktion. Er schloss: »Es hat relativ wenig Verluste gegeben, wenn man von dem Totalverlust der Flotte absieht. Die goldenen Wolken haben ihre Position nicht verändert, rücken also auch nicht nach. Es ist jedoch mit dem Angriff einiger Fremdschiffe zu rechnen, die wahrscheinlich die Verfolgung aufgenommen haben.«

»Abwehren!«, sagte Rhodan kurz. »Sie dürfen auf keinen Fall die Position von Terra erfahren.«

»Sonst noch Anweisungen?«

»Bringt mir so schnell wie möglich dieses Netz. Der Stab der Wissenschaftler zittert schon vor Neugier, was es mit diesem Material auf sich hat.«

»Die sind ja wie Haie«, bemerkte Gucky ein wenig später, als sie in der Kontrollzentrale zusammensaßen. »Dabei hätte nun Iwan Dixon wirklich verdient, dass man ihn als Ersten an das Zeug ließe. Ich werde ein gutes Wort für Sie einlegen, Doktor.«

Von den Orterkontrollen her sagte jemand: »Zwei Fremdschiffe sind in einer Entfernung von wenigen Lichtsekunden materialisiert. Kursrückverfolgung ergibt Daten der rostbraunen Sonne.«

»Das sind sie!«, rief Kasom. »Major Bender, Abwehrfeuer!«

Gucky sprang auf. »Warten Sie noch, Major! Ich gebe zu, dass ich ziemlich sauer auf diese Psaltas bin, aber man kann sie doch nicht alle über den Kamm des Oberkängurus scheren. Kasom, denk an Thaloth und Parthesa und an all die anderen, die ihre Freunde sind und die ihre sterbende Welt verlassen wollen. Sie haben nur wenige Schiffe, und wenn wir diese beiden auch noch vernichten …«

»Was willst du?«, unterbrach ihn Kasom ungehalten. »Die beiden werden jeden Augenblick das Feuer eröffnen. Es treiben noch zu viel von unseren Leuten schutzlos im Raum.«

»Gebt mir zehn Minuten.«

»Du willst doch nicht etwa …?«

»Doch, ich teleportiere zu ihnen, nehme den Translator mit und werde versuchen, sie zur Umkehr zu bewegen. Mit jedem der beiden Kommandanten werde ich sprechen. Zehn Minuten. Einverstanden?«

Kasom nickte Bender zu. »Also gut, Major, warten wir. Gucky hat eine Schwäche für diese Hüpfer, wofür ich sogar Verständnis habe. Sie sind zu bedauern.«

Gucky hatte seinen Kampfanzug noch nicht abgelegt. Er nahm den Translator und schloss den Helm. Der Helmfunk war eingeschaltet, so dass man an Bord der SAN ANTONIO jedes Wort hören konnte, das er mit den Psaltas wechselte. Auch die Antworten der Psaltas würden verständlich sein.

Längst hatte er ihre Gedankenimpulse angepeilt, so dass der Teleportersprung kein Risiko bedeutete. Es kam nur noch darauf an, die Überraschung schnell genug auszunutzen. In der Tat erschraken die Psaltas in der Zentrale des ersten Schiffs beinahe zu Tode, als der Mausbiber mitten zwischen ihnen materialisierte, den Helm öffnete und rief: »Ganz ruhig bleiben, Freunde! Ihr seid im Zielkreuz unserer Schiffe, aber es wird euch nichts geschehen, wenn ihr vernünftig seid. Wer ist der Kommandant?« Er fing sofort den entsprechenden Gedanken auf und fuhr schnell fort: »Gut, dann gib mir deine Hand, wir werden deinem Kollegen einen Besuch abstatten.«

Er wartete erst gar nicht die Reaktion des Psaltas ab, ergriff seine Hand und teleportierte mit ihm in das zweite Schiff, wo sich die Anfangsszene in ähnlicher Weise wiederholte. Er identifizierte auch hier den Kommandanten und sagte: »Keine Panik, dann geschieht überhaupt nichts. Wir haben uns ein winziges Stück Schanath von eurer Welt geholt, das ist alles. Wollt ihr dafür euer Leben opfern? Seht unsere Schiffe dort, sie haben euch vernichtet, ehe ihr auch nur einen Schuss abfeuern könnt. Ich bin hier, um euch ein Friedensangebot zu machen. Außerdem habe ich ein paar gute Ratschläge für euch.«

Den Gedanken der Kommandanten entnahm er, dass sie nicht abgeneigt waren, den Vorschlag zu akzeptieren, aber noch herrschte das Misstrauen vor. Natürlich hatten sie über Funk von den seltsamen Ereignissen auf ihrem Planeten erfahren und den Befehl erhalten, das fliehende kleine Raumschiff zu verfolgen und zu vernichten.

»Ratschläge?«, wiederholte einer von ihnen.

»Ja. Kehrt zu eurem Planeten zurück und versucht, euer Volk aus seiner Lethargie zu reißen. Noch habt ihr die Mittel und das Können, eine bessere Zukunft zu suchen. Ich weiß, dass viele von euch das wünschen, aber die Angst vor dem Obersten Psalta ist größer als die Sehnsucht nach Freiheit. Ich sehe, dass der Name Thaloths in euren Gedanken kreist. Gut, dann macht ihn zu eurem neuen Obersten Psalta! Ich möchte, dass mein Volk und das eure Freunde sind, falls wir uns je wieder begegnen.«

Er schwieg und esperte. Auch die Mannschaften in der Zentrale begannen zu schwanken, ganz abgesehen von der Tatsache, dass sie keine Lust verspürten, sich mit Teleportern und Telepathen anzulegen. Gucky merkte, dass noch ein kleiner Anstoß genügte, um sie endgültig zu überzeugen.

»Das technische Erbe eurer Vorfahren ruht in den Museen und unterirdischen Gewölben. Holt es ans Tageslicht, und in wenigen Jahren habt ihr aus eurem sterbenden Planeten ein Paradies geschaffen, das ihr niemals verlassen müsst. Verwandelt den Sand der Wüste in fruchtbaren Boden und holt das Wasser aus der Tiefe des Gesteins. Thaloth weiß, wo die Vorfahren den Samen des Getreides konserviert haben. Lebt endlich wieder! Und jene, die weitervegetieren wollen, schickt in das Gebirge oder die Ruinenstädte. Lasst sie dort in Ruhe und Frieden ihren Tod erwarten. Doch nun ist meine Zeit um, Freunde. Ich wünsche euch eine gute Heimkehr – und eine bessere Zukunft.«

Es war Gucky klar, dass er mit seiner schönen Rede nicht den geringsten Erfolg gehabt hätte, wären die Psaltas nicht schon lange der Stagnation überdrüssig gewesen. Ihnen hatte nur der entscheidende Impuls gefehlt, der sie endgültig wachrüttelte. Er las es in ihren Gedanken.

Ohne ihre Antwort abzuwarten, teleportierte er in die SAN ANTONIO zurück, schon deshalb, damit das eine Schiff der Psaltas ohne Kommandanten blieb. Sollten sich die beiden noch eine Weile beraten und ihren Entschluss fassen. Jetzt konnten sie offen miteinander reden, ohne dass der eine den Verrat des anderen befürchten musste.

Kasom empfing den Mausbiber mit einer vorsichtigen Umarmung. »Gut gemacht, Kleiner, wir haben es gehört. Sie drehen ab, oder?«

»Ja!«, rief der Offizier der Navigation herüber. »Sie wenden und nehmen Kurs auf die rotbraune Sonne.«

»Ich glaube«, sagte Gucky fest entschlossen, »ich werde den Kängurus im Zoo nun doch eine andere Geschichte erzählen, als ich es ursprünglich wollte. Ihre Verwandten sind nette Burschen, wenn man von ein paar Ausnahmen absieht.«

»Die gibt es überall«, stimmte Major Kaschart ihm zu. »Man kann niemals ein ganzes Volk nach einigen seiner Vertreter beurteilen.«

Inzwischen war die Bergungsaktion beendet. Einige kleinere Rettungsboote durchsuchten zum letzten Mal das Gebiet, aber sie fanden keine treibenden Überlebenden mehr. Weit im Hintergrund flimmerte die goldene Energiepest und wartete auf neue Beute. Das nächste Mal würde sie es nicht so leicht haben.

Admiral Kasom verzichtete darauf, das ihm angebotene Oberkommando über die Bergungsflotte zu übernehmen. Er zog es vor, als Passagier von Major Bender zu reisen, und ließ sich eine Kabine anweisen. Gucky bezog wieder sein ursprüngliches Quartier, nachdem er in das Beiboot teleportiert und seine restlichen Konserven geholt hatte. Dann legte er sich auf sein Lager, schloss die Augen und versuchte, Kontakt mit dem Netz aufzunehmen. Zu seiner freudigen Überraschung empfing er wieder die Gefühlsimpulse, deutlicher diesmal. Aber es kam keine Verständigung zustande, obwohl er es immer wieder versuchte.

Kurz vor der Landung in Terrania schreckte der Mausbiber aus dem leichten Schlummer hoch, in den er gefallen war. Im ersten Augenblick wusste er mit dem mentalen Sturm nichts anzufangen, der ihn regelrecht überschwemmte und jeden anderen Kontakt unterbrach. Doch dann erkannte er einige der Muster wieder und er wusste, dass das Netz Kontakt suchte.

Inzwischen tauchte die SAN ANTONIO in die Erdatmosphäre ein, sank schnell tiefer und setzte schließlich sanft auf. Im Hintergrund hob sich die phantastische Skyline Terranias vom Horizont ab. Fahrzeuge kamen an die Rampe gefahren. Menschen stiegen aus, und Transporter kurvten über die schmalen Rollbahnen, um Gepäck und Mannschaften zur Kontrollstation zu befördern.

Gucky stürzte in Kasoms Kabine. »Aus dem Bett, Dicker! Mit dem Netz ist etwas nicht in Ordnung!«

Kasom blinzelte. »Sind wir schon da?«

»Dumme Frage! Natürlich! Nun steh schon auf. Die Impulse des Netzes werden immer schwächer. Es stirbt.«

Kasom war mit einem Satz aus dem Bett. Er hatte in voller Montur geschlafen und sah ziemlich zerknittert aus. »Das Netz stirbt? Was willst du damit sagen?«

Gucky blieb neben der Tür stehen. »Als wir uns dem Raumhafen näherten, wurden die Impulse immer stärker, aber auch verworrener und angstvoller. Ich wartete, bis wir gelandet waren, dann teleportierte ich auf die Hülle. Du wirst es nicht glauben, Kasom, aber unsere ganze Expedition war umsonst.«

Der Ertruser starrte ihn an. »Umsonst? Was soll das heißen?«

»Komm, sieh es dir selbst an. Die Ausstiegluken werden gerade geöffnet.«

Sie überholten Offiziere und Mannschaften, und dann war Gucky es leid. Er packte Kasom und teleportierte mit ihm direkt in die Luftschleuse, deren Außenluke gerade aufschwang. Kasom beugte sich hinaus, und das Netz war so nahe, dass er es hätte mit den Händen berühren können. Das Netz oder aber das, was von ihm übrig geblieben war. Die Farbe war noch immer dunkelbraun bis schwarz, aber die Struktur hatte sich verändert. Statt des festen, glatten Stoffs, der sich auf die Hülle des Schiffs gelegt hatte, war nur noch eine dünne Schicht kristalliner Sporen vorhanden, die vom Wind allmählich abgelöst und davongeweht wurden. Mit dem ursprünglichen Netz hatten diese Sporen nichts mehr gemeinsam.

»Verdammter Mist!«, fluchte Kasom. »Rhodan wird sich freuen, die Wissenschaftler auch, und vor allen Dingen Doktor Dixon wird uns einige Vorwürfe machen. Hätten wir das Zeug doch gleich ins Schiff geholt, dann wäre das nicht passiert.«

Dixon verlor seine gewohnte Ruhe und schimpfte drauflos, bis Gucky ihn darauf aufmerksam machte, dass Schimpfen nun auch keinen Sinn mehr hätte und es vielleicht besser wäre, wenn er wenigstens einige Sporen sammeln würde, um sie später zu untersuchen. Dixon war abgelenkt und hielt von nun an den Mund. Gucky allerdings wusste, dass dem Wissenschaftler eine zweite Enttäuschung bevorstand: Die Sporen waren tot. Zumindest sandten sie keine Impulse mehr aus.

Rhodan sagte nicht viel, als er es erfuhr. Er ließ sich Bericht erstatten und insbesondere das Verhalten der Goldrostspinner schildern. Dann erst kam er auf das Netz zu sprechen. Er sah an Gucky vorbei, als er meinte: »Die Beschreibung ist eindeutig, ich kann mir das Material vorstellen, und es weckt auch gewisse Erinnerungen in mir, aber ich kann sie unmöglich präzisieren oder gar identifizieren. Irgendwo und irgendwann sind wir dem Netz schon einmal begegnet, aber mit Sicherheit in einer anderen Form. Es stirbt in der Erdatmosphäre, also enthält diese ein Element oder eine molekulare Zusammensetzung und Beimischung, die sein Absterben bewirkt. Ich glaube, wir werden uns noch damit befassen müssen.«

»Die Flotte«, begann Kasom bedrückt. »Ich meine, die elfte Flotte …«

»Ich möchte, dass Sie keine Schuldkomplexe bekommen, Toronar. Sie trifft keine Schuld, denn Sie sind einer unbekannten Gefahr begegnet und konnten nicht anders handeln. Trotzdem werden wir weitere Expeditionen in jenes Gebiet entsenden müssen. Wir sind nun gewarnt und haben die Warnung teuer bezahlen müssen. Vielleicht schaffen wir es auch ohne das Netz. Die Psaltas haben nur 17 davon, wir können sie ihnen nicht abnehmen.«

»Die Blues!«, sagte Gucky plötzlich ohne jeden Zusammenhang.

Rhodan sah ihn forschend an. »Die Blues? Wie kommst du denn plötzlich auf die Blues? Was haben die mit der ganzen Sache zu tun?«

»Nicht sie selbst, aber meine Erinnerung an sie und ihre Schiffe. Stell jetzt keine Fragen mehr, Perry, denn ich möchte, dass du von selbst auf den gleichen Gedanken kommst wie ich. Wenn das geschieht, sind wir der Lösung ein Stück näher gekommen – allerdings einer mehr als nur phantastischen Lösung. Ich glaube, wir werden noch einige Überraschungen erleben, und ich fürchte, dass ein Teil der Vergangenheit wieder lebendig werden muss, damit wir die Gegenwart und die Zukunft meistern können.«

Kasom räusperte sich. »In letzter Zeit hat unser putziger kleiner Freund die Angewohnheit, in Rätseln zu sprechen. Das mögen Sie ja schon gewohnt sein, Sir, aber ich nicht. Oder wissen Sie, was er mit seinen Andeutungen meint?«

»Vielleicht, Toronar, aber auch ich möchte noch über meine Vermutung schweigen. Jedenfalls hat sich unser Mausbiber nicht nur 15 Kilo Gobirüben, sondern einen ganzen Zentner verdient.«

»Du bist der größte Wohltäter des letzten Ilts«, verkündete der Mausbiber feierlich und wusste, dass Rhodan die Wahrheit ahnte.

Der sagenhafte Planet jenseits des Mahlstroms, Gragh-Schanath! Die Netze, halborganische Materie, die mit der Energiepest eine freundschaftliche Symbiose eingingen und anderen Intelligenzen so Schutz vor der Vernichtung boten! Die Tatsache, dass das Netz in der irdischen Atmosphäre abstarb und zu kristallinen Sporen zerfiel! Die Blues!

Das alles waren Dinge und Tatsachen, die nur scheinbar nichts miteinander zu tun hatten, in Wirklichkeit jedoch in engem Zusammenhang standen. Die Eastside der heimatlichen Milchstraße – und der energetische Mahlstrom der beiden fremden Galaxien ... gab es auch da einen Zusammenhang?

»Vielleicht finden wir den Planeten Gragh-Schanath, wenn wir nach ihm suchen«, sagte Rhodan. »Und wenn wir ihn finden, bin ich schon heute gespannt, wie er aussehen wird – und wo wir ihn finden.«

Gucky erhob sich. »Ich sehe, Perry, dass sich unsere Gedanken und

Vorstellungen in ähnlichen Bahnen bewegen. Doch nun gestatte, dass ich mich um meine Belohnung kümmere.«

»Was weiß er eigentlich?«, fragte Kasom, als der Mausbiber verschwunden war. »Mit seinen Andeutungen kann ich nicht viel anfangen.«

»Er weiß nicht mehr als ich auch, Toronar. Erst wenn wir unabhängig voneinander auf eine Antwort kommen, dürfte sie auch stimmen. Denken Sie darüber nach und vergessen Sie nicht, dass Ihnen und allen Überlebenden der Katastrophe ein Erholungsurlaub zusteht. Danach sprechen wir uns wieder.«

Als auch Kasom gegangen war, schloss Rhodan die Augen. Er saß in seinem Sessel, als schliefe er, aber in Wirklichkeit dachte er nach. Ihm war plötzlich, als würde die Vergangenheit wieder lebendig …

17.

Juni 3460

Einige Tage später, jenseits des Schlunds …

Jaymadahr Conzentryn rekelte sich auf dem weichen Legepolster und beobachtete, wie die Horde der Mopoys sich vor der Linie drängelte, die sie von den frisch gelegten Eiern der Königin trennte. Es war eine echte Trennlinie, denn sie wurde zusätzlich durch ein schwaches Energiegatter abgeschirmt, das bei Berührung Stromstöße austeilte. In gewisser Weise wirkten sie tödlich, denn jeder Mopoy, der sich so weit vorwagte, dass er einen Stromstoß erhielt, wurde von Klaschoys abgeführt und irgendwo draußen – in einem anderen Bezirk des Palasts – liquidiert.

Auf diese Weise sorgte die Königin nicht nur dafür, dass die Gier der Mopoys im Zaum gehalten wurde, sondern auch dafür, dass die von ihr gelegten Eier nicht ausschließlich als Lustobjekte der männlichen Ploohns betrachtet wurden. Die Mopoys waren die Drohnen im Kastensystem der Ploohns. Ihnen oblag die Befruchtung der königlichen Eier.

Soeben geriet ein Mopoy wieder so nahe an das Energiegatter, dass ihn ein Stromstoß traf und er sich vor Schmerz krümmte. Sofort packten zwei der schwer bewaffneten Klaschoys zu. In Todesangst ejakulierte er auf den Boden, während die Soldaten ihn hinausschleiften. Jaymadahr Conzentryn unterbrach ihr Geschäft des Eierlegens nicht für eine

Sekunde, während sie dem Mopoy nachsah. Ein Peggoy säuberte unterdessen den Boden. Peggoys waren die Arbeiter, die Klaschoys die Soldaten im Ploohn-Staat.

Die übrigen Mopoys wichen erschrocken zurück. Aber bald siegte ihre triebhafte Gier über die Furcht. Wieder drängten sie dichter an das Energiegatter heran.

Jaymadahr Conzentryn hatte eigentlich beabsichtigt, die Mopoys noch einige Zeit zappeln zu lassen. Sie änderte ihre Meinung, als im Hintergrund der Legehalle drei hoch dekorierte Offiziere auftauchten, die nicht zu ihrer Klaschoy-Leibgarde gehörten, sondern zu dem Flottenhauptquartier des Planeten Kneys. Die Offiziere hätten es niemals gewagt, in die Legehalle des königlichen Palasts einzudringen, wenn nicht schwerwiegende Gründe dafür vorgelegen hätten.

Deshalb hörte die Königin auf, Eier zu produzieren. Sie erteilte einem Klaschoy-Posten einen Wink. Der Wächter schaltete das Energiegatter aus, woraufhin sich die Mopoys sofort auf die riesige Menge der frisch gelegten Eier stürzten und sie besamten.

Jaymadahr Conzentryn richtete sich zu ihrer vollen Höhe von rund fünf Metern auf und schlang den Umhang um ihren Leib, der im Unterschied zu den Körpern der normalen Ploohns nicht einfach, sondern zweifach eingeschnürt war. Sie schritt zwischen den zurückweichenden Wächtern auf die Offiziere zu und erwiderte ihre Ehrenbezeigungen durch leichtes Wedeln mit ihren fächerartigen Fühlern.

»Was gibt es zu berichten?«, fragte sie.

»Beunruhigende Neuigkeiten, ehrwürdige Königin«, antwortete einer der Offiziere. Er hieß, wie Jaymadahr Conzentryn wusste, Efrat. »Ein fremdes Volk scheint im Mahlstrom angekommen zu sein. Schwierigkeiten tauchen auf.«

»Ein fremdes Volk scheint im Mahlstrom angekommen zu sein?«, fragte die Königin ironisch. »Drücke dich klarer aus, Efrat!«

»Jawohl, ehrwürdige Königin«, antwortete Efrat dienstbeflissen. »Es ist so, dass gewisse Anzeichen, die von unseren Beobachtern registriert wurden, nur den Schluss zulassen, dass vor kurzem ein fremdes Volk im Mahlstrom angekommen ist, ein Volk, das eine befremdliche Aktivität entwickelt.«

Jaymadahr Conzentryn wurde nachdenklich. Es konnte die Vormachtstellung der Ploohns gefährden – und das würde in erster Linie bedeuten, dass das Volk der Ploohns nicht mehr die unbeschränkte Kontrolle über die Welten hatte, auf denen ihre unersetzlichen Pflanzen angebaut wurden.

»Das ist allerdings eine beunruhigende Neuigkeit«, antwortete die Königin. »Ich nehme an, der Führungsstab der Flotte ist im Beratungsraum versammelt.«

»So ist es, ehrwürdige Königin«, versicherte Efrat.

»Geht voraus!«, befahl Jaymadahr Conzentryn.

Die drei Offiziere wandten sich wortlos um und gingen der Königin voraus. Sie benutzten zum Gehen ausschließlich ihre unteren Gliedmaßenpaare. Jaymadahr Conzentryn setzte zusätzlich ihr mittleres Gliedmaßenpaar ein, um ihren schweren Unterleib, der praktisch nur die Eierstöcke enthielt, abzustützen.

Als die vier Ploohns den Beratungsraum betraten, einen riesigen Saal voller Sitzgelegenheiten und Kommunikationsgeräte, erhoben sich die Mitglieder des Führungsstabs der Ploohn-Raumflotte. Jaymadahr Conzentryn ließ den Blick aus ihren beiden großen Facettenaugen über die Angehörigen der Klaschoy-Kaste schweifen. Diese Ploohns waren etwas größer und schlanker als die Vertreter der Arbeiter- und Drohnenkasten. Ansonsten glichen sie ihnen weitgehend. Die Facettenaugen an den Seiten ihrer runden Köpfe erwiderten den prüfenden Blick der Königin, die dreieckigen hornigen Münder bewegten sich lautlos, und die jeweils zwei Fühlerbündel vibrierten mit leisem Raunen.

Jaymadahr Conzentryn entschloss sich in diesem Augenblick, ihre Stellung als Königin und Arterhalterin besonders hervorzuheben, indem sie höchstpersönlich den Oberbefehl über die Raumflotte übernahm, die durch den Schlund in den Mahlstrom vorstoßen und der Bedrohung ihres Volkes ein Ende bereiten sollte.

»Fangen wir an!«, sagte sie.

Major Hester Barian, Kommandant des Schnellen Kreuzers ARCADIA, blickte zuerst auf den Frontbildschirm und danach zu seiner Astrogatorin, Captain Josephine Krowlic.

»Von hier aus startete die elfte Offensivflotte unter Admiral Kasom zu ihrem letzten Linearmanöver«, bemerkte er.

Captain Krowlic verzog ihr milchkaffeebraunes Gesicht zu einer undefinierbaren Grimasse. »Fast zwölftausend Einheiten«, sagte sie. »Eine Flotte, die mit einem einzigen Feuerschlag hundert Sonnensysteme auslöschen kann, und sie scheiterte an einem Meer winziger Fäden. Es ist kaum zu fassen.«

Hester Barian wölbte die Brauen. »Und ich kann es kaum fassen, dass Sie den Wert einer Flotte danach bemessen, wie viele Sonnensysteme sie mit einem Feuerschlag vernichten kann. Captain Krowlic«, erwiderte er tadelnd. »Sie wissen ganz genau, dass der einzige echte Wert einer Raumflotte darin besteht, dass sie eventuelle Feinde allein durch ihre Existenz von einem Angriff abhält. Kommt es dennoch zum Kampf, hat die Flotte bei ihrer Hauptaufgabe versagt.«

»Die Hauptaufgabe einer Raumflotte ist, jeden Angreifer vernichtend zu schlagen«, widersprach Josephine Krowlic. »Sie hat erst dann versagt, wenn sie selbst geschlagen wird.« Sie runzelte die Stirn. »Es wäre besser, das so genannte Fadenmeer mit Antimaterie-Torpedos zu vernichten, anstatt es ängstlich zu umfliegen, Major Barian.«

Hester Barian seufzte. »Ein Glück, dass Sie nicht im Oberkommando sitzen und die Einsatzbefehle geben, Captain. Mit der Beurteilung, die ich auf Ihre Personalakte gesprochen habe, werden Sie auch niemals einen Posten bekommen, der Ihnen die Möglichkeit gibt, Angriffsbefehle zu erteilen.«

Josephine Krowlic reckte trotzig das Kinn vor und schaute hochmütig weg. Major Barian registrierte es mit bedauerndem Achselzucken. Er mochte Josephine Krowlic recht gern, wenn er sich das auch niemals hatte anmerken lassen. Doch das betraf nur seine privaten Gefühle ihr gegenüber. Wenn es um militärische Dinge ging, legte Hester andere Maßstäbe an. Manchmal schauderte es ihn vor ihren Ansichten und den Abgründen, die sich vor ihm auftaten, wenn sie sie äußerte. Er hatte es jedoch noch nicht aufgegeben, sie zu einer positiven Haltung zu bekehren.

Die ARCADIA setzte sich gleichzeitig mit den übrigen 23 Einheiten des Aufklärungsverbands in Bewegung, beschleunigte bis auf siebzig Prozent Lichtgeschwindigkeit und verschwand aus dem Normalraum, als der Waring-Konverter seine Arbeit aufnahm.

Innerhalb des Linearraums beschleunigten die Schiffe auf ein Vielfaches der Lichtgeschwindigkeit. Als der Verband in den Normalraum zurückfiel, war er rund siebenhundert Lichtjahre von dem Punkt entfernt, an dem er zum Linearmanöver angesetzt hatte. Nach einer kurzen Orientierungspause stellten die Positroniken aller 24 Raumschiffe übereinstimmend fest, dass das so genannte Fadenmeer umflogen war.

»Jetzt kommt die letzte Linearetappe«, bemerkte Major Barian dazu. »Wenn alles klappt, werden wir zu den ersten terranischen Raumschiffen gehören, die den so genannten Schlund aus unmittelbarer Nähe zu sehen bekommen.«

Er erwartete keine Antwort, und er bekam auch keine. Nachdenklich blickte er auf den Panoramaschirm, in dem die leuchtenden und dunklen Massen der 156.000 Lichtjahre langen Materiebrücke zwischen zwei Galaxien zu sehen waren, zwei Galaxien, von denen man bisher kaum etwas wusste – außer der Tatsache, dass keine der beiden die Heimatgalaxis der Menschheit war. Die Länge der Materiebrücke, des Mahlstroms, war inzwischen genau ermittelt worden.

Die Daten für die letzte Lineareetappe liefen ein. Major Hester Barian verglich sie einem Impuls folgend mit den bereits vorprogrammierten, doch es waren keine Korrekturen notwendig. Die von Toronar Kasom nach dem Verlust der elften Offensivflotte zurückgebrachten Unterlagen und die danach auf der Erde errechneten Linearmanöver erwiesen sich als perfekt.

Abermals beschleunigten die 24 Aufklärungsschiffe, gingen bei siebzig Prozent LG in den Linearraum und legten dort die letzte Entfernung zum so genannten Schlund zurück. Als sie in den Normalraum zurückfielen, befand sich der Schlund im Erfassungsbereich der optischen Geräte und wurde auf den Panoramaschirm projiziert.

Hester Barian schluckte hörbar, als er den rasend schnell rotierenden Energiewirbel sah, der in den Randgebieten hellrot gefärbt war und sich nach dem Zentrum zu immer mehr verdunkelte, bis seine Farbe in ein tiefes Schwarz überging.

»Faszinierend!«, stellte Captain Josephine Krowlic fest. »Einen solchen Anblick hatte ich nicht erwartet.«

Hester Barian entgegnete nichts darauf. Er konzentrierte sich auf die eingehenden und von der Hauptpositronik analysierten Messergebnisse. Schließlich wandte er sich an seine Astrogatorin: »Was wir dort sehen, sind nur die optischen Nebeneffekte fünf- und sechsdimensionaler Energien, die sich am Schlund austoben und an sich unsichtbar für menschliche Augen sind.«

»Dennoch ist der Anblick faszinierend«, erwiderte Josephine Krowlic. »Wenn man bedenkt, dass wir mit dem so genannten Schlund die Nahtstelle einer Materiebrücke vor uns haben, die zwei unterschiedlich große Galaxien miteinander verbindet, so wird man sich erst richtig klar darüber, wie kurz doch die menschliche Lebensspanne im Vergleich zu kosmischen Ereignissen ist.«

Major Barian nickte. »Ich weiß, was Sie sagen wollen, Captain. Die menschliche Lebensspanne scheint lächerlich im Vergleich zu den Zeiträumen, in denen die kosmischen Ereignisse sich abspielen. Für den Kosmos kollidierten die beiden Galaxien, vor deren Nahtstelle wir stehen, erst vor einem Augenblick – und im nächsten Augenblick wird die

Materiebrücke an der Nahtstelle reißen, und die beiden Galaxien werden sich weiter voneinander entfernen. Dennoch besteht kein Grund, intelligentes Leben wegen seiner relativen Kurzlebigkeit zu verachten. Es ist die einzige bisher mögliche Existenzform der hoch organisierten Materie, die sich seiner eigenen Existenz und der Zusammenhänge zwischen Kosmos und sich selbst bewusst wird.«

»Und doch würden wir ohne eine hochgezüchtete Technik nicht in der Lage sein, einen Bruchteil dieser Zusammenhänge auch nur zu erahnen, weil unsere Sinnesorgane gar nicht dafür geschaffen sind, das zu sehen, was zur Erfassung dieser Zusammenhänge alles gehört«, sagte Captain Krowlic.

Barian lächelte, weil er wusste, in welche Richtung die Gedankengänge der Astrogatorin zielten. »Aber die Technik entsteht nicht von selbst, Captain«, entgegnete er. »Erst die Entstehung der Intelligenz bei organischen Lebewesen ermöglichte die Entwicklung einer hochgezüchteten Technik. Wir haben uns selbst geschaffen, was wir brauchten, um die kosmischen Zusammenhänge zu erkennen. Folglich müssen wir alles intelligente Leben als ein Phänomen achten, das einmalig im Universum ist und so behütet werden muss wie das erste Feuer einst von den Menschen der Urzeit.«

»Sie sind ein unverbesserlicher Idealist, Major«, gab Josephine Krowlic zurück. »Eines Tages werden auch Sie begreifen, dass die Menschheit nichts weiter ist als eine Masse tierhafter, egozentrischer Wesen, die ihre Existenz animalischen Trieben verdanken, selbst von animalischen Trieben geleitet werden und schließlich in animalischen Todeszuckungen wieder enden.«

»Ihre Worte erschrecken mich, Captain Krowlic«, sagte Major Hester Barian. »Gewiss lebt in uns Menschen – und auch in anderen intelligenten Lebewesen – das Erbe der tierischen Vorfahren weiter. Aber das Positive dieses Erbes überwiegt – und es überwiegt umso stärker, je größere Chancen man allen Intelligenzen gibt, sich friedlich weiterzuentwickeln.«

Er hätte die Diskussion mit ihr gern fortgesetzt, weil er sie für notwendig hielt. Aber der Hyperkom unterbrach sie. Der Kommandeur des Aufklärungsverbands erteilte den Befehl, mit Unterlichtgeschwindigkeit dicht am Schlund vorbeizufliegen und weitere Messungen vorzunehmen.

Major Hester Barian bestätigte den Befehl, dann aktivierte er die Impulstriebwerke. Langsam beschleunigte die ARCADIA und glitt auf die tobenden Energien der Nahtstelle zu.

Jaymadahr Conzentryn hörte sich die Berichte der Kommandanten der Aufklärungsschiffe an. Sie erfuhr erste Einzelheiten über das fremde Volk, das unverhofft in der Materiebrücke zwischen den beiden Galaxien aufgetaucht war. Keiner der Berichte lieferte Anhaltspunkte dafür, woher die Fremden gekommen waren. Einige Kommandanten vermuteten zwar, dass sie aus der Nachbargalaxis stammten, die mit der Ploohn-Galaxis durch die Materiebrücke verbunden war, doch sie konnten keine Beweise dafür liefern.

Als die Berichterstatter geendet hatten, setzte die Königin sich in den dafür vorgesehenen großen Sessel. Sie sprach nicht sofort, denn sie legte sich ihre Worte sorgfältig zurecht, weil sie wusste, dass die Worte einer Ploohn-Königin als Offenbarung galten. Offenbarungen aber mussten, so wusste Jaymadahr Conzentryn ebenfalls, logisch untermauert sein, sonst würden sich im Lauf der Zeit Zweifel an der absoluten Zuverlässigkeit einstellen – und Zweifel konnten das Gesellschaftssystem der Ploohns empfindlich stören.

Jaymadahr Conzentryn dachte aber nicht nur daran. Sie dachte auch an die Möglichkeit, dass sie durch einen Feldzug, den sie selbst führte, eventuell länger draußen festgehalten werden konnte, als es für die Sicherung der Nachkommenschaft gut war.

Für solche Fälle war vorgesorgt. Es gab eine Eierbank, in der ständig 92 befruchtete Königinnen-Eier aufbewahrt wurden. Diese Eier wurden energetisch konserviert, ständig positronisch überwacht und bei Überalterung durch neue Eier ersetzt.

Im Falle eines plötzlichen Todes der regierenden Königin würde eines der Eier ausgewählt und ausgebrütet werden, so dass in kurzer Zeit eine neue Königin für weiteren Nachwuchs sorgte und das Volk der Ploohns damit erhielt und regierte.

Jaymadahr Conzentryn erwog die Möglichkeit, dass während ihrer Abwesenheit eine Nachfolgerin gekürt würde, nicht ohne Unbehagen. Sie kannte ihre Qualitäten und wusste, dass ohne sie das Volk der Ploohns nicht seine derzeitige Blüte erreicht hätte. Eine eventuelle Nachfolgerin konnte kaum besser sein als sie, wahrscheinlich schlechter.

Dennoch entschied sich die Königin schließlich dafür, persönlich die Führung einer Flotte zu übernehmen, die die Fremden vernichten sollte. Die Bedrohung durch diese Unbekannten erschien ihr so fundamental, dass sie ihre Abwehr nicht einem Klaschoy-Offizier überlassen wollte, der nicht das Maß an Intelligenz und Weitsicht besitzen konnte wie eine Königin. Als Jaymadahr Conzentryn endlich sprach, trat augenblicklich völlige Stille im Saal ein.

»Ich habe mich entschlossen, persönlich eine Flotte durch den Schlund in den Mahlstrom zu führen und der Bedrohung unseres Volkes ein Ende zu bereiten!«, verkündete Jaymadahr Conzentryn feierlich.

Sie musste notgedrungen eine Pause einlegen, weil der losbrechende Jubel jedes ihrer nächsten Worte übertönt hätte. Die Klaschoys sprangen von ihren Plätzen auf, wedelten mit Armen und Fühlern und stießen schrille Schreie der Begeisterung aus. Jaymadahr Conzentryn duldete den Begeisterungssturm. Sie wusste, dass er nicht allein der Tatsache galt, dass eine Königin höchstpersönlich eine Ploohn-Flotte in den Kampf führen wollte, sondern dass er der Siegesgewissheit entsprang. Bisher hatte Jaymadahr Conzentryn nämlich nur einmal die Führung einer Raumflotte übernommen – und hatte diese Flotte zum grandiosen und legendären Sieg von Ymfang geführt. Dadurch wurde ihr persönliches Eingreifen in den Augen aller anderen Ploohns zum Garanten für den Sieg.

Auch das war von der Königin vorher bedacht und einkalkuliert worden, denn sie ahnte, dass der Kampf gegen die fremden Eindringlinge hart werden würde. Sie brauchte entschlossene und siegesgewisse Raumsoldaten und Offiziere, die ihr bedingungslos vertrauten, wenn sie diesen Kampf gewinnen wollte.

Als der Beifallssturm abebbte, fuhr Jaymadahr Conzentryn fort: »Eine Flotte von dreißigtausend schweren und schwersten Einheiten soll startklar gemacht werden. Mein Flaggschiff wird die VANTEY VEYNSTE sein.« Sie stoppte den Begeisterungssturm, der erneut losbrechen wollte, mit einer Handbewegung. »Es gilt, den Einsatz sorgfältig vorzubereiten, denn ich beabsichtige, bei dieser Gelegenheit nicht nur die Eindringlinge zu vernichten, sondern auch den Abtrünnigen, der allmählich lästig wird.«

Als der Begeisterungssturm abermals losbrach, ließ sie die Klaschoys gewähren. Sie winkte ihrer Leibwache, die ihr auf eine Antigravplattform half. Einige Zeit später verließ die Königin auf der geschmückten Plattform den Palast, ein riesiges, hügelförmiges Bauwerk von 2400 Metern Höhe und zirka 1200 Metern Grundflächendurchmesser, das noch 4000 Meter in die Tiefe des Planeten Kneys reichte.

Rings um den Palast wogte ein Pflanzenmeer, über das die Plattform in niedriger Höhe hinwegflog. Jaymadahr Conzentryn musterte die Pflanzen, an deren Stielen schlangenartige Blätter wuchsen. Diese Blätter stellten engen Kontakt mit den Nachbarpflanzen sicher, so dass alle Pflanzen praktisch zu einem gigantischen Überorganismus verbunden waren.

Hinter diesem mächtigen Pflanzengürtel erhoben sich andere Bauten, längst nicht so groß wie der Palast, aber von gleicher Form. Ein Terraner hätte diese Bauwerke als überdimensionale Termitenhügel bezeichnet.

Die gesamte Oberfläche von Kneys war von solchen Hügelbauten überzogen – und dazwischen lagen die Pflanzungen. Es war ein Anblick von erschreckender Monotonie – für Menschen –, aber für die Ploohns waren keine ästhetischen Gesichtspunkte maßgebend. Der einzige Gesichtspunkt, der zählte, war der Gesichtspunkt der Zweckmäßigkeit.

Als die Antigravplattform zirka anderthalb Stunden geflogen war, tauchte am Horizont das gigantische Areal eines Raumhafens auf. Es handelte sich um den militärischen Raumhafen Plai Uindy Cort, den größten der Ploohns. Nicht ohne Stolz blickte die Königin zu den Raumschiffen, die auf ihren Vier-Fünftel-Heckkugeln schlank und zylindrisch in den Himmel ragten. Teilweise befanden sich die abgerundeten Bugspitzen in den Wolken.

Es war eine unübersehbare Armada, die auf Plai Uindy Cort bereitstand, rund dreißigtausend schwere und schwerste Kampfschiffe, die jedem Gegner in der Ploohn-Galaxis überlegen waren.

Jedem bisher bekannten Gegner!, korrigierte Jaymadahr Conzentryn ihre Gedankengänge. Ob sie auch dem neu aufgetauchten überlegen waren, würde sich erst noch zeigen müssen.

Jaymadahr Conzentryn verfolgte von der Hauptzentrale ihres Flaggschiffs aus die Manöver der Flotte. Nachdem die Schiffe sich über Kneys gesammelt hatten, waren sie in Richtung des so genannten Aufrisstrichters aufgebrochen. Es handelte sich bei dem Aufrisstrichter – vereinfachend ausgedrückt – um den hyperenergetischen Gegenpol des so genannten Schlunds an der Nahtstelle der Materiebrücke zwischen den beiden Galaxien. Hier, am Südrand der Ploohn-Galaxis, bildete sich durch die zahlreichen dort angreifenden und teilweise gegensätzlichen Kräfte eine Abriss-Stelle, an der ständig Spannungen entstanden.

Die Abriss-Spannungen erzeugten hyperenergetische Entladungen, die genau auf die Nahtstelle der Materiebrücke übersprangen und dort den so genannten Schlund schufen. Beide Phänomene standen also nicht nur in Wechselbeziehung miteinander, sie bedingten sich sogar gegenseitig, denn ohne die Entladung der Spannungen wäre es wahrscheinlich zu einem hyperenergetischen Sog gekommen, der immer größere Materiemengen aus der Ploohn-Galaxis gerissen hätte – und der Aufrisstrichter wäre nur sehr kurzlebig gewesen –, und ohne die ständigen Entladungen hätte es entweder keinen Schlund gegeben, oder er hätte sich an ganz anderer Stelle der Materiebrücke befunden.

Jaymadahr Conzentryn bedauerte, dass sie bisher nicht dafür gesorgt hatte, dass die Nachbargalaxis intensiv erforscht wurde. Sie vermutete, dass es dort drüben, jenseits der Materiebrücke, etwas Ähnliches gab wie den hiesigen Aufrisstrichter und dass man ihn ebenso für die Raumfahrt nutzen konnte wie den der eigenen Galaxis. Vielleicht waren die Fremden auf diesem Weg in den Mahlstrom gelangt. Sie nahm sich vor, entsprechende Erkundungen anzuordnen, sobald die Fremden erst einmal geschlagen waren.

Die Raumflotte näherte sich nach drei Überlichtmanövern dem Aufrisstrichter, eine riesige flimmernde Energiewolke, deren Aussehen allein noch nichts über ihre wahre Natur verriet.

Jaymadahr Conzentryn wollte gerade die Kommandanten der dreißigtausend Schiffe über eine Sammelschaltung anrufen und letzte Anweisungen zum Eintauchmanöver in den Aufrisstrichter erteilen, als sich aus der flimmernden Energiewolke voraus ein kleines stabförmiges Objekt mit kugelartig verdicktem Heck löste.

Die Hauptpositronik hatte das Ortungsergebnis bereits analysiert, kaum dass das Objekt sichtbar geworden war. Es war ein Aufklärer der Ploohns.

Die Königin ließ die Sammelschaltung dennoch aktivieren. Allerdings nicht zum vorgesehenen Zweck. Sie gab keine Anweisungen zum Eintauchmanöver, sondern befahl vielmehr, die Bewegung der Flotte zu stoppen und in Warteposition bei Punkt Chyroot zu gehen, einem für taktische Bewegungen von Ploohn-Flotten vorgesehenen Bereitstellungssektor.

Während dieses Manöver lief, ließ Jaymadahr Conzentryn eine Hyperfunkverbindung zu dem Aufklärungsschiff herstellen. Wenig später erschien das starre insektoide Gesicht des Schiffskommandanten auf dem Schirm vor der Königin. Der Klaschoy erstarrte vor Ehrfurcht, als er die Königin erblickte. Diese Erstarrung machte sich allerdings nur in einer Versteifung seiner Fühler bemerkbar.

»Ehrwürdige Königin!«, raspelte er mit seinem hornigen Dreiecksmund. »Dein unwürdiger Diener Trodyf schätzt sich glücklich, zu deiner Verfügung zu stehen.«

»Danke, Trodyf«, antwortete die Königin würdevoll. »Du kommst mit deinem Schiff aus dem Nahtstellensektor. Was hast du zu berichten?«

»Ich flog befehlsgemäß Aufklärung in der Nähe des Schlunds, ehrwürdige Königin«, sagte Trodyf. »Dabei entdeckte ich 24 kugelförmige Raumschiffe, die sich dem Schlund unter Umgehung des Fadenmeeres näherten. Es handelt sich wahrscheinlich um einen Aufklärungsverband der geheimnisvollen Fremden, die kürzlich im Mahlstrom auftauchten.«

Jaymadahr Conzentryn verriet durch keine Geste, wie stark diese Meldung sie bewegte. Es erschien ihr wie eine Fügung des Schicksals, dass ausgerechnet zu diesem Zeitpunkt ein kleiner Aufklärungsverband jener ominösen Fremden in der Nähe des Schlunds aufgetaucht war, zu einem Zeitpunkt, an dem ihre Flotte zum Durchgang durch den Aufrisstrichter bereitstand.

»Ich danke dir für deine Aufmerksamkeit, Trodyf«, antwortete die Königin. »Überspiele die Ortungsdaten auf die Positronik meines Flaggschiffs.«

»Jawohl, ehrwürdige Königin«, sagte Trodyf mit zitternden Fühlern. Seine großen Facettenaugen glitzerten vor Eifer. Er stand der Königin des Ploohn-Volkes zum ersten Mal Auge in Auge gegenüber, auch wenn es nur eine indirekte Begegnung war. Aber es genügte, um ihn vor Wonne erschauern zu lassen.

»Du kehrst nach Kneys zurück und berichtest dem Oberkommando über unsere Begegnung«, fuhr die Königin fort.

»Jawohl, ehrwürdige Königin«, bestätigte Trodyf.

Jaymadahr Conzentryn beendete das Gespräch, indem sie einem der Offiziere ihres Flaggschiffs durch einen Wink zu verstehen gab, er solle die Hyperfunkverbindung unterbrechen. Anschließend ließ sie wieder eine Sammelschaltung zu den Kommandanten der übrigen Raumschiffe herstellen.

»Der Gegner hat einen Aufklärungsverband von 24 Einheiten in die Nähe des Schlunds geschickt«, gab sie bekannt. »Wahrscheinlich wurde unser Aufklärungsschiff von ihm nicht bemerkt. Aber selbst dann, wenn der Gegner es bemerkt haben sollte, kann er nicht mit einer sofortigen Reaktion auf sein Erscheinen rechnen. Schon gar nicht wird er mit dem plötzlichen Auftauchen eines weit überlegenen Verbands rechnen. Wir werden uns diesen Überraschungseffekt zunutze machen, über den Gegner herfallen und seine Schiffe vernichten. Zu diesem Zweck haben die einzelnen Gruppen der Flotte ihren Durchgang durch den Aufrisstrichter so zu berechnen, dass sie nach der Wiederverstofflichung den feindlichen Verband in Form einer mehrfach gestaffelten Kugelschale umgeben. Keines der gegnerischen Schiffe darf entkommen, und wenigstens einige dieser Schiffe sind nur so zu beschädigen, dass wir verwertbare Trümmer und möglichst auch lebende Besatzungsmitglieder bergen können.« Sie hob ihren linken Arm. »Vorwärts – für die Größe des einzigartigen Ploohn-Volkes!«

Major Hester Barian blickte überrascht auf, als die Ortungsautomatik einen Warnimpuls ausstrahlte. Aber er war keineswegs erschrocken. Schließlich hatten sie damit rechnen müssen, dass sich auch andere Lebewesen für den Schlund interessierten – und er wusste auch, dass in dem Mahlstrom Raumschiffe der Ploohns operierten. Es hatte – wenn auch ohne seine Beteiligung – bereits kriegerische Zusammenstöße mit Angehörigen dieses Insektenvolkes gegeben.

Als sein Blick auf die Auswertung der Orter fiel, wurde Hester blass. Aber noch war er skeptisch, denn seiner Meinung nach musste der Ortungsautomatik ein Fehler unterlaufen sein. Unmöglich konnten mehrere tausend Raumschiffe gleichzeitig rings um den Aufklärungsverband praktisch aus dem Nichts aufgetaucht sein.

Dennoch löste er, einem antrainierten Reflex gehorchend, ohne Zögern den Gefechtsalarm für die ARCADIA aus. Im nächsten Augenblick heulten die Alarmsirenen durchdringend in jenem Unheil verkündenden Rhythmus durch den Schnellen Kreuzer, der höchste Gefahr für Schiff und Besatzung anzeigte – und der eventuell ein Vorbote des Todes war.

Dreißigtausend Raumschiffe waren rings um den kleinen Aufklärungsverband materialisiert – und diese dreißigtausend Einheiten wurden ihrer Konstruktionsmerkmale wegen als Kampfschiffe der Ploohns eingestuft. Im nächsten Moment meldete sich der Kommandeur des Verbands über eine Hyperkom-Sammelschaltung.

»An alle!«, sagte er mit mühsam beherrschter Stimme. »Höchste Gefahrenstufe! Wir sind von einer zahlenmäßig erdrückenden und offenbar feindlichen Übermacht eingekreist. Ich versuche, Funkverbindung mit dem Kommandierenden der anderen Flotte zu bekommen. Vielleicht können wir einen Kampf vermeiden, der für uns vernichtend sein müsste. Dennoch befehle ich vorbeugend, dass alle Schiffe sich um meines sammeln und sich auf einen Ausbruchsversuch vorbereiten. Im Falle des Ausbruchs von Kampfhandlungen sind alle Waffen, einschließlich der Transformkanonen, rücksichtslos einzusetzen. Ende.«

»Wir sollten lieber sofort angreifen«, meinte Captain Josephine Krowlic. »Die Manöver der anderen Schiffe sind doch eindeutig ein feindseliger Akt.«

»Warum sollten wir einen Kampf anfangen, den wir nur verlieren können?«, fuhr Hester seine Astrogatorin zornig an. »Wir müssen wenigstens versuchen, ihn zu vermeiden.«

Währenddessen steuerte er die ARCADIA so, dass sie zum Schiff des Kommandeurs aufschloss. Er sah, dass die anderen Schnellen Kreuzer es ihr gleichtaten.

»In diesem Fall spielt es keine Rolle, ob wir siegen oder verlieren«, entgegnete Josephine Krowlic. »Wichtig im Fall einer Niederlage ist nur, wie wir verlieren, ob als Feiglinge oder zu allem entschlossene Kämpfer.«

Daran war ein wahrer Kern, erkannte Major Barian. Wenn sie tatsächlich untergehen sollten, dann so, dass der Gegner Respekt vor ihrem Kampfgeist bekam. Das könnte anderen Terranern eine wertvolle Hilfe sein.

Erneut meldete sich der Kommandeur. »Alle Kontaktversuche sind bisher fehlgeschlagen«, teilte er mit. »Der Gegner zieht seinen kugelförmigen Einkreisungsring weiter zusammen. Mit der Eröffnung der Feindseligkeiten ...«

Mit lautem Krachen und Knacken brach die Übertragung ab. Im gleichen Augenblick meldeten die Energietaster starke Ausbrüche thermischer Energien sowie mehrere thermonukleare Reaktionen von beachtlicher Stärke.

Major Barian schaltete die Hyperkomempfänger ein und war nicht überrascht, Hilferufe auf Interkosmo zu hören. Er aktivierte den starken Hyperkomsender der ARCADIA und sagte: »Major Barian, Kommandant der ARCADIA, an alle anderen Schiffe des Verbands. Das Kommandoschiff ist wahrscheinlich ausgefallen. Ich übernehme hiermit den Befehl über den Restverband. Alle Schiffe haben sich von jetzt ab auf eigene Faust durchzuschlagen. Ziel ist, mehrere Schiffe durchbrechen zu lassen, damit wir dem Hauptquartier Bericht erstatten können.«

Er zögerte einen Herzschlag lang, bevor er hinzufügte: »Alle manövrierunfähigen Schiffe, deren Einnahme durch den Feind droht, sind mittels Selbstvernichtungsanlage zu sprengen. Ende.«

Er hatte kaum zu Ende gesprochen, als in den aktivierten Schutzschirmen seines Schiffs ein energetischer Sturm losbrach.

»Punktbeschuss durch hochwirksame Thermokanonen mit minimaler Auffächerung!«, teilte der Ortungsoffizier kaltblütig mit. »Angreifer erkannt in zweieinhalb Millionen Kilometern Entfernung.«

»Ziel erfasst!«, meldete der Feuerleitoffizier. »Transformkanone ausgerichtet. Bitte um Feuererlaubnis!«

»Feuer frei für jedes erfasste Ziel!«, antwortete Hester Barian. Gleichzeitig gab er Vollschub. Die ARCADIA vollführte einen Satz, als die Triebwerke mit höchster Leistungsabgabe aufbrüllten. Für die von Howalgonium-Schwingkristallen gesteuerten Zielerfassungsgeräte des Schiffs bedeutete die ruckartige Fortbewegung keine Beeinträchtigung ihrer Funktion.

In zweieinhalb Millionen Kilometern Entfernung blähte sich dort, wo die erste Transformbombe vor einem gegnerischen Schiff explodiert war, eine künstliche Sonne auf.

»Feindschiff vernichtet«, gab der Ortungsoffizier bekannt.

Inzwischen aber schlugen die Volltreffer weiterer gegnerischer Thermokanonen in den Schutzschirm der ARCADIA. Die energetische Hülle blähte sich wabernd auf, und nur durch schnelle Ausweichmanöver entging das Schiff vorläufig der Vernichtung.

Ringsum aber explodierte ein Schneller Kreuzer nach dem anderen. Zwar wehrten sie sich ebenfalls und erzielten auch zahlreiche Abschüsse, aber bei einem Verhältnis von 24 zu 30.000 war die Lage von Anfang an hoffnungslos, noch dazu, da die 24 Aufklärungsschiffe relativ schwach bewaffnet waren, während die Schiffe der Ploohns Kampfeinheiten mit entsprechend starker Bewaffnung waren.

Als die ARCADIA wieder einmal mehrere Volltreffer gleichzeitig erhielt und schwer erschüttert wurde, schrie Captain Josephine Krowlic erschrocken auf. »Es hat keinen Zweck mehr!«, rief sie Major Barian zu. »Wir müssen aufgeben, Major!«

Major Barian musste trotz des Ernstes der Lage lächeln, als er erkannte, dass Josephines martialisches Gehabe bei der ersten Konfrontation mit der harten Wirklichkeit zerbrochen war. Wenn sie diese Hölle lebend überstanden, würde sie wahrscheinlich bekehrt sein und nicht mehr davon reden, dass eine Flotte dazu da war, den Gegner zu schlagen.

»Wenn wir nicht weiterkönnen, sprengen wir unser Schiff und uns selbst!«, antwortete er hart.

Wieder blähte sich weit vor dem Schiff eine künstliche Sonne auf, ein weiteres Ploohn-Schiff, das von der Transformkanone der ARCADIA abgeschossen worden war. Major Hester Barian machte sich keine Illusionen über die Wirkung des Abschusses. Er umklammerte die Seitenlehnen seines Kontursessels, als der Schutzschirm gleich einer gigantischen Glocke zu schwingen begann und seine Schwingungen auf die Schiffszelle übertrug.

Eine akustische Verständigung war bei dem Lärm unmöglich geworden. Es kam zu ersten Ausfällen. Sicherungen schlugen durch, Aggregate versagten ihren Dienst.

Als die Ortungstaster meldeten, dass insgesamt achtzig Raumschiffe der Ploohns direkten Kurs auf die ARCADIA nahmen, hatte das Schiff eine Fahrt von 47 Prozent LG erreicht. Das war normalerweise nicht genug für ein Linearmanöver, aber Hester war sich klar darüber, dass er nicht länger zögern durfte.

Er aktivierte den Waring-Konverter. Im nächsten Augenblick verschwanden die Ploohn-Schiffe, verschwand der Schlund und verschwanden die explodierenden eigenen und gegnerischen Raumschiffe von den Bildschirmen.

Die ARCADIA glitt mit steigender Geschwindigkeit durch ein Kontinuum aus wesenlosen Schatten und Leuchtgebilden.

Neben Major Barian fing Josephine Krowlic hemmungslos an zu schluchzen. Hester schnallte sich los, stand auf, ging zu Josephine hinüber und legte ihr tröstend den Arm um die Schultern.

»Es ist ja alles vorbei«, sagte er. »Wir sind ihnen entkommen.«

18.

Perry Rhodan wandte sich an Ras Tschubai und an den Mausbiber Gucky, die in der Zentrale der MARCO POLO materialisiert waren.

»Der Bericht der ARCADIA war eindeutig«, sagte der Großadministrator. »Die Ploohns werden ihre dreißigtausend Kampfschiffe ganz bestimmt nicht wegen unserer 24 Schnellen Kreuzer in Marsch gesetzt haben. Sie müssen sich bereits auf dem Weg zum Schlund befunden haben und sind wahrscheinlich rein zufällig auf den Aufklärungsverband gestoßen.«

»Aber sie tauchten nach Major Barians Bericht so auf, als hätten sie schon vorher gewusst, wo sich der Aufklärungsverband aufhielt«, warf Tschubai ein.

»Es ist möglich, dass unser Verband von einem Aufklärer der Ploohns geortet wurde«, sagte Gucky.

»Klammern wir diese Frage vorerst aus«, verlangte Perry Rhodan. »Auch wenn unser Aufklärerverband vorher entdeckt wurde, so würden die Ploohns bestimmt nicht eine ganze Flotte einsetzen, um ihn zu vernichten. Diese Flotte muss sich schon vorher auf dem Weg in den Mahlstrom befunden haben, und ich kann mir eigentlich nur ein Ziel vorstellen, das sie hat.«

»Die Erde?«, fragte der Mausbiber.

Rhodan zuckte mit den Schultern. »Ich hoffe nicht, dass die Ploohns etwas von der Existenz der Erde im Mahlstrom wissen. Aber ich bin sicher, dass sie etwas von unserer Existenz hier erfahren haben. Das Ziel der Ploohn-Flotte dürfte demnach sein, uns aufzuspüren und zu vernichten. Ihr brutaler Angriff auf den Aufklärungsverband hat bewiesen, dass sie an Verhandlungen nicht interessiert sind.«

»Sie suchen keine Verständigung, sondern die Vernichtung des potentiellen Gegners«, bemerkte Ras Tschubai.

»Sie sind dumm!«, rief Gucky. »Wir sind doch nicht ihre Gegner. Im Gegenteil, wir könnten ihre Freunde sein. Es gibt doch nichts, weswegen wir uns streiten müssten.«

»Natürlich nicht«, sagte Perry Rhodan. »Aber aus Gründen, die wir noch nicht kennen, halten die Ploohns alle Fremden im Gebiet des Mahlstroms für ihre Feinde. Leider haben wir keine Zeit, lange nach ihren Gründen zu forschen. Wenn die Ploohn-Flotte weiter in den Mahlstrom vorstößt, muss sie über kurz oder lang in die Nähe der Erde kommen. Wir müssen die Flotte der Ploohns also vorher zum Kampf stellen. Nach Lage der Dinge wird sich dieser Kampf zu einer Entscheidungsschlacht entwickeln, die über die Sicherheit der Erde entscheidet.«

»Es werden viele intelligente Lebewesen sterben – auf beiden Seiten«, warnte Gucky.

Perry Rhodan nickte betrübt. »Wenn ich eine Möglichkeit sehen würde, die Bedrohung auf andere Weise von der Erde abzuwenden, würde ich sie wählen, Kleiner. So aber müssen wir den Ploohns unsere militärische Stärke beweisen, um sie an den Verhandlungstisch zu zwingen. Ich bin daran interessiert, so schnell wie möglich zu einem Übereinkommen mit ihnen zu gelangen, das unsere gegenseitigen Interessensphären abgrenzt und ein friedliches Nebeneinander ermöglicht. Vielleicht könnt ihr, gemeinsam mit Rorvic und Captain a Hainu, dafür sorgen, dass die Ploohns schneller verhandlungsbereit werden.«

»Ich werde ihre Raumschiffe in kosmische Korkenzieher verwandeln!«, schwor der Ilt und zeigte seinen einzigen Nagezahn.

Perry Rhodan sah ihn ernst an. »Ich wünschte, es wäre so leicht, wie du es dir vorstellst, Gucky«, meinte er. »Vorsichtshalber aber werde ich mit zwanzigtausend Einheiten starten. Das dürfte ausreichen, um die Flotte der Ploohns zurückzuschlagen.« Er blickte auf seinen Armbandchronographen. »Es wird noch rund sieben Stunden dauern, bis alle zwanzigtausend Einheiten startklar sind. Ich werde mir inzwischen ein taktisches Konzept zurechtlegen. Ihr entschuldigt mich bitte.«

Er winkte seinen Freunden zu und begab sich auf kürzestem Weg in seine Kabine und rief die Daten auf, die man bisher über den Mahlstrom und den Schlund gesammelt hatte. Er ließ die Positronik anhand der Daten ein simuliertes Lagebild vom Sektor um den Schlund entwerfen und die Bewegungen der Ploohn-Flotte vorausberechnen.

Aus zusammengekniffenen Augen starrte Rhodan auf die dreidimensionale Darstellung. Der Oberbefehlshaber der Ploohn-Flotte musste daran interessiert sein, mehr über jene Fremden zu erfahren, die er als Gegner seines Volks betrachtete. Zwar wusste Perry Rhodan, dass Major Barian den Kommandanten der übrigen Schnellen Kreuzer des Aufklärungsverbands befohlen hatte, ihre Raumschiffe zu sprengen, wenn die Gefahr bestand, dass der Gegner sie besetzte, aber er wusste auch aus Erfahrung, dass ein solcher Befehl niemals hundertprozentig durchgeführt werden konnte.

Wenn ein Schiff so schwer beschädigt wurde, dass die Besatzung, sofern sie nicht tot war, vorübergehend ausfiel, konnte ein entschlossener Gegner das Wrack entern und die Auslösung der Selbstvernichtungsanlage verhindern. Oder er konnte Überlebende bergen, bevor die Selbstvernichtungsanlage das Wrack zerstörte. Rhodan war sicher, dass der Gegner zumindest einige Terraner gefangen genommen hatte und dass er versuchen würde, von ihnen mehr über die Fremden zu erfahren, die in seinem Interessengebiet aufgetaucht waren. Das würde die Flotte der Ploohns für einige Stunden aufhalten, lange genug wahrscheinlich, dass sie sich noch in der Nähe des Schlunds befand, wenn die terranische Flotte dort auftauchte.

Auf dieser Voraussetzung baute Perry Rhodan seine Taktik auf. Er wollte den Gegner überraschen, durch Stoßkeile seine Flotte in zwei oder mehr Gruppen zersprengen und die feindlichen Schiffe durch Dauerfeuer der schweren Einheiten festnageln, um den ausgeschleusten Raumjägern und -zerstörern die Möglichkeit zu geben, relativ unbewegliche Schiffe durch blitzschnelle Vorstöße zu vernichten beziehungsweise manövrierunfähig zu schießen.

Sobald dieses Stadium erreicht war, wollte Perry Rhodan versuchen, Funkkontakt mit dem Oberbefehlshaber der Ploohn-Flotte aufzunehmen und ihm einen Waffenstillstand anzubieten. Er rechnete damit, dass dieses Angebot angenommen werden würde – vorausgesetzt, die terranische Flotte hatte sich bis dahin eine vorteilhafte Position erkämpft.

Wir betraten den Besprechungsraum zum von Perry Rhodan festgelegten Zeitpunkt. – Er nickte uns freundlich zu. »Wenn Sie nichts dagegen haben, fangen wir jetzt mit unserer Besprechung an.«

»Gucky fehlt noch«, warf Takvorian ein und scharrte mit einem Vorderfuß auf dem hellgrauen Spannteppich, der den Boden bedeckte.

»Wer fehlt noch?«, fragte Gucky, der materialisierte, bevor der Zentaur seinen Satz beendet hatte. Der Ilt blickte sich unschuldig um, dann biss er in eine Karotte, die er mitsamt grünem Strunk in der rechten Hand hielt. In der linken hielt er ein ganzes Bündel Karotten.

»Selbst angebaut«, erklärte er mit vollem Mund und nickte mir zu. »Willst du auch eine, Tatcher?«

Eigentlich wollte ich keine, denn Guckys Mohrrüben waren für meinen Geschmack zu nass – oder zu saftig, wie ein Terraner sagen würde. Aber ich wollte den Mausbiber nicht kränken, deshalb nickte ich und nahm die Karotte, die er mir reichte. Unter heroischer Selbstüberwindung biss ich herzhaft hinein. Ich brachte sogar ein anerkennendes Lächeln zuwege.

»Wurzelfresser!«, knurrte Rorvic von der Seite.

Ich sah, wie Rhodans Mundwinkel zuckten. Der Großadministrator versuchte, seine Erheiterung zu verbergen. Im nächsten Augenblick wurde er wieder ernst. »Bitte nehmen Sie Platz!«, sagte er.

Wir setzten uns – bis auf Takvorian, der mit seinem Pferdekörper schlecht in einen für Menschen konstruierten Sessel passte und wohl auch nicht das Bedürfnis hatte, zu sitzen.

»Kurz zu Ihrer Information, Rorvic und a Hainu«, sagte Rhodan. »Die Ploohns haben eine Flotte von dreißigtausend Kampfschiffen aus ihrer Galaxis in den Mahlstrom geschickt. Diese Flotte griff in der Nähe des Schlunds einen unserer Aufklärungsverbände an und vernichtete 23 von 24 Schnellen Kreuzern.« Er hob seine Stimme etwas und fuhr fort: »Diese dreißigtausend Raumschiffe suchen offensichtlich nach uns, auch wenn die Ploohns wahrscheinlich noch nicht ahnen, dass wir nicht mit einer Raumflotte allein in diesen Sektor gekommen sind, sondern gleich mit unserem Heimatplaneten. Wir dürfen nicht warten, bis sie die Erde entdeckt haben, sondern müssen sie vorher abfangen. Zu diesem Zweck habe ich den Einsatz von zwanzigtausend Kampfschiffen angeordnet. Die MARCO POLO wird diesen Verband in den Kampf führen. Zweifellos müssen wir mit Verlusten auf beiden Seiten rechnen, bevor sich eine Chance zu Verhandlungen ergibt. Damit die Verluste nicht zu hoch werden, müssen Sie, die Mutanten, helfen. Sie sollen Verwirrung unter unserem Gegner stiften. Vor allem aber sollen Sie für Verwirrung an Bord des gegnerischen Flaggschiffs sorgen. Allerdings lege ich Wert darauf, dass das gegnerische Flaggschiff selbst nicht vernichtet wird. Damit würden unsere potentiellen Verhandlungspartner ausgeschaltet, was nicht in unserem Interesse liegen kann.«

»Aber ich bin kein Mutant, Sir«, wandte ich ein. »Deshalb wäre ich bei dem bevorstehenden Einsatz keine große Hilfe. Könnte ich nicht lieber an Bord der MARCO POLO eine Aufgabe übernehmen? Oder könnte ich nicht eine Lightning-Jet fliegen?«

Dalaimoc Rorvic deutete mit dem Finger auf mich und röhrte: »Hört euch diese Rüben fressende marsianische Laus an! Captain Hainu will sich drücken! Wo ich bin, da sollst auch du sein, Tatcher!«

Perry Rhodan räusperte sich und sagte: »Ich bin sicher, dass Captain Hainu sich nicht drücken will, Sonderoffizier Rorvic.« Er wandte sich an mich. »Aber ich halte es für günstiger, wenn Sie Ihren Vorgesetzten bei dem Einsatz gegen die Ploohns direkt unterstützen, Captain«, sagte er. »Ich weiß, dass Sie ihm eine wertvolle Hilfe sein werden.«

Er blickte auf seinen Armband-Chronographen, dann erhob er sich. »Wir sehen uns in dreieinhalb Stunden in der Hauptzentrale wieder. Besprechen Sie inzwischen die Einzelheiten Ihrer Einsätze unter sich. Ras, Sie haben das Kommando über die Mutantengruppe. Jeder Ihrer Befehle ist zu befolgen.«

»Ja«, antwortete Ras Tschubai ernst.

Pjotr Godunow, ehemaliger Student des Kosmischen Rechts und zuletzt Signaloffizier auf dem Schnellen Kreuzer BALLATER, konnte noch immer nicht recht glauben, dass er den Untergang seines Schiffs überlebt hatte. Aber das, was er sah, sprach für sich.

Er lag auf dem harten Boden einer Schleusenhalle, die wahrscheinlich für ein großes Beiboot vorgesehen war, und neben ihm lagen andere Männer. An den Wänden der Schleusenhalle standen hochgewachsene Gestalten in einer Kleidung, die stark an terranische Kampfanzüge erinnerte. Aber es handelte sich nicht um Terraner.

Das verrieten nicht nur die stark gewölbten Oberkörper und die drei

Gliedmaßenpaare, sondern vor allem die runden Chitinköpfe mit den riesigen Facettenaugen, den filigranartigen Fühlerpaaren und den dreieckigen hornigen Mündern.

Insektenabkömmlinge!, durchzuckte es Godunow, ohne dass er Ekel bei diesem Gedanken empfand. Als Mensch des 35. Jahrhunderts war er es gewohnt, die Körperform eines intelligenten Lebewesens als zweitrangig zu betrachten. Und diese Insektenabkömmlinge waren zweifellos intelligent. Tiere trugen weder hochwertige Kampfanzüge noch Strahlwaffen.

Es muss sich um Ploohns handeln!, überlegte Pjotr Godunow. *Um Besatzungsmitglieder der Raumschiffe, die unseren Aufklärungsverband vernichteten.*

Der Leutnant durchforschte sein Gedächtnis nach einem Grund für den Überfall. Er fand keinen. Die Ploohns mussten seinen Verband ohne ersichtlichen Grund aufgerieben haben.

Als neben ihm jemand stöhnte, wandte sich Pjotr um. Er erkannte Captain Largo Tijume, den Feuerleitoffizier der BALLATER. Tijume war schrecklich zugerichtet. Sein Kopf und der größte Teil des Oberkörpers waren blutüberströmt.

Pjotr Godunow richtete sich auf die Ellbogen auf und rief: »Medo! Hallo, Medo hierher!«

Doch niemand rührte sich. Das mochte daran liegen, dass die Ploohn-Wächter kein Interkosmo verstanden, aber nach Pjotrs Meinung hätten sie längst sehen müssen, dass Largo Tijume schwer verwundet war, ja vielleicht sogar im Sterben lag.

Abermals stöhnte Tijume. »Bald kommt Hilfe, Captain«, sagte Godunow.

»Wasser!«, stammelte Tijume.

Pjotr Godunow kniete sich hin und zog seine Wasserflasche aus der Magnethalterung des Waffengurts. Dabei stellte er fest, dass er unzählige Prellungen davongetragen haben musste. Gebrochen war jedoch offenbar nichts.

Als er die Wasserflasche an Tijumes Lippen setzen wollte, kam eine dunkelbraune Chitinhand mit vier Fingern von oben herab und nahm ihm die Leichtstahlflasche aus der Hand. Empört fuhr Pjotr herum und blickte in das ausdruckslose Gesicht eines Ploohns. Der Ploohn zeigte auf Tijume, wedelte ablehnend mit der Hand und deutete danach auf Godunow.

Pjotr begriff. Der Ploohn wollte ihm klar machen, dass Tijume kein Wasser brauchte, weil er ohnehin nicht zu retten war. Er, Pjotr Godunow, würde jedoch weiterleben, so dass es sich lohnte, ihm Wasser zukommen zu lassen.

Das war zweifellos logisch, aber es ließ jedes Mitgefühl vermissen. Offenbar achteten die Ploohns Leben nur, wenn es einen Zweck erfüllen konnte, und ein tödlich Verwundeter erfüllte keinen Zweck mehr.

Im ersten Augenblick war Pjotr nahe daran, dem Ploohn die Wasserflasche aus der Hand zu schlagen. Er besann sich aber noch rechtzeitig und hielt sich zurück. Die Ploohns dachten unmenschlich, aber sie waren schließlich auch keine Menschen. Ihre Ethik war in einer Umwelt gewachsen, die sich sicherlich von der Umwelt unterschied, in der sich der Mensch entwickelt hatte. Daraus und aus der Art ihres Zusammenlebens hatte sich eine spezifisch ploohnsche Definition von Gut und Böse entwickelt, die nicht nach menschlichen, sondern nach ploohnschen Maßstäben gewertet werden musste.

Dennoch konnte sich Pjotr nicht dazu überwinden, von dem Wasser zu trinken, das seinem Kameraden versagt wurde. Aus den Gesten des Ploohns ersah er, dass dieser Insektenabkömmling sein Verhalten als unploohnsch einstufte, womit er genau das Äquivalent von dem tat, was Pjotr Godunow eben noch getan hatte. Der Posten zog sich schließlich wieder an seinen Platz zurück. Die Wasserflasche nahm er allerdings mit.

Wenig später öffnete sich ein Schott. Vier Ploohns kamen herein. Sie führten eine Antigravtrage mit sich, auf die sie sechs Gefangene legten. Leutnant Godunow konnte nicht erkennen, ob diese Gefangenen noch lebten. Sie rührten sich nicht. Wahrscheinlich waren sie längst tot.

Als sich das Schott wieder schloss, wurde sich Pjotr zum ersten Mal in voller Klarheit der Tatsache bewusst, dass er ein Gefangener eines Volkes von Insektenabkömmlingen war, das die Menschen als Feinde betrachtete. Der kalte Schweiß trat ihm auf die Stirn, als ihm bewusst wurde, dass ihm kein leichtes Schicksal bevorstand. Wenn er Glück hatte, würden die Ploohns ihn bald töten. Er fürchtete allerdings, dass sie ihn zuvor einigen mehr als unangenehmen Prozeduren unterziehen würden.

Als er zehn Minuten später von zwei Ploohns abgeholt und aus der Schleusenhalle gebracht wurde, wurde ihm übel vor Furcht.

Die beiden Ploohns brachten ihn in einen großen Raum mit rosafarbenen Wänden, in dem verschiedene Tische und Geräte standen. Pjotr Godunow wurde totenbleich, als er sah, wie vier Ploohns die blutigen Überreste einiger Menschen von Tischen auf Antigravtragen räumten.

Es sah so aus, als wären diese Menschen von den Ploohns seziert worden. Er war unfähig, sich zu wehren, als die beiden Ploohns ihn an eine Art Kontursessel schnallten und blanke Kontakte an seiner Haut befestigten.

Plötzlich kam eine Gestalt in sein Blickfeld, bei der Pjotr unwillkürlich erschauderte.

Es war ebenfalls ein Insektenabkömmling, was dort auf einer gepolsterten Antigravplatte saß und ihn aus riesigen Facettenaugen anblickte, aber es war kein gewöhnlicher Ploohn. Das Wesen war mindestens fünf Meter groß und hatte nicht eine Einschnürung im Körper wie die Ploohns, die Pjotr bisher gesehen hatte, sondern zwei. Und sein Unterleib war riesig. Er dominierte.

Ein normaler Ploohn stellte ein Gerät vor dem riesigen Wesen auf. Es erinnerte Leutnant Godunow an einen etwas großen Translator, und kurz darauf wurde ihm klar, dass es sich tatsächlich um einen Translator handelte.

Das Riesenwesen bewegte die dreieckige Mundöffnung und gab unverständliche Laute von sich, die aber vom Translator unverzüglich in ein halbwegs einwandfreies Interkosmo übersetzt wurden.

»Identifiziere dich!«, lauteten die Worte des Insekts.

Diesem Verlangen nachzukommen stellte Pjotr Godunow vor kein Problem. Er verriet schließlich keine Geheimnisse, wenn er sich identifizierte.

»Ich bin Leutnant Pjotr Godunow, Registriernummer KXQ-485.701«, antwortete er.

»Von welchem Raumschiff?«, fragte das Insekt weiter.

Als Pjotr nicht antwortete, legte einer der normalen Ploohns einen Schalter um. Eine Schmerzwelle raste durch Godunows Körper, schien ihm das Innere nach außen drehen zu wollen. Als die Schmerzwelle verebbte, fühlte Pjotr sich kraftlos und wie ausgehöhlt. Sein linker Fuß zuckte unkontrolliert.

»Von welchem Raumschiff?«, fragte das Rieseninsekt abermals.

Leutnant Godunow fühlte sich nicht imstande, den grausamen Schmerz ein zweites Mal zu ertragen. »Schneller Kreuzer BALLATER«, antwortete er hastig.

»Welche Aufgabe war Ihnen gestellt worden?«, lautete die nächste Frage.

Pjotr zögerte mit der Antwort. Plötzlich war der Schmerz wieder da, überschwemmte ihn und ließ ihn in Pein aufschreien. Als der Schmerz nachließ, nahm Pjotr Godunow sich vor, die nächsten Fragen zu beantworten, solange es nicht um Geheimnisse ging, die der Gegner nicht erfahren durfte. In diesen Fällen wollte er lügen.

»Welche Aufgabe war Ihnen gestellt worden?«, wiederholte das Insekt.

»Den Raumsektor in der Nähe der Nahtstelle zu erkunden und energetisch zu vermessen«, antwortete Pjotr Godunow.

»Sie kommen nicht aus unserer Galaxis?«, fragte das Insekt weiter.

»Nein«, antwortete Pjotr.

»Wie nennt sich Ihr Volk?«

»Ich gehöre zum Volk der Terraner«, sagte Pjotr. »Allerdings nennen wir uns auch Solarier.«

»Wo befindet sich das Heimatsystem der Terraner oder Solarier?«, wollte das Insekt wissen.

Pjotr atmete verstohlen auf. Wenn das Insekt nach dem Heimatplaneten gefragt hätte, dann hätte er zum ersten Mal lügen müssen – und er war nicht sicher, dass er überzeugend genug lügen konnte. So jedoch konnte er bei der Wahrheit bleiben, denn sie würde den Ploohns nichts nützen.

»In einer Galaxis, die wir Milchstraße nennen«, antwortete er.

»Und wo liegt diese Galaxis? Wie weit ist sie von hier entfernt?«

»Niemand von uns weiß das bisher«, sagte Pjotr Godunow. »Wir wurden gegen unseren Willen von unbekannten kosmischen Kräften in den Mahlstrom verschlagen und suchen keine Kämpfe, sondern erstreben friedliche Partnerschaft mit allen intelligenten Lebewesen.«

»Sie sind in unsere Interessensphäre eingedrungen«, behauptete das Insekt. »Das war eine feindselige Handlung. Wie heißt Ihr Oberkommandierender?«

Plötzlich erfüllte irrationaler Stolz Pjotr Godunow und eine ebenso irrationale Siegeszuversicht.

»Perry Rhodan!«, schrie er dem Insekt ins Gesicht. »Perry Rhodan ist unser Oberkommandierender und der Großadministrator des Solaren Imperiums!«

Dem Insekt war nicht anzumerken, ob es von seinem Gefühlsausbruch beeindruckt war oder nicht. Allerdings war die starre Chitinpanzerung seines Gesichts auch denkbar ungeeignet für den Ausdruck von Gefühlen. »Was bedeutet Großadministrator?«, erkundigte sich das Insekt. »Ist ein Großadministrator so etwas wie ein von der Königin eingesetzter Verwalter?«

Pjotr überlegte, wie die Fragen des Insekts zu verstehen seien. Er kam zu dem Schluss, dass das Rieseninsekt wahrscheinlich weiblichen

Geschlechts und die Königin ihres Volkes war, und er dachte, dass er eigentlich früher hätte darauf kommen sollen, dass ein Insektenstaat wegen seiner existentiellen Abhängigkeit von einem Eier legenden Mutterwesen naturgemäß matriarchalisch von einer Königin regiert wurde.

Pjotr Godunow überlegte zu lange. Abermals wurde sein Körper in Schmerzwellen förmlich ertränkt. Diesmal jedoch war der Schmerz so stark, dass er genau das Gegenteil von dem bewirkte, was er bewirken sollte. Er versetzte den Leutnant in eine gnädige Ohnmacht.

Jaymadahr Conzentryn musterte den bewusstlosen Terraner nachdenklich. Er war nicht der erste Mensch, den sie verhört hatte. Allerdings war er der erste, dessen Gesundheitszustand noch so gut war, dass er die Behandlung mit dem Schmerzinjektor überlebt hatte.

Sie überlegte, ob sie ihn sezieren lassen sollte wie die anderen Gefangenen, die bei der Verhörprozedur gestorben oder bereits als Leichen eingeliefert worden waren.

Die Königin entschied sich dagegen. Der Terraner mit dem Namen Pjotr Godunow bewahrte wahrscheinlich noch viele wertvolle Informationen, und es wäre Verschwendung gewesen, einen so guten Informationsträger schon jetzt zu beseitigen, nur um die Ergebnisse der bisherigen Sezierungen bestätigt zu bekommen. Was man bisher über den organischen Aufbau der Terraner wusste, musste genügen.

Diese Wesen waren völlig fremdartig. Sie hatten sich auf einer viel späteren Zeitstufe entwickelt als beispielsweise die Insekten. Wahrscheinlich war es auf ihrem Heimatplaneten von Zeit zu Zeit zu stärkerer Einwirkung von Sekundärstrahlung gekommen als auf dem Heimatplaneten der Ploohns.

Jaymadahr Conzentryn hatte eine gründliche wissenschaftliche Ausbildung hinter sich. Sie wusste, dass zur Evolution des Lebens auf einem Planeten viele Faktoren notwendig waren. Einer der wichtigsten Faktoren aber war die so genannte Hintergrundstrahlung, die sich aus mehreren Komponenten zusammensetzte.

Einmal wurde die Hintergrundstrahlung von den in jeder Planetenkruste enthaltenen radioaktiven Elementen gespeist, ferner von der kosmischen Höhenstrahlung, die den Sperrgürtel des Sonnenwinds überwinden konnte, und schließlich noch von den radioaktiven Isotopen, die beim Aufprall des Sonnenwinds auf die Atmosphäre entstanden. Diese geringe radioaktive Strahlung war sozusagen der Motor der Evolution, denn sie bewirkte bei allen Lebewesen eines Planeten die

Entstehung von Mutationen, durch die allein Veränderungen und damit Weiterentwicklungen möglich waren.

Auf dem Ursprungsplaneten der Ploohns war die Hintergrundstrahlung eine konstante Größe gewesen, so dass die Evolution kontinuierlich verlaufen konnte. Als Folge davon hatten die Arten, die eine optimale Anpassung an die Verhältnisse auf ihrem Planeten erreichten, einen Stillstand der Evolution erlebt, denn wo eine optimale Stufe erreicht war, unterdrückte die Natur selbst das Aufkommen von Mutationen, die keine Verbesserung mehr hätten bringen können.

Auf dem Ursprungsplaneten der Terraner musste das anders gewesen sein. Wahrscheinlich hatte die Evolution auch dort einmal zur Entstehung von Insektenarten geführt, die eigentlich zu Beherrschern ihres Planeten hätten werden müssen. Durch bestimmte äußere Entwicklungen, wie beispielsweise Umpolungen des planetarischen Magnetfelds durch Aufschläge großer kosmischer Materiemassen und den dadurch bewirkten befristeten Ausfall jenes planetarischen Magnetschirms, der normalerweise jeden Planeten vor übermäßiger Einwirkung von Sonnenwind und Höhenstrahlung schützte, musste es auf dem Ursprungsplaneten der Terraner zu Beschleunigungsphasen der Evolution gekommen sein. Dadurch war offenbar die natürliche Mutationsbremse überfordert worden, so dass es auch bei den optimal entwickelten Arten zu mutativen Veränderungen gekommen war.

Nun war es nur logisch, dass bei einer optimal entwickelten Art Veränderungen keine Verbesserungen bringen konnten, sondern nur zu Verschlechterungen führen konnten, während bei weniger erfolgreichen Arten eine Erhöhung der Mutationsrate die Chancen einer Höherentwicklung vergrößerte. Auf diese Weise mussten auf der Ursprungswelt der Terraner einst die dominierenden Insektenarten – und vielleicht noch andere Arten – entweder ganz ausgestorben oder doch so zurückgefallen sein, dass sie keine dominierende Rolle mehr spielen konnten. Und dadurch waren Arten, die eigentlich niemals dazu bestimmt gewesen waren, auf ihrer Welt eine beherrschende Rolle zu spielen, in den Vordergrund getreten – wie beispielsweise jene warmblütigen Säugetiere, die sich Terraner nannten.

Jaymadahr Conzentryn war weit davon entfernt, deswegen Hass auf die Terraner zu empfinden. Dazu dachte sie viel zu wissenschaftlich und pragmatisch. Aber sie schloss aus den Tatsachen und Überlegungen, dass die Terraner eine Art waren, die erst zu einem sehr späten Zeitpunkt der Evolution auf ihrer Ursprungswelt entstanden und zur dominierenden Spezies geworden waren.

Folglich verfügten diese Terraner über ein erheblich geringeres Reservoir an Traditionen und Erfahrungen. Sie waren eine junge Art, vergleichbar mit halbblinden Insektenmaden, ohne jene Koordination der Handlungen und Emotionen, die beispielsweise die Ploohns auszeichnete. Das bedeutete, dass sie leichter zu besiegen waren als die Angehörigen eines anderen Insektenvolkes, aber es bedeutete auch, dass ihre Reaktionen sprunghaft und schlecht vorauszuberechnen waren, was einige Risikofaktoren barg.

Jaymadahr Conzentryn nahm sich vor, daran zu denken, wenn sie auf einen größeren Flottenverband der Terraner traf. Sie musste sich in das Denken und Fühlen der Terraner hineinversetzen, ihre Handlungen vorausberechnen und ihnen stets zuvorkommen. Aber vorher wollte sie Pjotr Godunow weiter verhören, der gerade wieder zu sich kam.

Sie erteilte den Befehl, den Schmerzinjektor vorerst nicht wieder einzusetzen, um eine neue Ohnmacht des Gefangenen zu vermeiden. Dann schaltete sie den Translator wieder ein und sagte: »Du hast meine Frage noch nicht beantwortet, Pjotr Godunow. Was bedeutet Großadministrator?«

Pjotr blickte ängstlich zu dem Ploohn, der bisher die Schmerz erzeugende Apparatur bedient hatte. Er atmete verstohlen auf, als er sah, dass der Ploohn seinen Platz verlassen hatte.

»Der Titel bedeutet, dass Perry Rhodan das gewählte Oberhaupt der Regierung des Solaren Imperiums ist«, antwortete er.

»Die Antwort enthält einen Verstoß gegen die Logik«, erwiderte Jaymadahr Conzentryn. »Wenn der Titel Großadministrator die Bezeichnung für ein gewähltes Regierungsoberhaupt ist, hat er mit der Person namens Perry Rhodan nur zeitweilig etwas zu tun. Warum behauptest du also, dass der Titel Großadministrator identisch mit der Person Perry Rhodan ist?«

»Es gab niemals einen anderen Großadministrator«, antwortete Godunow. »Perry Rhodan wurde seit Gründung des Imperiums immer wieder zum Großadministrator gewählt.«

Jaymadahr Conzentryn hatte die nächste Frage bereits formuliert gehabt. Sie sprach sie jedoch nicht aus, weil die letzte Antwort des Gefangenen sie verwirrte. Wenn es stimmte, dass dieser Perry Rhodan seit der Gründung des Imperiums der Terraner Großadministrator war, so konnte dieses Imperium noch nicht lange existieren, denn die Mediziner und Biologen, die die toten Terraner sezierten, hatten behauptet, die Lebenserwartung dieser Wesen würde durchschnittlich 140 Jahre betragen.

Aber die Tatsache, dass Raumschiffe dieses Imperiums fern ihrer eigenen Galaxis im Mahlstrom operierten, stand dazu in einem unlösbaren Widerspruch. Ein Imperium, das bestenfalls hundert Jahre existierte, konnte nicht in der Lage sein, seine Expansion auf fremde Galaxien auszudehnen. Es musste genug mit der Stabilisierung seiner internen Verhältnisse zu tun haben.

Jaymadahr Conzentryn kam jedoch nicht mehr dazu, diesbezügliche Fragen an den Gefangenen zu stellen, denn in diesem Augenblick heulte der Alarm durch das Flaggschiff, und die Stimme des Ortungsoffiziers gab bekannt, dass soeben eine riesige Flotte von mindestens zwanzigtausend kugelförmigen Raumschiffen in den Normalraum gekommen wäre und sofort Kurs auf die ploohnsche Flotte genommen hätte.

Diese Mitteilung ließ die Königin den Gefangenen vollkommen vergessen. Sie hatte nur nicht daran gedacht, dass der Translator noch eingeschaltet war und demzufolge auch die Meldung des Ortungsoffiziers in die Sprache der Fremden übersetzt hatte. Deshalb blickte Jaymadahr Conzentryn überrascht auf, als der Gefangene plötzlich rief: »Das ist Perry Rhodan! Er wird euch zeigen, was es heißt, sich mit Terranern anzulegen!«

Die Königin blickte den Gefangenen irritiert an, dann schaltete sie den Translator aus und befahl den Wachen: »Bringt ihn weg! Und mich bringt in die Zentrale! Wir werden die Flotte der Terraner vernichten.«

19.

Die zwanzigtausend Kampfschiffe der Solaren Flotte waren in geschlossener Formation durch drei Linearetappen gegangen und in den Normalraum zurückgefallen. Als die Ortungsgeräte wieder arbeiteten, stellten sie fest, dass man rund sieben Millionen Kilometer vor der ploohnschen Flotte herausgekommen war. Die dreißigtausend fremden Raumschiffe schwebten antriebslos als lockerer Pulk vor dem Hintergrund der Energieballung des Schlunds.

Perry Rhodan zögerte nur den Bruchteil einer Sekunde, dann gab er den Angriffsbefehl. Die Kommandanten waren über Rhodans taktische Planung informiert worden und hatten detaillierte Befehle erhalten. Die Positroniken ihrer Schiffe brauchten nur noch die wenigen Korrekturen vorzunehmen, die sich aus der Entfernung und der Stellung des gegnerischen Verbands ergaben, die man nicht genau hatte vorausberechnen können.

Die Impulstriebwerke der Kampfschiffe brüllten auf. Die kugelförmigen Giganten setzten sich in Bewegung, beschleunigten mit Maximalwerten und formierten sich zu drei Stoßkeilen, deren Spitzen auf verschiedene Stellen des feindlichen Verbands zielten.

Mit unbewegtem Gesicht beobachtete Perry Rhodan die Ortungsbildschirme, auf denen die gegnerischen Schiffe als grüne Reflexpunkte abgebildet wurden. Er sah, wie Bewegung in die Schiffe der Ploohns kam, wie sie anfangs verwirrt auseinander strebten, sich aber relativ schnell formierten.

Der Großadministrator runzelte die Stirn, als er sah, dass sich die dreißigtausend Raumschiffe der Ploohns keineswegs zu der klassischen Abwehrformation aufstellten, die aus einer riesigen Halbkugel bestand, in den man den Gegner hineinlaufen ließ und dann von drei Seiten aus unter konzentrierten Beschuss nahm. Die Schiffe der Ploohns formierten sich vielmehr zu einem Gebilde, das an das Aussehen des Mahlstroms mit seiner Einschnürung in der Mitte erinnerte. An beiden Enden dieser Formation bildeten sich kugelförmige Verdickungen, während durch die »Nabelschnur« ein ständiger Strom von Raumschiffen floss.

Perry Rhodan forderte eine Analyse der Hauptpositronik an. Er kam jedoch intuitiv zum richtigen Schluss, bevor die Positronik alle denkbaren Möglichkeiten durchgerechnet und die mit dem größten Wahrscheinlichkeitsgehalt ausgewählt hatte.

Der fremde Flottenbefehlshaber hatte die Absicht der Terraner anscheinend intuitiv durchschaut und so darauf reagiert, dass seine Flotte daraus erhebliche taktische Vorteile ziehen würde, wenn die terranische Flotte ihre taktische Konzeption nicht über Bord warf. Der ständige Fluss von Raumschiffen zwischen den beiden kugelförmigen Formationen diente nur dazu, die Taktik der Ploohns zu verschleiern. Perry Rhodan war sicher, dass zu einem für die Ploohns günstigen Zeitpunkt das Gros der Schiffe in eine der beiden Kugelformationen geworfen wurde, so dass zwei der terranischen Keilformationen praktisch ins Leere stießen, während der dritte Stoßkeil ins konzentrierte Feuer des größten Teils der dreißigtausend ploohnschen Schiffe flog.

Rhodan konnte leicht abschätzen, dass ihn die erste Phase der Raumschlacht rund ein Viertel seiner Schiffe kosten würde, wenn er seinen Plan nicht schnellstens änderte.

Er setzte sich über eine simultane Hyperkomschaltung mit den Kommandanten der zwanzigtausend Schiffe in Verbindung und erteilte ihnen neue Befehle. Danach sollten die drei Stoßkeile ihre Formation und Flugrichtung zur Täuschung des Gegners beibehalten, aber in vier Millionen Kilometern Entfernung vom Feind ein kurzes Linearmanöver durchführen, das sie hinter den Gegner brachte.

Anschließend sollten zwei der Stoßkeile die größte Ballung der ploohnschen Schiffe aus einer Distanz von dreieinhalb Millionen Kilometern mit Transformsalven eindecken, während der dritte Stoßkeil die »Nabelschnur« aus ploohnschen Raumschiffen von links nach rechts aufrollte.

Die MARCO POLO selbst würde sich vorerst aus dem unmittelbaren Kampfgeschehen heraushalten, hoch über dem Kampfgebiet Warteposition beziehen und beobachten. Perry Rhodan erhoffte sich dadurch wertvolle Informationen. Vor allem aber gedachte er festzustellen, welcher der gegnerischen Raumer das Flaggschiff war.

Als Jaymadahr Conzentryn die Hauptzentrale ihrer VANTEY VEYNSTE erreichte, hatte sich die Flotte des Feindes schon zu drei Stoßkeilen geformt, die auf drei Stellen im Verband der eigenen Schiffe zielten.

Die Königin wunderte sich darüber, dass die Terraner ohne Zögern angriffen. Sie schloss aus der Formierung des Gegners ferner, dass die Terraner bereits mit einem fertigen taktischen Plan in den Normalraum zurückgekehrt waren – was bedeutete, dass sie von der Anwesenheit der ploohnschen Flotte im Schlund-Sektor gewusst hatten.

Demnach musste es dem einen Aufklärungsschiff des Feindes doch noch gelungen sein, sich durch einen Überlichtflug in Sicherheit zu bringen und von der Vernichtung der übrigen 23 Schiffe zu berichten, was wiederum nur bedeuten konnte, dass die Terraner irgendwo in der Nähe des Schlunds eine Basis besaßen, denn eine Flotte von zwanzigtausend Raumschiffen konnte auf Dauer nicht ohne planetarische Basis auskommen.

Aber diese Überlegungen beschäftigten Jaymadahr Conzentryn nur am Rande. Ihr Hauptaugenmerk galt der Bewegung der feindlichen Stoßkeile. Sie versuchte, sich in den Oberbefehlshaber dieser Flotte hineinzuversetzen, der, wenn Pjotr Godunow richtig ausgesagt hatte, Perry Rhodan hieß und der Großadministrator des terranischen Sternenreichs war.

Zweifellos beabsichtigte Rhodan, mit seinen drei Stoßkeilen den ungeordneten Pulk der Ploohn-Schiffe aufzuspalten und seine Teile aufzureiben. Aber sicher war nicht anzunehmen, dass die Terraner erwarteten, ihr Gegner würde tatenlos zusehen.

Die Königin nahm an, dass die Terraner damit rechneten, die ploohnsche Flotte würde die klassische Formation einer großen Halbkugelschale aufbauen, um den Feind sozusagen in die offenen Arme fliegen zu lassen. Folglich mussten die Terraner ihren Gefechtsplan in zwei Phasen gegliedert haben: erstens in die Phase des direkten Anflugs der drei Stoßkeile und zweitens in die Phase des Auseinanderstrebens der Stoßkeile, um die Halbkugelschale aus ploohnschen Schiffen an den Rändern anzugreifen und aufzurollen.

Jaymadahr Conzentryn beabsichtigte nicht, den Terranern in die Hände zu arbeiten. Sie erteilte einige Befehle, von denen sie wusste, dass die Schiffskommandanten ihrer Flotte ihren Sinn vorläufig nicht verstehen würden. Das war allerdings auch nicht erforderlich. Wichtig war nur, dass alle Befehle präzise ausgeführt wurden.

Die Königin beobachtete, wie ihre Flotte sich zu einem Gebilde formierte, das eine gewisse Ähnlichkeit mit den beiden durch die Nabelschnur verbundenen Galaxien hatte: zwei unterschiedlich große kugelförmige Ansammlungen von Raumschiffen, die durch eine schmale Brücke oder einen schmalen Schlauch von schnell hin und her eilenden Schiffen verbunden waren.

Wahrscheinlich ahnten die intelligentesten der Schiffskommandanten inzwischen, was ihre Königin mit dieser Anordnung beabsichtigte, nämlich zwei der terranischen Stoßkeile ins Leere laufen zu lassen und den dritten Stoßkeil mit dem schnell gesammelten Gros der Flotte abzufangen und mit harten Feuerschlägen zu vernichten.

Die Terraner mussten dabei mindestens ein Drittel ihrer Flotte verlieren, was ihre Kampfkraft so erheblich schwächen würde, dass ihre Niederlage besiegelt sein würde. Allerdings gab sich Jaymadahr Conzentryn keinen Illusionen darüber hin, dass die Terraner ihre Absicht nicht früher oder später durchschauen würden. Falls Perry Rhodan Kampferfahrung besaß, würde er merken, was gespielt wurde – und sicher würde er daraufhin seinen Gefechtsplan ändern, wenn die Zeit dafür noch ausreichte.

Vorsichtshalber nahm die Königin an, dass dies der Fall sein würde. Und wieder versuchte sie, sich in den Gedankengang jenes Terraners zu versetzen, der Perry Rhodan hieß. Wie würde er reagieren? Würde er seine drei Stoßkeile abdrehen lassen und in sicherer Entfernung vom Feind eine neue Formation aufbauen? Oder würde er die drei Stoßkeile während des Anflugs zu einem vereinigen? Letzteres wäre allerdings unrationell gewesen, denn dann hätten die Terraner nur einen Teil ihrer gesamten Feuerkraft einsetzen können und sich gefährlichen Flankenangriffen ausgesetzt.

Die einzige Möglichkeit, in der sich minimales Risiko und ein Optimum an wirksamer Kampfkraft vereinigten, war die, die drei Stoßkeile den Flug fortsetzen zu lassen und dicht vor der Gefechtsdistanz zum Überlichtflug überzugehen, um in den Rücken des Gegners zu gelangen. Sicher würden in einem solchen Falle die Terraner damit rechnen, nach dem Rücksturz in den Normalraum die feindlichen Schiffe endgültig formiert vorzufinden. Dann konnten sie das Gros der ploohnschen Schiffe durch massierten Beschuss binden und gleichzeitig den schwächeren Verband aufreiben.

Jaymadahr Conzentryn knackte hörbar mit den Fingergelenken. Sie würde die Absicht der Terraner durchkreuzen. Ohne jede Hast erteilte sie ihren Schiffskommandanten den Befehl, abzuwarten, bis die Terraner in den Überlichtflug gegangen waren, und danach vier Stoßkeile zu bilden, von denen sich zwei zwischen die Schiffe der wiederaufgetauchten Terraner schieben und zwei Flanken der terranischen Flotte umfassen sollten. Als voraussichtlichen Wiederauftauchort der Terraner gab sie eine Distanz von dreieinhalb Millionen Kilometern zur rückwärtigen Front ihrer eigenen Flotte bekannt, so, wie sie zur Zeit stand.

Anschließend befahl sie dem Kommandanten ihres Flaggschiffs, sich mit der VANTEY VEYNSTE so weit über die voraussichtliche obere Ebene des voraussichtlichen Gefechtsfelds zurückzuziehen, dass das Kampfgeschehen aus sicherer Distanz überblickt werden konnte. 18 andere Großkampfschiffe sollten die VANTEY VEYNSTE begleiten und gegen Überraschungsangriffe absichern.

Es war nur eine Kleinigkeit, die Perry Rhodan auffiel, und einem weniger erfahrenen Mann wie ihm wäre diese Kleinigkeit vermutlich entgangen – oder er hätte ihr keine Bedeutung beigemessen.

Von einem bestimmten Augenblick an wurde der Fluss von ploohnschen Kampfschiffen zwischen den beiden Schiffsballungen träger. Allerdings wurde er dadurch nicht geringer – im Gegenteil, es bewegten sich mehr Schiffe als zuvor zwischen den beiden Konzentrationen. Eines für sich allein wäre nicht weiter verdächtig gewesen, aber beides zusammen schien dem Terraner auf eine Änderung der taktischen Konzeption der Ploohns hinzudeuten. Das wiederum ließ nur den Schluss zu, dass der Oberbefehlshaber der ploohnschen Raumflotte sich in seine, Rhodans, Gedankengänge versetzt und erkannt hatte, dass die Terraner die Absicht der Ploohns durchschauten.

Inwiefern der Oberbefehlshaber der Ploohns tatsächlich vermutete, was die Terraner vorhatten, entzog sich natürlich Rhodans Kenntnis, aber die Verstärkung und Verlangsamung der Schiffsbewegungen in der »Nabelschnur« zwischen den beiden Schiffskonzentrationen konnte nur bedeuten, dass der Gegner sich darauf vorbereitete, seine Raumschiffe entweder gleichmäßig stark über die gesamte Frontbreite zu verteilen oder aber in kampfkraftmäßig gleich starke Gruppen aufzugliedern.

Perry Rhodan lächelte anerkennend. Er rief den Kommandanten über Interkom: »Bitte übergeben Sie die Führung des Schiffs vorübergehend an einen Ihrer Stellvertreter. Ich möchte Sie bei mir haben.«

»Ja, Sir!«, antwortete Elas Korom-Khan, Kommandant und Erster Emotionaut der MARCO POLO. Wenig später hörte Rhodan ihn nach Mentro Kosum rufen – oder vielmehr brüllen, denn Korom-Khan rieb sich nach wie vor gern an dem langhaarigen Kosum, der wegen seiner Frotzeleien und Knüttelverse gefürchtet war. Sekunden später meldete sich Korom-Khan beim Großadministrator.

»Bitte, nehmen Sie Platz!«, sagte Rhodan und deutete auf einen leeren Sessel neben sich. »Ich möchte, dass Sie sich die Bewegungen der Ploohns genau ansehen und mir danach sagen, ob Ihnen daran etwas Besonderes auffällt.«

Der Kommandant runzelte die Stirn. Er hatte auf seinen Schirmen die Bewegungen der ploohnschen Flotte genau verfolgt, aber ihm war bisher nichts daran aufgefallen. Diesmal gab er sich die größte Mühe, und da Rhodans Worten zufolge etwas Besonderes bei den Ploohns vorgehen musste, fiel Korom-Khan nach einiger Zeit tatsächlich die Veränderung innerhalb der »Nabelschnur« auf.

»Meinen Sie die Verlangsamung und gleichzeitige Verstärkung der Schiffsbewegungen in dem Schlauch, Sir?«, fragte er.

Perry Rhodan nickte. »Stimmt«, antwortete er. »Welche Absicht könnte dahinter stecken?«

Der Emotionaut dachte angestrengt nach. »Vielleicht wollen die Ploohns ihre Schiffe in der Mitte des Schlauches konzentrieren, Sir«, meinte er zögernd. »Ich kann mir allerdings keinen Grund dafür denken, es sei denn, der Oberkommandierende der Ploohns hätte unseren Plan teilweise durchschaut.«

»Er hat ihn wahrscheinlich größtenteils durchschaut«, sagte Rhodan. »Wir müssen also mit einer unliebsamen Überraschung rechnen, sobald wir nach dem kurzen Linearmanöver wieder in den Normalraum zurückkehren. Welche Präventivmaßnahmen würden Sie an meiner Stelle treffen, Korom-Khan?«

»Zum Abdrehen ist es zu spät, Sir«, meinte der Emotionaut. »Ich würde an Ihrer Stelle befehlen, das Linearmanöver so zu verlängern, dass die Flotte mindestens 15 Millionen Kilometer hinter dem derzeitigen Standort der Ploohns in den Normalraum zurückfällt. Dadurch können wir uns dann rechtzeitig auf die veränderte Lage einstellen – falls nötig.«

»Es wird eine geben«, sagte Perry Rhodan grimmig. »Aber wir werden das Linearmanöver nicht verlängern, sondern verkürzen, und zwar so, dass wir erstens schneller wieder in den Normalraum zurückkehren und zweitens dort, wo sich die ploohnsche Flotte zur Zeit befindet.«

Korom-Khan wurde blass. »Aber wenn die Ploohns nun keinen Positionswechsel durchführen, Sir? Dann kommt es zu Kollisionen unserer Schiffe mit den ihren.«

»Das müssen wir riskieren«, antwortete der Großadministrator. »Ich bin allerdings sicher, dass es nicht dazu kommt, weil die Ploohns ganz bestimmt ihre Position wechseln werden. Sie werden von jemandem kommandiert, den ich lieber als Admiral der eigenen Flotte hätte als zum Feind.«

Er aktivierte die simultane Hyperkomschaltung und erteilte den Schiffskommandanten neue Befehle. Dann lehnte er sich in seinen Kontursessel zurück und sagte: »Bitte übernehmen Sie wieder das Kommando über die MARCO POLO, Korom-Khan!«

Er sah dem Kommandanten nach und verfolgte mit leisem Lächeln die gegenseitigen anzüglichen Bemerkungen, mit denen der Kommandowechsel zwischen Mentro Kosum und Elas Korom-Khan abgewickelt wurde, dann konzentrierte er sich wieder auf die Beobachtung der Bewegungen der ploohnschen Schiffe.

Anderthalb Minuten später gingen die zwanzigtausend Einheiten zum Linearflug über. Die MARCO POLO blieb im Normalraum, drosselte die Leistung ihrer Impulstriebwerke und schleuste ein Drittel ihrer Leichten Kreuzer, ihrer Korvetten und Lightning-Jäger aus. Die ausgeschleusten Fahrzeuge formierten sich zu drei lockeren Kugelschalen, deren äußere von rund 165 Lightning-Jägern und deren innere von 17 Leichten Kreuzern gebildet wurde. Die übrigen Schiffe der Trägerbewaffnung hielten sich zum schnellen Eingreifen in ihren Startschächten und -hangars bereit.

Unterdessen hatten die zwanzigtausend Einheiten ihr kurzes Linearmanöver beendet – und auch die Ploohns hatten ihre Schiffe umgruppiert. Die ploohnsche Flotte bildete insgesamt vier Stoßkeile aus, zu denen zwischen sieben- und achttausend Einheiten gehörten. Diese Stoßkeile beschleunigten mit Maximalwerten – und zwar genau in die Richtung und auf die Position zu, an der die terranischen Schiffe ursprünglich hatten herauskommen sollen.

Die terranische Flotte aber kam wegen des verkürzten Linearmanövers im Rücken des Gegners heraus. Die Entfernung betrug zu diesem Zeitpunkt nur anderthalb Millionen Kilometer, und sie wuchs vorläufig noch, weil die terranischen Raumschiffe ohne Eigenfahrt aus dem Linearraum kamen, während die ploohnschen Raumschiffe noch in entgegengesetzter Richtung beschleunigten.

Die Kommandanten der terranischen Flotte zögerten nicht, als sie den Vorteil erkannten, in dem sie sich gegenüber dem Gegner befanden. Sie ließen das Wirkungsfeuer aus allen Transformkanonen auf die Ploohns eröffnen und erzielten zahlreiche Abschüsse. Und doch konnten sie keine klare Entscheidung herbeiführen.

Perry Rhodan musste den Oberbefehlshaber der ploohnschen Flotte widerwillig bewundern, als die Ortungszentrale meldete, dass rund siebzigtausend kleine Raumjäger schlagartig zwischen den Schiffen des terranischen Verbands aufgetaucht waren und innerhalb von Sekunden rund 260 Abschüsse erzielten.

Der kommandierende Ploohn hatte das letzte Manöver der terranischen Flotte nach menschlichem Ermessen unmöglich vorausahnen können. Dennoch hatte er selbst für diesen kaum denkbaren Fall vorgesorgt und einen großen Teil seiner Raumjäger ausschleusen und in Überlichtfahrt zurückfliegen lassen.

Für die meisten dieser ploohnschen Raumjäger würde das ihr letzter Einsatz sein und nicht nur deshalb, weil nun auch die terranischen Schiffe ihre Raumjäger ausschleusten, sondern schon allein deswegen, weil die ploohnschen Raumjäger aus Tarnungsgründen praktisch hinter ihren Tubenschleusen auf Überlichtfahrt gegangen waren und damit ihre Überlichttriebwerke überlastet hatten.

Doch der Erfolg rechtfertigte diesen Material zermürbenden Einsatz. Durch das unverhoffte Auftauchen von siebzigtausend Raumjägern zwischen den eigenen Schiffen wurde das Feuer vorübergehend von den Großkampfschiffen der Ploohns abgelenkt und die sofortige Aufnahme der Verfolgung verhindert. Dadurch erhielten die dreißigtausend Großraumschiffe Zeit, zu wenden und sich ihrerseits zum Angriff zu formieren.

Es kam zu einer Raumschlacht, wie sie jeder Kommandierende eines Flottenverbands fürchtete, zu einem frontalen Aufeinanderprallen der Raumgiganten, bei dem jede Seite schwerste Verluste einstecken musste, ohne einen Vorteil für sich erringen zu können.

Korom-Khan drückte seine Gefühle stellvertretend für viele Tausende terranischer Raumsoldaten aus, als er sagte: »Ich wünschte, wir hätten diese Kerle zu Freunden statt zu Feinden!«

»Diese Terraner!«, stieß Jaymadahr Conzentryn in der Hauptzentrale ihres Flaggschiffs hervor, als die terranische Flotte hinter ihrer Flotte in den Normalraum zurückkehrte. Vielleicht meinte sie das Gleiche, was Korom-Khan meinte, als er etwas später seiner grimmigen Bewunderung für den Gegner in Worten Ausdruck verlieh.

Die Königin der Ploohns starrte aus glitzernden Facettenaugen auf die Ortungsschirme, auf denen zu sehen war, dass die terranische Flotte im Rücken ihrer eigenen in den Normalraum zurückgekehrt war und sofort das Feuer auf die ploohnsche Flotte eröffnete. Im Unterschied zu den Terranern wusste Jaymadahr Conzentryn jedoch, dass das Wirkungsfeuer der Terraner nicht lange anhalten würde. Deshalb blieb sie ruhig, obwohl sie mit ansehen musste, wie Hunderte ihrer größten Kampfschiffe explodierten.

Sekunden später nur verloren die Terraner ihren Vorteil. Ihre Einheiten gerieten in leichte Verwirrung, als die siebzigtausend kleinen, aber ungemein kampfstarken ploohnschen Raumjäger zwischen ihnen in den Normalraum zurückstürzten und sofort angriffen. In kurzer Zeit erzielten sie rund 260 Abschüsse. Die Terraner wurden dadurch gezwungen, von den ploohnschen Großraumschiffen abzulassen. Sie schleusten ihrerseits Tausende von Raumjägern aus, die die ploohnschen Jäger in heftige Kämpfe verwickelten.

Unterdessen gelang es der ploohnschen Flotte, zu wenden und in breiter Front zum Angriff auf die terranische Flotte überzugehen. Jaymadahr Conzentryn sah, dass ihr das keinen Vorteil einbrachte, aber wenigstens war auch der vorübergehende Vorteil der Terraner kompensiert worden.

Beide Flotten fügten sich gegenseitig starke Verluste zu. Die Königin verfolgte die Raumschlacht einige Zeit, gab den Kommandanten ihrer Schiffe hin und wieder Befehle, um sie so optimal wie möglich einzusetzen, und sah, dass auch die Terraner elastisch reagierten. Dennoch wurde es Jaymadahr Conzentryn allmählich klar, dass sich so kein Sieg erringen ließ – weder für sie noch für die Terraner. Die bessere Bewaffnung der Terraner, die vor allem in ihren Transformkanonen bestand, wurde durch die zahlenmäßige Überlegenheit der Ploohn-Schiffe und durch den besseren Wirkungsgrad der ploohnschen Impulsgeschütze wettgemacht. Damit hatte die Raumschlacht eigentlich ihren Sinn verloren. Sie war zu einem Gemetzel geworden, das keiner gewinnen konnte, und der Zeitpunkt, zu dem beide Flotten sich gegenseitig aufgerieben hatten, ließ sich schon jetzt absehen.

Jaymadahr Conzentryn erkannte das ganz klar. Dennoch verbot es sich von selbst, ihren Schiffen den Befehl zum Rückzug durch den Schlund zu erteilen. Sie fürchtete, die terranischen Schiffe würden ihnen folgen, und das wäre ihrer Ansicht nach katastrophal gewesen, denn alle Objekte, die in den hyperenergetischen Schlund an der Nahtstelle der Materiebrücke eintauchten, wurden zwangsläufig in den wichtigsten Sektor der Ploohn-Galaxis abgestrahlt.

Dieser auf natürliche Weise entstandene Transmitter hatte sich bisher mit den technischen Mitteln der Ploohns weder blockieren noch desaktivieren lassen, so dass er die schwache Stelle im Verteidigungssystem ihres Volkes darstellte.

Die Königin wollte unter allen Umständen vermeiden, durch einen Rückzug ihrer Flotte die Terraner auf diese schwache Stelle aufmerksam zu machen. Sie war entschlossen, lieber die dreißigtausend Raumschiffe dieser Flotte restlos zu opfern, um das Geheimnis zu wahren.

Aber noch versuchte die Königin, ihre Flotte zum Sieg zu führen. Sie dachte an den grandiosen Erfolg, den sie in der Raumschlacht von Ymfang errungen hatte, und das verlieh ihr neuen Elan. Nach und nach verlagerte sie ihre Schiffe auf den linken Flügel, so dass sich den Terranern der Mittelabschnitt und die rechte Flanke direkt anboten. Tatsächlich wagten die Terraner mit zirka elftausend Einheiten einen Vorstoß zum Mittelabschnitt.

Aber noch während diese Bewegung sich erst im Ansatz zeigte, ließ Jaymadahr Conzentryn die an der linken Flanke massierten Einheiten einen scharfen Einwärtsbogen beschreiben, so dass sie, als die Terraner den Mittelabschnitt erreichten, von oben auf sie herabstießen.

Doch die Terraner schienen auch diesen Zug vorausgeahnt zu haben. Ihre elftausend Einheiten vollführten nämlich ein unerwartetes Schwenkmanöver nach links, durchstießen den dort verbliebenen zahlenmäßig schwachen Verband ploohnscher Raumschiffe und griffen die herabstoßenden massierten Verbände von der Seite an, während der

Rest von etwa fünftausend terranischen Schiffen von der gegenüberliegenden Seite schweres Sperrfeuer schoss.

Die Niederlage der Ploohns wäre besiegelt gewesen, wären sie nicht durch Jaymadahr Conzentryns letzten Befehl ausgefächert und hätten – mit der Öffnung nach rechts – eine Halbkugelschale gebildet, in der der terranische Angriff zerschlagen wurde. Abermals erreichte die Raumschlacht einen Höhepunkt, der zwar für beide Seiten neue Verluste, aber noch immer keine Entscheidung brachte.

Das war der Zeitpunkt, an dem Perry Rhodan sich entschloss, zweierlei zu tun: erstens die Mutanten einzusetzen und zweitens Kontakt mit dem Oberbefehlshaber der ploohnschen Flotte aufzunehmen.

Der große Hyperkom in der Funkzentrale der MARCO POLO summte und knisterte, während drei Funkoffiziere versuchten, Kontakt mit dem Flaggschiff der ploohnschen Flotte zu bekommen. Perry Rhodan wartete geduldig. Er hatte wenige Sekunden zuvor Gucky und Tschubai sowie Dalaimoc Rorvic und Tatcher a Hainu befohlen, sich in das Flaggschiff der Ploohns zu versetzen, sobald endgültig feststand, welches Schiff das war.

Für Perry Rhodan stand das bereits fest. Es konnte nur eines der 19 Großkampfschiffe sein, die, ähnlich wie die MARCO POLO, über dem Gefechtsfeld schwebten und damit eine günstige Beobachtungsposition einnahmen, wie sie zur Lenkung einer Raumschlacht erforderlich war.

Welches der 19 Schiffe tatsächlich das Flaggschiff war, das würde sich erst herausstellen, wenn der Hyperkomkontakt mit dem Oberbefehlshaber der ploohnschen Flotte zustande gekommen war. 19 Hyperfunkantennen waren auf jeweils eines der 19 ploohnschen Raumschiffe gerichtet, und alle sandten die gleiche Botschaft aus, die durch einen zwischengeschalteten Translator in die Sprache der Ploohns übersetzt worden war.

Nach rund fünf Minuten kam endlich der erste Kontakt zustande. Eine der 19 Antennen empfing eine Nachricht der Ploohns, die bereits ins Interkosmo übersetzt war.

Die Nachricht lautete: »Die ehrenwerte Königin, Jaymadahr Conzentryn, erklärt sich bereit, mit Perry Rhodan, dem Großadministrator des Solaren Imperiums, zu sprechen. Perry Rhodan wird gebeten, sich persönlich über Hyperkom zu melden.«

»Woher wissen die Ploohns, dass unser Oberbefehlshaber Perry

Rhodan heißt und der Großadministrator des Solaren Imperiums ist?«, fragte ein Funkoffizier verwundert.

»Die Ploohns haben sicher Gefangene gemacht«, antwortete Rhodan.

Er gab den drei Mutanten und Tatcher a Hainu ein Zeichen. Gucky zeigte seinen einsamen Nagezahn in voller Größe, nahm den Marsianer bei der Hand und sagte: »Jetzt werden wir sehen, was Ramadar Konzentrat von Gespenstern hält, Leute!«

Damit entmaterialisierte er zusammen mit a Hainu. Ras Tschubais und Rorvics Abgang war weniger dramatisch. Der Teleporter ergriff Rorvics Hand und verschwand mit ihm, obwohl Dalaimoc Rorvic durchaus in der Lage gewesen wäre, aus eigener Kraft einen parapsychischen Ortswechsel vorzunehmen.

Perry Rhodan trat in den Erfassungsbereich des großen Hyperkoms und aktivierte ihn. Vorerst zeigte der Trivideokubus nichts, aber Rhodan war sicher, dass an Bord des ploohnschen Flaggschiffs sein Bild gut empfangen wurde. Er räusperte sich und sagte: »Hier spricht Perry Rhodan, Großadministrator des Solaren Imperiums. Ich entbiete der ehrenwerten Königin Jaymadahr Conzentryn meine Grüße und fordere sie auf, ihre Bilderfassung zu aktivieren, damit nicht nur sie mich, sondern auch ich sie sehen kann.«

Im nächsten Augenblick erhellte sich der Trivideokubus. In ihm erschien das Abbild eines gepolsterten Sitzmöbels, das auf einer Antigravplattform befestigt war – und darin saß ein riesiges Insektenwesen, in ein wallendes Gewand gehüllt.

»Zeus!«, flüsterte einer der Funkoffiziere.

Perry Rhodan sandte ihm einen verweisenden Blick, denn obwohl der Mann Recht hatte, was die Ähnlichkeit der Königin mit jenem Insektenwesen betraf, das sich Zeus nannte, so brauchte die Königin doch von ihrer Bekanntschaft mit Zeus nichts zu wissen.

»Ich hoffe, Sie können mich gut sehen, Perry Rhodan«, sagte Jaymadahr Conzentryn.

Perry Rhodan ließ nicht erkennen, ob er von dem Äußeren der Ploohn-Königin beeindruckt war oder nicht. Sein Gesicht wirkte völlig ausdruckslos, als er antwortete: »Ich kann Sie gut sehen, ehrenwerte Königin, und ich hoffe, Sie empfangen mein Bild ebenso gut.«

Hoffentlich kommen wir bald zur Sache und führen nicht länger diese alberne Konversation, während draußen in jeder Minute Tausende Terraner und Ploohns sterben!, dachte Rhodan. Doch trotz dieses Gedankens wusste er genau, dass er geduldig vorgehen musste, wenn er der Königin keine Trümpfe zuspielen wollte.

»Danke, ich empfange Sie gut«, antwortete Jaymadahr Conzentryn.

Sie will das heiße Thema nicht anschneiden und wartet darauf, dass ich damit anfange!, dachte Rhodan.

Er lächelte kühl und sagte: »Sie werden Ihre Flotte verlieren, wenn Sie nicht bald kapitulieren.«

»Ich nehme eher an, dass Sie Ihre Flotte verlieren werden«, entgegnete die Königin. »Meine Streitkräfte sind den Ihren weit überlegen. Es ist nur eine Frage der Zeit, wann Ihre Restflotte aufgerieben sein wird.«

»Sie irren sich«, erwiderte Perry Rhodan. »Wir haben bisher nur gespielt, um die Kampfkraft Ihrer Schiffe zu testen. Wenn ich den Befehl dazu erteile, machen die Kommandanten meiner Schiffe Ernst. Es wäre aber für mich bedauerlich, wenn die Besatzungen Ihrer Raumschiffe, die sich recht tapfer gehalten haben, sterben müssten. Deshalb schlage ich vor, Sie lenken ein und treten in Verhandlungen über Ihre Kapitulation.«

»Ihr so genanntes Spiel hat Sie rund viertausend Ihrer Schiffe gekostet«, sagte Jaymadahr Conzentryn. »Ich bezweifle, dass Sie diese Verluste eingesteckt hätten, wenn Sie eine Möglichkeit gehabt hätten, sie niedriger zu halten. Ihre Androhung entbehrt also der realen Grundlage. Ich allerdings kann jederzeit Verstärkung anfordern, und ich werde es tun, wenn Sie nicht innerhalb einer Frist, die nach Ihrer Zeitrechnung zwei Stunden beträgt, kapitulieren.«

Perry überlegte. Er hatte nicht zu hoffen gewagt, dass die Ploohn-Königin auf seinen relativ plumpen Bluff hereinfallen würde. Dazu war der Bluff auch nicht erfolgt. Rhodan hatte damit lediglich verschlüsselt Waffenstillstandsverhandlungen anbieten wollen.

Er nahm an, dass die Drohung der Königin, Verstärkung anzufordern, ebenfalls nur ein Bluff war. Dennoch musste er weiter hoch spielen, um seine Position nicht zu schwächen und vielleicht doch noch zu erreichen, dass Jaymadahr Conzentryn verhandlungsbereit wurde. Die Leben, die die Raumschlacht bisher gekostet hatte, lasteten schwer auf seiner Seele.

»Sie werden niemals erleben, dass ich kapituliere«, sagte er fest. »Wir haben schon Gegner besiegt, die tausendmal stärker waren als Sie. Aber wir waren niemals an der totalen Vernichtung eines Gegners interessiert, sondern haben immer versucht, Wege zur Verständigung zu finden. Rufen Sie ruhig Ihre Verstärkung. Ich könnte durchaus auch

Verstärkung rufen, denn der Verband, den Sie sehen, ist nur ein kleiner Teil meiner Flotte, aber wir werden auch so siegen.«

»Wir werden sehen, wer siegt«, entgegnete die Königin. »Sobald Sie eingesehen haben, dass Ihr Starrsinn nur zu Ihrer totalen Vernichtung führt, können Sie mich wieder anrufen und Ihre Kapitulation erklären, Perry Rhodan.«

Abrupt erlosch der Trivideokubus. Die Verbindung war von Jaymadahr Conzentryn unterbrochen worden. Perry Rhodan holte tief Luft und blickte seine Leute ernst an. Dann lächelte er zuversichtlich und sagte: »Die Königin wird voraussichtlich bald anders denken, wenn ihr die Mutanten erst Feuer unter dem Rock gemacht haben!«

Die Männer lachten. Perry Rhodan kehrte in die Hauptzentrale zurück. Er hatte nicht gelacht, denn ihm war nicht nach Lachen zumute. Ein undefinierbares Gefühl sagte ihm, dass die Mutanten diesmal das Blatt nicht zugunsten der Menschheit wenden konnten.

Gucky und ich rematerialisierten in einem Korridor, durch den sich zwei gegenläufige Transportbänder bewegten.

Der Mausbiber drückte meine Hand für einen kurzen Moment, dann ließ er sie los und sagte: »Halamar Konzertina würde einen Schock bekommen, wenn sie uns jetzt sehen könnte, Tatcher. Da ich ein zartbesaitetes Wesen bin, will ich ihr dieses Erlebnis ersparen. Ich schlage vor, wir suchen erst einmal einen Lagerraum auf. Dort werden wir genug Sachen zum Spielen finden.«

»Wir sollen doch nicht spielen, sondern die Ploohns in Angst und Schrecken versetzen, Gucky«, erwiderte ich. »Außerdem heißt die Königin nicht Halamar Konzertina, sondern Jaymadahr Conzentryn.«

Der Ilt entblößte seinen Nagezahn und meinte: »Ist doch egal, ob Konzertina oder Konzentrat, Marsmensch! Auf jeden Fall sollten wir uns jetzt auf unsere Aufgabe konzentrynen – äh, konzentrieren.« Er seufzte. »Ich bin schon ganz dumm im Kopf, Tatcher.«

»Wo sonst?«, erwiderte ich und blickte mich genauer um.

Der Korridor sah etwas anders aus als die Korridore auf unseren Raumschiffen. Sein Querschnitt war nicht rechteckig oder quadratisch, sondern torbogenförmig. Ansonsten aber hätten wir uns ebenso gut auf einem terranischen Raumschiff befinden können. Von irgendwoher drang das dumpfe Dröhnen schwerer Aggregate, die Transportbänder summten leise, und in den Nischen des Korridors flammten in kurzen Abständen bläuliche Kontrolllampen. Ihr Zweck blieb uns verborgen.

»Wo mögen Rorvic und Ras herausgekommen sein?«, überlegte ich laut.

»Die gehen schon nicht verloren«, sagte Gucky und deutete auf eines der Transportbänder. »Ich schlage vor, wir nehmen das hier.«

Er ließ mir keine Zeit, seinen Vorschlag zu überdenken, sondern teleportierte einfach den Viertelmeter bis zu dem bezeichneten Transportband. Mir blieb nichts weiter übrig, als ihm zu folgen. Allerdings musste ich dazu meine Beine benutzen.

Wir ließen uns von dem Band tragen, das offenbar in Richtung Heck führte. Zirka fünfzig Meter weiter sprang der Mausbiber auf den festen Korridor und winkte mir. Als ich neben ihm stand, sagte er: »Wir gehen in den Raum hinter diesem Schott.« Er deutete auf ein breites Schott, dann ergriff er meine Hand und teleportierte auch schon.

Als wir rematerialisierten, standen wir in einem Lagerraum voller hoher, schmaler Regale, in denen zahllose Komponenten und Bauteile lagen oder standen.

»Positronische Komponenten«, vermutete der Ilt. »Damit lässt sich etwas anfangen.«

»Kannst du denn damit umgehen?«, erkundigte ich mich zweifelnd.

Gucky reckte sich und streckte die Brust heraus, so dass er beinahe das Gleichgewicht verloren hätte. »Ich kann alles, Tatcher«, sagte er stolz. »Hast du etwa vergessen, dass ich eine vollwertige USO-Spezialisten-Ausbildung absolviert habe?«

»Das ist aber schon lange her«, sagte ich.

»Ich habe nichts vergessen«, meinte Gucky. »Wenn du die gleiche Ausbildung hinter dir hättest wie ich, wüsstest du, dass man nichts vergisst, was einem auf der USO-Akademie eingebläut wird. Unsere Ausbilder waren richtige Antreiber. Weißt du, einer hat mir einmal gesagt, der Tag hätte 24 Stunden, und wenn die nicht reichten, sollten wir eben noch die Nacht dazunehmen. Na, ich habe den Kerl in eine abseits gelegene Toilette teleportiert. Dort hat er zwar randaliert, aber doch rund acht Stunden warten müssen, bis jemand kam – und den Offizier vom Dienst rief.«

»Warum den Offizier vom Dienst?«, fragte ich. »Er konnte den Ausbilder doch einfach freilassen.«

Der Ilt kicherte verhalten. »Es war eine Frau, die ihn fand – und zwar in einer Damentoilette«, antwortete er. »Na ja, der Bursche hatte eine Menge zu erklären. Seitdem hat er mich behandelt wie ein rohes Ei.«

Das konnte ich mir lebhaft vorstellen. Mit Gucky legte man sich eben lieber nicht an. Ich lachte. Doch dann fiel mir ein, dass wir ja eine Aufgabe zu erfüllen hatten. Als ich den Mausbiber daran erinnerte, nickte er.

»Wir fangen gleich an«, verkündete er. »Zuerst werden wir ein Gerät basteln, das die Steuerung ploohnscher Speiseautomaten empfindlich stört.«

»Speiseautomaten?«, fragte ich. »Sollten wir nicht lieber die Hyperkomgeräte des ploohnschen Flaggschiffs stören, Gucky?«

Der Ilt winkte ab. »Die Kampfmoral einer Truppe hängt nicht von schönen Worten, sondern in erster Linie von einer guten Verpflegung ab, Tatcher«, erwiderte er. »Fangen wir an!«

Mir kam seine Begründung zwar etwas seltsam vor, dennoch half ich ihm dabei, einen entsprechenden Apparat zu bauen. Wir brauchten anderthalb Stunden dafür, dann behauptete der Mausbiber, das Gerät würde jetzt seinen Zweck erfüllen.

»Du darfst es einschalten, Tatcher«, sagte er.

Ich zögerte etwas, dann aktivierte ich das Gerät. Es gab einen lauten Knall, dann wurde es finster – und aus der Finsternis ertönte ein Geräusch, das an das Gebrüll einer Herde halb verhungerter Rinder erinnerte.

»Was ist das, Gucky?«, fragte ich.

Aber der Ilt antwortete nicht. Ich tastete um mich und fand das Gerät wieder. Doch von Gucky fand ich nichts. Er schien sich in Luft aufgelöst zu haben – oder er war teleportiert.

Nach einiger Zeit wurde es wieder hell. Ich blickte mich um und stellte fest, dass der Mausbiber tatsächlich verschwunden war. Das Gerät, das angeblich die Steuerung ploohnscher Speiseautomaten stören sollte, arbeitete weiterhin summend und knisternd.

Vorsichtshalber desaktivierte ich es, denn ich war sicher, dass es für die vorübergehende Verdunklung, das muhende Geräusch und vielleicht auch für Guckys Verschwinden verantwortlich war. Wahrscheinlich hatte es nicht die Speiseautomaten gestört, sondern irgendwo im Schiff einen Kurzschluss hervorgerufen und dadurch vielleicht einen Alarm ausgelöst.

Ich ging zum Schott und versuchte es aufzubekommen. Aber es ließ sich nicht öffnen, obwohl wir hereingekommen waren, indem ich meine Hand auf die Stelle gelegt hatte, unter der wir ein normales Thermoschloss vermutet hatten. Es musste blockiert worden sein. Also war doch ein Alarm ausgelöst worden. Wahrscheinlich hatte man dann von der Hauptzentrale aus alle Innenschotten blockiert. Das konnte bedeuten, dass die Ploohns Fremde an Bord vermuteten.

Ich musste hier heraus, bevor man mich fand. Mein Blick fiel auf ein Regal mit Bauteilen, die mir irgendwie bekannt vorkamen. Sahen so ähnlich nicht terranische Schaltelemente zur Fernsteuerung von Schottverriegelungen aus?

Ich nahm einige der Bauteile, setzte sie versuchsweise zusammen und betrachtete danach mein Werk. Es schien mir noch verbesserungsbedürftig. Wieder änderte ich hier und dort einige Kleinigkeiten, fügte noch drei kleinere Teile hinzu und gelangte schließlich zu der Überzeugung, dass es funktionieren würde.

Ich richtete die Sendeantenne auf das Schott und drückte die Aktivierungstaste. Beim Schott rührte sich nichts. Dafür schaltete sich plötzlich das Gerät, das Gucky und ich gebaut hatten, wieder ein. Erneut wurde es finster.

Ich spürte einen ziehenden Schmerz im Nacken, hatte für den Bruchteil einer Sekunde das Gefühl, körperlos zu sein, und prallte plötzlich gegen eine große, weiche Wölbung. Etwas packte mich am Genick, dann tasteten kalte Finger meinen Körper ab – und im nächsten Moment wurde ich losgelassen und stürzte hart auf einen metallischen Boden.

»Es ist nur der Marsfloh!«, sagte die unverkennbare phlegmatische Stimme von Dalaimoc Rorvic. Ich bekam einen kräftigen Tritt in die Rippen. »Mussten Sie ausgerechnet auf meinem Bauch rematerialisieren, Captain Hainu?«

Ich stöhnte leise und betastete die schmerzenden Stellen an meinem Körper.

»Na, wird es bald!«, grollte das fette Scheusal.

Jemand schaltete eine Lampe an. In ihrem breit gestreuten Licht erkannte ich, dass ich mich in einem großen und leeren Raum befand. Außerdem sah ich deutlich Dalaimoc Rorvic und etwas weniger deutlich den Mausbiber. Hinter der Lampe sah ich nur einen dunklen Umriss. Ich vermutete aber, dass es sich dabei um Ras Tschubai handelte.

»Wo sind wir hier?«, fragte ich.

»Wahrscheinlich in einer Psi-Falle«, meinte der Mausbiber.

»Aber wie kommen wir hier herein?«, fragte ich, während ich, von Ras unterstützt, aufstand.

»Rorvic und ich wurden direkt hier wiederverstofflicht«, antwortete Ras Tschubai. »Wie Gucky und Sie hierher kamen, das verstehe ich allerdings nicht. Noch weniger verstehe ich, dass die Ploohns uns noch nicht entdeckt haben.«

»Ich habe einen vagen Verdacht«, sagte ich zögernd.

»Sie sind überhaupt immer sehr vage, Captain Hainu«, warf der fette Tibeter ein. »Vielleicht sind Sie an dem Schlamassel schuld.« Er packte mein linkes Ohr und drehte es herum. »Reden Sie endlich, Sie degenerierte Marsrübe!«, schimpfte er.

Ich wartete, bis er mein Ohr losgelassen hatte, dann sagte ich: »Gucky und ich haben ein Gerät gebaut, das, wie Gucky sagte, die Steuerung ploohnscher Speiseautomaten stören sollte.«

»Aber welchen Sinn sollte das haben?«, fragte Tschubai verwundert.

Der Mausbiber kratzte sich verlegen hinter dem rechten Ohr. »Ich sah zu dieser Zeit einen Sinn darin, weil ich annahm, die Kampfmoral der Ploohns würde zusammenbrechen, wenn ihre Verpflegung nicht mehr funktionierte. Jetzt allerdings begreife ich nicht, wie ich zu dieser Annahme kommen konnte.«

»Vielleicht steckt Dummheit an«, meinte Dalaimoc Rorvic. »Du warst doch mit Captain Hainu zusammen, und dieser marsianische Dörrflusch hat mehr Dummheit in seinem Schädel als hundert Mastochsen zusammen.«

»Was ist ein Dörrflusch, bitte?«, erkundigte ich mich.

»Da habt ihr den Beweis für seine grenzenlose Dummheit. Er weiß nicht einmal, was ein marsianischer Dörrflusch ist.«

»Ich weiß es auch nicht«, sagte Gucky.

»Dann bist du eben auch strohdumm«, sagte Rorvic.

Im nächsten Moment ging der Paralysator in seinem rechten Gürtelhalfter los. Der Lähmstrahl traf die rechte Fußspitze des Scheusals. Dalaimoc Rorvic gab ein paar unartikulierte Laute von sich, knickte im rechten Knie ein und setzte sich.

»Was war das?«, lallte er.

»Das war deine Dummheit, Dalai«, antwortete der Mausbiber und zeigte seinen einsamen Nagezahn in voller Größe. »Sehr große Dummheit tut offensichtlich weh.«

Ras Tschubai verbiss sich ein Grinsen. Er räusperte sich lautstark und sagte: »Bleiben wir beim Thema. Gucky und Tatcher haben ein Gerät konstruiert, das seine ohnehin unsinnige Aufgabe offenbar nicht erfüllt. Diese Fehlleistung lässt sich möglicherweise durch eine bestimmte Strahlung erklären, die in dem Lagerraum herrschte, in dem Gucky und Tatcher sich befanden.«

»Eine Verdummungsstrahlung?«, fragte ich.

Ras schüttelte den Kopf. »Nein, das sicher nicht. Es muss etwas gewesen sein, was die Gedanken vorübergehend verwirrte. Jedenfalls scheinen durch die Aktivität des Geräts mehrere Dinge geschehen zu sein: Einmal wurde Gucky zu einer Teleportation in die Psi-Falle veranlasst und zum anderen wurde auf dem ploohnschen Flaggschiff ein Alarm ausgelöst.«

»Und wie kam ich hierher?«

»Das ist allerdings noch mysteriöser«, meinte Ras Tschubai. »Sie können in der kurzen Zeit aus einfachen positronischen Elementen doch keinen Transmitter konstruiert haben.«

»Vielleicht wurde durch mein Gerät lediglich ein bereits vorhandener Transmitter aktiviert«, meinte ich. »Die Transmitter der Ploohns, falls sie welche besitzen, könnten ja nach einem anderen Prinzip als unsere funktionieren.«

»Denkbar wäre es, aber diese Frage lässt sich wohl vorläufig nicht klären«, sagte Gucky. »Ich denke, es ist an der Zeit, dass ich in die Hauptzentrale teleportiere und dieser Eiawahr Progalmin die Chitinschale verbiege.«

»Jaymadahr Conzentryn!«, lallte Dalaimoc Rorvic.

»Das sagte ich doch: Haiabar Vitamin«, erwiderte der Ilt ernsthaft. »Also, ich werde der Dame jetzt meine Aufwartung machen.«

»Ich rate davon ab«, sagte Tschubai. »Erstens sind wir hier gefangen, und jeder Versuch einer Teleportation könnte unangenehme Folgen für den oder die Betreffenden haben, und zweitens sollten wir erst versuchen, uns einen Rückzugsweg zu sichern, bevor wir andere Aktionen starten.«

Gucky überlegte eine Weile, dann sagte er: »Einverstanden, Ras. Aber lange können wir nicht mehr auf dem Flaggschiff Ihrer Majestät bleiben. Perry wird sich schon Sorgen um uns machen.«

20.

Perry Rhodan dirigierte die Schiffe seiner Flotte näher an den Schlund heran und ließ sie in einem kugelförmigen Pulk so schnell umeinander kreisen, wie es ihre Manövrierfähigkeit erlaubte. Er hoffte, dadurch den Schiffen der Ploohns, die sich auf einen neuen Angriff vorbereiteten, eine Falle stellen zu können.

Noch immer hatte die für beide Seiten verlustreiche Raumschlacht keine Entscheidung gebracht, und Rhodan wartete bereits ungeduldig auf ein Lebenszeichen der Mutanten und auf einen Erfolg ihres Einsatzes. Doch weder das eine noch das andere stellte sich ein.

Der Großadministrator fragte sich, wie er hatte ahnen können, dass die Mutanten diesmal nichts erreichen würden. Gewiss, er hatte schon sehr oft erlebt, dass ihn eine Art sechster Sinn vor Gefahren gewarnt hatte oder Erfolg oder Misserfolg hatte vorausahnen lassen. Er wusste aber immer noch nicht, wie das funktionierte.

Perry überlegte, ob er die Königin noch einmal über Hyperkom rufen sollte. Er entschied sich jedoch dagegen, weil er wusste, dass Jaymadahr Conzentryn ihm das als Schwäche auslegen würde. Im Stillen bewunderte er das Geschick, das die Königin der Ploohns bisher bei der Lenkung ihrer Flotte bewiesen hatte. Rhodan wusste, dass ein Admiral der Solaren Flotte seine Sache kaum hätte besser machen können. Er hatte in Jaymadahr Conzentryn einen gleichwertigen Gegner gefunden, und er fragte sich, ob sein Entschluss, die Flotte der Ploohns anzugreifen, richtig gewesen war, denn im Endergebnis konnte er den Verlust des größten Teils der zwanzigtausend Kampfschiffe bedeuten.

Aber er kam immer wieder zu dem Schluss, dass ihm keine Wahl geblieben war. Er hatte in erster Linie dafür sorgen müssen, dass die Flotte der Ploohns nicht die Erde entdeckte, und die einzige Möglichkeit unter den gegebenen Umständen, das zu verhindern, war ein kompromissloser Großangriff auf die dreißigtausend Schiffe der Insektenabkömmlinge gewesen.

Perry Rhodan beobachtete, wie die Ploohn-Schiffe eine sichelförmige Formation bildeten und auf die terranischen Schiffe zuflogen, um die kugelförmige Ballung zu umgreifen und von drei Seiten unter Wirkungsfeuer zu nehmen. Er war gespannt, ob die Königin auch diesmal seine Absicht durchschaute und entsprechende Gegenmaßnahmen getroffen hatte.

Seine Absicht war, den kugelförmigen Pulk in dem Augenblick, in dem die Ploohns zur Zangenbewegung übergingen, blitzartig nach allen Seiten auseinander fliegen zu lassen und unter Einsatz aller noch verfügbaren Beiboote und Raumjäger in zahlreiche Einzelkämpfe zu verwickeln. In diesen Einzelkämpfen, so wusste er, lag die Stärke der terranischen Raumschiffe. Erst in ihnen konnten sie ihre Feuerkraft und das Können ihrer Besatzungen richtig entfalten. Die Frage war nur, ob Jaymadahr Conzentryn sich darauf einlassen würde.

Perry Rhodan kannte die evolutionsbedingten Zusammenhänge sehr genau, die zur Entstehung technischer Zivilisationen von Insektenabkömmlingen geführt hatten. Die Ploohns waren nicht das einzige intelligente Insektenvolk, auf das die Menschen gestoßen waren. Insekten standen auf der Sprossenleiter der Evolution viel tiefer als Säugetiere und damit auch Menschen, das heißt, sie hatten sich ganz erheblich früher entwickelt. Was zu dem Phänomen geführt hatte, dass ihre Gesellschaftsformen sich herausgebildet und verhärtet hatten, bevor diese Wesen Intelligenz im Sinne von bewusstem Denken entwickeln konnten. Auf der Erde – und auf vielen anderen Planeten – hatten die Insekten niemals diese Stufe erreicht, obwohl auch dort ihre Handlungen von Intelligenz zeugten – von einer Intelligenz allerdings, die nicht an das Vorhandensein eines Großhirns geknüpft war.

Auf vielen Planeten jedoch, die niemals Perioden verstärkter radioaktiver Strahlung ausgesetzt gewesen waren, hatten sich Insekten zur dominierenden Art entwickelt und dadurch Zeit und Gelegenheit gefunden, die Stufe bewussten Denkens zu erreichen. Sie hatten die Herstellung und den Gebrauch von Werkzeugen gelernt und technische Zivilisationen entwickelt. Doch sie hatten niemals die Möglichkeit, sich frei zu entfalten wie beispielsweise der Mensch, dessen Entwicklung infolge seiner turbulenten Entstehungsgeschichte kurz und stürmisch gewesen war und nicht auf Fertigem aufgebaut hatte, sondern auf Improvisation.

Das einzelne Insekt hing stark vom unmittelbaren Kontakt mit der Masse seines Volkes oder doch zumindest mit einer großen Anzahl Artgleicher ab. Intelligente Insekten handelten – von einigen Völkern abgesehen – erst in der großen Menge mit optimalem Nutzeffekt. Als Einzelkämpfer waren sie nicht geeignet. Und die Besatzung eines einzigen ploohnschen Raumschiffs war – auch wenn sie teilweise viertausend Ploohns erreichte – viel zu gering für einen optimalen Einsatz. Erst eine größere Anzahl von Raumschiffen zusammen konnte wirklich effektiv wirken.

Das war der Grund für Rhodans Plan, durch ein explosives Zerstreuungsmanöver der eigenen Flotte die Flotte der Ploohns aufzusplittern und jeweils eines oder mehrere Raumschiffe in Einzelgefechte zu verwickeln. Wenn ihm das gelang, so hatte er sich ausgerechnet, konnte die Entscheidung innerhalb weniger Stunden für die Terraner fallen. Dann würde der Weg für Waffenstillstandsverhandlungen geebnet sein.

Perry Rhodan warf einen ungeduldigen Blick auf seinen Armband-Chronographen. Wo nur die Mutanten blieben? Sie waren inzwischen fast zwei Stunden fort. Hoffentlich war ihnen nichts zugestoßen.

Dem Großadministrator kam der Gedanke, die Ploohns könnten schon einmal mit parapsychisch begabten Intelligenzen zu tun gehabt haben und deshalb über entsprechende Abwehrsysteme verfügen. Wenn er an das Ploohn-Wesen namens Zeus dachte, hielt er das sogar für sehr wahrscheinlich. Jener Ploohn, der sich Zeus genannt hatte, war ja selbst parapsychisch begabt. Vielleicht gab es noch mehr parapsychisch begabte Ploohns. In dem Fall sah es düster aus für Gucky und seine Gruppe.

Wieder wandte er seine Aufmerksamkeit den Bewegungen der beiden Flotten zu. Die sichelförmige Formation der ploohnschen Flotte hatte sich der Ballung der terranischen Schiffe fast bis auf Gefechtsdistanz genähert. Bald würde sich zeigen, ob der Plan aufging. Jetzt musste die terranische Flotte blitzartig nach allen Seiten auseinander fliegen wie ein explodierender Himmelskörper!

Da geschah es auch schon. Die terranischen Schiffe kurvten nicht mehr umeinander, was sie ohnehin nur getan hatten, um ihre Geschwindigkeit nicht zu stark absinken zu lassen. Sie schossen blitzschnell nach allen Seiten davon.

Vom Platz Korom-Khans kam ein saftiger Fluch. Perry Rhodan verzichtete darauf, den Kommandanten seines Flaggschiffs deswegen zu tadeln, denn er hätte am liebsten selbst geflucht. Doch er beherrschte sich, obwohl er ebenso wie Korom-Khan erkannte, dass die Königin der Ploohns seine Planung wieder einmal vorausgeahnt hatte. Sie war eine wahre Meisterin auf diesem Gebiet.

Ihre Flotte hatte die Formation ebenso blitzschnell geändert wie die terranische Flotte. Aus der Sichelformation waren drei Keile geworden, die plötzlich ihre Fahrt verzögerten und von »innen« das Wirkungsfeuer auf die auseinander strebenden terranischen Raumschiffe eröffneten. Ihren Kommandanten blieb nichts übrig, als weiter mit maximaler Beschleunigung zu fliegen, um größere Verluste zu vermeiden und aus dem Feuerbereich der ploohnschen Schiffsgeschütze zu kommen.

Doch das war noch nicht alles. Perry Rhodan hielt unwillkürlich den Atem an, als der Teil der terranischen Flotte, dessen Bewegungsrichtung sie dicht an den wirbelnden Schlund führte, plötzlich hinter aufflammenden Energieausbrüchen verschwand und im nächsten Moment auch für die hyperschnell arbeitenden Ortungstaster nicht mehr aufzufinden war.

Rhodan gab an die Ortungszentrale durch: »Alle Messdaten von der Zeit kurz vor bis kurz nach dem Verschwinden des betreffenden Verbands sind sofort positronisch auszuwerten und an die Führungsgruppe der wissenschaftlichen Berater weiterzuleiten. Ende.«

Er lehnte sich zurück. Seiner Meinung nach war die Gruppe der terranischen Schiffe, die dem Schlund zu nahe gekommen waren, entmaterialisiert und abgestrahlt worden. Das eröffnete einen ganz neuen Aspekt, wenn seine intuitiv aufgetauchte Vermutung stimmte, dass es innerhalb des Schlunds zu Transmittereffekten kam, die sich zur schnellen Ortsveränderung von Raumschiffen nutzen ließen. Aber bevor er übereilte Entschlüsse fasste, wollte er erst die Wissenschaftler anhören.

Wieder richtete er seine Aufmerksamkeit auf die Raumschlacht. Die eigenen Schiffe – abzüglich derjenigen, die verschwunden waren – zogen sich weiter zurück und versuchten sich wieder zu sammeln. Aber die Ploohns ließen ihnen nicht die Zeit dazu. Sie stießen mit hohen Beschleunigungswerten nach und trennten eine Gruppe, zu der ungefähr achthundert Schiffe gehörten, vom Gros der Flotte ab. Das wäre den Ploohns wahrscheinlich nicht gelungen, wenn den Terranern nicht die zirka dreitausend Schiffe gefehlt hätten, die im Schlund verschwunden waren. Aber infolge der bisherigen Ausgewogenheit des Kampfes hätte sich schon das Fehlen von nur tausend Einheiten bemerkbar gemacht.

Dreitausend Schiffe weniger, das ließ sich nicht mehr verkraften, erkannte Rhodan. Er wusste, dass er innerhalb der nächsten Stunde eine schwerwiegende Entscheidung treffen musste. Doch vorher mussten die Mutanten wieder an Bord der MARCO POLO sein.

Pjotr Godunow war nicht zu den übrigen Gefangenen in den leeren Hangar zurückgebracht worden, sondern man hatte ihn in eine kleine Kabine gesperrt und seitdem sich selbst überlassen. Da er noch seinen Armband-Chronographen besaß, wusste er, dass er sich schon seit neuneinhalb Stunden in der Kabine befand. Von der erwarteten Raumschlacht hatte er bisher nichts bemerkt – bis vor anderthalb Stunden, als plötzlich die Beleuchtung ausgefallen war. Wenig später war es jedoch wieder hell geworden.

Leutnant Godunow hatte aus dem kurzen Zwischenfall, der von einer Art Sirenengeheul begleitet gewesen war, geschlossen, dass das Flaggschiff der ploohnschen Königin Gefechtsberührung mit einem terranischen Schiff gehabt hatte. Es enttäuschte ihn, dass der vorübergehende Ausfall der Beleuchtung die einzige Folge für das Schiff der Königin gewesen war. Er fürchtete, die Ploohns könnten sich den Terranern als ebenbürtig erweisen.

Pjotr Godunow zerbrach sich den Kopf darüber, was er tun könnte, um seinen Teil am Kampf gegen die Ploohns beizutragen. Er wusste natürlich, dass ein einzelner Mann, der noch dazu ein Gefangener seiner

Gegner war, nicht die Entscheidung in einem Kampf zweier Großflotten erzwingen konnte. Aber irgendetwas wollte er tun, und wenn es nur eine Kleinigkeit war.

Er sah sich in der Kabine um. Sie enthielt kein Mobiliar, wenn man die Einbauschränke nicht rechnete, die allerdings leer waren. Es gab keinen Gegenstand, der sich vielleicht als Werkzeug zum Öffnen des Schotts hätte verwenden lassen.

Während Pjotr noch überlegte, ertönte von draußen ein metallisches Klappern. Vielleicht wollte ihm jemand etwas zu essen bringen – oder ihn zu einem neuen Verhör führen. Pjotr Godunow überlegte nicht lange. Er warf sich auf den Boden und nahm eine verkrümmte Haltung ein. Seinen Kopf drehte er dabei so, dass er unter dem linken Ellbogen in Richtung Schott sehen konnte. Kaum hatte er diese Stellung eingenommen, öffnete sich im Schott eine kleine Luke. Das Chitingesicht eines Ploohns wurde sichtbar, verschwand aber gleich darauf wieder.

Leutnant Godunow rührte sich nicht. Kurz darauf öffnete sich das Schott. Godunows Herz schlug schneller, als er sah, dass nur ein einzelner Ploohn hereinkam. Das Insektenwesen stellte eine flache Schüssel, die wahrscheinlich mit synthetischer Nahrung gefüllt war, neben der Schottöffnung ab, dann näherte es sich dem Terraner. Es bewegte sich dabei so arglos, dass Godunow schon glaubte, die Ploohns stellten ihm eine Falle. Dennoch handelte er seiner Eingebung entsprechend. Als der Ploohn sich über ihn beugte, schnellte er hoch und stieß seine Fingerspitzen in die großen Facettenaugen.

Der Ploohn stieß einen schrillen Schrei aus und taumelte zurück. Pjotr riss ihm die Strahlwaffe aus dem Gürtelhalfter und schlug sie ihm mit voller Kraft auf den Schädel. Es krachte, als die Chitinpanzerung brach. Der Ploohn verstummte und sank zu Boden. Seine Gliedmaßen zuckten konvulsivisch.

Pjotr Godunow trat einen Schritt zurück, richtete die Mündung der fremden Strahlwaffe auf die Schottöffnung und bereitete sich auf einen Kampf vor, bei dem er der Verlierer sein würde. Doch kein weiterer Ploohn ließ sich sehen.

Pjotr schüttelte den Kopf. Er konnte nicht begreifen, dass sich ein einzelner Ploohn in die Zelle eines Gefangenen gewagt hatte, der nicht gefesselt war. Er konnte nicht wissen, dass der Ploohn damit gemäß dem Verhaltensschema seiner Art gehandelt hatte. Er hatte einen einzelnen Gegner als ungefährlich eingeschätzt, weil Ploohns nur als Masse zu effektiven Leistungen fähig waren.

Als der Terraner begriff, dass man ihm keine Falle gestellt hatte, eilte er aus seiner Kabine und blickte den Korridor hinauf und hinab. Auch hier war kein weiterer Ploohn zu sehen. Kurz entschlossen sprang Pjotr Godunow auf eines der beiden gegenläufigen Transportbänder. Während er sich von ihm befördern ließ, untersuchte er die Waffe, die er dem Wächter abgenommen hatte. Sie wies einige Unterschiede zu terranischen Strahlwaffen auf, aber ihre Bedienung würde kein Problem darstellen.

Als das Transportband eine Kurve beschrieb und in einen breiteren Korridor mündete, zuckte Leutnant Godunow zusammen und sprang auf den linken festen Seitenstreifen. Er duckte sich und hielt den Atem an, denn etwa hundert Meter vor ihm standen fünf schwer bewaffnete Ploohns und hantierten an einem seltsamen Gerät, das mit einer Art Parabolantenne auf ein Schott in der Wandung zielte.

In dem Augenblick entdeckte ihn einer der Ploohns. Er stieß einen Schrei aus, der seine Kameraden alarmierte. Pjotr hatte keine andere Wahl, als das Feuer zu eröffnen. Zwei der Ploohns fielen sofort. Die anderen schossen zurück und verbargen sich hinter dem seltsamen Gerät. Pjotr Godunow entging nur knapp einem Strahlschuss, indem er sich auf das Transportband warf, von dem er eben erst abgesprungen war. Mit dem nächsten Schuss traf er das Gerät. Es explodierte beinahe lautlos, aber mit einer Lichtflut, die den Terraner nahezu erblinden ließ. Pjotr merkte noch, dass er von einem Strahlschuss getroffen wurde, dann verlor er das Bewusstsein. Er sah nicht mehr, dass sich das Schott, auf das das seltsame Gerät die ganze Zeit über gezielt hatte, öffnete und vier Personen in terranischen Kampfanzügen in den Korridor sprangen.

»Ein Mensch!«, rief Gucky, der den Schwerverletzten kurz untersuchte. »Und er stirbt.«

»Wir müssen ihn mitnehmen«, sagte Ras Tschubai und blickte auf die halb zusammengeschmolzenen Trümmer des Geräts. »Er hat den Antipsi-Projektor zerstört und damit unser Leben gerettet.«

»Und uns befreit«, warf ich ein.

»Sie müssen auch immer Ihren Senf dazugeben, Captain Hainu«, nörgelte Dalaimoc Rorvic, der noch unter den Nachwirkungen des Lähmschusses in die rechte Fußspitze litt.

»Geben Sie Frieden, Captain a Hainu!«, sagte Tschubai streng.

Aber so war es immer. Rorvic misshandelte und demütigte und beschimpfte mich, und ich erhielt dafür noch die Schelte. Die Welt war eben ungerecht.

»Ich übernehme den Transport des Verwundeten«, sagte der Mausbiber. »Kannst du den Fettkloß und Tatcher mitnehmen, Ras?«

»Selbstverständlich«, antwortete Tschubai.

Gucky hob den Schwerverletzten telekinetisch hoch und hielt ihn so, dass er in gestreckter Haltung horizontal schwebte, dann fasste er ihn an der Hand und teleportierte. Ras streckte seine Arme aus. Dalaimoc Rorvic und ich ergriffen je eine Hand, dann erfolgte die Teleportation.

Als wir in der Hauptzentrale der MARCO POLO rematerialisierten, schwebten bereits zwei Medoroboter neben dem Schwerverletzten. Ihre Instrumente tasteten ihn ab. »Dieser Mensch ist tot«, meldete einer der Roboter mit teilnahmsloser Stimme. »Seine Verletzungen waren tödlich.«

Perry Rhodan, der neben den Robotern gewartet hatte, beugte sich vor und drückte dem Toten die Augen zu. Die beiden Medoroboter hoben den Toten auf eine Antigravtrage, schnallten ihn so behutsam fest, als behandelten sie einen Lebenden, und verließen mit der Trage die Hauptzentrale. Perry Rhodan salutierte, als die Trage mit dem Toten durch die Schleuse schwebte – und die anderen Anwesenden taten es ihm nach. Nur Dalaimoc Rorvic nicht. Der Tibeter bohrte gedankenverloren mit dem Finger in der Nase.

Das Schott schloss sich. Perry Rhodan blickte uns mit ernstem Gesicht an. »Ich bin sehr froh, dass Sie wieder an Bord sind, auch wenn Sie keinen Erfolg erzielen konnten«, sagte er. »Geben Sie Ihre Berichte später, jetzt haben wir keine Zeit dazu. Die Lage hat sich entscheidend geändert – aber nicht zu unseren Gunsten.« Er nickte, als er unsere fragenden Mienen sah. »Ja, die Ploohns haben das Übergewicht bekommen«, erklärte er. »Allerdings nicht durch taktische Schachzüge, sondern dadurch, dass rund dreitausend unserer Schiffe durch den Schlund verschwunden und damit vorerst ausgefallen sind.«

»Durch den Schlund?«, fragte Tschubai.

»So ist es«, bestätigte Rhodan. »Unsere Wissenschaftler haben anhand der Messanalysen festgestellt, dass die hyperenergetische Ballung, die wir als Schlund bezeichnen, sich durch einen Transmittereffekt auszeichnet. Die dreitausend Schiffe wurden entstofflicht und abgestrahlt. Wohin, entzieht sich unserer Kenntnis. Aber es ist anzunehmen, dass sie irgendwo in der Ploohn-Galaxis wiederverstofflicht wurden. Wahrscheinlich benutzen die Ploohns schon seit langem den Transmittereffekt des Schlunds für ihre Flottenbewegungen. Das würde auch erklären, warum die dreißigtausend Schiffe so plötzlich über unseren kleinen Aufklärungsverband herfallen konnten. Sie waren aus dem Schlund gekommen.«

»Demnach müssen wir uns mit dem Rest unserer Flotte zurückziehen, wenn wir nicht den Verlust dieser Schiffe riskieren wollen, Sir«, warf Dalaimoc Rorvic ein.

Perry Rhodan lächelte. Da ahnte ich, dass uns noch einiges bevorstand. Dieses Lächeln kannte ich.

»Wir ziehen uns nicht zurück«, verkündete der Großadministrator. »Im Gegenteil. Zwar müssen wir die Schlacht abbrechen, aber wir stoßen durch den Schlund in die Ploohn-Galaxis vor. Das wird Jaymadahr Conzentryn sicher veranlassen, uns zu folgen. Aber wenn wir schnell genug sind, lässt sich eine Wiederholung der Raumschlacht vermeiden.« Er wurde wieder ernst. »Allerdings komme ich nicht mit. Gucky wird mit mir auf einen Leichten Kreuzer teleportieren, der sich auf meinen Befehl hin bereits aus der Raumschlacht gelöst hat. Wir beide kehren zur Erde zurück und werden dort alles für einen eventuellen Angriff der Ploohns vorbereiten. Sie, Ras, Rorvic und a Hainu bleiben auf der MARCO POLO. Ras übernimmt das Kommando über die Flotte und wird entscheiden, welche Maßnahmen drüben, in der Ploohn-Galaxis, zu ergreifen sind.« Er ergriff Guckys Hand und sagte: »Ich hoffe, wir sehen uns bald wieder.«

»Grüßt Heimchenklar Konzentrat schön von mir, Freunde!«, rief Gucky fröhlich. Im nächsten Augenblick verschwand er – und mit ihm Perry Rhodan.

Ras Tschubai räusperte sich und rief: »Korom-Khan!«

»Ja, Sir?«, kam die kraftvolle Stimme des Kommandanten zurück.

»Ist alles klar zum Anflug auf den Schlund?«, erkundigte sich Tschubai.

»Alles klar, Sir!«, antwortete Korom-Khan. »Die Einheiten unserer Flotte lösen sich kämpfend vom Feind und stürzen sich in den Energiewirbel. Wir werden mit der letzten Gruppe eintauchen.«

»Danke!«, sagte Ras Tschubai und setzte sich.

Ich blickte auf den Panoramaschirm, in den allmählich die leuchtende energetische Ballung des Schlunds einwanderte, und erschauderte. Was würde uns »drüben« erwarten?

Ich beobachtete auf den Ortungsschirmen, wie eines unserer Raumschiffe nach dem anderen von den dimensional übergeordneten Kräften des Schlunds entstofflicht wurde. Mir war nicht wohl bei dem Gedanken, durch ein Feld entstofflicht zu werden, das schließlich nicht von intelligenten Wesen aufgebaut worden war, sondern durch die gegensätzlichen Kräfte zweier kollidierender Galaxien auf natürliche Weise entstanden war.

Meine Gedanken wurden abrupt unterbrochen, als eine unendlich phlegmatische Stimme sagte: »Was glotzen Sie eigentlich so blöd auf die Ortungsschirme, Captain Hainu? Man könnte meinen, Sie wollten Löcher hineinstarren.«

»Wenn ich irgendwo Löcher hineinstarren könnte, dann würde ich sie in Sie starren, Sir«, entgegnete ich und blickte Dalaimoc Rorvic zornig an. Der fette Tibeter legte mir seine schwammige Hand auf die linke Schulter und sagte gönnerhaft: »Brausen Sie doch nicht immer gleich so auf, Captain Hainu! Ich meine es doch nur gut mit Ihnen.«

Dabei presste er mit seiner Pranke den linken Musculus trapezius so fest zusammen, dass mir der Angstschweiß auf die Stirn trat. Scheinheilig lächelte er mich an und fragte: »Nicht wahr, das wissen Sie doch, Tatcher?«

Unter dem Druck seiner Pranke wagte ich nicht zu widersprechen. »Selbstverständlich, Sir«, stöhnte ich.

Rorvics Vollmondgesicht erstrahlte wie im Glanz einer Festbeleuchtung. Der Druck seiner Wurstfingerpranke ließ nach. »Ich wusste doch, dass Sie mich verstehen würden, Captain«, meinte er und knuffte mich dabei in die kurzen Rippen. Ich schnappte unwillkürlich nach Luft.

»Aber natürlich, Sir«, sagte ich, nachdem ich mich wieder etwas erholt hatte.

21.

Jaymadahr Conzentryn hatte von Bord ihres Flaggschiffs das plötzliche Verschwinden eines terranischen Verbands beobachtet. Diese terranischen Raumschiffe waren offensichtlich aus Unwissenheit zu dicht an den Schlund geflogen und von der hyperenergetischen Ballung entstofflicht worden.

Eine Weile zögerte die Königin der Ploohns. Dann beschloss sie, das Verschwinden dieser terranischen Schiffe zum Vorteil ihrer Flotte zu verwenden. Die terranische Flotte war dadurch zahlenmäßig so geschwächt, dass sie der ploohnschen Übermacht nicht lange würde standhalten können. Das, was Jaymadahr Conzentryn schon nicht mehr zu hoffen gewagt hatte, dass sie nämlich einen ähnlich großartigen Sieg wie bei Ymfang erringen würde, war nun doch in greifbare Nähe gerückt.

Die Königin erteilte ihren Schiffskommandanten den Befehl, die Restflotte der Terraner anzugreifen, aufzuspalten und zu vernichten. Die Kommandanten befolgten den Befehl mit jener Begeisterung, die sich bei Intelligenzen gleicher Entwicklungsstufe immer dann einzustellen pflegte, wenn ein unwahrscheinlicher Sieg plötzlich in greifbare Nähe gerückt wurde.

Zufrieden sah die Königin, wie die Phalanx der terranischen Raumschiffe aufgebrochen wurde. Fast ein wenig zu spät bemerkte sie, dass die terranischen Raumschiffe nicht ungeordnet flohen, sondern sich im Gegenteil sehr geordnet und kämpfend dorthin zurückzogen, wo Jaymadahr Conzentryn sie am wenigsten haben wollte: auf den Schlund. Immer mehr terranische Raumschiffe wurden von der hyperenergetischen Ballung des Schlunds erfasst und entstofflicht. Damit war genau das eingetreten, was die Königin der Ploohns unter allen Umständen hatte vermeiden wollen. Die Terraner würden innerhalb der Ploohn-Galaxis rematerialisieren – und zwar zwangsläufig in einem Sektor, in dem sich die zur Erhaltung der Art wichtigsten Planeten der Ploohns befanden.

Mit der ihr eigenen Entschlusskraft disponierte Jaymadahr Conzentryn um. Sie widerrief ihre Befehle und ordnete an, dass die eigenen Raumschiffe unter Vermeidung direkter Feindberührung durch den Schlund in den Ploohn-Sektor der Heimatgalaxis zurückkehren sollten.

Sie selbst setzte sich mit ihrem Flaggschiff an die Spitze ihrer Flotte, und als das letzte terranische Raumschiff verschwunden war, stieß auch die VANTEY VEYNSTE in den Wirkungsbereich des Schlund-Transmitters hinein. Der letzte Gedanke der Königin vor der Entstofflichung galt den anderen Flotten ihres Volkes, die im Ploohn-Sektor standen. Diese Flotten waren stark genug, um mit den Terranern fertig zu werden. Leider standen sie zu weit verstreut, um die Eindringlinge abzufangen.

Jaymadahr Conzentryn schätzte die Terraner nach ihrem bisherigen Verhalten ein und kam zu dem Schluss, dass der Gegner ihr keine Gelegenheit mehr geben würde, ihn in offener Raumschlacht doch noch zu besiegen. Damit war gewiss, dass sie ihren Erfolg von Ymfang nicht wiederholen konnte. Fortan würden die Ploohns sie nicht mehr als unbedingten Garanten des Sieges ansehen.

Die Königin beschloss, auch diesen Umstand in ihre weitere Planung einzubeziehen, vor allem aber dafür zu sorgen, dass für mögliche weitere Misserfolge nicht sie verantwortlich gemacht werden konnte. Doch vor allem wollte sie dafür sorgen, dass die in den Ploohn-Sektor eingedrungenen Terraner kein Unheil anrichten konnten.

Als wir vom Wirkungsfeld des Energiewirbels erfasst wurden, hatte ich das Gefühl, als rissen unsichtbare Kräfte mich auseinander. Prinzipiell traf diese Definition sogar zu, denn der Schlund-Transmitter riss das bisherige existenzielle Gefüge der MARCO POLO samt der Besatzung bis weit in die subatomare Ebene hinein auseinander und wandelte die normalenergetischen Ladungen mit ihren relativ geringfügigen hyperdimensionalen Bestandteilen in eine einzige Ballung von hyperenergetischer Form um. In dieser Zustandsform wurden wir durch den Hyperraum geschleudert, praktisch ohne Zeitverlust wieder in den Normalraum befördert und dort wiederverstofflicht, ein Vorgang, dem die Kurzdefinition der Umgangssprache niemals gerecht werden konnte.

Ich hatte mich vor der Transmission vorsichtshalber in einen Kontursessel gesetzt. Deshalb traf mich der Schock der Wiederverstofflichung zwar ebenfalls, aber er konnte mich nicht umwerfen. Wie durch rosa Nebelschleier sah ich Gestalten durch die Hauptzentrale der MARCO POLO wanken, sah Warnmeldungen aufblitzen und wieder erlöschen. Rufe gellten durch den riesigen Raum.

Als ich wieder klar sehen konnte, bemerkte ich den fetten Tibeter, der scheinbar ungerührt auf dem Fußboden saß und mit halb geschlossenen Augen vor sich hin starrte. Er meditierte wieder einmal. Jedenfalls tat er so. In Wirklichkeit döste er nur vor sich hin, weil ein derart verfetteter Körper wie seiner das Wunder, außer dem Fleisch auch noch das Gehirn ausreichend zu durchbluten, eben niemals schaffen konnte.

Da dieser Anblick für mich nichts Neues war, widmete ich meine Aufmerksamkeit den Bildschirmen der Panoramagalerie. Sie vermittelten ein exaktes Bild der Umgebung des Flaggschiffs. Auf den ersten Blick war zu erkennen, dass wir uns nicht mehr im Mahlstrom befanden, sondern in einer richtigen Galaxis. Allerdings einer fremden Galaxis, denn keines der Sternbilder weckte Erinnerungen.

In weiter Ferne war ein Energiewirbel zu sehen, ähnlich dem des Schlunds, durch den wir abgestrahlt worden waren. Da er sich aber innerhalb der fremden Galaxis befand, konnte es nicht der Schlund-Transmitter sein. Bevor ich jemanden ansprechen konnte, um mich mit ihm über dieses Phänomen zu unterhalten, unterbrach Ras Tschubai die Stille, die nach den ersten Ausrufen der Überraschung eingetreten war.

»Tschubai an Ortung!«, sagte der Teleporter ohne jede Aufregung. Kein Wunder, er hatte in seinem langen Leben schon zahllose Überraschungen erlebt, weit mehr, als ein gewöhnlicher Sterblicher sich träumen lassen konnte.

»Hier Ortung!«, ertönte die Stimme des Cheforters.

»Fremde Energieballung anmessen!«, befahl Tschubai. »Nach Raumschiffen der Ploohns und anderen fremden Raumschiffen suchen!«

»Fremde Energieballung ist angemessen worden«, kam kurz darauf die Antwort. »Ortungsreflexe von mindestens zehntausend schweren und schwersten Einheiten, sämtlich mit den Konstruktionsmerkmalen der Ploohns, kamen herein.«

»Stationär?«, fragte Tschubai.

»Stationär, Sir«, antwortete der Cheforter. Im nächsten Augenblick meldete er sich von selbst wieder. »Letzte Feststellung überholt, Sir«, sagte er. »Wir messen die Wiederverstofflichung weiterer ploohnscher Raumschiffe an. Sie sind uns offenbar durch den Schlund gefolgt und streben schnell auseinander. Auch die übrigen Einheiten setzen sich in Bewegung.«

»Danke!«, antwortete Ras Tschubai.

Er aktivierte die Hyperkom-Sammelschaltung und sagte: »Tschubai an alle Raumschiffe des terranischen Verbands. Ich ordne hiermit Dezentralisierung nach Plan Ypsilon an! Suchen Sie in kleineren Gruppen die Ortungsdeckung von Sonnen auf und vermeiden Sie Gefechtsberührung mit ploohnschen Schiffen! Wir halten vorerst still, beobachten und warten ab. Ich melde mich wieder, sobald die Lage es erfordert. Es besteht kein Grund zur Aufregung. Innerhalb einer Galaxis können wir uns viel leichter verbergen als an der Nahtstelle der Materiebrücke. Ende.« Tschubai wandte sich an unseren Kommandanten. »Führen Sie ein kurzes Linearmanöver aus und bringen Sie die MARCO POLO nach Neuorientierung in die Ortungsdeckung einer beliebigen Sonne!«

Der Kommandant bestätigte, dann schaltete er die Impulstriebwerke hoch. Die MARCO POLO raste davon wie ein hart getretener Fußball. Innerhalb des Schiffs war allerdings wegen der fehlerlos arbeitenden Andruckneutralisatoren nichts davon zu bemerken. Für uns glitt das Schiff so weich davon, als wäre es ein Segelflugzeug – innerhalb der Atmosphäre eines Planeten, versteht sich.

Ras Tschubai sah sich um. Dabei fiel sein Blick auf Dalaimoc Rorvic.

Der Teleporter wölbte die Brauen, dann blickte er mich an. »Sonderoffizier Rorvic und Sie begeben sich in Ihre Kabinen!«, befahl Tschubai. »Sie haben dort mindestens sechs Stunden Schlaf zu absolvieren, notfalls mit Hilfe von Medikamenten. Captain a Hainu, Sie sind mir persönlich dafür verantwortlich, dass dieser Befehl von Ihnen und Rorvic ausgeführt wird!«

Ich wollte dagegen protestieren, dass ich wieder einmal die Verantwortung für jemanden übernehmen sollte, der sich von mir grundsätzlich nichts sagen ließ. Und wieder einmal brachte ich es nicht fertig.

»Ja, Sir!«, erwiderte ich lahm.

In der Hauptzentrale der MARCO POLO herrschte hektische Betriebsamkeit. Dennoch war es relativ ruhig. Die Hektik ging nicht von der menschlichen Besatzung aus, sondern von den Instrumenten und Geräten der Hauptzentrale und ihrer Nebenzentralen.

Ras Tschubai stand neben dem Kommandanten und beobachtete die Ortungsreflexe. Das Schiff war vor wenigen Sekunden nach einem kurzen Linearflug zwecks Orientierung in den Normalraum zurückgefallen.

»Der Energiewirbel ist noch einwandfrei auszumachen«, meinte Tschubai. »Wir können ihn also weiterhin als Orientierungspunkt benutzen.«

»Nur leider nicht als Rückkehrtransmitter«, erwiderte Elas Korom-Khan. »Die Ploohns haben starke Kräfte um ihn zusammengezogen.«

Der Teleporter runzelte die Stirn. »Ich bezweifle ohnehin, dass wir diesen Kontraschlund einfach so benutzen können«, sagte er. »Es ist meiner Meinung nach kaum anzunehmen, dass ein bloßes Hineinfliegen ausreicht, um genau im Schlund-Transmitter herauszukommen. Wahrscheinlich wird der Kontraschlund irgendwie von den Ploohns gesteuert«, meinte Tschubai.

Korom-Khan nickte. »Ich bin sogar sicher, dass er gesteuert wird. Wir wissen aus dem Bericht des Kommandanten der ARCADIA, dass die Flotte der Ploohns nicht unmittelbar am Schlund wiederverstofflichte, sondern in unterschiedlichen Entfernungen. Anders wäre die schlagartige Einschließung unseres Aufklärungsverbands nicht möglich gewesen. Die Insekten müssen also den Kontraschlund beziehungsweise dessen Energien steuern, um mehr oder weniger weit zu ›springen‹.«

Ras Tschubai wollte etwas erwidern, unterließ es aber, als sich die Ortungszentrale meldete.

»Achtung! Sonnensystem voraus geortet!«, sagte der diensthabende Cheforter. »Gelbweiße Sonne mit vier Planeten. Planet Nummer zwei dürfte ungefähr terrestrische Bedingungen haben.«

Tschubai und Korom-Khan blickten sich bedeutungsvoll an, dann sagte der Teleporter: »Das sehen wir uns genauer an. Cheforter, messen Sie das System genau durch. Vor allem möchte ich wissen, ob und wie viele Raumschiffe der Ploohns sich in ihm aufhalten.«

»Verstanden, Sir«, antwortete der Cheforter.

»Linearmanöver, Sir?«, fragte der Kommandant.

Tschubai nickte. »Gehen Sie im Linearflug bis auf eine Entfernung von dreihundert Lichtstunden heran, Korom-Khan!«, befahl er. »Dann sehen wir weiter.«

»Ja, Sir!«, erwiderte der Kommandant. Er ließ die SERT-Haube über seinen Kopf gleiten, verschränkte die Arme vor der Brust und steuerte alle Antriebs- und Lenksysteme des riesigen Schiffs allein durch seine disziplinierten Gedanken.

Die MARCO POLO beschleunigte mit mittleren Werten, wechselte nach Erreichen der günstigsten Geschwindigkeit in den Linearraum über und kehrte nach kurzer Flugzeit ins vierdimensionale Raum-Zeit-Kontinuum zurück. Diesmal erfassten die Ortungssysteme die fremde Sonne und ihre vier Planeten erheblich genauer – und sie erfassten auch die zahlreichen ploohnschen Raumschiffe, die mit langsamer Fahrt das System durchkreuzten.

»803 Ploohn-Schiffe, Sir«, meldete der Cheforter. »Davon konzentrieren sich 260 in der Defensivsphäre von Planet Nummer zwei.«

Wieder blickten sich Tschubai und Korom-Khan bedeutungsvoll an. Der Kommandant hatte sich inzwischen wieder von der SERT-Haube gelöst.

»Danke, Cheforter!«, sagte Ras. »Beobachten Sie weiter!« Er wandte sich an den Kommandanten und meinte mit leisem Lächeln: »Planet Nummer zwei scheint also der wichtigste dieser vier Planeten zu sein. Denken Sie auch, was ich denke, Korom-Khan?«

Der Kommandant erwiderte das Lächeln. »Ich denke, wir sollten uns Nummer zwei genauer ansehen, Sir«, erklärte er. »Vorher aber müssten wir die MARCO POLO verstecken. Das Riesending fällt sonst noch auf.«

Ras Tschubai musterte die Reflexpunkte auf den Ortungsschirmen, die die Positionen der ploohnschen Raumschiffe im Vierplanetensystem markierten. Er kam zu der Überzeugung, dass es einem so ausgezeichneten Emotionauten wie Elas Korom-Khan gelingen musste, die

MARCO POLO unbemerkt durch die ploohnschen Schiffe bis in den Ortungsschutz der fremden Sonne zu bringen.

»Gehen Sie in Ortungsdeckung der fremden Sonne!«, befahl er.

Korom-Khan bestätigte, dann ließ er wiederum die SERT-Haube über seinen Kopf gleiten. Er saß in der angespannten Haltung eines Lauschenden in seinem Kontursessel, und vor seinem geistigen Auge stiegen die Ortungsreflexe der ploohnschen Raumschiffe auf.

Nach kurzer Zeit hatte der Kommandant einen Weg gefunden, die MARCO POLO ungesehen in das fremde Sonnensystem zu bringen. Er dachte eine Serie kurzer, präziser Befehle und nahm wahr, wie die Maschinen des Schiffs darauf reagierten. Wieder setzte die MARCO POLO sich in Bewegung, führte drei kurze Linearmanöver durch und schwenkte schließlich in eine enge Kreisbahn um die fremde gelbweiße Sonne ein. Die Reaktion mit dem Paratronschirm des Raumschiffs führte zu einem kurzen Aufblitzen, als die MARCO POLO hinter oder vielmehr unter den Rand der hellen Sonnenscheibe tauchte. Dann versank das Schiff im unteren Bereich der Chromosphäre. Nur drei winzige Ortungssatelliten blieben oberhalb der eigentlichen Sonnenatmosphäre zurück. Sie kreisten mit solcher Geschwindigkeit um den glühenden Gasball, dass sie nicht herabgezogen werden konnten, und ihre Hyperkomrichtstrahlen übermittelten dem Mutterschiff laufend alle Daten, die von den Ortungsantennen gesammelt wurden.

Ich träumte davon, dass ich etwas sehr Wichtiges vergessen hatte. Vergebens mühte ich mich ab, es mir in Erinnerung zu rufen. Meine Bemühungen wurden von einem schrillen Misston unterbrochen. Ich fuhr hoch und merkte, dass der Interkom summte. Mein Versuch, das Gerät mittels Blickschaltung zu aktivieren, scheiterte, da ich noch zu verschlafen war. Deshalb stand ich auf und schaltete es manuell ein.

Der Bildschirm wurde hell und zeigte das Abbild von Ras Tschubai. Im Hintergrund war – etwas verschwommen – das Abbild eines hochgewachsenen, relativ jungen Mannes zu sehen.

»Sir?«, erkundigte ich mich.

Tschubai runzelte die Stirn. »Sind Sie betrunken, Captain a Hainu?«, fragte er.

»Nein, Sir, nur schlaftrunken«, antwortete ich wahrheitsgemäß. Im Hintergrund verzog der hochgewachsene Terraner das Gesicht – und plötzlich nieste er dreimal schallend.

»Gesundheit!«, sagte ich höflich.

»Danke, Captain!«, erwiderte der Terraner näselnd.

Ras Tschubai räusperte sich. »Nichts gegen Höflichkeit, aber sie kostet Zeit – und in unserer Lage haben wir keine Zeit zu verschenken«, sagte er.

»Lieber Zeit verschenken als unhöflich sein, Sir«, bemerkte ich.

»Na ja!«, meinte Tschubai. Plötzlich grinste er und sagte: »Sie verstehen es wirklich großartig, jemanden vom Thema abzubringen, Tatcher. Aber Spaß beiseite! Bitte, kommen Sie mit Sonderoffizier Rorvic nach EBZ 333-D!«

»Weiß das fette Scheu…«, ich verschluckte den Rest, »… ist Rorvic informiert, Sir?«

»Das ist Ihre Aufgabe, Captain!«, wies Tschubai mich zurecht. »Rorvic reagiert nicht auf Interkomanrufe. Bitte, lösen Sie ihn aus seiner Meditation und bringen Sie ihn mit.«

»Sehr wohl, Sir«, erwiderte ich, obwohl mir alles andere als wohl bei dem Gedanken war, den Tibeter zu wecken und zu Ras Tschubai zu bringen. Der Schirm wurde dunkel. Tschubai hatte die Verbindung unterbrochen.

Unter trüben Gedanken erreichte ich die Kabine des Tibeters, der eigentlich gar kein richtiger Mensch war, sondern das Produkt einer Vereinigung zwischen einem Cyno, der seine menschliche Gestalt hatte stabilisieren können, und einer Terranerin. Ich verzichtete darauf, den Türmelder zu betätigen. Dalaimoc Rorvic würde sowieso nicht darauf reagieren, wenn er seinen Schönheitsschlaf hielt. Stattdessen benutzte ich meinen Nach-Impulsschlüssel, um das Schott zu öffnen.

Als es aufglitt, schlüpfte ich in den Vorraum, in dem sich allerlei Krimskrams angehäuft hatte. Taurische Schnupftabaksdosen, ein alghurischer Brustprothesenhalter und die Stiefel eines Cynos gehörten ebenso dazu wie eine aus künstlich destabilisiertem Howalgonium bestehende Statuette des brrungischen Feuergotts, ein bajuwarischer Melkschemel aus dem 20. Jahrhundert und sonstige Utensilien.

Es roch ziemlich streng in diesem Vorraum. Schnell öffnete ich das Schott zum Wohnraum und trat ein. Hinter mir schloss sich das Schott wieder. Verwundert blieb ich stehen. Dalaimoc Rorvic hockte nicht in der üblichen Meditationshaltung auf seinem abgewetzten Teppich, sondern praktizierte einen Handstand an der Wand. Natürlich arbeitete er mit faulen Tricks; beispielsweise, indem er sich mit dem Gesäß, das ein Pferd vor Neid hätte erblassen lassen, an die Wand lehnte.

Ich eilte in den Vorraum zurück, öffnete die erstbeste taurische Schnupftabaksdose und schüttete mir etwa zehn Gramm in die hohle

Hand, dann kehrte ich in den Wohnraum zurück. Dalaimoc Rorvic hatte seine Haltung noch nicht verändert, was mich auch sehr gewundert hätte. Ich ging zu ihm und schüttete ihm die Hälfte des Schnupftabakpulvers in jedes Nasenloch. Danach verschwand ich in der Nasszelle, deren Tür ich einen Spalt offen ließ, um den Tibeter beobachten zu können.

Dalaimoc Rorvic rührte sich mindestens eine Minute lang nicht. Schon fürchtete ich, das uralte Pulver könnte unwirksam geworden sein, als sich die Nasenlöcher des Scheusals noch stärker blähten.

Im nächsten Augenblick erschütterte ein explosives Niesen das Monstrum mit elementarer Gewalt. Die Magnetsäume der Bordkombination Rorvics öffneten sich, und die herabrutschende Kleidung verhüllte das rot anlaufende Gesicht des Scheusals. Das nächste Niesen erschütterte Rorvic noch stärker, so stark, dass er nach vorn kippte und auf den Boden prallte. Seine Hände fuchtelten umher, um den Kopf zu befreien. Als er es endlich geschafft hatte, setzte er sich schnaufend auf und starrte aus rot unterlaufenden Augen um sich. Ich öffnete die Tür der Nasszelle und sagte: »Gesundheit, Sir!«

Der Tibeter blickte mich tadelnd an. »Ich kann auf Ihre Wünsche verzichten, Captain Hainu«, sagte er streng. »Was suchen Sie hier?«

»Sie, Sir«, antwortete ich, »und zwar im Auftrag von Tschubai. Sie und ich sollen nach EBZ 333-D kommen.«

Dalaimoc Rorvic öffnete den Mund zu einer Antwort, doch dann verzog er das Gesicht – und wieder erschütterte eine Niesexplosion seinen ganzen Körper. »Ich muss mich erkältet haben, Tatcher«, erklärte Rorvic anschließend. »Würden Sie mir wohl ein Injektionspflaster geben, das die Erkältung unterdrückt?«

Ich wusste, wo der fette Tibeter seine Arzneimittel aufbewahrte, und ging zu einem Wandschrank. Zwischen leeren Flaschen lagen verschiedene Injektionspflaster. Ich wählte eines, dessen Wirkstoff als abführend deklariert war, riss den Informationsstreifen ab und kehrte zu Rorvic zurück. Er deutete auf sein Speckgenick, und ich knallte ihm das Injektionspflaster voller Vor- und Schadenfreude in den Nacken.

Ras Tschubai blickte ungeduldig auf, als wir eintraten. »Endlich kommen Sie, Captain a Hainu«, sagte er. »Konnten Sie sich nicht ein wenig beeilen?«

»Rorvic kommt ja auch nicht früher, und dem machen Sie keinen Vorwurf!«, protestierte ich.

»Für seine Verspätung sind Sie ebenfalls verantwortlich«, entgegnete der Teleporter. Aber so war es immer. Alle machten mich für die Fehlleistungen des leichenhäutigen Scheusals verantwortlich, das unglücklicherweise zu meinem Vorgesetzten bestimmt worden war. Ich sagte jedoch nichts, weil ich wusste, dass meine diesbezüglichen Vorhaltungen nichts fruchteten. Aber diesmal kam mir erstmalig der Verdacht, dass Dalaimoc Rorvic seine noch teilweise unbekannten parapsychischen Kräfte dazu benutzte, andere Menschen gegen mich einzunehmen.

Ras Tschubai räusperte sich, dann blickte er den hochgewachsenen Terraner an, der neben ihm stand. »Darf ich vorstellen: Leutnant Greenor Varsk«, sagte er. »Leutnant Varsk ist einer unserer besten Space-Jet-Piloten. Ich habe ihn hergebeten, weil er eine wichtige Rolle bei dem Einsatz zu spielen haben wird, den wir jetzt besprechen wollen.«

»Haaatschi!«, machte Varsk. Seine Augen füllten sich mit Tränen. »Bitte, entschuldigen Sie!«, sagte er. »Ich habe eine Allergie. Es ist kein richtiger Schnupfen.«

»Richtig«, meinte Tschubai. »Sie können sich also nicht infizieren, Rorvic und a Hainu. Kommen wir zur Sache. Die MARCO POLO befindet sich im Ortungsschutz einer Sonne, die im Ploohn-Sektor dieser Galaxis steht und von vier Planeten umkreist wird. Planet Nummer zwei scheint besonders wichtig für die Ploohns zu sein, denn er wird von mehr Raumschiffen bewacht als die übrigen drei Planeten.«

»Ich verstehe«, sagte Rorvic. »Wir sollen uns diesen zweiten Planeten aus der Nähe ansehen.«

Ras lächelte. »Aus allergrößter Nähe«, sagte er. »Sie, Rorvic, a Hainu und ich werden auf diesem Planeten landen und feststellen, welche besonderen Aufgaben er für die Ploohns erfüllt.«

»Warum ich, Sir?«, erkundigte ich mich. »Ich hatte eigentlich vor, mich auf die Bord-Schachmeisterschaft vorzubereiten.«

»Sie kommen mit, und damit basta!«, schrie Dalaimoc Rorvic mich an. »Vor jedem irgendwie gefährlichen Einsatz möchten Sie sich drücken, Sie verschrumpelte Marserbse! Aber ich werde schon dafür sorgen, dass Ihnen die Furcht vergeht!«

»Captain a Hainu fürchtet sich nicht«, warf Ras Tschubai ein. »Er ist nur etwas träge geworden, seitdem seine Einsätze spärlicher geworden waren. Ich denke, dass er mehr Eifer entwickeln wird, wenn er wieder einmal zeigen darf, was er leisten kann.«

»Haaatschi!«, pflichtete Leutnant Greenor Varsk ihm bei.

»Gesundheit!«, sagte Rorvic. Im nächsten Moment nieste er ebenfalls – und zwar so stark, dass Tschubai sich heute nicht mehr zu duschen brauchte.

Ras wischte sich die Feuchtigkeit aus den Augen, blickte den Tibeter verwundert an und meinte: »Offenbar ist Varsks Schnupfen doch keine reine Allergie, sondern eine Virusinfektion. Begeben Sie sich nach der Besprechung ins Bordhospital und lassen Sie sich eine Injektion geben, Rorvic.«

»Dagegen helfen tausend Injektionen nicht mehr, Sir«, entgegnete der Tibeter dumpf. Ich sah meinen Vorgesetzten an. Dalaimoc Rorvic war noch blasser geworden als sonst. Ein dichtes Netz feiner Schweißperlen bedeckte sein Gesicht.

Da wurde mir klar, dass mein Injektionspflaster, begünstigt durch die Erschütterung des Niesens, etwas vorschnell gewirkt hatte. Ich hatte Mühe, meine Schadenfreude zu verheimlichen.

»Seien Sie doch nicht so pessimistisch, Rorvic«, meinte Tschubai begütigend. Er wusste eben nicht, worauf sich Rorvics Erwiderung bezogen hatte. Der Tibeter hielt jedoch standhaft aus, bis die Besprechung beendet war.

Wir erfuhren noch, dass wir in zweieinhalb Stunden mit einer Space-Jet starten und den zweiten Planeten anfliegen sollten, so dass Tschubai mit uns auf die Oberfläche teleportieren konnte, dann wurden wir wieder entlassen. Als wir uns vor dem Transportband im Korridor trennten, sagte ich zu Rorvic: »Sie sehen aus, als hätten Sie Verdauungsschwierigkeiten, Sir.«

Dalaimoc Rorvic presste die Lippen zusammen, ging mit kleinen Schritten auf das Transportband und sagte nur: »Ha!«

Ich rieb mir die Hände. Endlich hatte ich dem leichenhäutigen Scheusal etwas von dem heimgezahlt, das er mir am laufenden Band beschert hatte.

22.

Zweieinhalb Stunden später saßen wir in der Steuerkanzel einer Space-Jet: Leutnant Greenor Varsk, Ras Tschubai, Dalaimoc Rorvic und ich. Noch konnten wir durch das transparente Kanzeldach nur den Schleusenhangar sehen, denn das Diskusschiff war noch nicht gestartet.

Ich blickte den Tibeter verstohlen von der Seite an. Aber Rorvic war von dem Zwischenfall nichts anzumerken. Er nieste auch nicht mehr. Varsks Nase dagegen lief ununterbrochen. Wie ein Mensch in solcher Verfassung ein Raumschiff steuern sollte, war mir schleierhaft. Aber Tschubai musste ja wissen, wem er sein und unser Leben anvertraute.

Aus dem Interkom sagte die Stimme von Korom-Khan: »Einsatzgruppe Tschubai, alles klar zum Start. Energetisches Katapult beschleunigt mit Werten, die um ein Drittel höher als die Normwerte liegen, da es darauf ankommt, das Schiff so schnell wie möglich aus der Sonnenatmosphäre zu bringen und ihm eine so hohe Geschwindigkeit mitzugeben, dass die Zeit bis zum Linearmanöver optimal verkürzt wird.«

»Alles klar!«, sagte Ras Tschubai.

»Dann erfolgt der Katapultstart in 15 Sekunden«, gab Korom-Khan bekannt.

Abermals ertönte ein elektronischer Gong, dann zählte eine Robotstimme die letzten Sekunden herunter. Bei »null« stand plötzlich die Hangarschleuse offen. Ich blickte für einen Moment in eine wabernde Hölle aus glühenden Gasen, dann wurde die Space-Jet auch schon mit furchtbarer Gewalt aus dem Schleusenhangar geschleudert.

Die Schutzschirme des kleinen Diskusschiffs wurden von den anprallenden Gasmassen beinahe zusammengedrückt. Es schien, als rasten wir mitten durch das Zentrum einer Transformbombenexplosion. Doch im nächsten Moment wichen die glühenden Gasmassen zurück. Über uns erstrahlte plötzlich das schönste Schwarz, das ich je gesehen hatte.

Leutnant Varsk aktivierte die Impulstriebwerke der Space-Jet. Unter uns blieb die aufgewühlte Atmosphäre der fremden Sonne zurück. Mich schauderte, als ich daran dachte, dass darunter die MARCO POLO »schwamm« und dass wir vor kurzem ebenfalls noch dort unten gewesen waren.

»Ist das Ziel anvisiert, Leutnant?«, erkundigte sich Ras Tschubai mit beinahe heiterer Gelassenheit.

»Planet Nummer zwei ist anvisiert, Sir«, antwortete Greenor Varsk. Er gab sich gelassen, aber am Vibrieren seiner Stimme merkte ich, dass er aufgeregt war. Immerhin flogen wir einen Planeten an, der dem Volk gehörte, das uns als seine Todfeinde betrachtete – und Varsk hatte als Pilot unserer Space-Jet die Verantwortung für das Leben eines Marsianers der a-Klasse und zweier Mutanten zu tragen.

»Für Sie und das Schiff besteht keine unmittelbare Gefahr, Leutnant«, sagte Tschubai. Er hatte wohl auch gemerkt, dass Varsk aufgeregt war. »Sie müssen nur nach dem Rücksturz in den Normalraum sofort wieder voll beschleunigen und mit Notwerten wieder zum Linearflug übergehen – auch, wenn Sie uns wieder abholen.«

»Ja, Sir«, antwortete Greenor Varsk mit spröder Stimme. »Ich komme also genau 16 Stunden, nachdem ich Sie abgesetzt habe, zurück, um Sie abzuholen.«

»Richtig«, bestätigte Ras Tschubai. »Sollten wir nicht an Bord kommen, dann halten Sie sich nicht auf, denn dann sind wir verhindert.«

Ich schluckte, denn das Wörtchen »verhindert« besagte wenig und alles. Vielleicht waren wir in 16 Stunden tot. Aber diese Möglichkeit bestand ja bei jedem Einsatz. Es hatte keinen Sinn, sich vorher darüber aufzuregen – und hinterher konnte man sich nicht mehr aufregen.

Greenor Varsk aktivierte den Waring-Konverter. Von einem Augenblick zum andern verschwanden die Sternbilder der Ploohn-Galaxis, verschwanden die fremde Sonne und ihre vier Planeten – und wir verschwanden unsererseits aus dem ploohnschen Sonnensystem, wurden unsichtbar für alle Gegner und sonstigen Beobachter.

Plötzlich verzog Dalaimoc Rorvic sein Gesicht. »Was ist mit Ihnen?«, erkundigte sich Tschubai besorgt.

»Mir ist nicht gut, Sir«, antwortete Rorvic. »Ich müsste mal kurz verschwinden.«

»Achtung, Rücksturz in den Normalraum steht bevor!«, verkündete Leutnant Varsk.

Tschubai zuckte mit den Schultern. »Jetzt geht es nicht, Rorvic«, sagte er bedauernd. »Nehmen Sie meine rechte Hand.« Er wandte sich an mich. »Und Sie nehmen meine linke Hand, Captain a Hainu.«

Wir gehorchten. Im nächsten Augenblick stürzte die Space-Jet in den Normalraum zurück.

»In 16 Stunden!«, sagte Ras Tschubai. »Viel Glück, Leutnant!«

»Viel Glück, Sir!«, antwortete Greenor Varsk und gab Vollschub. Im nächsten Moment spürte ich einen ziehenden Schmerz im Genick. Doch da befanden wir uns – das heißt Tschubai, Rorvic und ich – nicht mehr in der Steuerkanzel einer Space-Jet, sondern in einer seltsamen Art von Dschungel auf der Oberfläche eines Planeten, der den Ploohns gehörte.

Die VANTEY VEYNSTE flog, eskortiert von elf schwersten Kampfschiffen, ins Zehnplanetensystem Ploohnon ein. Jaymadahr Conzentryn saß unbeweglich auf ihrem Platz in der Hauptzentrale. Aber diese Unbeweglichkeit betraf nur ihr Äußeres. Ihre Gedanken jagten sich mit rasender Geschwindigkeit und befassten sich mit dem derzeitigen Hauptproblem und mehreren Nebenproblemen gleichzeitig.

Das Hauptproblem stellten die terranischen Raumschiffe dar, die durch den Schlund-Transmitter in den Sektor gelangt waren, den die Ploohns als ihre Heimatgalaxis betrachteten. Diese terranischen Raumschiffe hatten sich in alle Richtungen zerstreut und vorerst der Ortung entzogen. Sie waren sozusagen untergetaucht. Unter Umständen konnte es monatelang dauern, bis alle terranischen Raumschiffe aufgespürt worden waren – und alle würde man niemals vernichten können.

Das war das Hauptproblem. Eines der zahlreichen Nebenprobleme bestand darin, dass die Königin die Arbeit ihrer Eierstöcke nicht viel länger unterdrücken konnte. Sie musste sich der Eiablage hingeben, und es mussten ausreichend genetisch geprüfte und qualifizierte Mopoys dabei sein, um die Eier innerhalb einer bestimmten Zeit nach der Ablage zu befruchten. Das ließ sich zwar überall ermöglichen, aber optimal war es nur im Palast der Königin auf Kneys durchführbar. Darum hatte Jaymadahr Conzentryn beschlossen, in ihren Palast zurückzukehren, ihrem Geschäft der Eiablage nachzugehen und gleichzeitig von dort aus die zahlreichen Einzeloperationen der ploohnschen Flotte zu lenken.

Sie beobachtete, wie auf den Schirmen der Außenbeobachtung drei kleine Flottenverbände auftauchten, die dem Flaggschiff entgegenflogen. Die Hyperortung zeigte weiterhin den Aufrisstrichter, in dessen Wirkungsbereich sowohl die terranischen als auch die eigenen Schiffe rematerialisiert waren, nachdem sie vom Schlund der Materiebrücke eingefangen und abgestrahlt worden waren. Der Aufrisstrichter stellte sich als flimmernde Energiewolke dar und verriet nichts von seinen natürlichen hyperenergetischen Funktionen.

Jaymadahr Conzentryn spürte, wie ihr Unterleib immer stärker pulsierte. Sie vermochte die Produktion von Eiern kaum noch zurückzuhalten, seitdem sie einmal den Entschluss gefasst hatte, nach Kneys zurückzukehren. Dennoch ließ sie sich ihre Ungeduld und Erregung nicht anmerken. Sie war erleichtert, als die VANTEY VEYNSTE endlich auf dem großen Raumhafen von Kneys landete. Neben dem Flaggschiff setzten die Schiffe der Eskorte auf. Diesmal ließ sich die Königin nicht auf einer Antigravplattform zum Palast bringen. Das wäre zeitraubend gewesen. Sie bestieg einen schnellen Gleiter und flog direkt zum Palast.

Unterwegs beobachtete sie die Riesenbauwerke, die in gleichen Abständen aus dem Pflanzenmeer des Planeten ragten. Alles machte einen völlig normalen Eindruck. Jaymadahr Conzentryn liebte die Gleichförmigkeit ihrer Welt. Hier herrschte eine vollendete Ordnung, die der optimalen Zweckmäßigkeit diente. Es gab nichts Schöneres für einen Ploohn.

Als der Gleiter auf einer Landeplattform des Palasts aufsetzte, salutierte draußen das Wachkommando der Königin, das sich aus besonders hochgewachsenen Klaschoys zusammensetzte. Die Königin wedelte mit den Fühlern, als sie auf einer Antigravsänfte die Front des Wachkommandos abschwebte. Doch als sie in einem großen Antigravschacht nach unten glitt, hatte sie die Zeremonie bereits wieder vergessen. Ihre Gedanken eilten der Gegenwart voraus.

Im Beratungssaal warteten schon die führenden Klaschoys. Sie reckten ihre Fühler achtungsvoll der Königin entgegen, und ihre großen Facettenaugen glänzten vor Eifer. Aber Jaymadahr Conzentryn begrüßte die Offiziere nur kurz. Dann ließ sie sich in den Legeraum bringen, vor dessen energetischer Barriere bereits die auserwählten Mopoys warteten.

Die Königin streckte sich wohlig auf ihrem Legebett aus. Ihr Unterleib hob und senkte sich im instinktbedingten Lustgefühl, als sie die reifen Eier in schneller Folge ausstieß. Jedes Ei wurde von Geräten, die an der Decke des Legeraums installiert waren, genauestens durchleuchtet, gemessen, genetisch untersucht und erst freigegeben, wenn es als einwandfrei befunden worden war. Dann rollte es auf einem weichen, elastischen Transportband durch eine Strukturschleuse in eine von Prallfeldern abgesicherte Halle. War eine bestimmte Anzahl von Eiern erreicht, wurden die Mopoys zu ihnen gelassen, um sie zu besamen.

Während die Königin im Sinne des Wortes Eier am laufenden Band produzierte und damit den Nachwuchs und die Erhaltung ihres Volkes sicherte, wurde sie von besonders ausgebildeten Peggoys mit hochenergetischer Nahrung gefüttert und gepflegt. Jaymadahr Conzentryn war dennoch froh, als sie das unbedingt erforderliche Soll an Eiern gelegt hatte. Sie ließ sich sofort in den Beratungssaal zurückbringen, setzte sich auf ihren Thron und eröffnete die Beratung. Zuerst gab sie den versammelten führenden Klaschoys einen Bericht über die Raumschlacht und die anschließende Flucht der terranischen Restflotte durch den Schlund-Transmitter.

»Obwohl die Terraner aus Furcht vor der völligen Vernichtung durch den Schlund-Transmitter flüchteten, ist die Lage für uns sehr ernst«, erklärte sie danach. »Tausende von gegnerischen Raumschiffen halten sich in unserem Sektor der Galaxis verborgen. Es ist unabwendbar, dass einige von ihnen ein paar unserer unersetzlichen Pflanzenzuchtwelten entdecken.«

Einer der Klaschoys meldete sich zu Wort und fragte, als er die Erlaubnis erhalten hatte: »Ist es denkbar, dass die Terraner Gragh-Schanath finden, ehrwürdige Königin?«

Ein Raunen ging durch die Versammlung. Alle Anwesenden waren sich der Bedeutung von Gragh-Schanath für die Zivilisation der Ploohns bewusst, und der bloße Gedanke daran, Fremde könnten diese Welt entdecken, musste ihnen Alpträume verursachen.

Jaymadahr Conzentryn gebot durch eine Fühlerbewegung Ruhe. »Ich habe die Wahrscheinlichkeit dafür auf dem Rückflug nach Kneys berechnen lassen«, antwortete sie. »Sie ist verschwindend gering. Wir dürfen also hoffen, dass Gragh-Schanath und damit unser wichtigstes Geheimnis unangetastet bleibt. Dennoch stellen die terranischen Raumschiffe eine Gefahr dar, der wir mit allen Mitteln begegnen müssen.«

Sie legte eine Pause ein und ließ dabei ihren Blick über die versammelten Klaschoys schweifen. Sie erkannte Efrath, Gorgh, Racathun und andere in vielen Kämpfen bewährte Admirale – alles ihre eigenen Kinder, so, wie alle Ploohns ihre Kinder waren. Sie hatte guten Nachwuchs gezeugt, und die Genetiker hatten dafür gesorgt, dass nur ausgewählte Mopoys ihre Eier befruchteten. Das Volk der Ploohns sah einer neuen Blütezeit entgegen – vorausgesetzt, es gelang, die eingedrungenen Terraner bald zu beseitigen.

»Klaschoys!«, sagte Jaymadahr Conzentryn mit kraftvoller Stimme, die Siegeszuversicht vermitteln sollte. »Klaschoys, ich befehle euch, eine gnadenlose Jagd auf alle Terraner zu organisieren, die in unseren Sektor eingedrungen sind. Tötet und vernichtet sie, wo immer ihr sie trefft! Ich selbst werde in meinem Palast bleiben, um alle eingehenden Meldungen auszuwerten, abzustimmen und die Operationen durch entsprechende Befehle zu koordinieren.«

Sie erteilte ihren Leibwächtern einen Wink, die sie daraufhin auf ihre Antigravsänfte hoben und aus dem Saal brachten. Die Klaschoys aber eilten auf schnellstem Weg zu ihren Befehlsständen und Raumschiffen, um die Befehle der Königin in die Tat umzusetzen. Vor allem den Befehl, der da lautete: »Tötet die Terraner, wo immer ihr sie trefft!«

Wir standen auf dem Boden einer Welt, die einem Alptraum entsprungen sein musste. Überall schlängelten sich Pflanzen mit seltsamen Blättern, und alle Pflanzen waren miteinander zu einer organischen Einheit verbunden. Es war warm und feucht. Bewässerungsanlagen versprühten neblige Wasserschleier. Die Wärme ließ vieles von dem Wasser wieder verdunsten, und hoch über uns schwebte eine gewölbte Wolke aus kondensiertem Wasserdampf.

Ich war froh, dass wir vor der Teleportation unsere Druckhelme geschlossen hatten. Die Klimaanlage meines Kampfanzugs war auf extrem trockene und kalte Luft eingestellt. Aber mir wurde schon schlecht, wenn ich nur sah, wie heiß und nass es außerhalb war. Durch meine und seine Helmscheibe sah ich Rorvics Gesicht. Es sah so käseweiß aus wie immer, aber im Unterschied zu sonst trug es einen gequälten Ausdruck. Der Tibeter schien sich alles andere als wohl zu fühlen.

»Was ist mit Ihnen, Rorvic?«, vernahm ich Ras Tschubais Stimme aus den Lautsprechern der Helmfunkanlage.

»Sir, ich bitte darum, mich jetzt endlich für kurze Zeit zurückziehen zu dürfen«, antwortete das fette Monstrum.

»Können Sie mir den Grund dafür nennen?«, erkundigte sich Tschubai verwundert.

Das Scheusal lief rot an. Ich hätte nie gedacht, dass Rorvic so schamhaft sein könnte.

»Nein, Sir«, erwiderte er. »Ich bitte darum, mir eine konkrete Antwort zu ersparen. Es wäre mir peinlich, Sir.«

Plötzlich begriff ich, dass Rorvics Verhalten noch auf meine Injektion zurückzuführen war. Am liebsten hätte ich schallend gelacht, doch dann wäre das Scheusal vielleicht darauf gekommen, dass ich schuld an seinem Zustand war.

»Einverstanden«, antwortete Ras Tschubai. »Aber beeilen Sie sich – und entfernen Sie sich nicht zu weit.«

»Ja, Sir!«, sagte Rorvic. »Danke!« Raschelnd verschwand er in den Büschen.

Ras sah mich prüfend an. »Haben Sie eine Ahnung, was mit Rorvic los ist, Captain a Hainu?«, fragte er.

Ich zuckte mit den Schultern und machte ein unschuldiges Gesicht. »Nein, Sir«, antwortete ich. »Aber Rorvic war ja schon immer ein komischer Kauz.« Um den Teleporter abzulenken, deutete ich nach oben. »Können Sie mir sagen, was das für komische Wolken sind?«, erkundigte ich mich.

Tschubai nickte. »Das sind keine Wolken, Tatcher«, antwortete er bereitwillig. »Das ist kondensierter Wasserdampf, der sich an einer Klarsichtfolie niedergeschlagen hat. Diese Folie scheint die gesamte Oberfläche des Planeten zu umspannen, wie es den Anschein hat – und sie wird durch eine Druckluftstütze gehalten. Schauen Sie mal auf Ihren Luftdruckmesser, Tatcher. Sie werden sehen, dass der Luftdruck rund hundert Prozent höher ist, als er bei einem Planeten dieser Größe und Masse sein dürfte. Ich möchte diese Welt übrigens ›Rosengarten‹ nennen – wegen der Pflanzen.«

»Aber warum nur der riesige Aufwand?«, fragte ich. »Es gibt doch bestimmt genug Planeten in dieser Galaxis, auf denen eine natürliche Treibhausatmosphäre herrscht.«

Ras wollte antworten. Plötzlich aber veränderte sich der Ausdruck seines Gesichts, er legte einen Finger auf die Lippen und machte: »Pst!« Er packte mich an den Schultergurten meines Kampfanzugs und zog mich hinter eine automatische Wassersprühanlage. Im nächsten Augenblick sah ich den Grund dafür.

Etwa dreißig verschieden geformte metallische Gebilde, die nur Roboter sein konnten, bewegten sich in breiter Front über das Pflanzenmeer. Etwa die Hälfte von ihnen schwebte hoch über den Pflanzen, die andere Hälfte bestand aus kleineren Robotern, die ständig zwischen den größeren Maschinen und dem Boden hin und her pendelten. Sie versprühten ein dunkelbraunes Pulver und mischten es gleichzeitig mit Geräten, die rotierende Grabegabeln zu sein schienen, unter den Boden.

Ich blickte zu Tschubai und sah, wie dessen Brauen sich wölbten. »Was kann das sein?«, flüsterte er.

»Was?«, fragte ich.

»Das, was die Roboter in den Boden einarbeiten.«

»Natürlich ein Düngemittel«, sagte ich. »Ohne Kunstdünger gedeiht eine solch üppige Vegetation nicht über lange Zeiträume, Sir.«

»Natürlich ist es ein Düngemittel«, gab Tschubai verärgert zurück. »Aber ein ganz besonderes Düngemittel. Ich spüre, dass es hyperenergetische Impulse ausstrahlt.«

Ich spürte davon nichts, aber ich war ja auch kein parapsychisch begabter Mensch wie Tschubai. Doch wofür gab es Messgeräte. Ich blickte auf den Armband-Detektor, den ich an meinem rechten Handgelenk trug. Tatsächlich, das Gerät zeigte eine hyperenergetische Emission an, die nur von dem Düngepulver ausgehen konnte!

»Sehen Sie es?«, fragte Ras Tschubai erregt.

»Natürlich sehe ich es«, antwortete ich. »Aber ich begreife nicht, weshalb Sie sich darüber so aufregen. Es gibt eben alle möglichen Arten von Düngemitteln, und auch auf der Erde soll man früher mit strahlendem Kunstdünger experimentiert haben.«

»Ich weiß«, erwiderte Tschubai. »Aber das war normalenergetisch strahlendes Material, während dieses hier hyperenergetisch strahlt. Tatcher, ich habe ein eigenartiges Gefühl, so als ob diese Strahlungskomponente mir einen wichtigen Hinweis geben könnte. Wenn ich nur wüsste, welchen!«

»Vielleicht einen Hinweis auf die Wirkung der Strahlungskomponente, Sir«, meinte ich.

»Vielleicht …!«, sagte Tschubai gedehnt.

Unser Gespräch wurde gestört, als die Front der Roboter umschwenkte und sich direkt auf unseren Standort zubewegte. Wir duckten uns noch tiefer hinter die vollautomatische Wassersprühanlage, die unsere Kampfanzüge kostenlos reinigte. Ras deutete nach rechts, in die Richtung, in die Rorvic gegangen war und in der sich keine Roboter befanden. »Sehen Sie mal nach Rorvic, Captain!«, befahl er. »Ich werde hier abwarten, ob die Roboter mich bemerken – und wenn, wie sie auf die Anwesenheit eines Fremden reagieren.«

Ich nickte und huschte in der angegebenen Richtung davon. Schon nach wenigen Schritten merkte ich, dass es gar nicht so leicht war, sich durch das Pflanzengewirr zu arbeiten. Ich blieb ständig irgendwo hängen. Da ich die Pflanzen nicht beschädigen wollte, dauerte es jedes Mal eine ganze Weile, bis ich mich wieder befreit hatte.

Endlich entdeckte ich den fetten Tibeter. Das Scheusal stand in leicht vorgebeugter Haltung da und schloss seinen Kampfanzug. Neben seinen Füßen lag auf dem Boden ein weißer zum Zerreißen gespannter Plastikbeutel. Ein unangenehmer Duft stieg mir in die Nase.

Ich winkte und rief: »Wie geht es Ihnen, Sir? Tschubai schickt mich.«

Dalaimoc Rorvic zuckte zusammen, blickte mich aus seinen roten Augen durchdringend an und fragte: »Was suchen Sie hier, Sie marsianische Trockenbeerenauslese?« Er stieß den Beutel mit dem Fuß zwischen die nächsten Pflanzenteile. Ich stolperte über einen Stängel, konnte mich aber gerade noch halten.

»Wie ich schon sagte, schickt Tschubai mich, Sir. Er ist offenbar über Ihr langes Fernbleiben beunruhigt.«

»Ich bin auch beunruhigt«, erwiderte Rorvic gereizt. »Aber darüber, dass Sie allein in diesem Dschungel herumstolpern. Marschieren Sie sofort zu Tschubai zurück, bevor Sie Unheil anrichten!«

Ich wollte dagegen protestieren, doch da klang Tschubais Stimme im Empfangsteil meines Helmfunkgeräts auf. »Vorsicht!«, rief der Teleporter. »Wir werden von Robotern angegriffen, die uns wahrscheinlich für störende Fremdkörper halten. Wenn es nicht anders geht, wehrt euch und schlagt euch zu mir durch, damit ich mit euch teleportieren kann!«

»Verstanden!«, sagte ich.

»Seien Sie still!«, fuhr Rorvic mich an. »Sie Tölpel haben uns die Roboter auf den Hals gehetzt. Warum duzt Ras uns eigentlich?«

Das konnte ich mir zwar auch nicht erklären, aber die Roboter, die plötzlich überall rings um uns und über uns auftauchten, ließen mich den Formfehler schnell vergessen. Die Roboter machten keinen Hehl daraus, dass ihre Aufmerksamkeit uns galt – und nicht nur ihre Aufmerksamkeit, sondern auch ihre langen Greifarme, mit denen sie uns zu packen versuchten. Dalaimoc Rorvic wurde von einem erwischt. Er stieß einen Wutschrei aus und riss sich los. Dabei riss er den Greifarm ab. Der Roboter stieg sofort steil empor und flog davon. Dafür griffen andere Roboter an.

Obwohl es mir widerstrebte, wertvolles Material zu beschädigen oder gar zu zerstören, zog ich meinen Impulsstrahler, warf mich vor drei zugreifenden Armen zur Seite und feuerte. Der Energiestrahl meiner Waffe teilte einen Greifarm in zwei Teile, schoss weiter und brannte hoch oben ein Loch in die straff gespannte Klarsichtfolie. Es zischte und brauste. Ein Sturmwind erhob sich, warf mich zu Boden und wirbelte zwei Roboter zur Seite. Pflanzenarme peitschten meinen Klarsichthelm.

»Sie Dummkopf!«, vernahm ich Rorvics Stimme aus dem Helmempfänger. »Sie haben das Dach zerschossen. Die gesamte Druckluftstütze entweicht.«

Bevor ich richtig begriff, was der fette Tibeter meinte, senkte sich das Foliendach, das sich eben noch straff über die gesamte Pflanzung gespannt hatte, tiefer. Während das Pfeifen und Brausen anhielt und der Wind noch immer die Pflanzen niederpeitschte, senkte sich das gesamte Dach aus Klarsichtfolie ab.

Immer schneller und schneller kam die Folie herabgestürzt. Rorvic brüllte, Strahlschüsse peitschten, Roboter wirbelten durch die Luft. Eine Wolke Düngepulver wurde vom Wind abgeladen. Sofort war mein Druckhelm, der durch die Bewässerungsanlage besprüht worden war, von dunkelbraunem Pulver bedeckt. Ich hatte große Mühe, das Zeug wieder abzuwischen.

Kaum war mir das gelungen, da stürzte die Dachfolie endgültig herab, legte sich wie ein gigantischer nasser Lappen über die Pflanzungen, die Roboter und mich und drückte alles zu Boden. Da die Bewässerungsanlagen unverändert weiterarbeiteten, wurde alles noch viel stärker durchnässt als vorher. Schlimmer noch: Der Boden bedeckte sich allmählich mit einer anschwellenden Wasserdecke.

»Hier Tschubai!«, schallte es aus dem Empfänger meines Helmfunkgeräts. »Rorvic und a Hainu, bitte melden Sie sich!«

»Hier Captain a Hainu!«, rief ich. »Alles in Ordnung, Sir!«

»Alles in Ordnung?«, brüllte Rorvic empört. »Sie tausendfingriger marsianischer Steinwurm zerschießen erst das Dach, so dass wir nacheinander erdrückt und ertränkt werden, und dann behaupten Sie noch, alles sei in Ordnung. Ich werde beantragen, dass man Sie degradiert.«

»Kommentare später!«, rief Tschubai. »Schießen Sie sich beide einen Weg durch die Folie an die Oberfläche! Draußen beziehungsweise oben treffen wir uns dann und besprechen, was weiter geschehen soll.«

»In Ordnung, Sir!«, antwortete Rorvic.

»Jetzt sagen Sie selber, es wäre in Ordnung«, kritisierte ich das Monstrum. »Aber so ist es immer.«

»Ruhe!«, befahl Tschubai. »Gehen Sie nach oben. Ende!«

Unter diesen Umständen blieb mir nichts weiter übrig, als zu gehorchen. Doch als ich mir mit meinem Strahler einen Weg bahnen wollte, merkte ich, dass ich ihn verloren hatte. Er musste irgendwo auf dem Boden liegen. Da der Boden inzwischen von einer kniehohen Wasserschicht bedeckt war, blieb mir nichts weiter übrig, als zu tauchen und in dem schlammigen Grund nach meiner Waffe zu suchen.

Der erste Versuch blieb erfolglos. Als ich auftauchte, um mich zu orientieren, stieß ich mit einem vielarmigen Roboter zusammen. Es dröhnte dumpf, als mein Druckhelm gegen seinen Metallkörper prallte.

Der Roboter musterte mich kurz aus grünlich glühenden Facettenaugenlinsen, wedelte mit zwei Fühlerpaaren und tauchte dann ebenfalls. Er wühlte wie besessen in dem schlammigen Wasser herum. Mir war schleierhaft, was er dort suchte. Doch als durch sein Wühlen außer Pflanzenteilen und Schlammbrocken plötzlich auch mein Impulsstrahler emporgeworfen wurde, nahm ich die ungewollte Hilfe dankbar an. Ich fing meine Strahlwaffe auf, richtete sie nach oben und drückte ab.

Die Energieentladung ließ das Wasser im Umkreis von mindestens zwanzig Metern kochen. Der Roboter schoss aus der brodelnden Brühe empor und griff mich an. Ich musste ihn zerstören.

Doch mein Beschuss hatte eine Lücke in der Folie geschaffen, die groß genug war, dass ich mich hindurchzwängen konnte. Ich zögerte nicht, diese Gelegenheit zu nutzen, während unter mir andere Roboter auftauchten und die offenbar sinnlose Wühlarbeit ihres »Kollegen« fortführten. Als ich mich durch das Loch an die Oberfläche der Folie zwängte, sah ich zirka fünf Meter neben mir Rorvic aus einem anderen Loch auftauchen. Aus einem dritten Loch, ungefähr sechzig Meter entfernt, zog sich Tschubai. Es sah aus, als wenn drei Maden aus einem überreifen Käse krochen.

Ich stand auf der schwankenden Klarsichtfolie, unter der Roboter durch ein halb überschwemmtes Pflanzenmeer krochen und Beregnungsanlagen ihre Funktion stur weitererfüllten. Dann sah ich die anderen Roboter!

Sie tauchten plötzlich über mir auf und setzten zum Sturzflug an. Hinter ihnen erschienen schwer gepanzerte Gleiter unbekannter Konstruktion. Es musste sich um Gleiter der Ploohns handeln. Bevor ich reagieren konnte, spürte ich den Anprall einer Schmerzwelle. Ich wollte schreien, aber brachte keinen Ton heraus. Kein einziger Muskel meines Körpers bewegte sich. Steif brach ich zusammen.

Während die Roboter herabschwebten und zwei von ihnen mich mit ihren Greifarmen umschlangen, überlegte ich, dass die Gleiter sicherlich nur deshalb keine tödlichen Waffen eingesetzt hatten, weil sie dadurch die Pflanzen unter der Klarsichtfolie gefährdet hätten.

Die Roboter luden mich in einen der Gleiter – und dort fand ich Ras Tschubai und Dalaimoc Rorvic wieder. Die beiden Mutanten waren ebenso gelähmt worden wie ich. Ich erkannte, dass sie mich zwar sahen, aber das war auch schon alles.

Am Geräusch der Antigravtriebwerke merkte ich, dass unser Gleiter sich in Bewegung setzte und mit großer Geschwindigkeit davoneilte. Nach einiger Zeit – es mochten zwei Stunden vergangen sein – veränderte sich das Arbeitsgeräusch der Antigravtriebwerke. Offenbar setzte unser Gleiter zur Landung an.

Ich bereitete mich auf eine Begegnung mit Ploohns vor und fragte mich, was diese Insektenabkömmlinge wohl mit uns anstellen würden. Nicht, dass ich die Ploohns als minderwertig oder grausam ansah, aber sie waren eben anders als wir Menschen, konnten gar nicht so sein wie wir, weil ihre Evolution in völlig anderen Bahnen verlaufen war. Dementsprechend anders würden sie sich gegenüber Gefangenen benehmen.

Vielleicht würde man uns bei lebendigem Leibe sezieren, um mehr über unsere Organe und Körperfunktionen zu erfahren. Möglicherweise pumpte man uns auch voll Gift, um unseren geistigen Widerstand zu brechen und alle Informationen über unsere Herkunft, unsere Heimatwelt und unsere militärische Stärke zu erfahren. Als das Schott des Gleiters sich öffnete und Roboter ihre Greifarme hereinstreckten, um uns herauszuziehen, bereitete ich mich innerlich auf die schlimmsten Torturen meines Lebens vor – und auf die letzten.

Im Freien angelangt, sah ich vor mir die Metallplastikwandung eines hügelförmigen Bauwerks in den Himmel ragen. Die Roboter trugen uns auf eine Öffnung am Fuß des Bauwerks zu und brachten uns ins Innere. In einem sechseckigen Raum wurden wir auf ein langsam dahinfließendes Transportband gelegt, das in zahlreiche fremdartige Apparaturen hinein- und wieder herausführte.

Doch so fremdartig diese Apparaturen auch waren, ich erkannte, dass sie offenbar dazu dienten, unbekannte Gegenstände oder Lebewesen zu untersuchen. Anscheinend wussten die Roboter noch nicht, dass es sich bei uns um Menschen und damit um Wesen handelte, die von den Ploohns als ihre Feinde betrachtet wurden.

Weiter kam ich mit meinen Überlegungen vorerst nicht, denn das Transportband, das soeben Rorvic in die nächste Apparatur befördert hatte, transportierte nunmehr mich dort hinein. Es wurde dunkel, und in der Dunkelheit schienen zahllose Augen zu glühen und mich zu mustern. Sekunden später trug das Transportband mich wieder ins Freie. Vor mir glitt Dalaimoc Rorvic auf die von rötlichem Lichtschein erfüllte Öffnung einer halbkugelförmigen Apparatur zu. Irgendwo hinter mir musste sich Tschubai befinden. Ich konnte ihn nicht sehen, da ich meinen Kopf nicht bewegen konnte.

Kaum war Rorvic in der Öffnung vor mir verschwunden, als auch ich hineinbefördert wurde. Drinnen wurde das rötliche Licht heller. Es stach mir in die Augen, bis die automatischen Filter meines Helms reagiert hatten. Diesmal wurde ich von unsichtbaren Fingern betastet und durchgeknetet, soweit der Widerstand meines Kampfanzugs das zuließ.

Plötzlich hörte ich einen dumpfen Ton. Es klang, als brüllten tausend Stiere gleichzeitig. Am liebsten hätte ich die Außenmikrofone meines Helms abgeschaltet. Leider konnte ich das meiner Lähmung wegen nicht.

Als das Transportband mich wieder ins Freie beförderte, hatte die Umgebung sich verändert. Rorvic war nicht mehr vor mir, sondern hing an einem riesigen Greifarm, der seine Schulterkreuzgurte gepackt hielt. Der Tibeter wurde aus meinem Blickfeld gehoben. Wenig später packten mich ebenfalls Greifwerkzeuge. Kurz darauf tauchte Rorvic wieder in meinem Blickfeld auf. Das Scheusal lag auf einer großen Metallplatte.

Ich atmete auf, als der dumpfe Ton endlich verstummte. Wenige Zentimeter über der Metallplatte ließen die Greifwerkzeuge los. Ich fiel unsanft neben den Tibeter. Sekunden später tauchte Tschubai über mir auf und wurde nach rechts wieder aus meinem Blickfeld geschwenkt. Wahrscheinlich hatten die Untersuchungen inzwischen ergeben, dass wir keine Fremdkörper waren, die zufällig auf die Pflanzenwelt geraten waren, sondern Angehörige eines Volkes, das als feindlich eingestuft worden war. Was würde nun auf uns zukommen?

Wir brauchten nicht lange zu warten. Es mochte etwa eine Viertelstunde verstrichen sein, da hörte ich polternde Geräusche und mehrere fremdartige Stimmen, die in einer unbekannten Sprache redeten.

Dann tauchten vier Wesen in meinem Blickfeld auf, die unzweifelhaft Ploohns waren. Diese Vertreter des Insektenvolkes sahen eigentlich, wie ich nach prüfendem Blick feststellte, ganz manierlich aus, auch wenn ihre Chitinhaut, ihre Facettenaugen, die Kopffühler und die dreieckigen Münder keinen Zweifel an ihrer Fremdartigkeit ließen.

Mit größerer Vernunft als beispielsweise Terraner konnten die Ploohns allerdings nicht ausgestattet sein, denn sie bedrohten uns trotz unserer Paralyse mit schussbereiten Thermowaffen. Noch schienen sie über unser Schicksal zu diskutieren, aber ich gab mich keinen Illusionen hin. Diese Ploohns wussten offenbar nichts mit uns anzufangen. Folglich würden sie uns vorsichtshalber umbringen.

Ich schloss mit meinem Leben ab, überlegte, ob es meiner Frau je möglich sein würde, meine sterblichen Überreste heimzuholen, damit sie in marsianischem Sand begraben würden, wie sich das für einen Marsianer der a-Klasse gehörte.

Als einer der Ploohns einen Befehl schrie, schloss ich die Augen.

23.

Meine Erwartung, von einem sonnenheißen Energiestrahl erfasst und im Bruchteil einer Sekunde eingeäschert zu werden, erfüllte sich nicht. Jedenfalls nicht sofort. Ich öffnete die Augen wieder, als mich metallische Klauen packten. Die vier Ploohns standen immer noch vor uns, aber sie hatten ihre Waffen gesenkt. Dafür waren wir von den Greifarmen großer Roboter ergriffen worden und wurden auf eine Antigravplattform verladen.

Die Plattform schwebte gleich darauf in einen anderen Raum. Hier gab es keine Roboter. Dafür ragten zahlreiche bewegliche Greifarme aus den Wänden. Wieder wurden wir gepackt. Diesmal aber gingen die Greifwerkzeuge erheblich feinfühliger vor. Sie tasteten und manipulierten an unseren Kampfanzügen herum, lösten die Druckhelme, öffneten Magnetsäume, zogen uns die Stiefel aus und nahmen uns die Waffen ab.

Anschließend streifte man uns die Kampfanzüge von den Körpern. Das Gleiche geschah mit der Unterkleidung, die wir anhatten und in der sich zahlreiche Mikrowaffen verbargen, wie sie bei einem Einsatz auf gegnerischen Welten üblich waren. Schließlich lagen wir völlig nackt auf einer anderen Plattform. Aber wir blieben nicht lange nackt.

Roboterarme, an denen sich keine Greifklauen, sondern eine Art Spinndüsen befanden, senkten sich auf uns herab. Es zischte, als aus den Spinndüsen haarfeine Flüssigkeitsstrahlen schossen, die sich an der Luft augenblicklich verhärteten und zu Fäden wurden, die sich um unsere Körper wickelten. Innerhalb weniger Minuten waren wir regelrecht in Kokons eingesponnen. Nur die Köpfe blieben frei. Die Spinndüsenarme verschwanden wieder; dafür tauchten erneut die Greifarme auf. Sie hoben uns hoch und lehnten uns gegen eine Wand.

Ich stand so, dass ich geradewegs durch eine transparente Wand in einen benachbarten Raum blicken konnte. Dort waren große Maschinen dabei, fladenförmiges dunkelbraunes Material zu pulverisieren. Das pulverförmige Endprodukt erinnerte mich an den Kunstdünger, den die Roboter in der Pflanzung untergearbeitet hatten. Wahrscheinlich handelte es sich tatsächlich um das Düngepulver mit der hyperenergetischen Strahlungskomponente, über das Ras Tschubai sich unverständlicherweise so sehr aufgeregt hatte.

Ich versuchte, Tschubai in mein Blickfeld zu bekommen. Da meine Augenmuskeln ebenfalls noch gelähmt waren, gelang es mir nicht. Aber ich konnte wenigstens einen Teil von Tschubais Gesicht sehen. Und der Ausdruck, den ich darauf entdeckte, verblüffte mich. Es wirkte nämlich, als würde Ras Tschubai zuerst erschrecken und dann staunen. Ich merkte, dass er sich krampfhaft bemühte, die Lippen zu bewegen – erfolglos.

Nach einiger Zeit gab der Teleporter seine Bemühungen auf. Aber einige Muskeln seines Gesichts vermochte er weiterhin zu bewegen. Ich sah, dass Tschubai sehr nachdenklich geworden war – und nach einiger

Zeit glaubte ich sogar, heimlichen Triumph in seinen Augen aufblitzen zu sehen.

Dazu erkannte ich allerdings nicht den geringsten Grund. Tschubai jedoch musste einen Grund sehen. Ob es vielleicht etwas mit dem Düngepulver zu tun hatte? Ich beschloss, den Teleporter zu fragen, sobald unsere Lähmung abgeklungen war. Vorläufig konnte ich diesen Entschluss noch nicht verwirklichen. Erneut kamen Roboter und legten uns auf eine Antigravplattform. Danach kümmerte sich mindestens zwei Stunden lang niemand um uns. Ich war richtig erleichtert, als nach diesen zwei Stunden endlich einige Ploohns in Begleitung von Robotern erschienen. Die Ploohns riefen Befehle, und die Roboter schoben unsere Plattform an. Man brachte uns aus dem Gebäude – und als ich das Ploohn-Raumschiff draußen stehen sah, wusste ich, dass man uns noch nicht zum Tode verurteilt hatte. Offenbar waren wir einigen Ploohns wichtig genug, um noch am Leben bleiben zu dürfen.

Ich wünschte, jemand würde uns mitteilen, was man mit uns vorhatte. Doch entweder hielten die Ploohns das nicht für nötig, oder sie besaßen keinen Translator, mit dem sie sich uns verständlich machen konnten.

Die Roboter schoben unsere Plattform durch eine Schleuse und weiter in einen leeren Lagerraum, in dem andere Roboter damit beschäftigt waren, einige Geräte zu installieren. Fünf schwer bewaffnete Ploohns verfolgten die Arbeiten. Als die Roboter ihre Arbeit beendet hatten, schaltete einer der Ploohns an den Geräten. Plötzlich knisterte es, dann baute sich über uns eine Energieglocke auf. Die Ploohns blieben außerhalb dieser Glocke. Sie warteten noch einige Minuten, dann verließen sie schweigend den Lagerraum. Ungefähr eine halbe Stunde ereignete sich nichts. Danach ertönten plötzlich das Geräusch hochgeschalteter Kraftwerke und das Tosen und Pfeifen von Triebwerken. Das Schiff startete!

»Was haben sie mit uns vor?«, fragte ich krächzend – und wunderte mich im nächsten Augenblick darüber, dass ich wieder sprechen konnte.

»Vielleicht bringt man uns zu Jaymadahr Conzentryn«, antwortete Ras Tschubai. »Die Ploohns haben erkannt, dass wir – vielmehr zwei von uns – über parapsychische Fähigkeiten verfügen. Daher der dimensional übergeordnete Energieschirm, der eine Flucht durch Teleportation unmöglich macht. Die Königin der Ploohns dürfte sich für alle Terraner interessieren, die parapsychische Fähigkeiten besitzen und beherrschen.«

»Wie können Sie sprechen, wenn Sie paralysiert sind?«, fragte Dalaimoc Rorvic.

»Wir sind eben nicht mehr gelähmt«, antwortete ich. »Aber Sie doch auch nicht. Warum dann die Frage?«

Das fette Scheusal lachte. Da merkte ich, dass er uns nur zum Narren gehalten hatte – und das in einer Lage, die wenig beneidenswert war. Ras Tschubai lachte ebenfalls, allerdings sehr verhalten, dann meinte er leise: »Ich weiß jetzt oder glaube zu wissen, woraus die Ploohns ihr Düngepulver herstellen: aus Molkex.«

»Molkex?«, fragte ich verwundert. »Ist das nicht eine Art Joghurt? Ich habe doch schon einmal davon gehört.«

»Nein«, erwiderte Tschubai ernst. »Molkex ist die Abkürzung für ›Molekular-Katalytischer Extrakt‹, ein organisches Material, das sich in ständiger Metamorphose befindet. Wenn Sie sich an Ihre Lektionen in Raumkriegsgeschichte erinnern, werden Sie vielleicht wissen, dass die Bluesvölker, die heute relativ isoliert auf der galaktischen Eastside leben, früher einmal den Bestand des Solaren Imperiums in seinen Grundfesten erschüttert haben. Ursache dafür war die Überlegenheit der Bluesraumschiffe. Und Ursache für diese Überlegenheit war eine Schicht aus Molkex, die jedes Bluesraumschiff als unzerstörbarer Panzer umgab. Nicht einmal der konzentrierte Beschuss mit Transformkanonen konnte diesen Panzer zerstören; im Gegenteil, die Entladungsenergien wurden von dem Molkexpanzer aufgesaugt, der dadurch noch widerstandsfähiger wurde.«

»Ich erinnere mich«, antwortete ich. »Soviel ich weiß, wurden die Blues damals besiegt, weil terranische Wissenschaftler eine Abwehrwaffe erfanden, die auf dem so genannten B-Hormon basierte.«

»Richtig, aber unvollständig«, sagte Tschubai. »Das B-Hormon, das von den Blues-Babys ausgeschieden wird, ist zwar für das Molkex ein so genannter Weichmacher, aber die Synthetisierung stieß auf Schwierigkeiten, weil das natürliche B-Hormon nur gegen Molkex wirkte, da es fünfdimensional strahlte. Diese Strahlung erwies sich jedoch als instabil bei dem künstlichen B-Hormon, so dass der Einsatz dadurch beschränkt wurde.«

»Aber die Blues wurden letzten Endes doch besiegt, nicht wahr?«, warf Dalaimoc Rorvic ein.

»Das stimmt«, antwortete Ras Tschubai. »Dazu war aber die Neuentwicklung eines Mini-Hypertrons notwendig, das die Größe eines Fußballs hatte und in die Anti-Molkexbomben installiert wurde. Da solche Mini-Hypertrons nur eine Funktionsdauer von 45 Minuten hatten, wurden sie erst dann aktiviert, wenn eine Gefechtsberührung mit Bluesschiffen unmittelbar bevorstand. Auf diese Weise gelang es uns, die Überlegenheit der Blues auf dem Sektor Defensivwaffen zu brechen und sie zu einem vernünftigen Frieden zu bewegen.«

»Und nun taucht in der Ploohn-Galaxis wieder Molkex auf!«, überlegte ich laut. »Nur verwenden die Ploohns es nicht als Schiffspanzer, sondern als Düngemittel. Wie kommt dieses Molkex überhaupt hierher?«

»Das ist eine gute Frage«, sagte der Teleporter. »Wir wissen, dass sich die Molkexpanzer der Bluesraumschiffe nach dem Beschuss mit Anti-Molkexbomben von den Schiffen lösten und mit hohen Beschleunigungswerten davonflogen. Wir verfolgten diese davonrasenden Molkexfladen und -ballungen und stellten fest, dass sie nach Erreichen der Lichtgeschwindigkeit im Hyperraum verschwanden. Später wurde klar, dass alle Molkexmengen im alten galaktozentrischen Sonnensechsecktransmitter verschwanden und abgestrahlt wurden. Wohin, war bis heute unklar. Ich nehme an, dass es sich bei dem Molkex der Ploohns um jenes damals verschwundene Molkex handelt. Es muss damals, genau wie vor kurzem die Erde, vom energetischen Sog des Mahlstroms angezogen und rematerialisiert worden sein.«

»Und es wird von den Ploohns gebraucht, wahrscheinlich sogar dringend«, sagte Dalaimoc Rorvic. »Wenn wir noch Anti-Molkexbomben besäßen, könnten wir die Ploohns ihres hochwertigen Düngers berauben. Ich wette, dass sie dann in ernste Schwierigkeiten gerieten.«

»Das wäre unmenschlich!«, protestierte ich.

»Nicht unmenschlicher als eine Verlängerung des Krieges zwischen den Ploohns und uns«, sagte Tschubai. »Wenn wir das Molkex als Druckmittel verwenden können, um die Ploohns zum Frieden zu zwingen, erreichen wir damit sogar ein zutiefst menschliches Ziel.«

Ich schwieg, weil ich einsah, dass Tschubais Argument nicht zu widerlegen war. Vielleicht konnten wir den Ploohns doch noch klar machen, dass es besser war, in Frieden miteinander zu leben, anstatt sich gegenseitig Schwierigkeiten zu bereiten.

Greenor Varsk blickte auf den Armband-Chronographen Noch acht Minuten bis zum vereinbarten Treffen mit der Gruppe Tschubai!

Der Leutnant war nervös und schwitzte. Außerdem machte ihm sein allergischer Schnupfen zu schaffen. Er nieste, rieb sich die Nase mit einem Papiertaschentuch trocken und blickte wieder auf den Schirm. In anderthalb Minuten musste er den Waring-Konverter einschalten und damit die Space-Jet in den Linearraum bringen, damit sie zum genau richtigen Zeitpunkt dicht vor der Atmosphäre des zweiten Planeten in den Normalraum zurückkehren und Tschubai und seine Begleiter aufnehmen konnte.

Alles war bis auf die Sekunde genau durchgerechnet worden. 16 Stunden nach dem Beginn des Einsatzes würden Tschubai und seine Begleiter auf ein kurzes Funksignal warten, das ihnen die Ankunft der Space-Jet meldete. Zu diesem Zeitpunkt musste das Schiff sich an einem genau festgelegten Koordinatenpunkt befinden, damit der Teleporter es nicht verfehlte. Ein Fehlsprung wäre zwar nicht unmittelbar tödlich für Tschubai und seine Gefährten, aber er würde Zeit kosten, was die Gefahr, entdeckt und beschossen zu werden, erheblich vergrößerte.

Greenor Varsk war sich seiner Verantwortung bewusst. Er wusste auch, warum ausgerechnet er für diesen Einsatz ausgewählt worden war. Die Hauptpositronik der MARCO POLO hatte ihn dazu bestimmt, weil seine Psychotests bewiesen hatten, dass er jenes besondere Einfühlungsvermögen in die Gesamtheit von funktionellen Abläufen eines Raumschiffs besaß, wie es Voraussetzung zur Ausbildung als Emotionaut war.

Damit waren gleichzeitig die Weichen für Varsks weitere berufliche Entwicklung gestellt worden. Noch immer gab es zu wenige Menschen, die von Natur aus jene Begabung mitbrachten, die Voraussetzung für die Ausbildung zum Emotionauten war. Dadurch herrschte ein ständiger Mangel an Menschen, die mit Hilfe einer SERT-Haube ein Raumschiff allein durch Gedankenbefehle steuern konnten. Greenor Varsk war ein solcher Mensch. Seine diesbezügliche Begabung hatte sich erst während seiner Praxis als Raumschiffspilot entwickelt, obwohl die Anlage dazu schon immer vorhanden gewesen sein musste.

Varsk lächelte. Nach der Rückkehr der MARCO POLO auf die Erde würde er auf die Emotio-Akademie des Solaren Imperiums abkommandiert werden – und vielleicht steuerte er in einigen Jahren ein so riesiges Raumschiff wie die MARCO POLO als Kommandant oder als Zweiter Emotionaut.

Ein Summton unterbrach seine Gedanken. Er aktivierte den Waring-Konverter. Die Space-Jet verschwand aus dem vierdimensionalen Raum-Zeit-Kontinuum und jagte durch den Linearraum ihrem Ziel entgegen, unauffindbar durch ploohnsche Ortungsgeräte.

Greenor Varsk kümmerte sich nur flüchtig und nebenbei um die optischen Effekte, die durch die transparente Steuerkanzel zu sehen waren. Der Linearraum hatte zwar noch viele Rätsel bereit, aber wesentlich war, dass er sich planmäßig für Überlichtflüge benutzen ließ. Alles andere war nicht so wichtig.

Als der Zeitpunkt gekommen war, schaltete Varsk den Waring-Konverter ab. Dadurch stürzte die Space-Jet automatisch in den Normalraum zurück. Da sie dabei jegliche Fahrt verlor, schwebte das Schiff praktisch unbeweglich vor der Atmosphäre des zweiten Planeten. Leutnant Varsk gab das Funksignal. Danach beschleunigte er mit geringen Werten, um nach der Rückkehr von Tschubai und seinen Begleitern sofort wieder hochschalten und schnellstens im Linearraum verschwinden zu können.

Als die Positronik die auftreffenden Impulse fremder Ortungsgeräte anzeigte, runzelte Greenor Varsk die Stirn. Die Ploohns konnten ihn unmöglich rein zufällig so schnell gefunden haben. Demnach hatten sie auf der Lauer gelegen.

Varsk war beunruhigt, weil Tschubai und seine Gefährten noch nicht angekommen waren. Er erinnerte sich an Tschubais Befehl, nicht zu warten, sondern zu beschleunigen und zu verschwinden, wenn die Einsatzgruppe nicht plangemäß einträfe. Dennoch wartete er, weil er nicht glauben konnte, dass den drei Männern etwas Schlimmes zugestoßen sein könnte. Er wartete einige Sekunden zu lange.

Greenor Varsk sah die scharf gebündelten Impulsstrahlen nicht, die von der Oberfläche des Planeten zu seinem Schiff emporrasten. Er konnte sie nicht sehen, da sie mit Lichtgeschwindigkeit kamen. Als sie einschlugen, explodierte für Varsk das Universum in einem grellen, schmerzlosen Lichtblitz, in dem sein Leben ausgelöscht wurde, bevor er Angst empfinden konnte.

Am dumpfen Arbeitsgeräusch der Aggregate hörte ich heraus, dass unser Raumschiff irgendwo zur Landung ansetzte. Ich blickte zu Tschubai hinüber. Der Kopf war bis jetzt immer noch der einzige Körperteil, den ich bewegen konnte. Alles andere wurde von dem Kokon fest umfangen. Meinen Gefährten erging es nicht besser als mir. Tschubai begegnete meinem Blick. Er wirkte nachdenklich.

»Woran denken Sie, Sir?«, erkundigte ich mich.

»Die 16 Stunden, die wir mit Leutnant Varsk vereinbart hatten, müssten eigentlich um sein«, antwortete der Teleporter. »Ich sorge mich um ihn. Hoffentlich hat er meine Mahnung, sofort wieder zu verschwinden, falls wir nicht genau zum festgelegten Zeitpunkt zurückkehrten, beherzigt.«

»Greenor Varsk ist tot«, warf Rorvic mit tonloser Stimme ein.

»Woher wollen Sie das wissen?«, fragte ich ärgerlich.

»Ja, woher wollen Sie das wissen?«, fragte auch Tschubai. »Ich denke, die Energieglocke, die uns umgibt, verhindert jeglichen parapsychischen Kontakt mit der Außenwelt.«

»Nicht jeden«, behauptete der fette Tibeter.

Ich ärgerte mich über das Scheusal. Schließlich hätte Rorvic uns genauer erklären können, woher er wissen wollte, dass Greenor Varsk tot war. Aber er legte offensichtlich keinen Wert darauf, uns vollständig über seine parapsychischen Fähigkeiten aufzuklären. Das führte immer wieder zu Fehleinschätzungen. Manche führenden Offiziere glaubten sogar immer noch, Rorvic könnte nicht teleportieren. Das stimmte zwar, wenn man es ganz genau nahm und nur die Art von Ortsveränderung mittels parapsychischer Kräfte als Teleportation anerkannte, wie sie von den klassischen Teleportern angewandt wurde. Aber Dalaimoc Rorvic erzielte durch die gleichen Mittel auf etwas anderem Weg das gleiche Ziel. Ich sah nicht ein, warum man das nicht ebenfalls als Teleportation bezeichnen sollte.

Und er besaß parapsychische Fähigkeiten, von denen selbst unsere anderen Mutanten nichts ahnten – ausgenommen vielleicht Gucky. Doch der Mausbiber würde niemals das Geheimnis eines anderen Mutanten an Außenstehende verraten, auch wenn sie seine besten Freunde waren.

Während ich noch überlegte, wie ich das leichenhäutige Scheusal dazu bringen konnte, uns zu verraten, wie es festgestellt haben wollte, dass Greenor Varsk tot sei, erstarben die lauten Arbeitsgeräusche des Schiffs. Wir waren gelandet – wenn wir auch noch nicht wussten, wo und zu welchem Zweck.

Nur wenige Sekunden später öffnete sich das Schott des Lagerraums, in dem wir untergebracht waren. Vier Roboter erschienen, begleitet von sechs schwer bewaffneten Ploohns. Wieder sprach niemand zu uns. Die Roboter legten uns auf eine Antigravplattform und schoben uns hinaus, während die Ploohns dabeistanden und ihre Waffen auf uns gerichtet hielten. Vielleicht hätte Ras Tschubai teleportieren können, denn die Energieglocke war ausgeschaltet worden, damit wir abgeholt werden konnten. Er tat es jedoch nicht. Wahrscheinlich wollte er abwarten, was man mit uns vorhatte.

Als man uns durch eine Bodenschleuse aus dem Schiff beförderte, erblickte ich über uns einen tiefblauen Himmel, an dem nur wenige dünne Wolkenschleier hingen. Eine gelbe Sonne strahlte erbarmungslos herab und schuf ein grelles Licht, in dem die Konturen der Landschaft scharf hervortraten.

Ich sah, dass wir auf einem weiten Raumhafen gelandet waren. Außer dem Schiff, das uns hergebracht hatte, standen noch zirka dreihundert andere Raumschiffe hier, alle in der für die Ploohns typischen Bauweise: riesige, schlanke Zylinder mit einer kugelförmigen Verdickung am Heck, in der die Triebwerke untergebracht waren.

Zahlreiche Gleiter sausten zwischen den Schiffen hin und her. Am Horizont marschierte eine Kolonne Roboter ohne Tritt und ohne erkennbare Formation, aber doch als eine homogene Masse, deren Zielstrebigkeit unverkennbar war. Weiter hinten, außerhalb des Raumhafengeländes, waren die abgerundeten Kuppen von Bauwerken zu sehen. Sie glichen sich allesamt wie ein Ei dem anderen.

Plötzlich raste ein Gleiter bis dicht an uns heran, stoppte und wandte uns seine linke Seite zu. Ein Ploohn im Kampfanzug stieg aus und rief einige Befehle. Er schien aufgeregt. Die uns begleitenden Ploohns antworteten nur kurz, dann riefen sie ihrerseits Befehle, die an unsere Roboter gerichtet waren. Die Roboter stürzten davon und kamen nach kurzer Zeit mit einigen Geräten wieder. Sie stellten die Geräte auf unsere Antigravplattform und befestigten sie provisorisch. Im nächsten Augenblick baute sich wieder die Energieglocke über uns auf.

»Sie haben reagiert, aber nicht schnell genug«, sagte Rorvic orakelhaft.

»Wie meinen Sie?«, fragte Tschubai.

Das fette Scheusal grinste. »Ich habe ein paar Überraschungen für unsere Gegner produziert, Sir«, antwortete er. Er wurde wieder ernst. Sein Gesicht wirkte beinahe nachdenklich, obwohl der Albino eigentlich gar nicht denken konnte und demnach auch nicht nachdenken.

»Leider bin ich diesmal nicht so recht in Form«, meinte er. »Eine unangenehme Darmgeschichte macht mir zu schaffen. Und mein Amulett fehlt mir.« Er blickte mich scharf an. »Wissen Sie vielleicht, wo mein Amulett ist, Captain Hainu?«, erkundigte er sich inquisitorisch.

»Ihr Amulett?«, fragte ich unschuldig. Diesmal war ich tatsächlich unschuldig. Ich hatte sein Amulett weder versteckt noch sonst etwas damit angefangen. Ich erinnerte mich lediglich, dass ich es vor unserem Einsatz noch gesehen hatte, und zwar auf der Pflanzenwelt.

»Ja, mein Bhavacca Kr'ah!«, antwortete der Tibeter. »Bestimmt haben Sie wieder damit gespielt und es irgendwo liegen lassen, Sie ausgetrockneter marsianischer Spielwurm!«

Ich erwiderte nichts darauf. Mochte Rorvic meinetwegen glauben, ich hätte sein Amulett versteckt oder sonst etwas damit getan. Die Wahrheit hätte er mir ja doch nicht abgenommen. Wir kamen auch nicht dazu, länger über dieses Thema zu diskutieren, denn unsere Plattform setzte sich in Bewegung. Sie wurde offenbar ferngesteuert, denn sie erhob sich ohne sichtbares Zutun unserer Roboter und der Ploohns in die Luft. Nur drei gepanzerte Gleiter folgten ihr.

Der Flug ging in zirka zweitausend Metern Höhe über eine Landschaft, die sich durch erschreckende Monotonie auszeichnete. Überall ragten in gleichmäßigen Abständen große Bauwerke empor, die eine verblüffende Ähnlichkeit mit terranischen Termitenhügeln besaßen, obwohl die Glätte ihrer Außenflächen und der metallische Glanz verrieten, dass es sich um Bauten handelte, die mit modernsten technischen Mitteln und Materialien errichtet worden waren. Zwischen den Bauwerken wuchsen die gleichen Pflanzen wie auf dem Planeten, auf dem unser Einsatz begonnen hatte. Auch sie zeichneten sich durch erschreckende Monotonie aus. Ich hätte auf diesem Planeten nicht für immer leben wollen.

Nach einiger Zeit flogen wir über ein Wolkenfeld hinweg, und mitten aus dem Wolkenfeld ragte die Kuppe eines wahrhaft gigantischen Gebäudes. Als wir durch die Wolken nach unten stießen, gewann ich einen Überblick über die Gesamtheit dieses Bauwerks. Es musste mindestens 2400 Meter hoch, 1200 Meter lang und 1000 Meter breit sein. Es war erheblich größer als alle anderen Bauten, die wir auf dieser Welt bisher gesehen hatten – vielleicht handelte es sich sogar um den Palast der Königin Jaymadahr Conzentryn, deren strategisches und taktisches Genie beinahe zur Vernichtung einer terranischen Flotte geführt hatte.

Ich war gespannt, was uns darin erwartete, denn dass dieser Palast unser Ziel war, ließ sich nicht mehr verkennen. Unsere Plattform senkte sich auf eine Öffnung in der metallisch schimmernden Außenhülle ab – immer noch begleitet von den drei gepanzerten Gleitern.

Gleich darauf fanden wir uns im Innern des Palasts wieder. Hier herrschte reger Betrieb. Die Korridore, durch die unsere Plattform schwebte, wimmelten von Ploohns unterschiedlicher Gestalt und Kleidung. Neben Insektenabkömmlingen in Kampfanzügen, die relativ schlank und hochgewachsen waren, gab es Ploohns in schlichter Kleidung, deren Körperbau verriet, dass sie für physische Arbeiten eingesetzt wurden. Sie waren gedrungen und kräftig. Hin und wieder begegneten wir auch Ploohns, die beinahe doppelt so groß waren wie die Krieger. Ihre Kleidung war weniger zweckmäßig, sondern eher die von Müßiggängern.

»Es sind Drohnen«, raunte Ras Tschubai uns zu. »Ploohns, die ihren Lebenszweck ausschließlich in der Befruchtung der königlichen Eier sehen.«

»Schmarotzer!«, sagte Rorvic verächtlich.

»Keineswegs«, entgegnete der Teleporter. »Ich bin sicher, dass diese Drohnen ein anstrengendes Leben führen. Sie müssen sich bestimmt körperlich fit halten, nur dass sie das nicht durch gewöhnliche Arbeiten tun, sondern durch ein eigens für sie entworfenes Trainingsprogramm. Ihre Nahrung dürfte ebenfalls ausschließlich auf ihre Funktion abgestimmt sein.«

Dalaimoc Rorvic sagte etwas, das ich nicht wiedergeben kann. Ich schämte mich für meinen Vorgesetzten. Aber so war er nun einmal.

Schließlich kamen wir an ein großes Tor, vor dem sich zwei Gruppen von Ploohns postiert hatten, die über ihren Kampfanzügen gelb und schwarz gestreifte Schulterumhänge trugen. Die viergliedrigen Hände steckten in roten Handschuhen, und auf den Köpfen trugen die Insektenwesen rot und blau karierte Schiffchenmützen, die die Fühler frei ließen. Als wir anhielten, schrie einer der Wächter einen Befehl. Die Ploohns rissen ihre schweren Strahlgewehre hoch und präsentierten sie, indem sie die Kolben auf die Gürtelschnallen stützten und die Läufe schräg nach oben weisen ließen.

»Wahrscheinlich die Leibgarde der Königin«, flüsterte Tschubai.

Ich wunderte mich darüber, dass die Elitesoldaten der Insektenkönigin uns so respektvoll begrüßten. »Sie können doch gar nicht wissen, dass ich ein Marsianer der a-Klasse bin«, sagte ich grübelnd.

»Ihr Gruß gilt ja auch nicht Ihnen, sondern mir«, behauptete Dalaimoc Rorvic. »Die Ploohns erkennen in meinen Augen das Feuer der Erleuchtung.«

»Ha!«, erwiderte ich matt.

Wir bekamen keine Gelegenheit zu längerer Diskussion, denn das Tor öffnete sich, und unsere Plattform schwebte durch ein Spalier von Ploohns, die kostbare Uniformen trugen, in eine große runde Halle. Im Hintergrund der Halle saß auf einer Antigravplattform, die als eine Art Thron gestaltet und reich gepolstert war, ein riesiges Insektenwesen, offenbar die Ploohn-Königin. Vor ihr stand auf einem Metallgestell ein Translator, der zu unserer Ausrüstung gehört hatte. Die

Ploohns hatten ihn genommen, um sich mit uns zu verständigen, folglich mussten die terranischen Translatoren besser sein als ihre eigenen.

Unsere Plattform schwebte bis dicht an den Translator, dann senkte sie sich auf den Boden. Die Energieglocke blieb allerdings ebenso wie unsere Kokons.

»Terraner!«, sagte die Königin, und der Translator übersetzte ihre Sprache ins Interkosmo. »Sie sind meine Gefangenen. Erwarten Sie daher nicht, dass ich Sie willkommen heiße, aber ich kann Ihnen auch nicht meinen Respekt versagen. Ich bin Jaymadahr Conzentryn, die Königin des Ploohn-Volkes. Nennen Sie mir Ihre Namen!«

Ich fand die Begrüßung recht freundlich. Deshalb sagte ich: »Gestatten, mein Name ist Tatcher a Hainu, Captain des Solaren Mutantenkorps. Das ›a‹ in meinem Namen bedeutet, dass ich ein Marsianer der a-Klasse bin.«

»Schweigen Sie!«, fuhr Dalaimoc Rorvic mich an. »Sie dürfen dem Gegner keine wichtigen Informationen geben!«

Ich blickte den fetten Tibeter verächtlich an. »Wenn das ›a‹ in meinem Namen eine wichtige Information ist, weshalb lassen Sie es dann immer weg, Sir?«, fragte ich.

»Ich meine nicht Ihr ›a‹, Sie dämlicher Marszwerg!«, schimpfte Rorvic. »Ich meine die Zugehörigkeit zum Solaren Mutantenkorps, die bei Ihnen außerdem nur indirekt gegeben ist.«

»Bitte, sprechen Sie zu mir und nicht zueinander!«, forderte die Königin uns auf.

Ras Tschubai räusperte sich und sagte laut: »Wenn Sie gestatten, ehrenwerte Königin, werde ich die Vorstellung übernehmen. Ich bin Ras Tschubai, mein etwas beleibter Kollege heißt Dalaimoc Rorvic und der dritte Mann ist Tatcher a Hainu. Erwarten Sie bitte nicht, dass wir mehr über uns verraten, schon gar nicht über unsere Mission.«

Die Insektenkönigin blickte den Teleporter aufmerksam an, wenn sich das bei Ploohns überhaupt beurteilen ließ. »Sie sind der Anführer dieser Gruppe?«, fragte sie.

»Das ist richtig«, antwortete Tschubai.

»Dann richte ich meine Fragen zuerst an Sie«, sagte Jaymadahr Conzentryn. »Die erste Frage lautet: Mit welchem Auftrag kamen Sie nach Zvermaysch?«

»Zvermaysch?«, fragte Tschubai. »Ist das der merkwürdige Rosengarten, in dem wir gefangen genommen wurden?«

»Ich weiß nicht, was ein Rosengarten ist«, erwiderte die Königin.

»Aber die Welt, auf der Sie gefangen genommen wurden, heißt bei uns Zvermaysch. Beantworten Sie meine Frage!«

»Wir wollten uns nur ein wenig umsehen«, erklärte der Teleporter. Er lächelte listig. »Wir konnten ja nicht ahnen, dass wir auf Zvermaysch eine derart wichtige Entdeckung machen würden.«

»Welche wichtige Entdeckung?«, fragte die Königin rasch.

»Die Entdeckung, dass Sie Ihre Pflanzen mit einem Düngemittel versorgen, das eine besondere Eigenstrahlung besitzt«, antwortete Ras Tschubai.

Jaymadahr Conzentryn saß plötzlich wie erstarrt auf ihrem Thron. Durch die Menge der anwesenden Ploohns ging ein Rauschen, Rascheln und Knacken, das die jähe Erregung verriet, die sich der Insektenabkömmlinge bemächtigt hatte. Sekunden später winkte die Königin mit den Fühlern. Vier Ploohns eilten an unsere Seite und richteten ihre Energiewaffen auf uns. Zwei Waffen zeigten auf Tschubai.

»Was wissen Sie über das Teymer?«, fragte Jaymadahr Conzentryn. Ihre großen Facettenaugen glitzerten vor Erregung. »Antworten Sie, oder ich lasse Sie töten!«

»Wenn Sie uns töten lassen, werden Sie niemals erfahren, was wir über das Teymer wissen, wie Sie es nennen«, entgegnete Ras eiskalt. »Beziehungsweise Sie werden es erfahren, wenn es für Sie und Ihr Volk zu spät ist.«

»Sie sind nicht in der Lage, mir zu drohen, Ras Tschubai«, erwiderte Jaymadahr Conzentryn.

»Das bin ich doch«, erwiderte der Teleporter. »Ihr Teymer ist uns Terranern nämlich sehr gut bekannt. Wir nennen die Substanz Molkex. Früher einmal mussten wir gegen ein Volk kämpfen, das seine Raumschiffe mit Molkex gepanzert hatte. Wir entwickelten eine Waffe, mit der sich das Molkex vernichten ließ. Mit dieser Waffe ist es uns möglich, alle Molkex- beziehungsweise Teymer-Vorräte Ihres Volkes mit einem Schlag auszulöschen.«

Die Königin fuhr zurück. Tschubais Drohung hatte ihr offensichtlich einen Schock versetzt. Sie tat mir Leid, deshalb sagte ich: »Keine Sorge, wir wollen Ihr Volk nicht seiner Existenzgrundlage berauben, Majestät. Tschubai meinte nur, wir hätten Ihre Achillesferse erkannt.«

»Reden Sie doch nicht so ein dummes Zeug!«, fuhr Rorvic mich zornig an. »Woher soll Jaymadahr Conzentryn wissen, was eine Achillesferse ist?«

»Wie wäre es, wenn Sie es ihr erklärten, Sir?«, gab ich zurück.

Die versammelten Ploohns brachen plötzlich in schrille Schreie aus. Auch die Königin schrie. Einige Ploohns feuerten mit ihren Energiewaffen. Glücklicherweise trafen sie niemanden. Als Jaymadahr Conzentryn mit den Armen in die Luft schlug, sagte ich: »Die Königin ist NGS.«

»Was heißt NGS?«, erkundigte sich Tschubai.

»›Nicht ganz sauber‹, Sir«, antwortete ich, »und es bedeutet, dass jemand vom Terraner gebissen ist, wie wir Marsianer sagen.«

»Es heißt ›vom Affen gebissen‹!«, wandte Rorvic ein.

»Das meinte ich doch«, sagte ich.

»Captain a Hainu!«, rief Tschubai durch den allgemeinen Lärm. Er hätte sicher noch mehr gesagt, wenn sich die Ploohns nicht in diesem Augenblick wieder beruhigt hätten. Sie schrien und schossen nicht mehr, waren aber zweifellos noch sehr verwirrt. Die Königin rief einen Befehl. Kurz darauf hob unsere Antigravplattform ab und schwebte wieder aus dem Saal hinaus.

Die Plattform brachte uns in eine Art Gefängniszelle. Dort senkte sie sich mit uns auf den Boden. Das Schott schloss sich, und wir waren wieder allein.

Ras Tschubai rollte sich mit seinem Kokon so, dass er uns beiden in die Augen sehen konnte, dann fragte er: »Kann mir einer von Ihnen erklären, warum sich die Ploohns so komisch benommen haben?«

»Tatchers dumme Bemerkungen haben sie erschreckt«, behauptete Rorvic.

»Ich glaube eher, die Ploohns konnten den Anblick eines rotäugigen Scheusals, wie Sie es sind, nicht länger ertragen!«, gab ich zurück.

»Ich verlange eine vernünftige Erklärung!«, sagte Tschubai streng.

Der Tibeter kicherte, dann meinte er: »Es war mir gelungen, außerhalb der Energieglocke ein psionisches Feld aufzubauen, das die dimensional übergeordnete Energie der Glocke dazu benutzte, Schreckensgestalten in die Gehirne der anwesenden Ploohns zu projizieren.«

Tschubai runzelte die Stirn. »Das war prinzipiell richtig, Rorvic«, sagte er. »Nur fand die Demonstration zum unpassenden Zeitpunkt statt. Sie verwirrte die Ploohns in dem Augenblick, in dem ich eine Reaktion auf meine Drohung erwartete.«

»Ach, Captain Hainu hatte ja mit seiner Zwischenbemerkung schon alles verdorben!«, gab der Albino zurück.

»Das glaube ich nicht«, widersprach Tschubai. »Er brachte etwas vor, dem die Königin bestimmt widersprochen hätte, wenn es nicht stimmte.

Tatcher schuf eine Beziehung zwischen dem Molkex und der Existenzgrundlage der Ploohns. Offenbar traf er damit ins Schwarze. Wir dürfen also annehmen, dass eine Vernichtung der ploohnschen Molkex-Vorräte nicht nur das Wachstum der Pflanzen negativ beeinflusst, sondern sie vielleicht sogar zugrunde gehen lässt. Ich hätte gern gehört, was die Königin auf Tatchers Anspielung erwidert. Das wurde leider durch Ihre Projektionen verhindert, Rorvic. Natürlich soll das kein Vorwurf sein.« Als Rorvic nichts darauf erwiderte, fuhr Tschubai fort: »Ich würde gern wissen, ob Ihr psionisches Feld noch existiert und ob Sie es von hier aus steuern können, Rorvic.«

»Es existiert noch, und ich kann es wahrscheinlich von hier aus beeinflussen«, antwortete der Tibeter zögernd.

»Die Sache hat also einen Haken«, stellte der Teleporter fest.

»Bei Rorvic hat alles einen Haken«, warf ich ein.

»Schweigen Sie, Sie verkrüppelter Marsfrosch!«, fuhr der Albino mich an. Er seufzte, dann beteuerte er mit bebender Stimme: »Sie wissen gar nicht, wie weich mein Herz ist, Tatcher. Ich liebe Sie – ich liebe alle intelligenten Wesen des Universums. Deshalb werde ich mich opfern, damit Sie frei werden.«

»Langsam!«, mahnte Tschubai. »Sie sollen sich nicht opfern. Nennen Sie Ihre Schwierigkeiten beim Namen, Rorvic, dann sprechen wir darüber, was zu tun ist.«

»Mein Amulett fehlt mir«, erklärte der fette Tibeter weinerlich. »Dadurch verliere ich meine Menschengestalt, sobald ich alle meine Psi-Kräfte auf mein psionisches Feld konzentriere, um es zur Auflösung unserer Energieglocke zu veranlassen.«

»Wahrscheinlich verwandelt er sich wieder in einen Feuer speienden Drachen wie auf der Welt der Asporcos«, warf ich ein. »Damals hat er mich gefressen und beinahe auch verdaut.«

»Ich weiß nicht, in welche Gestalt ich mich diesmal verwandeln würde«, sagte Rorvic ernsthaft. »Sicher ist nur, dass ich sie beibehalten muss, wenn ich nicht innerhalb einer bestimmten Frist Kontakt mit meinem Bhavacca Kr'ah bekomme, und das liegt wahrscheinlich auf Zvermaysch.«

»Wenn Sie es auf Zvermaysch noch hatten, dürften die ploohnschen Roboter es inzwischen gefunden haben«, sagte Ras Tschubai. »In dem Fall ist es bestimmt ebenso klassifiziert worden wie wir, und ich nehme als sicher an, dass man es ebenfalls zur ploohnschen Königswelt gebracht hat. Rorvic, wir müssen freikommen, um unsere Entdeckung, dass die Pflanzen der Ploohns auf pulverisiertes Molkex als Düngemittel angewiesen sind, weitergeben zu können. Aktivieren Sie alle Ihre psionischen Energien, um Ihr Feld zu veranlassen, unsere Energieglocke aufzulösen. Sobald wir frei sind, suchen wir nach Ihrem Amulett.«

Dalaimoc Rorvic zögerte lange. Ich wusste, dass er viel riskierte, wenn er seine Menschengestalt verlor, und plötzlich empfand ich Sympathie für ihn. Wenn er dafür sorgte, dass wir frei wurden, dann wollte ich mit allen Kräften nach dem Bhavacca Kr'ah suchen, das nahm ich mir fest vor.

»Einverstanden!«, sagte Rorvic endlich mit dumpfer Stimme. »Ich werde es tun.«

»Warten Sie noch!«, bat Tschubai. »Erst müssen wir uns so rollen, dass wir körperlichen Kontakt haben, damit wir nach dem Verschwinden der Energieglocke sofort teleportieren können. Ich werde ungefähr fünfzig Kilometer weit springen, um ...« Er unterbrach sich, dachte nach und meinte dann: »Nein, ich springe zuerst nur wenige Meter weit, so weit nämlich, dass wir aus unserer Zelle kommen. Wir müssen versuchen, uns der Kokons zu entledigen und wenigstens einen Teil unserer Ausrüstung wiederzubekommen.«

»Gut!«, sagte Rorvic.

Wir rollten uns in unseren Kokons so, dass sich unsere Gesichter fest aneinander pressten, dann schloss der Tibeter die Augen und konzentrierte sich. Einige Zeit geschah nichts, dann gab es plötzlich einen Laut wie von einer zerreißenden Instrumentensaite. Es wurde dunkel und gleich darauf wieder hell.

»Danke, Rorvic!«, flüsterte Tschubai. »Ich springe jetzt!«

Gleichzeitig mit dem für Teleportationen charakteristischen ziehenden Nackenschmerz wechselte die Umgebung. Wir lagen in einer Gerätekammer. Im nächsten Moment erschrak ich.

Neben mir knackte und knirschte es, dann gab es einen Knall. Ich sah, dass Rorvics Kokon aufgeplatzt war, und aus den Trümmern schälte sich ein insektoides Untier mit sechs Gliedmaßen, einem chitingepanzerten Leib und anliegenden feuchten Hautflügeln. Der Schädel des Untiers war riesig, viel größer als der Schädel eines Ploohns, und mit großen, kräftigen Beißzangen bewehrt. Als er sich auf mich herabsenkte, schrie ich erschrocken auf. Doch die Zangen umfassten lediglich den Kokon, in den ich eingesperrt war, und knackten ihn auf. Danach wandte sich das Untier Ras zu und öffnete auch seinen Kokon.

»Rorvic?«, fragte Tschubai.

Das Untier breitete die Flügel aus, bewegte sich jedoch nicht in die Luft. Dazu war sowieso nicht genügend Platz. Stattdessen wandte es sich dem nächsten vergitterten Lüftungsschacht zu, knackte das Gitter mit seinen Beißzangen und verschwand durch die Öffnung.

Ras Tschubai kroch aus den Schalentrümmern seines Kokons, half mir ins Freie und sagte: »Rorvic hat sich offenbar in die Urform eines Ploohns verwandelt, so, wie er sich auf Asporc in die Urform eines Asporcos verwandelte. Wir müssen unsere Ausrüstung suchen und ihm dann schleunigst helfen, bevor die Ploohns ihn töten.«

»Hoffentlich finden wir sein Amulett«, sagte ich.

Dann teleportierten wir.

An Bord der MARCO POLO alarmierte Kommandant Korom-Khan Admiral Toronar Kasom, der bis zu diesem Zeitpunkt nur im Hintergrund gewirkt hatte, weil er mit Hilfe der Hauptpositronik eine neue strategische Konzeption ausarbeitete. Als der Ertruser in die Hauptzentrale kam, ging Korom-Khan ihm entgegen.

»Kommandant?«, fragte Kasom knapp.

»Admiral, die Space-Jet, die Tschubai und seine Begleiter abholen sollte, ist seit zwanzig Minuten überfällig!«, meldete der Kommandant.

Toronar Kasom runzelte die Stirn. »Seit zwanzig Minuten überfällig?«, wiederholte er. »Das ist sehr bedenklich, Kommandant. Selbst wenn die Gruppe Tschubai nicht wie vorgesehen an Bord der Space-Jet zurückgekehrt wäre, hätte das Schiff schon wieder hier sein müssen. Wer hat die Space-Jet gesteuert?«

»Leutnant Greenor Varsk, Admiral«, antwortete Korom-Khan. »Die Hauptpositronik hatte ihn ausgewählt, weil er besonders befähigt ist. Er gehört zu den Menschen, die eine besondere latente Begabung besitzen, die irgendwann zum Durchbruch kommt. Nach Rückkehr zur Erde soll Leutnant Varsk auf die Emotio-Akademie abkommandiert werden.«

Korom-Khan senkte den Blick und verbesserte: »... sollte Leutnant Varsk auf die Emotio-Akademie abkommandiert werden, Sir.«

Kasom räusperte sich. »Sie machen sich also auch nichts vor, Kommandant«, sagte er. »Wenn Varsk bis jetzt noch nicht zurückgekehrt ist, haben die Ploohns sein Schiff abgeschossen.«

»Das wäre aber nur möglich gewesen, wenn Varsk sich nicht strikt an den Befehl gehalten hätte, den Treffpunkt unverzüglich wieder zu verlassen, falls die Gruppe Tschubai nicht zum festgelegten Zeitpunkt zurückkehrte«, entgegnete der Kommandant.

»Leutnant Greenor Varsk ...«, sagte Kasom bedächtig. »Ein junger Mann also noch. Wahrscheinlich ein Mensch, der in einem Mutanten wie Tschubai, noch dazu in einem relativ unsterblichen Mutanten, so etwas wie ein höheres Wesen sah.« Sein Tonfall wurde hart. »Die Positronik kann vieles, aber sie kann nicht vorausberechnen, dass solch ein Mann sich von seinen Gefühlen für Tschubai zu einem solch tödlichen Irrtum hinreißen lässt. Sie hätten für diese Mission einen Feigling aussuchen sollen, Kommandant!«

»Feiglinge gibt es auf der MARCO POLO nicht!«, protestierte Korom-Khan empört.

Toronar Kasom grinste humorlos. »Natürlich nicht«, sagte er. »Hier gibt es nur Helden mit stählernen Herzen und Computern an Stelle des Gehirns. Machen Sie sich doch nicht selbst etwas vor, Kommandant. Auch auf der MARCO POLO leben genug Menschen, die einen gut ausgeprägten Selbsterhaltungstrieb haben und genau wissen, was für sie gut oder schlecht ist. Das wird von mir gar nicht negativ, sondern positiv beurteilt, jedenfalls prinzipiell.«

»Ja, Admiral!«, sagte Korom-Khan.

Kasom seufzte. »Ich mache Ihnen keinen Vorwurf, Kommandant«, sagte er. »Aber wir dürfen eben nicht vergessen, dass auch eine hochwertige Positronik nicht alle Fakten berücksichtigen kann, die den Menschen betreffen.« Er blickte auf die Schirme der Panoramagalerie, die einen konstant leuchtenden Paratronschirm zeigten, der nichts davon verriet, dass hinter ihm die entfesselten Energien einer Sonnenatmosphäre tobten. »Wir müssen damit rechnen, dass Leutnant Varsk gefallen ist«, sagte er leise. »Hoffen wir, dass Tschubai und seine Begleiter noch leben, auch wenn diese Hoffnung gering ist. Jedenfalls stehen wir wieder am Anfang. Vorerst können wir niemanden mehr zum zweiten Planeten schicken. Keiner von uns kann Tschubai und Rorvic helfen, wenn sie es nicht aus eigener Kraft schaffen.«

»Ja, Sir«, antwortete Korom-Khan niedergeschlagen. Als er zu seinem Platz zurückkehrte, murmelte er eine Verwünschung.

24.

Wir hatten Glück. Schon im dritten Raum, den wir durchsuchten, fanden wir einen Teil unserer Ausrüstung wieder, vor allem die drei Kampfanzüge und die Impulsstrahler. Ras Tschubai und ich legten hastig unsere Anzüge an. Rorvics Kampfanzug konnten und wollten wir nicht zurücklassen, deshalb schnallte der Teleporter ihn sich auf seinen Aggregattornister.

Tschubai wog seinen eigenen, durch Gravuren verzierten Impulsstrahler nachdenklich in der Hand, dann tauschte er ihn gegen Rorvics Waffe aus. Er stellte bei seiner Waffe eine bestimmte Schussintervallfolge ein und legte sie offen auf den Boden.

»Was haben Sie gemacht, Sir?«, erkundigte ich mich.

Ras lächelte geheimnisvoll. »Wenn die Dinge sich so entwickeln, wie ich es vermute, wird mein Impulsstrahler Geschichte machen, Captain a Hainu.« Mehr verriet er nicht, obwohl ich noch zweimal fragte. Er wechselte das Thema. »Wir teleportieren, aber nicht zu weit weg«, sagte er. »Wir müssen in Rorvics Nähe bleiben.«

»Außerdem müssen wir sein Amulett suchen«, antwortete ich. »Es kann sich eigentlich nur im Palast befinden.«

»Ich nehme an, Rorvic befindet sich schon auf der Suche nach seinem Amulett«, meinte Tschubai. »Wir müssen vordringlich die nähere Umgebung des Palasts erkunden. Wenn wir berücksichtigen, wie unerhört wichtig eine Insektenkönigin für den Erhalt und das Wohlergehen ihres Volkes ist, sollten wir annehmen dürfen, dass zu Jaymadahr Conzentryns Sicherheit besondere Maßnahmen ergriffen wurden. Ich denke an ein kleines, aber überlichtschnelles Raumschiff, das irgendwo für eine schnelle Flucht bereitstehen sollte.«

»Ich verstehe«, sagte ich. »Wir wollen mit dem Schiff der Königin fliehen.«

Tschubai nickte und streckte die Hand aus. Ich ergriff sie. Im nächsten Augenblick fand ich uns am Rand einer Pflanzung wieder. Eine Weile beobachteten wir die Robotmaschinen, die sich durch die Pflanzung bewegten. Sie nahmen keine Notiz von uns, wahrscheinlich, weil wir uns außerhalb der Pflanzung aufhielten. Ein Teil von ihnen streute pulverisiertes Molkex und arbeitete es unter, ein anderer Teil besprühte die Pflanzen mit Chemikalien, und wieder andere Roboter ernteten offensichtlich Teile der Pflanzen. Es war ein friedliches Bild, und ich wünschte mir, wir wären auf einer friedlichen Mission die Gäste der Ploohns und könnten ihre Kultur eingehend studieren.

Tschubai rief mich in die bittere Wirklichkeit zurück, als er sagte: »Hier sehen wir nichts von Bedeutung, Tatcher. Ich denke, wir werden uns einen erhöhten Platz suchen müssen, um die Gegend inspizieren zu können. Nehmen Sie wieder meine Hand!«

Ich gehorchte, und im nächsten Augenblick standen wir auf dem Dach beziehungsweise der Kuppe des königlichen Palasts. Die Wolken hatten sich aufgelöst, so dass unser Blick weit über die fremdartige Landschaft reichte. Wieder einmal fiel mir auf, wie monoton sie trotz ihrer Fremdartigkeit war. Die Ploohns hatten sowohl Gebäude als auch Pflanzungen ganz nach dem Prinzip der größten Zweckmäßigkeit angelegt. Hier gab es nichts Verschönerndes für das menschliche Auge. Aber je länger ich dieses Bild betrachtete, desto stärker wurde mir bewusst, dass wir es nicht von unserem, dem menschlichen Standpunkt aus beurteilen durften. Wenn die Ploohns dem Prinzip der totalen Zweckmäßigkeit huldigten, dann empfanden ihre Sinne die Verwirklichung dieses Prinzips zweifellos als schön.

Und noch etwas ging mir auf. Intelligenzen, die ihre fremdartigen Ideale so total wie nur möglich zu verwirklichen trachteten, waren trotz ihrer Fremdartigkeit grundsätzlich nicht besser und nicht schlechter als Menschen. Was einem oberflächlichen Betrachter als böse erscheinen musste oder konnte, war lediglich anders. Nicht viel anders musste es den Ploohns gehen, wenn sie unsere Verhaltensweisen einzustufen versuchten, ohne sich in unsere evolutionsbedingten Prinzipien, Tabus und unsere Mentalität zu versetzen.

Während ich noch die Gegend betrachtete, vernahm ich ein langsam anschwellendes Surren. Ich blickte in die Richtung, aus der das Geräusch kam, und sah das Untier, in das sich Dalaimoc Rorvic verwandelt hatte. Das Wesen flog auf uns zu, als wollte es uns rammen, doch dann zog es dicht vor uns hoch und verschwand in eine Richtung, die ich als Norden definierte.

»Es wird Zeit, dass wir Rorvics Amulett finden, Tschubai«, sagte ich. »Er selbst war offenbar nicht in der Lage dazu.«

»Oder er hat herausbekommen, wo sich das Amulett zur Zeit befindet«, meinte der Teleporter. »Sobald wir das Fluchtschiff der Königin gefunden haben, werden wir Rorvic folgen.« Ras Tschubai wanderte langsam über die Kuppe des Palasts und trat hin und wieder kräftig mit dem Fuß auf.

»Ich nehme an, vom Versteck des Fluchtschiffs führt ein Startschacht direkt bis zur Kuppe des Palasts«, erklärte er dabei. »Wenn wir die verdeckte Schachtmündung finden, können wir nach unten teleportieren.«

»Ja, wenn!«, sagte ich. »Es sieht aber nicht so aus, als würde man uns die Zeit dafür lassen.«

Ich deutete nach Westen. Drei Fluggleiter der Ploohns näherten sich von dort in enger Formation. Sie flogen in unsere Richtung, und wenn ihre Besatzungen uns bis jetzt noch nicht entdeckt hatten, so würde das sicher sehr bald geschehen.

Als Ras die Gleiter erblickte, ergriff er meine Hand und teleportierte erneut. Diesmal rematerialisierten wir in einer hohen Halle, deren Wände wabenförmig unterteilt waren – und in den Waben befanden sich zahllose Ploohn-Eier, die im Licht von Infrarotlampen rötlich schimmerten.

Im nächsten Moment wurden wir von Ploohn-Kriegern angegriffen. Unser Glück war, dass die Ploohns keine Energiewaffen verwendeten, wohl mit Rücksicht auf die Eier, die in den Waben ausgebrütet wurden. Sie trugen lediglich Lanzen. Da sie sich allerdings mit Hilfe von Flugaggregaten bewegten, kamen sie sehr schnell näher und hatten uns eingekreist, bevor wir reagieren konnten.

Für einen Teleporter war das jedoch kein Problem. Da Tschubai noch immer meine Hand hielt, brauchte er sich nur einen neuen Zielort vorzustellen und sich auf die Ausübung seiner parapsychischen Fähigkeiten zu konzentrieren. Wir rematerialisierten außerhalb des Palasts zwischen zwei Pflanzungen. Aber unser Auftauchen in der Bruthalle hatte Alarm ausgelöst. Überall in dem Palast hatten sich Öffnungen gebildet, aus denen gepanzerte Gleiter und Ploohns in Kampfanzügen schossen. Es konnte nicht lange dauern, bis die Insektenwesen uns aufgespürt hatten. Nur schnelle Flucht vermochte uns zu retten.

Ras Tschubai teleportierte abermals. Als wir dieses Mal rematerialisierten, befanden wir uns am Südrand einer uralten, verwilderten Pflanzung. Nördlich von uns erhob sich die Ruine eines Kuppelbaus aus dem Dschungel – und in größerer Entfernung entdeckten wir andere verfallene Bauwerke.

»Seltsam!«, sagte Tschubai. »Die Ploohns haben jeden Quadratzentimeter ihres Planeten für die Anlegung von Pflanzungen und den Bau von Gebäuden ausgenutzt – und hier lassen sie ein großes Gebiet einfach verkommen.«

»Vielleicht ist es für sie tabu«, scherzte ich.

Der Teleporter blickte mich nachdenklich an. »Sie haben da versehentlich etwas gesagt, was der Wahrheit nahe kommen könnte«, meinte er. »Jedenfalls ziehen wir uns erst einmal in diese tote Zone zurück.«

»Zu Fuß?«, fragte ich.

Tschubai lächelte. »Nein, ich verspüre ebenfalls keine Lust, zu Fuß durch einen fremden Dschungel zu gehen. Wir teleportieren zu der Ruine, Tatcher.«

Kaum waren wir materialisiert, als ich auch schon das riesige Insekt sah, das aus einer Öffnung der Ruine kroch. Im ersten Moment dachte ich, es wäre das Untier, in das sich Dalaimoc Rorvic verwandelt hatte, doch dann fielen mir die starken Unterschiede auf.

Das war kein Vertreter der Urform der Ploohns, sondern eine Königin von der gleichen Größe wie Jaymadahr Conzentryn. Doch es handelte sich zweifellos auch nicht um Jaymadahr Conzentryn, denn diese Insektenkönigin, die aus einem Loch der Ruine gekrochen kam, war merkwürdig verunstaltet. Ein Fühler war abgebrochen, zwei Beine waren nur noch als Stummel vorhanden, und die Augen waren so glanzlos, dass ich wusste, wir hatten es mit einem blinden Wesen zu tun.

Ras Tschubai hatte das Wesen ebenfalls gesehen. Er blickte ihm entgegen, eine Hand auf dem Kolben des Impulsstrahlers. Aber das Insekt traf keine Anstalten, uns anzugreifen. Es bewegte sich ruckartig vorwärts, richtete seine Fühler auf uns und blieb wenige Schritte vor uns zitternd stehen.

»Schade, dass wir keinen Translator mehr besitzen«, sagte Tschubai bedauernd. »Wir könnten uns mit diesem Wesen bestimmt verständigen. Es scheint sich um eine ausgestoßene Königin zu handeln, die sicher nicht gut auf Jaymadahr Conzentryn zu sprechen ist.«

Ich nickte. »Vielleicht können wir uns auf andere Weise mit ihr verständigen«, meinte ich und ging langsam auf das Rieseninsekt zu. Ich empfand weder Abscheu noch Furcht, sondern eher Mitgefühl. Das blinde, verkrüppelte Wesen tat mir Leid, und ich fühlte das Bedürfnis, ihm zu helfen.

»Seien Sie vorsichtig, Tatcher!«, mahnte der Teleporter.

Ich blieb dicht vor dem Insekt stehen und kauerte mich nieder. Als das Wesen einen Fühler in meine Richtung streckte, schaltete ich den IV-Schirm meines Kampfanzugs aus und berührte den Fühler sacht mit der Hand. Der Fühler traf meine Handfläche, zuckte leicht zurück und streckte sich abermals vor. Diesmal schreckte er nicht zurück, sondern strich leicht über meine Hand. Ich spürte die Berührung trotz meiner Handschuhe, da die Sensorrezeptoren alle Berührungsreize direkt auf meine Sinnesnerven übertrugen. Behutsam strich ich über das äußere Ende des Fühlers, dann näherte ich meine Hand dem großen Schädel mit der dreieckigen hornigen Mundöffnung.

Das Insekt streckte einen feuchten Saugrüssel aus und fuhr damit über meine Hand, glitt den Arm hinauf und tastete suchend an der Außenfläche meines Helms herum. Einem emotionellen Impuls gehorchend, klappte ich meinen Helm zurück, obwohl Ras Tschubai mir eine Warnung zuflüsterte. Dann beugte ich mich nach vorn.

Der Saugrüssel glitt über den Halswulst des Kampfanzugs, tastete sich zum Kinn vor, berührte sanft meine Lippen und fuhr leicht über die Konturen meines Gesichts. Ich ließ meine Fingerspitzen sacht über das Gesicht des Insekts gleiten, sah, wie die hornigen Mundränder sich bewegten, und vernahm einige der typischen Laute der Ploohn-Sprache. Zweifellos wollte das Wesen sich mit uns verständigen, nur fehlte die gemeinsame Sprache, um die Verständigung über ein Mindestmaß hinausgehen zu lassen.

Während ich noch grübelte, wie eine differenzierte Verständigung mit dem Insektenwesen möglich sei, rief mir Tschubai abermals eine Warnung zu. Diesmal rief er laut. Ich erschrak und fuhr in dem Moment herum, in dem ich das Surren von Insektenflügeln hörte.

Im nächsten Augenblick senkte sich ein fliegender Ploohn auf mich herab, stieß mich beiseite und berührte mit seinen Fühlern die Fühler des blinden Insektenwesens.

»Rorvic!«, sagte ich. »Sir, können Sie mich verstehen?«

Aber das Untier, in das der Tibeter sich verwandelt hatte, schob mich mit seinem Körper einfach fort. Ich stürzte. Zu allem Überfluss tauchten im Süden glitzernde Schwärme von Gleitern auf. Unsere Verfolger hatten unsere Spur entdeckt. Vielleicht waren sie auch einfach nur dem Urinsekt nachgeflogen, in das Rorvic sich verwandelt hatte.

Doch wie immer es sich auch verhielt, wir waren in keiner beneidenswerten Lage. Zwar konnte Tschubai mit mir teleportieren, aber was wurde dann aus Rorvic und dem anderen Insektenwesen?

Ich sah, dass sich die ploohnschen Gleiter sammelten und auf den Angriff vorbereiteten. Sie zögerten noch. Etwas schien sie von diesem Ort fern halten zu wollen, vielleicht wirklich eine Art Tabu, wie ich schon vermutet hatte. Aber sie würden nicht mehr lange zögern, das ließ sich aus ihren Manövern herauslesen.

Ich wollte mich wieder an das Rieseninsekt wenden, aber der Rorvic-Ploohn schnappte drohend mit seinen Beißzangen nach mir. Das blinde Insekt schien das nicht zu billigen. Es stieß mit dem Schädel in Rorvics

Ploohn-Gesicht, wedelte erregt mit den Fühlern und wandte sich dann seinem Schlupfloch zu.

Der Rorvic-Ploohn schien zu begreifen, dass er uns zu dulden hatte. Er wich ein wenig zur Seite, und als Tschubai und ich dem blinden Insekt folgten, knackte er lediglich warnend mit den Beißzangen, traf aber keine Anstalten zu einem Angriff. Das blinde Rieseninsekt führte uns in einen halb verfallenen Gang, der sich spiralförmig durch den alten Bau nach unten wand. Es war dunkel, so dass Tschubai und ich unsere Helmlampen einschalteten, um etwas sehen zu können.

Der Rorvic-Ploohn folgte uns in zirka fünf Metern Abstand. Er hatte seine Hautflügel eng an den dunklen Körper gelegt, und seine Facettenaugen glitzerten dämonisch im Streulicht unserer Lampen. Nach einiger Zeit ertönten über uns laute Geräusche. Dann krachten die Entladungen von Energiewaffen. Wir hatten keine Ahnung, ob die Verfolger blind in den Gang schossen, um einen eventuellen Hinterhalt auszuschalten. Wir konnten uns auch nicht darum kümmern, denn wir wussten, dass wir einen Vorsprung herausholen mussten, wenn wir nicht getötet oder wieder eingefangen werden sollten.

Das blinde Rieseninsekt schien das ebenfalls zu wissen. Es eilte so schnell vorwärts, wie sein verkrüppelter Körper es erlaubte. Manchmal knickten seine restlichen Beine ein, aber es raffte sich immer sehr schnell wieder auf. Als wir eine Halle erreichten, deren Decke zu einem Drittel eingestürzt war, sah ich etwas Erstaunliches. In der Hallenwandung waren die Öffnungen von Wabenzellen, und in einigen der Zellen lagen die sterblichen Überreste – genauer gesagt, die leeren Chitinhüllen – von Rieseninsekten. Bei einigen Hüllen waren deutlich die schwarzen Schmelzränder von Thermoeinschüssen zu sehen. Die Insekten waren also keines natürlichen Todes gestorben.

»Grauenhaft!«, flüsterte ich.

»Durchaus nicht«, erwiderte Tschubai. »Es ist bei Insektenvölkern üblich, nur eine von den zahlreichen Königinnen einer Generation am Leben zu lassen. Bei den tierhaften Insektenformen erfolgt die Auslese durch Kämpfe der geschlüpften Königinnen. Intelligente Insekten wie die Ploohns treffen sicher eine wissenschaftlich fundierte Auswahl und lassen keine barbarischen Kämpfe mehr zu, bei denen unter Umständen wertvolles Erbgut verloren gehen kann.«

Eine Explosion erschütterte die Ruine. Bruchstücke lösten sich aus der Decke und fielen herab. Ras und ich schalteten sofort die IV-Schirme unserer Kampfanzüge ein, aber die ungeschützte blinde Königin und der Rorvic-Ploohn wurden von ein paar kleineren Trümmern getroffen. Die blinde Königin stürzte, kam wieder auf die Beine und brachte uns in ein Höhlenlabyrinth, das tief unter der Basis des Kuppelbaus liegen musste. Hier erst schien ihr eigentliches Reich zu sein. Die Höhlengänge waren von geisterhaft bleichem Licht erfüllt, das aus zahlreichen Rissen und Spalten zu kommen schien, in denen undefinierbare Schleier wogten. Ab und zu zuckte ein greller Blitz auf, richtete aber keinen Schaden an.

Die Verfolger schienen etwas zurückgefallen zu sein. Wir vernahmen zwar hin und wieder die Entladungen von Energiewaffen und das Dröhnen von Explosionen, aber es klang weiter entfernt als am Anfang unserer Flucht durch das Reich der blinden Königin.

Schließlich gelangten wir an den Eingang einer riesigen Höhle, eines Felsendoms, dessen Bodenfläche von einem See eingenommen wurde. Aber von was für einem See! Das Wasser – wenn es Wasser war – war von violetter Färbung und leuchtete von innen heraus. Etwa zehn Zentimeter über dem Wasserspiegel wogten jene undefinierbaren Schleier, die wir schon in den Rissen und Spalten der Höhlengänge gesehen hatten. Manchmal formten diese Schleier Gebilde, die an fremdartige Lebewesen erinnerten, aber immer wieder lösten sie sich zu schnell auf, als dass wir Genaueres hätten erkennen können.

Die blinde Königin richtete sich so auf, dass sie auf den beiden ihr verbliebenen unteren Gliedmaßen stand. Ihre Fühler streckten sich zitternd in Richtung des Sees aus. Die Schleier wogten stärker durcheinander, dann formten sie eine schmale Gasse über dem See. Der Boden dieser Gasse wurde ebenfalls von Schleiern gebildet, aber durch ihn schimmerte der violette Spiegel des Sees hindurch. Das Rieseninsekt wandte sich uns zu und wedelte mit den Fühlern. Danach ließ es sich wieder auf alle vier restlichen Gliedmaßen fallen und betrat die Gasse. Seine Beine versanken teilweise im Boden, und um uns herum sprühten violett leuchtende Fontänen empor.

»Die Königin scheint ähnlich parapsychisch begabt zu sein wie Zeus«, sagte Tschubai. »Das dürfte erklären, warum sie überlebte und warum die Ploohns ihr Gebiet bisher mieden. Aber ihre Fähigkeiten scheinen geringer zu sein als die von Zeus.«

»Folgen wir ihr?«, fragte ich.

In diesem Augenblick betrat der Rorvic-Ploohn die Gasse. Er kam keinen Meter weit, dann versank er plötzlich. Über ihm spritzte violette Flüssigkeit hoch.

»Rorvic!«, rief ich erschrocken.

Ich wollte ihm nacheilen, aber Tschubai hielt mich zurück. Ernst sagte er: »Wenn Rorvic verloren ist, können wir ihm auch nicht helfen, Captain. Wir werden über den See teleportieren. Geben Sie mir Ihre Hand!«

Ich reichte ihm die Hand, doch dann zog ich sie wieder zurück. Der Teleporter sah mich verwundert und ein wenig ärgerlich an. »Was ist los, Tatcher?«, fragte er. »Fürchten Sie sich?« Er wollte nach mir greifen, doch ich wich zurück.

»Ich fürchte mich nicht, Sir«, antwortete ich. »Aber eine Art sechster Sinn warnt mich davor, mit Ihnen über den See zu teleportieren. Warum, weiß ich auch nicht.«

Ras Tschubai runzelte nachdenklich die Stirn. Der Unmut verschwand aus seinem Gesicht. »Vielleicht sollten wir diese Warnung beachten«, meinte er. »Hier sind übergeordnete Kräfte am Werk, die durchaus eine Teleportation beeinflussen könnten. Aber wir müssen über den See, ob wir wollen oder nicht. Wahrscheinlich stellt er das Hindernis dar, das die Verfolger niemals überwinden können. Alle anderen Hindernisse scheinen nur für eine gewisse Zeit zu wirken. Hören Sie es, Tatcher?«

Ich nickte, denn ich hörte deutlich, dass die Energieentladungen in geringerer Entfernung erfolgten. Die verfolgenden Ploohns waren demnach näher gekommen. Es konnte nicht mehr allzu lange dauern, bis sie uns eingeholt hatten.

Plötzlich sah ich etwas am Boden glitzern. Das Bhavacca Kr'ah!

Ich streckte die Hände nach Rorvics Amulett aus, und – es hob vom Boden ab. Sanft glitt das Bhavacca Kr'ah in meine Hände. Ich holte weit aus und warf das Amulett in die Gasse. Es durchschlug den trügerischen Boden und versank im See. Violette Flüssigkeit wallte hoch, brodelte und fiel wieder zurück.

»Was haben Sie getan, Tatcher?«, rief Tschubai.

»Ich habe das Amulett dorthin geworfen, wo Rorvic verschwunden ist. Nur dort kann es ihm helfen, falls es nicht schon zu spät ist, Sir.«

Abermals geriet der Boden der Gasse in Bewegung. Ein Schwall violetter Flüssigkeit wallte auf, schwappte über das Ufer und gab eine triefende, nackte Gestalt frei.

Die Gestalt war niemand anders als der fette tibetische Albino, der prustend und schnaufend aus dem See stieg, mich zornig anfunkelte und mit tiefer Stimme grollte: »Länger konnten Sie wohl nicht warten, Sie flügellahme marsianische Staubamsel?«

Er stieg ganz aus dem Wasser, salutierte vor Tschubai, was wegen seiner Nacktheit absolut lächerlich wirkte, und meldete: »Sir, Sonderoffizier Rorvic steht wieder zur vollen Verfügung. Wie lauten Ihre Befehle, Sir?«

Ras Tschubais Mundwinkel zuckten verdächtig, als er sagte: »Mein erster Befehl lautet: Ziehen Sie Ihren Kampfanzug an, den wir mitgebracht haben. Im Übrigen freue ich mich sehr, Sie wieder gesund und in Ihrer menschlichen Gestalt vor mir zu sehen.«

»Ich auch«, erklärte ich.

Das leichenhäutige Monstrum nieste schallend, dann richtete es seinen stechenden Blick auf mich und meinte: »Sie freuen sich bestimmt zu früh, Captain Hainu. Los, reichen Sie mir schon meinen Kampfanzug! Oder soll ich vor Ihren Augen erfrieren?«

»Mit Ihrer Speckschicht, Sir?«, fragte ich zurück, während ich den Kampfanzug vom Aggregattornister Tschubais losband. Dalaimoc Rorvic lachte, griff nach seiner Kleidung und versetzte mir mit dem nackten Fuß einen Tritt ins Gesäß, der mich in die Gasse zwischen den undefinierbaren Schleiern beförderte. Ich erschrak, doch dann merkte ich, dass der Boden der Gasse mich trug.

Rorvic grinste, aber diesmal war es ein freundliches Grinsen, das er mir widmete. »Hatten Sie gedacht, ein Floh würde untergehen, Tatcher?«, rief er.

»Und wir?«, fragte Tschubai ernst.

»Wir gehen auch nicht unter«, antwortete der Tibeter. »Ich bin nur versunken, weil ich die Gestalt eines Ploohns angenommen hatte, wenn auch der Urform eines Ploohns. Kayzihr Mandaynah weiß viel, aber diesen Umstand hatte sie nicht bedacht.«

»Kayzihr Mandaynah, ist das die blinde Königin?«, erkundigte sich der Teleporter.

Rorvic nickte und schloss den Magnetsaum seines Kampfanzugs. »Sie ist die einzige Überlebende aus einem Königinnenstock, der ursprünglich 83 Königinnen beherbergte. Alle anderen wurden von einem ploohnschen Selektionskommando getötet. Die Mandaynah entging dem gleichen Schicksal nur, weil sie parapsychisch begabt ist und sich hier unten ein vielfach abgesichertes Reich errichtet hat.«

»Dann dürften wir in Sicherheit sein, wenn wir ihr folgen«, sagte ich.

Rorvic kam auf mich zu, tätschelte meine Wangen und erklärte: »Jedenfalls für einige Zeit, Tatcher. Ich denke, dass Tschubais Manipulation der Schlüssel zu unserer Befreiung sein wird. Und nun vorwärts, Sie Marsfloh!«

25.

Es war Zeit für die Ablösung. Janner Daiana wartete, bis sein Chronograph für einen Moment den Wechsel zwischen dem 20. und 21. Juni anzeigte, dann betrat er die Zentrale des Schiffs und ging auf den Kontursessel des Zweiten Offiziers zu. Die Wache stand auf und hob grüßend die Hand. Der Dhiccer, Daianas persönliches Maskottchen, war vollkommen ruhig und schien zu schlafen; sein Fell leuchtete in blau schimmerndem Schwarz.

»Wie steht es?«, erkundigte sich der hochgewachsene Offizier halblaut. Seine blauen Augen wanderten ruhig über das Rund der Zentrale. Die MARCO POLO umflog zusammen mit anderen Schiffsverbänden weiterhin die unbekannte Sonne.

»Nichts. Die Ploohns sind ruhig und haben in den letzten Stunden nirgendwo angegriffen.«

»Aber trotzdem kleine Alarmstufe?«

»Ja«, lautete die Antwort. »Wir haben zu viele Schiffe verloren. Wir haben Grund zur Wachsamkeit.«

»Ich verstehe. Versuchen Sie trotzdem, sich auszuschlafen!«

»In Ordnung. Ich übergebe Ihnen das Schiff.«

»Danke.«

Daiana schüttelte kurz die Hand des Mannes, den er ablöste, und rief das Logbuch auf. Keine besonderen Vorkommnisse. Trotzdem hatte der andere Offizier Recht – Janner wusste es ebenso genau. Langsam setzte sich Janner Daiana und wurde, kaum dass er die Beine ausgestreckt hatte, unruhig. Das schlafende Tierchen in der Brusttasche seiner Kombination merkte seine Unruhe, und das Fell bekam Flecken in grauer Farbe. Vorsichtig strich Janner über den winzigen, mäuseähnlichen Kopf.

»Es ist die Unruhe im Schiff, Kleiner!«, murmelte er und sah nachdenklich auf sein kleines, lebendes Maskottchen. Der Dhiccer war ein Pseudosymbiont, dessen Heimatplaneten niemand kannte. Daiana hatte ihn einem betrunkenen Raumfahrer abgekauft. Bei ihm, in der Nähe eines ruhigen und beherrschten Menschen, fühlte sich dieses flughörnchenähnliche Tier wohl.

Wieder begannen acht Stunden Routine. Überall standen die Schiffe der stark dezimierten terranischen Flotte im Ortungsschutz. Sie lauschten in den gefahrerfüllten Kosmos hinein. Ununterbrochen kreisten die Antennen, pausenlos überwachten die gewaltigen Systeme der MAR-

CO POLO den Raum. Nichts. Stunden vergingen und erschöpften die Mannschaften hinter den Geräten umso mehr, als absolut nichts passierte.

»Das ist wieder eine von diesen verdammten Nächten«, murmelte einer der Ortungsspezialisten.

»Lieber eine solche Nacht als ein Angriff!«, gab Janner zurück. Der Dhiccer hatte sich wieder beruhigt.

Dreißig Minuten nach der ersten Kaffeepause summte ein scharfes Signal auf. Übergangslos sagte eine kühle Stimme aus der Ortungszentrale: »Signal! Wir haben ein deutliches Echo! Es scheint sich um ein kleines Ploohn-Schiff zu handeln. Es rast genau auf uns zu!«

Janner handelte augenblicklich. Er war etwas über fünfzig, und rund dreißig Jahre Raumflug ließen ihn so gut wie automatisch handeln. Er versetzte alle Abteilungen des Schiffs in mittlere Alarmbereitschaft. Sie würden kein Risiko eingehen.

Die Ortung bestätigte neunzig Sekunden später: »Ein einzelnes Schiff. Sie funken ununterbrochen. Wir haben die Translatoren dazwischengeschaltet. Sie senden im Klartext.«

Überall im Schiff hasteten Frauen und Männer an ihre Plätze, bemannten die Geschütze und die Zielvorrichtungen, starrten auf die klaren Echos auf den Reliefschirmen.

»Sind hinter diesem einzelnen Schiff andere Einheiten zu erkennen?«, fragte Janner alarmiert.

Der Emotionaut verlangsamte die Fahrt des Schiffs und brachte den riesigen Körper in eine Warteposition. Aber die Maschinen liefen; die MARCO POLO konnte jederzeit mit Höchstwerten durchstarten.

»Negativ!«

Jetzt gaben die Lautsprecher den Funktext des gegnerischen Schiffs wieder, das unbeirrbar näher kam.

»… wenden uns an die terranischen Schiffe. Wir kommen als Neutrale. Wir wollen verhandeln. Wir wiederholen: Dies ist kein Angriff … Der Hohe Klaschoy Argtamayn Benzynurh möchte mit den Anführern der Terraner sprechen.«

Janner pfiff durch die Zähne. Ein Hoher Klaschoy persönlich? War es eine Falle, oder handelte es sich tatsächlich um einen Parlamentär?

»Funken Sie zurück«, befahl er, »dass sämtliche Geschütze des Schiffs auf den Ploohn gerichtet sind! Wir sind grundsätzlich bereit, mit dem Klaschoy zu verhandeln.«

Mehrere Schirme in der Zentrale, die trotz der Hektik und Aufregung in den anderen Abteilungen ein Pol der Ruhe blieb, zeigten das negative Abbild des Weltraums. Deutlich erschien darauf das Echo des ankommenden Schiffs, das sich als Punkt über die dreidimensional leuchtenden Abstandslinien bewegte und nun nur noch elf Lichtminuten entfernt war.

Janner Daiana knurrte: »Das sieht entweder nach einem Selbstmordkommando aus – oder nach einem ehrlichen Versuch!«

Er gab eine Reihe von präzisen Anordnungen, schaltete sich in den Funkverkehr ein und sagte dem Klaschoy, in welcher Form die Annäherung vor sich zu gehen habe. Unablässig beobachtete er die Anzeigen auf den Schirmen. Das fremde Schiff verlangsamte die Geschwindigkeit und hielt sich genau an den Korridor, der ihm von den Terranern vorgegeben worden war.

Der Emotionaut hob die SERT-Haube und sagte deutlich: »Es muss etwas Entscheidendes vorgefallen sein, Janner! Dass die Ploohns freiwillig in Verhandlungen eintreten, überrascht uns alle. Sie waren erbitterte Gegner. Ich persönlich glaube aber an eine Falle!«

»Unter uns«, antwortete Janner, »ich bin ebenfalls sehr skeptisch.«

Das knapp handgroße Tierchen registrierte seine Stimmung. Auf dem dunklen Fell zeigten sich Flecken in hellerer Farbe. Färbte sich das Fell weiß, dann würde in fünf Metern Umkreis jemand vor einem Nervenzusammenbruch stehen. Diese halbtelepathische Begabung des Dhiccers hatte Janner schon mehrmals das Leben gerettet und ihn kritische Situationen frühzeitig erkennen lassen. Leise pfiff der Dhiccer vor sich hin und bewegte unruhig den Kopf.

»Ruhig! Wir werden es gleich wissen.«

Mehrere tausend Terraner warteten auf die Annäherung des fremden Schiffs und machten sich Gedanken. Sie alle wussten, wie schmal der Grat zwischen Vernichtung und Überleben war; seit der Irrfahrt der Erde durch den Mahlstrom war eine neue Zeit angebrochen. Fast alle vertrauten Begriffe galten nichts mehr. Jetzt ging es ums Überleben.

»Wir warten. Es wird ihnen unmöglich sein, uns zu schaden!«, sagte Janner Daiana laut. »Ich gehe dieses Risiko ein.«

In den vergangenen Wochen hatte er sich, soweit dies die Informationen zuließen, über die Ploohns informiert. Er traute sich zu, einigermaßen objektiv mit dem Hohen Klaschoy verhandeln zu können.

Ununterbrochen wechselten die militärisch knappen Funksprüche zwischen den beiden Schiffen. Das Boot der Ploohns verlangsamte seine Geschwindigkeit ein zweites Mal und trieb auf die MARCO POLO zu. Eine Strukturöffnung und eine Hangarschleuse wurden deutlich sichtbar. Scheinwerfer blinkten und wiesen den Fremden den Weg. Als die Systeme der Nahbeobachtung das Boot voll erfassten, zeigte sich, dass es wirklich ein kleines Fluggerät war. Am Bug glänzten seltsame Zeichen – sie vermittelten den Eindruck von Wichtigkeit und einer bestimmten Macht oder Würde.

»Die Funksprüche deuten tatsächlich darauf hin«, sagte Janner, der sämtliche Manöver konzentriert verfolgte, »dass der Anflug offen vor sich gehen sollte. Sie haben nicht den Versuch gemacht, sich zu verstecken.« Er gab dem Schleusenkommando einen Befehl und schloss: »Bringt sie in den Konferenzraum Vier. Ich werde mich mit ihnen unterhalten.«

Das fremde Schiff landete in der Schleuse. Die Tore schlossen sich. Kommandos aus Robotern und Mannschaften vertäuten das Schiff energetisch. Es musste das Beiboot eines Schlachtschiffs sein. Während sich Daiana voller Spannung in die Richtung des angegebenen Treffpunkts bewegte, sah er auf verschiedenen Interkoms diese Vorgänge. Die drei Ploohns wurden aus dem Schiff und durch eine kleinere Schleuse geleitet. Bewaffnete Terraner bildeten eine Art unregelmäßiges Spalier.

Zahllose Sensoren richteten sich auf den riesigen Hohen Klaschoy und seine beiden schwarz gekleideten Begleiter, konnten aber nichts Verdächtiges feststellen. Fast gleichzeitig erreichten Janner und der Klaschoy den Konferenzraum.

Janner hob die Hand und begrüßte, eine typische Ploohn-Bewegung nachahmend, den Gesandten der Fremden. Überall befanden sich Mikrofone und Lautsprecher, die an die Translatoren angeschlossen waren. Die Ploohns klappten die auffälligen Raumhelme zurück. Die Insektenköpfe kamen zum Vorschein, die schillernden Facettenaugen richteten sich auf die Terraner. Einen langen Moment blickten sich die Vertreter der beiden Sternvölker an; in Janners Blick lag Wachsamkeit, aber das Insektenauge ließ keinen Ausdruck erkennen und keine Interpretation zu.

»Ich begrüße Sie an Bord, Hoher Klaschoy Argtamayn Benzynurh«, sagte Janner. Er war sich bewusst, dass dies der Beginn einer »geschichtlichen« Diskussion sein konnte.

Benzynurhs hornige Kiefer bewegten sich klappernd, rasselnd und klickend. Er antwortete gestelzt: »Ich komme als verhandlungsbereiter Gesandter, nicht als Feind.«

Janner gab mit Bestimmtheit zurück: »Das wissen wir. Andernfalls wären Sie im Feuer unserer Geschütze untergegangen.«

»Was das Leben unserer Gefangenen – Ihrer Stammesangehörigen – drastisch verkürzt hätte!«, lautete die schneidende Antwort.

In die Gruppe der Terraner kam Bewegung. Sie waren überrascht.

»Drei Männer?«, fragte Janner kurz.

Der Ploohn machte die Geste der Bejahung und versicherte: »Drei Gefangene. Es sind Angehörige dieses Schiffs. Sie vermissen sie?«

»Wir vermissen jeden von uns!«, sagte Janner.

»Seien Sie versichert, dass es ihnen gut geht. Aber wir werden sie erst dann entlassen können, wenn unsere Verhandlungen erfolgreich beendet sind.«

Steif, aber mit unbewegter Miene fragte Janner zurück: »Sie ersuchen um Friedensverhandlungen, Benzynurh?«

Aus den Lautsprechern dröhnte ein Geräusch, das als das Gelächter eines Ploohns übersetzt werden musste. Der Ploohn wedelte mit vier Armen zugleich. »Wir bieten Ihnen Gespräche an!«, sagte der Klaschoy.

Janner Daiana antwortete bedächtig, jedes seiner Worte war genau überlegt: »Sehen Sie, Klaschoy … seit Eintreffen des ersten Funkspruchs an Bord dieses Schiffs gibt es unter uns nur eine Frage. Sie lautet: Warum verhandeln die Ploohns plötzlich? Was hat unsere erbitterten Gegner plötzlich dazu gebracht, mit uns sprechen zu wollen? Wir denken an eine Falle oder an einen Trick. Wir Terraner sind durch bestimmte Ereignisse sehr misstrauisch geworden und sind es auch jetzt und hier. Etwas mehr Offenheit würde Ihre Aussichten merklich verbessern, Klaschoy!«

Eine kurze Pause entstand. Beide Vertreter dachten nach und versuchten, die Position der anderen Partei zu erkennen. Schließlich redete der Ploohn, und jedes seiner Worte war eine kleine Sensation.

»Sie sagen, dass Sie einige Ihrer Männer vermissen. Wir haben sie. Sie tragen die Namen Hainu, Rorvic und Tschubai. Wir hatten größte Schwierigkeiten, diese drei Vertreter Ihres Volkes aus den Höhlen der toten Königinnen herauszuholen. Aber schließlich gelang es uns. Die drei Gefangenen sind am Leben, bei einigermaßen guter Gesundheit, aber wir betrachten sie als Geiseln.«

Janner nickte langsam. Das also war die Pointe. »Haben Sie Beweise?«, fragte er.

Der Ploohn starrte den hochgewachsenen, weißhaarigen Terraner mit den durchdringenden blauen Augen schweigend an. Das Tierchen, das mit der oberen Hälfte seines bepelzten Körpers aus der Brusttasche der Uniform sah und den Kopf hin und her drehte, hatte nun ein gelbes Fell. Jetzt fühlte sich Janner Daiana ruhig … also musste eine bestimmte Unruhe von dem anderen Geschöpf ausgehen.

Ras Tschubai, erfahren und voller Listen! Er muss etwas getan haben, was die Ploohns an den Verhandlungstisch zwingt, dachte Daiana plötzlich. Er fühlte Erleichterung. Es konnte nicht anders sein.

Er sah zu, wie der Ploohn nach hinten griff. Einer seiner beiden Begleiter übergab ihm ein kofferähnliches, halbrundes Behältnis. Vorsichtig griffen die terranischen Wachen zu ihren Waffen.

»Keine Sorge«, sagte der Ploohn, und deutlich war Spott aus seiner Stimme herauszuhören. »Es ist keine Bombe.«

Inzwischen wusste jeder an Bord der MARCO POLO, dass etwas Entscheidendes geschehen sein musste. Es hing mit den drei vermissten Leuten zusammen, die irgendwo auf einem der Ploohn-Planeten die Entwicklung in Gang gesetzt oder beschleunigt hatten. Wie und wodurch, das entzog sich der Kenntnis.

Der Klaschoy klappte den Koffer auf. Seine Filigranbüschel zitterten. »Der Beweis!«

Die Terraner erkannten auf einigen Bündeln von Blättern aus einer hellgrünen, dicken Substanz eine terranische Waffe. Genauer: einen Strahler, der deutliche Spuren der Benutzung aufwies.

»Diese Waffe haben wir erbeutet«, erklärte der Ploohn im Tonfall eines Händlers. »Es handelt sich um den Strahler Tschubais, wie der Gefangene gestand. Dies ist der Beweis. Ich achte Sie, Offizier Daiana, als würdigen Gesprächspartner, aber ich muss darauf bestehen, mit den führenden Männern Ihres Planeten zu sprechen.«

»Das kann arrangiert werden, wenn Sie mir sagen, worum es geht, außer um das Leben Ihrer Geiseln.«

»Sie versuchen, von uns mehr zu erfahren, als wir sagen wollen«, erhielt er zur Antwort. »Das ist Ihr gutes Recht, aber ich werde erst dann sprechen, wenn ich einen Partner mit mehr Entscheidungsgewalt vor mir habe.«

»Das bedeutet, dass Sie mit uns zusammen die Abstrahlposition auf dieser Seite des Schlunds anfliegen müssten, daraufhin würden wir versuchen, das Schiff auf die andere Seite zu bringen, in jene Energieballung, die wir Mahlstrom nennen. Sehe ich das richtig?«

»Wenn Sie entschlossen sind? Von meiner Seite gibt es keine Hindernisse. Aber ich hasse Verzögerungen. Mein Volk, als dessen Gesandter ich spreche, ist an einer schnellen Klärung aller Fragen interessiert.«

Janner verneigte sich unter dem ausdruckslosen Blick des Insekts. »Wir sind es auch!«, versicherte er. »Kommen Sie bitte in die Zentrale.«

Er ließ den Gästen den Vortritt. Als er in die Brusttasche griff und den Dhiccer vorsichtig herausholte, pfiff das Tierchen. Sein Fell war sehr hell geworden.

Mit spürbarem Zittern sagte der Dhiccer: »Aufgeregt. Sehr fremd! Innerlich tief unruhig!«

»Furcht?«, flüsterte Daiana, das Tier streichelnd und beruhigend.

»Ja. Furcht. Angst vor Versagen!«

Daiana betrachtete das vor ihm liegende Problem sachlich und ruhig. Während der Abgesandte mit seiner schweigenden Begleitung in die Zentrale der MARCO POLO ging, um seine Steueranweisungen zu geben, unterhielt sich der Zweite Offizier mit einigen Kollegen. Es schien sicher, dass die Ploohns ernsthaft in Verhandlungen eintreten wollten. Das konnte nur eines bedeuten: Ras Tschubai und die beiden anderen Männer hatten etwas unternommen, was die Gegner stark beunruhigt hatte.

Das riesige Schiff nahm Fahrt auf und näherte sich dem Punkt, an dem es abgestrahlt werden sollte.

Die Nachricht von der Landung des Beiboots der MARCO POLO erreichte Perry Rhodan, als er gerade einen neuen Versuch unternahm, seine verschwundene Flotte zu retten. Auf dem Bildschirm erkannte Rhodan, der natürlich inzwischen längst informiert war, Janner Daiana und die drei Abgesandten der Ploohns.

»Ich habe Sie noch nicht so früh erwartet!«, sagte er. »Aber kommen Sie. Ich werde den Hohen Klaschoy mit allen Ehren empfangen.«

»Ich glaube, er wird es als eine Auszeichnung empfinden!«, meinte Daiana.

Immer wenn er die Erde betrat, empfand Janner ein unbestimmtes, kaum greifbares Unbehagen. Es ging ihm wie vielen anderen Menschen. Sie wussten, dass dieser Kosmos nicht ihr Kosmos war, und die meisten Bewohner von Erde und Mond sehnten sich bewusst und unbewusst zurück an den alten, angestammten Platz in der Galaxis. Auch die unaufdringliche Eleganz des Administrationsgebäudes, das er mit den terranischen Wachen und den drei Insektenabkömmlingen durchschritt, beeindruckte ihn nicht sonderlich. Umso mehr allerdings zeigte Argtamayn Benzynurh, dass er sich auf einem vollkommen fremden Planeten befand. Für ihn schien alles fremd und außerhalb seiner Normen zu sein.

Daiana dachte kurz an einen Ameisenhaufen und grinste innerlich, dann wandte er sich an Benzynurh und meinte höflich: »Ich hoffe, Sie finden die Umgebung nicht allzu abstoßend, Klaschoy?« Augenblicklich übersetzten die tragbaren Translatoren.

»Das nicht. Aber ich muss betonen, dass ich mich auf meinen Heimatplaneten sicherer fühle.«

»Nichts wird Ihnen geschehen. Ich denke, wir sind faire Verhandlungspartner. Wir sind übrigens gleich da.«

»Es geht nicht um meine Angst vor Ihren Machenschaften. Es geht darum, dass ich beträchtliche Unterschiede in der Mentalität unserer Völker feststelle.«

»Dies verwundert mich keineswegs«, gab Janner ruhig zurück.

Sicherheitsschotten schwangen zurück, Roboter bewegten sich, und die Abordnung betrat einen Konferenzsaal. Rhodan stand in der Mitte des Raums. In der Hoffnung, der Parlamentär würde die Geste richtig deuten können, lächelte er.

Der Ploohn eröffnete die Verhandlung nicht mit Höflichkeiten, sondern erklärte, kaum dass sich die Türen geschlossen hatten: »Ich bin nicht hier, um die Terraner zu bitten, sondern um eine Forderung zu stellen.«

Rhodan entgegnete ruhig: »Eigentlich dachte ich«, sein Blick ging kurz hinüber zu Daiana, der die Schultern hob, »dass die Ploohns daran interessiert wären, mit uns eine Art Koexistenz einzugehen.«

»Die Erfüllung unserer Forderung wird diesem Verlangen Rechnung tragen!«

»Dann darf ich annehmen, dass Sie konkrete Wünsche haben?«, fragte Perry Rhodan und musterte den Koffer, der vor dem Insektenwesen auf einem niedrigen Tisch lag.

»Richtig.«

»Nennen Sie die Forderung!«

Die Ploohn-Galaxis schien eine Sternenansammlung voller böser Überraschungen zu sein. Der Besuch des Parlamentärs bewies, dass dort Dinge vorgingen, die sich der Überlegung und Vorstellung entzogen. Janner Daiana, dessen Aufgabe es war, die Psychologie fremder Völker zu studieren, wusste noch immer nicht, was den Klaschoy wirklich hierher getrieben hatte.

»Wenn Sie es mit Ihren Schiffen schaffen, unsere abtrünnige Königin zu vernichten, dann sind wir zu eingehenden Verhandlungen gern bereit!«

Rhodan schien nicht sonderlich überrascht zu sein. Er antwortete schnell: »Wir kennen dieses Wesen als Zeus. Warum sollten wir uns zum Henker machen und die Urteile der Ploohns vollstrecken?«

»Weil wir wissen, dass Sie diesem Zeus nicht trauen. Wir wollen den Tod der verräterischen Königin.«

Daiana hob die Hand und warf dann ein: »Geben Sie Rhodan die Waffe, Klaschoy.« Er sprach weiter, zu Rhodan gewandt, und hoffte, der Großadministrator würde ihn richtig verstehen können. »Es ist die Waffe Tschubais, ein Thermostrahler.«

»Genau das hatte ich vor!«

Rhodan hob die Augenbrauen und wartete. Der Koffer klappte auf, die Waffe wurde herausgenommen. Der lange Arm des Sprechers schob sie vorsichtig über den Tisch auf Rhodan zu.

Rhodan ergriff den Strahler, betrachtete ihn von allen Seiten und sagte dann: »Sie haben sicher nichts dagegen, wenn ich meine Spezialisten eine kurze Untersuchung durchführen lasse? Die Möglichkeit einer Fälschung schließe ich natürlich aus, aber ich habe gern Gewissheit.«

»Tun Sie es. Sie werden bestätigt finden, was ich sagte.«

»Umso besser.«

Eine Ordonnanz schob den Strahler in eine Plastiktasche und trug ihn aus dem Raum. Zehn Minuten später wurde Rhodan unter einem Vorwand in eine andere Abteilung gebeten. Er entschuldigte sich und ließ Daiana und weitere Terraner mit den drei Fremden zurück.

Sie standen in einem der Testschießstände tief in den Untergeschossen der Administration.

»Sir! Ich sage Ihnen – dies ist vermutlich ein ganz gerissener Trick des Mutanten!« Leif Branca, einer der Geheimdienstleute, hob die Hand, deutete dann auf den halbautomatischen Thermostrahler, der unter dem Licht greller Lampen lag.

»Warum ein Trick? Haben Sie etwas feststellen können?«

»Ja. Die Waffe ist auf eine eigentümliche Schussfolge eingestellt. Dabei sind die Schusszeiten als Signal zu verstehen. Sie gliedern sich in kurze und lange Intervalle. Die Pausen sind alle identisch kurz.«

Rhodan deutete auf die Bildschirme. »Schalten Sie die Aufzeichnung ein, Branca. Wenn uns Tschubai ein Signal hätte geben wollen, dann wird es sich jetzt zeigen.«

Er hob den Strahler. Am Ende des langen, belüfteten Tunnels schalteten sich Lichter ein. Das Ziel entstand als dreidimensionale Abbildung. Rhodan fühlte die Spannung einer bevorstehenden Entdeckung; jetzt war er fast sicher, dass diese Waffe zu einem Signal, zu einer mehr oder weniger deutlichen Botschaft gemacht worden war. Einen langen Augenblick fühlte er wieder jene Verbundenheit mit den Frauen und Männern einer Gruppe von Menschen, die ebenso wie er unermüdlich für das Wohl der Menschheit tätig waren.

Dann zielte er mit der schweren Waffe und drückte auf den Auslöser. Mit fauchendem Summen verließen die einzelnen Schüsse schnell hintereinander die Projektorfeldmündung. Sie schlugen, kürzeren oder längeren Lichtstrahlen gleich, durch die gesamte Länge des Tunnelschachts und trafen mitten in die Zielprojektion.

Beim fünften Schuss erkannte Rhodan den Sinn dieses Verfahrens. Er sagte laut durch das Donnern der Echos: »Das ist genial!«

Wieder krümmte sich sein Zeigefinger um den wuchtigen Auslöser. Wieder heulten und fauchten die Schüsse durch den engen Raum, die Geräusche verschmolzen ineinander und klangen als röhrendes Echo noch eine Weile lang nach, als sich klickend die Halbautomatik wieder zurückstellte.

»Das Morsealphabet!«, sagte Rhodan. Ein einfacher Kode, der nur noch selten benutzt wurde, aber dennoch wirkungsvoll genug geblieben war.

Lang … kurz … kurz … lang …

Der Geheimdienstmann sagte: »Ras ist einer der ältesten Aktivatorträger. Ich musste diese Technik lernen – aber vermutlich beherrschen Sie den Kode auch noch, Sir?«

Rhodan lachte kurz und hart auf. »Ich beherrsche ihn. Ich glaube nicht, dass ich mich irre, aber es waren sechs Buchstaben. Für mich ergeben sie einen Sinn, der einigermaßen unglaublich erscheint. Spielen wir die Aufnahme noch einmal ohne Ton langsam ab.«

»Kein Problem.«

Sie blickten auf den Schirm, der das kürzere oder längere Aufblitzen der Thermostrahlen wiedergab. Rhodan sagte, seiner Erinnerung ziemlich sicher: »Der erste Buchstabe. Halt! Also ein M. Der zweite ist ganz klar ein O, der dritte ein L, dann ein K, schließlich ein E und als letzter Buchstabe ein X. Das ergibt MOLKEX. Ich ahnte es nach Guckys Bericht!«

»Ras wollte uns auf das Vorhandensein eines Problems hinweisen, das etwas mit Molkex zu tun hat!«, schloss Branca verblüfft. »Also deswegen sind die Ploohns so unruhig.«

»Vermutlich!«, meinte Rhodan. »Und für uns bedeutet dies, dass wir den Abgesandten ernst nehmen müssen.«

Er nickte Branca zu und ging zum nächsten Kleintransmitter, der ihn wieder in die Nähe seines Büros bringen sollte.

Die Augen aller Wartenden konzentrierten sich auf den Dhiccer, der vor Janner Daiana auf dem Tisch herumlief. Er umrundete die Tassen und die Becher, betrachtete interessiert den Inhalt eines Aschenbechers und richtete sich dann auf die Hinterbeine auf. Das Fell zeigte noch immer die vielen hellen Schattierungen. Das Tier spürte offensichtlich immer noch die wachsende Unruhe der drei Fremden.

»Ist dies ein Symbiont Ihres Volkes?«, fragte der Klaschoy. Er schien interessiert.

»Nein«, sagte Daiana ehrlich. »Ich kenne nicht einmal die Heimat dieses kleinen Tieres. Es ist mein Maskottchen.«

»Erklären Sie, was ein Maskottchen ist.«

Deutlich sah man jetzt die feinen, durchscheinenden Flughäute zwischen den vier Extremitäten. Der Dhiccer pfiff leise und piepste: »Fliegen, Janner?«

»Meinetwegen!«, sagte Janner leise und grinste. Er hatte dem Tier mühsam abgewöhnen müssen, bei unpassender Gelegenheit die »Flügel« auszubreiten und Leuten um den Kopf zu gleiten. Jetzt fragte der Dhiccer vorher. Er nahm Anlauf, schlitterte über die Tischplatte und warf sich schräg aufwärts. Im Luftstrom der Klimaanlage kreiste er in die Höhe und segelte unter der Decke im Zickzack hin und her. Seine Bewegungen wirkten jetzt auf einmal nicht mehr possierlich, sondern sehr zielbewusst.

Daiana wagte einen kurzen psychologischen Vorstoß. »Das Tier zeigt mir in sehr begrenztem Rahmen, ob ein anderes Wesen unruhig oder aufgeregt ist. Ich habe erkennen können, dass die Abordnung der Ploohns nicht gerade sehr ruhig ist.«

Sie wussten noch immer nicht, warum Rhodan wirklich die Sitzung verlassen hatte. Aber vermutlich hatten die Untersuchungen der Waffe eine Überraschung ergeben; ein Umstand, den Daiana geradezu erwartete.

Der Ploohn überlegte lange, schließlich entgegnete er: »Selbstverständlich sind wir unruhig. Das ist leicht zu erklären. Wir sehen uns einer völlig fremden Zivilisation und Kultur gegenüber. Wir warten auf einige erklärende Worte Ihres Herrschers. Wir werden mit solchen kindlichen Späßen ...«, seine Hand deutete auf den Dhiccer, der gerade mit ausgestreckten Gliedmaßen direkt auf den Zweiten Offizier der MARCO POLO zuschoss, »... abgelenkt und unterhalten. Wir sind gewohnt, schnell zu handeln. Das alles macht uns nervös.«

Daiana hob die Hand und streckte die Finger aus. Der Dhiccer pfiff sein Landesignal und ließ sich in die Finger und die Handfläche fallen. Seine krallenbewehrten Fingerchen klammerten sich am Stoff der Jacke fest, als er über den Ärmel zurück auf den Tisch kletterte.

»Wir sind ebenso gewohnt, schnell zu handeln. Aber oft führt unüberlegtes Handeln zu enttäuschenden Ergebnissen«, meinte Daiana.

»Sie denken also lange nach?«

»Ja, meist, und zwar alle Individuen. Wir sind von den Befehlen eines Herrschers nicht in dem Maß abhängig, wie es in Ihrer Kultur sein mag.«

»Wir sind gewohnt, an die Klugheit unserer Königinnen zu glauben!«

»Auch wir tun dies, in anderem Sinn. Aber um zu Entschlüssen zu kommen, ziehen unsere Anführer meist die Meinungen und die Kenntnisse ihrer Vertrauten hinzu. Vermutlich geschieht dies jetzt gerade.«

Der Insektenabkömmling richtete sich zu seiner vollen Größe auf, hob einen Arm und rief drohend: »Wir sollen hingehalten werden! Ich überlege gerade, ob dies als Verrat zu bezeichnen ist!«

»Schwerlich«, erwiderte Daiana und sah, dass das Fell des Dhiccers sich stark ins Weiße zu verfärben begann. »Wir beabsichtigen keinen Verrat. Das kann ich auf meine persönliche Ehre nehmen.«

»Wie lange muss ich noch warten?«

Daiana hob langsam den Kopf und betrachtete mit unbewegter Miene den fremdartigen Schädel des anderen. »Das weiß ich wirklich nicht!«

Ein unbehagliches, fast drohendes Schweigen erfüllte den großen Raum. Die Terraner saßen da und tranken Kaffee oder verschiedene Säfte, einige wanderten unruhig umher. Die drei Ploohns kauerten in ihren Sitzgelegenheiten und strahlten deutliche Zeichen der Unzufriedenheit und des Zorns aus.

Wo blieb Rhodan? Was hatte er vor?

26.

Während Rhodan auf den Mausbiber wartete, unterhielt er sich mit dem Stellvertreter Galbraith Deightons. Mit einigen kurzen Sätzen hatte Rhodan das neu entstandene Problem vor ihm ausgebreitet.

»Das Ganze ergibt für mich eine logische Kette«, sagte der Großadministrator, »mit nur wenigen Lücken.«

»Über eine wahrhaft kosmische Entfernung hinweg«, erhielt er zur Antwort, »hat sich Tschubai mit Ihnen mehr oder weniger exakt verständigen können. Sie ahnen natürlich die Zusammenhänge?«

Rhodans Gedanken arbeiteten bereits daran, Tschubais Botschaft mit den notwendigen Assoziationen zu verknüpfen. »Ich bin ziemlich sicher, dass meine Überlegungen richtig sind.«

Rhodan und alle Männer, die über die Botschaft Tschubais informiert waren, wussten von der Zeit, in der die Terraner gegen die Schreckwürmer und indirekt gegen das Molkex gekämpft hatten; erbarmungslose Schlachten mit vielen Verlusten hatten diese Phase des Solaren Imperiums gekennzeichnet.

»Ist es vielleicht denkbar, dass dieses Molkex von den Kräften des Mahlstroms eingefangen und irgendwo stabilisiert wurde? Auf alle Fälle haben die Ploohns eine enge Beziehung dazu.«

Rhodan biss auf seine Unterlippe. »Die Ploohns haben nach meiner Meinung das Molkex und sind davon irgendwie abhängig.«

»Das beweist auch die Unruhe ihres Abgesandten. Tschubai hat dies klar erkannt und etwas angezettelt, was die Ploohns in die Defensive treibt.«

Mit einem Schlag wurde vieles deutlich. Hier lag die erste und vermutlich auch einmalige Chance, mit diesen Fremden in Frieden leben zu können.

»Sicher. Er scheint den Ploohns irgendwie wirksam gedroht zu haben«, meinte Rhodan.

Welche Beziehung bestand zwischen diesem großen Insektenvolk und dem Molkex? Noch während beide Männer darüber sprachen, materialisierte Gucky in Rhodans Büro und rief: »Ich habe eben mit Janner Daiana gesprochen. Ich weiß alles!«

Rhodan lachte kurz und erwiderte: »Ausgezeichnet. Es ist gut, informierte Freunde zu haben. Und jetzt berichte uns bitte, was du zu dem Thema zu sagen hast.«

Gucky watschelte durch den halben Raum und teleportierte dann auf die Ecke des riesigen Schreibtischs. Er hob den Arm und begann zu erklären. »Ihr wisst, dass ich Toronar Kasom aus den Fäden im Mahlstrom gerettet habe. Mit dem Beiboot der SAN ANTONIO haben wir dann den Planeten Onyx angeflogen, auf dem die Psaltas leben. Dort fanden wir die Netze, mit denen die Psaltas ihre Schiffe gegen die Goldrost-Spinner schützen, denen unsere Raumschiffe zum Opfer gefallen sind. Wir erfuhren, dass es eine Welt namens Gragh-Schanath jenseits des Schlunds gibt, von der vor Urzeiten dieses Material geholt worden ist. Dieser wallende, Form verändernde Stoff der Netze hat mich auf einen vagen Einfall gebracht, aber nachdem ich mit Daiana sprach und erfahren habe, was Tschubai dir mitgeteilt hat, bin ich sicher.«

»Ganz sicher?«, erkundigte sich Rhodan besorgt.

»Vollkommen. Du ahntest es ja auch, Perry. Es muss sich auch bei dem Netz um Molkex gehandelt haben. Jetzt gibt es für mich keinen Zweifel mehr daran.«

»Aber die Erdatmosphäre zerstörte das Netz!«

»Das Molkex ist seinerzeit auch weggeflogen, falls du dich erinnerst«, gab der Ilt angriffslustig zurück. »Der Schlüssel zu allem liegt sicher auf Gragh-Schanath jenseits des Schlunds, Perry!«

Sie schwiegen einige Zeit und überlegten. Längst vergessen geglaubte Visionen tauchten wieder auf. Alles, was sie jemals über diese Materie erfahren hatten, war Rhodan gegenwärtig. Er kannte auch die Verfahren, die von Terranern zur Zerstörung oder Neutralisierung des Molkex angewandt worden waren. Tschubai hatte die Ploohns überlistet und einen Weg gefunden, mit Hilfe des von ihm erkannten Molkex die Ploohns zur Verhandlung zu zwingen. Was sie jetzt alle brauchten, waren Zeit und Glück.

»Gragh-Schanath!«, murmelte Rhodan aufgeregt. »Wir müssen sofort zu diesem Planeten!«

»Was schwierig sein wird, denn der Parlamentär der Ploohns wartet mit steigender Ungeduld. Er scheint kurz vor einem Ausbruch zu stehen!«, gab der Stellvertreter des Geheimdienstchefs zu bedenken.

»Zeit!«, flüsterte Perry Rhodan. »Wir brauchen Zeit.«

»Sie müssen den Abgesandten hinhalten!«, sagte der andere Mann.

»Das wird schwer sein, denn er ist misstrauisch geworden!«, warf Gucky ein. »Du denkst an die Waffe, die wir gegen das Molkex erfunden haben?«

»Daran denke ich«, meinte Rhodan. »Und an die abtrünnige Königin namens Zeus, die wir auf Wunsch der Ploohns umbringen sollen.«

Gucky sagte trocken: »Wir haben also wieder einmal eine total verfahrene Situation.«

»NATHAN und der Teamleiter unserer Waffenspezialisten arbeiten bereits dran. Dolf Saydenstiker wird ein Ergebnis bringen, wenn es eines gibt!«, sagte Perry. Er stand auf und ging auf die Tür zu. »Ich versuche, den Abgesandten hinzuhalten. Wenn Saydenstiker eintrifft, verlasse ich die Sitzung.«

Leise schloss sich die schwere Tür hinter ihm.

»Dieses Molkex«, sagte Gucky leise. »Es ist kaum vorstellbar, dass es sich bei diesen beiden Substanzen um ein und dasselbe handelt. Aber ich bin sicher.«

Im gleichen Augenblick führte eine Ordonnanz Dolf Saydenstiker herein. Der fünfunddreißigjährige Mann war nur wenigen Eingeweihten bekannt, denn er arbeitete sozusagen hinter den Kulissen. Er war der Cheflogistiker, und nahezu alle Waffen oder Waffensysteme, die von der Menschheit jemals hervorgebracht worden waren, schienen ihm bestens bekannt zu sein. Jedenfalls trug sein scharf geschnittenes schmales Gesicht unter dem schütteren braunen Haar einen zufriedenen Ausdruck.

Der Geheimdienstmann betrachtete irritiert den schreiend gelben Hosenanzug und die Spangen über den Ohren, dann zwang er sich zu einem geschäftsmäßigen Lächeln und begrüßte den Logistiker.

»Es ist einfach«, sagte Dolf, »wenn man informiert ist. Ein Waffensystem, an dem mehr als hunderttausend Terraner gearbeitet haben und das unseren Etat mit nennenswerten Summen belastet hat, war leicht zu finden. Wo ist der Großadministrator?«

»Soll das heißen, dass Sie die Anti-Molkexbomben gefunden haben?«

Dolf wischte sich eine Haarsträhne vom linken Auge weg und erwiderte selbstzufrieden: »Wir haben 120 perfekt eingelagerte Bomben dieser Art in einem versteckten Lager. Außerdem hat NATHAN sämtliche Fertigungsunterlagen gespeichert.«

»Ausgezeichnet. Wir sollten Rhodan …«

Dolf setzte sich und schlug die Beine übereinander. »Das hat, denke ich, noch einige Minuten Zeit. Wir haben die Möglichkeit, innerhalb kurzer Zeit solche Bomben herzustellen, einschließlich der Mikro-Hypertrongeräte der Siganesen. Wir haben 120 einsatzbereite Bomben. Gleiches Kaliber, gleiche Größe, identischer Wirkungsgrad. Sie können jederzeit gezündet werden.«

»Wo?«

Saydenstiker blickte auf sein Chronometer, entfernte etwas Schmutz unter dem Nagel des Mittelfingers und sagte geziert: »Ich habe mir gestattet, im Sinn der Sache zu denken. Die Bomben sind gerade auf dem Weg zum Flottenhafen. Sie werden dort in vier schweren Antigravgleitern gelagert, bis Rhodan sie in ein Schiff bringen lassen will.«

Gucky und der Geheimdienstler lachten, dann fragten sie beide gleichzeitig: »Die Tests sind durchgeführt?«

»Ja. Die Waffensysteme sind einsatzbereit und in genau«, wieder blickte der schmalhüftige Mann in dem auffallenden Kostüm auf die Uhr, »vier Minuten auf dem Flottenraumhafen. Zufrieden?«

Gucky meinte leise: »Wir sollten Perry vorschlagen, ein Experimentalraumschiff zu starten. Und ich habe den berechtigten Verdacht, dass ich mit diesen Bomben etwas zu tun haben werde.«

Dolf Saydenstiker stand auf und deutete in die Richtung des Flottenhafens. Der Mann mit den großen, dunklen Augen sagte, plötzlich jede Geziertheit abwerfend und fast militärisch knapp: »Ich möchte nicht in Rhodans Haut stecken. Alles sieht einfach und leicht lösbar aus, aber die Schwierigkeiten sind größer, als sich im Augenblick absehen lässt.«

»Das ist richtig!«, meinte der Mausbiber. »Ich bin gespannt, wie es Rhodan schaffen wird, den Ploohn-Abgesandten hinzuhalten. Wir brauchen wirklich viel Zeit.«

Ohne dass sie es ahnen konnten, geschahen Dinge, die die Situation der Terraner abermals komplizierten. Ein unerwartetes Ereignis warf seine Schatten voraus.

Rhodan versuchte, nicht erkennen zu lassen, welche Sorgen ihn bewegten. Er blickte in die Insektenaugen des Parlamentärs und fühlte, wie sich in seinem Magen ein harter Klumpen bildete. Schließlich sagte er: »Ich weiß nicht recht, Hoher Klaschoy Argtamayn Benzynurh, wie ich es Ihnen erklären soll.«

Die Terraner hielten den Atem an. Sie spürten genau, dass Rhodan in einer schwierigen Lage steckte. Mit ihm, und das entschied letzten Endes, steckte die gesamte gerettete Menschheit in derselben Klemme.

Der Ploohn dröhnte: »Versuchen Sie es! Ich bin durchaus in der Lage, Ihnen zu folgen.«

Rhodan begann zögernd. Er bot das Bild eines unentschlossenen, von Zweifeln gepeinigten Mannes. »Ich kann nicht allein entscheiden«, sagte er. »Ich bin nicht befugt, ohne Wissen und Zustimmung meines Volkes zu sprechen. Wir haben andere Verhältnisse als Ihr Volk.«

Aufgeregt gestikulierte der Klaschoy. »Ich habe den Eindruck, Sie wollen Zeit gewinnen!«

»Ich muss Zeit haben, denn eine Zusammenkunft aller Berater ist nicht innerhalb von kleinen Zeiteinheiten möglich. Wir haben alle zu viel Arbeit, zu viele Aufgaben. Ich befinde mich in einer heiklen Lage. Ich will Sie keineswegs verärgern, aber ich muss meine Berater fragen. Darf ich Sie bitten, zusammen mit Ihrer Begleitung für eine Weile meine Gäste zu sein?«

Benzynurh wusste nicht, ob dies eine Finte war oder ehrlich gemeint. Man sah ihm nur an, dass er aufgeregt und nervös war. Die Büschel an seiner Stirn flatterten.

»Sind Sie eigentlich wirklich an Verhandlungen interessiert, Terraner?«, rief er aufgebracht.

»Ich bin es. Vielmehr, wir sind es. Aber ich bitte Sie noch einmal, die Unterschiede zu beachten! Wir tun alles, was wir können. Aber ich bitte Sie nochmals, uns noch etwas Zeit zu geben.«

»Wie viel?«

»Einen halben Tag«, sagte Rhodan. »Dann haben Sie unseren Entschluss. In der Zwischenzeit muss ich mich mit meinen Freunden beraten.«

»Einen halben Tag? Das ist zu viel! Denken Sie an den langen Weg, den ich zurückgelegt habe!«

»Wenn Sie uns helfen, die abtrünnige Königin zu finden und wirkungsvoll zu bekämpfen, dann müsste Ihnen diese Zeit kurz vorkommen«, sagte Rhodan und stand auf. »Darf ich Sie bitten, für diese Zeit gut ausgestattete Räume zu bewohnen, die wir für unsere Gäste eingerichtet haben?«

Der Ploohn-Abgesandte schien sich mühsam zu beruhigen. Die Terraner verfolgten die Veränderung, die in seiner Gestik vor sich ging. Er bemerkte mit eindeutig drohendem Unterton: »Gut. Ich gebe Ihnen einen halben Tag. Für diese Zeit habe ich die Erlaubnis der Herrscherin. Aber nach Ablauf dieser Frist bin ich nicht mehr befugt, irgendwelche Verhandlungen zu führen.«

»Einverstanden«, schloss Rhodan. »Sie werden erkennen müssen, dass wir es ebenso ehrlich meinen wie Sie.«

Er deutete auf Janner Daiana, der eben das Tierchen wieder in die Brusttasche zurückbeförderte. Das Fell des Dhiccers war jetzt flammend gelb. Es kennzeichnete das hohe Maß an Erregung, die besonders die drei Ploohns ergriffen hatte.

»Bringen Sie bitte unsere Gäste in ihre Quartiere, Janner. Und dann bitte ich Sie zu einer kurzen Besprechung in mein Büro.«

»Selbstverständlich, Sir!«, erwiderte der Zweite Offizier und merkte, dass große Dinge vorgingen. »Ich werde alles bestens erledigen.«

Es war wie ein gewaltiges Gewitter, das aus heiterem, wolkenlosem Nachmittagshimmel losbrach. Plötzlich donnerte es. Der lang hallende Donner formierte sich schließlich zu Worten. Über Terrania City fuhr die Wucht einer gewaltigen Stimme hin.

»Terraner!«, schrie die Stimme. »Ich rufe euch! Ich rufe Rhodan, den tapferen Kämpfer eures Volkes!«

Hinter dem Ringwall tauchte eine gewaltige Gestalt auf. Sie entstammte einer alten irdischen Sage, und nur wenige Menschen, die jene dröhnende Stimme hörten und zusehen mussten, wie sich aus dem Dunst des Nachmittags die funkelnde, goldglänzende Rüstung schob, erkannten die Gestalt nicht.

»Ich bin Zeus! Ihr kennt mich!«, schrie der Gigant.

Um das Haupt wehte langes Haar. Der gekräuselte Bart umrahmte das klassisch geschnittene Gesicht. Mit langen Schritten, die jedes Mal nahezu einen Kilometer umfassten, kam Zeus näher. Sein Brustkorb wurde von dem Schild verhüllt, der so groß wie ein terranischer Kreuzer war.

In der rechten Hand, die Waffe dicht hinter dem Blatt der Doppelschneide gepackt, trug Zeus sein riesiges Schwert. Einige der Männer und Frauen, die ihn sahen, hatten miterlebt, wie diese Waffe, ins Gigantische vergrößert, einen Berg nahezu gespalten hatte.

»Ihr kennt mich! Ich habe eine Forderung an Rhodan, den einzigen von euch, den ich anerkenne!«, donnerte Zeus. Die späte Sonne brach sich in der aufgleißenden Doppelschneide des Schwerts und warf einen weiß lodernden, glühenden Reflex über Terrania City und die nähere Umgebung hin. Zeus blieb breitbeinig mitten auf dem Raumhafen stehen. Ein großes Explorerschiff reichte ihm knapp bis zum Ende der goldstrahlenden Beinschienen.

»Unter allen Umständen muss Rhodan drei Drohnen, drei Mopoys, mitbringen, wenn er zum nächsten Kampf in die Galaxis der Verhassten startet!«

Die Stimme entfesselte einen mittleren Sturm, der über die Stadt hinbrauste und die uralten Bäume schüttelte und an ihren Blättern und Zweigen riss. Scheiben zitterten. Selbst im Innern vieler Gebäude war die dunkle, hallende Stimme deutlich zu hören.

Die Gestalt mitten auf dem Flottenhafen, hinter den Antennen und Bauwerken des Ringwalls, überragte die höchsten Gebäude der Stadt. Wieder öffnete Zeus seinen Mund und brüllte: »Bringt drei Mopoys mit! Denn ich, Zeus, der Gewaltige, komme nun zu dem Zeitpunkt, an dem ich die Eier der künftigen Königinnen legen werde. Aber diese Früchte meines erhabenen Körpers müssen von den Drohnen befruchtet werden. Ich rufe Rhodan! Gib Antwort! Kommst du in die Galaxis der Ploohns, so bringe die gewünschten Drohnen mit. Ich warte auf deine Antwort, Rhodan! Aber ich warte nicht lange. Sprich, sonst zerschmettere ich ein paar deiner lächerlichen Raumschiffe!«

Rhodan erreichten die Bilder von Zeus in seinem Büro, wo er sich gerade mit den wichtigsten Persönlichkeiten unterhielt.

»Verdammt!«, fuhr Rhodan auf, als er erkannte, welche Situation dieser falsche Zeus, von den Ploohns als »abtrünnige Königin« bezeichnet, jetzt heraufbeschwor. »Ich soll diesen Zeus töten, auf Verlangen der Ploohns, gleichzeitig soll ich seinen Erben zum Leben verhelfen, indem ich Drohnen mitbringe. Welch ein Irrsinn.«

Daiana fragte beunruhigt, ebenfalls diese riesige Gestalt ansehend und dem Nachhall der Stimme lauschend: »Was werden Sie antworten, Sir?«

»Ich werde mit ihm das Gleiche machen wie mit dem Ploohn-Klaschoy!«, sagte Rhodan grimmig. Lodernde Hitze umgab die Gestalt, Energiefelder bauten sich rund um die Figur auf, die Bedrohung war deutlich. Über dem Raumhafen erhob sich eine Säule kochend heißer Luft in die Stratosphäre.

Rhodan stellte eine Verbindung zu den Außenlautsprechern des Experimentalraumers her, holte Atem und sagte laut und deutlich: »Hier spricht Rhodan! Ich höre und sehe dich, Zeus!«

Die Lautsprecher des Schiffs verwandelten seine Worte in tosenden Schall, der aber keineswegs mit dem Donnern der »göttlichen« Stimme konkurrieren konnte. Zeus hob den Kopf und schüttelte die prächtige Mähne.

»Ich höre dich, Rhodan! Was ist deine Antwort?«

Rhodan rief: »Ich starte in wenigen Stunden in die Galaxis der Ploohns. Ich werde, wenn ich es ermöglichen kann, drei Drohnen mitbringen! Aber es wird sehr schwer werden. Sei nicht ungeduldig, Vater aller Götter!«

Zeus riss seinen Schild und die Waffe hoch. Einen langen Augenblick sah es so aus, als ob er mit ihr das Experimentalschiff zerschmettern wollte.

Dann rief er: »Ich glaube dir! Aber beeile dich! Meine göttliche Zeit ist rar! Ich will Ergebnisse sehen! Und versuche keine Tricks mit mir, sonst lasse ich dich meine ganze Macht spüren!«

»Keine Sorge«, schrie Rhodan zurück. »Du hast mein Wort! Aber verschwinde nun, Zeus, denn du tötest viele von meinem Volk!«

Zeus lachte donnernd auf und drehte sich halb herum. »Ihr seid Zwerge! Seid sicher, dass ich nichts vergesse! Ich gehe jetzt, aber ihr alle seid dem Untergang verschrieben, wenn ihr nicht tut, was ich fordere!«

Langsam stapfte er zurück. Mit jedem Schritt wurde seine Gestalt diffuser und undeutlicher. Schließlich verschwand er wie eine Wolke, die sich im Sonnenlicht auflöste, am Horizont.

»Der Spuk ist vorbei«, stellte Rhodan fest, »und jetzt sitzen wir wieder einmal zwischen zwei Feuern.«

Der Krisenstab der Erde war zusammengetreten. Die Zeit, die Rhodan sich und dem Ploohn gegeben hatte, schrumpfte mehr und mehr. Die Situation war so gut wie nicht zu lösen. Aber es musste versucht werden.

Daiana murmelte: »Die Königin der Ploohns, Jaymadahr Conzentryn, verlangt von uns durch ihren Klaschoy, Zeus zu töten.«

»Und zu allem Widersinn verlangt Zeus von uns, ihm zu helfen und die Drohnen zu bringen. Das bedeutet mehr oder weniger den Tod der Königin oder einen Kampf, den wir verlieren müssen«, sagte Rhodan dumpf.

»Ich schlage vor«, rief der Mausbiber, »wir fliegen erst einmal dorthin, wo das Molkex ist. Dort sehen wir weiter!«

»Ich glaube«, sagte der Großadministrator, »dass dies der einzige Erfolg versprechende Weg ist. Aus diesem Grund habe ich die KALKUTTA, eines unserer besten und modernsten Experimentalschiffe, bemannen lassen. Die 120 Anti-Molkexbomben sind dank Dolf Saydenstikers Vorarbeit an Bord. Es wird Zeit, den Gesandten der Ploohns zu verständigen.«

Zwei Stunden später startete das fünfzehnhundert Meter durchmessende Experimentalschiff. Rhodan, Gucky und Daiana waren an Bord, dazu ein Stab der fähigsten Leute, die man augenblicklich auf der gefährdeten Erde entbehren konnte. Der Abgesandte der Ploohns schien für den Augenblick zufrieden – Daiana, der mit ihm sprach, konnte keine besondere Erregung feststellen.

Die nächste Schwierigkeit begann, als Klaschoy Benzynurh die Zentrale des Experimentalschiffs betrat.

27.

»Die Zeit verstreicht, und mir ist fast schlecht vor Spannung«, bekannte Cam Naulath.

»Und ich weiß, dass der Ploohn kein faires Spiel spielt«, murmelte Janner Daiana. »Jedes Mal, wenn ich an Benzynurh vorbeigehe, verfärbt sich das Fell, und der Dhiccer beginnt zu zittern.«

Die beiden Männer und Dolf Saydenstiker bildeten eine kleine, abgeschlossene Gruppe in der geräumigen Zentrale des Schiffs. Vor einigen Stunden war das kleine Schiff des Ploohn-Abgesandten eingeschleust worden, und Argtamayn Benzynurh hatte versprochen, das Experimentalschiff an einen bestimmten Abstrahlpunkt zu bringen. Er schien nicht nur alle Koordinaten auswendig zu kennen, sondern sich auch in der verwirrenden Systematik eines terranischen Raumschiffs zurechtzufinden.

Naulath, ein etwa fünfundvierzigjähriger Mann, der den Eindruck eines überaus weltfremden Wissenschaftlers machte, deutete mit dem Daumen über die Schulter und fragte ohne Respekt, aber leise genug, um nicht verstanden zu werden: »Wer überlistet wen? Der Chef den Ploohn oder etwa umgekehrt?«

»Keine Ahnung!«, flüsterte Daiana. »Ich tippe aus nahe liegenden Motiven auf Rhodan.«

»Es wäre zu wünschen!«

Die drei Männer hatten präzis umrissene Aufgaben. Janner Daiana und sein Demisymbiont sollten versuchen, die wahren Stimmungen und die Gedanken der drei Ploohns zu ergründen. Das war einerseits leicht und andererseits mehr als schwer; es gelang Janner zwar, Aufregung oder Ruhe zu diagnostizieren, aber er konnte den Grund nicht erkennen, sosehr er sich auch Mühe gab.

Dolf Saydenstiker war an Bord, weil er binnen kürzester Zeit nicht nur die 120 alten Anti-Molkexbomben aufgefunden, sondern von NATHAN auch die fünfdimensionalen Komponenten des Molkex erhalten hatte.

Cam Naulath, ein haarloser Mann mit fahrigen Bewegungen und einem meist abwesenden Gesichtsausdruck, mit kahl geschorenem Schädel und buschigen Augenbrauen, galt nach dem notwendigerweise ziemlich kurzen Check von Saydenstiker als der einzige Experte, der mit den Bomben richtig umgehen konnte. Diese Waffensysteme waren keineswegs leicht zu handhaben, und man wusste, dass man sie mit einiger Sicherheit würde einsetzen müssen.

Diese drei Männer waren präsent und bewegten sich unter den wachsamen und misstrauischen Blicken der drei Fremden.

Nur der Mausbiber blieb unsichtbar. Aber er war keineswegs untätig.

Das Schiff raste durch den Raum, einer bestimmten Zielkoordinate entgegen. Es war niemand an Bord, der nicht genau wusste, welch gefährliche Mission hiermit gestartet worden war. Es gab nur ein Ziel: herauszufinden, was es mit dem Molkex und mit Ras Tschubai auf sich hatte.

Rhodan hatte scheinbar eingewilligt, den Zielangaben des Ploohns zu folgen, aber das Schiff flog überlichtschnell einem anderen Punkt entgegen. Rhodan hatte sich leicht ausrechnen können, dass das Experimentalschiff mitten in einer gewaltigen Phalanx von Ploohn-Schiffen in dem anderen Teil des Kosmos erscheinen würde. Dies war eine Vorstellung, die niemandem behagte, am allerwenigsten dem Großadministrator.

Er hatte dem Piloten des Experimentalraumers genaue Anweisungen erteilt und saß jetzt zwischen den drei Insektenwesen.

»Die KALKUTTA ist ein fast vollkommen ausgerüstetes Schiff«, erklärte er und deutete auf die Schirme der Panoramagalerie, die noch immer die phantastische kosmische Landschaft des Schlunds zeigten. »Wir haben alles an Bord, um auf fremden Welten Forschungen betreiben zu können.«

Argtamayn Benzynurh warf dem Terraner einen langen, misstrauischen Blick zu. Er schien die Tätigkeit des Mausbibers nicht zu spüren. Gucky, der sich in seiner Kabine verbarg, versuchte seit Stunden, die Gedanken des Insektenwesens zu erfassen. Er arbeitete nahezu bis zur Erschöpfung, aber es gelang ihm nicht wesentlich mehr als dem Dhiccer – er registrierte bei dem Ploohn nur langsam steigende Erregung. Das eigentliche Wissen wurde von Benzynurh mühelos blockiert.

Gegen Mitternacht des dreiundzwanzigsten Juni erreichte die KALKUTTA die Stelle des Durchbruchs. Als die Schirme wieder aufflammten, enthüllte sich der Nachtwache der Blick auf einen fremden, unbekannten Teil des Kosmos.

Benzynurh stürzte in die Zentrale und schrie aufgeregt: »Das ist nicht die Stelle, an der wir hätten erscheinen sollen! Sie haben uns betrogen, Terraner!«

Seit einer Stunde hatte Rhodan nach einem kurzen Schlaf die Manöver verfolgt und erkannte jetzt, dass sein Plan einigermaßen aufgegangen war.

»Ich habe mir gestattet, Klaschoy, Ihren Versuch zu interpretieren. Sie wollten uns im Zentrum einer Flotte erscheinen lassen, die uns zu bestimmten Handlungen hätte zwingen können.«

»Das war abgesprochen! Das war der Sinn dieses Sprungs!«, tobte das Insektenwesen.

Die Männer in der Zentrale reagierten unterschiedlich. Sie spürten die Gefahr, aber sie betrachteten den gestikulierenden Klaschoy und Rhodan teils neugierig, teils aufmerksam, teilweise voller Spannung. Niemand lachte, und niemand sagte etwas. Sie wussten, dass Rhodans Schachzug bis zum gegenwärtigen Zeitpunkt den Terranern einen kleinen Vorteil gesichert hatte.

»Klaschoy?«, fragte Rhodan.

»Ich höre, Terraner!«, gellte der Ploohn.

»Würden Sie im Fall einer drohenden Gefahr alles für Ihr Volk tun? Oder würden Sie sich auf andere verlassen?«

Aufgeregt antwortete der Parlamentär: »Ich würde mein Leben hingeben! Ich würde mich selbst entleiben für mein Volk.«

Rhodan lächelte ihn an und erwiderte kurz und verbindlich: »Genau das habe ich getan. Mein Schiff ist frei, die Galaxis Ihres Volkes liegt offen vor uns, und wir befinden uns in keiner Zwangslage. Sie werden nicht zum Verrat von Geheimnissen gezwungen, und wir haben freie Hand. Eine ausgeglichene Situation, wie es ein Diplomat ausdrücken würde.«

In der Zentrale breitete sich ein unheilvolles Schweigen aus. Das Insekt und die Terraner musterten einander drohend und unbeweglich. Dann, nach einer langen Pause, brach Argtamayn das Schweigen.

»Sie sind gerissen, Terraner!«

»Ich versuche, vorsichtig zu sein«, sagte Rhodan.

»Von mir erfahren Sie nichts!«

»Ich denke, ich kenne den Punkt, der Ihr Volk beunruhigt. Meine Leute suchen bereits nach der fraglichen Stelle!«

»Sie können nicht wissen, was ich weiß! Ich habe kein Wort gesagt! Ich bin kein Verräter!«, schrie der Ploohn.

Rhodan entgegnete ernst: »Nein, Sie sind kein Verräter. Aber wir sind fähig, nachzudenken und uns zu erinnern. Immerhin sind wir bisher fair geblieben.«

»Was haben Sie vor?«

Rhodan antwortete langsam und wohl überlegt: »Sie haben uns aufgefordert, Ihre abtrünnige Königin zu töten. Wir glauben nicht, dass wir Ihre Henker sein werden. Ich sprach bereits mit Ihnen darüber. Ihre Gefangenen, meine Freunde also, müssen irgendwie befreit werden. Ich weiß, dass Sie gezwungen sind, mit uns Verhandlungen anzufangen. Wir werden alles tun, um unsere Position zu festigen, und wir versuchen, dies mit allen Mitteln zu tun. An meiner Stelle würden Sie nicht anders handeln. Im Augenblick sind wir frei und unbeobachtet. Bis zu dem Zeitpunkt, an dem wir direkt mit Jaymadahr Conzentryn sprechen, werden wir uns umsehen und alle, aber auch alle unsere Chancen wahrnehmen. Sie können uns nicht stören. Noch einmal: An unserer Stelle würden Sie, Klaschoy, nicht anders handeln. Wir beide versuchen, für unser Volk das optimale Ergebnis herauszuholen. Außer glattem Betrug würden Sie und auch ich jedes Mittel gebrauchen. Bleiben Sie objektiv! Ich betone zum letzten Mal, dass wir fair und anständig bleiben.«

Die Besatzung hatte diesen Äußerungen des Großadministrators schweigend zugehört. Jetzt wandten sich die Frauen und Männer wieder ihren Aufgaben zu.

Nach einer langen, fast qualvollen Pause erwiderte der Fremde: »Ich kann nichts dagegen tun. Dies ist Ihr Zug. Ich bin geneigt, Ihnen zu glauben, aber ich handle ebenso als Vertreter meines Volkes. Von mir erfahren Sie nichts mehr.«

Das ist auch nicht nötig, dachte Rhodan. *Wenn die Ortungsabteilungen gut arbeiten und die Instrumente nicht versagen, werden wir das Molkex in Kürze entdeckt haben.*

Der Durchbruch war gelungen. Das Schiff befand sich im Alarmzustand, sämtliche Ortungsgeräte arbeiteten auf höchsten Touren. Ihre Ergebnisse wurden mit den Daten verglichen, die Dolf Saydenstiker von NATHAN erhalten hatte. Ununterbrochen tauchten auf den Schirmen flüchtige Echos auf, wurden gelöscht und kamen an anderen Stellen in anderen Farben wieder.

»Sehen Sie, Sir? Wir haben hier verschiedene Systeme dieser Galaxis. Von diesen Systemen kommen deutliche Impulse von Molkex. Es muss so sein, sonst würden sämtliche Orter falsche Werte liefern.«

Rhodan erkundigte sich beunruhigt: »Und wie sieht es mit Ploohn-Schiffen aus?«

»Wir haben schwache Echos. Sie versammeln sich alle um einen Punkt.«

Das Bild wechselte. Eine Vergrößerung erschien. Es war ein Sechsplanetensystem mit einer gelben Sonne. Schwache Echos kennzeichneten die Bewegungen vieler Schiffsverbände. Der zweite Planet gab besonders starke Impulse ab.

»Und hier haben wir die stärkste Strahlungsquelle des Molkex«, sagte der Mann vor dem Gerät. »Vielleicht ist dieser Planet identisch mit Gragh-Schanath?«

»Vielleicht«, sagte Rhodan. »Wir fliegen jedenfalls auf diese Stelle zu.«

Er ging zurück in die Zentrale. Lange überlegte er, dann wusste er, wie die Verhältnisse zu liegen schienen. Sie waren sowohl auf den Planeten als auch auf das Molkex gestoßen – Guckys Abenteuer auf Onyx bewies es, das zuerst nicht mehr als einen flüchtigen Hinweis erbracht hatte.

Jetzt näherte sich die KALKUTTA der fraglichen Stelle. Es war kein Zufall, dass sich in diesem Sonnensystem die Ploohn-Schiffe versammelten. Für Rhodan schien erwiesen zu sein, dass dies die Wachflotte für Gragh-Schanath war.

Wieder tauchten alte Erinnerungen auf. Rhodan sagte zum Piloten: »Wir werden für den Bordgebrauch dieses Sechser-System mit dem erinnerungsträchtigen Namen Schreckwurm-System versehen.«

»Wenn Argtamayn sieht, welches Ziel wir ansteuern, wird er wahnsinnig«, sagte Janner Daiana, der seit einer Stunde wieder Dienst tat. Das Schiff näherte sich mit bemannten Stationen und aktivierten Schutzschirmen langsam dem angemessenen System. Je näher sie kamen, desto deutlicher wurden die Molkex-Impulse.

»Ich sehe ein, dass dieses System, vielmehr das Molkex, für uns eine bestimmte Bedeutung hat«, sagte Janner Daiana. »Aber ich ahne, dass es für die Ploohns ebenso bedeutend sein muss. Kennen Sie die Antwort, Sir?«

»Noch nicht«, sagte Rhodan. »Und wenn Argtamayn daran denkt, dann verschließt er seine Gedanken besonders sorgfältig. Gucky hat es immer und immer wieder versucht.«

Auf den Schirmen der Fernortung, die in der Zentrale aufleuchteten, wurden die Echos der sechs Planeten und der leuchtende Punkt der Sonne schärfer und deutlicher. Rhodan deutete darauf und murmelte: »Vielleicht hat das Molkex etwas zu tun mit den eigenartigen Pflanzen, die von den Ploohns überall kultiviert werden. Das würde bedeuten …«

Er starrte Daiana an. Das Tierchen verfärbte seinen Pelz und wurde gelb. Im gleichen Augenblick, als beide Männer denselben Gedanken hatten, ertönte in dem Ringkorridor jenseits der Zentrale ein lauter, heiserer Schrei. Es war fast mehr ein Zischen.

Benzynurh stürmte in die Zentrale und hielt seine Waffe in der Hand. Alle Köpfe fuhren herum, und Rhodan schrie: »Haltet ihn auf! Er will den Piloten umbringen!«

Noch ehe Daiana zu seiner Dienstwaffe greifen konnte, geschah etwas Unglaubliches.

Ich habe dem Kollektiv meines Volkes schwer geschadet!

Ich bin entsetzt. Alles in mir bäumt sich dagegen auf, ein Verräter zu sein. Ich habe es zugelassen, dass ich und meine Begleitung Rhodan ermöglicht haben, in diesem Schiff hierher vorzustoßen, ins innerste Heiligtum unserer Sterne.

Ehe ich noch mehr Schaden anrichten kann, werde ich mein Bewusstsein auslöschen. Wo ist meine Waffe? Hier. Ich spüre, wie ich die Kontrolle über mich verliere. Ich renne in der Zentrale herum, bleibe stehen, wende mich wieder zurück.

Einige Schüsse peitschen auf. Es sind harmlose Energieentladungen, die mich lähmen sollen. Ich brauche einen ruhigen Winkel, um die Handlung zu vollziehen. Zurück! Irgendwo in die Dunkelheit des Schiffs!

Meine Gliedmaßen gehorchen meinem Verstand nicht mehr. Vor mir ein Terraner. Er hebt seine Waffe und will mich aufhalten. Niemand kann ermessen, was die Ehre für einen Klaschoy bedeutet. Ich feuere auf den Mann, der mit einem riesigen Satz seitwärts ausweicht. Ich renne geradeaus weiter.

Sie haben das Teymer entdeckt! Ich habe sie zu unserem versteckten System geführt, diesem Heiligtum, das im Zentrum eines Sektors liegt, in den alles ausgeworfen wird, was der Trichter schluckt. Das Geheimnis ist kein Geheimnis mehr!

Dieses Verbrechen kann nur von mir gesühnt werden. Ich muss mich aus der Gemeinschaft meines Volkes entfernen!

Wieder zwei Männer, die mich aufhalten wollen. Ein eisiger, kurzer Schmerz geht durch eine meiner Gliedmaßen. Ich kann nicht mehr so schnell laufen. Die Flucht wird unmöglich, aber ich schieße zurück. Ich brauche einen dunklen Winkel, nur eine Sekunde Zeit, um die richtigen Gedanken zu haben … Dort hinten sehe ich Halbdunkel. Ich rase, wild um mich schießend, weiter. Hinter mir beginnt das Schiff zu heulen und zu gellen. Sie sind hinter mir her.

Direkt hinter der ersten Linie der Roboter rannten Rhodan und Daiana mit gezogenen Paralysatoren.

»Er läuft Amok!«, schrie Rhodan. »Haben Sie verstehen können, was er rief?«

»Ja, teilweise. Er schrie etwas von … Teymer …«

Vor ihnen im Korridor blitzten Schüsse auf. Der flüchtende, halb wahnsinnige Ploohn feuerte zurück. Er war schon mehrmals von Paralysatoren getroffen worden, aber er schleppte sich weiter.

»Was hat er vor?«

»Er hat seine Ehre verloren. Er will sich selbst entleiben.«

»Also doch! Dann müssen wir davon ausgehen, dass Teymer und Molkex identisch sind. Das muss auch Tschubai entdeckt haben!«

Sie rannten weiter. Von vier verschiedenen Seiten kamen jetzt die Roboter und die Mannschaften. Der Insektenabkömmling raste im Zickzack durch den breiten Korridor und feuerte wild auf alles, was sich bewegte. Die Roboter bauten ihre Schutzschirme auf, aber sie erwiderten das Feuer noch nicht. Medoroboter und Besatzungsmitglieder kümmerten sich um die stöhnenden und schreienden Männer und Frauen, die an den Wänden des Korridors lagen, getroffen von den Feuerstößen der fremden Waffe.

Plötzlich warf sich Argtamayn herum und stürzte durch ein geöffnetes Schott. Rhodan und Janner spurteten zwischen den Maschinen hindurch und rannten von beiden Seiten auf das Viereck zu, hinter dem der Ploohn verschwunden war.

»Vorsicht! Er ist nicht mehr bei Besinnung!«, warnte Janner.

Die Beleuchtung im Raum erlosch schlagartig, als sich Rhodan mit einem Riesensatz nach innen warf. Dann blitzte ein Schuss auf, und das Schreien des Ploohns brach ab.

Janner schob sich, eng an die Wand gepresst, mit schussbereitem Paralysator in das kleine Magazin hinein und legte die Hand auf den Kontaktschalter. Er sah Rhodan, der sich über den Ploohn beugte. Der Fremde rührte sich schwach.

»Ich kam fast zu spät«, murmelte Perry.

Der Ploohn hatte die eigene Waffe gegen seinen Kopf richten wollen. Rhodan war in der Dunkelheit auf Argtamayn losgesprungen und hatte gleichzeitig gefeuert. Der Schuss hatte das Insektenwesen gelähmt, und der Strahl aus der eigenen Waffe hatte den Körper des Abgesandten getroffen und nur eine Stelle des Kopfes verbrannt. Daiana steckte die Waffe weg und winkte den Medorobotern, die sich vor dem Eingang stauten.

»Für die nächsten Stunden können wir mit dem Klaschoy nicht rechnen. Aber er wird vermutlich durchkommen. Kümmert euch um ihn«, sagte Rhodan.

Die Männer verließen den Raum und sahen zu, wie durch den abklingenden Teilalarm der Parlamentär weggebracht wurde. Die Maschinen begannen augenblicklich mit ihrer Arbeit. Würden sie einen so fremden Organismus heilen können?

»Seine beiden Begleiter?«, fragte Rhodan.

»Sie befinden sich in ihrem Quartier und scheinen ruhig zu sein. Jedenfalls zeigen sie nicht, dass auch sie sich umbringen wollen. Ich habe eine Doppelwache abgestellt.«

»Er reagierte, als er in der Zentrale das Bild der Sterne und im Vordergrund die charakteristischen Impulse des fremden Sonnensystems gesehen hat«, sagte Rhodan.

»Genau das war es. Jetzt wissen wir mit Sicherheit, dass das Molkex für die Ploohns von ungeheurer Wichtigkeit ist. Er schrie etwas von einem versteckten Heiligtum!«

»Gehen wir zurück und sehen wir, was wir tun können.«

In den Stunden seit der Entdeckung des zweiten, wichtigen Planeten war man zu neuen Schlüssen gekommen. Das Molkex, in der Milchstraße der Terraner einstmals so stark und präsent, wurde vom Sonnensechsecktransmitter der alten Lemurer abgestrahlt und vom Schlund innerhalb des Mahlstroms erfasst. Dieser Schlundtransmitter strahlte es in die Ploohn-Galaxis ab, und der Bezugspunkt innerhalb dieser Sternenansammlung, der Anlockungsplanet gewissermaßen, war Gragh-Schanath.

Diesem Planeten näherte sich nun die KALKUTTA, noch immer unentdeckt und unsichtbar für die Wachflotte der Insektenwesen. Vom Bezugspunkt des Aufrisstrichters war das Schreckwurm-System genau 4618 Lichtjahre entfernt und lag, verband man den Mittelpunkt dieser Galaxis mit dem Aufrisstrichter, in gerader Linie dazu. Es war der Astronomischen Abteilung sogar gelungen, die Zone genau anzumessen, in der sämtliche Dinge wiederverstofflicht worden waren. Ein Raumsektor voraus, der kugelartige Form hatte und einen Radius von weniger als viertausend Lichtjahren.

Die Männer umstanden die Projektion der Sternkarten, und einer der Wissenschaftler erklärte: »In dieser kugelartigen Zone muss alles, was vom Schlundtransmitter im Mahlstromzentrum eingesogen worden ist, wieder materialisiert sein!«

Immer mehr Wissenschaftler versammelten sich um die Projektion. Die Aufnahmen wurden über das Interkomsystem übertragen.

»Wir haben eine gewaltige Entdeckung machen können«, sagte Rhodan. »Es ist fast zu viel. Die Auswirkungen sind noch nicht abzusehen.«

»Hier sind nach unserer Auffassung und nach den Messungen alle möglichen Himmelskörper, Raumschiffe oder ganze Verbände, Fremdkörper aller Art und kosmische Materie entführt worden und herausgekommen.«

»Unter anderem auch das Molkex!«, knurrte Daiana.

»Und zwar nach einem eigentümlichen, aber logischen Verhältnis«, sagte einer der Schiffswissenschaftler. »Der Schlundtransmitter hat eine bestimmte Sendekapazität, was sich in seiner Reichweite äußert. Wenn eine Masse besonders groß ist, wird sie in die äußersten Randgebiete des kugelförmigen Sektors abgestrahlt. Dann kommt sie vermutlich in der Nähe des Aufrisstrichters heraus, also nahe dem südlichen Sektorrand. Geringere Massen, also Raumschiffe oder Planetoiden etwa, werden natürlich weiter abgestrahlt und materialisieren an weiter außen liegenden Plätzen.«

Rhodan stand mit verschränkten Armen da und überlegte. Die Perspektiven, die hier und jetzt enthüllt wurden, waren atemberaubend. »Weiter ...«

»Der Aufrisstrichter ist natürlich eine Art Empfangsstation oder Empfangstransmitter. Dort materialisieren alle Gegenstände, die von den Ploohns freiwillig oder unfreiwillig vom Schlundtransmitter abgestrahlt werden. Sie werden in den südlichen Teil der Ploohn-Galaxis hinein abgestrahlt.«

»Das bedeutet«, sagte Daiana leise und beinahe ehrfürchtig, »dass im Lauf der vielen Jahrtausende eine gewaltige Menge der verschiedensten Dinge diesen Weg gegangen ist.«

»Mit Sicherheit. Und nun zum Molkex oder, wie wir mit Sicherheit vermuten, zum Teymer: Die vielen eigenartigen Komponenten des Molkex, besonders die im fünfdimensionalen Bereich, zwingen fast den folgenden Schluss herbei. Die Molkex-Massen, die unsere Milchstraße verlassen haben, sind genau im Zentrum des kugelförmigen Sektors konzentriert worden.«

Rhodan deutete aufgeregt auf die Projektion und rief leise: »Aber das Zentrum haben wir ausgemessen! Der genaue Mittelpunkt der Materieballung ist identisch mit dem geheimnisumwitterten Planeten Gragh-Schanath!«

Demnach musste dieser Planet – vorausgesetzt, die Messungen stimmten und die Theorie der Wissenschaftler stellte sich als richtig heraus – ein eigentümliches Zentrum sein. Eine Welt, bedeckt mit gewaltigen Massen Molkex, ein Knotenpunkt, eine Art kosmischer Müllhaufen aus Schiffen, Himmelskörpern, Materie und Energie. Immer vorausgesetzt, die Überlegungen waren richtig, dann hatten sich auf dem Geheimnisplaneten der Ploohns die Molkex-Massen abgelagert. Vielleicht nicht alle hundert Prozent, aber jedenfalls eine gewaltige Menge. Alles Molkex, das die Terraner seinerzeit den Blues abgekämpft hatten, war davongerast und hatte sich auf Gragh-Schanath abgelagert, versammelt …

Daiana erklärte plötzlich: »Ich habe eine Vision. Ich stelle mir diese Welt als öden Felsklotz vor, über und über von Molkex bedeckt, in abenteuerlichen Farben und Formen. Alles ist dort von Molkex oder Teymer erstickt worden; die Meere ebenso wie die Gebirge, die Pflanzen, die Flüsse und eventuelles Leben. Die Schicht muss kilometerdick sein, an manchen Stellen wenigstens.«

»Das ist der Grund, weswegen wir diese Zentralwelt auch relativ mühelos haben orten können!«, meinte einer der Spezialisten.

»Jetzt ist mir klar, was Ras Tschubai und seine Freunde wirklich entdeckt haben«, schloss Rhodan. »Und auch, warum dort so viele Schiffe fliegen und den Planeten bewachen.«

Die Schiffe schienen noch nicht allzu lange hier zu sein. Dies war daraus zu schließen, dass einige von ihnen offensichtlich eben erst angekommen waren und nach ihren Positionen suchten, andererseits erschienen immer wieder neue Echos und sogar die Impulse kleinerer Schiffsverbände, die plötzlich hier auftauchten. Die KALKUTTA befand sich jetzt, wesentlich langsamer fliegend, an dem Punkt der Distanz, an dem sie eventuell bereits geortet werden konnte.

»Und jetzt!«, versicherte der Mausbiber selbstbewusst. »Jetzt komme ich ins Spiel. Das ist genau der Coup, den ich mir seit einiger Zeit gewünscht habe. Was denkst du darüber, Perry?«

»Vermutlich dasselbe wie du«, gab Rhodan zurück. »Beginnen wir mit unserem Schachzug!«

Während die Besatzungsmitglieder versuchten, die Eröffnungen der letzten Stunden zu verstehen und zu erkennen, welch gewaltige Entwicklung hier begann, rüsteten die Logistiker unter Hilfe von Saydenstiker die beiden Personen aus, denen eine sehr schwierige Aufgabe zugefallen war.

Gucky und Cam Naulath.

Die Scheinwerfer beleuchteten die Szene, die an Bord eines solchen Schiffs fast zu einer Selbstverständlichkeit zählte, aber immer wieder erregend war. Gucky und Naulath, der Hypertroniker mit dem völlig haarlosen Schädel, steckten in den leichten Kampfanzügen und testeten ihre Aggregate durch. Neben dem Mutanten und dem Techniker lagen auf ihren Schwebegestellen die beiden tödlichen Mechanismen – die Anti-Molkexbomben mit den hypertronischen Nebenaggregaten.

»Fertig, Cam?«, fragte Gucky. Seit einiger Zeit beobachtete er Naulath, und er wusste aus der Erfahrung vieler Einsätze, dass er zwar einen glänzenden Techniker bei sich haben würde, aber keinen Mann, der für eine solche Umgebung geeignet war. Es handelte sich bei Naulath keineswegs um einen Mann des Abenteuers, sondern um jemanden, dessen beste Umgebung ein Computer oder das abenteuerliche Innere einer hypertronischen Maschinerie war.

»Fertig. Noch eine Sekunde.«

Sie schlossen die Helme und schalteten auf die Versorgungssysteme um. Gucky sagte nicht, was er vorhatte, um Cam nicht unnötig zu erschrecken. Jeder von ihnen ergriff eine Bombe. Gucky nahm die Hand des Wissenschaftlers fest in seine Pfote und grinste Rhodan an.

»Bis bald!«

Der Schall, mit dem die Luft in das entstandene Vakuum schlug, und das letzte Echo des letzten Wortes vermischten sich miteinander. Der Kreis, gebildet von den Helfern, war leer. Gucky hatte sich und Naulath teleportiert.

Und zwei Anti-Molkexbomben.

28.

Vier Körper materialisierten in der kosmischen Dunkelheit des Weltraums, auf der sonnenabgewandten Seite des Planeten Gragh-Schanath.

Leise sagte der Mausbiber: »Du brauchst keine Angst zu haben, Cam! Ich habe diese Manöver schon Millionen Male durchgeführt.«

Zwischen ihren Anzügen befand sich ein dünnes Kabel. Es würde zerreißen, wenn es übermäßig beansprucht wurde, aber jetzt diente es der akustischen Verbindung. Auf diese Weise senkten sie die Ortungsgefahr drastisch.

»Ich habe keine Angst!«, betonte Naulath. »Aber es ist ungewöhnlich. Bitte, sag mir Bescheid, wenn du wieder springst.«

»In Ordnung«, meinte der Ilt gönnerhaft.

Sie schwebten zweihundert Kilometer über dem Planeten. Sie sahen das leuchtende Gas der Sauerstoffhülle über sich, und neben ihnen trieben die Bomben mit den blockierten Verschlüssen. Wenn einmal die Plomben entfernt und die Zündsequenzen voreingestellt waren, mussten Gucky und Naulath innerhalb vierzig Minuten zurückkehren, und die Fernzündung musste eingeleitet werden.

»Was jetzt?«, flüsterte Cam.

»Wir suchen uns den besten Punkt zur Landung aus«, kommentierte Gucky ruhig. Unter ihnen drehte sich unmerklich der Planet. Die Raumschiffe, von denen eines gerade gefährlich nahe an ihnen vorbeiflog und die Sterne verdunkelte, hatten den Planeten förmlich eingekesselt.

»Wir müssen sie verstecken, nicht wahr?«, fragte Cam unruhig. Langsam drehte sich das seltsame Vierergespann im schwerelosen Raum, aber die Anziehungskraft wurde deutlich und zog sie unnachgiebig hinunter auf die Oberfläche des Planeten.

»Warte!«, sagte Gucky.

Im schwachen Schimmer des Zwielichts sahen sie eine halbkreisförmige Bergkette, die seltsam abgerundet und abgeschliffen wirkte, wie erstarrte Lava, die sich hoch aufgetürmt hatte. Vor diesem Gebirgszug, der schwach wie eine Mondsichel leuchtete, breitete sich eine riesenhafte, zerklüftete Ebene aus. Dort waren beleuchtete Straßen zu erkennen und Lichter, die sich unmerklich langsam bewegten.

»Das ist ein deutliches Geländemerkmal«, sagte Gucky. »Pass auf, Cammie, wir werden ganz plötzlich dort über den Lichtern sein. Siehst du die Gabelung?«

Nach einer Weile bestätigte Naulath: »Ja, ich sehe sie. Aber wir müssen uns doch verstecken!«

»Das besorge ich schon. Erschrick nicht!«

»Werde mich bemühen!«

Wieder teleportierte der Mausbiber. Dieses Mal befanden sie sich einige hundert Meter über einer Straße. Es war eigentlich keine Straße, sondern ein tiefer, am Boden ausgeleuchteter Graben. Roboter und Angehörige der Ploohn-Völker arbeiteten hier mit schweren Maschinen. Die Luft war staubig, um die Scheinwerfer bildeten sich leuchtende Kreise.

»Und jetzt ins Versteck!«

Gucky hatte einen Felsenturm gesehen und teleportierte dorthin. Ein System von zufällig entstandenen, flachen Höhlen nahm die beiden Männer und die Bomben auf. Sie befanden sich jetzt, kurz vor dem Morgengrauen, hoch über der Ebene, aber keinesfalls im Gebirge, sondern in einer Konstruktion, die wie Felsen wirkte, aber aus stahlhartem, nahezu unzerstörbarem Molkex bestand – wenn sich dieses Material nicht abermals verändert hatte.

»Was für eine verrückte Welt«, sagte Gucky.

Im Licht von Scheinwerfern, in der Beleuchtung startender und landender Schiffe in weiter Entfernung, im Widerschein der Tiefstrahler gewaltiger Maschinen sahen die beiden Männer aus der KALKUTTA die zerklüftete Landschaft dieses Planeten.

Das Molkex hatte sich hier abgelagert und die abenteuerlichsten Formen geschaffen. Ebenen und Türme, Bögen und Figuren, die wie Rätselwesen aussahen, Burgen aus gerundeten Spitzen und voller Höhlen und Rampen und Treppen. Und dazwischen hohe Bergkegel, die übergangslos aus schollenartigem Untergrund aufstiegen.

Gucky sagte leise: »Früher oder später setzt eine fieberhafte Suche nach uns ein. Wir müssen die Bomben aber an einer Stelle verstecken, wo sie erstens nicht gefunden werden können, zweitens, wo Rhodan sie effektvoll einsetzen kann.«

»Warten wir etwa bis zum Morgen?«, rief Cam entsetzt aus.

»Unter Umständen auch länger«, antwortete Gucky seelenruhig. »Leider wächst hier nichts. Nicht einmal eine dürftige Mohrrübe.«

»Sorgen hast du!«, sagte Cam vorwurfsvoll. Er fühlte sich unsicher.

Als sie ihre nähere Umgebung erkundeten, zeigte sich, dass sie in einer niedrigen Höhle waren, einer Blase im massiven, erzähnlichen Molkex. Diese Öffnung, die gegen die Ebene vor dem Bergmassiv gerichtet war, würde sie nicht lange schützen. Jedes Ortungsgerät konnte sie entdecken, wenn die Ploohns erst einmal wussten, wonach oder nach wem sie zu suchen hatten.

»Hör zu, lieber Freund«, sagte der Mausbiber ernsthaft. »Wir werden hier das erste Licht abwarten und dann unsere Bomben verstecken. Und dann gehen wir vielleicht auf die Suche nach a Hainu, Rorvic und Tschubai. Obwohl ich bezweifle, dass sie sich auf diesem Planeten befinden.«

»Ich kann nichts anderes tun als warten«, klagte Cam vorwurfsvoll. »Aber ich kann auch nicht sagen, dass mir die Situation sehr gefällt.«

»Mir auch nicht«, entgegnete Gucky. »Aber Rhodan zum Beispiel hat im Augenblick viel größere Sorgen.«

»Das mag sein.«

Sie wussten, dass sie drei bis vier Stunden auf das Licht warten mussten. In dieser Zeit drehte sich der Planet weiter, und so war es mit Perry Rhodan abgesprochen. Rhodan seinerseits hatte versprochen, sich in jedem Fall über Funk zu melden. Es würde spannend werden.

Hoffentlich wird es nicht tödlich, dachte Gucky verzweifelt, aber er spielte weiterhin den Optimisten. Cam war seine größte Sorge.

15 Minuten nach dem Verschwinden des Teleporters beschleunigte die KALKUTTA und raste in gerader Linie auf den Planeten zu – oder vielmehr jetzt, in dieser Entfernung, auf das annähernde Zentrum des Schreckwurm-Systems. Aber das Experimentalschiff hatte sich verändert. Der HÜ-Schirm leuchtete rund um die Kugelschale. Sämtliche Beiboote waren bemannt, alle Verteidigungssysteme waren aktiviert. Die riesigen Antennen strahlten mit großer Kapazität einen offenen Funkspruch aus, der bereits übersetzt war. Die Kugel aus Stahl hatte sich in einen wachsamen, gleichsam fiebernden Organismus verwandelt.

»Wir haben Klaschoy Argtamayn Benzynurh an Bord und zwei Leute seiner Begleitung. Wir sind hier, um mit der Königin zu verhandeln!«

Immer wieder wurde dieser Spruch abgestrahlt. Mit flammenden Triebwerken schoss das Experimentalschiff auf das System zu, und wenige Minuten nach der Beschleunigungsstufe wurden die Ploohns aufmerksam.

In einer ruhigen Ecke nahm Dolf Saydenstiker Janner Daiana zur Seite und sagte in hellem Entsetzen: »Meinen Sie nicht auch, Zweiter, dass der Chef verrückt geworden ist?«

Janner, der in seinem Leben schon viel erlebt und überstanden hatte, hob seine schmalen Schultern und betrachtete den Dhiccer. Das Fell war dunkelgrau. »Vielleicht pokert er etwas hoch, aber ich glaube, er kommt damit durch. Immerhin hat er den Finger am Drücker. Er kann die beiden Bomben innerhalb von weniger als einer Stunde zünden.«

»Trotzdem! Er rast mitten auf den Planeten los, in die Pulks der feindlichen Schiffe hinein! Das ist Selbstmord!«

Janner streichelte abwesend den Kopf des Tierchens und meinte beschwichtigend: »Ich sehe das anders.«

»Wie? Etwa erfolgreich?«

»Hören Sie, Dolf«, murmelte Janner und blickte hinüber zu Rhodan, der seine Anordnungen gab und scheinbar ruhig mitten in der Zentrale saß. Auf der Panoramagalerie wurde das Licht der Zentralsonne des Schreckwurm-Systems deutlicher und heller.

»Die Schiffe werden aufmerksam. Ein Teil verlässt die Wachpositionen und schwenkt auf unseren Kurs ein!«, dröhnte eine Stimme aus der Ortungsabteilung.

»Verstanden!«

Daiana überlegte ruhig. Rhodan spielte zweifellos ein gefährliches Spiel. Er gründete seine Hoffnungen lediglich auf eine Sammlung von Theorien, aber ihn schien so etwas wie ein Instinkt zu leiten, der ihn scheinbar bis heute nicht getrogen hatte. Er war fest entschlossen, den Krieg zwischen Ploohns und Terranern zu einem Ende zu bringen.

Wieder drängte Saydenstiker: »Sehen Sie, Janner ... der Abgesandte hat einige unserer Leute schwer verletzt und versucht, sich selbst zu entleiben. Das Molkex ist für die Ploohns von lebensnotwendiger Wichtigkeit. Sie haben schon gemerkt, dass sich ein terranisches Schiff nähert. Und dann auch noch Funksprüche im Klartext! Sie werden uns vernichten!«

»Wir haben denselben Vorteil wie der Klaschoy Benzynurh, der in der Nähe meines Schiffs aufgetaucht ist: Wir sind durch diese Funksprüche Parlamentäre geworden. Auf Verhandlungsbereite schießt man nicht so schnell. Trotzdem haben Sie Recht. Rhodans Spiel ist reichlich gewagt. Aber so seltsam es klingen mag: Ich glaube, dass wir gewinnen!«

Giftig gab Saydenstiker zurück: »Dann sind Sie in diesem Schiff einer der wenigen, die dies glauben. Ich jedenfalls habe bereits mein Testament gemacht.«

Janner wusste keine bessere Methode, als dieses Gespräch zu beenden. Er sagte freundlich: »Es wird mit Ihnen zusammen in der KALKUTTA verbrennen. Sie hätten sich die Mühe sparen können!«

Wütend wandte sich Dolf ab und lief hinüber zu den Astronomen und Ortungsleuten, um neue Informationen zu sammeln. Jetzt wurde es schon auf den Panoramaschirmen deutlich, dass sich eine riesige Flotte sammelte und sich in geordneter Formation der KALKUTTA entgegenbewegte. Die Lage wurde immer gefährlicher. Und die Ploohns waren auf die offenen Funksprüche noch nicht eingegangen. An Bord stiegen die Nervosität und die Furcht.

Die Königin war unsichtbar, aber sie dirigierte das Schiff aus den luxuriösen Kabinen der VANTEY VEYNSTE. Sie war ständig zu erreichen, und der Sprecher erstarrte vor Erwartung, als er sagte: »Wir haben eben einen Funkspruch aufgefangen. Er kommt von einem offenbar großen Schiff der Terraner.«

»Ja? Ich höre!«

»Jaymadahr Conzentryn … ich zögere, ihn vorzulesen!«

Die Königin hatte selbst die Parlamentäre ausgeschickt. Sie wusste, dass die Terraner inzwischen längst mit Benzynurh gesprochen und verhandelt haben mussten. Von ihm lagen keinerlei Informationen vor; aber dass ein Schiff sich in direktem Flug dem sorgsam gehüteten Teymer-Planeten näherte, erfüllte sie mit Sorge und einer deutlichen Spur von Enttäuschung. Ihr Plan schien nicht aufgegangen zu sein.

»Lies!«

»Wir haben Klaschoy Argtamayn Benzynurh an Bord …«

Das konnte nur bedeuten, dass der Parlamentär nicht zu seinem Ziel gekommen war. Das Schiff musste den gewaltigen Sprung hierher ohne Schaden unternommen haben. Die Königin begann zu ahnen, dass eine deutliche Gefahr auf sie und ihr Volk zukam.

»… und zwei Leute seiner Begleitung. Wir sind hier, um mit der Königin zu verhandeln!«

Die Königin war entsetzt und verwirrt. Zwar glaubte sie nicht, dass die Terraner das Geheimnis des Planeten erfahren hatten, aber sie musste dies verhüten. Sie schaltete ein weiteres Mikrofon ein und sagte: »Ich weiß nicht, wie dieses Schiff den Weg hierher gefunden hat. Ich ordne eine Schlachtformation an. Kesselt das fremde Schiff ein und stellt Funkverbindung her.«

»Es wird sofort geschehen.«

Sekunden später jagte aus dem Zentrum der ausschwärmenden Flotte ein Funkruf auf das gegnerische Schiff zu. »Ich bin verhandlungsbereit. Hier spricht die Königin Jaymadahr Conzentryn. Haltet an, Terraner! Ihr bewegt euch in verbotenem Gebiet.«

Dass ein Schiff sich bis auf wenige Lichtminuten dem Planeten Gragh-Schanath genähert hatte, konnte zwei Gründe haben: Entweder wussten die Terraner alles, oder sie wussten nichts, und ihr Erscheinen war ein Zufall.

»Ich bin bereit zu verhandeln«, lautete Rhodans Antwort. »Aber ich komme mit einem Wissen, das uns Terraner sehr stark macht. Als Erstes schlage ich ein Stillhalteabkommen vor, solange wir verhandeln.«

»Warum spreche ich nicht mit dem Klaschoy Benzynurh?«, wollte die Königin wissen. Während die Funksprüche gewechselt wurden, näherten sich die Flotte und das Schiff einander weitestgehend. Der Planet war jetzt nur noch fünf Lichtminuten entfernt. Diese Distanz schrumpfte zusehends. Sie mussten die Terraner aufhalten.

»Der Klaschoy hat sich bei dem ungerechtfertigten Versuch, aus dem Leben zu scheiden, sehr schwer verletzt. Er ist in unserer Krankenstation untergebracht und nicht fähig, mit Ihnen zu sprechen.«

Die Königin konnte nicht glauben, dass die Terraner aus einer für sie vorteilhaften Position heraus antworteten. Während sich eine riesige, kugelartige Formation von Schlachtschiffen um die KALKUTTA schloss, bremsten sowohl die Flottenschiffe als auch die KALKUTTA ihre Geschwindigkeiten stark ab. Die Ploohns waren hartnäckig und flogen stur teilweise auf Kollisionskurs.

»Das kann ich nicht glauben!«

Augenblicklich antwortete der Großadministrator: »Wenn Sie Bildfunk verwenden würden, könnte ich Ihnen zeigen, dass der Klaschoy wirklich nicht redefähig ist. Außerdem kann ich augenblicklich die beiden Ploohns seiner Begleitung vor die Mikrofone holen. Wollen Sie das?«

»Unwichtig. Nur er zählt. Was wollen Sie wirklich hier?«

Rhodans kurzes Lachen klang selbstsicher. Die Besatzungsangehörigen hielten den Atem an. Das konnte nicht gut gehen! Er spielte zu hoch. Rhodan glaubte, die Bedeutung des Teymer-Molkex für die Insektenwesen zu kennen, aber er wusste es nicht definitiv.

»Verhandeln!«

»Was sollte uns dazu zwingen, mit Ihnen verhandeln zu wollen? Wir haben Ihnen einen Parlamentär geschickt, um Sie hierher zu bringen und mit Ihnen zu sprechen. Sie scheinen aus einer Position der Macht heraus zu handeln, die nicht gerechtfertigt ist!«

Wieder lachte Rhodan kurz. Er machte eine kurze Pause und sagte dann langsam und scharf betont: »Die drei Gefangenen, die Sie haben, entdeckten bestimmte Dinge, die mich hellhörig machten. Durch ein Verfahren, das ich hier weder erklären kann noch will, bin ich in der Lage, Ihnen allen die Lebensgrundlage zu entziehen.«

Eine Pause entstand. Inzwischen stand die KALKUTTA im Weltraum völlig still. Mindestens zweihundert feindliche Schlachtschiffe umgaben sie. Die Schiffe befanden sich in der denkbar günstigsten Position. Die taktische Lage des Explorerschiffs war hoffnungslos.

Die Königin erkundigte sich: »Ich habe Sie nicht richtig verstanden, Herrscher aller Terraner. Sie drohen mir, die Lebensgrundlage der Ploohns zu vernichten? Ich nehme an, Sie wissen, wovon Sie sprechen?«

»Ich weiß es. Und da weder mir noch Ihnen daran liegt, dieses delikate Problem mit offenen Funkkanälen aller Schiffe zu diskutieren, lade ich Sie ein, an Bord meines Schiffs zu kommen. Sie sind ohne jede Gefahr, und überdies ist unsere Lage eindeutig.«

Die Königin der Insektenwesen schien noch immer an einen Bluff zu glauben. Inzwischen befanden sich die Besatzungsangehörigen oder wenigstens ein großer Teil von ihnen in heller Aufregung.

Das konnte nicht gut gehen! Es war ein Schachzug, dessen Chancen nicht hoch genug standen. Niemand wusste mit Sicherheit, ob die aufgestellten Thesen richtig waren. Und man wagte noch nicht, mit Naulath und dem Mausbiber in Verbindung zu treten. Das hätte zu viel verraten, aber nur durch sie konnte man erfahren, zu welchen Zwecken das Molkex wirklich gebraucht wurde.

Nach einer Zeitspanne, die allen qualvoll lange vorkam, sagte die Königin endlich: »Erwarten Sie mich mit der mir gebührenden Zeremonie. Ich komme in Ihr Schiff.«

Rhodan antwortete ernsthaft: »Sie werden es nicht bereuen, Königin. Außerdem habe ich von Ihrer Rivalin ebenfalls den Auftrag, Sie umzubringen und drei Drohnen oder Mopoys mitzubringen. Sie sehen, die Dinge sind in ein entscheidendes Stadium geraten.«

»Ich komme.«

Die Königin würde nicht als Geisel kommen, denn dies wäre ein fragwürdiger Vorteil gewesen. Rhodan beabsichtigte dies auch nicht eine Sekunde lang. Aber er leitete eine Reihe von Vorkehrungen ein, die seinen Erfolg sichern sollten. Die Aufregung an Bord schien er völlig zu übersehen.

Das erste, rötlich gefärbte Licht kroch hinter dem riesigen ringwallähnlichen Gebirge hoch. Die Landschaft erwachte zu einem bizarren, phantastischen Leben. Sie verwandelte sich, und im Spiel der kriechenden Schatten und funkelnden Reflexe sah es für Cam und Gucky aus, als begänne sie zu leben.

»Das Frühstück fällt auch aus«, maulte der Ilt. »Dafür bekommen wir zu tun, Freund Cam.«

»Was hast du vor?«

Gucky schob sich vorsichtig über die Kante des Felsabsturzes. Immer wieder sagte er sich, dass es nicht »Felsen« waren, sondern geronnenes und ineinander verschmolzenes, aber auch locker geschichtetes Molkex oder Teymer, wie die Ploohns es nannten. Als habe das erste Licht neues Leben geschaffen, begann auf der Ebene unter ihnen rege Geschäftigkeit.

»Es wächst hier nicht einmal Moos«, murmelte Naulath neben dem Mausbiber. »Was für eine Einöde.«

Der Hauptplanet des Schreckwurm-Systems zeigte sich ihnen von einer mörderisch einsamen Seite. So weit sie sehen konnten, breitete sich das Teymer aus. Staubsäulen hingen schräg im Morgenwind in der Luft, und am Firmament, das heller und strahlender wurde, bewegten sich nicht nur Transportraumschiffe, sondern auch lautlose, seltsam insektenartig geformte Gleiter. Auf der Ebene, in den tiefen Schürfgängen und auf den einigermaßen ebenen Flächen krochen schwere Robotmaschinen umher.

Gucky flüsterte aufgeregt: »Wenn Rhodan das sehen könnte. Sie sind in der Lage, das Molkex abzubauen. Sie brauchen es also wirklich sehr nötig.«

»Los!«, drängte Naulath. »Verstecken wir die Bomben, und dann gehen wir zurück ins Schiff.«

»Genau das tun wir«, meinte der Ilt. »Wir müssen zuerst die Bomben loswerden und sie so verstecken, dass sie von den Ploohns nicht gefunden werden. Suchen wir erst einmal eine ruhige Stelle, an der niemand arbeitet.«

Er sah sich um und suchte nach geeigneten Stellen. Sie mussten die Bomben verstecken und dann warten. Schließlich mussten die siganesichen Geräte gestartet werden, dann erst konnten sie zurück in die KALKUTTA teleportieren. Das waren mindestens sechs risikoreiche Bewegungen – wenn sie nicht entdeckt wurden.

»Mir herrscht zu viel Verkehr«, sagte Gucky unruhig. »Maschinen, Roboter, Patrouillen ... Wir dürfen auf keinen Fall entdeckt werden. Wenn Rhodan uns anfunkt, ist es höchste Zeit.«

»Ich verstehe, Gucky. Ich hätte nicht mitkommen dürfen. Ich glaube, ich bin zu ungeschickt für diese Art der Auseinandersetzung.«

Mit großem Ernst erwiderte der Mausbiber: »Aber du bist ein absolutes Ass, wenn es um die hochkomplizierten Geräte geht. Keine Angst, ich werde schon auf dich aufpassen.«

»Hoffentlich.«

Hinter dem Bergriesen schob sich die Sonne hoch. Abermals wurde es heller. Gefährlich nahe flog einer der Gleiter an dem einzelnen Berg vorbei, in dem sich die Terraner mit ihrer hochbrisanten Last verbargen. Ununterbrochen hielt Gucky Ausschau, schließlich ließ er das Glas sinken und sagte: »Siehst du dort den langen, schrägen Hang? Er ist voller Spalten. Wenigstens sieht es von hier so aus.«

Naulath folgte mit gerunzelten Brauen der Richtung, in die Gucky deutete. Er sah, etwa dreitausend Meter entfernt, einen einzelnen Berg in abenteuerlichen Formen. Er sah aus wie eine große, zur Unkenntlichkeit verschmolzene und heruntergebrannte Kerze, die man mit riesengroßen Brocken gespickt hatte. Die Farbe war ein undefinierbares Blau, aber sämtliche Kanten und Höhlungen schimmerten. Um diesen Berg herum sah Gucky nicht einmal die Spuren von Straßen, und der nächste Arbeitstrupp war weit genug entfernt. Der zungenförmige Hang erstreckte sich mehr als tausend Meter in die Richtung der Terraner. Er sah aus, als bestünde er aus lauter kleinen Schollen mit vielen Ecken.

»Dorthin?«

»Ja«, antwortete Gucky. »Ich nehme dich mit, denn wir müssen den Platz in kurzer Zeit wieder finden können.«

»Einverstanden. Diese Bombe hier?«

»Ja. Halt dich fest!«

Gucky packte mit einer Hand die Bombe, mit der anderen den Terraner und teleportierte über rund dreitausend Meter hinweg. Augenblicklich hatte sich die Umgebung verändert.

Langsam sanken sie einen schmalen Spalt mit zerklüfteten Wänden abwärts. Gucky hielt mit seiner telekinetischen Kraft den Mann und die Bombe ruhig und ließ sich langsam abwärts sinken. Einige Sockelbänder zogen sich den Spalt entlang, dann öffneten sich in dem Gestein breite Risse, die nach beiden Seiten abzweigten. Es wurde schmaler, unter ihnen zeigte sich der Geröllboden der Spalte. Sie befanden sich mitten in dem einst verschwundenen Molkex.

Gucky hielt an, aktivierte den Schwebemechanismus der Bombe und drehte sie in der Luft herum. Dann schob er sie vorsichtig in die tiefste Spalte hinein und schaltete das Antigravgerät aus. Eine Ortungsgefahr weniger.

»Hier kann sie kaum entdeckt werden«, sagte er leise. »Aber es wird schwierig sein, die Stelle wieder zu finden. Gehen wir an die Oberfläche zurück. Ist die Position richtig? Wirst du an die Bombe gut herankommen? Du weißt, es muss schnell gehen!«

Naulath hatte sich, von Gucky telekinetisch festgehalten, an der Vorderseite des Mechanismus zu schaffen gemacht und sagte jetzt zögernd: »Alles klar. Wenn ich erst einmal hier bin, dauert es nur Sekunden.«

Sie schwebten wieder vorsichtig nach oben. Dicht unterhalb des

Rands hielten sie an. Jetzt sahen sie die Ebene in einem anderen Winkel und von einer gänzlich veränderten Position aus. Und sie sahen auch, dass sich von zwei verschiedenen Stellen Gleiter näherten. Die Maschinen flogen dicht über dem Boden dahin, aber ihr Ziel war einwandfrei der Molkex-Berg, in dem die zweite Bombe versteckt war.

»Verdammt!«, sagte Gucky wütend. »Ich muss etwas unternehmen.«

Er zeigte Naulath eine Stelle, an der sich der Techniker gleichzeitig festhalten und verbergen konnte, dann teleportierte er wieder. Als Cam das puffende Geräusch der ins Vakuum zurückströmenden Luft hörte, war Gucky bereits verschwunden. Naulath fühlte sich plötzlich sehr einsam und verloren. Er war versucht, über Funk nach Hilfe zu rufen.

Ein etwa vierzig Meter langer Korridor, hell ausgeleuchtet, führte von einer großen Schleuse in einen geräumten Saal. Entlang der Wände standen in Abständen von weniger als einem Meter einhundert Roboter. Es waren sämtliche kampffähigen Maschinen dieses Experimentalschiffs. Das Licht rief auf ihren Metallkörpern schimmernde Reflexe hervor.

»Ich hoffe, Sir, dass dieses Schauspiel gebührend beachtet wird.«

Perry Rhodan, der seine Spannung kaum noch verbergen konnte, lächelte Daiana kurz und zurückhaltend an.

»Schließlich haben wir eine Königin zu begrüßen. Sie wird vermutlich mit großem Gefolge auftreten.«

Rhodan war durchaus klar, dass die Ploohns feuern würden, wenn er die Königin nicht überzeugen konnte. Brennende Sorge um Gucky und Cam erfüllte ihn. Er hatte ständig mit dem Gedanken gespielt, den Ilt anzufunken und die Wahrheit über Gragh-Schanath zu erfahren. Aber er wagte es noch nicht.

Zwei Gruppen von bewaffneten Terranern standen in der Nähe der inneren Schleusentür und des Kommunikationsraums. Kommandos in Raumanzügen standen in der weit geöffneten Hangarschleuse bereit, um das Einschleusen des Beiboots zu erleichtern. Vor wenigen Minuten hatte sich aus einem der gegnerischen Schlachtschiffe ein solches gelöst, das ungewöhnlich schmucklos aussah und keinesfalls erkennen ließ, dass sich Jaymadahr Conzentryn, die Königin der Ploohns, darin befand. Das Boot trieb langsam heran und näherte sich der Öffnung im HÜ-Schirm und dem ausgeleuchteten Viereck der Schleuse.

»Sie wissen, dass von den nächsten Stunden alles abhängt?«, fragte

Rhodan. Daiana, der bisher versucht hatte, sich mit den schweigsamen Wachen des Klaschoys zu unterhalten, nickte.

»Dann bleiben Sie mit dem Dhiccer bitte immer in meiner Nähe. Was haben Sie aus den beiden Abgesandten herausbekommen?«

»Vieles über die Sozialstruktur des Volkes, aber sonst nicht das geringste Ergebnis von Bedeutung!«

»Ich verstehe. Sie scheinen alle zurückzuschrecken, wenn es um Teymer geht.«

»So ist es.«

Im Augenblick sah es nach einem vorläufigen Unentschieden aus. Die fremden Schiffe umgaben die KALKUTTA und richteten eine nicht mehr zählbare Menge von Geschützen auf den fünfzehnhundert Meter großen Rumpf des Eindringlings. Scheinwerfer blitzten immer wieder auf und strichen durch die Dunkelheit. Das Beiboot stoppte seine Fahrt ab und glitt, ausgezeichnet gesteuert, in den Hangar hinein. Natürlich würde die Königin die besten Piloten ihres Volkes haben.

»Sie spielen verdammt hoch, Sir. Das ist die ziemlich einmütige Meinung im Schiff«, sagte Daiana, als in die Männer vor der Schleusentür leichte Bewegung und Unruhe kam. Das Fell des Dhiccers bewegte sich in den Farben momentan genau zwischen den beiden Extremwerten. Also war Rhodan alles andere als ruhig.

»Und was denken Sie, Janner?«

»Nahezu dasselbe. Allerdings glaube auch ich, dass es sich bei Teymer und Molkex um ein und dieselbe Materie handelt.«

Rhodan nickte ernst. »Wissen Sie, was mir ehrlich Sorge macht?«

»Ich kann es mir denken.«

»Die Wirkung der Bomben auf dieses verdammte Molkex. Es kann inzwischen entartet sein, obwohl seine Strahlungsimpulse identisch sind mit denen, die wir damals gemessen haben. Und natürlich Gucky und Cam Naulath!«

»In wenigen Stunden werden wir mehr wissen.«

»Sie sagen es.«

Auf einem Monitor konnten sie verfolgen, wie die Königin und ihr etwa zwanzigköpfiges Gefolge das Schiff verließen und durch die inzwischen wieder geflutete Schleuse auf die Schotten zugingen. Die Soldaten hinter der prunkvoll ausgestatteten Königin waren schwarz, trugen schwere Waffen und abenteuerlich dekorierte Raumanzüge. Sie bewegten sich wie eine Abteilung klirrender Roboter auf das Verbindungsschott zu, das gerade im richtigen Augenblick aufglitt. Die Terraner auf der Innenseite des Korridors nahmen Haltung an und ließen nicht erkennen, ob ihnen diese Zeremonie lächerlich vorkam oder nicht.

»Achtung«, sagte Rhodan leise. »Jetzt wird es gefährlich.«

Summend schloss sich hinter dem letzten Ploohn der königlichen Leibwache das Schott. Daiana und Rhodan sahen zu, wie die Gruppe der Fremden geradeaus stapfte und immer näher kam. Die Königin strahlte eindeutig die Würde des geborenen Herrschers aus, und die Soldaten wirkten nicht anders als drohend.

»Gefährlich oder nicht«, flüsterte Daiana. »Kann ich Ihnen irgendwie helfen, Sir?«

»Ja. Bleiben Sie weiterhin mit dem Dhiccer in meiner Nähe. Vielleicht gelingt es mir, die Königin zu überzeugen.«

»Es ist immerhin möglich«, schloss Janner Daiana. »Auf alle Fälle werden Sie einen schweren Stand haben.«

»Das erwarte ich.«

Entlang der Maschinenreihe, gefolgt von den bewaffneten Terranern, kam die Königin auf Rhodan zu. Niemand sprach, nur das Geräusch der Schritte und der Waffen war zu hören, die sich an dem starren Material der Anzüge rieben. Rhodan stand ruhig da und sah der Königin entgegen.

Als sich die Königin Rhodan bis auf wenige Schritte genähert hatte, wurde das Schweigen gebrochen. Die Männer bewegten sich unruhig und zeigten sichtlich, dass sie nervös waren. Ihre Stimmung war stellvertretend für die gesamte Besatzung. Nur Rhodan schien unerschütterlich ruhig.

»Ich begrüße Sie an Bord, Königin Jaymadahr Conzentryn!«

»Danke, Terraner!«, antwortete sie und machte eine Geste, die den Korridor und die Maschinen umfasste. Sie wirkte wie eine Erscheinung aus einem Alptraum. »Ein zurückhaltender Empfang für eine Königin!«

Rhodan sagte höflich: »Er zeigt Ihnen, dass wir kriegerische Aufmärsche und übertriebenes Waffenrasseln nicht sonderlich schätzen. Bitte, kommen Sie in diesen Saal. Hier können wir uns in Ruhe unterhalten.«

Die Königin schritt an Rhodan vorbei und blieb in der Mitte des Raums stehen. Ihre Krieger und die bewaffneten Terraner verteilten sich entlang der Wände. Ohne jeden Ausdruck sagte Jaymadahr: »Ich habe auf Ihre Forderung nach Verhandlungen eine Gegenforderung, Terraner.« Sie war also gewillt, einen harten Kurs zu vertreten.

»Bitte, tragen Sie die Forderung vor!«

»Sie sagen indirekt, uns zu Friedensverhandlungen zwingen zu können. Ich verlange, dass Sie mir Ihre Macht zeigen. Wenn Sie nur geblufft haben, wird Ihr Schiff im Feuer unserer Geschütze untergehen.«

Rhodan nickte langsam und setzte sich. Er blieb ruhig und zwang sich dazu, seine Worte sorgfältig zu wählen. Die Spannung im Raum war unerträglich. Das Fell des Dhiccers war jetzt fast durchgehend weiß. Das Tierchen zitterte in Daianas Brusttasche. Unauffällig veränderte Janner seinen Standort und näherte sich der Königin.

»Ich bluffe nicht!«

»Was haben Sie mir zu zeigen? Mit welcher Macht operieren Sie?«

»Ich habe den geheimen Planeten Gragh-Schanath entdeckt. Ich weiß, dass das Teymer dort für Ihr Volk lebensnotwendig ist. Habe ich Recht?«

Die Königin schwieg und ließ nicht erkennen, ob sie tief betroffen oder erleichtert war.

»Auf diesen Planeten, den Sie leicht auf unseren Bildschirmen erkennen können, habe ich eine Waffe bringen lassen. Auf welchem Weg – das bleibt mein Geheimnis. Mit dieser Waffe kann ich schlagartig das Teymer vernichten.«

Die Königin hob ihren Kopf und starrte Rhodan durchdringend an. »Das haben Sie gewagt, Terraner?«, zischte sie hasserfüllt. »Ich kann es nicht glauben. Demonstrieren Sie mir Ihre Macht! Setzen Sie die Waffe ein!«

Rhodan lächelte und meinte schließlich leise: »Das können Sie nicht ernsthaft wünschen, Königin!«

»Ich wünsche es!«

Rhodan hob die Schultern. Er war bereit, diese Demonstration durchzuführen. Die Königin überragte Rhodan um mehr als drei Meter. Die Insektenwachen, deren Raumanzüge deutlich die bizarren Formen der Körper erkennen ließen, rührten sich nicht. Die beiden unteren Gliedmaßen des Oberkörpers hakten sich in dem Gürtel des Raumanzugs fest, unruhig bewegten sich die acht Finger der zwei langen Arme. An dem dünnen Material der Raumhandschuhe glitzerten viele kostbare Schmuckstücke.

»Wenn diese Demonstration stattfindet, Königin«, erklärte Rhodan mit fester Stimme, »dann wird diese kostbare Substanz ganz oder zu großen Teilen vernichtet. Sie wissen genau, was das bedeutet?«

Die fächerartigen Fühler über den großen und schillernden Facettenaugen bewegten sich abermals unruhig. Die Augen ließen keinerlei Ausdruck erkennen. »Ich handle nicht auf Ihre Behauptungen hin. Ich muss sehen, was Sie bieten können!«

Die Königin war hereingekommen, ohne ihr zweites Armpaar zum Laufen zu verwenden. Noch immer stand sie starr da und drehte langsam den Kopf. Gegen dieses riesige, schlanke Lebewesen wirkten die Terraner samt Rhodan und die Insektenleibwache wie Zwerge. Vielleicht war es die körperliche Größe, die dieser Herrscherin einen derart hochfahrenden Ausdruck verlieh. Rhodan schloss deutlich: »Lassen Sie mir dreißig Minuten Zeit. Trauen Sie sich zu, mit mir allein den Versuch zu beobachten?«

»Eine Königin Jaymadahr Conzentryn kennt keine Furcht.«

»Vielleicht«, warf Daiana ein, der ununterbrochene Spannung und Unruhe im Raum registrierte, »wird sie es lernen, wenn sie sieht, wie das Teymer zerstört wird.«

Er erhielt keine Antwort.

Der Mausbiber erschien plötzlich in der kleinen Höhle. Dicht vor ihm lag die zweite Bombe in ihrer schützenden Umhüllung. Das Schwerkraftaggregat war abgeschaltet, und in der sauerstoffreichen Luft lag das feine, fast unhörbare Summen der beiden Gleiter. Ihre Schatten huschten auf und ab über die zerklüftete Molkex-Landschaft.

Verdammt!, dachte Gucky. *Ich muss ein zweites Versteck finden. Nur schnell weg von hier. Wenn sie uns auch nur sehen, ist alles umsonst gewesen!*

Er griff nach der Bombe und hielt sich daran fest. Drei oder vier Sekunden war er jetzt hier, im engen Innern der Höhle. Er suchte ein anderes Versteck und sah wieder den Berg, der ihm schon einmal in der Nacht aufgefallen war, jenes schillernde Gebilde aus weichen, gerundeten Formen, das wie farbiges, geschmolzenes Wachs wirkte.

Er teleportierte. Übergangslos erschien er in der Luft neben der Flanke des Bergs. Er war kaum weniger als zweitausend Meter hoch, und einen Augenblick lang fürchtete der Ilt, dass diese zerfließenden Formen sich auf ihn stürzen wollten. Dann aber musterte er den Teil des Felsens aus Molkex, der sich nur wenige Meter vor ihm befand.

Die Sonne glühte fast senkrecht herunter. Ein leichter Morgenwind kam von den Hängen des Bergkessels. Überall in der Ebene standen schräg und dünn die Fahnen des zerstäubten Teymers in der Luft.

Ein ideales Versteck! Warum bin ich nicht früher darauf gekommen?, fragte sich Gucky.

Der Felsen sah aus wie aus einem riesigen, vielfarbig glühenden Schwamm geformt. Vor dem Ilt waren mindestens zwanzig verschieden große Löcher im Felsen zu sehen. Gucky drehte die Bombe herum und schob sie mit einer kleinen telekinetischen Anstrengung in eines der Löcher hinein. Er rüttelte mit der Hand an einem Molkexbrocken und riss ihn los. Dann verschloss er die Öffnung wieder.

Er merkte sich die Höhle, einige gedachte Linien, die dieses große Loch unter der überhängenden Masse mit markanten Punkten am Horizont verbanden, die Farben und die Anordnung der Schwammlöcher. Dann war er sicher – schließlich hatte er in dieser Technik einige Jahrhunderte Erfahrung –, den Platz genau und sofort wieder zu finden.

Wieder teleportierte er. Dicht bei den Schultern Cam Naulaths materialisierte der Mausbiber in der Luft. Panik zeichnete sich auf dem Gesicht des Technikers ab. Der Mann fürchtete sich seit dem Augenblick, an dem sie diesen Planeten betreten hatten.

»Ich bin wieder hier«, sagte Gucky und blickte hinüber zu ihrem letzten Versteck.

»Ich bin wirklich nicht … der Mann für Abenteuer«, stöhnte Cam, sichtlich erleichtert. Auf seinem kahlen Schädel glänzten dicke Schweißtropfen, die in seine buschigen Brauen sickerten.

»Ob du es bist oder nicht – das muss durchgestanden werden«, sagte Gucky und versuchte, den Techniker abzulenken. »Ich habe die Höhle rechtzeitig erreicht und die Bombe in Sicherheit gebracht. Sie ist jetzt dort drüben in diesem riesigen Stalagmiten.«

Sie warteten beide, ohne es auszusprechen, auf ein Signal Rhodans aus der KALKUTTA.

»Findest du das Versteck auch wieder?«, erkundigte sich Cam und wischte über seinen Schädel. Inzwischen hatte er, sicher auch aus dem Gefühl der Abgeschlossenheit heraus, seinen Raumhelm geöffnet und weggeklappt.

»Ganz bestimmt«, murmelte Gucky.

Während der letzten Minute, nicht länger hatte Guckys Versuch gedauert, waren die beiden Gleiter höher gestiegen und hatten die ersten Höhlen des kleinen Bergs erreicht. Die Insekten schienen nichts Bestimmtes zu suchen. Es schien sich um eine Routineüberprüfung zu handeln. Aber jetzt befand sich ein Gleiter direkt vor der Höhle.

»Sie hätten uns entdeckt und getötet!«, rief Cam leise. Er schien die Vorstellung, hier sein Leben beenden zu müssen, nicht überwinden zu können.

»Zweifellos. Aber sie haben nicht!«

Die Gleiter schwärmten wieder nach beiden Seiten aus und flogen weiter. Von hier, einem wesentlich höheren Standort, sahen die beiden schweigend zu, wie rund um sie in der Ebene gearbeitet wurde. Sie warteten nach wie vor auf einen Funkanruf von Perry Rhodan, ihre Helmgeräte waren eingeschaltet. Noch schienen sie in Sicherheit zu sein. Sie steckten in der Spalte des schrägen Hanges und beobachteten die Ameisenwesen, ihre Maschinen und die rege Betriebsamkeit, mit der das Teymer-Molkex abgebaut, abgefüllt und abtransportiert wurde.

»Warum meldet sich Rhodan nicht? Da muss etwas schief gegangen sein!«, stieß der kahlköpfige Mann hervor und wischte wieder über seinen Schädel.

»Er wird seine Gründe haben«, murmelte Gucky. Er fühlte sich ebenfalls nicht sonderlich wohl. Sie warteten mehr als eine Stunde. Bisher waren die Abbauarbeiten in normaler Geschwindigkeit weitergeführt worden. Nichts deutete darauf hin, dass die Ploohns gemerkt hatten, dass sich Fremde auf Gragh-Schanath befanden.

»Wie lange müssen wir denn noch warten?«, rief Cam.

»Ich weiß es auch nicht.«

Inzwischen war es fast Mittag geworden. Die Sonne hatte ihren höchsten Stand erreicht und brannte erbarmungslos auf dieses riesige Feld aus Molkex herunter. Der Mausbiber wusste inzwischen genau, dass es sich um Molkex handelte, aber er zögerte, es Rhodan und der Besatzung der KALKUTTA mitzuteilen. Er fürchtete die Entdeckung durch die Ploohns.

»Ich kann nicht mehr warten!«

Der Ilt starrte den Terraner an. Cam würde bei der geringsten Belastung versagen und erstarren, weil die Furcht ihn lähmte. Er beschloss, alles allein zu tun und auch für alles die Verantwortung zu übernehmen.

Er konzentrierte sich auf die vielfältigen Bewegungen in der Ebene. Auf die Raumschiffe, die Transporter, die Arbeitskolonnen und die Roboter, die Techniker der Insektenwesen und den Staub des zermahlenen Molkex. Was ging inzwischen in ihrem Raumschiff vor? Was plante Rhodan? Und warum funkte er nicht?

Der Raumanzug der Königin, dieses prächtige Kleidungsstück mit allen seinen wertvollen Verzierungen, bewegte sich. Fünf Meter Chitinpanzer, sechs Gliedmaßen und die teilenden Ringe des Körpers setzten sich in Bewegung. Die Königin ließ sich kurz auf das untere Armpaar nieder und ging die wenigen Meter hinüber zu einem der Posten. Ihr dreieckiger Insektenmund öffnete sich. Sie stieß in großer Schnelligkeit eine Reihe von zischenden und knackenden Lauten aus. Sie waren so leise und schnell, dass die Translatoren versagten.

Der Posten legte einen Arm in der Geste des Gehorsams vor seine hochgewölbte Brust und verließ den Raum. Hinter ihm schob sich das Schott zu.

Die Königin schwieg. Ihre Augen, die übergangslos aus dem hellbraunen Chitinpanzer herauswuchsen, musterten scheinbar Rhodan. Es war nicht zu erkennen, was sie dachte oder plante. Rhodan und Daiana witterten einen Trick, eine Falle.

Offen sagte der weißhaarige Terraner mit den blauen Augen zum Großadministrator: »Ich denke, die Königin und Sie haben ein Stillhalteabkommen geschlossen?«

»Das denke ich auch«, antwortete Rhodan.

Im Raum herrschte noch immer nervöse Stille. Nur hin und wieder bewegte sich ein Terraner oder einer der Ploohns, knackte einer der hornigen Kiefer. Ununterbrochen schlängelten und bewegten sich die filigranhaften Fühlerbündel wie Pflanzen in strömendem Wasser.

»Ich bin der Ansicht, dass Sie von Königin Jaymadahr betrogen werden«, sagte Daiana.

Langsam hob die Königin beide Arme und legte sie an die Halseinschnürung ihres Oberkörpers.

»Wie meinen Sie das, Janner?«, erkundigte sich Rhodan. Er hatte denselben Verdacht, aber er spielte noch mit. Noch. Es würde ihm in entscheidender Sekunde einen Vorteil geben. Es war ein Psychoduell von entscheidender Bedeutung.

»Ich glaube, dass der Wachtposten die Besatzung des Planeten warnt. Sie werden nach unseren Waffen suchen.«

»Sie werden sie nicht finden können«, beharrte Rhodan. Er wandte sich wieder an die Königin und legte den Kopf nach hinten.

»Haben Sie zu diesen Vorwürfen etwas zu sagen, Königin?«

Die Königin schwieg lange. Die Spannung wuchs. Niemand konnte erkennen, ob sie reagieren und wie sie handeln würde – falls sie es tat. Die Ploohns waren rätselhaft, und dadurch, dass sie tatsächlich mehr der terranischen Auffassung von Insekten mit allen ihren unbegreiflichen Verhaltensweisen entsprachen, verwirrten sie die Terraner noch mehr. Ein Leben galt bei ihnen kaum etwas, und sie handelten mit der kalten Präzision von Maschinen.

»Ich habe nichts zu sagen. Ihre Annahme ist irrig. Eine Königin der Ploohns hat mehr Ehre, als Sie vermuten.«

»Es sollte mich freuen.«

Das Schott glitt auf. Die Wache – oder ein anderer Soldat, der dem Insektenabkömmling glich wie ein Ei dem anderen – kam zurück und nahm ohne sichtliche Regung den vakanten Platz an der Wand wieder ein.

»Wir können gehen«, sagte Rhodan. »Ein Beiboot ist bereit. Würden Sie uns fliegen, Janner?«

Sie hatten es vorher abgesprochen. Janner Daiana nickte und erwiderte kurz: »Selbstverständlich, Sir!«

»Es genügt eine schnelle Space-Jet.«

Daiana nickte einer der terranischen Wachen zu. Der Mann war froh, den Raum verlassen zu können. Rhodan hob den Arm und deutete auf die Königin.

»Wir gehen jetzt in eine Schleuse, Königin. Dort wartet ein Beiboot auf uns. Janner Daiana wird das Boot steuern. Gib deinen Kriegern und deinen Schiffen Befehl, uns unbehelligt zu lassen.«

Sie wirkten beide wie die konzentrierten Gegner eines psychologischen Zweikampfs, verschlossen und schweigend. Keiner traute dem anderen, keiner ließ es zu, dass der Gegner erfuhr, was er wusste, konnte und vermochte.

»Dieser Befehl ist soeben erteilt worden«, gab die Königin zurück.

Rhodan und Daiana warfen sich einen kurzen Blick zu. Vor ihnen öffnete sich das Schott. Ein Offizier trat heran und erklärte Rhodan, in welcher Abteilung die startklare Jet stand und auf ihre Insassen wartete.

29.

Plötzlich hörten die vielen undeutlichen Geräusche auf. Die Staubwolken trieben davon. Die Maschinen, soweit sie von Cam und Gucky gesehen wurden, stoppten nahezu gleichzeitig ihre Tätigkeit.

»Was ist los?«, fragte Cam Naulath. Er lehnte schwer an der Wand, seine Stiefel bewegten sich unruhig auf dem breiten Sims der Spalte.

»Keine Ahnung. Sie hören mit der Arbeit auf. Etwas Wichtiges muss geschehen sein«, antwortete Gucky unruhig.

Schweigend starrten sie einige Minuten lang in die Ebene. Sie hatten richtig gesehen. An einigen Punkten blökten Summer auf. Die Roboter versammelten sich zu kleinen Gruppen. Aus der Luft stürzten sich einige Gleiter, und zwei Transportschiffe, die eben mit dröhnenden Motoren starten wollten, schalteten die Maschinen wieder ab und unterbrachen den Startvorgang. Im Westen baute sich eine drohende schwarze Wolkenwand auf, die zusehends höher kletterte.

Die Summer schwiegen. In die Termitenwesen kam Aufregung. Gucky überlegte und kam zu dem Schluss, dass Rhodan vermutlich der Königin das Ultimatum gestellt hatte. Daraufhin hatte die Herrscherin befohlen, diesen Planeten nach den geheimnisvollen Waffen abzusuchen.

»Cam, alter haarloser Freund …«, murmelte Gucky und bemühte sich, seine Befürchtungen nicht zu verraten.

»Ja? Hast du etwas gesehen?«

»Die Ploohns sind aufgeregt. Sie werden nach uns und den Bomben suchen. Bald.«

»Du meinst …?«

Wieder erkannte Gucky, dass der Mann neben ihm sich ernsthaft fürchtete. Wenn sie nur etwas zu tun gehabt hätten, dann würde dies die Gedanken Cams ablenken und ihn beschäftigen. So aber war er hilflos seinen Spannungen und der Angst, zu versagen, ausgeliefert.

»Ich bin ununterbrochen neben dir. Ich teleportiere mit dir. Ich kann jeden Punkt dieses Planeten erreichen und werde kaum in eine Falle der Ploohns springen. Aber sei darauf gefasst, dass wir flüchten müssen.«

Naulath flüsterte mit gebrochener Stimme: »Und die Bomben? Was wird aus ihnen?«

»Du hast Recht. Früher oder später werden wir sie zünden müssen. Aber ich werde jetzt zum ersten Mal die Funkstille brechen und Rhodan erklären, was hier los ist.«

»Dann können sie uns aber erst recht orten!«

»Meinetwegen. Ich weiß mir zu helfen.«

Gucky schaltete den Anzugsender ein und wartete einige Sekunden. Dann sagte er langsam: »Hier spricht Gucky. Ich rufe Perry Rhodan. Die Ploohns haben vor einigen Minuten die Arbeit eingestellt und beginnen mit der Suche nach uns. Ich bitte um genaue Anweisungen. Ende.«

Er schaltete auf Empfang und wartete. Während er auf das Zischen lauschte, das aus den Helmlautsprechern kam, brach rund um sie die Hölle los. Von allen Seiten, an den Rändern des sichtbaren Ausschnitts dieses Planetenteils, kamen Gleiter und kleine Schiffe. Sie bildeten einen riesigen Ring um die ausgedehnte Ebene vor dem Gebirgshalbkreis. Die Roboter schwärmten von den einzelnen Arbeitsstellen aus und bildeten lange Ketten. Überall standen Gleiter und Luftfahrzeuge. Dann kam eine aufgeregte Stimme durch die Lautsprecher.

»Wir haben verstanden. Rhodan startet in wenigen Minuten mit der Königin. Machen Sie sich bereit, zu zünden und in die KALKUTTA zurückzuspringen. Ende.«

Gucky schaltete augenblicklich das Gerät aus. »Es geht los«, sagte er.

Er hatte blitzschnell verstanden. Rhodan hatte der Königin gesagt, dass er auf Gragh-Schanath eine Waffe einsetzen würde. Gucky konnte nicht glauben, dass Rhodan mehr als das gesagt hatte – er würde seinen Vorteil nicht so leichtfertig abgeben. Also mussten sie sich verstecken, aber gleichzeitig darauf gefasst sein, die Bomben jederzeit zu zünden.

»Wir müssen flüchten! Schnell! Nimm mich mit, Gucky!«, sagte Cam aufgeregt.

»Vorläufig sind wir noch nicht entdeckt. Wir warten«, antwortete der Mutant beharrlich.

Die Schiffe und die größeren Gleiter schlossen die weite Ebene fast völlig ab. Sie flogen sehr tief, und beide wussten, dass zahllose Geräte jeden Quadratmeter des Bodens absuchten.

Von mindestens fünfzig verschiedenen Stellen schwärmten die Roboter und die Suchkommandos der Ploohns aus. Binnen kurzer Zeit wimmelte es auf der Ebene von Gestalten. Gleiter schwirrten zwischen den Suchtruppen umher und flogen zu Stellen, an die weder Roboter noch Ploohns vordringen konnten. Zwischen den einzelnen kleinen Punkten schrumpften die freien Stellen zusammen.

»Fertig machen!«, sagte der Ilt kurz.

Ein Raumschiff oder ein Gleiter hatte offensichtlich festgestellt, woher der Funkspruch gekommen war. Aus der Kette der Schiffe lösten sich drei mittelgroße Einheiten und kamen von drei Punkten auf die Stelle zu, an der sich die beiden Eindringlinge verbargen.

»Sie haben uns entdeckt.«

»Noch nicht«, gab Gucky zurück. Er schloss den Helm seines Anzugs und bedeutete Naulath, seinem Beispiel zu folgen. Dann griff er nach dem Arm des Mannes, der sich unruhig umblickte.

»Wir suchen ein neues Versteck, Partner.«

Er teleportierte in westliche Richtung. Sie erschienen wenige Meter über dem Plateau eines der mittelgroßen Berge – und mitten im Nebel. Langsam ließ Gucky sich und Cam hinabsinken. Unter ihren Sohlen knirschte losgerissenes Molkex. Sie befanden sich jetzt hoch über der Ebene, mitten in den dunklen Wolken, die sich von Westen heranschoben. Ein heftiger Wind zerrte an ihren Körpern. Gucky verband die beiden Helme mit einem Kabel und sagte: »Wir sind in Sicherheit. Hier suchen sie uns nicht.«

»Hoffentlich!«

Die Außenmikrofone fingen das Heulen des Windes auf. Hin und wieder gab es eine scharfe Störung in den Geräten. Ein fahler Blitz zuckte durch den Nebel. Dann erschütterte der lang hallende Donner die Luft. Die Wolken rasten über den Gebirgszug hinweg, der Nebel um die beiden Männer herum war in Bewegung.

Wir sind vorübergehend in Sicherheit, aber wir sehen nicht, was um uns herum geschieht, dachte Gucky. *Wir müssen einen besseren Platz suchen.*

Er versuchte sich vorzustellen, was Rhodan jetzt tat. Nur die Entdeckungsgefahr verhinderte, dass er vom Schiff aus verständigt wurde. Um sein Leben zu sichern, verschwieg Rhodan seine Informationen. Aber dieser Funkkontakt eben war notwendig gewesen. Zwei Bomben allein würden nicht in der Lage sein, dieses Material zu vernichten, aber vermutlich jagte die Zündung der Königin einen heillosen Schrecken ein. Diese Furcht, das Teymer ganz zu verlieren, würde sie zu Friedensverhandlungen zwingen.

Gucky war mit seinen Überlegungen zu Ende gekommen und wandte sich wieder an den Terraner, der bewegungslos im treibenden Dunst stand. Wieder krachte in unmittelbarer Nähe ein Blitz in das Molkex; der Donner ließ die Trommelfelle erzittern. Selbst Gucky begann langsam Furcht zu empfinden. Das Warten und die Ungewissheit zerrten an seinen Nerven.

»Wir verändern unseren Standort abermals«, beschloss er endlich. »Komm, mein Freund.«

Wieder fasste er die Hand des Technikers und teleportierte. Er sprang schräg aufwärts – sein Erinnerungsvermögen hatte ihn nicht im Stich gelassen. Keine hundert Meter direkt vor ihnen lag einer der höchsten Gipfel. Ein zweiter Sprung ließ sie in einer kleinen, nach Osten geöffneten Spalte landen. Unter ihnen trieben die Wolken dahin, zwischen denen es ununterbrochen blitzte und donnerte. Nur zwei Raumschiffe waren in dieser Höhe zu sehen. Sie kreisten langsam über der Ebene.

»Immer noch unruhig, Cam?«

»Nicht mehr ganz so. Aber dieses Warten bringt mich um!«

Zwischen den Wolken konnten sie undeutlich die größten Gleiter erkennen. Die Suche konzentrierte sich jetzt rund um die Stelle, an der die Ploohns den Sender geortet hatten. Wann würde Rhodan sich endlich melden und den Befehl zur Vorzündung geben?

Während Daiana und die Königin die Jet bestiegen, sagte einer der Offiziere einige Sätze zu Rhodan. Rhodan nickte und lächelte kurz. Also doch! Er dankte und stieg ein.

Die Schleuse wurde geräumt, die Tore glitten auf, und Janner Daiana steuerte die Jet aus dem Schiff. Sie passierten die kurz aufreißende Strukturöffnung und schwebten hinaus in den Weltraum.

Unter ihnen lag der Planet, aber die kugelige Formation der Schlachtschiffe befand sich noch immer lauernd an Ort und Stelle. Janner schauderte, wenn er sich die Feuerkraft und die lebensverachtende Handlungsweise der Ploohns vergegenwärtigte. Aber völlig unbehelligt steuerte er die Jet zwischen drei Schiffen hindurch und setzte die Geschwindigkeit herauf, als er auf direktem Kurs lag.

»Steuern Sie bitte auf einen Punkt, der im ersten Nachmittagslicht liegt«, sagte Rhodan.

»Selbstverständlich, Sir.«

Die Königin hatte sich in der Enge der durchsichtigen Kuppel teilweise zu Boden sinken lassen und stand jetzt auf vier ihrer Gliedmaßen. Ihre ausdruckslosen Augen hefteten sich auf das Bild des halb ausgeleuchteten Planeten, das sich von Sekunde zu Sekunde vergrößerte. Die Insektenkönigin schwieg.

Rhodan eröffnete den zweiten Teil des Psychoduells. »Sie haben mir versprochen, bis zu unserer Demonstration nichts zu versuchen. Aber ich weiß definitiv, dass alle Ihre Arbeiter auf Gragh-Schanath nach meinen Waffen suchen.«

Mit drohendem Klicken bewegte die Königin ihre hornigen Kiefer. Dann sagte sie abfällig: »Nach Ihrer Drohung geht es um das Leben meines Volkes. Erwarten Sie ernsthaft, dass ich mich an lächerliche Konventionen halte?«

Rhodan lachte sarkastisch auf. »Sie erschweren unsere Verhandlungen, Jaymadahr Conzentryn. Sie können allerdings so lange suchen lassen, wie sie wollen – unsere Waffen werden Sie nicht finden.«

Er wusste, dass auf Gragh-Schanath jetzt die Panik unter den Ploohns ausgebrochen sein musste. Tausende und Abertausende der Insektenabkömmlinge, verstärkt und unterstützt von Robotern und Instrumenten aller Art, würden jetzt nach den Bomben suchen. Und nach dem, dessen Funkgespräch angemessen worden war. Gucky und Cam Naulath waren in höchster Gefahr.

Während Rhodan sprach, schob der Pilot unbemerkt einen Kristall mit einer vorbereiteten Botschaft in das Funkgerät. Auf einen Wink

Rhodans würde er den Kristall aktivieren. Er lief genau vierzig Minuten.

»Es war einen Versuch wert. Schließlich kann ich Ihnen glauben oder nicht«, sagte die Königin.

Obwohl Rhodan noch immer nicht mehr Sicherheit hatte, obwohl er nicht wusste, ob die Anti-Molkexbomben wirken würden, blieb er ruhig und erwiderte scharf: »Sie sollten besser glauben. Was haben Sie davon, wenn wir Ihr Teymer vernichten?«

»Selbstverständlich einen schweren Schaden. Aber wir sind ein Volk, das allen Drohungen gegenüber sehr misstrauisch ist. Außerdem besitzen wir drei wichtige Pfänder. Ihnen bedeutet das Leben Ihrer Terraner viel.«

»Ihnen bedeutet Leben nichts?«

»Stirbt einer, tritt ein anderer schnell an seine Stelle.«

»Ich verstehe.«

Die Jet raste auf den Planeten zu. Das Brummen der Maschinen war augenblicklich das einzige Geräusch. Der Vertragsbruch der Königin war von Rhodan einkalkuliert worden. Er starrte das Bild der Wolkenstrukturen über dem erleuchteten Teil Gragh-Schanaths an und dachte an die Gefahren, in denen Cam und der Ilt schwebten.

Dann wandte er sich in einem letzten Versuch an Jaymadahr: »Ihr Abgesandter wollte sein Leben beenden, weil er uns unwissentlich zu dem Planeten geführt hat – was nicht richtig war. Ich zögere ernsthaft, diesen Versuch zu starten. Ich will das Leben Ihres Volkes nicht aufs Spiel setzen. Ich kann einfach nicht glauben, dass Sie dies wollen.«

»Ihr Zögern zeigt mir, dass Ihre Waffe stumpf ist oder dass Sie bluffen!«

Rhodan hatte gewusst, dass sein Argument kaum wirksam sein würde. »Ich bluffe nicht. In rund fünfzig Minuten wird Ihr Teymer vernichtet sein. Es war die letzte Chance, die ich Ihnen gab.«

»Ich glaube es noch immer nicht«, lautete die Antwort.

Rhodan nickte Janner Daiana zu. Der Pilot drückte einen Schalter, und das Funkgerät erwachte zum Leben. Die Frequenz war präzise auf die Empfänger in den Raumanzügen Naulaths und Guckys abgestimmt. Die Zeit lief. In vierzig Minuten mussten die Bomben gezündet werden. Die erste Zündung würde von Cam Naulath durchgeführt werden, die zweite dann aus der KALKUTTA, wenn die beiden zurück waren.

Noch waren sie in trügerischer Sicherheit. Sie standen zwischen dem verformten Molkex und sahen zu, wie nach ihnen gesucht wurde. Die Wolken trieben noch immer über die Ebene. Dort unten entlud sich ein furchtbares Gewitter. Ringsherum war die Luft in Bewegung. Blitze zuckten, der Donner krachte in der Entfernung. Schwere Regenfälle schlugen in das Land ein und überschwemmten es.

»Wenn wir wieder zu den Bomben springen, Gucky, dann werden wir nichts mehr sehen können. Die Spalten sind sicher überflutet!«, stieß Cam hervor.

Der Mann mit den geschickten Fingern und dem Verstand eines Hochleistungsrechners versuchte seit einer Stunde, sich zusammenzureißen. Aber immer wieder schlug seine Furcht durch.

»Wir haben Mittel, um uns zu schützen«, erwiderte Gucky. Er wünschte sich ein Gerät, mit dem er durch die Wolken sehen konnte, aber er schreckte ebenfalls vor den zu erwartenden Ereignissen zusammen.

»Warum ruft uns Rhodan nicht?«, fragte Cam.

»Ich weiß es auch nicht. Er wird jedenfalls tun, was er kann«, antwortete der Ilt geduldig.

Nebel, Regen und Wolken, die die Sicht verbargen, schützten auch sie bis zu einem gewissen Punkt. Aber dort unten würden sie sich wieder mitten im Toben der Elemente befinden. Plötzlich knackte es in den Funkgeräten. Aus den Lautsprechern kam die Stimme des Chefs der Nachrichtenabteilung – Gucky erkannte sie nach drei Worten.

»Hier das Schiff. Rhodan hat folgende Durchsage mit uns abgesprochen. Es ist ein Kristall, der an Bord der Jet abgestrahlt wird, mit der Rhodan und die Königin den Planeten und das Zielgebiet überfliegen. Gucky, Naulath … springen Sie zu den Bomben und starten Sie die Mikro-Hypertrone. Nach der Zündung kommen Sie, ohne zu funken, zurück ins Schiff. Wir werden Ihnen jetzt vierzig Minuten lang Zeitangaben machen. Richten Sie sich danach. Die Zeit läuft an. Vierzig Minuten bis Zero …«

Gucky legte den Kopf in den Nacken und versuchte, in Cams Augen zu blicken. Cam wich dem Blick aus und sagte erschöpft: »Endlich!«

»Komm«, sagte Gucky. »Ich bringe uns zurück in die Spalte. Du musst die erste Vorzündung durchführen.«

Gucky griff in den Gürtel Naulaths und konzentrierte sich auf das erste Ziel. Jetzt hing ihr Leben von ihnen selbst und ihrer Schnelligkeit ab. Und von ihrer Begabung, sich zu verstecken und blitzschnell zu reagieren.

Gucky teleportierte sich und Cam. Sie befanden sich übergangslos in der von ihm anvisierten Spalte. Es war dunkel. Regentropfen fielen senkrecht durch die Bruchstelle im Molkex. Es war auch hier nicht zu sehen, wie hoch dieses rätselhafte Material die Kruste des Planeten bedeckte. Durch einen Schleier aus Tropfen und durch die Gießbäche, die von allen Seiten herunterstürzten und sich zu einem drehenden Wirbel vereinigten, glitten beide Personen abwärts.

»Wirst du den Platz auch wieder finden? War es hier? Nein, dort drüben …«, begann Cam.

»Mann! Bring mich nicht um den letzten Rest Beherrschung!«, stöhnte Gucky auf. »Es war weiter unten – und zwar hier!«

Sie hielten inne. Gucky fasste Cam mit seiner telekinetischen Kraft und hielt ihn mühelos fest. Die Hände Cams streckten sich aus und packten die Handgriffe der Bombe.

»Klar?«, fragte Gucky in höchster Nervenanspannung.

»Ziemlich klar.«

Mit fliegenden Fingern, aber dennoch mit sicheren und zielgerichteten Griffen entfernte Cam Naulath die Verriegelung, klappte die durchsichtige Schutzkappe weg und ließ das Kunststoffteil achtlos fallen. Dann bewegte er einen Schalter um hundertachtzig Grad, stellte mit einem kurzen Stück isolierten Kabels eine Verbindung her und kippte langsam nacheinander drei Schalter.

Ein rotes Licht flackerte warnend auf. Dann erlosch es. Eine gelbe Lampe strahlte stechend. Schließlich glühte ein viereckiges grünes Licht auf. Aus dem Innern des siganesischen Zünders kam ein helles Winseln. Die Bombe war jetzt 40 oder 45 Minuten lang zündfähig.

35 Minuten bis Zero … Natürlich war eine gewisse zeitliche Sicherheit einprogrammiert. Die Strahlungskraft des siganesischen Hypertrons erlosch aber nach 45 Minuten unwiderruflich.

»Bist du fertig, Cam?«, erkundigte sich Gucky und sah das Leuchten zwischen den flinken Fingern.

»Einen Augenblick noch.«

Cam drehte mehrmals an einem breiten, handlichen Knopf. Aus einem Spalt an der Seite schob sich eine unverhältnismäßig dicke Stahlplatte und verdeckte sämtliche Armaturen. Um sie aufzubrechen, musste man die Bombe aufreißen und würde sie nicht nur zerstören, sondern auch die Notzündung einleiten – eine zusätzliche Funktionssicherung.

»Okay, Gucky. Zur zweiten Bombe.«

Sie bewegten sich aus dem starken Wasserfall heraus. Das Wasser floss nach allen Seiten von den Anzügen ab. Langsam schwebten sie hoch und kamen an die Kante des Spalts. Sie drehten sich langsam herum …

… und ganz plötzlich teleportierte Gucky.

Im selben Augenblick krachte ein Donnerschlag auf und verschluckte das Geräusch der zusammenprallenden Luft. Der schwere Gleiter, der mit triefender Hülle nur einen Meter in der Längsrichtung der Spalte entlangflog, hielt nicht an. Die Besatzung kauerte über ihren Geräten oder blickte angestrengt hinter den Scheiben hervor. Einen Augenblick lang schien es, als wolle der Pilot bremsen oder drehen. Dann schlängelte sich das Gefährt weiter, von einem schweren Sturmstoß getroffen. Die Spitze des Gleiters erreichte das Ende der Spalte, dann kam das Heck, schließlich glitt der Flugkörper auf das Molkex-Feld hinaus und geradeaus weiter.

Gucky und Cam erschienen an einer anderen Stelle. Der Mausbiber hatte innerhalb eines Sekundenbruchteils gehandelt. Er musste diesen Ort verlassen, um nicht entdeckt zu werden. Denn dann hätten die Ploohns auch die Bombe gefunden. Mit einiger Sicherheit zumindest.

Also flüchtete Gucky. Er landete mitten in der Gefahr. Irgendwo in seinem Gedächtnis hatte sich das Bild einer der halbrobotischen Abbaustellen eingeprägt. Dies war ein tödlicher Fehler gewesen, denn genau in diesem Zielgebiet rematerialisierten Cam Naulath und der Mausbiber. Sie landeten mitten zwischen schweren Maschinen mit Greifern, Zähnen und Transportbändern, breiten Gleisketten und riesigen Öffnungen, die wie drohende Mäuler aussahen. Die Wucht des Aufpralls ließ sie stolpern. Sie überschlugen sich und fielen in eine Masse aus zermahlenem Molkex und Wasser. Sie hatte die gleichen physikalischen Eigenschaften wie Treibsand.

Gucky rutschte auf allen vieren drei Meter weit durch diese Masse und krachte dann mit dem Helm gegen eine Raupenkette. Von links kam ein Roboter herangeschwebt und richtete die Linsen auf den Mausbiber.

Noch in halber Bewusstlosigkeit reagierte der Ilt. Er hob telekinetisch den Robot hoch, wirbelte ihn herum und schmetterte ihn aus einer Höhe von 15 Metern gegen die Flanke einer Abbaumaschine. Der Automat zerbarst und fiel als Schrott in den nassen Molkex-Sand. Dann kam Gucky taumelnd auf die Beine. Sein Kopf dröhnte und schmerzte.

»Hierher, Cam!«, schrie er.

Sein Partner wurde von der Panik übermannt. Er richtete sich taumelnd auf und rannte, so schnell es in dem glitschigen Material möglich war, davon. Eben bewegte er sich aus dem Schutz der beiden Maschinen hinaus. Noch immer strömte der Regen dicht herunter.

»Hierher!«, schrie Gucky.

Cam hörte nicht. Er rannte weiter. Gucky sah zwischen den Raupenketten die Insektenbeine eines Ploohns, der sich genau der Stelle näherte, an der er und Cam zusammentreffen würden. Gucky musste eingreifen. Wieder schickte er seinen unsichtbaren Arm hinaus, ergriff damit den Flüchtenden und riss ihn zurück zu sich. Mit einem schweren Klatschen landete Cam wieder in der glitschigen Materie.

»Du Narr!«, rief Gucky erbittert. Der Ploohn kam jetzt hinter der Maschine hervor. Er trug eine lange Waffe, die ebenfalls von Wasser troff. Gucky rief sich das Bild des gigantischen Stalagmiten ins Gedächtnis und teleportierte mit Cam dorthin.

Im gleichen Moment legte der Ploohn an und feuerte.

Der Strahl zischte durch den Regen und traf nur das Molkex. An der Stelle, an der sich eben zwei Fremde befunden hatten, war – nichts.

Gucky befand sich jetzt im Schutz der beiden vorspringenden Flanken aus rund geformtem Molkex. Um sie herum war ein kreischendes Heulen. Der Sturm fuhr an den unzähligen Löchern des Bergs vorbei und erzeugte diesen Laut. Gucky verglich das Bild vor sich mit den Erinnerungen und sah, dass er an einer falschen Stelle herausgekommen war. Die richtige Position musste sich höher oder tiefer befinden. Aber durch die Wolken und den Regen konnte er die Merkpunkte nicht genau erkennen.

Zuerst setzte er Cam Naulath ab. Er schob ihn telekinetisch einfach in eines der größten Löcher hinein und dachte nach.

Die Jet steuerte den Kern einer Wolkenformation an, die aussah wie eine riesige Spirale. Rechts von der unsichtbaren Ebene erhoben sich im Glanz der stellenweise durchbrechenden Sonne die riesigen Berge, die im Halbkreis angeordnet waren. »Ich warte auf Ihre Demonstration!«, sagte die Königin ungeduldig. »Sie sind nicht in der Lage, mich zu überzeugen.«

Janner drehte sich im Pilotensessel um und deutete mit dem Zeigefinger wie unbeabsichtigt auf die Digitaluhr. Rhodan gab zu erkennen, dass er verstanden hatte.

Noch 35 Minuten …

»In weniger als einer halben Stunde ist dieser Sturm vorbeigezogen«, sagte der Großadministrator. »Ich habe die Absicht, meine Waffen in dieser Ebene einzusetzen. Sicher wollen Sie ein überzeugendes Schauspiel sehen. Ich werde es Ihnen in kurzer Zeit bieten.«

»Ich glaube es nicht.«

Die Jet schlug einen großen Kreis über der Ebene ein. Janner schaltete auf den Autopiloten um und sah im gleichen Augenblick den Dhiccer, der sich einen Platz auf dem Instrumentenpaneel gesucht hatte. Sein Fell war schneeweiß. Er zitterte und kauerte sich in einen Winkel, der von Einbauelementen gebildet wurde. Das Tier pfiff nicht einmal mehr. Es spiegelte die hilflose Erregung der Personen in diesem Raum wider.

Wieder drehte Janner Daiana sich um und sah Rhodan an. Er fragte heiser: »Ich habe eine Kreisbahn einprogrammiert. Richtig, Sir?«

»Ja. Bleiben Sie in dieser Position. Sind alle Ihre Geräte klar?«

Er meinte das zweite Funkgerät, das nur ein einziges Signal ausstrahlen würde. Zusammen mit den übrigen Signalen, die man aus dem Raumschiff erwartete, würde dieses Gerät die Fernzündung der Bomben einleiten. Aber erst dann, wenn Gucky und Naulath in Sicherheit waren.

»Ja, völlig klar. Aber auf der Rückseite des Gewitters tobt ein ziemlich heftiger Sturm.«

»Wir sind über der betroffenen Luftschicht. Halten Sie die Höhe.« Zur Königin gewandt, fuhr Rhodan fort: »Sie haben schon einmal Ihr Wort gebrochen, Jaymadahr Conzentryn. Wenn meine Waffe Ihr Teymer vernichtet – werden Sie dann Ihr Wort halten?«

Knackend und zischend sagte die Königin: »Welches Wort meinen Sie? Ihre Terraner, unsere Geiseln?«

»Das ist nur ein Teil. Vergessen Sie nicht«, antwortete Perry, »dass ich gekommen bin, um mit Ihnen Friedensverhandlungen zu führen.«

»Ich verhandle nur, wenn ich überzeugt bin.«

Entweder Rhodan oder sie, durchfuhr es Janner Daiana, *sind vor Aufregung und Spannung halb krank!* Er konnte den verzweifelten Gesichtsausdruck von Cam Naulath verstehen, als man dem Techniker in den Raumanzug geholfen hatte.

Die Königin deutete mit der rechten oberen Hand auf die Ebene, die an einigen Punkten wieder unter den Wolken sichtbar wurde. Die Formationen glänzten ausnahmslos in allen nur denkbaren Farben. Aber es schien nicht das Molkex zu sein, das diese Leuchtkraft verbreitete.

»Die Sicht wird klar! Feuern Sie Ihre Bomben ab!«

Rhodan lachte auf und sagte: »Sie können es nicht erwarten? Ich habe angeordnet, erst dann zu zünden, wenn die Sicht entsprechend frei ist. Ich weiß, dass die Fernortung Ihrer Schiffe auf den Planeten gerichtet ist. Ich möchte auch Ihren Kriegern etwas bieten.«

Ein menschlicher Gegner dieses Duells würde jetzt eine Regung zeigen, die seine Stimmung ausgedrückt hätte. Aber der Insektenkopf der Königin blieb ohne jede Bewegung. Nur die blütenähnlichen Büschel über den Augen flatterten heftiger als sonst.

Diesmal verging die Zeit viel zu langsam. Und nicht nur die beiden Männer in der Jet hatten eine Hand voll Fragen, von denen jede lebenswichtig war.

Wie verhielt sich dieses Molkex zu der Energie der Bomben? Was ging auf dem Planeten vor? Lebten Gucky und Cam noch? Hatten sie die Bomben vorzünden können? Warum meldeten sie sich nicht? Warum waren sie noch nicht zurück in der KALKUTTA?

Langsam kamen die weit entfernten Felsen hinter der tief hängenden Gewitterwolke hervor. Gucky hielt sich an einem Stück Molkex fest und spähte an der Kante vorbei. Diese Orientierungslinie stimmte! Auch die Höhe war richtig.

Der Sturm zerrte heulend an Gucky, fauchte durch die Öffnungen und riss den letzten Rest von Feuchtigkeit aus den vielen Löchern und Spalten dieses bemerkenswerten Bergs aus Molkex. Murmelnd und stockend drang die Stimme des Hypertronikers aus den Außenlautsprechern.

»Noch nichts gefunden, Gucky? Sie suchen nach uns! So viele Gleiter! Sie müssen uns entdecken.«

Gucky drehte sich um, ging etwas tiefer und suchte die zweite und dritte Hilfslinie. Endlich riss auch an dieser Stelle der Nebel auf. Jetzt bemerkte er seinen Irrtum. Er befand sich um zehn Meter zu weit rechts. Neben dieser Einkerbung des Felsens befand sich eine zweite, die fast identisch aussah.

Ein winziger Teleportersprung. Gucky entdeckte sofort das Loch, in dem, durch einen Brocken Molkex verborgen, die Bombe lag. Er handelte ohne Warnung und holte Cam hierher, setzte ihn vor dem Loch ab und presste den Körper telekinetisch gegen den Felsen.

»Hier ist die Bombe. Halt dich fest«, sagte Gucky deutlich. »Verstanden?«

»Ja, natürlich …«

Das Stück Molkex flog senkrecht nach unten, prallte auf die Felsen auf und verschwand, sich überschlagend und drehend, in der Tiefe. Dann handelte Cam fieberhaft.

Gucky unterdrückte einen langen, erleichterten Seufzer und konzentrierte sich sekundenlang auf die KALKUTTA. Dann drehte er sich um und musterte den vielfarbigen Himmel. Unter ihm wurde ununterbrochen weitergesucht. Zwei Raumschiffe rasten heran und landeten an der Stelle, wo Gucky und Cam zum letzten Mal – und mit Sicherheit auch zum ersten Mal – gesehen worden waren. Mannschaften und Roboter strömten aus den Schiffen.

Die Luft war jetzt, nachdem der Gewittersturm durchgezogen war, klar und von seltsamer Durchsichtigkeit. Der Mausbiber, der förmlich die Sekunden zählte und instinktiv auf die nächste Funkdurchsage der dahinrasenden Zeit wartete, sah eine Unmenge von Gleitern, die in Formationen das Gelände absuchten.

Im gleichen Augenblick schien sich hoch über ihm ein Felsen gelockert zu haben oder eine dünne Platte Molkex. Jedenfalls stürzte ein gewaltiger Schwall Wasser herunter und traf den Mausbiber voll auf Helm und Schultern. Als sich die Sicht wieder geklärt hatte, sah Gucky die beiden Gleiter, die auf seine Position zuflogen. Noch 15 Minuten …

»Cam?«, fragte er leise. Er musste die Gleiter ablenken.

»Ja?«

»Wie lange brauchst du noch? Ich möchte uns zurückbringen.«

»Einige Sekunden. Habe es gleich.«

Gucky bewegte sich nicht. Er kauerte in einem Loch und würde, da diese Öffnung durch ein dünnes Stück Felsen führte, in ganz kurzer Zeit von einem Ploohn aus dem Gleiter entdeckt werden.

»Ich muss dich ein paar Sekunden allein lassen«, sagte er und zog seine Waffe. Sie war bereits entsichert. Er brauchte sie nicht mehr einzustellen.

»Warum?«

Gucky entblößte in einem grimmigen Lächeln seinen Nagezahn und erklärte: »Dringende Geschäfte. Mach ruhig weiter, ich hole dich in dreißig Sekunden ab.«

»Was ist …?«

»Später!«

Er teleportierte etwa zweihundert Meter weit und erschien übergangslos schräg über der Frontscheibe des schwer bewaffneten Gleiters in der Luft. Augenblicklich feuerte er auf die transparente Fläche, hinter der er acht Ploohns erkannte. Der Gleiter änderte seinen Kurs, der zweite folgte wenige Sekunden später. Gucky versetzte sich selbst einen Stoß und wich seitwärts aus. Es musste für die Insekten wirken, als habe er die Aggregate seines Fluganzugs eingeschaltet. Er nutzte das Moment der Überraschung voll aus und feuerte abermals. Dabei führte er eine Serie kleiner Teleportersprünge aus, die ihn weiter weg, schräg nach hinten und abwärts brachten. Ununterbrochen feuerte er aus rund hundert Metern Entfernung wahllos auf die beiden Gleiter, die eine enge Kurve flogen und ihm folgten.

Er führte einen Sprung aus, der ihn weiter vom Berg entfernt erscheinen ließ. Er wusste, dass die Gleiter Verstärkung anforderten. Aber jetzt schossen sie zurück, und er konnte sich nur retten, indem er ununterbrochen seinen Standort veränderte.

Er rief ins Mikrofon: »Bist du fertig, Cam?«

»Jawohl. Ich warte. Die Gleiter schießen auf etwas, das ich nicht erkennen kann! Warum holst du mich nicht, verdammt?«

»Die Gleiter schießen auf mich«, sagte Gucky und teleportierte. Jetzt überwand er eine Strecke von mindestens zwei Kilometern. So weit hatte er die beiden Fluggeräte beziehungsweise deren Besatzungen vom Felsen weggelockt.

Die nächsten Worte sagte er bereits neben Cam Naulath: »Sie schossen auf mich. Jetzt geht's zurück. Halt dich fest!«

Und er teleportierte zum letzten Mal. In die KALKUTTA.

30.

Gerade in dem Augenblick, als Rhodan am Erfolg seiner Bemühungen zu zweifeln begann, summte das Funkgerät.

»Hier Rhodan!«, meldete er sich. Er bemühte sich, seine Spannung nicht zu zeigen.

»Hier Funkabteilung KALKUTTA. Uns erscheint die Wartezeit etwas lang, Sir!«

Rhodan zuckte die Schultern und sagte laut: »Ich kann es nicht ändern. Ich warte noch fünf Minuten, bis auch die letzte Wolke verschwunden ist.«

»Wir haben die Einstellungen vorgenommen. Sollen wir fernzünden?«

Rhodan wusste jetzt, dass die beiden Ausgeschickten zurück waren und berichtet hatten, die Bomben wären geschärft, die Hypertrone gezündet.

»In genau 260 Sekunden. Zünden Sie!«

Mit einem zerfahrenen Grinsen betätigte Janner Daiana einen Kontakt. Das Funkgerät, in dem der Kristall abgespielt wurde, schaltete sich aus.

»Wir haben verstanden. Minus 210 Sekunden, Sir!«

Rhodan winkte der Königin und deutete auf die Kuppel. Sofort legte Daiana die Jet schräg, zog sie höher und blieb dann fast bewegungslos in der Luft. Durch die Kuppel sahen sie jetzt die ganze riesige Ebene unter sich.

180 ... 150 ... 110 Sekunden.

»Sie scheinen noch immer an Ihren Erfolg zu glauben, Terraner«, sagte die Königin. Ihr dreieckiger Mund wirkte jetzt noch grausamer als sonst.

»In einer Minute sehen Sie es selbst. Und Hunderttausende Ihrer Krieger werden erkennen, dass wir sie zwingen können, den Krieg zu beenden.«

Von der gesamten Zeit, die nach dem Anwerfen des ersten Hypertrons vergangen war, blieben nur noch genau 17 Minuten übrig. Aber das wussten Rhodan und Daiana in diesem Augenblick noch nicht.

Die letzten Sekunden vergingen. Dann erfolgte der zweite, entscheidende Zündimpuls von der KALKUTTA aus. In der Ebene erschienen in einem flachen, schrägen Hang voller Spalten und in der Flanke eines merkwürdig geformten Spitzkegels weiße, stechende Lichtpunkte, die den Glanz der Nachmittagssonne zu überstrahlen schienen. Sie breiteten sich aus und wurden greller. Aus ihnen entstanden zwei mächtige Kugeln, die wie Miniatursonnen aussahen.

Das waren die Bomben und die entwickelte Primärenergie. Aber wie verhielt sich dieses sicherlich modifizierte Molkex?

Die Jet schwebte über dem Lichtschein, der kurze Zeit blendete, dann schwächer wurde und hinter einer riesigen Wolke zu verschwinden schien. Das Molkex löste sich keineswegs auf und raste davon, sondern es schien sich in ein äußerst feines Pulver zu verwandeln.

Janner stieß hervor: »Die Felsen lösen sich auf. Ein Teil der Ebene zerstäubt einfach!«

Dem Mund der Königin entrang sich ein langes Gurgeln, das in ein ratterndes, unübersetzbares Geräusch überging. Sie starrte durch die Kanzel und sah, wie der Berg immer kleiner wurde und dann in der riesigen Wolke verschwand. Das Licht ging zurück und wurde gelblich, als sich mehr und mehr Molkex-Staub erhob.

Die Ebene wurde von der Bombe aufgefressen. Das »Loch« breitete sich aus wie in brennendem Papier. Es wurde in rasender Eile größer und größer. Auch dann verhüllte eine riesige Staubwolke das Bild. Beide Wolken wurden von dem Sturm erfasst, der auf der Rückseite der Gewitterfront von den Bergen kam und nach Osten raste. Die Sonne schien auf die Wolken, die sich jetzt vereinigten und den Strömungen in der Luft folgten. Sie bildeten eine Spirale aus und schraubten sich immer höher. Ein riesiger Turm entstand, der wie eine Parodie auf eine Wendeltreppe aussah.

Fünfdimensional angereichertes B-Hormon-Konzentrat verwandelte Teymer oder Molkex in Staub. Die Wolke kletterte in einer atemberaubenden Schnelligkeit in die höheren Schichten der Lufthülle und erreichte schließlich die Höhe, in der die Jet schwebte.

»Soll ich starten? Zurück in den Weltraum?«, fragte Janner in das lähmende Schweigen hinein. Das Fell des Dhiccers war noch immer weiß, aber am Kopf und an den Pfoten färbte es sich bereits wieder gelblich. Die Aufregung war für Rhodan und Janner vorbei.

»Ja. Gehen Sie höher. Aber achten Sie darauf, dass unser Gast auch alles genau sieht.«

»Sicher!«

Die Königin war zur Statue erstarrt. Die Wolken wurden größer und höher. Der Boden war nicht mehr sichtbar. Das Molkex verhielt sich ganz anders, als sie es sich vorgestellt hatten.

Plötzlich, als die ersten Partikel die Atmosphäre zu verlassen schienen, verwandelte sich die spiralige Riesenwolke in bläulich aufglühendes Gas. Dieses drohende Leuchten breitete sich rasend schnell von zwei unsichtbaren Kernstellen aus und erfasste in wenigen Sekunden den gesamten Staub. Millionen Tonnen gesteinsförmiges Molkex waren zerstäubt worden. Dann, mit einem einzigen Schlag, leuchtete dieses riesige Gebilde in einem tiefen Violett auf.

»Also doch ...«, flüsterte Rhodan. Er erkannte diese charakteristische Farbe wieder. Das folgende Ereignis aber verblüffte ihn abermals. Es gab nur eine Pause von wenigen Augenblicken. Dieses irre, tiefviolette Leuchten filterte das Sonnenlicht und war vermutlich auf anderen Planeten zu sehen. Jedenfalls würde jede Raumschiffsmannschaft erkennen, dass sich zumindest ein großer Teil des Teymers auflöste. Und dass Rhodan nicht geblufft hatte.

Dann gab es eine gigantische, schmetternde Explosion. Der Hyperraum riss auf. Knisternd und knallend brannten Instrumente und Aggregate durch. Es stank nach Isolierung und nach Ozon.

Ein ungeheurer Strukturschock tobte nach allen Seiten und in den Hyperraum. Sämtliche Strukturtaster der KALKUTTA schlugen zur gleichen Zeit durch. In den Schiffen der Ploohns waren die Verwüstungen noch größer. Für lange Zeit waren viele der Systeme ausgefallen.

Dann bildete sich das charakteristische Flimmern in den grellen, lodernden Farben der Streifenmuster. Der Hyperraum schluckte das Molkex, öffnete sich für lange Momente und schloss sich dann wieder.

In das lastende Schweigen hinein sagte Rhodan ruhig und ohne jeden Triumph: »Ich denke, Sie glauben mir jetzt, Königin?«

»Ich muss es glauben.«

»Wir haben noch viel mehr solcher Waffen. Wir können jedes Gramm Teymer in diesem Teil des Kosmos vernichten.«

»Sie haben gewonnen. Gehen wir zurück in Ihr Schiff. Wir können uns über den Frieden unterhalten«, sagte die Königin des Insektenvolks. »Und werden Sie meine Rivalin, die Sie Zeus nennen, töten?«

Rhodan gab Janner einen Wink, und der Pilot steuerte, nachdem er einige der Geräte wieder gesichert hatte, zurück in die Richtung des Schiffsverbands.

»Ich kann nichts versprechen«, sagte Rhodan. »Ich habe auch keinen Grund dazu, Zeus umzubringen. Aber darüber sollten wir reden, wenn sich Ihr Entsetzen gelegt hat.«

»Sie haben Recht. Ich brauche meine Ratgeber.«

Die Jet flog zurück, wurde eingeschleust, und zu den Verhandlungen brachte man auch den schwer verwundeten Hohen Klaschoy Argtamayn Benzynurh in den Saal.

Aber keiner der Terraner jubelte, als die Königin und ihre Ratgeber Platz nahmen. Sie warteten auf Ras Tschubai, Tatcher a Hainu und Dalaimoc Rorvic.

Dolf Saydenstiker, Cam Naulath und Janner Daiana wohnten als mehr oder weniger unbeteiligte Zuschauer den letzten Stunden an Bord der KALKUTTA bei. Die letzte Verhandlung fand wieder in dem Sitzungssaal statt, in dem die Königin und Rhodan zum ersten Mal zusammengetroffen waren.

Als die KALKUTTA zu ihrer schwierigen Mission gestartet war, befand sich der Hohe Klaschoy Argtamayn Benzynurh an Bord – in bester Gesundheit, etwas aufgeregt, aber entschlossen, einen Vorteil für sein

Volk herauszuschlagen. Jetzt stand seine Leibwache regungslos hinter der riesigen Trage, auf der jener lang gestreckte Insektenkörper ruhte, mit dicken Binden und Schutzhüllen versehen.

Etwa fünfzig Ploohns befanden sich in dem Raum und mehr als doppelt so viele Terraner. Die Stimmung war entspannt, aber keineswegs gut. Hier standen sich Sieger und Verlierer gegenüber. Keines der Insektenwesen ließ die geringste Regung erkennen.

»Wir können anfangen, Sir«, sagte einer der Techniker. Zwischen den Schiffen der Ploohns und der KALKUTTA bestanden jetzt eine Menge Nachrichtenkanäle. Die Verhandlung würde in voller Länge übertragen werden.

»Ich glaube, wir sollten noch warten, bis sich das Durcheinander etwas gelegt hat«, antwortete Rhodan. Er bemühte sich, keinen Triumph zu zeigen. Jedenfalls hatte er sein Ziel erreicht. Noch jetzt arbeiteten die Techniker des terranischen Schiffs und die Mannschaften der Ploohn-Kreuzer daran, die durchgebrannten Tastergeräte zu ersetzen. Der Strukturschock war ohne weitere Folgen vorübergegangen. Aber später noch konnten sich solche Folgen zeigen; viele der Terraner konnten sich an ähnliche Vorfälle erinnern, die erst viel später die volle Konsequenz ergeben hatten.

»Jetzt bin ich wieder ruhig, aber dieses Abenteuer ... nein«, murmelte Naulath. Er hatte sich noch immer nicht erholt.

»Ich bin deswegen etwas beruhigt«, sagte Saydenstiker leise, »weil ich mich an unsere terranische Flotte erinnere. Sie wird mit Sicherheit abfliegen und zurückkehren können.«

»Hoffentlich schafft es Rhodan«, murmelte Janner. Er streichelte den Kopf des Dhiccers, dessen Fell zwar nicht tiefschwarz, aber schon weitaus dunkler war als noch vor Stunden. Zufrieden pfiff das Tierchen vor sich hin, in der Brusttasche der Kombination halb verborgen.

»Sind Sie bereit, Königin Conzentryn?«, fragte Perry Rhodan nach wenigen Minuten.

»Ja. Beginnen wir.«

Zischend schloss sich das isolierte Schott. Einen langen Augenblick war nur das Summen der Klimaanlage zu hören, dann stand Rhodan auf und hob die Hand. Er sagte ohne Pathos: »Wir sind hier, um zu sprechen. Wir sind die Repräsentanten zweier verschiedener Sternenvölker. Es ist uns Terranern gelungen, die Königin der Ploohns zu überzeugen. Ich bin entschlossen, eine Vereinbarung oder einen Vertrag zu schließen. Sind Sie ebenfalls bereit, Königin?«

Hoch aufgerichtet stand die Königin da. Ihre riesigen Augen schillerten im Licht der Tiefstrahler. Die beiden filigranähnlichen Fächerbündel zitterten leicht. Jetzt trug die Königin keinen Raumanzug mehr, sondern ein merkwürdiges Gewand, das sie sogar entfernt humanoid erscheinen ließ. An den acht Fingern ihrer beiden oberen Gliedmaßen leuchteten und glitzerten riesige Steine und edle Metalle.

»Ich bin bereit. Es fällt mir nicht leicht, gegen die kriegerische Tradition meines Volkes zu handeln. Hören wir auf, uns gegenseitig anzugreifen und zu bekämpfen.«

Rhodan nickte. »Hören wir damit auf. Für alle Zeiten!«

»Zeit«, erwiderte die Königin langsam und wartete, bis jedes ihrer Worte übersetzt und von den Lautsprechern wiederholt wurde, »ist eine sehr relative Sache. Wer kann schon sagen, was in vielen Jahren geschehen wird? Für die nächste Zeit werden wir nicht kämpfen.«

»Gut. Schließen wir also einen Nichtangriffspakt. Brauchen wir Dokumente?«

»Nein. Ihr Wort gilt wohl, und das Wort einer Königin ... Nun, es gibt niemand in meinem Volk, der daran gezweifelt hat und noch lebt. Keiner meiner Krieger, auf welchem Planeten auch immer, wird einen Terraner vorsätzlich angreifen. Zufrieden, Perry Rhodan?«

»Ich bin zufrieden. Ich bin auch froh, dies allen meinen Leuten sagen zu können. Kommen wir zum nächsten Punkt.«

»Ihre Raumschiffe?«

»Ich meine die Schiffe der terranischen Flotte in Ihrem Bereich«, sagte Rhodan. »Ich muss fordern, dass sie unbehelligt abziehen dürfen.«

Seit dem Augenblick, als die Königin sich in ihrem Palast des Planeten Kneys entschlossen hatte, ihre Flotte durch den Mahlstrom zu führen und sich den Fremden gegenüberzustellen, war Conzentryn zum ersten Mal gegen eine deutliche Grenze gestoßen. Statt die Abtrünnige zu vernichten, war die lebensnotwendige Substanz Teymer in höchste Gefahr gebracht worden. Und ausgerechnet durch denjenigen Gegner, der ihr die härteste und verlustreichste Raumschlacht ihres Daseins geliefert hatte.

»Die Flotte«, erinnerte Rhodan.

»Es sind nicht mehr alle Einheiten vorhanden, die ursprünglich eingedrungen sind«, gab die Königin zu bedenken.

»Ich habe es gewusst. Sie haben eine gnadenlose Jagd auf die Schiffe gestartet?«, fragte Rhodan.

»Ich befahl es.«

»Dann befehlen Sie auch«, sagte Rhodan entschieden, »dass sich die

Schiffe am Abstrahlpunkt der Ploohn-Galaxis sammeln, an diesem energetischen Wirbel, den wir Aufrisstrichter nennen.«

Die Königin senkte kurz ihren Kopf und deutete mit einem Arm auf ihre Soldaten. Es schienen einfache Klaschoys zu sein, denn sie hatten den bewegungslosen Klaschoy Benzynurh ehrfürchtig begrüßt.

»Ich habe es bereits befohlen.«

»Gut. Ich danke.«

Der vorläufige Friede schien gesichert zu sein. Die Überreste der Terraflotte würden in kurzer Zeit zurückkehren und wieder ihre alten Plätze einnehmen. Aber die Königin schien die Verhandlungen noch lange nicht als beendet anzusehen.

»Wir sind keine Freunde, Terraner, aber wir sind ehemalige Gegner, die einander achten. Ich habe immer noch eine Forderung.«

Janner Daiana beugte sich interessiert nach vorn. In den letzten Stunden hatte er einen tiefen Einblick in die Struktur der Ploohns gewonnen. Sie waren weder edel noch böse, weder verwerflich noch kriegslüstern. Sie handelten nach völlig anderen ethischen Motiven. Er verstand sie besser, wenn er alles Wissen, das er über Ameisen- oder Termitenstaaten besaß, zusammennahm und modifizierte. Sie handelten zweckbestimmt und rein rationell. Es konnte nicht anders sein.

»Eine Forderung?«

»Ja. Sie kennen die abtrünnige Königin. Sie hat, wie ich weiß, oft Kontakt mit Ihnen gehabt. Töten Sie Zeus!«

Rhodan lachte kurz. »Zeus verlangte vor wenigen Tagen von mir, einige Drohnen mitzubringen. Er will sich fortpflanzen. Und ich sehe keine Möglichkeit, dieses Wesen zu töten. Außerdem gelten dieselben Vorbehalte, die ich bereits Ihrem Abgesandten mitgeteilt habe. Wir sind nicht die Henker der Ploohns.«

»Sie können es nicht versprechen, Terraner?«

»Nein.« Rhodan war versucht, im Interesse eines Friedens zu lügen. Er hatte Zeus ebenso hingehalten, wie er die Königin hinhalten musste. Um diesem Kapitel dennoch eine möglichst positive Wendung zu geben, fügte er wohl überlegt hinzu: »Ich habe den Wunsch der Abtrünnigen nicht erfüllt. Ich bringe keine Mopoys mit mir. Ich kann Ihnen nichts versprechen, aber ich werde sehen, was wir Terraner in dieser Sache unternehmen können. Mehr zu versprechen wäre Lüge.«

»Gut. Das genügt mir. Die Konferenz ist beendet?«

Rhodan ging einige Schritte auf das riesenhafte Insektenwesen zu und hob den Arm. »Sie kann beendet werden. Wir haben die Aufzeichnung. Ihre Schiffe haben die Sendung empfangen, alles dürfte klar sein.«

Die Königin tat etwas Überraschendes. Sie senkte langsam ihren Körper. Totenstille breitete sich aus. Offensichtlich hatten die Klaschoys noch nie erlebt, dass sich die Königin vor einem ehemaligen Gegner erniedrigte, indem sie ihren Kopf auf die Höhe seines Kopfes brachte. Rhodan sah sein Gesicht hunderte Male verzerrt in den einzelnen Facetten, die wie ein Spiegelmosaik wirkten.

Dann streckte ihm die Königin ihre vierfingrige rechte Hand entgegen. Rhodan deutete die Geste richtig und ergriff die harten Gliedmaßen mit ihrer Chitinhaut und den kleinen weißen Härchen zwischen den Gliedern.

»Halten wir diesen Vertrag!«, sagte er laut.

»Wir halten ihn«, bestätigte Jaymadahr Conzentryn. »Und jetzt … ich muss zurück in die VANTEY VEYNSTE.«

Rhodan blieb schweigend stehen. Die Königin schnarrte und zischte einige kurze Befehle, und ihre Krieger setzten sich in Bewegung. Sechs von ihnen ergriffen die Trage des Hohen Klaschoys und warteten, bis das Schott aufgeglitten war.

Dann formierten sich die Insektenkrieger und begleiteten ihre Königin in einem waffenklirrenden Marsch hinaus in den breiten, lichtdurchfluteten Korridor, durch den Gang in die große Schleuse und über die Rampe hinauf in das Innere des Beiboots.

Einige Minuten nachdem der letzte Krieger verschwunden war, erschienen drei Gestalten auf der leeren Rampe. Die Männer und Frauen erkannten sie und liefen jubelnd auf sie zu.

Es waren Ras Tschubai, Rorvic und a Hainu.

Während das Beiboot der königlichen Mannschaft langsam abhob und dem wartenden Schlachtschiff entgegenflog, zerstreute sich die kugelförmige Ballung von Schiffen um die KALKUTTA. Die Schiffe nahmen in geordneten Formationen Fahrt auf und rasten davon. Langsamer folgte die VANTEY VEYNSTE.

Auch die KALKUTTA bewegte sich. Sie nahm Kurs auf die ferne Erde. Rhodan erwartete die freigelassenen Gefangenen in seiner Kabine.

Nachdem a Hainu und Rorvic gegangen waren – sie hatten einen flüchtigen Bericht über ihre Abenteuer in der Höhle der toten Königinnen gegeben –, blieb Ras Tschubai in dem schweren Sessel sitzen und hob sein halb gefülltes Glas. Er hatte berichtet, wie sie von den Ploohns wieder eingefangen und mit einem ihrer Schiffe ins Schreckwurm-System gebracht worden waren.

»Ich sehe, dass Sie meine Nachricht erhalten haben, Sir!«

Rhodan lachte und ging langsam im Raum hin und her. »Es war ein einfacher Trick, und aus diesem Grund war er besonders wirkungsvoll. Und alles stimmte. Wir waren bis zur letzten Sekunde nicht sicher, ob es wirklich das Molkex war.«

Ras Tschubai bekannte: »Als ich diese Botschaft einstellte, begann ich zu ahnen, dass das Molkex auf seinem langen Weg andere hyperphysikalische Eigenschaften angenommen haben konnte. Ich kannte natürlich die Anti-Molkexbomben, aber ich habe bis zu dem Augenblick, als sich meine Zellentür öffnete, gezittert.«

»Ich auch.«

Sie schüttelten sich kurz die Hände, dann goss Rhodan das Glas des Mutanten wieder voll. »Sie werden alle Erholung haben, die Sie sich wünschen können. Für absehbare Zeit gibt es Ruhe in diesem Teil der Galaxien oder des Mahlstroms.«

Tschubai nickte. Er fühlte sich mehr als erleichtert, aber er schaffte es noch immer nicht, sich schnell zu entspannen. Die vielen lebensgefährlichen Abenteuer und die lange, marternde Zeit des Wartens hatten an seinen Nerven gezehrt. Langsam stand er auf.

»Zuerst werde ich lange schlafen«, sagte er und trank das Glas leer.

»Wenn Sie aufwachen, ist die KALKUTTA auf der Erde. Und vielleicht unsere Flotte auch.«

»Hoffen wir es.«

Tschubai verließ die Kabine und ging langsam und müde zu seinem Quartier. Unter den Sohlen seiner Stiefel spürte er die Vibrationen des Schiffskörpers, der von den mächtigen Triebwerken schneller und schneller durch das Weltall gerissen wurde. Er widerstand dem Wunsch, einen langen Blick auf die Panoramaschirme zu werfen, und schloss das Schott seiner Kabine hinter sich.

Auch für ihn war das Abenteuer zu Ende.

Lautlos wechselten die Digitalziffern in den leuchtenden Aussparungen. Es war Zeit für die Ablösung. Janner Daiana klappte langsam seinen Kontursessel nach vorn und streckte die rechte Hand aus. Er legte sie mit dem Handrücken flach auf den Tisch und wartete, bis das kleine Tier im Handteller Platz genommen hatte.

»Komm, Kleiner. Zeit zum Schlafen!«, sagte Daiana.

Sein persönliches Maskottchen richtete die dunklen Augen auf ihn und sagte pfeifend: »Unruhe vorbei, Janner?«

Janner lächelte versonnen und brummte nicht ganz überzeugt: »Es scheint so, Dhiccer. Für die nächsten Tage jedenfalls. Ich weiß nicht, was auf uns wartet, wenn wir wieder in Erdnähe sind.«

»Ich weiß auch nicht.«

Janner hob die Hand und kippte sie über seiner Brusttasche. Das Tier schlüpfte hinein. Sein Fell war jetzt wieder tiefschwarz wie vor einigen Tagen. Alles war ruhig.

ENDE

Perry Rhodan-Buch Nr. 80

MENSCHHEIT AM SCHEIDEWEG

erscheint im November 2002
